图书在版编目（CIP）数据

《民族文学》精品选.2018—2022.短篇小说卷／石一宁主编. -- 北京：作家出版社，2024.5

（石榴籽丛书）

ISBN 978 - 7 - 5212 - 2619 - 5

Ⅰ.①民… Ⅱ.①石… Ⅲ.①少数民族文学 - 作品综合集 - 中国 - 当代 ②短篇小说 - 小说集 - 中国 - 当代 Ⅳ.①I29

中国国家版本馆 CIP 数据核字（2023）第 247598 号

《民族文学》精品选.2018—2022.短篇小说卷

主　　编：石一宁
责任编辑：韩　歌
装帧设计：书游记
出版发行：作家出版社有限公司
社　　址：北京农展馆南里 10 号　　　邮　　编：100125
电话传真：86 - 10 - 65067186（发行中心及邮购部）
　　　　　86 - 10 - 65004079（总编室）
E - mail: zuojia@zuojia.net.cn
http://www.zuojiachubanshe.com
印　　刷：中煤（北京）印务有限公司
成品尺寸：170×240
字　　数：447 千
印　　张：27
版　　次：2024 年 5 月第 1 版
印　　次：2024 年 5 月第 1 次印刷
ISBN 978 - 7 - 5212 - 2619 - 5
定　　价：56.00 元

石榴籽丛书

《民族文学》

精品选 2018—2022

短篇小说卷

石一宁 主编

《民族文学》精品选（2018—2022）
丛书编委会

主　编：石一宁（壮族）

副主编：陈亚军　　　　　杨玉梅（侗族）

编　委：石一宁（壮族）　　陈亚军

　　　　杨玉梅（侗族）　　安殿荣（满族）

　　　　徐海玉（朝鲜族）　郭金达（蒙古族）

　　　　张金秋　　　　　　阿卜杜吉力力（维吾尔族）

前　言

石一宁

　　《〈民族文学〉精品选（2018—2022）》是继光明日报出版社2018年出版的五卷本《〈民族文学〉精品选（2011—2017）》之后，编选的又一套作品集。两套"石榴籽文丛"，大致可谓新时代十年《民族文学》的剪影，或许这只是刊物面貌一个模糊的轮廓，却也清晰地印刻了此期间的《民族文学》深深浅浅的足迹。作为国家级的少数民族文学期刊，《民族文学》的这些作品也映现着这些年少数民族作家健步前行的身姿，是新时代少数民族文学的厚重收获。

　　《〈民族文学〉精品选（2018—2022）》仍以中篇小说、短篇小说、散文、诗歌、评论分卷，收入15篇中篇小说、29篇短篇小说、48篇散文·纪实、60首（组）诗歌、92篇评论。2018年至2022年，是不平凡的五年，涵括了改革开放40周年、新中国成立70周年、抗击新冠疫情、打赢脱贫攻坚战、中国共产党成立100周年、中国共产党第二十次全国代表大会召开等重要时间节点和重大事件，《民族文学》设立相关专号、专栏并得到各民族作家们的热切响应。各民族作家们心怀"国之大者"，以对生活的热爱、对人民的深情、对祖国未来的憧憬，倾心谋精品，竭力谱华章，向时代与读者奉献出一篇篇优异之作。收入丛书的这些作品大都以鲜明的民族特色和个性风格呈现中华民族的悠久历史，中华文明的丰富内涵，仁人志士抛头颅、洒热血的悲壮慷慨，人民共和国走过的风雨历程，改革开放的春风吹拂神州大地，城镇化建设、脱贫攻坚、乡村振兴大潮中涌现的新生活、新人物、新情感……这些作品记录历史也反映现实，是中国式现代化进程的美学写照，是历史巨轮庄严行进中的人性絮语、情感唱吟与命运沉浮。诸多理论评论与卷首语，则闪亮着理性的火焰与文学的灼见，是文学思想的结晶与成果。

这五年，也是《民族文学》办刊快速发展、事业继续前进的五年。2019年，为适应新时代少数民族文学繁荣发展的新形势，《民族文学》汉文版进行重大改版，刊物从160页增加到208页，进入刊发长篇作品的期刊行列。自2019年第1期至2022年第12期，《民族文学》汉文版共刊发了15部长篇小说、3部长篇纪实文学，而且大多作品之后已由出版社出版了单行本。2022年发表的维吾尔族作家阿舍的长篇小说《阿娜河畔》、瑶族作家陈茂智的长篇小说《红薯大地》分别入选了中国作家协会"新时代文学攀登计划"项目和"新时代山乡巨变创作计划"项目。这五年，《民族文学》一如既往得到社会各方的关注与激励，北京大学等多家高校图书馆研究和编制出版的《中文核心期刊要目总览》2017、2020年版（分别于2018年、2021年出版），《民族文学》继续入选。各主要文学选刊、各出版社出版的文学年选以及相关文学排行榜，《民族文学》的作品亦颇为常见。

这五年来《民族文学》佳作甚多，但仍因篇幅所限，这套丛书的编选原则是：小说卷、散文·纪实卷和诗歌卷，选入获得《民族文学》年度奖、《民族文学》主办和共同主办的"祖国在我心中——庆祝新中国成立70周年多语种有奖散文征文"奖、"甘嫫阿妞"全国少数民族女性文学征文获奖作品和部分栏目头条作品；评论卷除了收入获得《民族文学》年度奖的作品，主要选入关于少数民族群体创作和文学现象批评的文章以及部分卷首语。在此前提下，还适当考虑民族多样性、90后作家、入选中国作协"中国少数民族文学之星"项目作家的作品；同时，整套丛书中，同一作者只收入一篇作品。长篇作品囿于篇幅只作存目处理。如此这般，挂一漏万的遗珠之憾在所不免，殊为可惜。

《民族文学》是中国56个民族作家共享的文学园地，是铸牢中华民族共同体意识、构筑中华民族共有精神家园的重要载体，《民族文学》的点滴成绩，依靠党和国家的重视和关怀，亦离不开各民族作家、读者和社会各界的关心和支持。这套丛书的出版，亦是这五年《民族文学》办刊工作的一个汇报、一次请益。诚挚欢迎广大作家、读者和各界方家批评和指教。

作家出版社对出版这套丛书的热忱与负责精神，亦让我们深受感动与鼓舞。在此同时鸣谢。

目 录

乌兰牧骑女孩

郭雪波（蒙古族）

Sansenz adail sanjiida 啊咬乌尤黛！

苦苦地想念你呀，想念你，啊啊咬乌尤黛！

长夜无眠，只好月光下刷我铁青子的长鬃啊！

啊咬——！乌尤黛——！

——科尔沁民歌《乌尤黛》

骑着马，走草原，那个女孩儿问了很多人。

你见过海姐儿奶奶吗？

你认识海姐儿奶奶吗？

有人摇头。

有人奇怪地看看她，再摇头。

有人索性不理睬，扭头走开。

被问烦了，有人反问她，你找她什么事啊？

向她老人家学一首歌。

什么歌？

《乌尤黛》。

《乌尤黛》？嗨，草原上，每个蒙古族女孩都会唱，不，蒙古族女人。爷们儿更爱唱。

是啊，其实我自己也会唱。可我们唱的，并不是真正的《乌尤黛》。

真正的《乌尤黛》？那是怎么唱的？

我不知道，只有海姐儿奶奶知道，只有她会唱。所以才找她。

于是，蒙古族女孩乌兰，又开始打马走草原。逢人便问，你见过海姐儿奶奶吗？

有一天，她逢见放马的小伙子阿尔斯郎正亲吻放羊的女孩萨日朗，中间隔着一条铁丝网栏。两人从马背上，跨着网栏，吻得有些难度。开始时，放马的阿尔斯郎想摸摸女孩的脸，放羊的女孩一羊鞭打下那只手，轻嗔，别动手嘛。男孩似是受到了鼓励，索性伸手揽过女孩的脖子，就亲吻了她。不动手，动了嘴。放羊女孩萨日朗红透了面颊，打了一巴掌阿尔斯郎的脸，骑着马跑了，眼睛里流出泪水。

　　寻找海姐儿奶奶的乌兰，骑马追上了萨日朗。安抚她。

　　受男孩子欺负啦？

　　你是……啊，你是旗乌兰牧骑的歌手，乌兰姐姐吧？

　　乌兰点点头。

　　我们都喜欢听你的歌。

　　最喜欢哪首？是《阿尔斯楞的眼睛》？

　　萨日朗羞涩地点点头。

　　难怪刚才叫放马的小伙子阿尔斯郎亲吻了你。喜欢他吗？

　　放羊的萨日朗迟疑了一下，点点头。

　　那你哭什么嘛，幸福的泪水？

　　还没到时候嘛，又隔着那个该死的铁丝网栏，多别扭，像犯人。

　　乌兰终于明白小妹妹掉眼泪的两个原因，一是还没到亲吻时候，二是隔着围栏铁丝亲吻，像是牢里放风的犯人。草原上到处是这种围栏，像蜘蛛网布满牧场，网住了自由的原野。敖包相会的日子，已不再。

　　你说还没到时候是什么意思？乌兰问她。

　　在他亲吻前，我得先去一次琼忽勒的少女泉洗浴。

　　萨日朗低下头，红着脸嘀咕。

　　乌兰一时疑惑，琼忽勒的少女泉？

　　萨日朗告诉她，这片草原有个不成文的习俗：进入青春期的少女，在搞对象让男孩子触碰自己之前，都要先去那眼神秘的少女泉洗浴，接受蝴蝶神灵祝福，才会获得美满爱情。而且，那里也只接纳未出嫁的贞洁少女，男人们或已婚女子，一般都不会去，自动回避，尊重古老的习俗。当然，也有些好色男人去偷窥少女们沐浴，不过据说一去便"中邪"，眼斜嘴歪，口吐白沫。说那里有个古老的魔咒。

乌兰心想，多么淳朴而有意趣的习俗！自己虽已是大龄青年可也尚未出嫁，是否也应去那里沐浴一次，见识一下那神泉？她兀自笑了。

送走了放羊的女孩萨日朗，乌兰继续独自前行。过了一会儿，放马的小伙子阿尔斯郎从远处绕过围栏网，追过来，询问见到放羊的女孩萨日朗没有？

乌兰一见他，怔住了。

咦？是你？她失声。

怎么是你？放马的阿尔斯郎也认出了她，晃着手里长长的套马杆。

乌兰刚才是从远处瞧见二人亲热，并未瞅见阿尔斯郎的脸蛋。这下认出来了。

那是三天前，她在前边骑马狂奔，后边追赶着一辆越野车"沙漠王"。开车的人是她的未婚夫天哥尔，旗里的青年企业家，追着她要逼婚成亲。她不从，要走草原，去寻找会唱《乌尤黛》的海姐儿奶奶。前边是那条沙河锡伯河的渡口，河水里有泥潭，乌兰如同被狼撵着一样不管不顾，竟然纵马跳进了那个叫"海姐儿·奥勒莫"的锡伯河渡口。"奥勒莫"意思为渡口，传说，最早由一位名叫海姐儿的女子会情人时踩踏出来的。一个野渡口，又隐藏着什么样的浪漫而苦情的故事？踩踏出这个渡口的女子海姐儿，跟自己寻找的海姐儿奶奶是一个人吗？为什么阿妈说，唯有海姐儿奶奶，才真正会唱《乌尤黛》呢？

这些，乌兰无从知晓。

此时的她，为逃婚，为寻找海姐儿奶奶，一急便跃马跳进了这个有故事的海姐儿渡口。

未婚夫天哥尔从后边警告，大喊，危险，快回来！

可咬牙的乌兰不想回头，虽然听说过沙河泥潭会要人命，但仗着自己骑的是草原上的骏马海骝马，牧马人阿爸曾骑它获过赛马冠军，心里还有几分自信。

岸上干着急的天哥尔，恨不得开着越野车冲下河来，可终未敢像乌兰那般任性。当他站在岸上跺着脚喊叫时，乌兰已在河里奋勇向前。海骝马是好马，走到河的中流水势变大，那马就载着主人洇水，马鞍右侧的行李湿了，马鞍左侧的食物和洗漱用品也湿了。快抵达北岸，河底的黏性泥潭却发威，吸住了陷进去的马腿，拔不出来。乌兰挥鞭击打马屁股，再心疼爱马也得狠下心来，马臀部一条条红痕鼓起来如蚯蚓。那马也是拼了，扑哧扑哧地挣跃，无奈，气力已用尽，再鞭打也无济于事，拔不出四条腿来，反而越挣扎陷得越深。马背上的乌兰狼狈不堪，此时已成了泥人。

让你逃婚！这回变成泥猴子喽！

南岸上，未婚夫天哥尔幸灾乐祸，拍掌大笑，抱着胸继续看她的热闹。

乌兰气得快哭出来。海骝马呀，快给点力啊！

一根套马杆，这时朝她的头顶上方甩过来，柔软的皮绳套一下子套在了乌兰的上身。只听"嘿"的一声，乌兰的身子便飞腾起来，脱离了马鞍子，轻轻地落在河岸陆地上。接着，套马杆再次挥出，这次套住了海骝马的脖子，"唰唰"地一拉，那马在外力帮助下也挣腾着，瞬间被拖到岸上来，脱离了泥潭。

岸上，站着那个套马的汉子阿尔斯郎。

乌兰还没来得及道谢，那套马的汉子已经跑得没影，嘴里喊着，还是嫁了那个男人吧，女孩子别太骄傲，都追到这份儿上了！

乌兰看着他的背影，一时无语。想，自己真的骄傲了吗？真的要嫁给看她笑话的那个男人吗？这可是个大问题。

她一边在清水里洗涮泥衣服，一边冲在南岸发呆的未婚夫笑嘻嘻喊，天哥尔同志哥，有本事就过河来娶我吧！你敢过来，我就嫁给你，给你那位着急当爷爷的旗长老爹生个小孙子！咯咯。

此话当真？

当真！

只听"扑通"一声，天哥尔就跳进河里来。

快回去，不要过来！等我学会了海姐儿奶奶的《乌尤黛》，肯定嫁给你！

我等不及啦！

乌兰见状，急忙骑上海骝马，风一样逃走了。

天哥尔站在河水里发呆，身上湿漉漉的，嘴里自语，还是食言了，我知道的。乌兰啊乌兰，拿你怎么办呢？到何时才肯嫁给我？

乌兰继续打马走草原，寻找海姐儿奶奶。

在沙河上游的一片草滩上，坐落着几座雪白色蒙古包。黄昏的红红落霞中，她走向最边上那座蒙古包投宿。草原上的蒙古包，永远会对远方的客人敞开。

那里正在宰羊。乌兰瞧见，那位牧羊姑娘萨日朗，正帮着阿妈灌羊血肠。

啊，乌兰姐姐，是你呀，欢迎欢迎！萨日朗见是她，如喜鹊般叫。

没想到，撞到妹妹家来了。杀羊哪？怎么春天就杀起羊了？

乌兰不解。刚熬过寒冬，春天的羊还没长膘，草原上的牧民一般都舍不得春天杀羊。

不是自己杀的。

萨日朗的阿爸在那头挥刀剃着羊骨头，闷声说道。晚霞中那把沾满羊血的刀，闪着红光一起一落，咔嚓有声，似是在跟谁赌气。

萨日朗告诉乌兰，羊是脑袋不慎伸进围栏网里，被铁丝勒死的。

萨日朗的阿妈叹气说，造孽的围栏网啊，真是从地狱里搬出来的东西！

当初学农区的分地包产，也把草场分给牧民们，后来不知何时起推广网栏，每家每户把自己巴掌大的草场都拿铁丝网围起来，大草原七零八落地被分割开来，各自画地为牢，如遍布的蜘蛛网，骑手们纵马狂奔都很困难，草原变得畸形。

哦，又是围栏网。乌兰意味深长地瞅一眼萨日朗，一笑。那丫头冲她悄悄摆手。显然，她和套马汉子阿尔斯郎间的恋情，还处于地下状态。

吃了羊肉，喝了羊汤，坐在蒙古包前的月光下，乌兰和萨日朗说起悄悄话。

乌兰问她，你还打算去少女泉沐浴吗？

萨日朗说，当然要去呀！

什么时候去？

就明天。阿爸嫌我放羊不经心，今天死了一只羊，赶我回学校上学去，明天正好有空。萨日朗叹口气这样说。

回学校？原来小妹是学生啊！

我正在读大一，春季接羔忙，牧区学校给学生放假才回家来帮忙的，结果帮了倒忙。萨日朗说着哧哧笑。

都怪那个放马的阿尔斯郎，让你分了心吧。乌兰逗她。

才不是呢！萨日朗不好意思地低下头，片刻后又幽幽地说，我是在生他的气，我们一块儿读书，他是大师哥，却突然不读了，说家里没有人放马就逃回来了。糊涂虫！

乌兰终于明白，白天让小姑娘落泪的原因，并非放马的阿尔斯郎亲吻了她，而是他的逃学。好多进城读书的大学生，因毕业后找不到工作，索性中途辍学回家，不再花冤枉钱。

我觉得，大草原上放马也挺好的。

乌兰姐姐也这么认为？

是啊，现在城里漂着很多乡下孩子，低声下气地为几个大毛看老板脸色，当奴才，我看不出那有啥希望。回草原好好经营自家的草牧场也挺好嘛，空气好，蓝天白云，我看这里更有作为，更充实。

乌兰的话，一时让萨日朗沉思起来，低语，他也是这么说的。

乌兰又说道，我在城里歌厅遇到过一位像阿尔斯郎这样的小伙子，草原上有自己的大牧场，他把那些进城牧民的草场都一个人承包下来，拆除围栏连成大片，还雇人放牛羊马群，发了家。一到周末，他就开着自己的豪华越野车进城玩儿一次，和朋友们唱歌跳舞，你看过得多潇洒！

乌兰的这番话，彻底让放羊女孩萨日朗动心了。

她说，等明天洗了少女泉，我再找他谈谈。

最后通牒？

也许吧，我也不知道……也许，如果真行，我都想退学了。

乌兰一听惊愕，赶紧说别别，女孩子跟男孩子不同，小妹还是先完成学业，再考虑其他的吧。

萨日朗看看她，困惑和矛盾的心态明显挂在她的脸上。

乌兰有些后悔自己瞎出主意。一时沉默。过了一会儿，转移话题，向萨日朗请求，自己也很想去少女泉洗浴，能带她一块儿去吗？

萨日朗立刻拍手称赞说，好啊好啊。接着想到了什么又说，姐姐不是寻找海姐儿奶奶嘛，少女泉那儿住着一个怪老太婆，大家叫她"萨满巫婆"，会看病，会念咒驱邪，或许她知道那个海姐儿奶奶的事儿。

真的？这下乌兰更高兴了，草原上的老人都是活历史活宝藏，冲着这位"萨满巫婆"自己更得去一趟少女泉了。

乌兰搂住萨日朗的肩膀感谢不已。

草原的夜色很美，很静。草丛里，有蛐蛐叫的欢唱，天空中有很多星星在眨眼，似乎听见了她们的悄悄话。偶尔传来远处的牧歌，那是放夜马的阿尔斯郎或哪个牧人在抒发寂寥的心情，夜很长，歌声深沉而忧伤。这片草原很像那首老歌中的科科塔拉，柔情似水。

乌兰想起了《乌尤黛》。

长夜无眠，只好月光下刷我铁青子的长鬃啊！

阿妈临终遗言，叫她一定找到海姐儿奶奶学唱《乌尤黛》。阿妈是老一代乌兰牧骑歌手，生前听到过海姐儿奶奶唱的《乌尤黛》，未及学会，成终生憾事。

第二天清晨，乌兰和萨日朗结伴出发了。

骑着马，沿锡伯河向上游挺进。没有路，渐渐进入一片丘陵草原，树木茂密起来，这里便是传说中的琼忽勒小峡谷。远古开天辟地时，平地裂开两半，赫然出现了一条莽莽苍苍的百里谷壑，云蒸雾罩，走不到跟前不会发现脚下竟然还藏着如此一条神奇的峡谷，徐徐升腾白气，隐约可闻谷底的瀑水哗然。而大自然的鬼斧神工，又引出几多传奇，称峡谷里是妖魔迷宫，或土匪红胡子出没之地，后人光怪陆离地把它神秘化，一提都变脸。

贞洁少女泉，就位于峡谷的上口地面上不远处。

泉水四周数里范围内长满刺儿槐、沙枣棵子、刺儿荆条，还有茂密的枫树和榆树毛子，密不透风地包裹了它，想接近它并非易事，连那些狐狼走兽都无法钻入其内。

萨日朗姑娘从姐妹那儿得知，有一条只有姑娘们知道的密径。

她们俩把马拴在那条秘密小路口上，正准备拨开树丛，沿着特殊的标志徒步走去时，却被一个乞丐老太婆挡住了小路口。她跟那些破衣烂衫长发遮面的脏乞丐婆子不同，一身紫色长袍洗得干干净净，光秃秃的脑袋在阳光下发亮，白色长眉，榆树皮似的布满皱褶的脸，还光着双脚，伸出鸡爪子似的手指，向她俩讨要一小碗炒米、一块奶疙瘩，另外还要让她俩掏钱买她的一包香，可辟邪。

萨日朗一时迟疑，乌兰则爽快，立马从马鞍褡裢里拿出炒米奶疙瘩送给老太婆。然后问她，老奶奶，您是向每个女孩都这样讨要呢，还是特别喜欢我们俩呀？

老太婆眼也不抬地回她，我老乞丐只向跟少女泉有缘的女孩子讨要东西。

什么样的女孩子有缘啊？乌兰觉得有趣，继续问。

老太婆抬眼看看她，说道，眉头的眉毛一根根都趴着的，而不是一根根都立起来的女孩子，就像你旁边的这个丫头。

啊？为什么呀？

这样的女孩子，是处女。属于贞洁少女。

乌兰脸色微红，双手捂住了自己的眉毛。嘴里说，老奶奶真是神人，那您老为啥还发给我辟邪的香啊？按着传统，我是否已经失去沐浴资格啦？

也不尽然。你可以例外，一是还没有出嫁，二嘛，你就是那个到处打听海姐儿奶奶的乌兰牧骑歌手乌兰姑娘吧？

我就是，我就是！您老真的知道海姐儿奶奶的下落吗？

不知道她的下落，但听说过她的故事。

啊，太好啦！乌兰感到真是来对了。

旁边的萨日朗这时脱口而出，您就是那个传说中的"萨满巫……萨满奶奶"！

算你改口改得快，不然今天别想靠近少女泉！这位传说中的"萨满巫婆"，冷冷训斥。萨日朗吐了吐舌头。

老太婆冷眼端详萨日朗，目光如刀，嘴里自言，面相还算可以吧。

听得萨日朗稀里糊涂，摸不着头脑。

只听老太婆接着说道，你们去少女泉的路上，手里点上香走路，三炷香烧完之前一定要走到泉水那儿，回来时也一样。

看来这就是辟邪之法了。聪颖的乌兰说道。

托娅的女儿果然不一样。萨满巫婆说。

您老认识我阿妈？乌兰惊讶。

算是有一面之交吧。

乌兰正想继续追问，再央求她讲讲海姐儿奶奶的事，只见那位萨满巫婆起身就走开了。嘴里说道，我还有事，等你们洗浴后出来的吧，若有缘总会见面的。

老太婆脚步轻盈，如鹤凌波，慢慢闪进一旁的林中不见了。乌兰、萨日朗二人木呆在那里，半天回不过神来。

这老太，多大年纪了？乌兰问萨日朗。

听说，少说九十岁了。

天啊，人家这身体！

听人说，冬天里她还去琼忽勒瀑布那儿冲冷水澡呢！

乌兰瞠目结舌。感叹，她不是巫婆，是神婆啊！

怀着忐忑和新奇，乌兰随着牧羊姑娘萨日朗走向那梦中的少女泉。手里捧着已经点燃的香烛，似乎有了几分朝拜的敬畏。香烛散发出的奇特的香味，缠绕在身子周围，倒使得那些野猛的蚊虫不敢扑来，纷纷避开。

一条开满黄花的小路，掩藏在密密麻麻的灌木丛里若隐若现，萨日朗凭感觉捕捉着它的痕迹前行。初夏的风，从乔树顶梢上吹过，矮灌丛里只看见风在高处动，感觉不到它的一丝凉意。闷热中，有条蛇从脚边旁若无人地爬过，蜿蜒扭曲着如无骨的身躯，优美得似一名形体艺术家。乌兰想起一句谚语：花丛下过夜的不一定都是夜莺。心里笑。行进很是艰难，如潜行的狐狼，也就是生活在草原上的萨日朗有经验有胆量，一片虔诚，终于抵达了少女泉旁。

如她的名字一样洁白清明，那条小泉正从几棵苍老的巴图察干树下土崖根处渗流而出，下边衬着银白色沙底，水清澈而晶莹。巴图察干树即是五角枫，这一带野岭到处生长这种树，一到秋天遍野通红，如漫天大火般壮烈。而这条穿过枫丛林的女儿泉，好似一位被烈火般炽情呵护的纯情少女，娇美而羞羞答答地流淌，静谧中透出一股不为人知的神秘。

她们俩的脸脖上都刮出些许血丝。倏忽间，一只银白色大蝴蝶从一朵红红的萨日朗花上悠然飞出，有婴儿巴掌大，围着她俩上下翻飞不肯离去，犹若天女在舞蹈。而随着这只美丽的蝴蝶王，从水边草丛和树根下猛然又呼啦啦飞出千百只白蝴蝶，在空中飞舞，曼妙无比，周围一下变成童话般的梦幻世界。

太美了。俩女孩惊呆了。蝴蝶们在空中尽情飞舞。

她们身后传出"萨满巫婆"嘶哑的声音。看不见人。

这眼神泉，真正全名叫：蔚和茵·查干·额尔布海·布拉格（uhin chagan erbuhei bulag），洁白的蝴蝶女儿泉。有个古老的传说，结婚新人若把心中愿望轻轻告知蝴蝶后放飞，蝴蝶就会转告蝴蝶天使帮助她们实现愿望。你们俩现在虽然还不是新人，但早晚会成为新人，现在也可把心中的愿望告知蝴蝶天使了。

萨满奶奶似乎很关心她们俩，暗中跟随而来。

二人遵嘱，心中默祷。乌兰自然是希望早些找到会唱《乌尤黛》的海姐儿奶奶。然后宽衣解带，有点羞涩，顾看左右，但还是裸身下到泉潭里去。透明的泉潭温润而舒适，燥热的身上顿时清爽无比。此时，从四周又呼啦啦飞出来千万只雪白色蝴蝶，在她们的裸身周围飞舞，渐渐形成白色朦胧的帷幕遮住她们纯洁的玉体，如梦如幻，如在仙境中编织出一幅人类本真的清纯美景图案。似是远古的传说，浮现出幻觉：雪白蝴蝶的迷人幕瀑中，自古以来无邪少女们都如此沐浴、嬉戏，笑声如歌，人与蝴蝶若隐若现，如仙女下凡，如蜃景幻影，完美显现生命之超凡脱俗的自然之美。

如雪花纷纷飘落的蝴蝶帷幕后边，又传出萨满巫婆的声音。

这眼蝴蝶泉，还有一个另样的故事。早年，这里的王爷僧格林沁带领蒙古勇士们去打洋鬼子，有三十六位少女共同沐浴女儿泉后嫁给了即将出征的勇士，之后，她们忠诚等候远赴天津大沽口抗击八国联军的骑兵勇士们回归，一年又一年，却杳无音信。三十六位新娘，每到春季相约来这里继续沐浴祈祷，她们守身如玉，痴等心上人早些从战场归来，可很多年过去了，无一生还者……

萨满奶奶住了声，乌兰和萨日朗一时无语。四周一片寂静。

几许感伤袭上乌兰的心头。没想到这小小女儿泉，竟然掩藏着如此悲壮的历史。人世间并不都是浪漫啊！

乌兰从泉潭中走上岸来，如出水芙蓉亭亭玉立，披着浴巾坐在萨满奶奶身旁。

老太太对她说，当年你阿妈随乌兰牧骑下来采风，学习民歌，找到了我，跟你一样执着。当时正处在"文革"中，她胆子大，夜里跑到牛棚中找我这个牛鬼蛇神，非要学唱《乌尤黛》，听说后来受牵连自己也进了牛棚。我当时告诉她，想学唱《乌尤黛》，先得听听海姐儿的一个故事。

那是什么样的一个故事？能给我讲讲吗？

早先，王府有一个女奴歌手名叫海姐儿，嗓子好听如夜莺歌唱，少王爷扎那喜欢上她，海姐儿也默默等候着少王爷不顾她女奴身份娶她为妻。后来日本人来了，跟少王爷密谋开发这条琼忽勒女儿泉，要给日本军人修建温泉疗养院，但每当测量队靠近女儿泉附近便遭遇"红胡子土匪"伏击。少王爷发现，女奴歌手海姐儿每每偷渡锡伯河到女儿泉一带，不知在跟谁约会。有人告知，她哥哥是琼忽勒峡谷里的大土匪"红胡子"，可少王爷怀疑她另有情人。那会儿锡伯河经常发水，海姐儿为防过河时被洪水冲走，在踩踏出的渡口两岸扎了木桩子，在中间拴上粗绳子连上，手抓着绳子过河。有一天，王府和日本人的测量队又要出发了，少王爷暗中跟随溜出王府的海姐儿来到那个海姐儿渡口。当时刚下过雨，锡伯河发着水，海姐儿不管不顾咬着牙抓住渡绳要过河去。少王爷扎那见状大怒，妒火攻心，一发狠就砍断了这边的绳子头，海姐儿抓着绳子正好下到齐脖子深的洪水里，人一下子失去重心摔倒在洪水里。她嘴里喊救命，双手紧紧攥着只剩一头的绳子，在滚滚凶猛的洪水里来回摔打，如荡秋千。这时候，岸上的少王爷扎那又叉着腰，嘴里大骂她是狐狸精，让她老实交代跟哪个奸夫约会，向他泄露王府秘密。在洪水里挣扎的海姐儿死活不讲，洪水冲力多大呀，海姐儿抓着绳子渐渐支撑不住了，嘴里呛了很多水。少王爷喊，只要说出奸夫土匪的名字，他就让人下水救她上来……

讲到这里，萨满奶奶轻轻叹了口气。目光悲凉。

后来呢？乌兰问。

萨满奶奶声音低沉，接着说起来。海姐儿虽然是身份低贱的女奴，但是个烈性女子，知道世间事情的对和错，看得清正和邪。她见自己一直深爱的王子如此心狠毒辣，无情无义，更加心灰意冷，一赌气就松开了手里的绳子。她的身体，顿时如一片树叶，随着滚滚洪水一泻而去，很快将落进下游不远处的琼忽勒峡谷的大瀑布。这时从她嘴里断断续续唱出那首古老的情歌《乌尤黛》。

乌兰心里一震。眼睛盯住萨满奶奶。

她正想开口央求萨满奶奶唱唱那两句情歌时，突然从密林外边传出动静，一片嘈杂之声。有推土机、拖拉机之类轰鸣声，还有人们的吵骂声，狗吠马嘶声。

萨满奶奶脸色陡变，说出事了，孩子，现在冒出了新的扎那王子呢！

老太太随即起身离去，迅疾走向外边。

乌兰和萨日朗也无心洗浴了，匆匆穿戴衣物，跟随着离开。

外边的世界已经很热闹。

女儿泉的密林外围，有十几人的施工队正在架设围栏网，把女儿泉一带都圈进了围栏网里。走进女儿泉的那条小路口上，已经矗立起一个很大的招牌，上写：琼忽勒天然纯净水有限公司。

乌兰一见那招牌，心里暗暗吃惊。她曾听天哥尔说过，要办一个什么琼忽勒矿泉水公司，没想到他们是准备开发女儿泉！

远远看见有个年轻牧民和两个伙伴，正开着推土机和拖拉机，把那一条刚架设的铁刺儿围栏统统给推倒铲平了。这下引发冲突，双方扭打起来，开发公司有备而来，手里有公文，还带来了警察，很快控制住场面，拘捕了那三个闹事的牧民。

为首的青年牧民，正是那位放马的汉子阿尔斯郎。

他在大声嚷嚷，女儿泉，在自己家承包的草牧场范围之内，任何人没有权利开发这里！

乌兰同时发现，公司这边为首交涉的，正是自己的未婚夫天哥尔！

只见他手里晃动着什么红头文件，告诉阿尔斯郎，草牧场是你的，没错，可女儿泉水是我的，法律文书公证过了，阿尔斯郎兄弟，你破坏我们公司围栏已经触犯法律了！

你放屁！仗着老爹是旗长瞎搞开发，破坏草牧场法律的是你们！

那这事，我们只能到法庭上见了！天哥尔挥挥手。

一见警察要带走阿尔斯郎，萨日朗跑过去抱住阿尔斯郎，嘴里大叫，你们不能随便抓人！你们不能带走他！

警察一把推开了她。萨日朗倒在地上哭泣。

实在看不下去了，乌兰这会儿从树林后边走出来，站在天哥尔的前边。

你们放开他！太过分了！

天哥尔没想到乌兰会在这里，大吃一惊，嘴里说道，嘀！我的逃婚的新娘也在这里！没想到啊，让我追得好苦啊你！

你放不放人？

你要是嫁给我，就放！

乌兰眼睛瞪着他，当真？

当真。

好，我嫁给你。

今晚就嫁给我。

你先放人，本公主今晚就嫁给你。

好啊好啊，天哥尔拍起掌来。但似乎又觉得好事来得太快，反而有些不相信了，上下打量着乌兰，见她那张愠怒的俏脸后边不知深藏着什么，心里又没了底。

他是你的什么人？这样上心，不会是新找的情郎吧？天哥尔嬉皮笑脸，开起玩笑试探。

你这话很流氓。他是我朋友的对象，套马的汉子阿尔斯郎。

啊，想起来了，那天把你从泥河里救出去的那个人！真是巧了哈！

你到底放不放人？乌兰又质问。

这事我得合计合计，怎么做我更合适。

有两句话你不是老挂嘴边吗，爱情无价，可以为我做任何事。

话是这么说的，没错。但是我首先得确认，今晚你是不是真的要嫁给我。

入洞房是很容易的，放心吧。乌兰一笑。

但逃离洞房也容易着呢，我不敢放心。

这时候，从他们身后传出一声苍老的嗓音。是萨满奶奶。

乌兰姑娘，先不必忙着嫁给那人，你还没有学会海姐儿的《乌尤黛》呢。

可眼下事急啊老奶奶，顾不得了。乌兰说。

我明白，其实也没那么急。萨满奶奶转过身对天哥尔说，看来你就是那位咱们当今旗王爷的公子，少王爷天哥尔喽，久闻不如一见啊！啧啧啧。

老太婆，你可不要胡嚼舌根子，什么王爷少爷的，都是为党工作的革命干部！天哥尔训斥道。

萨满奶奶一笑，是啊是啊，都这么说，哪个不是呢，都是革命者，都是清廉而鞠躬尽瘁的人民公仆。

然后老太太接着问天哥尔，你真想开发这眼女儿泉，是不是？可你走进过它里边吗？

天哥尔冷笑，不开发我干吗来了，你以为开玩笑哪？老说女儿泉不让男人靠近，说得神乎其神的，今天老子倒要看看如何神奇，如何魔咒！

萨满奶奶看着天哥尔，直摇头，叹口气说，像你这样愣头青，都走不到泉水跟前的，唉。除非——

除非什么？

买我的三根香烛，一根一千块。

一根一千块？老太婆，你穷疯了吧？天哥尔大笑。

我老太婆脚下有大地万物，很富有的。小伙子，你倒是穷疯了哟，连一眼小小的泉水都不放过，跟当年的日本人一样贪。萨满奶奶爽朗地笑了，好吧好吧，你去吧，舍不得三千块保命钱，你就去吧。

萨满奶奶生气了，赌气似的转身就走开，让出了那条小路口。

天哥尔一脸不屑，嘴里说，整个一疯婆子！

又回头冲乌兰喊，媳妇儿，你在这儿等着啊，我带测量队进去一会儿就出来，回去咱就成亲！拘留的人，出来就释放，我决不食言！

他挥挥手，笑嘻嘻，带着四五个穿工作服的技术人员，沿着那条小路向女儿泉走去，一副潇潇洒洒的派头。

萨满奶奶嘴角露出一丝无奈的苦笑。

五分钟后，从里边传来哎哟一声大叫，很快三人扶着两人跑出来。

其中一人鬼哭狼嚎地大叫，天总、杨技术员中邪啦！

刚才还活蹦乱跳的天哥尔，还有那位技术员，这会儿手捂着脖子处，浑身在颤抖，嘴角开始流出白沫儿，果然如传说中的那般，正在变成口歪眼斜，不省人事。那三人把他俩放在地上后，怕被传染，纷纷逃离开去，脸上惊恐无比。

啊？中邪了！中邪了！人们纷纷嚷叫起来，向远处躲避。

这不是中邪，是被毒蜘蛛"黑寡妇"叮咬了，不听老人劝啊！

萨满奶奶摇摇头，正要起身走过去看看，被拘捕的一个牧民阻拦道，不要管那恶人！

萨满奶奶站住了，回头看看没有说话的阿尔斯郎。

奶奶，您还是快去救了他们吧，再过一会儿就麻烦大了。阿尔斯郎如此说道。乌兰和萨日朗同时愣住了，没想到萨满奶奶是阿尔斯郎的祖母。

我孙子还是心地善良，仁义啊。确实，再不救，这位骄狂的少王爷就会变成植物人喽，怎么娶这位漂亮的新娘子呀？

萨满奶奶嘴里叨咕着走过去，俯身检查二人被叮咬的中毒部位。

然后，她用食指在自己舌根底下抿了一下，指尖沾了些许黏黏的口水，再把那唾液涂抹在二人被"黑寡妇"叮咬的地方。接着，又拿出三根香烛，用双手搓成粉末，往一木碗里搅和成稀糊状，让乌兰帮忙把二人紧咬的嘴巴撬开来，把那碗稀糊状香烛粉末灌进他们的嘴巴里去。

片刻后，中毒的天哥尔和技术员苏醒过来，浑身也渐渐停止颤抖。不过歪斜的嘴巴和眼睛，还没有完全正过来。

奶奶，这可怎么办啊？我可不嫁给嘴歪眼斜的人，您老开开恩，再继续救救他们吧！乌兰央求起来。

孩子，我已经尽力了，现在生命已无忧，我只能救到这份儿了。下边赶紧送医院，彻底治疗吧，起码需要调养几个月才能完全恢复呢。乌兰姑娘，今晚你肯定是入不成洞房了。萨满奶奶幽幽地说道。

天啊，这"黑寡妇"毒，这么厉害呀！多亏刚才买了奶奶的三根香啊！乌兰想想就后怕。

卖给你俩太便宜了，才一块钱一根。老奶奶嘎嘎笑着。

她接着又说，这女儿泉四周的树丛密林中，繁殖着千万只"黑寡妇"毒蜘蛛，它的毒仅次于眼镜蛇毒，就连它们在密林中编织的无数个蜘蛛网都有毒，粘上就浑身发痒起疙瘩，现在里边的每棵树都沾着毒素。当年日本人也计划开发女儿泉，想把四周的密林全砍光，一绝毒蜘蛛的生存环境，可是一旦砍光周围密林，女儿泉就会干枯无水了。其实女儿泉水吧，真不适合饮用，洗浴还行，能消毒健身。可有些人就是不信，总是来以身试毒！咯咯咯。

萨满奶奶又发出猫头鹰似的怪笑。

救护车来了，乌兰扶着未婚夫天哥尔坐上救护车一同离开，把骑来的马交给萨日朗和已被释放的阿尔斯郎暂管。

救护车的颠簸中，从后边突然传出唱《乌尤黛》的歌声：

Sansenz adail sanjiida 啊咳乌尤黛！
苦苦地想念你呀，想念你，啊啊咳乌尤黛！
……

这是乌兰从未听过的用古老的呼麦技法演唱的《乌尤黛》。

呼麦的金属般啼啸高腔，甚至显得声嘶力竭，刺人耳膜，充分体现出歌者从内心深处涌出的撕裂般的呼唤，还有那种痛彻心扉的悔恨和呐喊。乌兰顿时怦然心动，眼前立刻浮现出那位女奴歌手海姐儿在洪水里搏斗的壮烈场面，为保护女儿泉不被日本人蹂躏，她宁死不屈地挣扎，用生命呐喊，这也是她放弃自己生命的时候最后的火般狂烈的怒歌。

啊，萨满奶奶就是海姐儿奶奶！

乌兰失声叫道，跳下救护车就往回跑去。

（原载于《民族文学》2018 年第 2 期）

连 襟

石舒清（回族）

连襟马耀贵在银川买了新房子，装修妥当后，连襟准备在家里过一个尔买里，以求吉庆。叫我也过去坐坐。想我搬了几次家，都是随便搬进去就住了，什么仪式也没有。就觉得还是连襟做事周全。任何事，开个好头儿还是很要紧的。郑重地举行一个仪式，于自己也是一个好的暗示。如同兄弟民族过年贴对联，过年了，别人的门上都是红红火火，喜气盈门，你的门上却孤寡着，看起来也不好看。贴了对联又能怎么样呢？老实说也不能怎么样，但不贴就会觉得这个年没过好，过得缺了一小块。现在看连襟住新房时有自己的仪式，我心里也是遗憾的。而且这样的事情，过了也是补不上的，你说你再补着干一个尔买里，这个容易，但不是那个时节了，就像果子已经摘了你才记起来往树坑里浇水施肥一样。

连襟马耀贵，还是我的中学同学。我们俩可谓缘分不浅，他当学生的时候文章就写得好，被称作文豪，还爱画一笔，我那时候写武侠小说，他是专事给我画插图的，画个岳云那样的双锤一类。想不到后来会成为连襟。到社会上，连襟也是极其能干，日子总是过得红火。而且亲戚朋友，不管谁家有事，他都像个主人一样在那里顶班吃喝，总之但凡有事，他都是缺不得的人。还活得硬气。在任何人面前都能做到不卑不亢，在任何人面前都能做到平起平坐。活了大半辈子，才觉到人能如此，其实是很不容易的。他曾经给我讲过，他母亲要是归真了，他不会哭，作为一个儿子该做的能做的都做到了，就可以不哭了，他说他见不得眼泪巴嚓的男人，不好看，看着难堪，男人重要的事情不是哭，而是别人哭的时候你要记得做你该做的。后来他的母亲归真了，那时候连襟大概正当而立之年，已给人顶天立地的感觉，如他所言，果真是没有哭。虽然同为回族，习俗也有相异处，他们那个地方的人，亡了长辈是要穿重孝的，连襟身着重孝，如一个古人，嘴上厚厚的一层血痂，人高马大地指挥着一帮子人忙这忙那，忙而不乱，周到有序，眼泪是一点子也没有，还用那个血痂厚厚的嘴时不时给人笑一笑，就使人觉得在活人的担负中，亡人带来的悲恸也因此稍稍得以缓解和减轻了，就当如此啊，这留给我的印象是深刻的。连襟的老父亲今年也归真了，因为远在老家，我是和连襟性格几乎相反的人，没有去送，他也不计较，就像当年我动手术，他开车八百公里，从老家去西安看我，我也并无意外，而是觉得既然是他，就总会这样的古道热肠吧。但是连襟在银川的家里过尔买里，他的新房子离我家最多两站路，他还叫了，再不去就有些不像话。就去了。

　　和老婆走到连襟的小区门口，见岳父在前面走着，显然也是去连襟家的。岳父银川的家就在街对面一小区。岳父八十岁过了，身板直得像一杆枪。走路也快，好像总是要去赶集的架势。我多次对老婆表达过这样的意思，我说老人身体好，于老人轻松，是儿女的福气。我说这话的时候，就是拿岳父来举例子的。岳父是一个很乐观的人，在印刷厂当排字工多年，倒卖羊皮多年，喜欢文学，早年间可算是县上的作家，在宁夏的一些刊物发过百多首花儿。岳父对编辑的情谊是很重的，谁编发了他的花儿，他就会给谁提一壶清油什么的送去，当然有个前提，就是作品发表以后，他才会情不自禁地要表达他的谢意，作品发表前他是绝对不干这样的事的，那就是给编辑压力了，那还不如不发呢。《宁夏日报》的编辑王庆先生发过岳父不少花儿，王先生退休都快二十年了，岳父还常常念叨起他的这个恩人。说到底岳父还是看重用作品说话，这和给编辑提清油什么的是两回事。他给人介绍我的时候，总说，这是我的四女婿，别的啥本事都没有，就会写两个字。因为岳父自己是喜欢并看重着文学的，就使他说这话的时候，给人们看到的不是不满意，倒好像是满意。我反正已经把他的女儿娶到手里了，也就不很在乎这些了。

　　有一年我帮着一家刊物编一个栏目，岳父拿来一些他写的花儿让我过目，我觉得任何文学形式都可以出好作品，但是岳父的花儿不只形式，内容上也有些旧了。刊物又不是我的，而且我充其量不过是个帮忙的人，我就给岳父说了我的真实看法，意思是发不了，要改改，我知道若我来改，即使发了，岳父也不会满意，但由岳父改，他几十年都这样写过来了，让他怎么改呢？我就推荐了甘肃诗人叶舟的诗，也是花儿形式，我说人家这个诗，就可以说是旧瓶装新酒，可取之处在这里。我希望岳父能从中有所借鉴和领会。当时为表郑重，八十多岁的岳父爬上六楼来送稿子给我看。我住六楼，无电梯，于上年龄的人来说，自是有些不大便当。我把叶舟的诗摆放在岳父面前，静等着和他交流观感，但岳父只是草草地瞥去一眼，就说他不看，而且即刻起身，从我家里离去了。在阳台上看着楼群间走远的岳父时，我的心里不是滋味。岳母讲，岳父写花儿是极辛苦的，往往要睁着眼睛到大半夜，想起一句好的了就爬起来，拉亮灯，郑重其事地记在本子上。平时高血压药吃一片即可，要写花儿了，就得多吃。可见写花儿对岳父的身心都是有影响的。就这个事我还和诗人梦也说过，说没发表岳父写的花儿，在我总是个心病，梦也说你不会好好改改发了？我说一，我改的发了老人不认账，他会觉得发的不是他的，是对他的否定，就他的性格，还不如不发；二，人各有长短，写花儿我未必写得过老人，就是我动手来改，能改成什么样子，我也是没把握的。

此事就算告一段落。反正从那以后，写花儿的岳父不见了，又出来一个写书法的岳父，厚厚的一刀宣纸在墙根里煞有介事地码着，每天都要写两张，小楷，拇指大小，写的大多是汉译本《古兰经》章节摘抄，写了就张贴在屋子里，我们去了都能看见。岳父早年间练过字，别的不讲，功夫还是有一些的。他最推崇的一个书法家叫唐驼，我没有听过。唐朝的唐，骆驼的驼，岳父奇怪我竟不知道他喜欢的书法家，这样给我解释着。我确实不知道唐驼其人。因为没有发表岳父的花儿，对他的书法我好像也不便置评了，怕他说我言不由衷。年过八十的老人，对言不由衷是很敏感的。后来岳父不只写，也还画，在书法的边角预留空白，画一朵小花一只小猫一株小松树几只小蜜蜂什么的，张挂起来也算是屋内一景。家里来人，岳父表面上虽显超脱，但其实是在意着别人对他的书画的看法的。人活百岁，也还是需要肯定和鼓励。我对老婆讲，老人有个爱好真是太好了。我这样说的时候，有所指，指的就是老岳父。他还喜欢下棋，我的猜想，大概老人的棋艺比较他的花儿和书画要胜着一筹，好几次去他家，都不获一见，只岳母坐在那里心事重重地嗑瓜子吃水果，问老人哪里去了？还能去哪里，当然是下棋去了，他在哪里下棋我们是知道的，就在小区门外的一家超市前面，大概已经是夜里八九点的样子，在阑珊的灯火里看到岳父和几个人围着一张小桌子在下棋，八十多岁的岳父坐得笔直，一副运筹帷幄的样子，只看架势，显然在那伙下棋的人里，他是出类拔萃的一个，啪的一声落棋子的声响，好像惊得过往的车辆都要为之晃摇一下。我们往往只是远远地望一眼就走掉，不去和他打招呼了。有一次去他家，他是在的，掐指算了一下，说有多久没见我的面了。岳父对我的批评不过如此。我即说我来过几次，你都在下棋啊。说了这么多，就想说明我们翁婿之间，相对来说还是可以的吧。

在连襟的楼下我和老婆赶上了岳父。进不了大门，没有大门的钥匙。连襟去接阿訇，正在往来赶，说是最多五分钟就到了。我这个连襟，大气惯了，他的大气会体现在方方面面，比如他说最快五分钟到了，那我们往往都是做十分钟来准备的。和岳父在大门前等着，岳父忽然说，他最近有些尿血，实际尿血算来有几年了，最近血忽然多了起来，岳父说时显得倒轻松，我们心里却沉重起来。老婆说，去医院看看吧，不过肯定不要紧，我们刚才还夸你腰拔得直呢。我由衷地说，后面看起来就像个小伙子。

吹过一阵冷风，岳父把开着的两三个扣子扣上了。

就在连襟那天的尔买里上，我总觉得岳父要给我讲一个对他来说似乎重要的什么。他不是随便讲讲，而是有意讲的，而且就是要讲给我听的，饭桌上那么多人，包括阿訇，但岳父说的时候看着我的眼睛，说明他就是讲给我听的。但因为在饭桌上，大家七嘴八舌，我也没有十分在意岳父讲的是什么，他好像讲得也有些含混，不容易听出来他讲的是什么，隐约记得好像是一个小娃娃怎么样了。

从连襟那里出来，因为岳父家就在对面小区，就又顺便到岳父家去坐了片刻，岳父把这个事情又给我细讲了一下，这一次我是听清楚了，说来可谓一件再小不过的事情，讲这个干什么呢？

岳父说，这个事情，他记了这么多年忘不掉。那时候他六七岁的样子，爱往邻居家跑着耍，邻居也姓马，算来是一个马家吧。那家院里有一棵杏树，落下来的杏子他们可以拾着吃，没人管。那家有一个老母亲，再就是夫妻俩。再就是一个一两岁的娃娃，不是在他妈的怀里吃奶，就是在炕上或者院子里爬来爬去。岳父说，那么小的娃娃，也知道往有阳光的地方爬，爬的时候，小牛牛挨在地上，有时候一边爬一边撒尿，好像他自己不知道在撒尿的样子，边忙于爬行边笑个不住，院子里都是他的笑声，说不清这里面有什么可笑的东西让他竟然那么多笑。那家的男子好像有什么病，腰总是蜷着不得伸展，像是他脚下面有一根线，谁拉紧着不放手，使他因此总难直起腰来。他就那样弓着腰在院子里忙来忙去，做这个做那个，他去给羊添草的时候，背篓不是背着，而是抱着，背篓里的草就在嘴边上，好像他自己要吃草似的。没活儿的时候，他就会坐在低矮的门槛上歇缓，看着院子里的杏树，看着他的儿子在杏树的坑边儿上，绕着那个圆圆的积着落叶的树坑爬过来爬过去，爬过去爬过来，好像只这个也可以让他看不够看不厌。但是一天，他家里忽然传出哭声来，原来是他殁掉了。一些戴着白帽儿的人，三三两两站在他家的院子里，晒着日头说闲话，有人顺手揪杏子吃，正是杏子渐熟的时候。岳父说，此后他还是去邻居家要，有时候那家的女人，他叫婶婶的，会让他帮她做些活计，无非给羊添点草或者端一点牛粪来填炕等。过后婶婶总是会报答似的给他一点吃的或者可以要的东西，就比如一个打虫糖一个空药瓶瓶什么的。有时候就是为了得到一点什么才去帮婶婶干活。和婶婶从街门边的水窖里往伙房的缸里抬水，算是一个重要的活计。婶婶站在馒馍馍一样的窖墩上，脚根子哑巴说话那样，一起一落一起一落打上水来，他和婶婶抬到伙房里去，倒入门后的大水缸里。往大水缸里倒水时，水响声会让人的耳朵猛地聋上那么一下。岳父说当时他只需稍稍矮一下身子就可以把水抬上。其实抬的是水桶，但要说都说是抬水，不说抬水桶。他在前面抬，婶婶在后面，伸出两手来把着桶耳子，这样水桶就不会滑到前面来。进门的时候，他会小心着迈进门槛，这时候就觉得婶婶把紧着水桶，眼睛是在后面看着他的。

一次填罢炕，婶婶就坐在炕洞边上，一边奶那个娃娃，一边被炕洞里时不时冒出来的烟呛得咳嗽着。其实她只要离开炕洞稍远些就呛不着她了，但她就是坐在炕洞边上可以呛到她的地方。炕洞里填着的牛粪驴粪土衣子等等，就是岳父用一个小背篓分几次背来的，没有得到相应的报酬，岳父还不能回家去，就在一边等着，无论给什么，婶婶总是会给他一点的，就是他等不住要走，婶婶也会把他喊住，婶婶没有让他白做过活计。岳父就蹲在一边，蹲在烟呛不到自己的地方，看婶婶喂奶。看那个小娃娃吃奶。小娃娃在他妈的怀里，脚在炕洞一边，头在这一边，烟是呛不着他的。小娃娃吃着奶，一只手抓着他妈的奶头，一只手有时候会无目的地那样抓到妈妈的脸上去，他的妈妈就会在呛人的烟气里眯着眼睛，把儿子的小手用嘴找到，轻轻地咬上一下，咬得那娃娃丢开吃着的奶头，发出来一连串奶味很重的笑声。那娃吃着奶，也会侧目来看蹲在边上的岳父，好像吃惊于旁边有这么个多余的人似的。他的眼睛那么黑，黑得就像一种什么好吃的果子，黑得叫人一看就想在他的小脸上轻轻捏弄上一下。他因为吃奶而显得享受与满足，就像活在世上，他的一切目的都已经达到了。

他吃奶的样子让岳父心动，岳父为此想表达一点什么，想和婶婶有一个相关的交流，就禁不住说，婶婶，娃明儿要是殁了，你们哭么？岳父说着伸出指尖儿指了一下吃奶的小娃娃。这个"你们"，应该还包括着婶婶的婆婆。婶婶好像给猛地呛着了，一连串的咳嗽，咳嗽让她的头巾角儿都掉了下来。在咳嗽的间隙，婶婶对岳父说，你回去吧，回去吧。岳父的意外和吃惊是可以想见的，他还没有得到应得的报酬呢，今天填炕用的东西，难道不是岳父用那个小背篼一次一次背来的么？是否婶婶记错了，误记着她已经给过他东西了？但岳父还是回去了。岳父说，就是这件事给他留下了太深的印象，都快八十年过去了，想起来一切都像刚刚发生的，炕洞里的烟哪掉下来的头巾角儿哪吃奶的娃娃哪黑眼睛哪等等等等，都像是一回头就能看到。岳父当然想不到的是，那娃娃不久果真就殁掉了。说是脑膜炎。他的妈妈他的奶奶哭他的时候，嘴里念叨的就是我的黑眼睛呀我的毛眼睛呀，岳父说这件事让他记了一辈子，不安了一辈子，有负担了一辈子，就觉得那娃娃的死，就是死在了自己的嘴上，就是死在了自己的那一句话上，就觉得那娃娃是他咒死的。你说一个人死，人家真的就死了，你说这叫人害怕么？岳父说到这里，从他那被时间磨搓了八十多年的脸上，我好像看到一丝稍纵即逝的余悸和慌乱。我及时劝慰了几句。我知道这个事上岳父也许是需要劝慰的。但岳父摆着手说，不说了不说了。就那样沉默了一会儿。看岳父的样子，他还是在这个事情里，他暗中摸索着什么一样说，那娃小名字叫个瑟儿，要活着，也快八十岁了。

接下来岳父没有再说这个瑟儿，而是说起了那个婶婶，岳父感慨说，自己活了一辈子，没见过第二个那样的女人，我活这么长时间，那样的女人，没见过第二个，岳父说。岳父算一笔细账那样算着，说他的那个本家婶婶，先是男人没有了，再是儿子没有了，就剩下了她和一个老婆婆，那时候婶婶至多就是三十刚过，正在自己的好年华上，照大家的想法，她接下来几样活法无非如此：

一、撇下婆婆，自己找个主儿嫁了过自己的，反正男人殁掉这两年也算是活的亡的都对得起了；

二、自己嫁出去了，但不忘婆婆，常常回家来看看，买点吃的用的给婆婆，这也算不错了；

三、招个女婿上门，和婆婆生活在一起，这就是贤惠得不能再贤惠的媳妇儿了。

但是婶婶这几项都没有选，她就那样守着婆婆过下去了，一月一月一年一年过下去了，有时候看见她拉着架子车到地里去到街上去，车上就坐着她的让风吹得很旧的婆婆；有时候到她家里串门的人看到她睡在炕上，婆婆巫气很重地挨近她坐着，在她的头上、手上坐了许多吐着火星和青烟的胖艾灸。老婆婆真是能活，活到九十岁过了才吐尽一丝余气走了，好像她活着就是为了耽搁儿媳妇的，好像她就是要把这样一个儿媳妇尽可能多一点时间留在自己身边。那时候她家院子里的杏树早就不见了，院子的一半卖给了别人，使得院子促狭了很多。岳父说，都在那个院子里过活，一个五个手指头都没有活满，一个往一百岁活，为什么是这样子，他活了八十多了，想不通这个事情，给不出一个道理来。老年人说什么都容易感慨很深的样子。岳父这是比较瑟儿和他奶奶的寿数呢。岳父说，老婆婆撒手归真的时候，婶婶大概六十岁有了，因为岳父都快三十岁了。小舅子插话说，她这样做有什么价值呢？实际上她完全可以有很多更好更妥当的选择。岳父五十几才得的儿子，向来视他的儿子为命根子，但因为小舅子说了这样的话，就使他罕见地在儿子面前显出不屑来。岳父说，什么是价值，世上有各种各样的价值呢，有些事，是个人就能做到；有些事，你一辈子也见不到一个能做到的人，尤其不是自己的亲妈妈，能做到这一点，我佩服，我去给我的老人上坟，总记着给老婶婶也要上一个坟。岳父说着话激动了，等我们发现的时候，他不知从哪里摸出血压机，已经套在自己的手腕里，并让它吱吱吱工作着了。岳父即使服药，血压也总在 90—160 之间。

我忍了老半天，到底没忍住，就问岳父那婶婶长得什么样子他还记得么？岳父当然记得的，就像是借钱借到了财主跟前那样，岳父说，长相算中等，人很干散麻利，脚脖子缠得紧紧的，她男人在的时节家里还有过一头小驴，只要是婶婶骑在驴上，驴就颠着小步儿走得很勤快。

讲罢这个事情第二天，岳父就住进了宁夏心脑血管医院，检查出膀胱里有一个瘤子，恶性，需要手术，而且很快就手术了。看着躺在病床上假寐的岳父，不到一周，就已经换了一副形容，病之于人，竟至于此。

赶在住院前一天才讲出来一个记了一辈子的陈年旧事，可见这事在岳父心里的痕迹是多么深重。

（原载于《民族文学》2018 年第 6 期）

吝啬鬼阿洪的园子（外一篇）

祖拉古丽·阿不都瓦依提（维吾尔族）
古丽莎·依布拉英（维吾尔族）/译

　　这座里面满是无法环抱的大松树、四周高高垒起墙壁的地方，为什么就被称为园子了呢，关于这个，村里却没有人知道。兴许，别处的松树没有被高墙遮挡起来，才叫作松树林吧，而这里的松树被圈起来，才被叫成是园子了。园子主人的名字其实不叫吝啬鬼阿洪。这个人为了看好自家的松树，十棵为单位，专门在那里绑定了狗来看守。而且，他的园子从来都不允许任何人出入。他作为这个大园子的主人，却常年独居在一间黑暗、矮小的老屋子里。借故，人们就忘了他原有的本名依盖木拜尔迪，认为他过于小气、吝啬，人们经过他的园子时，也只能弓着腰，伸长脖子望一望，却没有进去看个究竟的机会，只好说这是吝啬鬼阿洪的园子就罢了。

　　我也和别人一样，一直好奇这个园子，很想进去亲眼看个究竟。也不知道，这个园子里除了耸出墙外的松树，还有那些一有个风吹草动、或听到有人走动的声音就吠啸个不停的大狗外，还有些什么呢。在这样强烈好奇心的驱使下，有一天，我从园子一堵不太显眼的墙上翻了过去。刚跳下来，松树重重地震了一下，接下来，就是毛发锃亮的大狗们，发起全面进攻的架势，抖动着粗链条，猛烈地向我扑过来。虽然，那些狗都是拴着的，但是它们龇着牙咧着嘴、上蹿下跳着想要扑过来的猛劲儿，好像是见了抢了它们什么最喜欢的东西的敌人似的，眼里冒着兽性十足的凶恶，让我毛骨悚然，袭来冷冷的不祥之兆。果不其然，一条黑狗崽腿不着地地向我冲了上来，我朝着园子有门的方向拔腿就逃。估计，整个园子里，只有这条狗崽是松绑的，它咬定了我，紧追不舍，终于朝我的裤腿扑上来。虽然，我自信自己怎么都比这个矮小的狗崽强大。因为，还有作为园子主人的其他大狗，咆哮着为这条狗崽助阵，我还是带着一身的冷汗，争取跑到了狗的前头。跑着跑着，我突然被一根粗棒绊了一下，我拿起这家伙朝狗掷去。这个举动，激恼了整个园子里的狗，使得它们更加狂躁不已，来回地、拼命地，拉扯着铁链，凶残地想要把我撕碎了似的。我心里诅咒着它们，希望牵制着它们的铁链能在它们挣扎的时候掐住它们的脖子，能让它们一命呜呼。此时此刻，我多么希望有那么一个人，会翻墙过来搭救我。希望能在这个天各一方的地方，指给我有门的方向。抑或是，即便隔着墙外回应我的求救声，和我一起求救，让这些与我为敌的狗崽们明白，我也有自己可以依靠的同伴就好了。四脚朝天了的那条黑狗崽，很快翻了身，又加紧向我追上来。我为了摆脱出这个方圆三十亩的园子，与狗崽，不，应该说是和一群恶狗苦战后心惊胆战了。有幸的是，有个像厨房一扇小门似的"门"是开着的。正值园主依盖木拜尔迪在门口和一个人聊天呢。我把自己掷向门外，狗也即刻消停了下来。好像里面所有的狗都明白，自己的职责只是守护好这个园子，戛然息了声。

依盖木拜尔迪大叔咧出他的黄牙。

"嗯，小兄弟，看来你已经游过园才出来吧。"他奸笑着说。

此刻，我看着他，觉得他更有狗的兽性。

我也回敬了他一句：

"是啊，我在园子里亲眼见识了各种各样的狗啊。"

我把自己进园后的历险记告诉一些人后，人们又添油加醋地，将吝啬鬼阿洪的园子变成口口相传的民间传说中的园子了。有人说，这个园子曾是依盖木拜尔迪祖传的园子，里面暗藏着许多家产，所以，他才会这样严密地守着它。更有人把园子的故事提上了高潮。说什么一到夜晚，他的那些狗就会变成一个比一个美丽的女人，依盖木拜尔迪夜不熄灯地，彻夜和这些女人逍遥鬼混。不管人们喜欢编织出什么样的故事，依盖木拜尔迪的园子还是保留着它神秘的面纱。随着岁月的流逝，渐渐地，人们对园子的话题已经不感兴趣了，只是在经过那里时，才会想起那些传说，想要去相信那些是真的而已。

今年，县建设局下发了文件，要在依盖木拜尔迪大叔园子的位置改建医院。我代表建设局的干部，和另外两个同事一行，去他家传达文件。他听完，操起棍棒就把我们赶了出来。后来，我们又去了几次，还是被赶出来。听说，就是县长去找他，要求腾出地皮时，也被逐了出来。其间，又过了四个月，我们依然没能说服依盖木拜尔迪大叔，没有协调好，改建工程也没能动工。

有一天，一个孩子跑来，给我捎口信说：

"依盖木拜尔迪大叔，叫你过去找他呢。"

我想，他该不会是骗我过去，然后放狗咬我吧？！心里虽然这么想着，但还是去了。进去一看，满满一屋子人，依盖木拜尔迪大叔在炕上躺着，待到其余的人也到齐以后，依盖木拜尔迪大叔才开始给我们说起了往事。

其实，解放前这个园子和周围 500 亩土地都是我们的，我就是园子主人特力瓦尔迪巴依的独子。我是巴依的儿子，年少时期比较自大轻狂。如果有人比我在任何方面胜出一筹，我都会找机会在别人面前诋毁或嘲笑他一番，并以此为乐。那时，曾有一对夫妇为我家打长工。他们有个儿子和我同龄，叫作亚库甫。有一天，我和亚库甫正从瓜地经过，遇见提着一铜壶凉茶的姑娘，她一看见亚库甫就羞羞答答地停住了。只见亚库甫也朝那个姑娘兴冲冲地迎了上去。我看出他们的关系明显不同一般，就有意避开了他们。可是，心里的妒火却怎么也不能让我平静下来，如此美丽的姑娘，怎么就属于这个穷小子亚库甫呢。

第二天，我候着时辰，在田地里瞄着那个姑娘的必经之路，果然，我拦住了她的去路：

"哎，白姑娘啊，有我这样的小伙子为你火烧火燎，你却要嫁给亚库甫那穷小子，过寒酸的日子吗？"

"哼，瞧你还好意思说啊，你这个坐享其成的花花公子哥，养着你的，还不是亚库甫呀？就是有像你这样的十个，也不及我的亚库甫一个呢。"姑娘竖起柳眉杏眼，呵斥了我一番，转身就走了。平日里，我仗着自己是巴依的少爷，习惯于拈花惹草，从来没有哪家姑娘敢这样明目张胆地训斥和拒绝我的。虽然，我打心眼里没有娶她的念想，但为了出这口恶气，我打定主意想要从亚库甫那里把她夺过来，让他们这几个穷骨头都来伺候我，我几近气急败坏……

晚上，像往常一样，我和亚库甫结伴，到经过园子中央的水渠里游泳。透过树叶洒落下来的月光，照在亚库甫宽阔、坚实的胸脯上，使得他身上的水珠闪闪发亮。我看着他尽显男性刚强的身肌和臂膀，又看看自己矮小、敦实的模样，对自己越发觉得不满。这时，玛丽娅姆对我的那次蔑视，再次在我耳边不断地重复着。我鼓足心中的闷气，不由自主地将亚库甫的头狠狠地摁进水里，死死地压住他的脖颈。开始，他以为我在和他闹着玩呢，就放任了我。之后，可能是呼吸困难了，才开始想要挣脱。他越是挣扎，我对他的恨意就越强烈，不容他有片刻喘息的机会，我使足蛮劲儿，狠狠地继续将他的头扣在水里。他的手脚不停地拍打着水。月儿的倒影，因为水溅的缘故，在水里就像是破碎的玻璃碎片儿，还不停地闪耀着。他想要喊出来，又被我强行灌了水，痛苦地垂死挣扎着。过了一会儿，他好像不动了，已经窒息了。我这才后怕起来。我抵不住心中的那股妒火和愤怒，一时失去理智，硬是杀死了一个大活人。等我撒完气，回过神，一切都晚了。我居然为了一个姑娘杀害了自己的朋友，我懊悔！我重复着许多恶人的行径，也想办法把亚库甫隐藏起来。我把他埋在园子一角堆积木柴的地方，之后又把木柴按照原来的样子堆积上去。第二天，当他母亲问起他时，我若无其事地说没看见过他。

他的母亲眼看怎么也得不到儿子的消息，就找到玛丽娅姆那里去了，并把所有的怨气都撒在未过门的儿媳那里，骂了起来：

"你怎么可能不知道呀？！一定是你要求他买这买那的，让他准备彩礼了吧。他肯定是为了赚钱娶你，而背井离乡地丢下我们，外出找赚钱的出路了呀？你这个黄毛扫把星，自从遇见你，我的儿子就开始了霉运。"早已泪流满面的她，跌跌撞撞地走出园门时，和我碰了个正着。

"一定是你把他怎么着了吧。"她愤愤说完就走开了。背后，她那梳成一根的黄发粗辫子，因为走得急，甩来甩去的，看着看着就觉得像一条随时都准备攻击我的毒蛇，我冷不丁地发了一身冷汗。

一个多月后，亚库甫的亲人们没有得到他任何消息之后，他们只好得出这样的结论，当然更多的是为了要告慰活着的人吧，说："他可能是为了赚回些钱，流浪到别的地方了吧。"

又过了几年，他的生死依然未卜，他的亲人在等待中，不得已为他举办了乃孜尔。就把那一天当作是他真正离世的日子。亲人们沉痛地为他哀悼，并送了行。那天，他的母亲倚靠着我的肩膀，哀哭着："唉——，呜呜——，你可是我孩子最好的同伴哟！你就这么失去了他唉——"

任何人都没有发现，是我杀死了亚库甫。我依然我行我素地逍遥着，遇到姑娘仍旧会寻花问柳。后来，我讨了个媳妇，成了家。婚后，不过几个月，我的父母双亲因为炉火中的煤烟燃气而中毒身亡了。也就是从那一天起，我也开始了属于我自己的霉运。

有一天，我很晚回家，屋里的灯还没熄，门也没上扣。进屋看见的一幕顿时让我火冒三丈，热血直往脑门子上冲，只见我老婆正和我才认识不久的朋友搞在一起。因为太意外，我不知所措地，呆立在那里，不想，那个叫阿巴斯的家伙朝我狠狠地抡了一拳头。接着，我的老婆立刻拿起高阁上的擀面杖对着我一顿乱打。他们俩合伙把我打得没有还手之力后，匆匆忙忙在我嘴里乱塞了条毛巾，又把我捆绑在了园子里的一棵松树上。然后，开始洗劫我祖辈留下的所有金银财宝，把我反锁在这个大园里，扬长而去。

我整个晚上，都被捆绑在松树上。第二天，我养的一只狗可能是饿肚子了，跑到我身边叫唤个不停。看到我没有任何举动，最后，这个动物衔起我口中毛巾的一角，硬是把毛巾拉扯了出来。可能是老天眷顾了我，没了堵住嘴巴的毛巾，我的呼吸开始变得顺畅了。我使出吃奶的力气，高呼："有人吗——"过了不一会儿，附近的那个依塔洪水子，翻墙下来救了我。

我也没去找寻那个跟着情夫逃跑的老婆。我心里明白，这些都是我对亚库甫犯下罪恶的惩罚，我无声无息地承受着所有的报应。瞧，这都已经六十八年了，这么多年来，我一直都在为他做彻夜的哀悼。每次看见那条水渠，我眼前立刻就会浮现出裸露着身子的亚库甫。常年来，没有人关心我的温饱或疾病。我吃的仅仅是在馕坑的残灰里掩埋烤熟的皮面饼和糊糊而已。我孤苦伶仃地度过了漫长的六十八年啊！有几次，我也有过想去自首的冲动，可是，我惧怕死亡。如果是判了死刑的话，我必死无疑，所以，我将自己隐藏起来。我时时刻刻都害怕有人会发现，我埋尸掩盖罪行的园中的那个角落，常年紧紧锁闭着园门。那条救过我命的狗的崽子，我一个不剩地都养了起来，让它们也帮着我一起盯紧园子里的一切风吹草动。后来，局势发生了变革，我就把这个园子让出来，给政府部门当临时营地来使用了。而我自己做了这里的守园人。后来，岁月又恢复了平静，我又以这是祖辈沿袭下来的土地为由收回了园子。我这些所有的举动，都是为了掩饰我的罪行。可是，事实上，我和坐牢并没有什么区别，没有人会想起我，也没有人会注意到我，更没有人来理解我。六十多年来，我没有任何亲人在我身边，也没有敌人和朋友可以说话。我喝的是糊糊，吃的是烤焦的面皮饼。自从杀了人之后，我没日没夜都处于极度紧张不安、焦虑的状态。一到夜晚，总觉得在某个角落亚库甫在呼唤我的名字，又觉得他正朝我追上来。这样的噩梦，每晚都会让我惊醒，也不清楚度过了多少这样的不眠之夜。即使我入狱接受惩罚，也该刑满释放了。可我同时接受了良心的惩罚，给自己判了活死刑。真是老天有眼，我在这凡人的世界里就得到了惩治。如果仍在人间的监狱里，我也许能避免恐惧、忐忑和心的火炼。我逃脱出了人间的监狱，却没能摆脱地狱似的罪恶轮回。

那一次，你们告诉我说，你们要在这个园子的位置改建医院，我眼前立刻浮现出挖出骷髅时的情景，这让我十分担忧。我活到这把年纪，隐藏多年的丑恶罪行，看来就要被公之于众了，肯定会让我蒙上奇耻大辱的。我才会拼了老命地赶走所有的不速之客。真是要想神不知鬼不觉，除非己莫为啊！就是这些焦虑，终于击垮了我。我的日子也为数不多了。我为了安心度过这仅剩的几天光阴，想得到良心片刻的安宁，才决定把这些秘密统统都告诉你们，园子随你们使用吧。我也没有值得遗留的任何亲友，我整个人也随你们做任何的处置吧。依盖木拜尔迪大叔说。

这时，我才感觉到关于这个园子的所有魔障都解除了。只是这个魔障的焦点就只剩下那个骷髅了。在座的曲终人散，纷纷起身要离开了，好像没有人再愿意去惩罚这个老人了，也没有人想要陪伴他，我们都离他而去了。

生　日

几天来下着的雨，使得街面上都是沟沟壑壑。只要举步前行，都会连带着拔出重重的泥泞。为了躲开雨水而蜗居在家里的人们，望着屋顶上滴落下的雨滴，愁思着田地里的粮食。

"亏了啊，农民们这下可要亏了啊！前期筛选好的粮食已经收好，打好在麦场了，后期收割的麦子被雨淋湿会长芽儿了呀！"

这是我推开克里木大叔家门，首先听到的话。那个门，还没来得及去掉冬日里为了防寒而钉满缝隙的毡子片儿呢。屋里已经有村里的三五个农户闲得无聊，就聚到一起打牌解闷呢，看到我进来，都动身让给了我主座。屋顶上有几处在漏水，滴落在大大小小的铁盆里，发出规律的声响。我就着坐在炕沿，告诉他们我的来意。

"哦，孩子，你这就要去乌鲁木齐了啊，我们家那可怜的孩子，在那么远的地方做游子，去读书。那里也没有任何亲朋好友，就让你捎带些许馕什么的吧。"我话没说完，正在用湿木柴试着在炉子里生火的海丽倩姆大婶接着话茬儿，被烟火呛着说，她吹着炉火，两眼已经被烟熏得湿润了。

炉子里，湿杏木柴滋滋地冒了几下烟，就又灭了。海丽倩姆大婶点燃纸，投入到炉底，又吹了起来。这个场景，既让人同情又使人觉得很无趣。

我和克里木大叔的儿子外力同龄。我因为家庭经济不允许，初中毕业就回家了。克里木大叔坚持说到做到："绝不让儿子碰坎土曼。"就一直让外力读书。他现在是大学在校生。我是村里人都会羡慕的、以钱生钱的生意人了。

我经常去乌鲁木齐市，所以，也知道外力的宿舍。他的舍友是一个小胡子，他说外力出去了，可能很快就能回来。我就在宿舍里等他了。

"你来得正是时候，伙计，走吧，我带你去玩一圈吧。"外力一进门，和我握手的当儿说。

他把我带进一家天花板上装饰有吊灯的，正墙上安有棕色玻璃的大厅。大厅里有依次围坐在圆桌旁的、三三两两的男女青年。他告诉我说，今天是他女朋友的生日。为了庆祝这一天，这才举办了这次聚会。

不一会儿，四个席座被男男女女坐得满满当当了，在高声嘈杂中，开始了大吃大喝。这些知识青年的举动让我大跌眼镜。平日里，像我们这样留住在村里的、只有半瓶墨水的小青年们，即使是在热情高涨的麦西莱甫聚会上，也不会如此失态。我从坐在旁边的伙计那里听说，这个聚会的所有费用都由外力独自来承担，刚送到嘴边的一筷子菜，让我难以下咽了。像这样丰盛美味的各色菜肴，对于我们这些村里的贫困农民来说，就是在梦里见到了，也会咀嚼到第二天，还会为之流口水的。可事实上，这个奢侈的小型宴席，正是在我们村里土生土长的农村孩子亲自布置的。我想起前些日子里，他的母亲海丽倩姆大婶，还在我母亲面前抹眼泪诉说着什么。顿时，我觉得他母亲的眼泪好像滴落在这些美味上，我哽咽了。我下意识地找寻到那位"幸运女孩"。她穿着紧身又灵巧的褐色裙子，短短的鬈发蓬松着。姑娘的漂亮和时尚没得说，可在我眼里怎么也找不出她真正美丽的地方。她自信又微笑着的面颊，很快被海丽倩姆大婶忧愁的面庞所取代。

"来，来，请！"

我呼地抬起头，回过神来，看见那个"幸运女孩"，她将切割好放在小碟里的小块儿蛋糕向我递了过来，我出于礼貌，微笑着看过来。这个微笑，我自己都觉得太虚假了。

我看了看外力。他在姑娘旁边坐着，显得非常开心，当然也有几分自满。到了聚会的高潮部分，交际舞开场了，外力凑过来，小声问：

"家里人没让你捎带些钱什么的吗？"

"嗯，带了，"我向他递去他父亲克里木大叔寄的一百五十元，并问他，"怎么，这么拮据，还摆这么阔气的席呀？"

"怎么说我也不能在喜欢的姑娘面前缩手缩脚，让自己难堪啊。我是男子汉嘛，当然会大手大脚些嘛。"

海丽倩姆大婶努力吹着奄奄一息的湿木柴火的样子，还有姑娘兴高采烈地舞着的样子，统统浮现在我眼前："你可以为你喜爱的人不惜一切。那么，你也应该喜欢和爱惜你的父亲和母亲不是吗？！让你成为堂堂男子汉的，不就是克里木大叔和海丽倩姆大婶吗？！"

"男子汉"背对着这场豪华聚会，悄悄地数着从我这里拿去的钱。

（原载于《民族文学》2018 年第 6 期）

乡村大厨

黄佩华（壮族）

这些天，平用寨的李金光夫妇像是经历了一次驮娘河漂流，两颗日渐衰老的心一会儿被抛上了浪尖，一会儿被掠过险滩，难有一刻的平静。

一个半月前，他们的儿子李元生背着俩老卖掉了家里两头肥猪，然后风一样消失了。那天中午，李金光夫妇吃了元生从镇上带回来的豆腐脑，然后就开始迷糊了。他们醒来时已是傍晚时分。最先醒来的老伴发现，屋后圈里的三头猪只剩下一头了，正饿得嗷嗷大叫。而更蹊跷的是，当晚夜深了也没见儿子回家。李金光后来边削篾条边想了好几天，还是想不通元生这次离家出走的理由。

然而，当他们慢慢把两头肥猪和元生失踪的事淡忘了之后，元生又像是从天上空降下来一般，穿着一身白衣制服回来了。更令俩老意外的是，元生以往那一头染黄的长发也变成了板寸头。

儿子归家，俩老悬浮的心终于落了地。不过，李金光还没来得及追问元生这一个多月的行踪，母亲更来不及询问他把那两头猪到底卖去了哪里，得了多少钱，元生就不声不响地把自己关在三楼的房间里，脱下一身白制服，倒头便睡着了。看见儿子这副颓丧的样子，看来这一次离家肯定不会是什么快乐的游历，这身白制服也不是什么体面的东西。李金光这么想。

元生这一觉睡了两天。梦中醒来，他下意识地用手在右侧摸索了几下，空空的什么也没有，刚刚分明有个女人睡在旁侧的。他睁开眼睛，一道白光从窗外透进来，耀在眼上，才意识到这是一个梦。

梦中的那个女人样子有些模糊，长相也很模糊，说不出有多大年纪，不过躺在他身边，长短和他差不多，身体相当丰腴，皮肤细腻光滑，气味芬芳撩人。李元生忽然有些懊恼，这个梦为什么不再继续下去呢？说断就断了。若再继续梦下去，哪怕只有几分钟，便极有可能会有一个情况发生，那是一种他已经断绝了好多年的快活事情。那个叫苒玲的贵州女人，总共和他只快活了六天，然后又跟别人跑了，还卷走了他仅有的一万块钱。

是屋后圈里的那头猪扰坏了他的美梦，他记起来了。那头家里唯一的年猪许是饿坏了，老是嗷嗷嗷地嘶吼，嘹亮的声音一阵高过一阵，直到把他从梦中给吼醒。他复又闭上眼，试图回到那个美妙的梦境，但努力了许久都未能再进去。于是他干脆在床上伸了个懒腰，先是两只脚后跟把床蹬得山响，后又用双手猛捶了几下床板，然后腰一挺坐了起来。

天气显然变凉了，这一觉仿佛穿越了一个秋天，冬天已从遥远的北方归来，从窗外钻进屋里。李元生不由得打了个寒战。这一激灵让他顿时清醒了许多，头脑里的记忆也渐趋清晰。这个觉实在太有意思了，他已经记不起做了多少个梦，而梦见最多的是那个时隐时现的白衣人。白衣人长有一张圆脸，不男不女，不胖不瘦，不高不矮，除了穿一身云白色制服外，还戴了一顶高高的帽子。他一会儿自称是天上会弄吃的神仙，一会儿说自己是省城烹饪培训班的大师傅，一时又像是身穿制服走在八达镇大街上的自己。总而言之，这个缥缈的白衣人注定是一个早已约定的大师，已经依附到自己的魂魄里了。而就在这一瞬间，他仿佛再一次得到了神助，决定踏踏实实做一个梦中的白衣人。

他从枕头边摸索到了老款华为手机，打开约半分钟后屏幕才跳出了一个时间：下午三点四十五分。

他打了个长长哈欠，转身挪移下床，趿上拖鞋，撑起身体，一瘸一拐地摆到一个木制大衣架跟前停住。说是衣架，那也是他自己叫的。其实是两头立起两根人一样高低的方木，在上方钻了两个圆孔，然后用两条竹竿串接起来。两根方木的腿脚分别被钉上两条支腿，下边钉在一节方木脚上。这个简易的木架几乎挂载了他所有的衣服，洗干净的和脏了的衣服都挂在上面。他伸出双手边寻找边挑拣了一阵子，最后挑了一套已经散发出霉味的发白了的李宁牌蓝色运动服，然后笨拙地穿在身上。随后他又在墙角边拎了一双叫不出牌子的旧运动鞋，坐回床沿穿上。这个行头表明，他是想要干一件大事了。

他摇晃起身子出了房间，也不掩门，在三楼楼梯口猛吸了口清凉的空气，吧嗒吧嗒地下了楼梯。母亲听到声响，赶忙从二楼的库房里出来，手里拎一截半尺长的腊肉，怨嗔地说："元生，以为你起不来了哩。"

他只瞟了母亲手上那坨黑乎乎的腊肉一眼，并不搭腔，继续径自走下一楼。

见他这样，母亲也不再言语，只是默默地跟在后头下了楼梯，满脸晦暗。她总共生下三个孩子，两男一女，元生排老二。大儿子早年去南宁打工，和当地的一个卖菜女子结了婚，整天忙于打理小生意，两三年不轻易回来一次。小女儿人长得好，八年前没读完高中就跟一个浙江老板走了，逢年过节能收到她寄回来的一些钱物，人却未曾回来过一次。元生本来也是去打了几年工的，可是换了不少地方，都因为脾气差，动不动就跟老板顶杠，和工友也合不来，干不了多久就走人。最终还是回到了老家，整天不是蒙头大睡就是和两个老人大眼瞪小眼。

父亲李金光独自坐在院子边削竹篾，神情专注。他一手持篾刀，一手挟住一根细长的竹条，缠绕有一层旧布条的双手灵巧地左右移动，削出来的竹丝在他的裤腿上盛开出一团青白色的花朵，散发出一股沁人心脾的竹香。

李金光眼睛的余光早已注意到了元生的出现，但他并不想朝他这个方向瞄一眼，因为睡一两天懒觉的元生以前太常见了。一个睡懒觉的人是不值得他重视的，他也无须去关注他责备他。按照他的定义，元生早已是死猪不怕滚水烫了。早年，李金光时常教育他的三个孩子说，那些早起的人勤劳的人才会过上好日子，而爱睡懒觉的人行为浪荡的人游手好闲的人最终将没有什么好下场。然而，当孩子们长大之后，他的这种说法似乎并没有得到印证，反而成了元生经常攻击他的一个笑柄。当有一天元生完成一番游历，蓄了一头长发回来之后，自以为见多识广了，眼里已经没有他这个爹了。为此，当元生鬼影似的出现在屋门口时，他只是在心里鄙夷地暗骂了一声：这个鬼仔！

鬼仔，是平用人骂人的一句口头禅。意思是这个模样不人不鬼，有鬼气，行为鬼怪，做事鬼马。李金光骂元生鬼仔，还包含他是半死了的人之意。

虽说以往父子俩不知有过多少次大大小小的过节，但李金光都觉得元生只不过是和自己年纪有差异，如今长大了翅膀硬了，看不起父亲也是天经地义的。然而，发生在一个半月前的那件卖猪事件，却让他这个父亲对这个鬼仔彻底失去了信心和希望。这件事不仅令他感到丢脸，更让他感到心寒。

这些年来，元生的婚事一直让李金光和老伴操碎了心。现年三十五岁的儿子不仅年纪大了，而且腿有残疾，若不成婚，越往后合适的女性就越少，熬太老了便丧失了传宗接代的能力。为此，早在元生二十出头时，李金光就开始为他张罗婚事。不承想，先是被那个叫苒玲的贵州女人趁机骗了他们一把，后来又被村里的黄家女儿耽误了好几年。黄家女儿阿花和元生一般年纪，自小左腿比右腿短一点点，走路时有些摇晃，被村里人认为是长大后需要特殊照顾的那一类人。村里人还认为，元生和阿花是天生的一对，一个左腿有毛病，一个右腿瘸了，谁也不欠谁。

元生右脚上的残疾缘于隔壁覃家的那棵鸡屎果。

那年七月，覃家那棵巨大的鸡屎果开始熟了。鸡屎果是当地叫法，学名叫番石榴，因为熟透的果子有一股浓郁的鸡屎味道，但吃进嘴里却是臭中带香，香中带甜，于是被桂西北一带的人们称为鸡屎果。进入七八月，鸡屎果的味道不仅吸引了成群结队的勾帽鸟，也迅速吸引了村里一帮馋嘴的孩子，元生就是其中的一个。覃家主人覃老二早就恨透了这帮馋嘴的孩子，尤其是元生。那天，刚上小学二年级的元生同另外两个小伙伴，趁夜色溜进了覃家屋后，欲爬上树去偷鸡屎果，不料中了覃老二的圈套。狡猾的覃老二已经在鸡屎果树干高处涂抹上了猪油，但元生他们却浑然不知。结果他被油滑的脂肪害惨了，一脚踏空，整个人从两层楼高的树上摔了下来，当场把右小腿给摔骨折了。过后，愤怒的李金光提把斧头去把那棵鸡屎果树给砍倒了，从此两家人结下了怨恨。寨上人晓得，这棵鸡屎果树王每年能收上千斤果，给覃老二家带来不错的收益。覃老二哪肯放过李金光，遂把他告到法庭。不消说，李金光败定了官司，李家被判赔偿覃家三千元。元生断了一条腿不说，李金光还挨赔了巨款，吃了一回哑巴亏。

李金光一直认为，自从元生从鸡屎果树上摔下来之后，李家就进入了衰落期。那一摔他不仅败了官司赔了款，光医元生那条腿就花了近万块钱，卖了家里的两头水牛还不够开销。元生这个鬼仔败家子，真是把全家都害苦了。不过无论如何，元生再调皮捣蛋也是自家的孩子，李金光还是凭一双巧手，编竹具卖钱供他读书，还不时给黄家买这送那。黄家人心里明白，李金光不会平白无故给他们送好处，人家想的是自己短了几寸腿的女儿。既然人家有这份心，女儿今后能有个着落，那也不是什么坏事，于是就默默地认了这门童亲。

元生读完高中那年，李金光以为这个不争气的鬼仔至少能考上个高职高专什么的，不料竟收到十几封中职技术学校的录取通知书。丧气之下，元生去了广东。而黄家女儿阿花却有读书的命，拿到了省农学院的录取通知书。更让李家心碎的是，阿花刚去念大学第一年，她居然走路已不那么跛了。第二年，李金光去给黄家送自酿米酒时亲眼看见，放寒假回家的黄家女儿在他跟前走路已经像个正常人一样了。对此李金光真是有些绝望了，他经多方打听，知道阿花已经医好了腿，把那两寸短板给补平了。后来事实证明，李金光的预感是对的，从那以后，黄家就不再接受他家的馈送了。人家的腿治好了，当然缘分也就到了头，这是自然而然的事。一个是大学生，有一双好腿，谁还会嫁给一个打工的瘸子呢，除非她瞎眼了。

虽说天色并不明朗，甚至有些灰暗，但元生还是觉得有些晃眼。他不由得揉搓了一下双眼，然后晃进厨房，把牙膏挤到牙刷上，舀了瓢冷水，回到走廊上，面对院子角落的父亲大声地刷牙，吐水，清痰。元生刷牙的响声很大，动作也很夸张，整个过程用了差不多五分钟。

洗漱完毕，他便一晃一晃地开始在院子里兜圈子，逐个给好友阿牛阿昆和老毛打电话，说有事情让他们马上到家里来。李金光虽然装出对元生不屑一顾的样子，但却竖起一双鼠耳在听儿子跟谁说话。元生这帮狐朋狗友，和他没什么两样，整天无所事事，不是到驮娘河钓鱼就是不分白天黑夜聚在一起吃喝。俗话说猫狗不一窝，这些人和元生一样，都是一个人吃饱全家不饿的角色，说白了就是一群光棍汉。李金光更是无法捉摸，天晓得元生他们从哪里弄到的钱，好像从来都不太缺买烟酒的资金。不过李金光并不知晓，其实元生的三几个朋友还是有些手艺的，他们不时也会拿到一两摊装修单子，有时做几天工一起挣个一万几千没有问题。

平用是个不大不小的寨子，祭山神的时候名头就有一百五十余户，逾六百人口。除去外出务工的人员，经常住家的也还有近四百人。然而在这样一个寨子里，像元生这样尚未婚配的男子竟有不下五十人。男人们打光棍的原因多种多样，不过最主要的原因还是无人可娶。平用这个地方有点怪，女孩子都特别爱读书，而且成绩一般都比男孩子好。她们一旦上了高中，几乎都能上个高职高专以上的学校，进了高校就几乎留在了外面，不再回村里了。而进不了高校的男孩们一部分选择去打工，一部分则去读中职，毕业后进了企业公司，另一部分则留在村里，或照顾老人，或耕田种果。天长日久，男孩们渐渐都长成了男人，娶不上女人的就成了光棍汉。对于李金光一家来说，老大和女儿长年不回家，注定成了别人家的人了。尽管元生不怎么招人喜爱，但也是自家的孩子，而且腿脚不便，没个女人照顾，以后怎么过日子呢！眼下，他认为最为急迫的事情，便是给元生找个合适的人，哪怕是个寡妇。有个女人在他身边，总比整天游荡好。于是老两口圈里时常养有几头猪，说不定哪天儿子找到合适的女人，就把它宰了。

元生边打电话边在院子里转了几个圈子后，便陆续有人聚拢来了。他们一见面就嘻嘻哈哈，抽烟说笑，完全忘了李金光的存在。看看人到得差不多了，元生一声吆喝，五六个人就往屋后走。

原本喧闹的院落忽然寂静下来，这才让李金光有了些警觉，这帮鬼仔拢到一块准不会有什么好事。他猛然吸了一下鼻子，停下了手上的活，缓缓站了起来。坐久了腰腿有些发麻，他拍开沾在身上竹屑，刚想迈步，却见元生正朝自己一晃一晃地靠近来。

"爹，我要杀猪。"元生站到他跟前。

"杀猪？"李金光瞪大眼睛问。

元生双手捋了两下头发说："过些天八达镇搞美食节，我报了个铺位，不过至少要先杀一头猪，做点腊肉辣椒骨。"

"你……你会炒菜？"李金光还是瞪大眼睛问。

元生颔首说："我……有师傅了。"

"你要是杀了，年猪呢？"

元生顿了一下，咬牙说："先杀，年猪再讲。"

这个忤逆不孝的鬼仔！李金光心里暗骂一声。要是以前他肯定就朝他抡巴掌了，可是现在他老了，儿子也三十多岁了，这时候还打孩子，后果会十分严重，所以他选择了忍气吞声。人家话已经说到这个份儿上，他还能说什么呢。

早些年，因为竹编手艺好，市县里把非物质文化遗产的牌牌挂在了家门口，确实让李金光感到脸上亮光了一阵子。然而，随着年纪渐长，视野里的景物愈来愈模糊，手脚也不如以前灵便了。他时常想，手上的这把篾刀得要找个人传接下去了。他曾经多次把他要找的这个人定格为元生，但一次次地又被他自己否定了。这个他眼里的浪荡鬼仔，至今连个老婆都找不到，他哪里能接得下这把篾刀呢！

这时候，屋后传来一阵猪的嘶鸣声。母亲慌忙从厨房里冲出来，大声吼道："元生，你要干什么？"

"杀猪。快点儿烧水吧。"元生平静地说。

"元生，妈求你了，这头留做年猪。你不过年了？"母亲几乎是央求说。

"还有两个多月才到年呢，明后天我再给你买一头大的。"元生说完，一手提刀一手拎盆，肩膀一耸一耸地往屋后走了。

仿佛是一声炸雷，母亲僵直地站在门口，手里的塑料潲桶咣的一声，落在地上，溅起一摊水气。

"他爹，这日子怎么过呀？"母亲大声哀叹道。

李金光朝她鼓了一眼，恶声恶气地说："天晓得呀，谁叫你生了这么个妖孽。"

元生来到猪圈旁边，几个伙伴已经把猪捆绑得结结实实，将整头猪压制在一个方桌上。元生把锑盆递给阿牛，又把尺余长半掌大的尖刀咬在嘴里，从容地捞起两边衣袖，双眼露出凶光。站在一旁的老毛以为元生会把杀猪刀交给自己，却见元生右手紧握刀柄，俯下身去，用刀背猛击一下猪的前蹄，接着将刀尖往猪脖颈与前腿间柔软的部位捅去。阿牛不敢怠慢，赶忙将锑盆塞进刀口下方，接住汹涌的血流。

每年腊月，春节将至，桂西北乡村家家户户都会杀过年猪，制造出这里独有的美食。只不过李元生家的这头杀得早了，因而引起了他父母亲的疑虑。

当晚，元生亲自操刀切了几盘下水和一盘五花肉，每一片肉都薄似纸片，每一盘生肉都放了几根姜葱。老毛以前跟人合伙做过杀猪生意，有一些刀功，却不曾见过切得如此薄的肉片，不由得暗自吃惊。元生还叫阿牛和阿昆做了一个火锅，投入草果、姜片、花椒、辣椒、八角、香叶之类，再倒入半斤米酒，顿时香气四溢。

李金光原本是不想和这帮鬼仔同流合污的，但终究顶不住香气的诱惑，和他们一起吃喝起来。

他无法相信，猪肉也是可以这么涮火锅吃的。更让他惊奇的，这一切都是儿子元生的厨艺，一个以往连炒个腊肉都咸得难咽的人，竟然把一个火锅做得如此美味，莫非是厨神附体了啊！

吃过晚饭，元生又招呼几个老友继续帮忙。他们把猪肉和猪骨头剔开，将猪肉腌制成腊肉，把猪骨头剁碎做辣椒骨，把猪血拌上糯米香料做成猪血肠，一头两百多斤的大肥猪很快就打理完了。父母亲和他的朋友们都料想不到，杀了这头猪只是他整个计划的一部分，没有人会想到，他李元生已经悄悄迷上了烹饪这个行当。第二天，元生又跟朋友们筹借了几千块钱，打算三天美食节每天杀一头猪。

元生没有哄骗父母亲，他真的是在镇里办的旅游美食节订了铺位。报名的时候主办方要求他给铺位起一个名字，他想了想就随口说："叫平用土猪香锅吧。"

主办方还为他拍摄了一张穿厨师制服的照片，连同他随口说的那个名字一起，背景是几头当地名产大黑猪，喷制成一块数米长的巨大招牌，挂在临时搭建的铺面上方。

开幕当天，他早早就把几十条熏好的腊肉条挂在铺位四周，中央置一口大铁锅，半夜里开始熬制的辣椒骨汤咕噜咕噜地沸腾，散发出诱人的肉香。帮手还是阿牛阿昆和老毛几个，不过现在是元生当老板，他们是工仔，酬劳每人每天二百元。开始他们说什么都不肯谈工钱，元生就威胁说，如果他们不要工钱他就另外雇请别人。他的狠话说出口，那几个人就不敢再推辞了。

元生的平用土猪香锅主打的是猪肉火锅边炉，为此他在摊位前边摆了八个木炭炉子，四边摆上条凳，炉上面架上一口铁锅，他秘制的汤料刚沸腾，四周便溢开了令人垂涎的味道。

深秋的桂西北高地，早晨起来呼吸都带有淡乳色的雾气了。八达镇上的人们都穿上了冬装，各种各色的羽绒服厚外套亮煞了美食节。地处滇黔桂三省交界的八达镇，傍着驮娘河，西连云南北邻贵州，各色传统美食五花八门，独具边地特色。周边更是名产荟萃，云南广南的八宝米，罗平的牛干巴，贵州兴义的高粱醇，广西隆林的黑山羊，田林的八渡笋，西林本地的黑猪麻鸭沙糖橘……真是让食客们大开眼界，大饱口福。一大早，李金光熬不住老伴生拉硬拽，也搭上早班公共汽车，到镇上去看热闹。其实，他们到镇上的目的只有一个，就是想来看看元生是怎么在镇上丢人现眼的。

李金光与别人的装束不一样，他身穿一件草绿色的军用雨披，头戴竹编油帽，手提两只空鸟笼，一副旧时赶街人的模样。而老伴穿得略有些单薄，还是一身秋衣秋裤，头上也只是套了一顶腈纶毛线编的帽子，胳膊上挂的竹篮里装的是三十只还沾有粪迹的麻鸭蛋。不消说，李金光的鸟笼和老伴的鸭蛋，还没等他们走到街边就被明眼人给买走了。老伴不仅卖掉了蛋，还有一个外乡客看上了她的旧竹篮，一番软缠硬磨之后，硬是以两百块钱的高价给买走了。这样，两个老人得以一身轻松顺着人流逛进了临时搭建的美食街。

进入街市，人山人海。他们担心走散，两个人不得不手拉起手，就像年轻时他们互相牵手过河一样，生怕脱手了。他们还约好了，两人一个看左边，一个望右边，看看元生是不是如他所说，真的在这里做火锅卖腊肉。可是麻烦很快就来了。他们刚走进美食街时，人流密度还不算太大，还能够看见两旁的铺位。但是越往里边走，人流就像筷条筒里的筷子，一个紧挨住一个，他们眼里看到的只有别人的肩膀和后脑勺，不用说看两旁的铺位了。

李金光意识到，这样走下去等于是瞎子点灯白费蜡，找不到元生不说，还有可能被人流冲撞踩伤的危险。于是，他一边抓紧头上的竹帽，一边把老伴慢慢扯出人流，在一个卖山羊肉的铺位前停下来。

　　李金光忽然闻到了一种久违的味道，这是一种混合了肉香和发酵过的草香味道。好多年以前，他第一次受邀到德峨苗山上的老同家做客，热情的老同为他宰杀了一只山羊，苗胞们把羊肉和羊骨砍成块煮成汤锅，把羊杂羊血和羊小肠剁碎炒干，与羊胆汁一起熬煮，号称羊瘪汤。他第一次吃这种羊杂汤，当老同给他打了一小碗，让他先尝试吃一勺时，一股难闻的味道从舌尖迅速蔓延向喉咙，冲击他的味蕾，扰得他差一点儿吐出来。然而，只过了几秒钟，一股爆炒羊肉杂碎特有的香气和一种苦尽甘来的味道，同时溢满了他的口腔。那一次，他竟不顾脸面，在众人面前连续吃了三碗羊瘪汤，后来成为寨上的一个笑话。

　　他一时禁不住诱惑，干脆和老伴坐下来，点了一大碗羊瘪汤，外加一份炒羊肉，两个人当成早饭吃了起来。

　　吃过饭，眼看来参加美食节的人越来越多，李金光和老伴决定不再寻找元生的铺面，赶早回家去了。

　　第三天晚上，一脸疲惫的李元生被一帮朋友簇拥着回到家里。阿牛还把一尊用红布包扎的东西搁在神龛前的八仙桌上。众人兴高采烈地鼓噪，试图让李金光去亲手揭开红布，却被他拒绝了。母亲禁不住大家的鼓动，也是出于好奇，壮起胆子过去揭了，原来是一个金光闪闪的奖杯，照得她眼睛都模糊了好一会儿。

　　老毛顺手解开一个纸筒，摊开在两位老人跟前，得意地说："阿叔阿婶，你们看看，这是两张奖状，都是奖给元生的。一张是他的火锅入选八达镇十大传统名佳肴，另一张是他做的火锅拿了美食节亚军。厉害吧！"

　　"那，羊瘪汤呢？"李金光将信将疑。

　　"羊瘪汤？做的人太多了，最高也只是得了个优秀奖，好几十个铺位呢。"阿牛抬起鼻孔说。

　　李金光晓得，儿子这一次应该是真做了一个好火锅，就如同当年他吃到羊瘪汤一样。但不过，做一个好火锅又能怎么样呢？能当饭吃吗？会做火锅就能娶到老婆吗？穿上白衣服戴上高帽就能领工资了吗？他不信。他心里只清楚地记得，这个鬼仔还欠他三头大肥猪呢。

　　没等李金光想明白，元生老毛病又犯了。他又像上次那样，关紧房门倒头大睡了两天。

这个鬼仔，狗改不了吃屎，禀性难移啊。李金光和老伴望着奖杯摇头叹气，他们又一次对这个反复无常的儿子失望了。

俩老愁眉苦脸过了两天，事情似乎有了反转。第三天早上元生终于起床下楼，他顾不上洗漱就像狗一样在院子里边兜圈边大声地打电话。李金光边小心翼翼地削篾条边侧耳细听，他大致听出了一点零碎的信息。似乎是有人想请元生去他家里帮做饭菜，对方像是个大户人家，不过元生并不愿意，他没有讨价还价。

元生打完电话，晃进厨房舀了瓢清水，回到走廊，开始大声地洗漱起来。这时，村主任刘军忽然笑眯眯地出现在院门口，大声地向李金光打招呼，然后两个人开始聊家常。在李金光的眼里，刘军是个大忙人，三两年不会到李家一次，今天忽然到访，颇让他感到意外。但他晓得，刘军显然不是来找他李金光的，他边和他说话眼睛却不停地往元生那边瞄。

果然，待元生洗漱完毕，刘军就撇下李金光向元生走了过去。

刘军是受村委会之托来找元生帮忙的。邻近的那桐寨接收了异地搬迁来的二十多户人家，这几天要入住新房，村里打算摆个长桌宴，集体庆贺一下。他听说元生刚在镇里办的美食节拿了大奖，就过来请他出面去亲自掌勺。元生听了二话不说便点头答应了，当即给老毛阿牛阿昆几个兄弟打电话，商量动身去那桐寨。

当李元生带领几个帮手开着摩托车身着厨师服出现在那桐寨的时候，乡亲们都觉得新鲜，纷纷过来围观热闹。然而，当他们认出来人就是平用寨这几个光棍汉时，便七嘴八舌地说了一些刺耳的风凉话，眼里投射出不屑的目光，很快就散开去了。

"元生兄弟，你们真的能弄好这几十桌饭菜？别糟蹋了我们这头大肥猪啵。"一名干部走到元生跟前，对他表示质疑。

"你放心，弄不好我赔你猪。"元生忍气吞声地说。

要是往常，元生肯定受不了这个气，要么和人家打起了嘴仗，要么早就动手了。但老毛他们已经看出来了，此时此刻的元生像是换了个人，他镇定地把围腰绑在腰上，吩咐大家擦洗菜刀砧板，切菜生火，一切有条不紊。

傍晚时分，随着寨上广播一声召唤，那桐寨近百户新老人家几百号人迅速聚拢到了篮球场上，围坐在几十只火锅边。自然，众人很快就被元生制造的味道淹没了。

往后不到一个月时间，元生就被寨上和周边寨子请去做了十几次大厨，毫无疑问，他做的火锅吊起了所有人的胃口。观看他杀猪切菜，吃上他做的饭菜，成了乡亲们的一种享受。而他之后创新制作的全羊宴和土酒火焰鹅新吃法，更是让所有人惊叹不已。

一天，寨上开来了一辆宝蓝色的陆虎揽胜，先下车来的正是寨上黄家女儿阿花，之后她拉开了另一扇车门，迎出一位戴深色眼镜约莫四十出头的胖女子。阿花似是长得有些微胖，但容颜并没有多少变化，她自己身上挎了一个名包，手里还拎了一个猩红色的LV。她对闻讯赶来迎接的老父亲说："爹，董事长很忙，这次就不去我们家了。"

黄老爹有些失落，疑惑地问："你们来平用寨，不进我们家还能去见谁啊？"

阿花涨红脸嗫嚅地说："张董事长要去见……李元生。"

黄老爹哦了一声，脸一沉便转身走了。

仗着路熟，阿花很快就把客人带到了李家。两个打扮光鲜的女人刚进院门，着实把正在编织鸟笼的李金光吓了一跳。多年未见，但李金光仍旧一眼就认出她是黄家女儿阿花。虽说当年无缘成亲，但乡里乡亲的，他也不好给人家拉一副冷脸。于是他还是勉强挤出几丝笑容，先和她寒暄几句，又握了张董事长的手。

李金光一声吆喝，女主人赶忙搬来两张竹椅和一个竹茶几，招呼客人坐下之后，又转回屋里泡茶去了。

刚坐下，胖女人就被屁股下边的竹椅舒服得闭上了双眼，嘴里喃喃说："太舒服了，比坐陆虎舒服多了。"

"张董，李阿伯是有名的竹编手工艺人，他的作品还上过市里的博览会哩。"阿花指向院落边的一个敞开的棚子说，"你看那边屋子，那些工艺品全是李阿伯编的。"

胖女人挣扎着坐起来，抓住阿花伸过来的一只手，站了起来，朝收藏竹编的棚子走去。

趁客人去参观工艺品，李金光又叫老伴去叫醒了儿子，让他下来见客人。或许是干大厨太累了的缘故，元生现在还是嗜睡，没厨事时就一觉就睡一两天。

听说有女客人登门，李元生不敢怠慢，赶紧换上新买的风衣，下楼仓促洗漱见客。

十多年不见，元生和阿花似乎都不曾迈过时间的那道门槛，握手的时候，他们都感觉到了对方手里温热的汗渍。

　　三个人边聊边喝了一会儿茶，元生终于弄明白她们的来意。这个张姓董事长是搞农业开发投资的，新近到镇上搞了两个近一亿的种植项目，阿花是她的助理。张董还自称是个超级吃货，特别钟爱各种民间美食。她听阿花说，平用寨有个很受欢迎的大厨师，所以特意前来拜访他。如有可能，希望他能够到她的公司去工作，做她的私厨。

　　元生似乎有些走神，并不在于张董事长说了什么，他的注意力都被阿花戴在她右手食指上的戒指扰乱了。他一时想不起，女人这样戴戒指是释放什么样的信号。不过，有一点他是清醒的，他不想做谁家的私厨，他想自由自在地制造味道。他还告诉她们，他正在酝酿成立一个厨艺公司，专门服务乡亲们的各种宴席，把美味留在乡村。

　　他不曾料到，没等他说完，胖女人就啪地拍了一下自己的大腿，大声道："好，这个好！我入股，我投资。"

　　元生听了却有些为难，挠了挠后脑勺，犹豫地说："这个，这个让我先想一想吧。"

（原载于《民族文学》2018 年第 11 期）

暗香残留

益希单增（藏族）

粗俗而低沉的念经声，十几名久坐不动喇嘛的念经声，不太绷紧的厚牛皮大鼓打击出来的沉闷无力死气沉沉的鼓声，搅动在村子上空，藏式二层楼房一侧便是传声之地。让人郁闷，让人想到那个不到六十岁已停止呼吸，仰面躺在有草垫子木架床上盖着一床毛毯脸色黄中带黑已无任何气息的人。他的双眼紧闭嘴巴紧咬，眉头紧皱。搭理师几次用双手扳开嘴巴掰开眉头，但没有任何用处。啊、啊、啊！三十五岁的搭理师双手向左右一甩，说："别说话，别说话，都别说话！"女主人的眼泪三天前就流干了，男人刚抬脚跨过门槛的刹那，悲剧就发生了。不知哪来的一棍子，打在男人的后脖子上。后来连棍子都找不到了。

从不惹事，从不吵架，从不打架，从不记仇的男人，怎么会有这种结果？女主人百思不得其解，搭理师寻找不出原因，念经的喇嘛头说："是鬼，鬼常常谋害善良的老实的让人尊敬的人，鬼是颠倒黑白的东西，鬼是无事生非的东西！"

女主人确定，让自己男人死亡的，一定是鬼了。

念经声和鼓声响了好些天，念经的喇嘛头说："当然，当然，念经最好是十五天，少一天都不是好征兆。死去人的灵魂要选择好时机，以便投胎再变人时，不到苦家不到穷家不到贼家不到屠夫家！"搭理师说："来世变人是一种说法，有的要变成滚屎球的虫，有的要变成屎坑旁的蛆。灵魂变什么自己说了不算，要由尸首堆集宫的老板发话才行，你多烧钱纸也没有用。因为有一个命中注定，如果让你变成一只狼去多吃几只羊，那也许是一种好的运气！"

三十二岁的乡长亚兔来了好几次，他的样子有点虚胖，不过，说话时全身都会兴奋。"我早说过，几天前我又一次对女主人家的男人说要当心，天黑了不要外出，天不亮前不要起床出门。因为这两个时间是鬼最喜欢害人的时间。男主人阿桑早晨遇害，那肯定是天不亮。他曾是我敬重的主人，他最喜欢早起，也就是天还不亮。这一下，命归西天，可惜可惜啊！"

女主人记不起自己男人阿桑起床是不是天不亮，不管怎么说，男人的死，绝不是什么好事。

十八岁的大女儿把乡长请到家里坐下，十六岁的二女儿提来酥油茶壶，十四岁的三女儿拿来银碗让二姐倒上茶端给乡长，乡长盯着十六岁的二小姐的一举一动，他太喜欢二小姐了，人长得太漂亮了。乡长喝下一口茶，对二小姐说："没关系，你不要伤心，有叔叔在，肯定会把丧事处理好的！"

出于礼貌，二小姐并不计较乡长的眼神，不过，她不喜欢乡长，也不要求乡长来家处理父亲的丧事。

这家的女主人并非一般的农妇，她有拉萨贵族的背景，她的文化水平远远高于乡长，只是平常不愿在公开场合表现自己。

念经声和鼓声总算结束了，应该有结果的那一天总算到了。用毯子把死人阿桑背到了天葬台，背死人的人是女主人家唯一的年轻男用人，此人平时很老实，除了主人让他说话外，他从不主动说话。说话前总是把舌头伸出来，倒吸两口气做出十分敬畏的样子，说声"啦、啦"，跟一般用人敬畏的样子一样，让人感到十分的奴才相，地道死心的奴才。不过，这个人是否真是这样，无人知晓。二小姐总觉得此男用人的眼神跟其他人不一样，有些异样有些特别，尤其看她时，她感到此用人眼神中有一种像铁钩子一样的东西在晃动。

女主人和三个女儿在天葬台旁的石头堆积起的香炉里燃烧起了一把把柏叶，抛撒的酥油糌粑，还有燃香，还有喇嘛头给的一包可用来烧的神叶，让死人的灵魂不再纠缠生前的肉体，离开尸体而飞上蓝天，然后选择适合自己投胎的方向和地方。女主人希望男人死后每晚给她托一次梦，梦里与她相爱的男人在大众圈舞牵手跳舞。她认识自己的男人阿桑也是二十年前当她十六岁时，在舞场上相遇的。二女儿喜欢爸爸的沉稳，凡是做什么事情，都会好好想想，从不急躁和发火。三女儿喜欢爸爸每天早晨亲吻一下自己，如果有一天早晨不亲吻自己，三女儿就觉得不自在。爸爸说过，再过一年，他就不再亲她的嘴了。

大女儿跟爸爸的关系不大好，爸爸几次催女儿嫁，女儿就是不答应。明明说好了的婚事，女儿不同意爸爸就不逼了，让女儿自己做主。大女儿心中没有什么好男人，凡是没见过面而让人介绍而来的男人，大女儿都不会同意。大女儿长得很大方很大气，能配得上她的男人，在乡里几乎没有。

不按藏历，而是按照公历算，男主人阿桑死的年代是1904年初的一天。

一个骑马的传令兵从村子外跑进村里，找到正在女主人家吃晚饭的乡长亚兔说："东边庄园主康莎要我传话给你，英国派军人入侵西藏了，西藏的事情不好办了！"

其实传令兵并不是专门来传令的，他接受的任务是亚东宗政府要他去拉萨，向西藏最高的地方政府噶厦报告英军一千五百人已经从亚东边境入侵到西藏帕里县城了。

传令兵走了，连口茶都没喝。乡长说："英军入侵，算什么大事，英军入侵与我们乡村有什么关系！"

喝了好几碗青稞酒，吃了好几块煮牛肉的乡长，打着饱嗝，起身走了。女主人皱起眉头，对在座的几个邻人和三个女儿说："我们这个村庄，正是在通往拉萨的路边上，如果英军入侵进来，必然要经过我们附近康莎庄园地界。"

第二天，女主人让三女儿去给乡长说一声：英国军队入侵西藏不是小事，是在欺侮西藏人，我们乡里的人不能无动于衷，要组织起来对抗。乡长亚兔不以为然，不过，女主人发话了不能不重视，他想起事先应该打卦求神语指示。

乡长亚兔这段时间总是不快，结婚两年多了，老婆不生孩子，跟第一老婆时的情况一样，这个不生孩子的第二老婆他准备赶出家门，让她到社会上去讨饭当乞丐。第一个老婆当乞丐的第二年死在了朝圣的路上。他希望第二个老婆也死在去拉萨朝圣的路上，然后想办法把女主人家十六岁的二女儿娶过来当老婆。他已经对二小姐示好几次了，可是二小姐嘴上不说，但她总能在乡长靠近她时闻到乡长身上一股很难闻的气味，别人也许感觉不到，二小姐倒是特别敏感。二小姐对人说，乡长亚兔的老婆不生孩子不是老婆的事，而是他自己的事，他要孩子的种子不管用，已经发霉了。当然，二小姐这么说不是她自己的发明，而是一个神汉在村中给人算命时，说到了乡长亚兔的生育缺陷，说乡长的生育种子已经霉烂了！

女主人从未打算把二女儿嫁给乡长，二女儿已经有人家了，是拉萨一大户商家的儿子，已经发来求婚请柬了。

请来寺庙的跳神死士，把乡里三百一十一户人家的男女老少都叫到庄园楼前的打麦场上来，加起来人数七百左右。这个乡曾经是个小乡，只有一百多户，是拉萨一个大贵族家庄园的所在地。女主人的男人阿桑是另一个中等贵族家的男子。女主人本身就是这个庄园的主人。

打麦场的一侧，搭有一个大伞盖，下面坐有寺庙活佛，女主人、三个女儿，以及乡长。一个跳神死士，也就是一个有过训练的年轻喇嘛，在当众演示被两名喇嘛用哈达勒死变成死士的过程，完全像真的一样，死士被哈达勒死后，有一分多钟躺在地上不动，脸色血胀，然后慢慢苏醒过来，戴上神帽穿上神衣，手拿神刀神弓，跑动起来乱跳乱舞，在场地转圈，鼓声隆隆，十多名喇嘛在一侧大声念词，死士神人把手中的刀与弓扔了出去，从衣袖中摸出几块带色的木条扔到场上，然后死士神人昏倒在地，二喇嘛解开死士神人捆脖子的哈达，死士神人苏醒过来变成原来的人形。"啊、啊、啊！"乡长叫喊，"各位众邻，神人给我们提示了，等明日活佛给我们解说人间世道重要的大事！"

大家散了，各自回到家里，议论纷纷。

寺庙活佛不做解释，四小块木条只好拿到念经师跟前，念经师看了看两黑一蓝一红的木板，想了想说："世上的日子不一定好过，有魔鬼在骚扰。"念经师的这个由跳神死士带来的信息，第三天传到有些人的耳朵里，大部分庄稼人是听不到的，也无人去传。女主人知道了这个信息后说："看来英国派军队入侵西藏，并不会带来好处，相反，坏处增大了。"

有了母亲的警告，三个女儿想事做事都把母亲的话放在了心上。男用人好像显得很勤快，一次女主人正在往尿壶里解小便，男用人就闯进来了，要端尿壶倒出去。女主人白了一眼说："老规矩不要破了，我不叫你，你别闯进来！"男用人伸出敬畏的舌头，"啰、啰！"地两声后退了出去。女主人怀疑自己男人阿桑的死与男用人有关，具体关联什么，女主人还没有想仔细。

乡长知道了跳神舞传出来的信息，但他并不关心英国人入侵西藏会有什么恶果。世界不就是那样吗，吃饭拉屎每天如此，谁进来谁不进来又会怎样呢？！乡长喜欢说的口头语大家都清楚，他不着急，没人跟着别人去着急。

拉萨来了几个赶马队的过往商人，都住到了女主人家里。女主人家的楼房有十几间住房，院子又很大。商人们对女主人敬仰有加，女主人从商人们嘴里了解到西藏政局的不少大事。

二小姐去叫乡长，刚出门不几步，乡长就想抱二小姐亲二小姐，他早有心思娶二小姐。二小姐推开乡长伸来的手和嘴说："这么亮的天气，你都想入非非，要不要把你老婆叫来。"乡长当然不畏惧什么，仍然把嘴伸到二小姐脸上。吻是不可能的，二小姐笑着推开了，并从地上抓一把泥土抹在乡长脸上。二人这才来到庄园楼的大门跟前。

　　带着灰脸的乡长来到女主人跟前，女主人奇怪，但没说什么，她需要说的是一个提醒："你不会忘了你现在这个乡长职位吧？若不是我男人生前与活佛商量，你现在这个乡长就无从谈起。当了乡长最要紧的事你必须明白，英军入侵了，你丝毫没有触动，可见你没尽到乡长的责任！"乡长说："是的，主人，我现在明白了，我听你的。"女主人说："你去组织一队壮劳力，形成庄园军，准备抵抗要过来的英军！"

　　乡长突然变得聪明，突然拍手欢迎似的说："放心吧，女主人，我会把此事办好的，请你一万个放心。"

　　不管怎么说乡长亚免跟女主人的世家还沾点亲戚，乡长的父亲曾是男主人舅舅的私生子，他所以能当上乡长还是女主人跟寺庙活佛商量后定下来的。早先乡长当过几年另一个村庄的代理人。

　　有了女主人的明确指示，乡长就能大胆地去组织人力了。这个有三百一十一户的大村庄，他计划抽出六十个强壮男人组成抗英搏杀队，到时外出与英国军人进行较量和搏杀。他充满了信心，他认为村庄的历史中就有战胜外敌入侵的先例。

　　女主人阿桑琼玛眉清目秀，身材中上等，尽管生了三个女儿，但仍然充满青春的活力。她打开小仓库，又打开一个笨重的木箱，里面藏有五六把手枪和几百发子弹。这是当年男主人喜欢出游时从国外买来的。不搞马帮已有五六年了，但这几把先后买来的手枪成了今天女主人准备练武的武器了。

　　女主人阿桑琼玛关上大厅的大门，用人一律不准进来。三个女儿看到母亲手中的枪，都莫名其妙地把目光盯在母亲脸上。女主人说："孩子们，从今天起，你们跟着我学打枪，还要学一点防卫术保护自己。当年，我学过这些，只是到后来很少用这些技艺了。如果英国军人闯进我们的村庄，我们不能让他们随便强奸我们，抢我们的东西，也不能轻易死在他们的刀枪之下。"

　　三个女儿并不知道世间会发生什么大事，母亲这么一说，倒是紧张起来，都把手枪拿在手卜。

　　女主人不但懂现代藏文，还懂古代藏文，还懂英文。她把加拿大造的手枪给了大女儿，把英国造的手枪给了二女儿，把德国造的驳壳枪给了三女儿。而她自己用的还在箱子里没有拿出来。打手枪都是一个道理，握紧瞄准扣动扳机打中目标在顷刻之间，时间过长是瞄不准的。要练手劲和胆量，要练眼睛盯准目标，胆大心细，身上有力量，是打准手枪的基本要素。

女主人教了一套练身术，其中最主要的是防卫术，挡刀夺刀都在两手之间上下功夫。三个女儿看傻了，原来母亲竟然是一个武功好手。母亲说："我十岁开始练武艺，师父是山洞修行的一位年轻人。他的武艺很好，能单手抓夺砍来的腰刀。手心上只不过有一小块绑着的骨片。打手枪也是他教的。他的瞄准是随意性的，一举手就能打中目标。我父亲很佩服这位师父，可惜他死得早，只活到三十六岁。"

三个女儿每天在三楼房顶的廊房里练习打枪。练习时不准有男用人上楼顶观看她们。大女儿和小女儿练几天后不怎么上心了，只有二女儿阿桑拉姆的兴趣还十分浓厚。男用人阿罗，几次去偷看她们，都被女主人发现而斥退下楼。阿罗，曾经来此地当用人时叫康莎普巴，若不是女主人的男人有意收留他，女主人因怀疑康莎普巴可能与邻庄园主康莎甲甲有染而拒绝。原因很简单，女主人的男人阿桑曾因为一个女人的爱恋，杀死了康莎甲甲的管家，康莎甲甲曾放出话来说，要为自己管家的死报仇。阿桑杀人是因为康莎甲甲的管家逼阿桑喜欢的女人跳河自杀。那个已死的女子是康莎甲甲管辖的一个小庄园代理人的女儿，死在阿桑未婚之前，已经有二十年了。女主人很讨厌康莎这个名称，让康莎普巴改回他早先的名字阿罗。阿罗曾说，他有康莎普巴这个名字是因为他在康莎庄园当农奴时，租种了二十亩地，那时父母都在世。管家被阿桑杀死后，康莎主人把地收了回去，管家给他起的康莎普巴这个名字，也就这样留了下来。女主人始终在怀疑阿罗这个用人，她认为自己男人的被害，凶手有可能是阿罗。若不是其他来人在男人死的事件上有几种说法让她犹豫，否则她要提审阿罗，逼阿罗说出真相。男人被害，有可能是曾经来偷盗时被打伤的那个惯盗，他常常游来荡去，没有固定住处。也有可能是康莎庄园主另派的一个杀手。有人告诉女主人，阿桑的被害，如果背后的凶手真是邻庄园主康莎甲甲，那么，康莎甲甲的阴谋不会就此完结，他还会想办法除掉女主人和三个女儿，争取实现阿桑庄园上层的彻底消亡！有了提醒，女主人的警惕比平时高了一倍。

乡长带着四个办事牢靠，能忠诚于女主人的年轻人，来见女主人，女主人暂且相信乡长带来的人，并布置了一番。四人分两组外出，去调查可能是杀害阿桑主人的凶手叫扎巴的惯盗，另一组去康莎庄园打听人们的说法。十多天后，两组人先后回来说，惯盗扎巴已经在拉萨活动，他有时装扮成游方喇嘛，有时装扮成某某马队的马帮手，行踪不定，没人能准确说出他究竟在什么地方。康莎庄园里的人没说什么令人意外的话，有人说康莎领主前不久，只说过一句话："善有善报，恶有恶报！"女主人重新做了布置，让这两组人又出去调查了。

女主人把自己男人阿桑在世时另作安排的女用人央真叫了回来。当年，年龄快到四十的央真被女主人叫来做了新的安排，女主人说："你快到四十了，至今还没有一个男人。我放你回家，另外拨给你十亩地，你跟单身的男农奴次仁在一起生活！"女奴遇男奴，自然喜欢，也无需什么婚礼。一年后，央真并没有怀孕，女主人虽然没看到小奴隶出生，但也没有责怪他们。现在又把他二人叫来当女主人身边的用人，二人表现得十分愿意和感激。央真和她的男人磕头谢恩，女主人说："央真知道，你们需要干的用人活儿，无须我再吩咐你们！"是的，央真知道，她要干的事情是每天烧茶，客人来了打酥油茶，做青稞酒，或者煮肉，炒青稞磨糌粑粉，还有揉皮子、扫地之类，都是必做的事。现在洗毯子或洗厚重衣物，落在了央真男人次仁身上，还有出门去河边背水。早中晚的三顿饭，央真也要做，但女主人自己做得也比较多。三个女儿在早中晚的饮食上，也会来当帮手，这是母亲教给她们的生活手艺。去休假一个多月的老管家也回来了，当听说男主人被害身亡的时候，老管家流下眼泪说："怎么会呢，那么善良的一个人，怎么会被人暗害了呢？！"老管家向女主人建议，此事由他来调查，他决心要把凶手查出来！女主人知道老管家的能力，嘴上说的和实际行动是有一定距离的。

女主人的名字叫琼玛，或者叫阿桑琼玛，但乡里叫她这个名字的人只有她的男人阿桑，一般人不敢直呼其名，一般都叫"女主人"。

英国人的军队打进西藏快两个月了，西藏上层是什么态度，想怎样作为呢？为了了解一些情况，琼玛骑上马，带上小女儿，带上在村子里新找的一个叫强巴的年轻保镖，一块儿来到拉萨。保镖强巴是一个庄园代理人扎西的儿子，年纪二十六岁，有一身蛮力，还会一些舞刀弄棒的手上武艺，打手枪也不生疏，虽然不是百发百中，但五发子弹也能打中三发，此人比较忠厚，女主人琼玛看中他的主要优点是不对年轻女人动手动脚想入非非。

女主人琼玛的母亲家是一个大贵族，琼玛有两个哥哥，一个姐姐，他们虽然各自有家，但每天都喜欢来母亲家里一次，于是琼玛有机会跟两个哥哥和一个姐姐打探情况。大哥在噶厦政府里供事，二哥是个街上有大商铺的商人，姐姐的男人去印度跑商，这段日子不在家里。家里人小时候都念过私塾，大哥二哥还在英国留过学，他们对英国有相当深的感情，只有姐姐最不喜欢英国人。

在商铺里，琼玛见到了二哥，聊了聊英军入侵的事。二哥认为英军入侵表明英国人有强大的势力，西藏政府撼动不了他们，目的是要十三世达赖喇嘛土登嘉措听他们英国人的指挥。他认为可以把英军放进来，英军不会对西藏造成破坏。

琼玛没想到二哥是这种样子，可以说对英国军队毫无抵抗之意。她知道自己说服不了二哥，因此也就沉默不语。二哥给了她几包砖茶和红糖，这是店铺里经营最多的东西。

第二天的晚饭，大哥带着他的十九岁女儿来到母亲家。琼玛跟大哥的女儿亲了亲，母亲在饭桌上对大哥说："你妹妹是来打探噶厦政府对英军入侵的想法，你说说吧，她该做些什么！"

大哥说："我是一个小小的处长，管不了大事，就看噶厦政府的几个噶伦说些什么，最后怎样决定的。现在有两种说法，一种是和谈，让步，让英军得点好处退出去。一种是抵抗，派军队到前线去抵抗。"

母亲问："抵抗得了吗？"

大哥说："我只能说不知道。"

母亲又说："你愿意让英军打进来吗？"

大哥说："进来也行，没有什么了不得！"

琼玛说："英军入侵印度，现在是英国的总督主宰印度。如果英军打到拉萨，英国人是不是要主宰西藏？"

大哥说："那是自然的。"

琼玛说："你喜欢让他们来主宰吗？"

大哥回答："无所谓。"

母亲说："他主宰他的，你吃你的饭，这行得通吗？如果噶厦政府也被废掉了，你还有饭吃吗？"

大哥说："我们本来归清王朝管理，可是现在的清王朝行吗？皇帝没有了，派不出军队，谁能管得了？！"

母亲说："不是还有驻藏大臣吗？难道他们也不行吗？"

大哥说："听说内地在闹革命，清王朝好像没什么力量了！"

琼玛说："现在靠清王朝没戏，还是靠我们西藏自己才对。我不相信西藏人都是欢迎英国军队的。我们应该去抵抗，实在抵抗不了那是另外一回事。反正英军要从我们庄园的门前过，我们是要抵抗的，不能让英军太占便宜了！"

大哥的大儿子旺堆进来了，本来大哥是让他去当寺庙的喇嘛，他只当了八个月就跑回来了。他说当喇嘛没意思，他说他发现寺庙里的许多佛像和武神都不是释迦牟尼在世时有的，是后来的一些寺庙主管人或者学者，或者活佛，按照自己意愿编造的，比如千手观音、大威得金刚等等。他说他也可以编，也可以造像，所以，信仰这些是没有意思的。回来后，他去找武功教练，学了一些武艺，并参加了藏军，一年后当上了百夫长，也就是连长。

旺堆的长相并不像大哥，而是有些像他的母亲曲珍，身体壮实，力气也不小，个子高大。

旺堆喝了一碗茶后说："姑妈，你别听我父亲的。我父亲是喜欢英国人跟着英国人走的。我赞成你的说法，组织人去对抗英国军队。他们为什么要入侵西藏？这不是明明白白在欺侮我们西藏吗！"

大哥对这个儿子是管不了的，所以他懒得去说。

晚饭后都走了，留下了琼玛和母亲，母亲说："你明天去看看侄子旺堆，看看藏军在干什么！"

第二天，琼玛带着小女儿，带上保镖强巴一同去大昭寺给觉仁波切献哈达、供灯、烧香、磕头。觉仁波切是释迦牟尼十二岁等身铜像，是一千多年前文成公主进藏时带来的。出了大昭寺，琼玛到小时候的女朋友索娜家去坐了坐，然后又到有许多商店的街上走了走。

晚饭时，母亲问琼玛："你去看侄子旺堆了吗？"

"没有。"琼玛说。

"为什么不去？"

"我准备明天去。"

"旺堆这孩子是个有智慧的人，凡是想骗他的人都骗不了他。你不是想要抵抗英军吗？你问问他，应该用些什么办法！他小时候就聪明，鬼点子很多。"

"我再组织也只有一百多人。我听说英军是一千五百人，武器又都是比火药枪强很多倍的英国造步枪，可打两千米。英军还有能吐许多子弹的机关枪，还有带轮子的炮。在民间，我们除了火药枪和刀子就没有别的了！"

"多去弄一点竹竿，把竹子削尖了能当矛使，只要近距离就能使上劲！"母亲说，"你父亲他死在战场上，那是五十年前的事。如果他在，他不会不抵抗英军！"

父亲的死是很英勇的，那也是在边境与英国人作战，虽然那次藏军胜利了，但死伤很惨重。

琼玛在拉萨住了五天，准备走的前一天，她从一位过路的噶厦官员的嘴里了解到噶厦政府对英军入侵的基本立场，那就是以和谈为主，对抗作为迫不得已时用的手段。大哥被噶厦政府指定为跟英军和谈的代表之一，同时兼任翻译官。琼玛理解不了噶厦政府的这种做法。英军已经入侵到西藏境内几百公里的地方了，怎么还会去跟英军和谈呢？按照普通老百姓的理解，首先应该把入侵英军打出境外，就是和谈也应该在边境上在英军入境之前。母亲同意女儿的说法，让琼玛回村后自己去组织人马，用自己的队伍去对抗英军。总之，不能让英军占领村子，也不能让英军指挥官指挥村子里的人。琼玛心情沉重，她断定自己组织的人马超不过英军，武器弹药也无法与英军相比较，失败是肯定的。不过，对付英军的办法不会没有，好好让懂打仗的人想想办法，虽然不能完全战胜英军，但至少让他们知道西藏人的厉害！有了主导思想，琼玛觉得自己应该带头去闯一闯。

琼玛突然决定多留下两天，去找找西藏历史书，看看书上是如何描写历代战争的。此外，她又决定去看看侄子旺堆，看看他对打仗有什么了解和对付的办法。

西藏的白史和青史都写有战争，但都很简单。琼玛觉得侄子旺堆讲的几个办法倒是有些用处。比如说，路边选择险要地点进行袭击；比方说组织一批人晚上偷袭英军帐篷之类。但总的感觉仍然实现不了彻底消灭英军这个想法。路边袭击必须要有能打长距离的枪，可是自己有的仅仅是几支手枪，村中的几十杆火药枪的射程都在五六十米，袭击不了英军大部队。夜间偷袭，这倒是办法，但成功的把握很小。不懂刀法，没有经过战争的村中农奴们，难道会有武艺和胆量吗？！琼玛没有把握。

"放弃吧，放弃！"琼玛不止一次对自己这样说，但每次说过之后"去对抗英军"的想法仍然保留在脑海里。

第八天，琼玛总算离开拉萨要回村子了，强巴和小女儿走前，她走后，一路上想的都是如何抗击入侵英军的事情。

相距村子还有四公里，这里的路两边都是茂密的沙枣树，还有不少杂草和灌木。琼玛喊住走前的小女儿与保镖强巴，正准备下马，在路边休息一会儿，突然林子里一声枪响，子弹从琼玛的耳边飞过，琼玛一低头，又一枪响后的子弹从胸前左侧飞过，琼玛下马后蹲下来，没有枪声了，只听到强巴大叫："贼，贼跑了！"琼玛站起来，只见远处密林一侧的山路上有两名骑马人跑走了。

强巴去追，没追上，他就是追上也没有用，人家有枪他没有枪，他只有一把刀子。

有枪的必然不是农奴，一定是庄园主以上地位的人，琼玛觉得奇怪，这两个袭击者是谁派来的呢？又怎么知道她今天要回来呢？

"我记得我没有仇人，为什么有人要杀我？"琼玛对来到跟前的小女儿和强巴说。强巴喘了一口粗气，说："主人，要杀你的肯定是想夺你财产的人，还有……"强巴的话没说完。小女儿说："阿妈会不会是拦路强盗，为抢我们的马？"

"肯定不是。"琼玛说，"要抢为什么不对你二人，为什么远距离朝我开枪？"

"阿妈你有手枪呀，我也有。"

"不能想简单了！"

"对，女主人，一定是想谋害你的人！"强巴说。

百思不得其解，琼玛骑上马跑起来，一回到家，她便来看男用人阿罗，阿罗好好地在院子里劈柴火，脸面没有什么变化，跟过去见她一样，首先伸出舌头表示敬畏。然后吐出"啦、啦"的很轻二字表示要领教。琼玛说："这几日，你出去了吗？"

阿罗说："没有。"

"有什么人来找你吗？"

"没有，没有人来找我。我一个穷奴隶，谁会来找我！"

也许吧，琼玛没再问下去，她来到自己家的客厅里，让女用人央真把外出收青稞的老管事叫来。老管事来了，他首先对女主人的平安回来表示放心，口说："吉祥平安就好！"

琼玛说："你这两天，接触过外乡人吗？"

老管事说："没有。"

琼玛相信，老管事是不会害她的，如果有什么人来打探她外出的消息，老管事是不会说出去的。那么，在路上打黑枪的人，究竟是什么人呢？想来想去，琼玛觉得有那么一个人，想把自己丈夫阿桑家搞得一败涂地。肯定是为了寻仇的事，这与康莎甲甲这个地头蛇有一定关系。

为了摸清一些情况，琼玛带上二女儿以及保镖强巴，骑上马，去三十里外的一个庄园，在庄园楼前下马，知道情况的庄园主康莎甲甲急忙迎出门外。

康莎甲甲五十多岁，身材高大，身穿羊羔皮和黑布做的冬袍，一脸笑容，看上去人还和蔼。来到二层楼上的客厅里坐下，用人提来酥油茶壶并倒上茶给琼玛三人。琼玛端起茶碗没喝，又把茶碗放在桌子上，她想起母亲曾告诉过她，在仇家轻易去喝饮料，会中毒身亡。这个细微的动作被康莎甲甲看在眼里，提醒他来者不是一般人。

琼玛说："我们相邻，但总不来往。康莎先生，你肯定知道了，英国军队打进来了，你有什么打算吗？"

这是个公开的话题，走到哪里都有可能被对方接受。琼玛清楚，假如康莎甲甲就是一心想害自己的仇人，也丝毫不能露出来寻仇的样子。

康莎甲甲的疑虑少了许多，他是一个善变的人。说："英军打进西藏，与我们百姓有什么关系，噶厦政府派藏军前去抵抗就行了。"

"如果藏军打不过英军，又该怎么办？"琼玛有意挑起思路。

"那是政府的事，与我们无关。"

"藏军打不过英军，英军跑到庄园里来，你想怎么办？！"

"这倒是个问题，我没想那么多。几十年前的国外入侵军队，是被清王朝派来的军队打出去的。我相信我们政府的军队也能把英军打出去。"

"那个时候，国外军队与我们军队的武器差不多。现不一样了，英军的武器比我们的藏军强好多倍，想打赢英军是非常困难的。一旦英军取胜，他们跑到庄园里要粮要钱，我们的百姓就会受欺侮了！"

"那你说怎么办，你有什么好办法？"康莎甲甲的目光不是集中的而是散乱的，琼玛觉得此人并不认真，是一个不大可信的领主。

"我准备组织一百人的队伍，去对抗英军，也希望你能组织一百人的队伍。如果能与我们合作，对抗英军的队伍就更大了。"

康莎甲甲笑了笑，他觉得眼前这个女人很可笑，对抗英军的事怎么会让她着急呢！她又不是政府的官员，真是多管闲事！不过，他不能把自己的想法讲出来，简单对付一下就行了。

"我得想一想，组织一百人，吃穿武器都得管，不那么容易，我得跟人商量商量。"

"好吧，我欢迎跟你们联合，人多势力大，对抗起来效果会好一些。"

琼玛准备离开，刚站起又坐下来说："你知道吗？我男人在一个月前被害了，我想肯定是仇家派人来暗杀的。我男人生前说，你的管家是被他杀死的，为了一个女人。这事你当然清楚，不会是你派人来寻仇吧！"琼玛好像不是很严肃地说，她是试探性的，又好像是随意的。

康莎甲甲不动声色，看不出情绪上有什么变化，说："那是小事一桩，我现在的管家比那个时候的好。他也是，为啥和你家主人去争一个女的，他该死！"

琼玛不相信康莎甲甲的假情假意。她断定，自己男人的死，一定与康莎甲甲有关，还有路上向她打黑枪的，也与康莎甲甲有关。琼玛觉得康莎甲甲经验老到十分狡猾。当然，康莎甲甲也十分清楚琼玛来此的目的，一定不是为抗击英军的事，而是打探这一个月来发生的阿桑的死与几天前路上遇刺的事情。他相信，自己的智慧应该大大超过琼玛，一个妇人对自己男人的死，还能做些什么！

琼玛没喝茶碗里的酥油茶，康莎甲甲看出，此妇人的警惕性太高了。女儿和保镖强巴虽在一旁，但相隔好几米，他二人也没喝一口酥油茶。走出庄园楼，骑上马，康莎甲甲一直目送琼玛出庄园。

琼玛回到庄园后，把用人阿罗叫到跟前，说："我去了你曾经的主人康莎甲甲家里，他说，你是死去管家的儿子，这是真的吗？"

这真是一针见血。不过，阿罗并不相信康莎甲甲把这种话说给琼玛，他认为这仅仅是琼玛的一种自我猜测。还有想诈出实情。

阿罗把伸出来表示敬畏的舌头"啦、啦"地小心收了回去，然后笑一笑说："主人，你说的我听不懂，康莎甲甲不会这样说的。他的管家对我是好一些，但我不是管家的儿子！"

琼玛说："我也不大相信会是这样。你下去吧，还是好好做你的事去吧！"

琼玛相信，阿罗肯定不是一般的人，天蒙蒙亮自己的男人阿桑就被害，凶手肯定不是不熟悉情况的人！

阿罗喜欢女主人的二女儿，平时，二女儿对一切事情表现得毫不在乎的样子。琼玛把二女儿叫到避开任何人的楼顶一角，教她练习防身术，尤其是挡和推两个动作。琼玛见没人上楼，便对二女儿说："用人阿罗，你要小心地去注意他。他有可能是暗害你父亲的凶手。但我告诉你的这件事，你不能对任何人讲起。你自己对他的监视，也不能让他发觉。你要跟平常一样，脸色和情绪不能让人觉得有变化。"二女儿感到从未有过的紧张，脸色有点发红了，呼吸也急起来。琼玛说："看你，你的脸一下子变红了，你还能办好我让你办的事情吗？！"二女儿放松下来说："阿妈，我知道了，我会自己练一练，我会办好你给我的事情。"

按照二女儿的说法，所谓的练就是不让自己的情绪裸露在脸上，而是按照母亲的说法，要做到心中有数。

二女儿的正式名字叫阿桑拉姆，她虽然比姐姐小两岁，但身体比姐姐壮实，样子也比姐姐好看。女主人琼玛想好了，如果阿桑拉姆能把自己练好，以后带领队伍去跟英军对抗就是她的任务了。

三个女儿中，每天最喜欢练手枪射击的是二女儿阿桑拉姆，练到最后，她还要实弹射击三发子弹。头一天手枪的响声和震动把她吓坏了，甚至手枪都掉在了地上。七天后她的胆子大了，手枪也换成了驳壳枪。驳壳枪的长弹夹里能装二十发子弹，叫二十响。第十六天的中午她射出了九发子弹，有六发打在靶子中心部位。阿桑拉姆高兴了，说："如果阿妈叫我去抗英，我会毫不犹豫。"

大女儿阿桑卓玛不喜欢练手枪，而喜欢做家务活和厨房活儿。母亲叫她多做些厨房的细活儿，如做包子馅，人参果拌糖拌酥油，做羊肉土巴等。女用人央真很尊重阿桑卓玛，也很喜欢她。母亲告诉阿桑卓玛，已经有富商前来说亲，六个月之后就去结婚。阿桑卓玛没说不嫁，也没说要嫁。父亲被人暗杀后，她心中唯一的权威就是母亲了。

乡长亚免组织了三十六人的一个男子队伍，这让女主人琼玛感到伤心。庄园六个村庄的人口至少有二千八百个，怎么会这么少的人愿意去抵抗英军呢？亚免说："都说庄稼地离不开人，再过几天就要春耕了，许多男子都不愿意去跟英国人对抗。"琼玛清楚，这次出兵并不是她下的命令，而是基本出于自愿，如果她以庄园主的名义下令，凡是男子都必须前来报到。

亚免说："女主人，你要不要下书面命令给各村庄？"

琼玛沉默了一会儿，说："噶厦政府并没有下令给我们，我们还是自愿吧！"

乡长说："女主人，我懂你的意思了，不管怎么说，我们庄园的地界，不能无动于衷。几天前我还不这么认为，我还以为不要多管闲事，抗击英军不是我们的事！"

琼玛说："英军逼近我们，我们不能冷眼旁观，噶厦政府不作为是噶厦政府的事，我们不能随便地把英军放过去！"

几天后，三十六人变成了四十三人，带领这支队伍的是琼玛指认的乡长亚免，还有二女儿阿桑拉姆。男人们嘴上不说，但基本上看不起阿桑拉姆。阿桑拉姆脸露微笑，心里有数。母亲告诉她，只有到比武的那一天，男人们才会相信她的能力。阿桑拉姆打驳壳枪的枪法越来越准了，基本上是十发十中，母亲非常高兴。

比武的那一天总算来了，男人们多数是骑着毛驴来的，骑马的人不到十五个。武器都是火药枪，枪膛里只有灌火药，枪外点火绳才能打出一粒铅弹。少数人有中正式步枪，但子弹很少。比刀法、比砍杀、比枪法，每人三发子弹。琼玛奖励火药和子弹，还有腰刀。凡是她认为好的，她都要发奖品。从老管家管理的粮食仓库里，取出近百个装有青稞的麻袋，分发给缺粮的队员。比武会上，阿桑拉姆朝靶心打了九发子弹，没有一个脱靶的，男人们惊奇，纷纷议论漂亮的枪法。乡长亚免表现不佳，中正式步枪打出去的三发子弹，没有一个中靶。亚免承认，他比不上阿桑拉姆，愿意把领导武装队的第一指挥权让给阿桑拉姆。琼玛在赛会上，向人群大声宣布阿桑拉姆为武装队第一指挥官。

一天早晨，阿桑拉姆上完厕所后，从小窗口朝外张望，这时候的天色还有些朦胧，她发现百米外田野路边的小道上，有两个人在活动，一个牵着马，另一个的背影好像是阿罗。母亲要她注意的话一下子提醒了她，让她注意起来，天色渐亮，阿桑拉姆看出那个背影正是自家的男用人阿罗。平时阿罗住在庄园楼大门旁的小屋里，与女主人和三个女儿住房隔着二层。闪念之间，阿桑拉姆跑到二楼保镖强巴的门前敲门，已经起来正在房内扫地的强巴开了门。

"强巴哥，你骑马去追东边小路上的一个人，那个人的马是白色的，头戴土黄色礼帽，身穿黑色氆氇袍子，他在跟阿罗联系，肯定有什么事，你让他说出来，看看他是来干什么的！"

不言而明，强巴知道阿桑拉姆说话的用意，因为几天前，阿桑拉姆跟强巴聊过阿罗的事，强巴清楚女主人怀疑阿罗是杀害男主人阿桑的凶手。

强巴跑下楼，在院子里拉出一匹没有鞍鞯的马骑上后打马跑出去，正好男用人阿罗刚回到庄园楼的大门口，阿罗问了一声，但强巴没作回答。强巴跑远了，阿罗若有所思地摇摇头，回到他自己的房间。

强巴跑出去七八里后，追上了阿桑拉姆说的那个男人，强巴拦住此人，并下马抓住他的马缰绳。

这是一个年龄在二十左右的庄园男子，几经对话后，男子说，他是用人阿罗的远亲，今天路过此地，才去和阿罗表哥见上一面，是表哥阿罗把他送到村外的。强巴把情况报告给了阿桑拉姆，早饭时间阿桑拉姆把情况报告给了母亲。母亲听后思考了一阵，饭后叫来强巴，要他做一件事。"那人穿黑色袍子，戴土黄色礼帽，一定不是一般的用人，与康莎老爷说不定有亲戚关系。你在村中物色一至两名聪明的小男女，装扮成流浪人到康莎庄园楼附近去转一转，看看此人究竟是什么人！"强巴奉命后来到村里，找到他比较熟悉的两兄妹，说教了一番，并给他们约三十斤重的一口袋糌粑和三斤酥油，作为酬谢。哥哥十六岁，妹妹十四岁，二人穿上破烂衣袍，去了康莎庄园。几天后兄妹二人回来说，康莎庄园楼里没有头戴土黄色遮阳帽身穿黑色袍子的人，也没见有白马。强巴跑来给女主人报告说："主人，我见过的那个人不会失踪，肯定是换了衣帽换了马，我去把他抓来，抓来后请女主人审问！"女主人沉思了一会儿说："你不能去抓他，抓他是下策，太张扬了，会引来大麻烦。我相信，他还会来的，只要他们的阴谋不止，他们就会有来往！到时候我们主动一下，不让他跑掉！"

……

琼玛骑马，带上二女儿阿桑拉姆和保镖强巴，去北山寺庙来到北山活佛的跟前，献上几十斤酥油和两条砖茶作为见面礼。北山活佛年事已高，八十多岁，很热情地接待了琼玛。琼玛说明来意，并把三百块大洋的布包放在桌上说："请活佛关照准备去抗英的庄园军，制作四十个护身符'告乌'，让他们挂在胸前出发。"

活佛若有所思地说："告乌能挡住刀杀和子弹吗？按常识，只有佛学高深的人用它才会起作用。不过，这也是好事，让信佛的人去抗击入侵的英军，也是正义的事。施主，你把钱拿走吧，这种事应该是我们寺庙的义务！"

做护身符告乌，并不是一件简单的事，告乌像一个小型的金属盒，不是银便是铜，里面要装纸写的小经卷，外壳中央有一个小镜框，镜框里坐有一个木身小佛像。

琼玛没有收回三百块大洋，跟活佛告别后来到寺庙大殿里，给释迦牟尼佛像前点上酥油灯。琼玛把写有三十六名抗英战士名字的纸单，放在班丹拉姆女护法神跟前的小箱子里，以求得护法神的保护，让这三十六人不死于抗英的作战中。

了结了一桩心事，琼玛微笑着走出北山寺庙，在寺庙外的佛塔旁又烧了几包柏叶松香。距离村庄较近的路口，有一座称之为北塔的古老塔座，据说此塔是五百年前第一任北山活佛修建的，阿桑主人在世时，每天早晨天刚刚亮就会来到此塔处转上六圈，等天空完全明亮时才回到庄园楼。琼玛又在此塔的火灶口烧了一大堆柏叶香，以纪念被人暗杀的丈夫阿桑的灵魂。

琼玛派出三个骑马的小伙子，去大路上了解英军准备开拔的时间。如果要让自己组织的庄园军发挥作用，就必须掌握英军行动的时间，庄园军与英军冲突的时间早了，庄园军会十分被动，甚至打不了什么胜仗；如果晚了，英军走出庄园地界的大路，庄园军去追尾也就没有大的意义了。庄园军必须利用庄园地界的一个山包，也就是英军必须通过的一个狭长地带，沟里有一条河，河岸上的大路紧紧依靠山包脚下的一个狭长平台，在此埋伏的庄园军如果能突然杀出，就有可能杀伤英军。

琼玛带着二女儿阿桑拉姆和保镖强巴，骑马一同来到英军必须经过的狭沟大路上。琼玛观察了几处，停下来爬坡走到山腰上，向下张望了很久。跟随而上的阿桑拉姆说："阿妈，我知道你的意思了，我会把咱们庄园军带到此处埋伏下来，先滚下一排石头，然后挥刀杀下山！"

琼玛说："你是我们庄园军的头，你要多想办法，一定要发挥作用，不要辜负众乡亲的希望！"

阿桑拉姆说："阿妈，我想到英军驻地去看一看，看看他们究竟是些什么人，了解了解。"

琼玛沉思了片刻后说："行，你去看看吧，几年前你在拉萨学的英语能不能用得上，你自己试试吧。能用得上，就会给你带来方便的！"

三年前，阿桑拉姆和妹妹阿桑央金在拉萨私塾里学了两年多的英语，成绩还不错，只是回到庄园后，用的地方几乎没有，阿桑拉姆有时想起来用一用，也就是跟妹妹对上一阵子英语的话。姐姐阿桑卓玛也学过英语，她去对话，只能找拉萨的两个舅舅。琼玛母亲的家族中，英语最好最熟的是琼玛的两个哥哥和姐姐，还有侄子旺堆。琼玛本人也学过英语，但用的机会很少。过去噶厦政府规定，凡是贵族都必须学会英语。

一天后，阿桑拉姆带上保镖强巴，骑马去英军驻地，他们走了半天，看到河沟边上的一片平静的山坡上，全是英军灰绿色的帐篷。

阿桑拉姆没有直接接近英军帐篷，而是来到附近的一个小村庄，这里住有十几户人家。她想，首先打听乡民的说法是很有必要的。一个五十多岁的乡民看出阿桑拉姆并不是一般的穷人，穿着打扮是上等人的，他回答了阿桑拉姆的一些问话。他们并不是在房间里，而是房门前的小路上，阿桑拉姆和保镖强巴都已经下马。

"大叔，你见到过英军吗？"阿桑拉姆问。

"见到过。见到过不少。"乡民回答。

"他们是些什么人？"

"他们是来买燃料的，买牛粪饼还有柴火。"

往下的对话中，阿桑拉姆了解到英军吃的多数是他们自己带来的干粮。英军人数在一千五百人左右，一千人基本上是雇佣的郭尔廓人。这种人个子比较矮小，比较机灵，胆子也比较小，真正的英国军人，大约有五百人，蓝色和灰色眼睛的人较多，个子也比雇佣军的人高。英军每个人都有一杆步枪，子弹能打两千米。有六门轮子炮，炮弹能打三千米以上。有机关枪，打出的子弹像飘洒的雨点。这个乡民见识比较广，曾去过印度，少量地懂一些印度语和英语，还去过内地，汉语也能听懂一些。他当过脚夫、藏兵、马帮手，还当过几个月的土匪。他有时说几句风凉话，引得阿桑拉姆哈哈笑。

"驮运他们东西的有上千头牦牛，还有几百匹马，还有跟马跟牛跟军人的男人和一些女人。女人是用来睡觉的！"乡民说。

"是些什么女人？"阿桑拉姆问。

"边境的，有郭尔廓的，也有藏人！"

阿桑拉姆拿出一把铜币，给了乡民，说了一声："谢谢！"

阿桑拉姆去接近英军的帐篷，走到最近的一个帐篷，便有放哨的两名英兵挡住去路，挥手表示走开不要接近。阿桑拉姆下马拉着马靠近后用英语说："我要找你们的官员，我有事情要说。"

放哨的两个哨兵商量了一下，一个问："你有什么事？"

"燃料牛粪饼的问题。"阿桑拉姆早已想好与英军接触时的对话。"不知你们还需要多少？我是这一带头人家里的人，前来商量商量！"提问的英兵让阿桑拉姆等一下，他去一个帐篷向他的长官报告。不一会儿，出来一个长官，衣着不像是军官，倒像一个政客，他说："我叫荣赫鹏，英军首席政教官，你有什么事找我？"原来去报告的英兵没有说是"牛粪饼"的事，而是别的什么重要的事，因此，住在此帐篷里的英军首席政教官员荣赫鹏出来了。

既然是政教官，那就不是一般的，阿桑拉姆的脑子转得很快，她问道："政教官先生，请问，你们英军这么多人进来，是经过我们的神王达赖喇嘛批准的吗？"

阿桑拉姆的问话好像难住了荣赫鹏，他沉默了片刻，有胡子的嘴巴又张又闭，然后说："我们不需要他的批准！难道不可以吗？我们的总督给了他两封信，他不敢回答，退了回来。不敢回答说明理亏，往下的事当然我们自己做主！"

"你们这样进来叫什么？是不是叫侵略？"

"侵略？不、不、不，这是不懂礼貌的语言！"

"你们的军队已经进入西藏境内几个月了，这还不叫侵略吗？如果我们的藏军打到你们英国的伦敦，你会怎么想！"

"那是不可能的，你们的藏军没有这个能力。我告诉你，这个世界的道理很简单，谁有本事谁当王，没本事就做奴隶。你们西藏那么黑暗落后，只配当奴隶！"

阿桑拉姆笑了笑，觉得往下说没什么意义，她准备告辞了。

荣赫鹏说："姑娘，你的英语是怎么学的，说得很好哇。"

"我告诉你，我不是姑娘，我是两个孩子的母亲，早年去印度时学的英语，你们英国人在印度做主。"阿桑拉姆讲的都是她临时编出来的，她的脑子很灵也很快！

"不像，你不像是生过孩子的女人！"荣赫鹏笑起来，他清楚阿桑拉姆在骗他。

阿桑拉姆告别走出帐篷，她不清楚自己怎样走入荣赫鹏的帐篷里。骑马走出几里后，她后悔自己忘了问英军打算怎样打仗，要打到什么地方去，又觉得这种问话是问不出实情来的。

"你觉得英国人怎样？"阿桑拉姆问跟她走在一起的保镖强巴。强巴不懂英语，阿桑拉姆跟荣赫鹏的对话，他一点儿也没听懂。

"二小姐，我看英国人不怎么样！"

"什么不怎么样？"

"要打败他们，我觉得很容易！"

"怎么见得？"

"要趁天黑，三五十人一队，组成若干队冲进帐篷刀砍他们，他们肯定要输的！"

"啊，你真厉害，一下子想到了消灭他们的办法。白天我们肯定打不过英军。他们的机枪还有大炮，会大量杀伤我们！"阿桑拉姆注视了一下满身是男子气概的强巴。

"我现在担心的不是打仗，而是和谈。我听说西藏政府不想打而是要去和谈。打到我们境内的人我们还要去和谈，二小姐，你说，我们该怎么想？"强巴摇头。

"不死人不是很好吗？"

"未入境前和谈还可以，入境这么久还要去和谈，这不等于是投降吗！"平时，强巴的脑子显不出聪明，今天好像很开通。

"我们的藏军没办法打赢，当然也只有和谈！"

"难道以后的西藏，要由英国人说了算吗？"强巴叹息。

"不会吧。"阿桑拉姆的目光落在前面的远处，那是去自己庄园路的岔路口。不过，进入岔路口，首先是康莎庄园的地界，一个不到五十户的小村庄，便是岔路口的标识。

阿桑拉姆下马，牵着马来到村庄有院子一家的门口，见一个妇女正在院墙上打湿的牛粪饼，屋门是开着的。

"大妈，我想问问，你家的男人呢？"

一个中年男子从屋里走出来，阿桑拉姆的目光盯在了男子的脸上。

"大哥，我想问问，我们藏军的驻地离这里有多远？"

"你们是干什么的？"男子反问。

妇人说："你还没看出来，这位是小姐，你看她的穿着，一定是贵族！"

今天阿桑拉姆出门，并没有注意自己的装束，蓝色绸缎的裙袍，头戴棕色礼帽，腰带是金灿灿的，很显眼。农奴女子不可能有这种穿戴的，尤其脖子上的一串红玛瑙珠项链，很显眼。鞋子是印度产的黄色女式皮鞋。身上斜挎的一个氆氇布袋中还藏有一把她最喜欢的二十响驳壳枪。

"啊、啊，有六十多公里，要走一天的，就是骑马也要一天。"男子回答后的样子是敬畏的，慢慢走过来。

"你知道有多少人吗？"

"我去送过一次牛粪饼，他们说有五千人！"

"你看到有五千吗？"

"我看不出来，也没数过。我是按照我们主人的命令去送牛粪饼燃料的，去送过两次，两次都是赶着牦牛去的，有二十多头。"

"二小姐，你要想去，只有改天了，今天已经晚了！"强巴说，他也是牵着马跟在阿桑拉姆身后的。

"那你说说，咱们藏军跟英军打起来会怎么样？"

"当然是我们赢，我们有菩萨保佑！"男子回答说。

"我们人多，刀子多，火枪也多，打仗必然是近距离接触，我们肯定赢了，我们藏军每人胸前还挂着我们神王十三世达赖喇嘛土登嘉措二十八周岁时制作的护身符告乌，那是不得了的事，对吧，我们一定能赢！"阿桑拉姆说话时很兴奋。男子点点头说："实际上，我们只有三千多人，不会是五千的！"

"不管是多少人，我们肯定会赢！"阿桑拉姆的信心突然增高了。她骑上马，向路口跑去。

……

去打听情况的人回来报告说，英军准备三日后拔营起程。女主人琼玛立即召集各方首领进行商量，最后决定阿桑庄园出五十人去抗英，这比噶厦政府来公函要求出三十人多了二十个。一切军需都要庄园自己供给，领导人也要求庄园主自己派出。大家共同推举二小姐阿桑拉姆担任总指挥，亚兔乡长和保镖强巴担任副总指挥。三日后出发去拦截正在进军的英军大部队。

当天下午，女主人琼玛把男用人阿罗叫到跟前对他说："我们庄园主也要派家人去抗英，我打算叫你去给二小姐当保镖，你看如何？"

这是一个阿罗意想不到的决定，让阿罗吃了一惊。平时，他看出女主人的眼里有不信任和怀疑的目光，尤其是男主人被人暗杀之后，阿罗总觉得自己的后背上被女主人插上了一根针。

"你说，我该信任你吗？我把二小姐的安全交给你，你会不尽心尽力吗？"

"不、不、不，不会不会。感谢女主人这样信任我，我就是死，也要保二小姐的命！"

"十六法典规定，我们西藏的人分上中下三等，像你这样的奴仆是下等人当中的最下等，命价是七尺草绳一根。这些你都知道吗？"

"知道知道，我没有资格去当二小姐的保镖。"

"我让你当，你就得当。记住了，好好保护她！"

"啦索啦索……"

女主人给阿罗一把手枪，给了一套衣袍，给了一匹马，让他焕然一新。女主人给他讲了一个故事，说："从前，有一个人害死了另一个人，后来另一个人的儿子去当凶手家的用人，把凶手杀死报仇了。好像我家的男主人也是被报仇的后代害死的，你相信这种说法吗？"阿罗的脸泛红了，好像女主人指的就是他，不过，他一下子变过来说："女主人你放心，我一定保护好二小姐！"

女主人有她自己的打算，她在变换自己的一个手段，临走时她会突然把阿罗换下来，另外派一个保镖去保护二小姐。

五十人的庄园抗英队总算有了真正开拔的日子了。这天上午，在庄园楼前的广场上，举行了庄园军出征仪式。五十人排成一队，但数数时多了七八个人，其中有几个是十四岁左右的男孩子，还有几个是五十多岁的老男人。二小姐阿桑拉姆是戎装，脱去了袍裙，取掉了装饰物，而是短衣短裤，头戴一顶遮阳的礼帽。她把多出五十人以外的少男老男抓了出来，让他们离队。有几个跪下来恳求，他们愿意为乡亲们去打仗，但阿桑拉姆坚决不批准。阿桑拉姆说："打仗不是玩游戏，那么想去，那是要死人的。你们没练过刀砍，没练过打枪，身上又没有力气，如何去跟英军拼命？！你们不但拼不了，而且会白白送死，所以，不准你们去。我知道，农奴的男孩八岁就可顶支差名额，但这是要打仗，不能顶替，况且我们现在的人数已经够了，我感谢你们热情的心！"

女主人琼玛分发管家抱来的护身符告乌，让出征的每个人挂在胸前，本来只有四十个，后来又急忙补充了十个。这支庄园军一共分成四支十夫长管的队伍，每个十夫长有十个兵，加上十夫长就是十一人，五十人剩下的六人组成了后勤，他们专管十几袋糌粑粉，还有酥油及茶叶，还有几口煮锅。

打听消息的探马来报告说："英军在今天下午，可能要通过路口，藏军指挥部要我们立即出发，在英军到达之前去拦截他们。"女主人琼玛立即跟在场的一个藏军派来的联系官员商量，决定让队伍立即出发。队伍中的每个人，都有一把长刀，横插在腰上，都有一杆火药枪，斜背在身上。都戴遮阳毡帽，都穿单层皮底藏靴。当每人胸前挂上护身符告乌之后，都在想，这下子好了，刀枪不入，神王在保佑自己了！队伍抗英的胆量一下子大了起来。

队伍正准备出发，十几名乡村的妇女抱着各自酿造的青稞酒坛子来到广场上，都要求出征男子喝上一口。琼玛批准了这个请求，于是每人一口，然而有的不是一口，而是一碗，喝了一口的又喝了两三碗。琼玛让人去叫她准备换下阿罗的一个年轻人，琼玛认为阿罗的不变化说明自己想错了。年轻人已经来了，还没等琼玛开口，早已注意此事的阿罗跑来跪在琼玛跟前，说："女主人，我对不起你对我的信任，阿桑主人遇害是康莎主人管家的儿子干的，我做了帮手，根本不该、不该……"原来，阿桑被害的头一天晚上，凶手在阿罗家住了一晚，第二天一早他暗伏在大门旁，用棍子打了阿桑的后脖子……

琼玛思考了片刻，说："你还算聪明，能理解我安排的事，本来是要把你换下来的，你虽然有罪，但还算有功，现在是战争年代，不惩罚你了，你继续当二小姐的保镖吧！"

阿罗给琼玛磕了三个头，口称"啰、啰"地表示感谢。

阿桑拉姆喊了几次，但敬酒和喝酒的人都不停手，阿桑拉姆夺下几个酒坛子摔在地上，这才让敬酒人停止了敬酒，喝酒人停止了喝酒。阿桑拉姆说："我们现在是队伍不是懒散的个人家，凡是庄园军的一分子，都必须马上停止喝酒！"

琼玛看了看手表，时间从上午的九点已经到了下午的两点，她立刻命令出征，阿桑拉姆说："阿妈，是我的失误，太晚了，没想到会这样！"琼玛没说什么，挥了挥手。

这支队伍，马只有三十匹，较能跑的毛驴二十头，出征人上马背和毛驴背，有不少掉下来再骑上去的，打马打毛驴上路，来到英军必经的大路上，然而这时的英军早已走过去了，拉开的距离有十多公里。

阿桑拉姆哭笑不得，朝空中放了几枪说："你们都看看自己，像什么？你们还有用处吗？喝呀，喝呀，难道喝酒比抗英重要吗？英军都放跑了，我们还有什么脸说我们是庄园军！"

没法子，就地打帐篷住下来，因为天黑了，不能再走了，只有第二天去追英军了！

第二天，女主人琼玛来到庄园楼的大门口，观察阿罗的住房与大门之间的距离，原来大门旁就是阿罗的住房，阿罗住房向外的一个小窗口，与大门不远，外人只要踮起脚尖说话，窗口里的人就会听见。只是窗口有铁条栏杆，人是钻不进来的。

琼玛相信阿罗说的话，他与外界联系，只要通过这个小窗口，就可以把大门打开。

"啊，我平时为什么不去注意这件事呢？好笨，好笨呀！"琼玛摇摇头。

男人死了，太大意了，以为天下都是太平的，实际上并非如此！

也就是这一天，上午十一点三十分的样子，在下游村庄古鲁这个地方，发生了火爆的枪战，占领右侧制高点的英军，对阵地在山谷平原上的藏军进行了机枪扫射，当场打死七百多名藏军。阿桑拉姆带领的五十名庄园军还在后面的路上慢慢行进。

……

（原载于《民族文学》2019年第1期）

声 音

亚　明（壮族）

一

我开着车，沿着一条绕山公路一直往山上缓慢爬行。这条山路太窄了，只容一辆汽车穿行，而且几米就一个急拐弯。虽然铺了水泥，但谁敢在这样的绕山公路上开快车呢？我此行的目的地，是翻过此山后位于山窝里的一个村寨，叫鹿鸣村。

这是春节过后的一天，阳光和暖，大地宁静而安详。这样的日子，许多人都忙着挤高速公路回城里去了，但我没有一点儿回城的心思。妻子李雯正和我上演着离婚的闹剧。要不是在儿子的抚养权问题上纠缠不休，我们早就办了离婚手续了。佛山的那套三室一厅的房子归带着儿子的李雯住，我回去算是无家可归了。也好，我正好趁此机会四处散散心。到鹿鸣村，是来探望徐松的。

我与徐松十多年不见了。二十多年前，我们在佛山一起打拼过，后来他离开了佛山去了深圳，种种因由，我们断了联系。但关于他的消息我还时不时地听闻，说他当了大老板，在深圳单房子就有好几套。

徐松回鹿鸣村的消息是同学天镇在饭桌上告诉我的。天镇原来也在佛山打拼过，那时他跟我、徐松三人经常聚在一起。徐松去深圳不久，天镇就回了三江镇做了个村主任，后来又考了公务员，如今是三江镇的副镇长。

今年春节回家，闹离婚的我心情抑郁，羞于跟亲友们见面，躲于垴坳寨子里我弟弟家小楼二层房间里读书写作，手机一直处于关机状态。我有个习惯，每每心情抑郁时就会沉浸在写作中去。当一篇小说完成时，我的情绪也发泄得差不多了——谁曾想到，天镇竟开着他那辆黑色东风日产直闯我家，将我揪了出来。

徐松回来了知道不？跟我碰杯时天镇问。

哦，你怎么没叫他来聚一聚？我淡然道。

叫了他，没来。天镇说。

也是，他现在那么大的老板，你哪轻易请得动。我嘲弄道。

哪里？他现在租住在鹿鸣村里。天镇答道。

我吓了一跳，租住鹿鸣村？他深圳的生意不做了？

鬼知道。他没说，也不跟我们这些老友来往，神神秘秘的。整天待在鹿鸣村里除了种种菜养养鸡鸭，什么也没做。

我颇为震惊。在深圳当大老板的徐松身上到底发生了什么事？公司破产了？还是？……

不清楚。我去拜访过他，但他老婆史红霞好像不很欢迎我们去。谁知道他身上发生了什么事呢？阿明，以前你跟他关系那么好，你去看看他吧。他那样子，像是患上什么病了……

就这样，我决定到鹿鸣村来看看徐松。鹿鸣村距镇圩近二十公里，坐落在一个四面环山的山窝子里。寨子的人都移民到镇圩附近的移民村住了，村寨成了一个没人居住的空心村。也正因如此，鹿鸣村完全保留了原貌。这是我们壮乡三江镇少有的几座还保存着原貌的壮族村寨。

发现鹿鸣村还保持着老村寨的模样，是几年前的事。那年春节，几个爱好摄影的朋友来我老家玩，我带他们到处走走。鹿鸣村所在的这个山窝子里有个没多少人知晓的野温泉。带朋友们泡野温泉时经过鹿鸣村，我们惊喜地发现，鹿鸣村还保持着老村子的原始风貌。

跟我一样，朋友们都喜欢上这个村寨。它的景致的确不错，后面有一片高大的枫树林，秋冬之际，枫叶黄，灿烂至极，映衬着整个村子，就像在童话中一样。前面是一片梯田，层层叠叠往山沟下延伸。到秋天，稻谷黄时，整个村寨前就像铺着一块块金色的地毯，蔚为壮观。

几年来，朋友们一随我回乡下，都要我带他们到鹿鸣村。只是最近两年，因跟李雯的关系紧张，我没心思带朋友回来，再也没到过鹿鸣村了。我的记忆中，鹿鸣村的巷道里长满了野草，许多老房子已是瓦漏墙塌，只有不到一半的老房子，因主人回来耕种需要临时居住，还保持着完好的模样。徐松怎么会选择这个没有人影的村寨租住呢？

二

汽车慢悠悠地往山上爬，我猜测着徐松到鹿鸣村居住的各种原因，思绪不知不觉中回到了二十多年前。那时，我在佛山一个叫大沥的地方教书，比我大几岁的徐松，在附近的一个音响厂里打工，做仓管。他原本和同在一院校毕业的湖南籍妻子史红霞在乡下做民师的，但民办教师工资实在太低，转正又无望，便南下打工了。那时候，住得近的老乡们每个月都会聚在一起吃顿饭，联络一下感情。我和徐松住得更近，来往就更勤了。一到周末，徐松跟史红霞就买上菜到我学校宿舍来做饭吃。他们住的宿舍里不允许私自做饭。

史红霞和我们印象中的湖南妹子一点儿也不同。她性格温婉文静，长得很秀气，身上没有丁点儿湖南妹子的泼辣、干练。就一个典型的居家女人。

徐松丝毫没有隐藏他对史红霞那份情感，常常当着我们面，给她夹菜，剥虾皮，剔鱼骨头……我们几个没结婚的，常常向他们抗议，说他们的恩爱不能秀得这样露骨。

徐松笑道，你们嫉妒了是不是？谁嫉妒了，赶紧找个妹子回来。

就这样，我们在一顿又一顿饭中，建立了深厚的情谊。有一个周末，徐松来吃饭时跟我说，他要开店，但店还在装修中，要借用我的宿舍临时放一下他的音箱配件。

我的宿舍是在学校教工宿舍楼里，徐松运来音箱配件，肯定会引起其他人注意，我有点犹豫了。徐松道，阿明，这是我第一次出来做生意，你怎么也得帮帮忙。

话说到这份儿上了，况且我的宿舍大厅里空着也空着，便答应了，只是货车白天进出教师宿舍楼的小院过于扎眼，我让他晚上才运东西进出。那天晚上，徐松将货搬来后我才知道，他是跟他们厂里的一个销售员，将做音箱的配件买回来后在我的宿舍里偷偷进行组装，然后再卖出去。

此后，徐松他们白天上班，晚上就来我房间里偷偷组装音箱，每天都忙到晚上十点多。直到两个月后，他们才搬走了。

徐松去深圳开店是一年以后的事。他跟那个销售员的拍档闹矛盾，合作不下去了，他便拿了属于他的那份钱跑到深圳那边开了个新店。他解释说，深圳那边的人有钱，开音响店会更有前途。

徐松临去深圳那天晚上，请我去吃宵夜。几瓶啤酒下肚，话就多了起来。他说，阿明啊，你是我在佛山最好的老乡兼老友，这么久以来，多亏你关照了。现在离开了，还真舍不得呢。

我开玩笑道，松哥，你这是发财去，我可不能拖你的后腿。

徐松笑道，那是，男儿志在四方，等我发财了，肯定回来看你。

可别忘了，我也一直想出来做生意的。到时可要拉我一把啊。

那肯定，我谁都可以不帮，但你这兄弟，帮定了。

如今每每想起那时的情形，我的内心还充满着欢欣和柔软。

三

汽车爬上了山顶，继而往山下转，又行走了十来分钟，我终于来到了山脚下的鹿鸣村。两年时间没来，我不知道鹿鸣村变成怎样了。两年时间，足够改变一个人，何况一个村子？当我出现在它面前时它没令我失望，整个村寨还保存着原来的模样。

我的心中，这才是我们壮乡村寨应有的模样。我那离三江镇五公里位于山腰上的垴坳山寨，原本也是这模样的，可最近十多年村寨里建了不少小洋楼，远远看去，像竖立着的一个个火柴盒似的。这些用红砖砌成的火柴盒丑陋无比，跟老房子格格不入，完全失去壮乡村寨原有的风味。我多次呼吁村寨人不要拆老房子建新楼房，但谁肯听呢？连我家老屋，也被留守于乡下的弟弟拆了建起了二层小砖房。弟弟的理由很简单，若是不建楼房，他怎么娶亲？这是很现实的问题，本来留在乡下的女孩就少。家里没有座水泥楼，谁会嫁过来呢？

如今，每次回垴坳寨子，见它如此不伦不类，我便找不到丁点儿的归属感。

汽车到了鹿鸣村，向右拐上一个斜坡，就来到了村前的地坪。杂草被清理得一干二净，上面多建了两个防腐木做成的小亭子，一个亭子里摆着一张饭桌，一个亭子里摆着茶几。在地坪的西北角，停着一辆白色越野车。地坪四周，种上了花树：杨梅、无花果、桂树、罗汉松、竹子、玫瑰、山菊、指甲花……显然，是经过主人精心设计的，整个地坪就像一个小花园一样。在暖阳的照耀下，这些花花树树，安详如落户的村民。

村寨最前面那个院落大门紧锁着，四周也没有人声。难道徐松不住前面？我沿着小巷走进村里去。小巷里的杂草也被清除干净了，只是那些老房子，倒塌的已经倒塌，没倒塌的，残垣漏瓦已被补上。我走遍了整个村寨，也没见到徐松的影子。他去哪儿了？他的汽车还在，地坪上的花草刚淋过不久。我判断，他应该出去散步或者办什么事去了。

我便在前面那个摆放茶几的木亭子里坐下。大概过了半个多小时，忽然传来一阵"汪汪汪"的犬吠声，一条小黄狗爬上了村前的斜坡，向我窜来。接着，只见徐松和史红霞牵着手，缓缓地走上斜坡来。

小黄，不许乱吠。史红霞喝道，见是我，惊讶道，怎么是你，阿明？你怎么找来了？

我怎么就不能来？你们躲回鹿鸣村来，也不告诉我一声？我站起来，笑着分别跟史红霞和徐松握了手。我发觉，跟我握手的徐松并没有我预想的亲密。他明显地缩了一下手，嘴巴微微动了一下，支吾了一声，你来了。

我打量了一番徐松，他发福了，头发稀疏了不少，额前的发际线也往头顶上退。要不是前面的几绺略带斑白的头发遮盖，额前的那一块头皮就像刚被砍伐一光的山坡地。

史红霞穿着一身白色运动服，还保持着苗条的身段，只不过那耷拉的眼袋，眼角密集的鱼尾纹出卖了她的年龄。坐坐坐。她连声说着，让我坐下。然后，吩咐徐松回去拿水壶出来泡茶。显然，史红霞已不是当初那个居家妇女，如今的她，更像是这一家之主。

刚才我和徐松去爬山，已走了两公里路，他突然说，寨里来人了。我还寻思着谁来了呢，原来是你。

两公里外能听到我的汽车声？我惊讶了。我这辆广州本田轿车声音还算比较安静的。

他呀，耳朵有特异功能。史红霞看了看徐松回屋去的身影，笑道。

我们坐定后，史红霞上上下下打量了我一番，又笑道：嗯，不错，还那么年轻，只是有点憔悴。

最近写文章写得太狠的缘故。我掩饰。

还写文章？不错啊。最近一切都好吧？

我不知道如何回答，告诉她我正在闹离婚……

还行吧。我隐瞒道。

徐松已拿出水壶。史红霞一边熟练地泡茶，一边说话，我们多少年没见面了？

多少年？大概十二三年了吧。我回答着，又陷入了回忆。

四

徐松去深圳后，我们还常来往，当然，大多数是他回来看我。他的生意做得很成功，很快开了第二个、第三个店。后来，他又转行卖电脑，卖手机……再后来，开了一个手机配件厂……

我们后来断了联系，最直接原因是我们之间发生了件不愉快的事。

那是我辞职做生意的第三年。因我没经验，经营的餐厅支撑了两年，最终亏得关门大吉。此时有朋友在广州那边接城中村的楼房出租，做二房东。我过去考察了一下，感觉还不错，便决定接几栋楼来做，但要投近二十万。我手中只剩下两万多元，四处筹了些钱回来，也还差十多万。

不是徐松让你出来做生意吗？现在你落难了，你怎么不去找他？妻子李雯对我抛开稳定的教师职业，而出来冒险做生意这事一直耿耿于怀，更是一直对鼓动我出来创业的徐松抱着很大的成见。

是啊，除了徐松，还有谁能借那么多钱？那个下着蒙蒙细雨的春日，我抱着满腔希望到深圳去找徐松。到了深圳罗湖车站，已是傍晚五点多了。徐松并没亲自来接我，而是派来了他手下小李。他说，公司突然有急事要外出，要我等他回来。小李倒是热情，招待我住下，请我吃饭，吃消夜，唱K，按摩……提供了一条龙服务。我在深圳待了一天一夜，徐松没出现，史红霞也没出现。

李雯在电话里生气道，你这还不明白，他们明明是躲着你嘛。你还赖在深圳干吗呢？还嫌没丢尽我的脸？……尽管我觉得李雯的话过于偏颇，但心情受到了影响的我，也对徐松心生不满。你徐松没空，史红霞难道也没空吗？你徐松就不能让史红霞在我面前露一露面？就因为这份不满，第三天一早我就返回佛山了。此后，我再也没主动联系过徐松。而徐松那边呢，也因这事没联系过我。因为深圳之行的遭遇，我从此在心里有了一个关于徐松的潜意识的疙瘩。我原来的手机因被小偷摸走而换了新手机后，我也一直没有找回他的手机号。

这么多年来，你怎么就不来找找我们？史红霞眼睛盯着我看，满脸嗔怪。

你不也没找过我嘛！我脑子还停留在那次深圳之行被他们冷落的场面，没好气地说道。

我怎么没找？可你电话换了，怎么也打不通。史红霞说着，眼睛有点红，看来是动了感情。

我看了看徐松，他一直在旁边憨笑着，并未插话。这完全不像以前的徐松。以前，我们一旦聚餐，他绝对是饭桌上的主角，大口喝酒，大声说话，豪气而爽快。而且，他脑子里装着一大堆各种段子，一个段子一个段子地往饭桌上抛，逗得大家不是笑喷，就是趴在桌面上起不来。有他在，我们的聚会就充满了笑声和欢乐。因而那时的老乡聚会，谁都可以缺，唯独不可缺少的是他徐松。

但现在呢？他安静而拘束地坐于一旁，基本不插话。好像是被史红霞控制了一般，陌生得很。

松哥，你这是怎么啦？别光听我们说话，你也说说话呀。以前，你可是我们老乡中的大主角呢。我对徐松说。

你松哥现在修心养性了。史红霞说着，不断地向我眨眼。

我即刻领会了史红霞眼中的暗示，打住了话题。天镇猜徐松患了什么病，如今看来是真的了。而且，他这样子应该病得不轻。他到底得了什么病？我满心好奇，却不敢当面问史红霞。

在鹿鸣村待了不到一个小时，我就回来了。当然，是史红霞下的"逐客令"，她担心我在徐松跟前待久了，会影响他的情绪。

回到家里，我的脑子还呼呼地在徐松身上转，猜测他的病症。他是得了抑郁症？出车祸撞傻了？还是……

一个曾经从打工仔打拼成生意场上闹腾得风生水起的人物，如今竟变成这个样子，这不由得不让人感慨万千。

五

是的，我辞职出来做生意，完全因当初徐松的鼓动。那年秋天，我到深圳某校去观摩学习，傍晚抽空去见徐松。那天晚上，徐松开着一辆黑色宝马载着我在深南大道上飞奔着，潇洒得很。

我问他的车子多少钱。

你猜猜？徐松反问。

那时的我是学校的教导主任，脑子里除了怎么教书，怎么带领教师们搞教研，然后抽空写点登于报上的文章，对什么车呀楼呀一窍不通。我惭愧地摇了摇头。

得这个数。徐松举起五个手指。

五十多万。我惊呼一声。

徐松淡然地点点头，仿佛五十多万在他眼里根本不值得如此大惊小怪。那时，我领着的是五千多块钱一个月的薪水。五十万哪，我得存多少年的钱？作为曾经一起在佛山打拼过的人，我的内心一下子失去了平衡。

那个晚上，徐松带我去看了他买下来的价值近五百多万的住房，他那占地五亩多的新工厂。我的内心彻底被打动。我南下珠三角，一直以来的梦想是自己能成为一个大老板，但如今呢，却依然蜗居在一所小学校里。

最后，徐松带我到海边一酒吧喝酒。酒到半酣，他说，阿明啊，你比我有才华，能写能说，要是出来做生意，早就超过我啦……

问题是我没一点儿经验……我虽已心动，但嘴巴上仍支吾着。

经验。经验就是个屁！关键是你有没有胆量。生意场上一直有句话，"撑饱胆大的，饿死胆小的"，只要你够胆，什么经验就是个屁。也许喝了酒，徐松爆出的，全是牛哄哄的话。

从深圳回来后，我辗转反侧了一个多月，便辞职了。但此后，徐松眼中才华超过他的我在商场上并不如意，婚姻也弄得一塌糊涂。也许，这是他想不到的吧。

六

三天后，我再次跟史红霞见面了。那天我去三江镇的某网吧发一篇稿子给一杂志社的朋友。发完稿子后，我踱步到市场里买菜，刚到市场，便看见史红霞从市场里匆忙出来。那身白晃晃的运动服，让她在稀疏的人群里很显眼。

世界真小？她说，眼角露着笑纹。

三江镇那么丁点儿的地方，能不小嘛。我也笑了。

那是。她说，又问，你干吗来？

我说了情况。她抱歉地看着我，我应该抽空到垴坳寨子拜访你的。可你松哥如今这样子，我是寸步难离啊！

松哥到底怎么啦？我看他完全变了个人。我趁机问。

她的身子明显地晃了一晃，眼睛也闪烁了起来。她说，这事一言难尽，现在不方便跟你说，我出来一个小时了，得回去了。再不回去，你松哥会找我的。说着，她上了那辆白色越野车，发动车子开走了。

看着史红霞驾驶着汽车奔驰而去，我心里那个谜团更是云里雾里了。史红霞离去后，我无事可做，便给天镇一个电话，打算到他办公室坐坐。天镇刚好在办公室里。上了天镇的办公室喝了两口茶后，我便跟他讲述了我去见徐松的情形。

难怪他这样，原来他真的出了状况。唉，做那么大的生意，可惜啊。天镇感叹道。

是有点儿可惜。我附和着，末了又说道，不过，现在看样子他的情况稳定了许多。鹿鸣村真是好地方，这样的好环境，对他的病帮助很大。

嗯，只是……他们可能很快要离开鹿鸣村了。天镇支吾着说道。

我吓了一跳，不是吧？他们住得好好的，为什么离开？

鹿鸣村附近不是有个温泉吗？县政府早已规划开发那温泉了。如今已有投资商看中它，要开发旅游了……

哦！我陷入了沉默。那个温泉一旦开发，成了旅游旺地，徐松还能待在鹿鸣村吗？答案是不言而喻的。

唉，这是政府的项目，没办法的事。天镇看出了我的担忧，又叹了口气。

从天镇的办公室出来，我犹豫该不该打电话给史红霞告知她天镇透露的消息。但最终，我没有拨通史红霞的手机。毕竟，温泉项目还没真正动工。毕竟，对于徐松来说，多一天平静的生活，是无比重要的。

七

几天后，回到了广州，住在一个叫京和的城中村这边。这里有我承租的几幢山租房，一直以来，都是交由我侄子志强打理的。佛山的家已无法回去了，我让志强空出一间房子，便搬了进去。

这次下来，是李雯一再催促的结果。她要我尽快回来处理离婚的相关事宜。

我跟李雯闹到这个地步，最根本的原因就是我辞职出来做生意。当初辞职时，我惹怒了李雯，她跟我打了足足三个月的冷战。李雯想过的是四平八稳的日子。结婚前，她还是来自外地的一个民办教师，而我呢，早已转正，而且是学校学科带头人。她看上我，正是我的身份。结婚不久，我当上了学校教导主任。在我的斡旋下，她也顺利地转正了。俩人都是公办教师，收入不错，加上我还能写文章挣点稿费，日子过得平平淡淡，无惊无险。但李雯却显得无比满足。后来我不顾她的一再反对，执意要辞职，她自然反对得很是厉害。我辞职时，李雯撂下了一句颇具预见性的话：你就一教师，一个文化人，面子薄，心肠软，根本不是做生意的料。你辞职做生意，等着亏死吧……

我出来做生意近十年，做过快餐店，开过饭店，接过城中村的出租屋转租，还做过宾馆……但除了出租屋做下来外，其他基本应了李雯的预言。

这天早上，我赶到佛山再次跟李雯谈判，但她依然死咬着房子归她，儿子也归她。

李雯一直把这房子看得比她的命还重要。两年前，我想跟朋友在广州重开饭店，身上钱不够，偷偷拿着房产证去搞抵押贷款，结果被李雯发现了。李雯闹得很厉害。她爬上了我们那栋楼的顶楼上，一只脚跨在水泥护栏上，跟我说，你要是不把房子赎回来，我就从楼上跳下去。李雯这举动吓坏了我。我不得不退出了饭店的投资。所以，这楼她不可能放手的。同意跟她离婚的那一刻，我就不打算要这房子了。

但我一直坚持的是，房子已经归你李雯了，儿子就该归我的。李雯的态度很无理而且很强硬：房子是她的，儿子也是她的，缺一不可。

儿子已经五年级了，他懂得选择，你问问儿子，愿不愿意跟你？要是他愿意跟你，我就不跟你争了。李雯说这话时，双眼直直地盯着我，满脸嘲讽的意味。这话噎得我半天说不出话来。这是我的死穴。这么多年来，除了生意上的应酬，我还要常常躲起来写作。就是有空闲时间，也被各种各样的文学活动占用了。每个月能抽出一天两天来陪儿子聊会儿天，就算是奢侈的事了。因而，儿子一直跟在李雯身边，他的教育，他的吃喝拉撒全都由李雯负责。因而，儿子跟她亲得很，根本不可能选择我。

而我呢，明明知道这场争夺儿子的闹剧中自己是完全处于下风的，但我心里很是不平衡。离婚是李雯闹的，房子让给你了，还跟我争儿子了，明显是过分了嘛。我便咬住这点不放。

不是我硬要争。我要这房子，以后还不是给儿子？我争儿子，还不是为了给他更好的教育。这些你给得了他吗？

李雯这话不知说了多少遍，我当然明白其中的道理。但一想到儿子从今往后与自己分开了，我心里这个坎儿怎么也过不去。

要么就不离婚，要么就把儿子给我。我死撑着，就是不松口。

李雯冷冷地盯着我说，你这样硬拖着，有意思吗？你这样不但害了我，还害了儿子。

到底是谁害了儿子。你不闹离婚，会这样吗？我被李雯的话彻底激怒了，话咆哮而出，一摔门，回广州了。

八

史红霞竟打电话给我，说她回深圳处理点事，顺道经过广州，想跟我见个面。

哦，松哥呢？他不需要照顾？听她说她现在广州，我很惊讶。

我女儿上来看他，代我照顾几天。

原来是这样。跟李雯吵了一架后，我又沉入自己编织的小说情节中去了。我本想拒绝史红霞的，可徐松留给我的那个谜团像蜘蛛丝一样缠绕着我。

我和史红霞相约在广州的一个湘菜馆里吃饭。广州的初春，天气已有步入初夏的迹象。史红霞只穿了一件白色套裙——可以看出，她对白色很是偏爱。

我们面对面坐着。她看了我一眼，未说话，眼睛已经发红了。

你肯定好奇我们为什么住在鹿鸣村这个偏僻的地方。她说。

我点点头，为她叫了杯椰汁。

这完全是因为你松哥……她苦笑。

松哥出了什么状况？

他耳朵出了问题。

耳朵出了问题？

是的。不知怎么的，最近几年他的耳朵变得特别灵敏，稍微有一丁点儿的响动，都能惊动他。

哦，竟有这样的事。难怪那天去鹿鸣村看你们时，你说松哥两公里外就听到我的汽车声。我说。

嗯，他的耳朵就是这样灵敏。正因为这样，对他的睡眠造成了严重的困扰。每天夜里，只要邻居一走动，他就能听见，咳嗽一声，他也感觉如雷鸣一般。他根本无法入睡。史红霞说着，看了看我，苦笑着向我举举手中的杯子。

怎么会这样？我问道。

这跟他的生意有关。这几年他的生意很不顺，两个分公司都关门大吉了。一个是因为手下背叛，一个呢，是经营不善。因为此事，这几年他变得很不信任人了。他的一个股东曾跟我说，他曾几次偷放录音笔，录股东们和手下的谈话。有股东气不过，抽资走人了……

我想不到，徐松因为生意上的不顺，竟变成了这样的人。其实，这几年在生意场上，我何尝没有过这样的经历。比如，我跟人一起投资的一个宾馆，因为没亲自打理，合伙人每月报上来的账都处于亏损状况。后来，我偷偷调查了一下租房率，根本不可能亏，是合伙人搞的鬼。又比如，我和一个很要好的朋友承接一栋楼房的建筑工程。结果呢，他不但没分赚到的钱，还拖欠了工人的工资，跑到国外去了……经历诸多的挫折，我不得不承认，我身上文人气太重，不太适合做生意。幸好，我懂得用写作化解经商路上带来的压力，否则，我也会像徐松那样不堪重压……

他的情况越来越严重，三年前的一场股东会议后，他最终被解了职，被清理出了管理层。这么一闹，他的病情更严重了。他待在家里，耳朵却时时注意着屋外。他总是跟我说，邻居某某，说了些什么；楼上某某，在做什么……开始，我以为他出现了幻听，但看了许多医生，都说他的病症很奇怪，不像幻听。幻听是脑子出了问题，没有声音认为有声音。他的情况是，能听到极微弱的声音，耳朵就像狗耳朵一样灵敏。史红霞没管我思绪的变化，依然喋喋不休地叙说着。

你说松哥有一对狗一样灵敏的狗耳朵？我好奇了。

说了许多人都不信，但这是事实。史红霞摇晃着饮料杯，瞥了我一眼，又说，他耳朵的灵敏，若只是影响了一下他的睡眠，那倒不是坏事。问题是，因为他的睡眠不好，严重影响了他的情绪，他逐渐有了狂躁症。他一听到谁家发出的声音，便发怒，咒骂对方。久而久之，他竟发展到冲去敲门，骂对方。有一次，我被警察叫到派出所去，去了才知道，你松哥提着刀子将对方的铁门砍坏了。因为你松哥闹得厉害，左邻右舍都给他闹得报过不知多少次警。警察来了，也拿他没办法。最后，居委会和警察一起出面，让我要么就送精神病院，要么就离开这小区。他是我老公，我怎么能送精神病院呢？我只好带着他搬家了。

这可苦了你了。我安慰道。

嗯，这是没办法的事……此后我们搬到郊区一个僻静一点的地方去住。问题是，只要附近有人住着，有喧闹声、车辆往来声，他依然会被这些声音吵醒，依然整夜整夜失眠。我们只好又搬家……两年时间里，我们不知搬了多少次家，但每一次都没住上两个月，就因为他跟周围人的冲突不得不又搬走。我们从城市，搬到郊外，又搬到一个偏僻的小镇，可他还是闹。实在没办法，我们只好到了鹿鸣村。这个地方没人住，再没人来吵他，他才变得安静了下来。

史红霞说着，向我举举杯子，抿了一口。她的语气平和而淡定，看不出一点儿的忧伤，好像是，这几年她已历练成一个处事不惊的人。

山里也有鸟兽的叫声，泉水流淌声，他怎么？……我又问。

就那么奇怪。山里的声音再多再响，对他几乎都没影响。他原来整个人狂躁而憔悴，但在山里住了半年后，整个人都平静了下来。

哦，这就好。我长吁了一口气。

唉，他变成这样。我也只能陪他住在山里了。他现在对我很依赖，根本不让我离开太久。这次要不是我女儿上去看他，我怎么能回深圳呢？

那你们打算在山里长住了？

要是他的病没好转，也只能如此。史红霞应着，看我一眼，又嫣然笑道，其实这何尝不是好事。当年他在外面做生意，我在家里带孩子，天天盼着他回来。但他实在忙，难得回来。现在有了这个病，我们倒是天天在一起了。如今，我也已习惯了在大山里，种种菜，养养鸡，呼吸着新鲜的空气，多好……要不是有事要处理，我才不回深圳呢。

史红霞笑得坦然真实，我相信她这话是真的。但我无言了。她还不知道，鹿鸣村很快就要变成一个旅游区。徐松将很快面对城市一样的热闹场面。到那时，他还能像如今这般吗？

九

我最终跟李雯离了婚。如她所愿，房子和儿子都归了她。

我跟李雯为此事纠缠了两年多时间，早已身心疲惫。徐松的遭遇提醒了我，再这么纠缠下去，我将越陷越深，甚至彻底被这场闹剧吞没。何况，我心里清楚得很，我争儿子其实是在跟李雯怄气。我根本无法给儿子一份美好的生活，怎么能强求他跟我生活在一起？

离婚后，我便决定进行一部谋划已久的长篇小说的创作。因而，我躲在出租房里，开始了我的工作。为了顺利完成我的创作任务，我将我的手机关停了，什么事，均通过志强跟我联系。

我选择躲在这个城中村来完成我的长篇小说创作，是因为我写的是一群外地人在这个城市里的生存状况。在这个城中村里居住，一方面便于我靠近所写的这群人的呼吸及灵魂。另一方面，也方便于处理出租房里的事——有事要我亲自出马，我可以随叫随到。

写部长篇小说，是我多年的心愿。之前的时间里一直忙于生计，想给自己的家庭带来更好的生活。但结果呢，事与愿违，我将自己的家庭倒腾得一团糟，乃至最终破碎了。而我自己热爱的文学事业，也一无所成。如今家庭散了，我成了孤家寡人。我不能丢了家庭，文学上也两手空，便决定躲起来创作这个长篇。

一年后的一天，我正待在房间里沉浸于自己的小说情境中，房间的铁门突然被吭当吭当敲响，动作极为粗鲁。我以为是志强，打开门刚要发火，见是天镇笑嘻嘻的大圆脸。

你这家伙，这一年干什么去了？竟然跟我玩失踪了。一进门，天镇便向我发炮。

我把写长篇小说的事告诉了他。

都什么年代了，还写什么小说？写小说能挣钱吗？天镇骂骂咧咧的，满嘴都是乡下小镇领导的做派。

写小说虽然不能挣钱，但能让我找到一种替代，让我避免陷入生活中一个又一个暗洞中去。但我意识到，跟天镇说这些话简直是对牛弹琴，便打哈哈道，我无能啊，生意老亏，只能躲起来写小说了。

你这家伙，怎么说你好。你就要错过大好机会了知道不？鹿鸣村温泉项目的道路正如火如荼地建设中。因此项目的带动，很多人已回来搞民宿了。你呀，偏偏在此时选择失踪……天镇依然咋呼着。

哦，鹿鸣村温泉已经开建了。我想着，给天镇倒了杯茶水，脑子里闪过居于鹿鸣村里的徐松和史红霞的身影。

徐松他们呢？还在鹿鸣村？……

在在在……天镇忙不迭地说道。我"哦"了一声，又问，徐松的耳朵不是有问题吗？他那"狗耳"好了？

好个屁。天镇骂了一句，说他正因为徐松的"狗耳"而到广州来搬我这个救兵了。原来，到鹿鸣村温泉建的公路中一段必须经过鹿鸣村旁。而鹿鸣村旁这些地早被徐松租下了。现在，他和史红霞闹死闹活地，阻碍此道路从鹿鸣村经过，说这会吵着他们。三江镇政府愿补偿三十多万给他们，叫他们搬。但史红霞不要三十万，还放话就是给一千万他们也不会搬。徐松折腾了那么久，她好不容易找到鹿鸣村这个让他安静下来的地方。让他们搬，谁敢担保徐松不再次折腾起来呢？

唉，这个温泉项目偏偏归我负责，我要是解决不了这事，就会……这不，我实在没办法了，想到你跟他们一家关系最好，就找你来啦。天镇满脸无奈地倾诉。

史红霞的担心不无道理，徐松这个"狗耳"折腾起来谁不怕？你们完全可以帮他们找个更好的村子啊。我说。

怎么没找？天镇说，可在我们老家，还有哪个村子像鹿鸣村的原貌保存得这么好？我带着史红霞看了好多其他的村寨，她都看不中。

我说，实在不行，你们也可改道的啊。

改道，说得轻巧。那是最近的路，要是改道，得多花多少钱？何况，这是县里规划好的路线，我们镇里没权改。天镇苦恼道。

我双手一摊说，这还有什么办法了。

所以，我才来请你回去，劝劝徐松和史红霞，说不定他们会听你的呢？

听我的，我笑出声来。我把我隐瞒多年从未跟人说过的那次去深圳跟徐松借钱的经历，一一跟天镇盘了出来。

听完我的叙说，天镇叹了口气，说："没想到，你和徐松之间竟会发生这样的事。"

十

天镇第二天就回去了。我当然没有随他回去。这事件中，除非我有本事将徐松的"狗耳"治好了，否则我回去也是白搭。至于回乡下搞民宿的事，因为我身上没什么积蓄，也就没什么兴趣了。天镇了解了我的苦衷，也就不勉强我了。

就这样，我又待在出租屋里写了一年小说。完成了这部小说的最后一个字时，我走出自己的房间，整个人已是精疲力尽。我意识到自己要好好休养一段时间。而休养的最好地方，自然是乡下。

回乡下去，得预先给天镇一个电话。因为，我还惦记着天镇负责的温泉公路在鹿鸣村受阻的事。于是，我拨响了天镇的手机。

哦，我的大作家，你终于出关了？天镇那边的声音很大，像在喊话一般，乡镇小领导那种派头依然十足。

你还没被撤职啊。我故作惊诧地问。

撤职，谁那么大的胆量撤我的职？天镇那边嘎嘎地笑。很显然，徐松和史红霞的事，已完美地解决了。我好奇是徐松和史红霞搬走了，还是温泉公路改道了。

都不是。是徐松的"狗耳"变正常了。天镇在那边说。

徐松的"狗耳"正常了？我大吃一惊。

是的，原因说你也不信。接着，天镇说出了这事情的大概：在三江镇政府跟徐松的谈判正陷入僵局的时候，县里的相关领导便亲自出马找徐松来了。县领导一进鹿鸣村，就被这个古村深深吸引了，当即拍板要开发鹿鸣村，将其建成美丽乡村，并承诺将这项目交由徐松和史红霞夫妇来开发经营，政府拨上千万的扶持金做支持。

这么一来，徐松的"狗耳"竟奇迹般变正常了。现在，他整天屁颠屁颠地，在鹿鸣村里上蹿下跳地监督工程进度呢。天镇说。

天镇的话说得我彻底蒙住了。徐松的"狗耳"果真就这么轻易地好啦？还是徐松的耳朵根本没成为"狗耳"，这事完全是史红霞杜撰的？

（原载于《民族文学》2019 年第 1 期）

满楚古德吉的鹰

阿　满（满族）

　　科里的半张大饼脸从草丛里长出来了，他耐心地等着那鹰的出现。如果它的腿上捆绑了无线电之类的东西，那他就要用毁灭来当这事的判官。

　　配合行动的鸽儿们以诱饵的姿态在山坡上走来走去，有一种命定的优雅。罗比是最漂亮的公鸽，它不停地向母鸽莎莎示爱。科里想，如果自己能离开此地的话，那一定要为罗比写一部《王子求爱记》。然而，现时的生命仅存于一片羽毛之上，科里连自己能活多久都不知道。

　　科里朝炮兵的方向瞥了一眼，那里，一门杀伤力很好的88炮正发着寒冷的光。一切虎视眈眈。

　　两个小时过去了，科里眼睛有点干涩了，呵欠一个又一个。忽然，一个黑影俯冲下来，定睛一看，果真是那鹰来了。

　　好家伙。科里嘿嘿讪笑着，这鹰到底没有禁受住诱惑，掉入了他设计的埋伏圈。

　　那鹰，倒是大气度，一眼看中了个大肉多的莎莎，翅膀一拎，两腿一夹，然后像箭一样直射过去。

　　哦，枯叶腾起，草棵纷乱，鸽儿们亮起了翻飞的翅膀，罗比带着鸽儿们冲过来了。鹰有点迟疑了，这当儿，莎莎得救了。但是鹰瞪着眼睛，又一次发起了攻击，甚至比第一次更加猛烈。罗比烦死了，发怒了，一头撞向了鹰。科里闭上眼睛，让汗毛长成森林。

　　等科里再睁开眼睛时，那鹰正以胜利者的姿态在空中盘旋。它时而俯冲，时而腾空跃起，翅膀碾碎了空气，像旋风扫过地平线。

　　科里去寻罗比，它小小的身子却躺成个大字。它死了，喙里正涌出猩红的血。科里面色惨白地朝炮兵一挥手，轰——轰——轰，三声炮响，地动山摇，巨大的灰尘像参天的大树，蓬勃生长起来。

鸽儿们不见了，鹰也不见了，科里沮丧地耷拉着头，两只胳膊像枝丫陡生于天空，他把自己吊在了蓝天里，阿门——

工地上

科里的烟斗总是在黄昏的时候熄灭。

手颤抖了一下，低头看，握着的烟斗熄了。第一次出现这样的情况不觉得，第五次第六次出现了，科里发现了，晦气了，奇怪了。同一件事情在同一个时间段里反复出现，这是什么预兆？科里想想，一条惶惶的虫子爬上了头顶。

此时，天与山的边际朦胧一片，既无边界也无尽头。黑色的山脊枕着苍白的河流，萧瑟苍茫。风有点凉，季节是深秋，地点是中国东北某山地之中。

科里吹着口哨沿着山路往高处走，他是一名因公司合同被卷入战争的比利时工程师。心绪乱了，步子也乱了。当然，一支烟斗还不至于让科里如此发躁，他真正烦的是自己负责的 DY4 号工程，已经第二次被中国军队炮火偷袭了。这——真是活见鬼了。

烟斗是妻子的赠予。白玉的嘴，乌木的杆，黄铜的锅，两英寸半长。它既不会增进科里与妻子的感情，也不会让科里与妻子的感情坏到哪里去。科里与妻子的矛盾是信仰问题，每到做礼拜的日子，他都要与妻子发生口角。

你不去教堂吗？妻子问。

不去。他回答。

你这人太俗了。妻子说。

我是俗。他同意她的观点。

那你想干啥去？妻子又问。

我准备去弄一下鸽子。科里这么回答底气不足，用鸽子代替上帝，他明显是堕落了。

妻子垂下眼帘去教堂了，科里则去伺弄鸽子。他偷着乐，秘密将他的每一个细胞都唤醒了。

罗比和莎莎的祖先还有其他的鸽子们，见了主人眼珠子像螺旋桨一样飞转起来。接下来，有一个通往未知的隧道让科里进入了。他看见自己的心脏像春天的嫩芽儿，还看见自己的血管变成了一根根飘扬的红绸带。而这一切，科里说，妻子的教堂里绝对没有。

科里成了养鸽专家，他和父亲一起奔跑于山郊野外，笑声滚了一路。后来，科里和父亲做了一件有影响的事，即从国家基因库里筛选出了鸽子的黄金搭档，培养出了新一代的鸽族，取名叫小佛利普。为此，他们获得了一项终身荣誉奖，被皇家信鸽学会授予鸽王的称号。之后，科里和父亲参加各种赛事，收获奖项多多。

一晃很多年过去了，烟斗虽然从没离过身，但科里的父亲已经过世了，而自己也来到了中国。白天忙碌不觉得，一到夜里，他的心便被现实揪得生疼。

风在河面上撕咬。科里重新点燃烟斗，吸了一口，转而对现实进行思考。河是天然的屏障，十里之内都被铁丝网封锁着，工事屡屡被炸是什么原因呢？而且还那么及时准确，刚一修好就炸坏了，难道有天眼盯着吗？！

科里叹气，工程争分夺秒，三个月的任务，现在拖至半年了。前天，司令官下达了死命令，要科里必须在两个月内完工。完工了，送他回国；完不了工，用军法处决科里。

科里肯定是惧怕了，公司倒闭是小事，人死可是大事。世界没有了自己，要意义又有何用。

其实，科里来中国纯属偶然。那一天，他陪上司去参加一个宴会，遇见了一个日本人。日本人说，有一项工程可以给科里的公司做，具体是在遥远的中国东北，他们要修建一条战争的秘密筑垒配系。上司算了一下报价，觉得这项工程的利润不错，于是想做。但又有些犹豫，因为中国正在战火纷飞，接了，有人会指责他们发战争财。不接吧，科里他们的公司很久都没有像样的进账了。想来想去，上司说，生存是王道，接。

接了，与日本人签订合同。在派什么人去的时候，上司对科里说，这次我想派一个精明强干的人去。科里点点头，心里莫名其妙地抖了一下。果然，上司说，你亲自去吧，别人我不放心。所以，出于利益和友情，科里来到了中国。

科里一下飞机就被蒙上了眼睛，然后被押到了这条山沟里。尽管他是个无立场无观点的人，但日本人还是不放心他，暗地里派特工一直跟着他。

说到立场，科里不想对战争给予太多的评判。他是个比利时人，比利时是中立国，中立国根据国际条约，在很多关系和事情上必须遵循模糊的原则。何况他是个商人，商人在商言商，只考虑信誉，其他要装聋子和瞎子。但是科里渐渐地有偏向了，日本法西斯要毁灭中国，他看不下去了。DY4号工程是抵御苏联军队的，苏联军队是中国的盟友，而自己在帮日本人的忙。所以半年多来，他一直受着良心的谴责。

科里暗暗对自己说，快点儿走，赶快离开这是非之地。然而，想回去就必须把事情做完。但是偏偏不顺，那天，科里正在指挥浇筑，一颗炮弹从山那边打过来，有人断了胳膊和腿，他也被气流冲出好远。

科里爬起来后疑惑地望着天空，间谍不可能有，中国民工都戴着脚链工作，他们不可能单独行动。难道是日本人自己暴露了吗，不，他们有武士道精神也不会。最后科里想，那只有死魂灵了。接下来，科里把白天施工改为晚上。不错，工程顺利进展了一个多月，但好不容易把底座筑好，炮弹又来了。这一次最厉害，摧毁了最主要的衔接部位，还炸死了几个人。血，溅了科里一头一脸，他差一点儿就要疯掉了。

科里终于到达山顶了。天气真好，一眼能够看得很远。四周很静，偶有探头探脑的野兔，还有一只翱翔的鹰。

鹰像个W的形状，书写于湛蓝的天空。科里很懂鸽子却不懂鹰。不过，即使不懂也不影响观看。慢慢地，科里感觉到有热流在敲击胸膛，啊，他很久都没有这种愉悦和感动了。

鹰，朝科里飞来了。近些了，科里看见它是麻灰色的。再近了，看见它的头型身形还有羽毛了。真是华丽啊，羽毛上的斑点像一枚枚切开的鸽蛋。阳光在上面跳舞，简直就是一场盛大的芭蕾舞剧。

鹰，划过头顶了，翅膀下空气嘶嘶作响。地面上的阴影飞掠，科里感到了瞬间的凉意。鹰爪像两朵菊花在蓝天里开放，科里的心像嫩芽儿起伏有致。咦，莫非是妻子的上帝来了？或许是那些鸽儿思念他了？科里想着念着，心里有一大片树木哗哗倒下了。

科里看鹰的时候鹰也看科里。距离近了，科里看到了它的喙，巨大像匕首。还像一枚破土而出的笋尖。喙微微张开了，呈现出粉红湿润的内腔。再近了，看见喙的纹理是粗细不一的条丝状，还呈现了渐变的黑灰色。钩尖是墨黑的，像一滴凝固的血。

鹰忽然飞到了一棵树上。它定定神，摆一个询问的姿势。科里饶有兴味地挑逗它，暗示它，之后，他们之间有很多问题扔过来扔过去。山野很静，静得只剩下空气的摩擦声。忽然，一只野兔冒失地从草丛里跑出来，怔了一下，转而疯狂逃命。嗖，鹰腾空而起，朝野兔直扑过去，几秒钟工夫，野兔抽搐四肢，瞬间毙命。

科里赶紧把目光转向一棵歪脖子树，躲避猩红。

几秒钟以后，科里转过头来了，他发现那鹰并没有去撕裂野兔，而是把野兔控在身下，扑棱棱地飞走了。

科里打了个寒战。突然清醒了，原来这是一只被驯养的鹰。科里的柔软戛然而止，猛地瘫坐在草地上。

科里坐着抽烟，烟斗吱吱作响，冷风把他的衣角吹得像只瘦马，脑子却异常庞大。

唉，也是进入战争氛围后，科里的眼睛变挑剔了。长期被铁丝网禁锢的人，更不喜欢人工刻意的痕迹。所以，科里为了透气，经常从兵营里跑出来。他温习和感受那山野的绚烂和自然，让肌肤和野草亲密接触，如果恰好有一朵野花冒出来，他会高兴得手舞足蹈。而当风和阳光在河面上跳舞时，他往往会感动得落下泪来。今天，又有一只漂亮的鹰出现了，他愉悦陡生，但是它居然是人驯养的，科里扫兴的同时也萎靡了。

然而，美丽依然诱惑，第二天科里还是来了，他带了一只望远镜，准备好好看看。而同一个时刻，鹰也来了。

鹰还是那么漂亮，菊花开得隆重。科里看着，心又动了，不过已经不像昨天那样了。

忽然，科里的眼睛睁大了，他发现一样东西，这鹰的脚上多了什么，是瘤子吗？不，肯定不是瘤子。仔细看，似乎是一个黑色的小方块，还微微发光。科里心里一颤，整个身体往下沉。接着，他大喊了一声 Oh my God！

物理课上有一种元件和电线的组合物，术语叫无线电。如果鹰脚上捆的是这一类东西，那就太不可思议了。于是，第三天来的时候，科里带了把枪。

屯子里

树兜在火塘里慢慢炭化，金红色的光，在黑暗中像水一样灌满了小小的土坯房。间或有噗噗的声音，像一把锋利的刀在割肉。

爷爷是在割肉。爷爷要把今天自家鹰捕捉到的野兔分割好,储藏起来,因为漫长的冬天野物会很少,他们得细水长流过生活。是啊,人可以饿肚子,鹰不行。鹰是贵客,到家只有那么短短的几个月,它每日辛劳,必须好好待它。

十六岁的满楚古德吉在编一根鹰脚绊绳。爱它的时候,便总想为它多做一点事。满楚古德是姓,吉是名字。这个姓氏有点古老,不属于当地这个屯子。他们是闯关东的时候逃难过来的。

满楚古德吉打算用新的鹰脚绊绳奖励自己的鹰。这是丰收的日子,墙角里已经有满满两麻袋野鸡了,过几天爷爷就可以拿到集上去卖。满楚古德吉心里算了算,离春天放生的日子还有四个月,那就是一百二十多天。但是下雪的日子总过得很快,一想起离别,满楚古德吉心里便堵塞了。他对鹰的承诺就像大山对河流的承诺一样,时间一到,他肯定是要让它回归山林的。唉,不能想了,有太多的难舍难分。

爷爷和孙子住在离屯子较远的一条山沟里。树上的乌鸦扑撒下寒霜的粉末,呱呱呱,从早上听到晚上。

"多好的一只鹰,被满楚古德吉那小子逮到了。"那些鹰把式老是这么说。是的,夏天的时候,满楚古德吉意外地捉到了这只鹰。之后,屯里人开始谈论这爷孙俩。他们习惯一只獐子的行走,却不习惯肥水流入了外人的田。

满楚古德吉的好运气引发了屯里人的妒忌和愤懑。叹了,骂了,也只好这样了。没办法,一切都是天老爷的安排。

有人出高价来买了,满楚古德吉想卖,爷爷不同意。满楚古德吉企图反抗爷爷,但是爷爷一吹胡子,满楚古德吉就软下去了,只好放弃。关键不是钱,是与外面的联系。爷爷和钱,他只能选择爷爷。

满楚古德吉从出生到现在一直被爷爷捂在这里。去过一两次集圩,那是爷爷奖励带他去买果子吃。他不知道自己的鹰为什么值那么多钱,最终还是买鹰的人告诉了满楚古德吉,他们说,这可能是一只海东青,现在看不大出来,过两个月就看出来了。

海东青是神鸟。据说是它把光和火种带到了世上。而现实的说法是谁拥有了海东青,谁就会得到神灵的保护。但是,很多年都没看见这种鹰了,惹得很多鹰把式一生都在寻找。当然,现实总是在似与不似之间,他们偶尔也像满楚古德吉那样捕捉到类似的鹰,后来长大了才发现不是,但没关系,把它看成好运到了家门口也是大喜事。

接下来日子就很有期盼了，有期盼的日子就很有趣味。满楚古德吉整个秋冬天都被这只鹰占满，小土坯屋周围尽是他和鹰的欢快身影。

鹰长得快，很快羽翼丰满。丰满了，发现不是期望的那种神奇，却也漂亮异常。这两年，满楚古德吉嘴巴上冒出了绒毛，胳膊上长出了肉腱子。没吃过奶的孩子居然长得这么好，肯定是神灵早早地来了，那鹰其实就是一个证明。现在，满楚古德吉是个初长成的汉子，红润的脸蛋上一双漆黑的眼睛炯炯有神。

火正旺的时候不需要点灯。爷爷割肉割得很仔细，用铁丝穿成一串，在火塘边烤着，那些肉条在火光的映照下，一只只变得透明了，像一面面小镜子。满楚古德吉拿出了一块牛皮，搓巴搓巴，选择了肚子底下柔软的那个部位，用剪子剪成若干的条条。再找出一坨新棉线，用两根棉线跟一根皮条合在一起打辫子。劳动的手有一些皮的刺，挂住棉线了，满楚古德吉捋了捋，顺溜了，再编织。

满楚古德吉打算编个五尺长的样子，还没有成功的时候，便想象那是世界上最棒的一根脚绊绳。爷爷偶尔抬头看孙子，看一下，脸上的皱纹舒展一下。

鹰蹲在墙边的木杠子上，一双清亮的眼珠被一圈金子般的莹黄簇拥。它转动眼珠，莹黄像变戏法似的翻来翻去。跳了跳，翅膀像渔网张开，捕获着满屋子的幸福。

不过，想想熬鹰的那段日子，满楚古德吉可真是吃苦了。这只鹰与从前的鹰大不一样，满楚古德吉先后养过三只鹰，别的鹰三五天最多一个星期就熬熟了，屈服了，随人了。而这只鹰到了整整十天也不向人屈服。它就那么瞪着满楚古德吉，不吃不睡，也不大动，像雕像一样。

满楚古德吉比鹰更犟，瞪回它说，你狠，看谁熬得过谁。一天两天过去了，三天五天过去了，满楚古德吉着急了，发躁了，眼睛酸，身子疲，人犯晕，什么时候倒下的不知道。冷不丁醒来，赶紧爬起来，揉揉眼，再熬。

熬到第十天了，满楚古德吉从别人那里借来了一只鹰，对它进行吃食教育。满楚古德吉把肉条喂给别人的鹰，别人的鹰很享受地吃着，不紧不慢。但是自己家的鹰岿然不动，眼珠子都不转动一下，害得满楚古德吉白白浪费了那么多好肉条。没辙了，满楚古德吉摸了摸自家的鹰，发现它瘦得只剩下一层皮了，体温也下降了，啊，原来它快死了。

满楚古德吉脸煞白，心脏往下坠，脑子一时空了，他傻在那里了。还好，这时爷爷过来了，给满楚古德吉端来了一碗玉米糁子，甩出两个字，吃饭。然后，用手抚摸着鹰的头和脖子，轻柔地一下又一下，像抚摸小时候的满楚古德吉那样。

说到这里，该提到赵小根叔叔了。满楚古德吉三岁的时候，抽筋抽得不省人事。爷爷去镇上请郎中，郎中就是赵小根叔叔。赵小根叔叔把满楚古德吉救活了，不仅如此，还隔三岔五送来草药，但是满楚古德吉喜欢赵小根叔叔并不是因为这个。

的确，这些年满楚古德吉心里一直揣着一件事，他很想知道自己的父母是怎样的。有一次，满楚古德吉憋不住去问爷爷，爷爷一听火了，说，你没有父母，问个毛尿。

满楚古德吉怎么也不相信自己没父母，可能是死了，爷爷心里难过不愿意说。也可能发生了不好的事情，爷爷心里烦，懒得说。后来，赵小根叔叔又来了一次，满楚古德吉把自己的苦恼告诉他，赵小根叔叔听了好久不吱声。后来摸了摸满楚古德吉的头说，你父母是神灵，一直在替屯子里的人做好事，你如果想念，就天天念菩萨保佑，但千万不要让爷爷知道是我告诉你的。

那是当然。满楚古德吉高兴起来了，有崇高感萦绕。他信守承诺再没有去问爷爷，但内心的种子，到了春天快撑破满楚古德吉的胸脯了。满楚古德吉天天念菩萨保佑，但那也不解事，只好把对父母的思念再一次凝聚到赵小根叔叔身上。他天天都盼他来，但不知为什么，赵小根叔叔今年一次都没有来。满楚古德吉默数着日子，急切了，便爬到最高的山顶上去喊，去张望。风呼呼地叫，满楚古德吉上气不接下气地喊，赵小根叔叔，你干吗去了，怎么不来呀，快点来吧。

爷爷递过玉米糁子饭来了，满楚古德吉终于想起了饿，熬鹰十来天，他累坏了，下巴尖了，胳膊上小肉腱子也软了。爷爷在满楚古德吉没辙的时候接过了熬鹰的任务，让那鹰恢复了元气。

满楚古德吉狼吞虎咽地吃着，吧嗒吧嗒。也许，吃饭的声音是这个世界上最好听的声音。忽然，那鹰有动静了，它转动了一下头，看了看满楚古德吉，确认了一下，然后把头勾下来，学着满楚古德吉的样子，一下一下啄了起来。满楚古德吉吃的是玉米糁子，它啄的是自己的胸腹。

满楚古德吉愣了，几秒钟后明白了，那鹰在吃自己。哇，它动食了，太好了。满楚古德吉大喜，急忙奔过去喂肉。这鹰，吃相恶狠狠的，太好看了。

接下来，这鹰更加显示了与众不同的样子，架鹰跑绳叫鹰等训练一个月完成了。啧啧啧，满楚古德吉噘起嘴巴无数遍唤它，逗它亲它哄它骂它，由着自己的性子泼洒。他摸透了这鹰的脾气，它性子烈脾气躁，一生气就啄自己。它还喜欢抚摸，摸也得有讲究，从头到背轻轻摸顺毛，那是安慰与奖励。从背到头反着捋，那就是对它提要求，意思是去吧，你要听话。

到了冬天的时候，这鹰不仅能飞出很远，并且能自己带猎物回来了。难怪屯子里的人会妒忌眼红，这鹰真的是越来越显出不一样的好来了。

时间已经到了 1944 年的深秋，雾很重，灰蒙蒙十步以外看不清。有一个鹰把式在歌唱，歌声凄婉忧伤，把日子拉得长了又长。

> 好心的人们
> 谁知道我的猎鹰飞向何方了
> 我甘愿送给他一匹骏马
> 珠喂——
> 好心的人们
> 谁知道我的猎鹰飞向何方了
> 我甘愿把一件貂皮袄送给他
> 珠喂——

鹰把式带着歌声走了，太阳露出脸来了。中午的时候，满楚古德吉看见对面山坡一个黑点渐渐走大了。啊呀，是赵小根叔叔来了。满楚古德吉几乎是飞过去的，到了跟前一个大猛子扑上，紧紧抱着赵叔叔不撒手。

亲热了一阵，赵小根叔叔掏出了一个好东西，鹰哨，嘘——山谷的寂静打破了，满楚古德吉接过来，嘘——嘘，吹得整个山谷都欢腾起来。

赵小根叔叔这次来变了身份，他过去是郎中，这次是小商贩。两个褡裢搭在胸前，鼓鼓囊囊，走路一摇一摇。

赵小根叔叔又给满楚古德吉带了好东西，一个打火机，手指一摁，火苗就啪地出来了。这以后爷爷生火就省事了。赵小根叔叔说要在这里住几天，满楚古德吉听了大喜悦，赶忙上炕收拾，腾出了最大的一块地儿给珍贵的客人。

睡觉的时候，满楚古德吉紧挨着赵小根叔叔听故事。赵小根叔叔的故事可真多，满楚古德吉听得一愣一愣的。赵叔叔说，外面的孩子七八岁一定要读书认字。还有，我们所有的人都踩着一个大球，这个大球叫地球。地球不停地转动，才有了白天黑夜春夏秋冬四个季节。满楚古德吉想，真好，原来还有那么多的事情自己不知道。

但是，这次赵小根叔叔跟爷爷吵架了。他们避开满楚古德吉到屋子外边说事，为去与不去争得面红耳赤。满楚古德吉受了冷落，非常不高兴，坐在门口有一下没一下地扔石头。

满楚古德吉竖起耳朵听壁角，发现爷爷说不过赵小根叔叔。赵小根叔叔说服了爷爷，便朝满楚古德吉走来了。

这次，赵小根叔叔主动说起了秘密。他说，前不久看见满楚古德吉的父母了，他们很想念他，托赵小根叔叔带了一个东西。说着，赵小根叔叔拿出了一只黑皮的小方块说，这是一个活物，如果绑在鹰的脚上，你爸爸妈妈就会知道这里的事。

满楚古德吉觉得神奇，半信半疑，一只黑皮小方块真有那么好吗？当然除了爷爷，他是不许其他人打鹰的主意的。但这次是赵叔叔，怎么办呢，还是爸爸妈妈托付的事。他犹豫了。

满楚古德吉拿不定主意是因为没有享受过父母的爱，他对他们的概念还比较空。而自家的鹰就沉甸甸地站在自己肩头上，满楚古德吉看它，它看满楚古德吉。它的眼睛里什么都没有，这反而加深了满楚古德吉的愧疚。于是，满楚古德吉低着头走到一边去了，他舍不得让自家的鹰做这些事。这个冬天是它养活了爷爷和满楚古德吉，它已经够帮忙的了。

气氛骤然冷却，几天都不谈这件事。赵小根叔叔只好继续去跟爷爷说，爷爷终于答应了，不是鹰，是他本人，他决定跟赵小根叔叔下山去办那件事。看着他们两个人消失在云雾里，满楚古德吉心里七上八下地闹腾。

寂静的暗处，黑皮小方块扔在炕上，被满楚古德吉远远地看着。前一天晚上，赵小根叔叔教会了他如何摆弄，但是他一走，满楚古德吉就忘记了。把小方块扔到一边，去用打火机烧羽毛玩，闻到了毛茸茸的臭味，他就真的把什么都忘记了。

一天过去了，爷爷还没回来，满楚古德吉想了一十二种可能性。第二天也没回来，满楚古德吉想了三十二种可能性。第三天清早，满楚古德吉反倒只剩下一种可能性了，爷爷是不是死了。正准备哭一下，爷爷却回来了。一看吓一跳，爷爷一身的血。一问，才知道不是爷爷受伤，而是赵小根叔叔死了。爷爷说，赵小根叔叔为了掩护爷爷脱身，被子弹打中牺牲了。

牺牲是个古怪的词儿，满楚古德吉七上八下的情绪终于有结果了，原来有一件很大的事情发生了。

满楚古德吉呆呆地坐在炕沿上，问为什么。

爷爷摆摆手说，遇到仇家了。

满楚古德吉又问，我们有仇家吗？他们是谁？

爷爷摆摆手说，不关你的事，莫问。

爷爷睡下了，满楚古德吉一个人愣在那里，偷偷地抹眼泪。心里难过时，还有一个大疑惑卡在里头。渐渐地，一只无形的大手把他的身子扳过来了，让他去看那只黑皮小方块。所以，即使内心不愿意，满楚古德吉也必须得做，这是对赵小根叔叔的最后报答。

黑皮小方块被拴到了鹰的腿部，靠近羽毛的地方。异物让鹰不舒服，啄了几下，满楚古德吉抱起来，轻轻抚摸。一会儿顺摸一会儿反捋，还轻轻地说着意思含混的话。

鹰很快适应了，拎着翅膀飞走了。满楚古德吉看着它慢慢消失在群山峻岭之中，心里一点点空落了。还好，这鹰总能回来，天气好的时候，它回来得早，把猎物扔给爷爷，站在杠子上等满楚古德吉给它解下小方块。天气不好的时候它虽然不曾捕到猎物，但也是欢愉如同往常。它习惯了这些程序，像一个战士那样尽职尽责。

枪

枪，是一把勃朗宁手枪，幽幽烤蓝泛出的光精湛而又冰冷。它沉甸甸地被科里握在手里，随时可以杀死五百米以内的任何生命。

科里还没使用过武器，今天是第一次用。他申请这支枪很不容易，不仅说明了用途，还经过了好几道程序的审批手续。日本人对武器管得紧，现在还有一个人跟在后面。

科里打算朝鹰开枪，不错，他要搞明白它是谁。尽管它是一只漂亮的鹰，但如果阻碍了他回家的路，那也绝不含糊。

当然，或许还不一定，科里怕自己看错了。他不能冤枉一只鹰，要对生命一视同仁。

科里忘记了顺序，事实是死亡在先，真相才能浮出水面。科里忽略了这一点，拎着枪，一步一步走向了山坡。

今天的天气也是好得要命，科里选了个土坑，把身子埋下去，再把眼睛挂在某株草棵上。第一次开枪不习惯，目标是那棵树，是鹰习惯栖息的地方。第一枪打它哪里呢，科里眯着眼睛，看到树干，那灰白色的生满疙瘩的依托。科里陷入想象了，仿佛看见鹰正蹲在那儿，于是决定打它的喙。喙，是鹰最美丽的地方，他要先解决这个问题。

这就奇怪了，一个不会打枪的人，却要很精准地打鹰的喙，这无疑是异想天开。但是这么想了之后，科里解气了，即使打不准也要这么想。

鹰还没有来，科里可以小憩一会儿。他仰头看天，前后左右地追踪记忆的影子。科里想，DY4 号工程其实决定不了战争的走向，因为日本法西斯注定是要灭亡的。但是，在他们灭亡以前，这 DY4 号工程却决定着他能不能活。所以他必须拯救自己。

等啊等，不知怎的，那生灵仿佛有感知，一直到中午都没有来。科里有点不耐烦了，忽然，一转头，那鹰已经傲然地蹲在树上了。它瞪着科里，有些生气的样子。

什么时候扣动扳机的科里不知道，只听到山谷里一声清脆的枪响，科里闻到了辣辣的硝烟的味道。开弓没有回头箭，进入战斗状态后，科里只能继续往下走，打打打。

呼，鹰腾空而起，一眨眼消失了。过了一会儿，鹰又出现在另一棵树上了。啪，又是一枪，又没有打中。看来，这只鹰根本不可能用手枪对付，它那么机敏，速度之快，或许连一个狙击手都难得一时将其消灭。

科里乱打一气，十颗子弹很快打光了。而它，可能是熟悉了雷电的声音，便以为枪声并不可怕。或者是认为科里根本不可能伤害到它，便在这棵树那棵树之间跳着玩，顽皮的样子把科里简直气坏了。最后，那鹰不陪科里玩了，拍拍翅膀走了。

回到室内，科里还在生气，他感到自己被严重地蔑视了，烦啊烦，人居然斗不过一只鹰。

科里进一步分析情况。这个地方壁垒森严，能够进入的只有那鹰。它的腿上似乎绑了东西，如果真是无线电之类的话，那就有借口推脱责任了——工程不能按时完成不能怪他。

科里踱步，想了想，决定给公司打电话，请他们捎几只自家的鸽子来。应该很快，因为皇家信鸽学会有一条绿色空中走廊，三天左右就能将鸽儿们运到中国。当然，如果仅仅是为了引诱鹰进入射程范围，科里没有必要舍近求远。中国也有鸽子，随便找就好了。但是科里有另外的想法，他不想投身这场战争，但如果杀了那鹰，他就等于站到法西斯那边去了。为了捍卫自己的中立性，他想了个办法，即让鸽子替代自己，把人的战争变成动物间的博弈，一命抵一命，这就说得过去了。当然，按照生物法则，鸽儿们的下场可能很惨，但或许能让生命发光——自己的鸽儿们一定做得到。

科里给妻子写信，说压力太大搞几只鸽子过来玩玩，最好挑小佛利普家族那样的品种。

小佛利普是科里和父亲的最爱，有一次它们参加远程比赛，从Z市飞回布鲁塞尔，当中有好几千公里，还横着一条海峡。出发不久它们就遇到了台风，整个海面波涛汹涌能见度低，不少鸽儿们迷了路，掉到海里牺牲了。但是多数鸽儿还是穿过云层，到达了目的地。它们在路上整整走了一个多月，看见科里时，领头的那只拼尽余力大叫了几声，一头扎下来，当场累死在科里的怀里。科里抱着那渐渐冷却的小身体，瞬间看见了上帝的真容。原来如此。

科里一想到要见自家的鸽儿们了，心里好激动。恨不能发明一个比爱更爱的词儿才好。接着，科里去寻炮。

炮很冷。科里发现自己溅上猩红后，整个人就时常战栗。怕，真实具体。死，虚幻缥缈。幸好对付的是一只鹰，但科里不能确定今后自己会不会杀人。中立其实很难保证。

指挥官推荐了88炮，再加四名士兵。科里将炮安放在一个合适的土坑里，吩咐士兵去砍些树枝来盖上。冰冷的金属是恐吓的标志，不知道鹰怎么看，反正科里觉得自己的鸽儿们肯定不喜欢。

三天后，小佛利普家族来了，一共是六只。妻子在信上说它们的名字在腿上绑着。科里看了，有一只叫莎莎，有一只叫玛丽，还有一只叫罗比。罗比是只公鸽，来的时候正跟莎莎调情。

第二天，科里拎着鸽笼到了那片山坡，帮鸽儿们适应环境。第三天第四天过去了，鸽儿们已经适应这里了。优哉游哉，那棵鹰曾经栖息的树，被它们随意地占领着。

第五天的时候，也是中午时分，莎莎和罗比突然激烈地扇动着翅膀，惊慌失措起来。科里抬头看天，哦，在高高的天上，有一个小小的 W 在画圆圈。真是那鹰。不知怎的，那鹰今天也很奇怪，盘旋了几次，就是不下来。

科里转头看，原来那炮正裸露在太阳底下，钢管上的寒光一闪一闪。几个士兵却正躺在那里打牌抽纸烟。科里骂了句浑蛋，随即朝那些士兵喊话，意思是加强伪装。士兵只好重新将炮移动位置，之后，一切进入战斗状态。

归　了

科里站在尘土里祈祷。这是一个人终于臣服于上帝的表现，也是一个人向生灵忏悔的姿态。乱云飞渡，科里泪流满面，他想象自己正去往天堂的路上。到了，他像一个勤务兵那样叩开天堂的大门。不一会儿，上帝来了，轻轻说，忠诚的生命先行。

天空开朗了，一切回归于洁白。烧焦的土壤时不时提醒这里曾有过一次可以忽略的杀戮。科里凭着记忆找到了那棵树的所在，现在是一个大坑，坑里有泥土。科里蹲下身子，用手去捧土，然后用手帕包好。闻了闻，有亲切的味道。听说烧过的草就是肥料，说不定来年这里的草木会格外茂盛。科里看见了，忽然留恋这里了。

科里觉得魂灵死了便永远回不来了，于是抓起一把泥土，对着风让泥土慢慢飞起来。是啊，DY4 工程枉费心机，战争快要结束了，他很快可以回家了。

土坯屋前，爷爷牵来了一匹大马，他对满楚古德吉说，你得去额尔古纳河了。你身上流着他们的血，你无可推卸了。

满楚古德吉翻身上马，在院子里试跑了几圈。他面色犹疑，目光散乱，时不时张望远处。山那边微微发亮，像一缕曙光。满楚古德吉转过身对爷爷说，这马的力量很大，可以载两个人。爷爷，我们一起走吧。

爷爷摇摇头说，我不急，我等自家的鹰回来。

满楚古德吉听了面色舒展了，目光也坚毅了。还是爷爷懂孙子，知道满楚古德吉相信那鹰一定会回来。

满楚古德吉点点头，一咬牙，扬鞭一声脆响，马尥起蹶子长啸一声，随即疾驰而去。

马蹄嗨嗨。远处，一个 W 形的黑点终于出现在悬崖边了，渐渐地大了，又大了。

马蹄嗨嗨。由近而远地敲打着那年的节奏，鹰把式的吟唱也跟随少年一起穿过林子和山冈了——

好心的人们
谁知道我的猎鹰飞向何方了
我甘愿送给他一匹骏马
珠喂——
好心的人们
谁知道我的猎鹰飞向何方了
我甘愿把一件貂皮袄送给他
珠喂——

（原载于《民族文学》2019 年第 2 期）

叶儿震颤的夜

哈地拉·努尔哈力（哈萨克族）
热宛·波拉提（哈萨克族）/译

一

凝视着镜子里的我，忽然瞥见额角探出的一根白发，是什么时候白的？这丝银发好似滑过黑红色夜空的一滴流星，尾梢变幻在金色与银色之间。一股愁绪倏地涌上心间，即使没有生白发，近些日子心里也窝了不少怨怼，血压时不时飙高，常伴有惊慌失措之感。"老天啊，这么年轻的孩子还得了高血压病？"长辈们暗暗吃惊，在他们眼里，我们是生气昂扬的年轻人，然而是该明白我们也到了中年不惑的年纪了。即使大家心里都清楚这意气风发的四十岁代表着的蕴意，气力是否足以成就大事尚且未知。谁又能确信，这丝白发的用意是不是像草地上欢腾的蚂蚱，警醒着主人记起什么。我依稀还记得母亲夜里头靠着枕头，嘴里轻念"哎，造物主，请赐予我您那圣洁的逝归吧，我不惧怕死亡，只祈望免受穷凶极恶的命运之苦"的场景。那时候可怜的母亲，身体还算硬朗，大多时候都沉湎于身边长辈们的良情善意中，也许是对她年轻时吃过的苦聊以慰藉，老天真的赐予了母亲圣洁的谢世，她沉睡着，再也没有醒来。

直到九岁，我一直跟母亲同盖一床被子，那时候的孩子和现在的孩子相比，体格看起来更为成熟健硕。

"你长大了，今天开始你要学会一个人睡！"一天，母亲靠着炕，边给哥哥们铺着被窝，边对我说。

我不想答应，即便如此，我还是守着自尊心，姐姐的那句"长得跟骆驼一样壮，还跟着母亲睡"的讥笑，令我羞恼不已。

第三晚，我宽解衣带，准备上炕睡觉时，母亲凑过来，"没有你，被窝里四处漏风，冻得睡不着，过来吧，小心肝！"说着，抱起我向卧榻去了。我志得意满地翘起鼻孔朝着姐姐，心里暗喜"看你怎么着"，躲在被窝里的哥哥们咯咯笑出了声。

二

　　无情的命运好像在向我宣布"无力承担你的任性乖戾"，以至于在一日之内夺走了我所有的童真美趣。母亲总是告诉我们，死亡是没有返程的旅途。但是，那时候所谓的"世界奥秘"对年幼无知的我来说，并不显得有趣，便没有听进去……

　　想来是一月，我们从县城里的亲戚那里听说，读高中的二哥和姐姐正在放假回家的路上，母亲便长久地伫立着，凝望着马路，出门又回来了好几次，天寒地冻，积雪深厚，过路人那里都没有他们的消息。夜幕渐渐低垂，天黑了。"该是昨晚的大雪封住了路，他们应该又回县城了。"母亲絮叨了几句，便去准备晚饭了。我们刚坐下，展开桌巾，准备摆放碗碟时，二哥和姐姐鼻孔里喷着雾气进来了。母亲这会儿正朝碗里盛着粥饭，她扔下铁勺，涕泪潸然地奔向了他们，一把抱住哥哥和姐姐，竟号啕大哭了起来。母亲在我们面前这样慌张无措，毫不掩饰地痛哭，是头一次，尽管我们都感到诧异，也只是把这当作母亲思念的泪水。那晚，我们个个情绪高涨地沉浸在城里村里的新鲜事中，夜深了才入睡。不知是什么时候，好像有人狠狠揪起了我，我吓醒了，把头从母亲怀里挣了出来。屋里很吵。被垛旁边挤满了人，母亲静静地睡着。邻居大叔一把直直地拎起了我，让我坐在了炕沿上，炕上好像地震一样，咚咚咚地颤动着。我不知道发生了什么，左顾右盼地张望着，炕那头坐着的是人称"麦依大婶"的胖邻居，母亲和她是同喝一碗水的密友。她好像正在哭泣，全身都在晃动。

　　"她走了，"一位叫作纳黑玛的乡医说，"白天还在路上碰见她了，因为孩子们要回来了高兴得不得了……"

　　"我失去了珍贵的朋友，可怜的孩子啊，你也成了无依无靠的孤儿了。"麦依大婶蹒跚地走向了我，把我揽进怀里。我困意连连，麦依大婶怀里并不好闻的体味冲击着我的嗅觉，我作呕难耐却也无法挣脱，竟哭了出来，周遭似乎正等待着我的哭声，门口站着的妇女们开始哀声哭咽。眼前的一幕好像是一场梦，我止住了哭泣，祈求地望着每一张面孔，试图从他们的表情中寻求答案，每一双眼睛里都饱含着忧伤，他们是不愿意看我，还是，勇气不足以告诉我真相，每一双眼睛都躲避着我的目光……

三室矮屋里，主厅的左侧整整齐齐地坐了一排正在给母亲唱挽歌的妇女，来吊唁的人们黑压压地站了一片。正值冬季严寒彻骨，屋外的人挤在门口想要快些进来，曾任阿吾勒长老的叔叔扯着嗓子，要大家保持秩序。"母亲真的离开这个世界了吗？"我默默地问自己，目光四下游离。这时，或是软绵绵的，或是冰冷的，又或是温存的手，一会儿握紧了我的手，一会儿抚摸着我的头，都渐渐离我而去。所有的事物、人们从我的眼帘前匆匆闪过。麦依大婶示意妇女们停下，我的目光落在了她锃亮的皮靴上。

"青年商店上新皮靴了，姐妹们都在选购呢，你也买一双，什么时候还要穿别人穿旧的呢，没钱可以先记账欠下，先穿着嘛。"麦依大婶说道。记忆中的某一天，她脚踩崭新耀目的皮靴，步履轻快地进门。母亲总是不动声色地穿着嫂子寄来的旧衣裳。我知道朋友的这番话成了鞭笞她的马鞭，母亲领着我来到了青年商店。即使命运的重负使母亲的面容看起来比同龄的妇女更显苍老，她依旧是动人的。那双侧面勾画着曼妙纹路的靴子，像是为母亲的双脚定制的，她来回走了又走，心里清楚荷包里有多少钱，只是新靴子的确给予了母亲莫大的享受。

"亲爱的莎铁什，这双靴子能先记我账上，我回头还，行吗？"

"不行！"莎铁什"咚"地发出一声闷响，"上一回您拿走的布匹的钱还没有给呢。"

被严词拒绝的母亲败下阵来，缩在一旁不作声，脸庞浮现出了忧郁的颜色，灯笼果般的双眸飘过一阵哀愁的雾气，我目睹着母亲递靴子时双手微颤。平时昂首挺胸的母亲顿时委身垂头。那一刻，在阿吾勒里称得上最美丽的莎铁什，在我眼里比魔鬼还要可怕。母亲拉着我离开了。

母亲在商店里黯然神伤的模样长久地栖身于我的记忆之中。"总有一天，我会把这双靴子当作礼物送给母亲，照亮她的心房。"我默默心想。

第二天中午我拾牛粪回来，晾房里有人大声嚷笑，我从声音一下认出了那是邮递员乌尔曼别克，我像平日里一样，踮着脚尖进屋，把牛粪袋放在炉子前立住。母亲身边放着昨天的皮靴，她今天容光焕发，笑盈盈地正炒着麦子，倒着奶皮醇厚的奶茶。我心里瞧不上乌尔曼别克，他总是有事儿没事儿往我家跑。麦依大婶却时常夸赞他"没什么坏心眼"。

他自看见我的那一刻起，便对着身后的包东翻西找了起来。

"哇，真不错，你果真成了家里的好帮手。我给你母亲带了靴子，给你带了书包，今年你就要上学了，对吗？拿着吧。"

我的心里正生出暖意，走到他身边，伸手准备拿包，乌尔曼别克突然灵机一动，把书包藏在了身后。

"你愿意拿书包换你的母亲给我吗？"

我的心梗了一下，血堵在那里不往前走。我抬起眼皮，恶狠狠地瞪着他。

"书包是我从城里买来的，漂亮吧，阿吾勒的孩子做梦也背不上这样的包。怎么样，换不换？"

"我不要你的包，拿走你的包和靴子，我长大后会自己给母亲买靴子的。"

"话说得可真大！"乌尔曼别克的狞笑藏在胡子底下，连哼了几声，"如果你在我家，不用拾牛粪。喜欢什么，你面前就有什么。"

母亲默不作声。

我冲出房门，怒气占据着我小小的心脏，真想狠狠教训一番这个对我母亲心怀不轨的家伙，我爬上梯子登上了屋檐，再慢慢向上爬，顺着屋里的天孔朝内望了望，屋里正中央，乌尔曼别克正嬉皮笑脸地说着什么，大口吞着奶茶。好像是拿我的行为当作笑柄，我轻轻推了一下支撑住天孔盖的结实的短木枝，木枝嗖的一声往下落，屋里传来了乌尔曼别克的惨叫声。我仰倒在晾亭上的草垛，尽兴地笑了个开怀。

"但愿你母亲能活到你长大给她买靴子的时候啊，调皮的女娃！"我从麦依大婶那里知道了乌尔曼别克砸破脑袋的事，"他一定会找我算账的吧？"我怯生生地担忧了一阵子，只是，母亲再也没有提过他。好像什么也没有发生过，乌尔曼别克、黑靴子和书包，都再也没有出现过。

"让努尔勒坐到后房的炉子边上去，别让她再坐在这里了。"第二日，远房亲戚的妻子巴媞拉说道，她被冻得花容失色。

后斤里，祷告的人们正在喝茶。我低着头，坐在火炉边上。打小儿我就是一个爱幻想又内向的孩子，即使我有一颗像小马驹一样狂奔的心，在人多的场合，我的嘴里就好像咽了石头，就像一根木桩子。

"可怜的人儿，吃了那么多苦，抱着五个孩子，四十岁就成了寡妇，容易吗？"

"得了高血压好多年，就没见过她翻脸，对别人发过脾气。"

"几天前她就在烧一些东西，我问她在烧什么，她笑着说'在整理旧东西，要是我突然被死神叫去了，为我净身的人们，看到我这么多杂物，可能会嫌我邋遢'，可能是感觉到了什么吧。"

"那个坐着的孩子，不就是她经常挂在嘴边的老么吗，怎么一点儿反应都没有啊？"

"就是说，怎么连眼泪都不流啊。"

"还是孩子啊，还能怎么着呢……"

进来喝茶的女人们你一言我一语，她们是不会发现我的心在淌血。我试图躲开每一双眼睛投来的怜悯的目光。以前，每每我感到不踏实的时候，都会躲进母亲宽厚的怀抱，现在这堵为我遮风挡雨的墙永远地倒下了。我做梦都没有想到母亲经常提起的"凄凉日"竟会这么早到来，年幼的我却只贪图玩耍……我看着主厅那悲凄的场景，听着近屋里的闲言碎语，真正明白了我那犹如奶皮一样醇厚的童年永远地结束了，我的童年——跟着母亲一起埋葬了。

母亲的心也是肉长的啊，如果不是她心气高，相貌没怎么变样，遇上像别人一样恼怒、怨恨，为家里家外操劳奔波的时候，流言蜚语则如风煽动着炭火，煎熬她的内心的时候，为了孩子们向别人伸手的时候，那些轻蔑的眼神、嘲讽的话语摇动的时候，她也会非常沮丧。叔叔说"代步用吧"，送给我们家一匹温驯的青马，它像是母亲忠诚的伴侣，母亲烦闷的时候总是骑上它飞奔，她牵马的时候，我年幼的心灵总是被莫名的忧愁和恐惧盘踞。我甚至不敢提要跟着一起去。我默默地站在屋后面的石桥上，痴痴凝望着母亲的背影。母亲的娘家只有一位哥哥，家里就在这一带，上个月来过又回去了。早上我醒来后，看见舅舅和母亲正在喝茶。

"你憔悴了很多，为了他们你吃的苦还少吗，我带你走吧，你还没老，或许我还能为你找一份工作。"舅舅说。

"哥哥啊，孩子们在这儿只有一位叔叔，带走他们的话，会让他们目不识亲，即使没有他们，孩子们的亲戚也很少。况且，我拖着五个孩子，哪里能容得下我呢，我还是继续在这个习惯了向婆家人伸手，小归小的地方生活吧。"母亲说着，清脆地笑出了声。

"要是觉得孩子们会疏远亲戚，就把他们留下。如果你担心孩子们今后不跟他们来往，那就让孩子们在他们手里长大吧。"舅舅的话为什么如此沉重，他的眉头紧紧锁在一起。

之后，他们再没有说什么，舅舅喝过茶就骑马走了。从那天以后，母亲只要不在我的视线内，我就会惶恐万分。

母亲有时悄悄地骑上青马离去，半天之后，又会风尘仆仆地回来。

"我去你们在红桦林的叔叔家里了，一进门我就和小叔、弟媳闹别扭，把压在胸口的闷气发泄到他们头上了，哎，他们俩都是心地善良的好人，至今从来没有说过一句'来我们家闹什么，我们做错了什么'这样的话，甚至连一句反驳、一个白眼都没有，表现得像个罪人似的，巴巴地坐着，可怜的人，他们俩健在就是你们的福分，小叔是你们父亲唯一的亲弟弟啊，除了他们，我能生谁的气呢，除了他们，谁能受住我这样的怨气？"

"嘻呀，妈妈，我们还以为您丢下我们回娘家去了，我们都慌了，以后您去哪儿说个地儿，特别是这个老么都急蒙了，在水渠头望着您的背影傻傻地坐了一下午。"哥哥们笑着说。

"你说，我抛弃你们能过什么好日子啊，我的心肝们啊，我只是累了、烦了的时候，去亲戚家里聊聊，发泄发泄罢了。不然，在家里尽是吭吭吭地翻箱倒柜给你们添堵。"母亲轻轻地拥我入怀。

"我只有一个给你们仨交代的心愿。"一天，母亲在早茶时说，"我就不说什么好好宠着你们的妹妹，别让她们的发丝沾上灰尘这些了。别让她们去乞求任何人，在你们的能力范围内满足她们的愿望吧，别让她们终日和柴米油盐为伍。她们俩要是受委屈而哭泣的话，我在那个世界也不会安息的。"

"行了，妈，干吗说得像已经要到那个世界的人一样？"

"凡人都有一死，什么时候都应该有所准备，死亡不会说一声再来的，命数用尽的时候，死神是不会在意你的身后有没有举目无亲的孩子，一样会带走你，我就是想提醒你们。除此之外，我也没有别的什么对你们的要求了。"

母亲不知在想些什么，叹了一口气，轻轻用手摸了摸坐在大哥身边的我的脑袋。

母亲在她如花似玉的年纪里，身段又添了几丝风韵，兴许是初尝为人母的甜蜜，她的眼里心里都是我大哥。大哥刚满四十天的时候，草原上的爷爷来了，"以后他就是我们老头子和老太婆的孩子了。"说着，就把大哥抱走了。爷爷顾不上媳妇"再养养他吧"的请求，母亲也还没来得及好好闻闻孩子的乳香，就跟着爷爷的背影，徒步走到了图玛尔德山。驼羔的哀嘶仿佛紧紧跟在爷爷身后。"哎，我的好孩子啊！你怎么这么固执呢，你们还年轻，就是想让你们先处理好手头的事，没别的意思，行了，孩子的名我们来取，你们自己养吧！"爷爷掉转马头，把媳妇和孙子一齐带回了家。母亲总是不厌其烦地说起这件事："那时我真是年轻任性，孩子好像是从我怀里被抢走了似的，我就徒步紧紧地跟着，我公公也是个老实人，就算带走了要带走的，还跟着我一起抹眼泪，让我骑上了马背，把我的小波拉提放进我的怀里，他牵着马，把我们又带回了村里。"她说着，红了眼眶。母亲会把大哥脱下的脏衣服立即洗得比白莲花更洁净，把他的裤边熨烫得平展无比。只要大哥下班比平时晚了一些，母亲就会静静地眺望着他的来路。"谁家的姑娘出落得聪明伶俐，走路不会直接跨过客人的前方。""谁家的姑娘是刺绣巧手，能从虱子蛋里织线。"母亲了如指掌，在大哥面前总能把阿吾勒所有姑娘家的芳名串成一条丝线，跟哥哥娓娓道来。有一天，哥哥突然不见人影，四天过去了，母亲茶饭不思、急得坐立难安，每天都要去哥哥的工作单位好几回，大哥不在，没人知道他去哪儿了。

"你傻坐着干吗呀，那个沙烈老头的儿子阿克太，从天池那儿的人家'抢亲'，正在回来的路上呢，我们去接新娘吧，加木西奶奶正在叫我们呢。"第五天，麦依大婶大声吆喝着。阿克太是我大哥的朋友，母亲心里恍然明白过来了什么，她立即停下了手上的活儿，跟着麦依大婶向着沙烈爷爷的家里去了。我跟跟跄跄地跟在她们身后。沙烈爷爷家的小院子好热闹，加木西奶奶端着盛满了恰西乌（喜糖）的盘子，身正气稳地站着。让乡亲们等了好大一会儿，哥哥他们才慢慢现身，我们这些孩子绕着人群追逐嬉闹着，自己玩儿得不亦乐乎。以哥哥为首的三位男子、一位姑娘在门外下马。巴媞拉婶婶轻轻窜到了姑娘身边，朝她头上盖了一层红盖头，加木西奶奶的喜糖雨下了起来。我挤了挤正在捡喜糖的孩子们，看见母亲张开双臂奔向了人群中的哥哥，母亲不顾哥哥的羞涩，紧揽住哥哥，亲吻着他的脸颊。

"我的孩子啊，怎么不说一声就走了啊，是想活生生地急死我吗？"

"嘻呀，妈妈，别人要看笑话了。我说了您能放我走吗？"

"喂，婆娘，今天终于见着你的壮儿子了？"麦依大婶呵呵地笑着。"快过来呀，咱们从加木西奶奶这儿拿见面礼。"

我跟着母亲进屋，对屋里右侧挂起了红艳艳的帷幔，这帷幔散发出来的光芒仿佛将沙烈爷爷的土房蒙上了一层金光，屋里看起来比平时整洁有致。阿克太的妹妹古丽斯木今天自豪地看着我们，寸步不离坐在帷幔里的嫂子。我艳羡地看着红帷幔和坐在里面的姑娘，想起了母亲为哥哥准备的红帷幔，心里扬起了一阵甜美的心事："但愿我们的家里挂起那红灿灿的帷幔的一天快点到来。"

或许是因为她是第一个私奔到我们阿吾勒的媳妇，阿克太的媳妇在我眼里无论是修养，还是外形都让我觉得她跟阿吾勒的其他妇女不一样。她灵巧得好像可以从戒指中间穿过去，所有人的心里都能惦记着她。我们这些孩子对古丽斯木的嫉妒不以为意，都十分想去阿克太的新房里看看，争先恐后地对美丽的嫂子吩咐下来的事儿唯命是从。加木西奶奶的那句"我儿子在去天池接新娘子的时候"讲故事之前的开场白，一直说到了她抱孙子的时候。

三

有哥哥是多么幸福的一件事……我的三个哥哥的性格各自独树一帜，大哥比较内向沉默，二哥无论是性格还是动作都十分敏捷，三哥的心气很高。早年失去伴侣的母亲，生活拮据却也自信乐观的品质全数遗传给了他们，即使闭着嘴巴，他们也有把人逗笑的本事。

作为家里的老么，我成长在哥哥们爱的树荫下。大哥很早就参加工作了，我们家的所有开支都扛在他的肩上。即使我们生活得并不宽裕，在他们三个的辛勤努力下，至少我们不用为柴火、用水、干草这些东西发愁。母亲说："你以后可以在大哥家里使性子噢。"当时，我还不明白这意味着什么。总之，我的愿望大多数都是大哥帮我实现的。我念小学二年级的时候，不知怎么对拥有一只电子表心驰神往，甚至好几晚夜不能寐，连着几天缠着母亲撒娇。

"明天你大哥会去县城。"一天，一直没搭理我的母亲说道，"给他说吧！"

第二天，天蒙蒙亮，我就醒了。我们的阿吾勒离县城很远，冬天的机动车道总是被厚厚的大雪覆盖住，只有雪橇能滑行，一天的行程，需要摸黑上路。大哥喝过早茶，收拾好行装就出门了，母亲用下巴向我指了指炕上的皮袄，我拖着厚重的大皮袄跟着大哥出来，哥哥把包袱放到了黑骏马拴着的雪橇上。

"你们有什么需要的吗？"他伸手拿皮袄，问道。

"我一直想戴手表。"我说。

哥哥同意了，朝着随我们出来的母亲说："你们快进去吧，别着凉了。"

冷风抽得脸生疼，哥哥的黑影已看不见了，老木桥上黑骏马的马蹄声，雪橇的滑行声持续了许久……哥哥三天后回来了，当然，我也如愿以偿，他亲手给我戴上了粉红色电子手表。关于那只手表，我早已忘了自己戴了多少天，是什么时候把它弄丢的，只记得等待哥哥回来时熬过的漫长的每一秒钟和终于戴上手表的幸福时刻……就在那一刻，对我来说，没有比"幸福"更恰当的形容词。在班上，我顾不上气温低，坚持把袖子挽起，公鸡般得意了好一阵子。我默默地告诉大家，别的孩子的父亲不一定能为孩子做的，我的哥哥能为我做。那时候，孩提时代的我甚至不曾念想父亲的相貌与慈爱。

每天傍晚，二哥和三哥会上桦树林砍好一天能用的木柴，把柴火搬进屋由我负责。我每每心不在焉地把所有的木柴都搬到灶台边上，摊开晾好。一天，在对屋大哥的卧室里，两副手套出现在柜子抽屉里。母亲的手很巧，我们所有的衣服都是她亲手缝制的。我深深地被眼前绣着小雪花图案的一副红、一副蓝的手套吸引了。显然，高挑英俊，在人群中受到瞩目的哥哥肯定是有了秘密，不然，这么精美的手套是从哪儿来的？到了搬柴的时候了，我以"我的手套太旧了，冻手"为借口，使起了小性子。

"柴还没有搬进来吗？"大哥下班回到家，问道。

"你妹妹说手套旧了，冻手，没法儿搬柴呢。"母亲把奶桶里的牛奶倒进壶里，似乎明白过来了些什么。

"今天就先坚持一下，明天我们想想办法。"哥哥微笑着。

哥哥的话对我而言是金科玉律。第二天中午，果不其然，哥哥拿着昨天看到的两副手套，一副送给了姐姐，一副送给了我。

"新手套留着在学校戴吧，搬柴的时候你可以戴旧的。"母亲说。

手套上工艺精湛的雪花纹，仿佛把我带进了另一个世界……母亲巧夺天工的本事在全阿吾勒很有名，然而，"红手套"让我第一次相信有人比我母亲的手还巧。

我家主厅炕上常常并排躺着八九个孩子。其中四个是山上远方亲戚的孩子，在我家寄宿上学，父亲去世后，母亲一连大病了好几年。母亲上县城的医院看病时，把我看作是这群孩子中的大人。当时我非常害怕落到二哥手里，他总是把我抛高，再把我悬空接住，当我从他手中飞离时，我的心能提到嗓子眼，回到他的怀里心脏才能复位。那种恐惧感好像是永远地印在了心里，想起来就心跳加速……

沙依劳也在那群孩子中间，在我家寄宿。不知道是不是因为他入学晚，还是真的对学习不感兴趣，反正总是每隔一周就逃回山上的家，母亲一接到"沙依劳逃学了"这种消息，就会立即去追他。

"沙依劳啊，你简直就是飞毛腿，那么一眨眼的工夫，你就跑到玉什布拉克的田野了。"母亲带着平时不让我们发现的糖果点心，喂饱了沙依劳的小嘴。"我的心肝啊，上个心吧，你的家要是在这儿也好，可在那夏牧场啊。你步行过去路上要是出了什么事，我拿什么脸面跟小叔和弟媳说。我知道你想你的父母，再坚持一两个月，你就会适应的。"

"谁想他们了啊。"沙依劳一个接一个地咬着白色糖果，"关在四面墙里太无聊了，还不如在夏牧场放我的羊羔自由自在呢。"

"你现在正是学习的时候，想着羊羔干什么啊，要是没文化，以后怎么养活自己？"

"我父亲说了，我养的牲畜都是你的，足够。他没上过学，不也好好地放着羊嘛。"

"你这小孩真是想一出是一出，你说话算数，安安静静上学吧，小男子汉！知识是一对翅膀，有了翅膀，你想飞去哪里，谁都拦不住你……"

母亲苦苦地劝他，沙依劳点点头，看起来好像听进去了，只是过几天后又会重演逃跑的一幕，母亲也对追他这事没罢休过，无论发生什么事，总算是让他初中毕业，拿上了文凭。最近在县城，我遇见了沙依劳。

"以前，我十分记恨追着我身后跑，途中重把我拉回家的你母亲。"沙依劳问过安之后说，"现在看见我这副德行了吧，字不认识多少，也不懂技术的苦果我算是和某个人一样尝到了，我父亲留下的少许牲畜没撑多久，以前我总说'不就是养羊呗，需要学什么知识、技术呢'。我错大了。我现在的日子，也就是为了几个孩子而奔命，为了不让他们活得跟我一样，我给人打工也得让他们好好上学，我在城里租了房子，跟爱人两地分居，操劳地活着，小鬼们越长越大，不盯着点儿，隔几周就消失不见人影，我想了想还是供他们读到高中，往后就不负责了，至于他们上不上大学，他们自己决定吧。"

沙依劳叹了一口长气，我的脑海中浮现出了一扭一扭走在崎岖小路上逃往夏牧场的孩子那倔强的身影，站在我眼前的却是错失自己韶华，将所有期望押注在后代身上的一位疲惫的父亲。

四

母亲的愿望成真，即使命运让她尝尽了生活的甘苦，好在并没有病痛的折磨，死神轻轻地带走了这位任何时候都平静迎接死亡的忠诚的信徒。母亲去世后，命运让我们五个像打散五块石头，各奔东西。二哥和姐姐都去上学了，小叔家在山上，我留在了远房亲戚家。周六日我还是坐在一贯焦急等待母亲的桥头，眺望着哥哥姐姐回家的身影。如今，我的期冀是他们，他们回来的日子，那两天我会像孩子一样欢呼雀跃，他们离开的时候，我的心里好像蒙上了一层阴云，整个人又忧愁起来。无论是晌午，还是夜里，我都会透过卧室的后窗注视我家院子矮墙边上种的五棵树，眼前浮现的是在土房里度过的堪比天堂的童年时代，继而，那熟悉的景象又一齐和我的泪珠散落在了拉起的红帷幔上，悲切地飘扬着飞远。"孩子能想些什么啊？"也许有人会这样说，大人眼里都瞧不见我这不振的样子。有一天，我放学回来得早，家里没人，巴媞拉大婶应该是去邻居家串门去了，上次我偶然瞥见了我们家的钥匙被放在了餐厅炕上铺的毡子下面，我拿上钥匙就朝家里迈开了步。刚一推门，涌入鼻腔那熟稔的味道让我浑身上下都卸下了防备，整个陈设还是原模原样，眼前出现了能把简朴的生活过得热热闹闹，战胜悲痛，奋力生活的一家人的音容笑貌。那时的家里闪耀着幸福的光芒，今天却蒙着阴沉的光晕，空荡荡的。整个空间仿佛被什么东西占据着，四下笼罩着沉重的寂静。墙上挂着的相框上蒙着一层厚厚的灰，玻璃后面的相片上母亲模糊的面庞火焰般地印在了我的瞳孔里。二哥做的小书架上七零八落地摆着几本书，姐姐床边上放着的收拾好的行李，还是静静地留在那里，我靠着角落坐了下来。母亲的味道充斥着我的鼻腔，我的心脏仿佛被针扎了个遍。眼泪扑簌簌地往下掉，挂在嘴边，收也收不住。我眯瞪了过去，听见有人声，赶忙从行李边上挪向炕里边。

两个女人背对着炕坐着。

"愿她的灵魂在天堂上安息，哎，本来是个要强的女人啊，来她家的客人总是络绎不绝，桌巾都来不及收，我们一来，她忙前忙后热心得很啊。"

"哎，人生就是这样，像今天这样发山洪，回不了家的时候，总是来这儿，跟自个儿家一样舒坦，现在你看却成了空房子！"

涕泣声之后，屋里又是无声的沉默。

"我们去沙坎家那边吧，待在空屋里不合适，门怎么就开着呢？"

她们俩朝屋内扫视了一圈就出去了，没有发现躲在行李边上的我。

那天夜里刮了狂风，我们院里的树摇摇晃晃，一定掉了一地的树叶，即使我看不到，也能感觉到……思绪万千，我缓缓合上眼皮，这时，好像有人在敲窗户。我细细地听，

"努尔勒，努尔勒！"

是我三哥的声音，我跳起了身，冲向门外。

"你们还好吧？我们在去喀纳斯的路上，给你买书来着，没时间只好连夜过来，今天发山洪了，库克爷爷没有开船，我们套着救生圈好不容易蹚过水。"哥哥说道，门口挂着的马灯照得他原本苍白的脸变成了惨白色，腰腹上都渗满了水，下巴一颤一颤的。

哥哥从怀里取出了两三本书放我手里，顾不上我的那句"进来吧，哥哥"，他说着"不打扰巴媞拉大婶了，我很急"，就离开了。

自小我就爱读书，哥哥姐姐们没时间的时候，我就会央求邻居里面大一些的孩子给我读书。因此，母亲较早地教会了我识字。识字之后，再也不用求别人了，不过，那个时候，书是很珍贵的，市面上不多，阿吾勒离城市又远，文化宫也不总是开门。母亲就带着我到学校的会计比赞姆汗大婶家里去，她是阿吾勒里订阅报纸杂志的唯一一个人，会把文学杂志摞起收好。母亲总能要来每一期新的

杂志，我读过之后又重新亲自送回去。老天保佑，母亲即使不能给我们添新衣，却也全身心地滋养着我们茁壮成长的灵魂土壤。

一天，母亲从一次宴席中尽兴而归，刚进门像是第一次见到我和姐姐似的，拉着我们转圈：

"婚礼上我和阿山·阿吾勒那依和叶尔哈里·扎朴霍孜的老婆坐在了一起，以前她们的心气儿烫得都可以烤馕了，总是炫耀着殷实的财富，马都驮不动的财物，你们的贾娜尔老师倒茶的时候，在大家伙儿面前夸奖你们，我也扬眉吐气了一回。在那两个女人旁边一直不吱声的我，心里乐开了花。说我们家老么'书不离手，以后肯定是个作家。'我真为你们骄傲。感激上苍赐予我你们这样的后代，以前总是因为自己命运悲惨而怨恨，那真是大不敬，看着你们在身边，祈祷你们健康平安就是幸福啊！"母亲仰着头，依然沉浸在喜悦中，老师的一句话仿佛抚平了母亲所有的伤痛。我确实对编故事乐在其中，眼前的事物我都愿意去写，当然那只是流水账，即使别人不知道，老师心里也清楚，鼓励引导是她一贯的作风，贾娜尔老师应该没有意识到她礼貌性的夸奖，照亮了一位忧伤的母亲那被黑暗压抑着的心灵，暂时将她从伤感中解救出来，而母亲则对此坚信不疑。"你会是作家的，要多读书。"她说着，兀自规划着我的未来。我当然不依靠角色扮演来充当作家。即使我的文字只有一页为母亲而写，我也渴望能写出像母亲的眼眸那样温柔，像她的心房一样宽厚的作品，除此之外我好像什么也不能为母亲做了。

风渐渐停了。我仔细听着我家院里的声音，往日的记忆愈是朝我涌来，便愈发觉得像这样树叶震颤的夜晚并非想让我安然入眠。在春阳中成长，在安逸的夏日怀抱中任性、随风起舞的树叶，与天空的眼泪交融，却舍不得自己那仅仅是勾在枝条上的坚韧的生命，正倾诉着忧伤，喁喁私语着。我想走近，只怕那里无尽、万丈的黑暗要吞噬我，我又收住了脚。手里那稍微淋湿的书本显得沉重而又温暖。我把书反过来，封面已经很陈旧了，不是每个人都能拥有的书，哥哥一定是顺手从哪里"拿"的。一股酸楚的感觉突然涌向我的全身，眼前的一幕是在湍急的河流里紧紧抓住救生圈绳，半截身体都泡在水中，奔向我的哥哥的身影。他身上那股无畏风雨，雷厉风行的力量应该是母亲早年托付给他的心愿吧……

树叶沙沙的声音变成了奇特的呼声，即使是一小会儿，我战胜了恐惧，来到了后院的树林里。我更真切地感受到了树叶的呼吸，叶子好像是向接连着它们生命的枝丫吐露秘密，密切地交谈着。是知道自己没多久就会孤身而伤痛吗？树木时不时唰唰唰地震颤着树叶，剥裂的月光下，我的肩头落了一片叶子。我把这片尖头、心形的树叶夹进了书里。抬头望了一眼天空，一层层云朵快速地移动着，破碎的云层间，划过一颗流星，顿时，我的浑身上下被一股暖流占据了。不知为什么，即使这晚并不舒服，却好像赋予了我莫名的力量。曾经禁锢住我小小心脏的无数沉重的夜的缝隙正在缓缓延展，透过星星，希望之光仍然在闪耀着，我生命的叶子好像也在震颤，我仿佛又活了过来……

尾 声

十五年之后，我终于回到饱含我童年记忆的地方，我曾经最爱的小院如今已是别人的，风起之时，叶子会唱歌儿的小树已经长成了参天大树。矮屋的位置由伞状屋顶的两层洋房的小建筑所取代，外观上能看出这是一户优渥的人家。我走近高高的围墙和铁门附近奋力搜寻曾经的感觉，现在却只觉冰冷。过去把头巾翻过来捞鱼苗的水渠，里面的水好像是被人从上游截住了，空荡荡的。过去，我搭下双脚，面朝乡路坐着的木桥也没有了。

"你们家的位置以前可是交通要道，就是白花花的银子，可惜那时候水是免费给人喝的，朝着大街开一家商店，钱就哗哗进来了。"巴媞拉大婶总是重复道。我们的家在别人看来也许可以拿钱来衡量，在我心里是无价的。人生的大局如果能由我来掌握，不说家里，即便是树上的叶子，拿金子攒成的丝线我也不换……

进不去院子的我，只好仰起头看着从围墙里探出来的树梢，六月的时候，树上结了柳絮，总是会把周围弄得一团糟。

"只剪了剪往火里扔的小气鬼，养得这么细心打算做什么呀，弄走它，别把周围搞得这么脏。"麦依大婶拍着自己的衣服走过来，嚷嚷道。

"他爸专门给孩子们种的树长到你家田里了？害怕柳絮的话，就别来了！"母亲莞尔一笑。

我们手足五个朝着不同的方向，在不同的院子里种下了一株又一株树，而父亲专门为我们种下的树却在别家院里枝繁叶茂。树上的每一片叶子都震颤了数千次，飘落了数千次，时代、社会、人们都改变着，发展着。只有我那曾经被忧伤掌握的孩提之心，始终殷殷思念母亲的心境丝毫未变。树上的叶子宛似一个个希望。人，自出生到死亡常常会踌躇在种种困境里，自有心力交瘁的时节，当经历生命的秋季时，希望之叶或许会显得黯淡渺茫，即便如此，它们仍会拼尽全力紧抓住信念的枝丫，或而承担不住自己的负荷，或而抵御不住外力的侵袭落向大地。然而，树的生命不会因此而终结，春天般的美好时光会再次赐予它全新的信念，一定又会让它长出绿色的、崭新的树叶。

（原载于《民族文学》2019 年第 3 期）

码 头

红　日（瑶族）

　　那天早晨，老麻在市亭里吃了一碗"猪红"。码头上的人不叫"猪红"，叫"血旺"。吃到第三口时，老麻咳了一声。旁边有人对他说：你流鼻血了。老麻用手抹了鼻子，掌面上果然有鲜红的血丝。当然是猪血，猪血随着老麻的一声咳嗽从食管里倒灌出来了。走向码头，老麻安慰自己，这是一声很自然的咳嗽，几滴很正常的猪血，并非什么凶兆。来到船上，老麻继续安慰自己，不想心头却燃起一股火苗，火苗源自对岸的一声喊叫。当时老麻刚刚做通自己的思想工作，稳定了情绪，对岸有人用本地话喊了一声：开船！这个充满磁性的男声，音域宽阔音调高亢，具有很强的穿透力，不但老麻听见了，估计河两岸的人也都听见了，老麻心头的火苗连同嘴上的烟头重新燃起。老麻划了一辈子的船，从未有人喊他"开船"，并且这样大声地喊叫。对岸的人以为老麻耳背，再喊一声：开船！开你个卵！老麻骂了一句，他吐掉嘴上的烟屁股，"哗啦"一声将铁链拴到铁桩上，望也不望对岸一眼就扬长而去。

　　破天荒喊了这声"开船"的是"眼镜"。"眼镜"是乡政府新来的乡长，那天他履新大吉，从县城来报到。当时"眼镜"双手叉腰，放眼宽阔的红水河面，满脸春风，底气很足地朝对岸停泊的木船，响亮地喊了这么一声，既是发号施令，也是正常提示。过渡嘛，自然要开船。"眼镜"不知道这一声"开船"犯了禁忌，坏了码头的规矩。在这个码头过渡的人是绝对不能喊"开船"的，本地话"开船"反过来讲，是叫他"麻子"，这就等于是骂老麻了。你只能默默地等船，然后上船。上了船也不能催促他开快一些，方言"开快一些"反过来讲，也是揭他老人家的短。乡政府干部也要管好自己的嘴。乡政府干部上了老麻的船，就和吊在水里的桨橹一样攥在老麻的手里了。这不能怪老麻，要怪就怪这个码头的说话方式。这个码头的人喜欢讲反话，就是将方言倒过来讲。当然，你讲官话是另一码事，问题是你讲官话老麻他听不懂，最好是默不作声。也有人招呼老麻一两声的，招呼的词语是"过渡"。对，过渡。一声"过渡"多么贴切，多么自然啊，它不仅巧妙地规避敏感的"开船"，还有讨好的成分。喂，老麻，你看我们多么尊重您啊。"过渡"确实更胜"开船"一筹，避开敏感的因素不说，单从词义来理解就不一样，"开船"带有命令的口吻，"过渡"则是请示或者报告。前者居高临下，后者低三下四；前者刚性，后者柔软。这样的词语不用分析评估，一听就听得出来。那些叫"过渡"叫得特别温柔的声音，往往容易打动老麻。老麻通常要凑够一船渡客才划桨，这个时候纵然对岸没有一个渡客，一声温柔的"过渡"却能启动老麻手里的桨橹，悠然地将船划过来了。

初来乍到的"眼镜"，哪里知晓这个码头的禁忌或者规矩，他不仅大声地喊了两声"开船"，而且朝老麻上岸的背影持续不断地重复了三遍。过渡对"眼镜"来说是重要的事情，所以他重复讲了三遍。几声"开船"不但没有唤回老麻，反而加快了老麻上岸的步伐。老麻在心里愤愤地说：有本事你游过来。老麻的目的很明确，不能让此人坏了这个规矩，凡事一开头就不好收场，必须将它消除在萌芽状态。老麻上岸后找人下棋，研究他的楚河汉界去了，将"眼镜"滞留在河右岸。"眼镜"那天过不了河，并导致两岸的渡客都过不了河，酿成了码头有史以来的停渡事件。

老麻停渡一连停了三天，停了一个圩日的时间。直到三天后的下个圩日，老麻才回到船上。累积了三天的渡客，将码头挤得水泄不通。人群中有些是当天的渡客，有些是三天前和"眼镜"一起被滞留的渡客。大伙都默不作声。沉默是当前最好的姿态，绝不可"不在沉默中爆发就在沉默中灭亡"。你爆发看看，除非你不想过渡了。他们大多都知道了停渡的原因，他们原以为这个禁忌只是说说而已，玩笑而已，没想到老麻是不开玩笑的，这个玩笑是万万开不得的，老麻果然是那样神圣不可冒犯。有人讨好地递给老麻一根带嘴的香烟，双手划桨的老麻不屑一顾地拒绝了。他心里哼了一声，一根带嘴的香烟就想抵消一声"开船"，没那么简单，对你们这种人不仅要观其行，更要听其言。停渡三天，让渡客们醒悟到，在这个码头上，也要知晓红线，守住底线，不踩高压线。一句话，就是要讲规矩。再通俗一点，就是绝对不能喊老麻"开船"。

渡了三批次渡客后，老麻泊了船上岸去找老潘。彼时正值圩市红火时段，人们忙着交易，暂时没有人过渡。老潘独自一人经营右岸一家供销分店，一个人守着六眼房子，里面摆一些盐巴、米酒、煤油、棉布、锅碗瓢盆之类生活用品，空荡荡的房子成为自行车的寄存处。渡客寄存自行车，上锁的老潘收取三毛钱；不上锁的分文不取，下班后老潘会选择其中一辆车子骑回家。有车主心疼爱车怕老潘骑了，宁可辛苦也将车子扛到码头，却让老麻打发回去。老麻说，摆渡木船，不许人车混载，这是上面的规定，也是规矩。

老潘一见到老麻，指着他塌陷的鼻梁道：你这回是彻底地坏脸了。"坏脸"是方言，距离"坏身"只有一步之遥。老麻那张布满麻豆的脸本来就"坏"了，现在被老潘宣布"彻底地坏了"，等于宣布报废。方言"坏脸"含义比较复杂，一两句话很难翻译到位，引申过来相当于"问题十分严重"。老潘说：你知道过河的人是谁吗？是新来的乡长。老麻一怔，直到此时他才明白喊他"开船"的竟是乡长。不！是新乡长。老乡长跟他熟稔，从未喊过他"开船"。老麻上岸来找老潘，其实也就是打探那天喊他"开船"的是何方大侠，同时还要发泄一番，通过老潘这个平台表示他的谴责和抗议，敲山震虎，以正视听。老潘以酒代茶递给老麻一杯，老麻抿了一口，脸即变了颜色，由猪肝色变成核桃色，那是脑部供血不足的症状。他喃喃地说：只要人在岸上，总要上船的……老潘打断老麻："眼镜"当天和他的随行绕道邻县，通过那里的一座大桥到达左岸，再沿着蔗区公路到了乡政府。

老麻像断奶一样戒了"猪红"。吃奶已没有记忆，吃"猪红"是有记忆的。"猪红"是他的最爱，他每天把"猪红"当早餐吃，百吃不厌。现在老麻的早餐变成了玉米粥。吃了玉米粥，老麻早早就来到码头，比以往足足提前了半个小时，以致到对岸接送邮件的老黄产生了错觉，以为他那块上海牌手表昨晚忘了上弦。从这一天起，老麻格外留心观察每一位渡客，这从他斜眼睨视别人的细节可以看得出来。老麻从来不会正眼看一个人，哪怕瞪你一眼也不是正眼。偶尔正眼看一个人的时间不会超过两秒。他正眼看着的事物只有一样——河面的漩涡。事实上老麻对往返于这个码头的渡客了如指掌，哪些是熟客，哪些是生客，他一眼就瞅得出来。哪个是乡政府、食品站、供销社的，哪个是粮所、营业所的，他甚至能叫出名字来。后来老麻将目标锁定为戴眼镜的。锁定这个目标也是毫无意义，老麻对两岸上戴眼镜的同样了如指掌。左岸是乡直机关所在地，戴眼镜的有乡政府覃助理、中学陆教导和温老师、供销社洪主任。右岸吃皇粮只有老潘一个。老潘只有阅读邮电所老黄分给他的《参考消息》才会戴上眼镜。严格来说，戴老花眼镜的人不能归为"眼镜"之列。

一个月过去了，老麻没有发现一个陌生的"眼镜"渡客上他的船。连续有两个星期，乡政府干部倾巢而出，频繁过渡，甚至有几个晚上也要渡河。老麻知道，这是要开展重要的活动。在此之前，老麻曾经有个预感或者危机：在不久的将来，码头就会出现另一艘渡船。他甚至还窥见一个极为严肃的会场，会场里灯火通明，白炽灯光刺得他睁不开眼。会议专题研究码头停渡事件，一乡之长被滞留，那还得了！岂能容他老麻这样霸道，想摆渡就摆渡，想停渡就停渡，岂能如此无法无天！最后乡政府决定上报有关部门购买一艘汽艇，作为乡直机关干部过渡专用船。老麻在一阵突突突的电机轰鸣声中醒来，码头还是他的码头，渡船还是他的渡船。老麻家族"统治"这个码头已逾百年，到他这代"老大"已是第三代。这条百年老船传到老麻手上后，他给它装上了柴油机，不过仍然保留桨橹。枯水季节老麻还是划桨，柴油机只有汛期才会用上。然而这一个月来，老麻在船上除了见到覃助理外，没见到第二个"眼镜"。老麻纳闷了，难道这家伙上任后就不下村，就守着办公室手摇电话，发号施令？难道他偶尔下村或者到县里开会总是绕道那座远远的桥，从那里到达彼岸？老麻心里想，一个月你可以这样，一个季度你可以这样，可是一年、一个任期你都要这样吗？不可以的，也不可能的。还是那句话，只要你在岸上，总要上我的船。

老潘亲自将消息送达到码头上。消息不是参考消息，而是切实可靠的消息。老潘说正好你泊船在这边，不然我要喊一声"开船"了。老麻说：你敢！老潘说门市部的门没锁我就下码头来了，他的语速很急，像汛期的河水。昨夜来了两辆十轮大卡车，分别在门市部前面的空地上卸下钢索和木板。早上，县供销联社来人，清点门市部的商品，清退屋内寄存的自行车，将门市部变成指挥部，乡政府要在河上架起一座铁索桥……老麻听得心跳加速，他的第一个反应是，关于这河上的桥，已不再是天方夜谭。

关于桥，关于这河上的桥，老麻不是没听说过，而且桥的话题从来就没停止过。都是渡客们说的，似乎专门或者存心说给老麻听。渡客们说：这河面上要是有一座桥就好了。老麻心里说：那敢情好啊！但这可能吗？这河两岸多少人，架这么一座桥得多少钱，合算不合算？这不是你们想架就能架的，这是需要市场评估的。最后老麻给出一个结论，四个字：天方夜谭。老麻却不当面反驳，他默默地记录高谈阔论架桥的渡客，时不时给他们一个冷板凳。码头上自然一只板凳也没有，有的是冰凉的石头，你们就坐在石头上谈论架桥吧，凑不够一船人，我是不摆渡的。久而久之，渡客们意识到，这"架桥"和"开船"一样，在老麻面前是不可轻易出口的。老麻当初的结论肯定有他的道理，但道理也不是一成不变，到了一定的时期，道理就不是道理了，或者不是硬道理了。危机如同汛期终于来临，铁索桥一旦架起来，这码头就不存在了，渡口不存在了，岸也不存在了。老麻的船当然可以存在，但已不是渡船，是一只孤舟了。老麻一下子回到唐朝，和他的船成为柳宗元笔下的绝句，后面两句好像是这么说的：孤舟蓑笠翁，独钓寒江雪。

渡船上的渡客肆无忌惮地谈论架桥，他们不再规避这个敏感的话题。不知好歹的居然胆大妄为地将它与"开船"勾连起来，以问题为导向，以案例说案例。他们说：打死我们都想不到，一声"开船"竟然开出一座铁索桥来。尽管他们装模作样很别扭地用官话表述，但老麻一听就听懂了，不但入耳入脑入心，而且融会贯通了。老麻恨不得立马掉转船头，送他们回到原地继续感叹，无奈船到码头车到站，如同他触手可及的命运已经无法扭转或者拐弯。

汛期明显提前，往年是吃了粽子祭了屈原河水才动容。眼下卖糯米的商客还没过河，河水已开始变浑、变急、变得桀骜不驯。汛期前老麻需要对柴油机进行清洗维修。这项工作需要两三天时间，最快也要两天。这两三天实际上也就是停渡，但此"停渡"非彼"停渡"，不属于事件。渡客们都清楚，这个时节单靠老麻手里的两把桨橹，是无法安全将他们送达对岸的。时间不是第一，安全才是第一。眼下急转直下的形势让老麻有些措手不及，形势包括提前的汛期，包括顺势而生的铁索桥以及为之奔忙的乡干部、设计员和工程师，他们频繁过渡，马不停蹄。按照老麻的性格或者心态，他应该是不慌不忙、不紧不慢的。确实，你们架桥关我屌事。然而夜里老麻还是将他的三个儿子招呼来了，三个儿子分别读乡中学和小学。船上，老三举着马灯，老大老二当他的助手。只一夜工夫，老麻就把柴油机维修好了。柴油机发出稳妥踏实的声音时，老麻点燃香烟连吸几口，摇了摇头，似乎对自己的行为感到不可思议。其实老麻最清楚自己，他在惦记一个人。铁索桥都动工了，你还在岸上指手画脚。官僚主义要不得的，你还是乖乖上我的船吧。

铁索桥的桥址选择在码头附近，正好和渡船航线重叠。老麻现在的航线将是铁索桥经过的地方，也就是说，老麻家族用一条船在河面上开设的通道，将由一座腾空而起的铁索桥代替。照老麻理解，渡船航线通常选择在宽阔河段，这是因为宽阔的河面水流平缓，狭窄的河段波涛汹涌。架桥就不一样了，桥址要选择在狭窄的河段，以缩短里程，减少投资。这是用脚趾都可以想明白的事情。可是已经施工的铁索桥竟然是从宽阔的河面上过的，是直接从老麻的头顶上过的。老麻怀疑，他们可能连地址都没选，直接就按照他的航线过了，简直就是他怎么划船，他们就怎么架桥。开始老麻分析一定是哪个工程师的脑子进水了，进一步推敲，事情绝没那么简单，完全是有所指向的，是有针对性的，带有典型意义的。一句话，"眼镜"是彻底跟他杠上了。这杠不是一般的杠，是破釜沉舟，是要让他老麻彻底从这个码头上消失。

老麻每天正常摆渡，原本就寡言少语的他，几乎变成了哑巴。渡客们异常活跃，船到河中就仰面朝吊在钢索轿厢里的施工员喊叫。那几根粗大的钢索什么时候从头顶上架设过来了，老麻连感觉都没有。他起初只看到来了几艘吊船，将钢索从右岸吊下来，再吊上左岸。按照这样的速度，至少也要有三年的时间才能架起这么一座桥来。这是老麻的推算，也是他的期望。不过他的期望总是落空，比如他相信"眼镜"总会坐上他的船，深入施工现场，至今他连"眼镜"的影子也没见过。而他推算的时间也出现了偏差，不是一般的偏差，是严重的偏差，不但那几根钢索在他几乎没有反应的情况下就架设过来了（老麻曾经怀疑他们是在夜间架设的），而且桥面的木板很快就要铺设到对岸。原来他估算架桥至少需要三年时间，现在刚过半年就即将大功告成。

这天，老麻独自坐在船上发呆，几滴雨水自天而降，不偏不倚地落在他的头上。雨水有些温热，像太阳能浴霸的水。老麻仰头一看，天空蔚蓝，一片云彩也没有。正思忖着，从桥面上传来哈哈大笑声，几个青年仔正在给钢索涂黄油。老麻抹了抹头上的水滴，闻到一股浓浓的尿臊味，一股悲凉顿时从心底荡漾开来。老麻双手抱头，孩儿似的呜呜大哭。当夜老麻病倒在船舱里，他被桥上那泡尿淋成重感冒。第三天老麻挣扎着要爬起来，老伴按住他：没人喊你"开船"了。老麻一愣，也只是愣了一下，心底像一盆熄灭了的炭火，一丝火气也没有，反而平静了。是的，码头都不存在了，还有什么规矩。老麻竟然乐了，逗老伴道：你再喊一声。老伴不耐烦道：不喊了，也没人喊了。老伴几乎不到船上来，因为老麻说了，女人上船和女人下矿井都是要不得的。老麻憋足力气，伸长脖子朝着空阔的河面吼道：开船！这是老麻平生第一次自己对自己下达的指令，是最后的呐喊，类似于溺水者绝望的求救。遗憾的是，喊声一发出即被咆哮的涛声淹没。要是往昔，这个声音就是一块巨石，会激起千层浪的。但眼前滚滚波涛与老麻的喊声无关，他白白地喊了这一声。

铁索桥正式通行剪彩仪式，在老麻的头顶上举行。挂满彩带的铁索桥上，不时有炸响的鞭炮落下来，落到河面上，落到船头上，落在老麻的心上。老麻本来也想上岸去看看桥，他目前看到的桥是倒着的桥，没有人影的桥。他想看看正面的桥，看有人走在上面的桥。为此他动员自己一个晚上，动员自己摒弃私心杂念，敞开怀抱迎接新生事物。最后他决定放弃看桥的念头，立场战胜了他的好奇。老麻认为在桥头或者桥面上，他极有可能与"眼镜"相遇，老麻对这一点非常敏感，这也是老麻的底线。他老麻是绝不可以在桥上与"眼镜"相遇的，他们相遇的地方只能在船上，也必须在船上。

傍午，有人从桥上伸出头来，喂了一声。老麻定神一看，是老潘。老潘说：上来呀。老麻没好气道：我不上，够兄弟你到船上来下棋。老潘说：我守桥哩。通桥后右岸供销门市部自然关停，老潘摇身一变成为守桥员，负责收取过桥费。过一趟桥收费三毛钱，收费标准和老麻一周前还收取的过渡费一样。老潘又招了招手，上来喂，到桥上来走走。这回老麻的回应斩钉截铁，不上，坚决不上，将来上了奈何桥，也不上你的铁索桥。在船上待了一辈子的老麻，原本与桥就势不两立，现在更是彻底地水火不相容了。不止桥，还有老潘，以前他们是同一个阵营，现在他投奔"敌营"去了。在旁观者来看，无论是从码头的历史沿革到时代的变迁，还是半个世纪以来老麻风雨兼程平平安安的摆渡，在码头或渡口消亡之后，守桥员都应该是老麻。尽管渡客们对老麻以往的霸道多有反感，但在安置他的态度上丝毫不夹杂个人的情绪，他们一致认为将守桥员的位置还给老麻，是有理论依据的，因为这一位置与老麻或者老麻家族所承载的文化一脉相承。这当然是渡客们的一厢情愿，老麻肯定想都没想，何况他这样一个与桥水火不相容的人，怎么能够成为桥的守护者，不可能嘛。

老麻本来是上了岸的，上岸的时间是剪彩仪式后的第二天傍晚。这里面有个疑问，为什么通桥后第二天老麻还要到码头去？当然不是去摆渡，没有渡客可摆了，他是去收拾卧具。除了一条渡船，老麻另外还有一条卧船，是汛期夜间他值班时睡觉的船。其实每天傍晚这个时段老麻都会上岸，然而这次上岸与以往的上岸截然不同。规范的表述是，以前上岸叫收工，现在上岸叫下岗，叫失业也对，人社部门在统计就业表格的栏目上叫待业，反正都无事可干。老麻在街头"逍遥"了三天后，发现铁索桥给这条窄窄的街道带来了前所未有的变化。以前是三天一个圩日，现在天天都是圩日，每天街头都像圩日一样拥挤。拥挤的人中多了很多陌生的面孔，连他自己也变得陌生起来。以前人们遇见他，几十米远就招呼，老大，吃了没有？现在步履匆匆的，甚至视而不见，生怕跟他招呼一声时间就哗地过去，像过去船要开动了，啰唆一句就过不了河。第四天一早，老麻提着行李又回到码头上，并且在船上住了下来。老麻已经规划好了自己的未来，知道如何安置自己，妥善解决自己的再就业问题。他去了一趟县城，当然是摆渡上岸的，回来后对卧船做了一番改装。卧船船体比渡船小，但轻便速度快。改装好卧船后，每天夜幕锁住河面，老麻就驶离码头。去的方向是下游，下游是顺流，到了河中间老麻就将马达关闭，任由船儿随波逐流，腾出手来操作另一套设备。清晨天蒙蒙亮，老麻准时回到码头。主顾们早已等候多时，主顾是他去县城采购设备时就联系上的。他们协助老麻从船上卸下各种河鱼，有黄蜂鱼、芝麻剑、红河鲤……也不是全部都给主顾，老麻自然要留一些的。到中午时，老伴已经在温馨的船舱里摆开了小餐桌。

几杯小酒下肚，老麻觉得这样的日子也很熨帖，这种熨帖的感觉来自船上，或者说只有船上才有这种感觉。老麻知道自己是彻底地离不开船了，就像鱼儿离不开水、瓜儿离不开秧、人民群众离不开码头……呵呵，码头不存在了，人民群众早已大步流星地从自己的头顶上通过。老麻像河虾一样，浸泡了酒就醉了。码头上就有一道名菜，叫醉虾。

远远地老麻就看见了老郑。老郑是乡派出所的所长，跟老麻算是老交情了。老郑身后还站着两个干警，衣服下摆露出一截乌黑的枪管。当老麻掐疼肉身，确认这不是在梦境里的时候，为时已晚，船已靠岸。两个干警跳上船来，其中一个掏出手铐"咔嚓"一声将老麻铐上了。老麻镇静道：兄弟，你这是……老郑也很爽快，老哥，对不起！上级有令，兄弟我只能公事公办。

上岸时，老麻抬手示意一下，这样不大好吧，这副"手表"若是戴到岸上，我这张老脸就彻底地坏完了。老郑动摇了一下。老麻说：我保证不跳河。老麻的保证是有案可查的。那一次，老郑和一名干警从右岸押着一个嫌疑人过渡，船到河中间，嫌疑人忽地跳入河中，拼命地朝原岸游去。老郑冲上船头，跃跃欲试，却不敢跳下去抓捕。老麻一看就知道他是个旱鸭子。那个跳下去的干警也只会两下狗刨式，哪里追得上嫌疑人。眼看嫌疑人越游越远，老麻扑通一声跳了下去，一下子就把嫌疑人裹挟回来。在这个码头上，还没有第二个有老麻这番身手。老麻不保证还好，一保证老郑就不动摇了，反而更坚定了。老麻真的跳到河里去，这个码头没有哪个人可以追得回来。

在派出所里，老麻与老郑面对面坐着。老麻没少和老郑这样坐着，在船舱里，在派出所饭堂，都这样坐过。老麻说：我以为你忘记我了。老郑说：哪里！我们一直都关注你、惦记你。老郑说：我理解你，也同情你，但你这种行为不算是转变经营机制，不属于改革创新。你钓鱼可以，这河上随便你钓，几十根几百根钓竿都可以同时用上，就是不能电鱼，电鱼是违法的。这跟打仗一样，可以使用常规武器，但不能使用核武器，你现在电鱼就相当于使用核武器了。老郑是退伍军人，参加过自卫反击战。每次跟老麻喝酒，谈的都是打仗的故事，这回也是。老郑没收了老麻所有的电鱼器械，经过一番批评教育后就让他出来了。老麻能感觉到老郑拍在他肩头的手暖乎乎的，这已是最轻的处罚，如果严格依照《渔业法》《刑法》《电力法》来追究，老麻得送到县城绿岑山的山脚去，那就不是老郑的手可以伸触到的地方了。

船舱顶部有一处裂缝，新的裂缝，是什么时候开裂的老麻没有注意到。透过裂缝能看见头顶上的桥，听到人们匆忙的脚步声。哪些是乡政府干部的脚步、哪些是普通群众的脚步、哪些是商人的脚步，老麻都能分辨出来。老麻甚至还分辨出老黄的脚步，细碎，有些摇晃，像古时女人裹了脚。老黄上桥的时间比过渡的时间晚了半个小时，自然是通过时间比以往提前了的缘故。他手里的报纸杂志每天最先被食品站的人阅读，食品站的人吃了还带着猪的体温的新鲜里脊肉和下水，剔着牙踱着方步来到邮电所，见了老黄就问："热报纸"到了没有？老麻听到一阵轰隆隆的声音，后来知道那是摩托车在过桥。老麻看到桥面在摇晃，像地震一样，他不免有些担心。苍天在上，老麻确实担忧而不是幸灾乐祸。他认为这桥属于人行桥，摩托车应该禁止通过，不然这桥撑不了多久的。

老麻认为他很有必要提醒一下老潘，老潘毕竟没划过船，他不知道桥和船一样都是有载重负荷的，都有承受极限。而且必须跟老潘讲明，从这桥上经过的重量，跟他以往卖油卖酒短少的斤两有天壤之别。后者损的是阴功，而前者可能会要人命。

还没等老麻到桥头去，灾难就发生了。用码头上的话说，贵人是有了，但被晾在一边。那天早上老麻醒过来后，看到从上游涌来了很多漂浮物，他急忙解开渡船铁链,由渡船拖着卧船规避到一处大湾内,以避免船体遭受漂浮物的撞击。老麻还没安置妥帖,就听到"嘭"的一声巨响,犹如山崩地裂,只见那桥像簸箕颠米一样将桥上的人和车颠到河里,然后就歪斜在了河面上。老麻当即砍断卧船绳索,掉转渡船方向朝事故现场驰去。落水的人拼命地朝渡船游来,老麻一面控制船的速度,一面向他们抛去救生圈,叫他们抓稳船帮。凡是露头的,都让老麻救到了岸边。老麻安慰落水者:只要人在,摩托车还会有的。

铁索桥倾斜事件总共造成十一人跌河,其中被老麻救起八人,三人失踪,五辆摩托车跌入河中。调查结果,倾斜事件属于天灾人祸。天灾是洪水裹挟的一棵大树撞断了左岸一根用来固定的钢索,导致桥体倾斜;人祸是老潘违反规定,私自允许摩托车通行,而且是五辆摩托车拉风式的同时通行,导致固定的钢索绷得更紧,大树一撞就断了。

老麻一刻也不消停,或者说他很快就进入了从前的角色。他一面恢复正常摆渡,一面密切注意失踪者。他没有得到任何指令和安排,却按部就班地开展了他认为应该属于他的工作。第七天,三位失踪者从斜桥下浮上来了。老麻将船靠上去,用绳索将他们拖到码头,从卧船上拿来一张草席铺好,一一将他们抱上岸来。老麻认得他们,两个男的一个姓韦,一个姓黄,他们在地区民政局工作,老家在山后面的一个峒场。那个女的丈夫在军分区服役,她每个月都去探亲一次。唉!这次还没见上面,人已阴阳两隔。老麻心里说,你们要是坐我的船呀,就免了这场灾祸了。一只拳头狠狠地擂在胸脯上,又叹息一声:唉!

等渡客的时候,老麻就用铁铲去铲除码头上的杂草。才多久呀,两头通往岸上的小路已是杂草丛生。渡客们说:看来这码头是少不得老麻的,就是铁索桥维修好了,老麻还得守护这里。老麻提醒他们,这话可不能随便说的,桥修好了就会稳固了。似乎是要对人们不爱惜桥的行为予以惩罚,上面对修桥工作抓得不是很紧,不慌不忙的。这个速度和老麻的心态有些吻合。修桥的日子里,老麻始终等着一个人,等这个人上他的船来。老麻心里嘀咕,难道铁索桥维修,他也跟着维修了。了解老麻心事的人就撩他,你想让乡长再喊一声"开船"是吧。老麻既没点头,也没摇头,他的态度和他的脸一样模糊。

码头只热闹几天就又冷清了,有时寥寥三两个渡客,有时一个也没有。老麻从这些零星的渡客嘴里得知,原来是连接邻县水泥桥的柏油路已经开通。柏油路和铁索桥是互为保障工程,铁索桥开工的时候,柏油路已先期施工。而今还坐船的是那些没有摩托车的人，有摩托车的渡客都绕道走柏油路了。天，原来如此，我老麻信息太闭塞了。什么互为保障？分明就是退路，"眼镜"连退路都考虑好了。桥倾斜了过路，路塌方了过桥；想过路就过路，想过桥就过桥，总而言之就是不上你老麻的船。

这个夜晚，月朗星稀。

老麻用尽力气咳出一口浓痰之后，在心里和"眼镜"彻底地"和解"了，或者说他已经彻底地臣服于"眼镜"。不仅如此，老麻还原谅了"眼镜"，他相信"眼镜"那声"开船"绝对不是故意的，他只是不知晓码头上这个规矩。无知者无畏嘛。他现在已经完全原谅"眼镜"了。当然，如果"眼镜"能"亲自"到船上来一趟，哪怕只站那么一会儿，那么这个"和解"就完美了，就天衣无缝了。老麻的眼睛始终没有合上，大儿子俯下身子悄悄地说：大，乡长上过我们家的船，就是那个脸圆圆的，他还给你递过烟呢，是带嘴的"刘三姐"牌。又说，乡长其实不戴眼镜。老麻听罢安详地闭上双眼，享年七十三，也算是高寿了。

二十三年后，老麻家的老三成为乡长。他上任后做了一件事，修志。他特别关注"眼镜"的档案，发现"眼镜"在乡政府任职时间只有三个月，五月初到任，八月底就到省城的经济管理干部学院去读书了。一些老干部证实，"眼镜"其实只来乡政府一次，就是报到的那一次。那段时间，乡长职位一直空缺。严格来说，这桥、这路都不是"眼镜"组织实施的，而是县里统一安排的扶贫攻坚行动，也就是说，"眼镜"来与不来，这桥、这路都是要搞的。就是"眼镜"他那一届不搞，到后面老三他这一任乡长也是要搞的，必须搞的。

（原载于《民族文学》2019 年第 11 期）

韦旗的敬老院

凡一平（壮族）

敬老院的群殴发生在早晨，被殴打的是院长韦旗。至少十个七十岁以上的老人将韦旗围住，棍棒、拳脚、牙齿和唾沫交加，像群犬造反主人。颐养天年的气象被打破，祥和的敬老院不再祥和。

韦旗被打得鼻青脸肿。

退休警察韦旗自始至终没有反抗，因为打他的都是被他得罪的老人。在他退休之前还当警察的时候，是他把他们其中的一些人或他们的子女，送进了监狱。从老人们的角度看，他们如今的鳏寡孤独，正是韦旗造成的。韦旗自己应该也是这么认为，不然他办这个主要收容犯人亲属和刑满释放的"老劳改"的敬老院干吗？

敬老院坐拥平地三亩，依山傍水，是韦旗祖上老宅改造和扩建而成，估算花费超百万。入住的符合犯人亲属和"老劳改"条件的老人，分文不取，白住、白吃、白喝。韦旗的慈悲可想而知。

韦旗被殴的原因是制止老人们越来越猖獗的无以复加的赌博。

赌博的风气从敬老院开张之初就有，只不过小而少罢了，赌注都不超过一元钱，并且有时间的规定，每天不许超过两小时。韦旗对这不伤筋动骨的歪风邪气是睁一只眼闭一只眼，默许的。他甚至认为，这是让老人们怡情快乐的一种方式。

但是逐渐地，这歪风邪气大了起来，五元、十元、二十元、五十元，赌注层层加码，一季一个台阶。而且赌起来常常超过了规定的时间，通宵达旦的都有。更为严重的是，由于赌注的加大，超过了大部分人的承受能力，其中的不少人资不抵债，出现了打欠账和赖账的现象。

今天有十几位老人，又是通宵达旦。起床后的韦旗看见棋牌室依然灯火通明，人影幢幢。他快步走去，来到屡教不改的老人们身旁。在发现和确认赌注上升到了前所未有的一百元后，他大喝一声："都别动，公安抓赌！"然后趁着老人们被吓傻的空当，他没收了桌面上的全部赌资。

惊魂甫定的老人最先发觉并没有警察，而只有韦旗一个人。韦旗已经退休了，他还是警察吗？不是的。逐渐回过神的老人也意识到上当了。他们团结一心，要求韦旗返还被没收的赌资。韦旗不干。他们就围着他，用手指他，或操着拐棍指他，边指边骂。韦旗不为所动，他捂着胸口，显然，赌资就收纳在他身穿的军大衣的内兜里。

怒不可遏的老人们开始大打出手，或开始抢了。他们扑向韦旗，用拐棍捅，用脚踹，用手撕，用唾液啐，用牙咬，新仇旧恨，汇成火山爆发的岩浆，烧烤冥顽不化的韦旗。

在被痛打一顿后，韦旗还是软化了。他从衣兜里掏出所有的钱，一分不少地放回桌上。油亮的一卷卷钱，像退膛的子弹。

他对获胜的老人们说：我们扯平了。

后来，韦旗仔细地想，他为什么被打？制止赌博是一个原因，当警察的时候抓他们或他们的子女坐牢是一个原因。还有一个原因，是老人们认为他不允许甚至破坏他们之间谈恋爱。

这最后的原因是大概率。

敬老院一共二十七位老人。其中，老男人二十一位，老太太六位。他们在敬老院生活，就像比例失衡的一群男女，生存在一座孤岛上，或一艘军舰上。他们苦呀。

韦旗想到过他们苦，但没想到他们会有那种苦，会有那么苦。他没想到那么大年纪的人，还会有欢爱的欲望，而且还挺热烈和强烈。这些上岭村的老男人和老女人，在他们青年或中年的时候，欲火中烧那是肯定的，出轨越矩的情况也是有的。他们有的因强奸或因通奸毒夫杀妻，而付出了沉重的代价。还有的虽然没有坐过牢，但因为子女犯罪，也是备受煎熬、度日如年。血泪的教训伴随着岁月的流逝，到年老力衰的时候，他们是不是应该清心寡欲了呢？至少对这些有惨痛经历的老人来说，即使有欲望和需求，也要节制或禁止。韦旗是这么认为的，也是这么规定的。在发现部分老人有恋爱的苗头后，他发出了警告：一旦发现与异性有不正当的性关系者，将被敬老院开除。韦旗的措辞严厉、斩钉截铁，他自己也觉得不近人情，甚至不人道。为此他网开一面，一度放任老人们的赌博行为，直到如今局势恶化，他如壮士断腕，力挽狂澜。事件虽已平息，但是他很受伤。

他确认领头殴打他并且也是打他最狠的人，是蓝振贵。

韦旗逮捕过蓝振贵。三十五年前，蓝振贵强奸本村幼女韦达芳，然后逃跑。时任乡派出所民警的韦旗参加了追捕小组。熟悉蓝振贵家庭和习性的韦旗献计献策，不到十五天，便在数千里外的新疆，在嫁到新疆的蓝振贵的姐姐家，抓获了蓝振贵。蓝振贵被判无期徒刑。但他只坐了二十年牢，在十五年前减刑释放。他回到上岭村，只见家徒四壁，妻子早已带着孩子改嫁。五十八岁的他独自生活，无依无靠，像一棵沙中的树，朝不保夕或半死不活地存在。直到去年，韦旗办了敬老院，将他接收进来，方才衣食无忧。他今年七十三岁，却像一把不老的宝刀，在敬老院极其活跃。他率先赌博、提高赌注。斗胆喜欢或追求敬老院里的老太太。被他喜欢或追求的老太太，没有一个喜欢他或没有一个被他的追求心动。他可能认为是韦旗从中作梗，暗地使坏，所以当韦旗没收赌资触犯众怒的时候，他见机起事，率众围殴韦旗，旧恨新仇一起报复。

韦旗觉得，他有必要和蓝振贵谈一谈，单独会见。

这天早餐，他故意坐到蓝振贵身边，边吃边说：蓝振贵，吃完早餐，我们两个到外面走一走。

蓝振贵愣了愣，说单挑呀？

记得拿上你的拐棍。韦旗说。

单挑就单挑，你以为我怕你？蓝振贵说。他索性放下吃了一半的甜玉米，不吃了。

敬老院的人们看着蓝振贵和比他年轻十一岁的韦旗去往外边，都很揪心，像目送亲人去前线或上战场。一部分人希望蓝振贵能获胜归来但知道他不可能赢，一部分人知道韦旗肯定不会输但希望他手下留情。毕竟这是单挑，优势在韦旗一方。

上岭村弯曲的路走着两个老男人，只不过一个比另一个老。村庄寂静、空荡，像一个坟场。年轻人都外出打工或流浪了，又因为冬天的缘故，道路和田地几乎看不到人影。回头一看，敬老院竟是最有人气的地方，因为那里还冒着炊烟。顶层的楼面上挂晒着五颜六色的床单、枕巾、被套和衣服，像万国旗。附近的菜地仍有碧绿透红的菜，它们是闲不住的老人培植的结果。竹篱笆外散养着鸡。

蓝振贵和韦旗面对敬老院站着，似乎他们的决斗需要观众和见证。蓝振贵的拐棍扛在肩上，双手紧握，似乎随时随地可以朝韦旗抡过去。

韦旗说：那些老姐姐里面，你真心喜欢哪一个？

蓝振贵一愕，说我们不是来打架的呀？

不是。

你问我真心喜欢哪一个，是吧？

要不我先猜吧。韦旗说。

你猜。蓝振贵说，他看了看韦旗，再看着敬老院。拐棍已杵在他两腿跟前，拐棍头被两手按着，像鬼子放松状态下把持的军刀。

乜志流？韦旗开始猜。上岭村的妇女通常是以子女的名字来叫唤的。"乜"，壮语的意思是母亲。乜志流，指的是志流的母亲。志流是乜志流的儿子，因贩毒被判二十年徒刑，现还关在南宁监狱。

为什么是她？蓝振贵说。

她最年轻，韦旗说，我想你肯定喜欢年轻的，才六十九。

不对。

乜红叶？韦旗又猜。乜红叶是韦红叶的母亲，但是她的女儿几年前病死了，丈夫也死了。乜红叶年轻的时候因为拐卖儿童，坐过十年牢。

也不对，她都七十六了，我才七十二，怎么可能喜欢她？蓝振贵摇头说，他把自己的年龄说小了一岁。

韦旗接着又猜两个，都被蓝振贵否了。

敬老院就六个独身老太太，排除了四个，剩下两个还不好猜吗？

韦旗正要继续猜，被蓝振贵打断了。蓝振贵说算了，猜对了也没用。她不会喜欢我的。

乜达芳？韦旗脱口而出。

蓝振贵打了一个嗝，像是说中了。

怎么会是她呢？韦旗说，他皱起了眉头。因为他知道，谁都知道，蓝振贵当年强奸的幼女，正是乜达芳的女儿。她的女儿被强奸后患了自闭症，再后来是抑郁症，不几年就跳河自杀了。蓝振贵是乜达芳的仇人呀，乜达芳怎么可能会喜欢上自己的仇人呢？

我晓得，你没有从中搞破坏，蓝振贵说，她恨我还来不及。我是她的仇人。

韦旗说：她若想给你下毒，早就下了。

蓝振贵说：我就是想在有生之年照顾她，我希望她原谅我。

韦旗走到蓝振贵的前面，正着看蓝振贵。他发现蓝振贵眼睛定定的，像两个嵌在板壁里的钢球。他的眼睛虽然不动，但是有光。白亮的目光像危险的隧道里求生的光照，强烈、短暂、凄楚和迷茫。韦旗看了可怜，说：

我试试看，能不能帮上你的忙。

蓝振贵的眼睛动了。

正好，黄富燕到敬老院来了。她是韦旗的老伴，平时在南宁儿子家，带孙子。她极少回上岭村来，表面上是孙子离不开她，其实是她还在和韦旗怄气。韦旗从县公安局退休，不想去南宁与儿子住，也不想住县城，偏要回上岭。他把县城的房子卖了，加上积蓄，拿来翻修上岭的老宅，办成敬老院。黄富燕曾问丈夫韦旗，你都老了，为什么还要办敬老院？韦旗说因为还有人比我更老。上岭村有很多老人，孤苦伶仃，无依无靠，所以我才要办个敬老院，为他们养老。黄富燕说敬老院是民政局的事，关你什么事？韦旗说这些老人曾经是犯人，或者是犯人的亲属，他们是我抓的，他们的子女是我送去坐牢的，怎么不关我的事？我亲手抓了上岭多少人，难道你不知道吗？黄富燕说哦，他们有罪，他们的儿女犯罪，你抓他们去坐牢，到头来变成你有罪了，你要赎罪。韦旗说我没有罪，也不是赎罪。我就想图个心安。

黄富燕知道丈夫是头倔驴，拦是没法拦的，只有生气的份儿。她不回上岭村总是可以吧？她不来敬老院帮忙也是可以吧？敬老院开办了一年，她赌气一年不来。

这天云开雾散，黄富燕来了。

韦旗对妻子说：你来得正好。

黄富燕听了韦旗关于调和蓝振贵和乜达芳之间关系的请求，极力地捶打自己的胸脯，像是压制内心的怒火，不让喷出来。她像是做到了，平静地说：

他们可是仇人。再说，你六十二，都三年不碰我了。蓝振贵多大？七十三，比你大十一岁，他怎么还会有那种念头和冲劲呢？

韦旗说：我是因为忙，又累。再说，你不是经常长期不在嘛。

黄富燕继续说：除了乜达芳，你看上哪个老太太，我帮你们一起撮合。

韦旗说：那还是我自己来吧。你休息。

乜达芳其实是有真名实姓的，她身份证上的姓名叫韦细荣。其他的老太太也都有真名实姓，只不过极少被使用或被人叫。她们的名字被各自的子女替代，就像她们的人生和生活因为子女的不幸或罪过而毁灭了一样。

她们的姓名权要得到尊重。

韦旗首先在墙报服务对象栏里，更改了老太太们的姓名。乜志流、乜红叶、乜健康、乜杰、乜定豪、乜达芳，分别变成了黄丽仙、韦神琴、樊秀英、潘莲芳、覃妹腾、韦细荣。这些更新的姓名，依次出现在过去乜志流、乜红叶、乜健康、乜杰、乜定豪、乜达芳的头像下，像一串珍珠。

有老人经过时发现，惊诧，一呼，老人们齐刷刷来了。老男人们看着墙报上的老面孔新姓名，又看着周边活生生的老太太们，一个一个地对照、辨认和记忆。而老太太们则扬着头，看着墙报上仿佛新生的自己，像看太阳看月亮。

此后的做操、开饭、就寝、领物等，都按真名实姓点叫和记录。到后来，谁要是还乜某某地称呼，被叫的老太太就不答应。

敬老院这一变化，黄富燕看在眼里，对丈夫说：我过去叫你孩子他爸、挨千刀的、老倔驴，看来也要改了。

韦旗说：改了就是好同志。

黄富燕说：我才不是"同志"呢。

他们说话的时候是在床上。黄富燕刚刚被韦旗深深地"碰"了，看上去她很舒畅、很开心。

韦旗趁机说：尊重老太太们的姓名权，唤醒她们的存在感，这只是第一步。下一步怎么办？

黄富燕说：你想干什么？

韦旗说：我想让老人们觉得，他们虽然老了，但同样有获得情爱的权益，像我们刚刚那样。但他们没有我们这样的机会和条件，我不知道怎么办。

黄富燕拧了韦旗一下，说：意思是说堂堂正正地快活，不想做流氓呗。

韦旗说：对。

黄富燕说：我明天回南宁一趟。

第二天，黄富燕回南宁去了。不过三天，她又回到了上岭。

黄富燕这次带来投影仪、电脑。

韦旗说：你想干什么？

黄富燕说：我想给这些老人洗洗脑，再灌输忘情水。

韦旗看着中学退休教师的妻子说：他们可不是中学生，你行吗？

黄富燕打开电脑，点开电脑里一个文件夹，目录显示《哈维的最后机会》《情到自然明》《黄昏恋》《金色池塘》《我爱你》《苦茶香》《梦呓雨林》《长寿商会》《牛铃之声》等名字。

黄富燕边点文件边说：这些都是国内外老年人黄昏恋的电影，提供给你的敬老院当教材。

是我们的敬老院，韦旗说，敬老院的投资或资产，有你的一半。

黄富燕说：现在重点是这些电影。

韦旗眼睛一亮，但转眼又黯淡了。里面有太多的色情可不行哦，他说。

黄富燕说：我都看过了。我比你懂。

韦旗说：不行，我要先看一看，审一审。

这一看一审，就是五天五夜。眼睛熬出血的韦旗，对妻子说：我看行。

黄富燕说：我看你是不要命。

韦旗笑笑，说：比审犯人爽快多了。

敬老院变成了电影院。一天只放一部，让老人们观看。老人们听不懂外语，也看不清中文字幕，看得清字幕的也不识字。韦旗和黄富燕就轮流当翻译，或同声配音。夫妻俩的壮话翻译和配音声情并茂、活色生香，让老人们时而笑，时而哭。

每看完一部电影，都要讨论。韦旗鼓励老人们畅所欲言，用他的话说，该放的炮就要放。有炮不放，没后悔药。

于是老人们争先恐后发言，像炮被点着了。

有人说，我这辈子白活了。

有人附和说，我也白活了。

另外的人说，我们的胆子还是没有别人的胆子大。

又有另外的人说，不看不晓得，看了心惊肉跳。

这几天，我天天晚上睡不着觉。

我看了，觉得很过瘾。

我想重新活过一遍，做个不犯错的好人。说这话的是蓝振贵，他说完瞟了一眼韦细荣，像是说给她听的。

韦细荣没有反应，像是不觉得是说给她听的。

倒是另一个老太太有反应了，说：要是有下辈子，我就嫁给《我爱你》里面那个男的，他懂女人，不打女人。

坐在表态老太太身旁的韦细荣说话了：活一天就好好活一天，管什么下辈子？有下辈子吗？

这话让在座的老人们很受触动，也很振奋，像是说出了大家的心里感受。大家把目光投向韦细荣，像是把阳光雨露洒向一朵花，一朵枯萎却没有绝望的花。

敬老院每天欢歌笑语，居然成为空阔的村庄最有生机的地方。它吸引留守在村庄的人们，每天都到这里来，看一看，和一群活泼乐观的老人在一起，消遣时光，消磨烦恼。即使七十三岁的老人蓝振贵病倒，敬老院也没有出现过多的悲伤。人们该喝的喝，该睡时睡，想唱就唱，明白的事情不含糊。

在医院里，蓝振贵打着吊瓶，听着韦旗报告敬老院的一切。韦旗的每次报告，都不能使蓝振贵的病情有所好转。直到这一天，在韦旗的报告中，带来了韦细荣的一句话。韦细荣托韦旗转达的这句话是：蓝振贵已经用命赎罪了。他如果活着，就是另一条命了，我也不巴望他死。

韦细荣的话是韦旗编的，她的原话是：蓝振贵是我的仇人，我巴不得他死。韦旗觉得韦细荣的话太硬了，就曲解原意做了改动。他这么做的目的，无非是想关怀或帮助一个弥留之际的人。善意的谎言或许能救一个人的命。

只见蓝振贵听了，他红黑的脸颜色忽然变浅，像是七窍或血管都通顺了一样。遍布脸上的老人斑看上去也不显得丑陋了，最多像是撒在松软地上的芝麻，说不定还能活泛发芽。

蓝振贵居然能说话了，他说：韦旗，我问你个问题。

韦旗说：你问。

你为什么要办这个敬老院，收容我们这些作过孽的老人？

韦旗握着蓝振贵的手，说：不过是积德而已。积德能长寿。我也想长寿呀。

（原载于《民族文学》2020 年第 1 期）

狗 事

阿云嘎（蒙古族）

一

　　脏，丑，瘦，这就是流浪狗花花。谁都不知道它是从哪儿来的，也不知道在这个小区待了多久。它原先有没有名字，叫什么名字，谁都不知道，但肯定不叫花花。花花是桑杰给它起的名字。它好像住在某栋楼房下边的垃圾箱旁。所以那栋楼的住户一早出门扔垃圾，有时候会看到它。扔掉的垃圾中肯定有些能吃的东西，这是它住在垃圾箱旁边的唯一理由。

　　那天桑杰发现它的时候，它正被一条巨型洋犬追逐。如果说大洋犬是一艘军舰，那么被它追逐的花花就像一条小舢板，处于绝对劣势，但它在拼命地逃窜。这里需要多说几句。桑杰居住的这座小城是一座新兴的草原小城，刚建起来不久，因此各方面的管理还远远没有跟上来。比如城市里是不允许养巨型犬的，这是有明文规定的，但偏偏有人养。城管部门来说了几次，但个别人根本不把他们放在眼里，这事就拖了下来。现在这只流浪狗被一条巨型大洋犬追得慌不择路，正好碰到桑杰迎面走来，就一头扑进他的怀里。桑杰吃惊地嘟哝道："唉，唉，你这是干什么？脏死了……"但看到后边追来的大洋犬，他明白了它的处境。桑杰本来是为了寻找自己的宠物狗走到小区的，他的狗丢了已经好几天了。那是一只纯种的京巴犬，他把它视作家里不可缺少的成员，突然不见了，使他变得丢了魂似的。他每天出去寻找但找不到。今天他仍旧没有找到，却意外地碰到了一条流浪狗。

　　他把它抱回了家，它是条黑白花狗，就起名叫花花。

二

　　桑杰把花花带回家，为它洗澡，又把它带到宠物美容店剪毛（别看它瘦，毛却特别长）。他希望花花能够弥补他丢了狗的缺憾。但他很快失望了。首先是因为花花的态度。大概是因为过去经常遭受欺负和伤害，它对任何人包括桑杰都抱有敌意。好像觉得桑杰为花花做的一切都是出于恶意。花花一点儿都不亲近他，吃饱了就躲到一边，还时不时用警惕的眼光瞥他一眼。还有一次花花因为什么事不高兴了，竟然对他狂吠不止，气得他真想踹它一脚。再就是花花不讲卫生，虽说给它洗了澡剪了毛，但它却总是把自己弄得很脏。如果说桑杰原来的京巴犬是个高贵的公主，那么现在的花花就是一个没有素质的流浪汉。狗与狗竟然有这么大的差别。过了几天花花还逃跑了。有一天早晨桑杰下楼扔垃圾没有关门，它就跑了。他发现花花不见了，也没有想要去找它。花花不愿意在他家享福，非要再去流浪，他也没有办法。

那天是周日，牧兰来看他。两个人都是离异过的中年人，认识相处已经好几年，但也不着急成家。

"京巴呢？"牧兰问。

"丢啦。"他说。

"啊，丢了？"她说，"肯定是被人偷走了，南街有好几家狗肉馆……"

"牧民丢了牲畜有公安局管，市民丢了狗却谁都不管……"他说着苦笑了一下。

"再养一条狗吧。"她说。

于是他讲起了流浪狗花花。说花花是如何如何的不识抬举，他好心好意救了它，让它过上了舒适的生活，它却不领情非要回到垃圾箱旁边，不吃专门为它购买的狗粮而非要去吃那些被扔掉的变质的东西。

"啊，这就好比一个乞丐，住在贫民窟觉得比住皇宫还舒服。"牧兰笑了起来。天气很好，两个人决定出去走走。他们下了楼走到小区院里，就正好碰到了花花。

"你看，那就是花花。"他说。

"花花，花花……"牧兰欣喜地叫它。

花花在距他们百十来米处，正低着头啃一块骨头。它朝这边看了看，摇了几下尾巴，接着又掉过头继续啃它的骨头。

"啊，你看见没有？它对咱们摇尾巴了。"牧兰高兴地笑着，又叫"花花，花花……"花花又摇了几下尾巴。

桑杰笑了起来。他记得雨果说过，狗是用尾巴微笑的动物。它在微笑，他想。虽然它摇尾巴是应付性的，比较勉强，但毕竟是在摇，是在表示一种友好。

牧兰干脆走到花花跟前，并伸手摸了摸它的头。奇怪的是花花并没有排斥她，而且伸出脖子让她摸，还发出类似撒娇那种哽咽。牧兰激动得左掏右掏竟然掏出了一块巧克力喂给花花。

"多好的狗，它通人性。"牧兰说着，跟桑杰朝大门口走去。他们回头看，花花蹲在垃圾箱旁目送着他们。

他们在小区门口吃了饭又转回来，意外的事情就是这时候发生的。

那条大洋犬不知道是从哪里蹿出来的，凶猛无比地朝桑杰和牧兰冲来。城里养的狗大部分时间关在院里或者用铁链子拴着，所以一旦单独跑出来就很可怕。桑杰和牧兰两个人都蒙了，站在那里不知道怎么办。而就在这时，更意外的事情发生了。本来在垃圾箱旁边的花花突然向大洋犬冲去。它跑的速度快得让人吃惊，简直像射出去的箭一样。它很快冲到了大洋犬跟前，毫不犹豫地咬住了大洋犬的一条后腿。凶猛的大洋犬竟然趔趄了一下，调过头咬住花花的脖颈。大洋犬大概想把它甩出去，但咬住它后腿的花花好似变成了大洋犬身体的一部分，宁肯被咬死也不放松。

牧兰这时才缓过神来，急得跺脚大喊："这……这……怎么办？它快被咬死了……"她是在为花花着急。

好在大洋犬的主人这时候出现了，他来用项圈套住了自己的狗。花花这时才松开嘴，被大洋犬的主人踢出老远。牧兰跟大洋犬的主人吵了起来。大洋犬的主人三十多岁，很壮的一个人。桑杰经常看到他牵着大洋犬在小区溜达。大多数情况下戴着墨镜，一手牵狗一手夹着香烟，趾高气扬地走过。偶尔他也曾看到他开着车在街上走。据说他在街上有好几处门面，都租出去了，自己不上班，坐享其成。桑杰总觉得这个人不是善茬。城里有规定不让养巨型犬，他毫不在乎地牵着大洋犬走来走去。

"你为什么养巨型犬？市里有规定不允许养，你知不知道？"牧兰喊。

"你管得着吗？"大洋犬的主人根本不把她这个女人放在眼里，冷笑着说。

"怎么不能管？"

"看你们那个德行！"大洋犬的主人像哄自己的儿子一样心疼地摸着大洋犬的头说，"我这就去宠物医院给它治伤，但钱你出。"

"你想得美。我还要告你呢。"

桑杰一边劝牧兰不要生气，一边用眼睛寻找花花。花花却不见了。

三

这件事真的没有完。几天后牧兰和桑杰走在小区院里，半路上又遇到了大洋犬。它关在院里，用铁链子拴着，但看到他们两人以后像疯了一样跳着叫着，恨不得挣断铁链扑过来。牧兰吓得脸都白了。他们走进小区附近的一家餐馆。但两个人都没有了食欲。

"那条大洋犬已经跟咱们记仇了。"牧兰说。

"是啊，不过……"桑杰说。他很想安慰牧兰，但又找不到词儿。

"今后你我要当心一点，这家伙什么时候跑出来，就麻烦了。"

"我明天就找城管，就说我们面临着危险……"他说。

"还是我去吧，我有个同学就在城管工作。"她说。

饭菜剩了不少。他们打包回到小院，看到花花在垃圾箱旁边转悠。桑杰叫它，它连看都不看他一眼。牧兰拿过打包的饭菜，放到垃圾箱旁边，它才用脑袋蹭了蹭她的腿，开始吃起来。

"这狗跟你有缘分。"桑杰说。

回单元楼的路上牧兰问："你知道我刚才想到了什么？"

"什么？"

"我想到，狗也有自尊心。"牧兰说完笑了起来，又说，"别看都是狗，但狗跟狗不一样。你看那条大洋犬，对咱们是那样的态度，而花花又是另外一个样子。"

"因为它们社会地位不同。"桑杰说。

"不都是狗吗？还讲什么社会地位？"

"或者可以说，是它们的主人社会地位不同。比如大洋犬的主人，似乎没有人能够管住他。而花花，连个主人都没有……"

"这说明，狗也分特权阶层和平民阶层。"牧兰说完笑了起来。

第二天牧兰打来电话说她在城管。

"怎么样？"他问。

"没有希望。"她说。

"怎么啦？"

"他们说，要开会研究，请示上级，还要跟小区协调……"

"怎么那么麻烦？"

"很明显他们是不想管了。"

"哦，哦。"桑杰认为她说得对。等他们研究、请示、协调完，那是何年何月？这期间那个大洋犬可以咬他一百次。而且，为了一只狗，他们不可能一而再，再而三地去催促城管吧？他们又不是上访老户，而且也没有那个精力。

"你不是有同学在城管吗？"

"我跟我的同学正在饭馆里。你也过来吧。"

桑杰去了饭馆，看到牧兰跟一个年龄相仿的男子面对面坐着。桑杰开始点菜，犹豫了一下问男子："今天是上班时间，你能不能喝酒？"

男子笑了笑说："我是穿便装出来的，就是为了喝酒。"

三个人边喝边聊。"不是有规定城里不能养巨型犬吗？那条大洋犬就那么难处理？"桑杰问。

男子说："那得看大洋犬的主人是谁。"

"怎么？"

"你们小区大洋犬的主人是市里某领导的亲戚。"男子说。

"那又能怎么样？我可以直接找那个领导。"牧兰喊。

"可以呀，那个领导会亲切接见你，还可能表态说他支持你按规定办事。但你别以为那是真心话。他嘴上那么说，心里可能认为你在挑战他的权威。不会有结果的。"

"就因为是领导的亲戚，就没人能管得了？"牧兰不服气地说。

"也不是一点儿办法都没有。"男子笑眯眯地说。

"说说。"

"南街不是有几家狗肉馆吗？我可以给他们打个招呼。好了，这事就交给我吧。喝酒，喝酒。"

四

桑杰是自由职业者，在家里写小说，还玩股票，不用上班。他有时候能在小区院内看到花花。他现在对它的看法大大改变了。那天它奋不顾身扑向大洋犬的情景仍然历历在目。他知道它是为了他和牧兰做出了牺牲，所以很想对它表示一种谢意，比如用什么办法让它饱餐一顿。但花花却不正眼看他。他也经常看到关在院里的大洋犬。大洋犬每次见他都发了疯似的狂吠。

有一天大洋犬主人那栋楼前面乱哄哄的。他正好路过那儿，没有看到大洋犬，却看到大洋犬的主人站在那里骂，派出所的一个警察也在那里。

"奶奶的，谁跟我的狗过不去？这事没有完！竟冒犯你爷爷，你真的瞎了眼……"大洋犬的主人像疯子一样喊叫着，这时候他看见了桑杰，恶狠狠地盯着他说，"你以为我不知道谁搞的鬼？"

桑杰站在那里听了半天才明白大洋犬丢了。

"你们一定要赶紧破案。你知道我那条大洋犬用多少钱买的？三万！这还是那年的价钱。那个贼破坏了我的铁栅栏，我的栅栏值多少钱？奶奶的！夜里我没有听见一点儿动静，那家伙也许打昏了我的狗，也有可能喂了迷魂药。这是一起严重的治安案件……"大洋犬的主人喊着。

派出所那位警察说："这是两码事，破坏栅栏偷狗是治安问题，但你养巨型犬也是违反规定的。"

"你负责破案就行了。其他事你不要管。你们如果不赶紧破案，我给市里领导打电话。"大洋犬的主人说。他说的"市里的领导"可能就是他的亲戚，桑杰想。"我知道是谁害了我的狗！你等着瞧……"大洋犬的主人又喊道。他怀疑到我的头上了，桑杰又想，不禁哆嗦了一下。大洋犬不在了，他却一点儿都没有感到轻松。

那天他走出小区，走上街头，鬼使神差般地走进了南街。

那里真的有好几家狗肉馆。他不明白这些馆子的狗肉从何而来，不可能从乡下来，农村牧区不会有那么多的狗。那只能是从城里就地取材，城里人养狗越来越多，这里的人把那些狗弄来，宰杀，烹饪，端上餐桌，就变成了人民币。所以，那条大洋犬八成是来到了这里。他很想看到它。但看来这些饭馆宰杀狗的地方不在当街，可能是在后院或其他地方，他没有看到活着的狗。

这时候他看见派出所的那个警察走过来。警察不认识他，他却记得前两天在大洋犬主人家门口看到过他。而且他猜到了这个警察为什么出现在这里。再看，警察身边还跟着两个城管。

他们一行人走进了第一家狗肉馆。桑杰也跟了进去。

两个城管之一验查营业执照和卫生许可证什么的，另一个走进厨房说要看看卫生状况。饭馆的老板是个光着头的中年人，满脸堆笑地把各种证件递到城管手中。看他那个满脸堆笑的样子，很像是发自内心的笑，好像盼城管盼了多少年。桑杰觉得好笑，这位城管验看这个那个证书，但目的并不在验看而在于在气势上压住老板，而进厨房那个也不是为了检查卫生而是看有没有大洋犬的踪迹。结果可想而知，他们没有发现大洋犬。于是派出所警察出面了。"你看到一条大洋犬没有？"警察问。"什么？大洋犬？没有没有，哪儿有大洋犬？"老板说。"真的没有看到？""没有，不是有规定城里不让养巨型犬吗？哪儿有大洋犬？"桑杰差点儿笑出声来。这是一场斗智游戏，显然警察输了。

警察和城管走进第二家狗肉馆。桑杰站在街上看着来往穿梭的汽车发呆。他感到悲哀。无论警察还是城管，都应该执行市里的规定，应该取缔养巨型犬的行为，而他们却来这里寻找大洋犬，仅仅因为大洋犬主人的亲戚是领导……

桑杰打算就在这里解决午饭。他不吃狗肉，但这个饭馆也有猪牛羊肉。那个警察和两个城管转了几家狗肉馆，又转回来了。看来他们一无所获。饭馆老板笑脸相迎，为他们安排了餐桌，又问他们吃什么。一个城管让老板拿菜单，说："我们吃什么我们自己点。但你必须收钱。""收什么钱，就算我请客了。为了我们老百姓你们白天黑夜辛苦……"老板说。"你别这么假惺惺好不好？谁不知道你心里怎么恨我们呢。"警察说。

桑杰边吃饭边听他们说什么。

"吃吧，这顿饭我请客，你们辛苦了。"警察说。

"咱们白跑了一趟，没有完成任务。"一个城管说着，叹了口气。

另一个城管说："怎么能说没有完成任务呢。"

"不是没有找到大洋犬吗？"

"不能这么说。我们证明了这里没有大洋犬，所以我们已经很好地完成了任务。"头一个城管说，得意地笑了起来。

警察说："我同意你的说法，我对我们今天的结果很满意。你们想啊，假如我们找到了大洋犬，那怎么办？按规定城里不能养大洋犬，我们却去救大洋犬，老百姓不骂死咱们？假设我们发现大洋犬被这里的饭馆杀死了，比如发现了大洋犬的皮张，那又能怎么样？我们能说饭馆老板做得不对吗？"

"可是……这是领导交办的任务呀。"

"你以为领导真心希望找到大洋犬呀？不会的。领导希望的是这事不了了之。应付一下就可以了。"

"我也听说了，大洋犬的主人是市里一个副市长的外甥，那个副市长下了命令，一定要找到大洋犬或者破案。"

"他不是心疼大洋犬，他是认为自己的权威遭到了挑战……"

五

晚上牧兰来了，出乎意料的是她身后跟着花花。

"看来这狗喜欢你。对我理都不理。"桑杰说。

"因为这狗看出了我比你好。"牧兰得意地说。

花花的回来让这个小小的单元房充满了欢乐。桑杰拿出剩余的狗粮喂花花，牧兰跑进厨房炒出好几道菜，又从柜子里找出一瓶葡萄酒。

"你我今天为什么这样高兴？"牧兰问。

"大概是因为花花回来了吧？"

"还有呢？"

"还有……是因为那条大洋犬不会回来了。"

"说得对，干杯！"

"其实大洋犬不可怕，可怕的是它的主人。"桑杰说。

"狗仗人势嘛。"

"肯定被狗肉馆偷去杀了。他们是为民除害的功臣。"

"他们大洋犬都敢偷，别把咱们的花花偷走。"

"它最好留在家里不要跑到外边，那样就安全了。"桑杰说，"可是它宁肯去外边翻垃圾箱，也不在家里吃狗粮。"

"你知道那是为什么？"

"为什么呀？"

"它认为狗粮是嗟来之食，而垃圾桶里的东西是它劳动所得。"

花花在家里待了一会儿，走了。

一天上午桑杰出去买菜，突然看见大洋犬被主人牵着在小区内溜达。大洋犬又回来了，这太出人意料了。它看见桑杰就狂吠起来。大洋犬的主人喝住狗，竟走到桑杰跟前。

"你看见了吧，我的狗回来了。"大洋犬的主人说。

"啊，啊，看见了……"

"你看，这就是命，我的狗丢了，又回来了。说明我这个人命好，谁也没有办法。别人眼红，嫉恨，背后搞鬼，都没有用。"

"哦，哦……"

"听说有个王八蛋告到城管那儿。有用吗？他能咬了爷爷的卵？不自量力。"

他是在骂我，桑杰想，很想顶回去一句，但没有想好怎么说。大洋犬的主人今天脾气出奇地好，大概是因为他的狗回来了。

"听说你是作家？"大洋犬的主人问。

"不敢称作家，只是喜欢写点东西……"

"写东西干什么呀？没用。真是的。"大洋犬的主人用看到一个傻子的那种眼神看着他说，"还不如倒腾畜产品呢。"

"我不会呀。"

"你太可怜了。"对方满脸讥讽的表情，又说，"你看我，每天牵着狗溜达，还不误赚钱。"

大洋犬的主人牵着狗趾高气扬地走了。他大概想到每一栋楼前面走一趟，炫耀一番。

六

这些天出现了一个"爱狗者联盟"，是个微信聊群。据说发起者是个退休女教授，桑杰也被拉进这个群里。聊群人数猛增，每个人一帧头像，桑杰在那些头像里认出了大洋犬的主人。聊群里一部分成员异常活跃，大家互不相识，但被爱狗、养狗的共同爱好联结在一起，发图像和视频，发养狗感言，发寻狗启事……每天接连不断。

大洋犬的主人也很活跃，他发了几组大洋犬的照片，大部分是大洋犬的各种姿态，也有小部分是他和大洋犬在一起。但很快，他遭到其他成员的围攻。"你养巨型犬是违反规定，等着受罚吧。"一个网友写道，他的昵称是"风光无限"。这个风光无限的帖子马上受到了不少人的响应，"建议群主把养大洋犬的人驱逐出去"，这是昵称"路见不平"的帖子，接着又有叫"直来直去"的发帖："不要驱逐，直接扭送公安局"……大洋犬的主人当然受不了这个，马上反击，骂不绝口。写了一系列诸如"我养的是你爷爷，知道吗？"等粗话，还说"你知道我是谁吗？"但网络聊群是个虚拟的环境，互不见面，谁也不怕谁。他这个态度更是遭到了猛烈的反击。"据说你的一个远亲是个小小的副市长，官太小了"，"你那个亲戚还没有被双规？我看快了"。大洋犬的主人没有招架之力了，最后发了一条"你们是一群流浪狗，走着瞧！"便销声匿迹。

"你可以发一条寻狗启事，也许能找到咱们的京巴。"牧兰有一天说。那天她来他这里洗衣服，手上甚至脸上都沾着白沫子。

"我也想过，但有用吗？"他说。

"试一试总可以吧，只要它还活着……"

他仍然信心不足，现在丢了东西很难找到。但听牧兰这么说，还是发了一条寻狗启事。没有想到很多人立即响应，连续几天他那个微信圈每天爆满。有人说最近他们小区出现了一些流浪狗，其中就有京巴品种，让他亲自去看看。有人还发来很多京巴狗的照片，让他看其中有没有他的京巴。还有人说"已经丢的不好找了，还是向前看吧。我这里有京巴出售，价钱见面后商量。"

看来他的京巴很难回来了。这一天牧兰来看他，身后跟着花花。那天花花并没有吃完就走，而是住在桑杰这里。它好像对牧兰情有独钟，看她不走，它也不走了。

"我看我干脆搬到你这里来住好了。那样你不仅有了老婆，还能得到一条狗。"牧兰说。

"我真的想，我们应该在一起过了。"桑杰说。他们想象一起生活的情景，不仅有他们两人，还有花花。他们在小区散步，花花跟在他们身后……

过了一些日子，牧兰搬到了桑杰这儿，果真花花也跟着她来了，再也不走了。

七

大概过了半个月，桑杰的京巴回来了。它毛色很好，还胖了一些。也许它是被喜欢养狗的人偷走，现在逃回了家。桑杰高兴得咧开嘴笑个不停，牧兰甚至都流下了眼泪。两个人想庆祝一番，做了好几道菜，还开了一瓶葡萄酒。他们坐到餐桌旁，让京巴也过来。京巴跳上了专门为它准备的椅子，一副理所当然的样子。牧兰在京巴前面放了个小碟，不断给它夹菜，它也毫不客气地享用。

牧兰跟桑杰碰了几次杯，突然说："咦，怎么不见花花？"说着就叫起来，"花花，花花……"

没有动静。

两个人走进小卧室看，花花卧在墙角。

"花花，过来。咱们吃饭去……"牧兰说。

花花看了她一眼，没有动弹。

桑杰突然看到花花的眼里好像有泪光，就把它抱了起来。"花花你懂吗？你有了一个新朋友，以后你不会感到孤独了……"他说。

花花不愿意让他抱，挣扎了一下。"我来吧，我抱它。"牧兰说着抱起了花花。花花不挣扎了，但看样子很不情愿。他们回到了餐厅。牧兰在京巴旁边又放了一把椅子，把花花放上去。花花却一下跳到地上，跑到墙角卧下了，不时地用哀怨的眼神扫一下他们。

"别理它，不识抬举的东西。"桑杰说。

"哎，哎，别这么说，我们可能伤了它的心……"牧兰说。

"我们伤了它的心？怎么伤了它？我们从垃圾箱旁边把它带到家里，为它剪毛为它洗澡，好吃好喝让它享受，结果是伤了它？"

牧兰不说话了，沉思良久才说："我们为它改善了生活环境，但也许……在我们眼里它仍然是流浪狗，这是我们对它的基本态度。它感觉到了这一点……"

花花卧在墙角，仍然用哀怨的眼神看看他俩，也看看京巴，后来站起来走到门口，朝门外汪汪叫了几声。

"它想走了。"桑杰伤心地说。

牧兰走过去为它开了门，它悄无声息地走了。

花花再也没有回来。有时候桑杰和牧兰出去散步，走过它原来住的那个垃圾箱旁边，也不见它的踪影。它去了哪里？是不是遇到什么不测？他们想，但谁也不说话。大洋犬也不见了，市政部门动了真格的，对全城巨型犬进行了一次扫荡，大洋犬当然不能幸免。大洋犬的主人也不见了，据说因为陷入经济纠纷，跑了。

　　过了一些天，桑杰、牧兰两个人去城边上的农贸市场，在那里的垃圾场旁边意外地看到了花花。它全身脏兮兮的，毛也很长了，但他们一眼就认出了它。它也看了看他们俩，好像犹豫了一下，接着继续刨它的垃圾。

（原载于《民族文学》2020年第2期）

秋 分

金昌国（朝鲜族）

　　老于和秋分手中握着一杯不冷不热的茶水，坐在沙发上东张西望，不时瞄一眼明天就要做新娘的小祺。小祺里外屋打着招呼，不停地和人说话，敲定细节。两人如同局外人坐在沙发上，多少有些尴尬。老于和秋分从道清煤矿坐了一夜火车，傍晚才赶过来。

　　一路上，秋分双手紧揣着黑皮革兜子，出门前老于出的主意，说这种破旧物件不惹人注意，里面装了五千元礼金。小祺既是新娘，也是今天的主人，号令一道接一道从她口中发出，老于和秋分看呆了，在他们眼中，小祺俨然就是他们矿上家属大队能干的女大队长。小祺生着一张苹果脸，两只眼睛媚而凌厉，像极了年轻时的秋分。秋分的眼角始终盯着小祺，小祺从内屋穿衣镜里看得清楚，她也在盯着秋分。屋子里不停地有人进出，老于和秋分被寻找东西的人折腾得几次抬起屁股。楼下偶尔传来零星的鞭炮响，几个孩子跑上楼来，又匆匆跑下去。

　　老相同庄红回来了，两人得救似的从沙发上站起来。他们是小祺的养父母，秋分长出一口气，眼神朝刚才对他们冷眼相看的人斜了一眼。老相不停地用力在老于肩膀上拍打着，似乎要把松脱的榫头重新拍打进去。庄红闪躲着秋分的目光，朝已经盈满的两只茶杯里续水。小祺穿着租借的婚纱从屋里跑出来，一边撒娇一边嚷着让爸妈看。庄红抬起一只手朝向秋分，似乎要给小祺介绍，又像是要征求秋分意见。

　　秋分凄惶着站起来，说：——大喜日子，一身白是不是素了点儿。秋分讪讪地住了口，显然这不是她想说的话。

　　话说得不合时宜，大家看着小祺，她也不看客人，笑吟吟盯着庄红，说：穿上这婚纱，像不像公主。不等庄红说什么，小祺一手拎起裙子进屋张罗去了。

　　秋分自知说错了话，悻悻地把一只手伸进黑皮革兜子里，摸索了一会儿，掏出装在红包里的礼金。秋分转过脸对庄红说：我和老于理应多拿点儿，可是我们就能拿这么多了。

小祺隔着门在屋里喊：老相、老庄，一会儿你们也试一下明天上台的衣服。

老于、秋分侧身看向窗外。老相说：这孩子，你看我们把她惯的。老相说：年轻人的事，我们也插不上手，走，我带你们到小旅馆去，老于咱们好好喝一壶，离开道清沟子——多少年没喝了。

庄红说：都啥时候了，你就知道喝。

老相站起身，搀起老于说：老哥，走、走、走，让她在家称王称霸，这两天我的任务就是陪好你和嫂子。

道清沟位于两山之间的山坳里，冬日，从各户冒出的煤烟笼在沟膛子里，如同脏了的白纱布晾在上面。老于和老相同在道清矿下井，老相在一次事故中腰受了伤，升到井上看职工澡堂子了。两家隔着两栋房子，赶上老于白班，老于家的大女儿小吉便在傍晚跑去老相家找相叔，老相有一个同小吉一般大的女儿小慧，两人是矿中同学。小吉进屋便钻进小慧的房间，喊喊嚓嚓说着话，并伴着"哧哧"的笑声，过了十几分钟，才跑出来说正事：相叔，你还磨蹭什么呀，我爸等你去喝酒呢。老相把筷子一撂，说：你差一点儿耽误了我的大事。小吉呵呵笑着说：我到你家来还能是什么事，我从会走路就成你们跑腿儿的了。小慧出来说：我爸急坏了，你看饭桌都摆半天了，他都不动筷子。老相戴上狗皮帽子，走出屋子。寒气如同一条野猫窜进屋子，两个女孩跳上火炕。庄红从厨房进来，端起盛着苞米面子粥的铝盆准备到厨房热一下，小慧说：妈，别热了，小吉就爱喝黏糊的粥。老相的大儿子已经吃饱了，见两人吃饭，嚷着还要吃，庄红过来哄他下桌。老相的儿子十八了，生下来便是畸形儿，头大，智力不全。他嘿嘿笑着盯着小吉看，小吉生气地问：看什么看，我又不是仙女。小吉一手拿着饼子，夹着作业本同小慧躲进小屋做作业去了。

整个山坳到了夜间静寂如桶，落过雪的路上响起细碎的脚步声，小祺跑来了。小吉撵她回去，她脱掉鞋爬进炕里，窝在墙角，一副准备大哭一场的架势，小吉只好作罢。两人准备好的悄悄话泡汤了。小祺经常把两人说的话学给大人，包括她们对班上男生的议论。有一回，两人光顾着说话，小祺在两人作业本上涂鸦一气，画得乱七八糟。小吉揪着小祺耳朵出去，庄红跑进来，一巴掌打掉了小吉的手，反手给了自己女儿一撇子，女儿被打得直咧嘴，庄红说：你没看见你姐欺负小祺啊。小祺顺势又跳上炕去。

老相晃晃悠悠回到家时，小祺已经睡熟了。两个女孩说得正起劲，没做完的作业扔在了一边，老相摘下棉帽子，又戴上，背起睡熟的小祺，送小吉两人回家。雪夜，沟膛子里弥散着一股煤烟的硫磺气味，闻惯了这种味道的人，能闻到夹杂着一丝辛辣的甜味儿。一条通往矿区的小路，黑白相间，白的是雪，黑的是没烧净的炉灰。

新年刚过，秋分在关里家的八十四岁老娘去世了。接到电报的当晚，秋分家屋子里聚满了人。有人拿来了鸡蛋，有人拎来老母鸡，老相把庄红拽到了厨房，嘀咕道：又不是生孩子，怎么能送这些东西。两人第二天一早便到矿商店扯了一块哔叽布料，用红布包好，送给了秋分。哔叽布料是稀罕物，庄红几次想做一条裤子，心疼钱没舍得。人过了八十死了，按风俗是喜丧，可以泛红。

老于携秋分带着已参加工作的大儿子和小祺去奔丧，留下小吉照看家。小吉不敢违拗父母的决定，跑到老相家同小慧抱在一起大哭一场。家中得有人烧火，圈里还有猪和五六只母鸡。秋分对小吉说：要紧的是你学习不能耽搁。小吉哭得满脸都是泪，对着小慧说：她什么时候管过我学习，我命这么苦啊，还没出阁就变成养猪婆了。

老相看小吉哭得可怜，跑到老于那儿说情，老于用下巴颏点向秋分。老相便向秋分求情，秋分果决地说：丫头蛋子去那么多顶什么用，一帮外孙狗。老于嘴角嚅动着想争辩几句，秋分吼道：都怨你，让你年前回山东老家，你就舍不得钱，没能最后看娘一眼，这会儿你来大方劲了，多一个人得多大开销。秋分嘴一瘪，又哭起来。老于赶忙劝道：我又没说什么，好，就按你说的让她留下来。

秋分对庄红送如此贵重的礼着实感到意外，庄红过日子仔细。两家谁家做了好吃食就差孩子送一点儿过去，尝个新鲜。秋分包了饺子，每次都用二碗，打发小吉送过去。有一回，老相过来喝酒，他舌头根子发硬，同秋分道：嫂子，你以后再给我们家送饺子，每次要送二十个。秋分纳闷道：我都是用二碗装满，从没查过呢。老相说：庄红给你们家送时，都是二十，而你送过去的总会少那么一两个。老相借着酒劲，脸上汗津津地说道：嫂子，我这是和你和大哥不外道，才这么说，我想让咱们两家一辈子好。

秋分把饺子用笊篱笊上来，一边笑着，一边查出了二十个。叮嘱小吉：你不许偷吃，我可有数。等到下一次老相过来，秋分忽然想起来，开玩笑问道：这回不少了吧。老相苦着脸说：还是少俩。秋分当即吩咐小祺把小吉叫回来，她要当面对质。小吉被秋分愤懑的脸色吓坏了，她开始承认自己在路上偷吃了，秋分拎出鸡毛掸子，小吉立即说了实话。每次她都用一个准备好的塑料口袋装起来两个，进屋后偷偷给小慧吃。因为庄红只让小慧尝一个，余下的都留给了大头儿子。

秋分给大女儿留了十元钱，老于又偷偷塞给她十元。

小吉忽然之间变成有钱人了，一想到自己可以省下钱买一条能压出裤线的涤纶女裤，她偷偷笑起来，激动得身上微微有些战栗。但她马上收住了笑容，这时候不能笑。

通往矿区的小路，小吉独自站在仓房旁送一家人远行，小吉朝他们扬手，意思是让他们放心走吧，她着急回去把父母给她的钱再点上一遍。

天空飘起雪花，小吉在老相家中吃过晚饭，同小慧走在回家的路上。雪花静静飘落，从矿区方向隐约传来锅炉房笨重的轰鸣声音。小吉抓了一把雪，塞进小慧衣领子里，兔子一样跑了出去。暗夜里，空无一人的街道上回荡着两个女孩子嬉闹的声音。回到屋里，小吉用无烟煤泥压上了炉子，开始做作业，等到十点钟，雪开始下大了。后来，据气象部门报告，那一天晚上落雪达三十毫米降水量，有一尺多厚，为近年来罕见的一场大雪。第二日早上，庄红见孩子没过来吃饭，过去敲门，无人应答，门已被雪堵死了。庄红跑回去把下了三班正在睡觉的老相推醒，拉着他跑到老于家踹开了房门，两人惊呆了：小吉仰躺在门口，一只手扯开了内衣，如同雪一样白的脸上露出痛苦的表情。老相冲进里屋，见女儿倒卧砖铺的地上，一条胳膊指向门口。两人煤烟中毒。老相第一个动作就是找尿罐，尿液能解煤烟中毒，只一个瞬间的犹豫，老相先扶起了小吉，嘴里喊着让庄红帮忙，庄红此刻已经颓坐在地上，抖作了一团。尿液顺着小吉的嘴角流淌下来，任老相怎么掰也丝毫撬不开嘴。老相俯下身做人工呼吸，小吉嘴角紧闭，如同在拒绝非礼一般决绝。庄红这会儿极尽绝望号啕着吐出一句：先救咱们女儿啊。老相撂下小吉跑进屋子照此做了一遍，同样无效。老相跑到大街上，堵住了两个上班的小伙子，跑了回来，他背起小吉，让另两个人背起自己女儿，朝矿区医院跑去。

两个女孩在家停放了一个星期，医院已经出具了死亡证明：煤气深度中毒，心力衰竭窒息而亡。

　　老相请老于、秋分同那些亲戚朋友在外边吃了饭，回到小旅馆，老相一只手拎着桔梗、一袋花生米和一只烧鸡，另一只手拎了一瓶东烧锅酒。老相和秋分开玩笑说：老嫂子，我今晚喝多了就在你们房间睡了，不耽误你们什么事吧。秋分回道：你大哥二十年前就不行了，要不怎么也再要一个。老相看着老于说：那你可苦了嫂子了，这么多年。老于喊了一声，不服气道：你听她胡扯，你今晚到外面给我找一个，我现场表演给你看。秋分在后面推了一把老于，他一个趔趄差点儿扑倒在床上。秋分骂道：看给你能的，明天回家就给我交公粮，交不上差看我怎么收拾你。三个人笑起来。老相用牙咬开酒盖，找来茶杯咚咚咚倒了三杯酒，余下的一口，一仰脖倒了下去。老于笑骂道：见了酒不要命，如今酒管够喝了还这德行。老相说：当年，一个矿工一个月就一斤酒票，我老哥俩的面包都换酒喝了。老于喝一口酒，手里捏个花生豆朝嘴里扔着，说：多亏庄红那些医药酒精了，兑了水当酒喝。秋分笑骂道：我说你老胃疼，怎么没疼死你。老于和老相常年的下酒菜是从山东老家寄来的地瓜干，一人握一块干硬的地瓜干，喝得有滋有味儿。秋分偶尔开恩，给两人拌一块豆腐，那就是等于过年了。老相酒有点儿多了，说：我和孩子都说了。秋分在另一张床上说：我们明天就回去，喜日子我们不添乱。老相说：你们敢走，敢走——话没说完打起了呼噜。老于过去把老相搭在床下的一条腿搁到床上，嘴里说：瘦成麻秆儿了。这时候，他听到秋分在被子下面呜咽的声音。

　　老于和秋分从山东被电报追回来，进到院子，秋分腿一软便坐在了地上，她爬着进到房间内。老于粗着嗓门嗷嗷哭着，秋分瘫坐在地上眼睛直直地看着两个女孩，一直就那么看着，任谁也拉不起来，她似乎在等她们睡醒。

　　晚间，老于和秋分来到老相家中，秋分进屋给庄红跪下了。庄红像是被惊了一下，自语道：家里人都好啊。秋分眼泪如同豆腐包里泡好的豆子被人捅了一刀，大颗大颗滚落下来。秋分一向刚强，家中大事主意都由她定夺。秋分是矿家属大队的六级瓦工，一分钟能码十几块砖，在全局比赛大会上，和男人一起码砖，取得过第六名的成绩。秋分跪着不起来，老相见状，也跪了下去，他向秋分叩了一个头，说道：老嫂子，你把孩子交给我，是俺没把孩子照看好，要说有错，是我错在先。庄红在上面傻笑着说：两人叩头互拜，要成夫妻呢。秋分抹了一把泪，说：老相啊，庄红这样了，你家就这么一个健康孩子还因我家走了。秋分从白毛巾包着的包裹里拿出一千元钱，二百斤国营粮票，一百尺布票。这是她和老于给儿子准备下的彩礼。老相哭下脸，说：老嫂子，这成什么了，我不能拿孩子的命换钱啊。秋分说：你不收下我就不起来。老相说：你不把钱收起来我也就这么跪着。

从老相家出来，秋分借道厨房喝水，把钱和粮票塞进碗柜中。夜半时分，老相把钱送了回来。老相和老于抱头痛哭，说：这不是钱能解决的事，别伤了咱两家的情分。

秋分透过窗户一角望着半空中的冷月，脸色冷森森的，老于说：睡吧。秋分倏忽转回身，对着老于说：我决定了，把小祺送给老相两口子。老于惊住了，瞪圆眼珠，说：你敢。

女儿都和爸爸亲，特别是小祺，每晚都钻老于的被窝，让爸爸搂着睡。秋分哭了，说：人家到现在都没说过一个不字，这不是要人命嘛。秋分脸色浮肿，悲伤绝望地同老于乞求道：咱不能这么做人啊，人家那是唯一的女儿啊。老于说：我们也就剩下一个女儿了。秋分看着在炕上已经睡熟的小祺说：就这么定了，你少啰唆。

两家搞了一个仪式，把左右邻居都请来了。庄红人已经整个傻掉了，每日疯疯癫癫嘴里叨咕小慧的名字，不吃不喝。老相说：这都疯了一个，别作孽再疯一个，不行啊。

平日，小祺都跟老于睡，小祺揪着老于胸脯上的小奶子睡。送走的前一天晚上，老于和秋分说：你也和孩子睡一晚上吧。秋分把小祺推给了老于，背过身一个人面朝墙，秋分发黄的白背心露出洞眼，如同睁大的眼睛盯着老于被窝里的小祺，她努力不把身体转过来。小祺问老于：我为什么要去老相叔家去住，是你们不要我了吗？老于脸转向一边，说：傻闺女，哪有父母不要自己孩子的。小祺说：我不去相叔家，傻子哥会欺负我。老于说：你把灯闭了。小祺钻出被窝，拉灭了灯。老于说：你相叔和婶子喜欢你，领家去稀罕稀罕。小祺一只手朝老于脸上摸过来，老于朝后仰着不让她触摸到，他脸上已经淌满了泪水。小祺胳膊耷拉下来，随即发出均匀的呼吸声。

暗夜里，冬日的月亮如一块薄冰沾在窗帘上，秋分那边一点儿动静也没有。

老于克制着自己，努力不哭出声，怕引起秋分心里的悲苦，他尽量忍着。秋分身体动了一下，老于知道她没睡。老于说：你要是后悔，明天我去和老相说。下三班的工人长靴踩踏雪地的声音在冬夜能传出二三里地，咔嚓咔嚓如地窖里的老鼠在啃噬坚硬的萝卜。老于听到了压抑的啜泣声，老于放开小祺，掀开秋分被子，秋分攥住老于一条胳膊，命令道：你上来，我们再生一个。老于怔了怔，说：你糊涂了，你做绝育都两年了。

宝子下三班听说要把妹妹送人，拎了一把菜刀就往外冲，秋分扇了他两个耳光，嘶哑地喊道：你要杀就杀我吧。宝子啊啊叫着，秋分用身体死抵住院门，宝子在院里打着转儿，如同发了疯的野狗，宝子扬起菜刀在自己胳膊上砍了一刀，鲜血溅到了木板障子上。第二日，宝子歇了个班，胳膊上缠着绷带，背着小祺一路哭着和父母一起去往老相家。

小祺趁庄红到矿区买粮跳窗跑了回来。

庄红把小祺关在屋子里。女儿死后，她不上班了。庄红是矿医院的护工，干时间长了，也能凑合着给病人打点滴，帮着拿点儿药什么的。老相和老于喝的酒多数是她从医院拿回的酒精勾兑的。现在，她把这种酒给小祺喝，每当小祺闹着要回家，她就给她灌下去一盅，小祺就会安稳地睡上一天，不哭不闹。庄红拿着购粮卡片，临走，给小祺灌下一盅酒。小祺含在嘴里，躺在炕上，等庄红出门，她从后窗跑了出来。老于下夜班正在家做饭，见小祺回来，连忙把门闩销上。老于进到厨房，把已经熬好的小米楂子粥端了一碗给小祺，他到米缸里摸出两只鸡蛋，由于慌张，一只掉在地上摔碎了，他用手捧了起来，连忙炒熟，老于坐在炕沿，看着小祺一口口吃饭。老于到院子里，把半熟的西红柿摘了几个回来，在案板上切了，拌上白糖，给打着饱嗝的小祺端来。老于在地上转着，在想还有什么东西能拿出来给小祺吃。门外响起来敲门声，是秋分回来吃中饭来了。

小祺站在地上，怯怯地看着秋分。小祺从小怵秋分，她敢和老于撒娇放赖，见了秋分总是不敢大声说话。老于一反常态，站到了两人中间，他一手拿着菜勺，唬下脸看着秋分，俨然一只护犊子的母狼。秋分看上去疲倦极了，在小祺头上抚摸了一下，脱下了沾着泥巴的工装，进到里屋躺在了炕上。小祺叽叽喳喳和老于说话，不停地往嘴里塞着面包和鸡蛋，话密得就像压水井一抽一抽地往外漾。

屋外再一次响起了敲门声，小祺跳上炕把衣服裤子全脱了，拉下被子钻了进去。敲门声骤然变得激烈，秋分从另一间屋子里冲出来，把女儿拎起来，三把两把就把衣服给她套上了，拎着她耳朵来到屋外。门外，老相声音很小地问道：小祺不见了，是回家来了吗？秋分把小祺交到老相手中，身后传来砰砰摔东西的声音。

屋地上一片狼藉，小祺吃饭的桌子被掀翻了，老于抱着脑袋坐在炕沿上。秋分蹲下身收拾摔碎的盘碗，老于哽着嗓子哭道：你怎么那么狠啊，小祺不是你亲女儿啊。秋分把拾起的碎碗再一次摔到了地上，吼道：既然把女儿给了人家，就得讲信誉，邻居们都看着呢。眼泪从秋分脸上大颗大颗掉落，她幅度夸张地抹了一把，说：人家没说一个不字，你他妈还是不是爷们儿，娘儿们唧唧的。

庄红唤小祺小慧，小祺愣怔地看着庄红。小慧是逝去女儿的乳名。小祺说：我叫小祺呀，不叫小慧。庄红说：你胡说，你叫了十几年小慧，跑出去一趟就改名了呢。小祺固执地扬着小脑袋说：我就叫小祺，你又不是不知道。她扭头朝炕上的大头人说：大头哥，我叫什么。他咧了一下嘴，嘿嘿笑道：小——祺，庄红扬手给了大头人一个嘴巴，转过脸对小祺说道：你什么时候答应叫小慧，什么时候给你饭吃。

庄红精神时好时坏，做饭、洗衣服、上街，都和正常人一样，可是一人独对小祺就会走火入魔。她按小慧的发辫，给小祺梳头，一个五六岁的小女孩，梳着十五六岁少女的长辫子，看着就像舞台上的小丑。她把小慧的衣服套在小祺身上，如同披了一件大袍。老于偶尔会瞒着秋分往老相家跑一趟，小祺坐在炕上，手里攥着水果糖，嘴里含着一块，见到老于，小眼睛里盈着泪水，她不敢提回家的事。

老于从庄红家出来，老相出来送他。两个男人各自点燃一支烟，站在雪地里沉默着抽烟。头顶，烟尘逐渐散去的夜空露出冷星眨着眼。老相长叹一口气，说：都是当父母的，我知道你心里不好受，可是，既然到了这一步，以后就别来了，咱都是为孩子好。老于狠吸了两口烟，烟火如兽眼在暗夜一闪一闪。老于把烟蒂扔到地上，踩灭，说：好。

婚礼主持建议，小祺的两对父母同时上台，年轻的婚礼主持眼睛溢出兴奋的光彩，说：这将是一个动人的故事。小祺当即给撑了回去：你电视看多了脑子进水了吧，我老公单亲，就一母亲，我这边上去四个，起哄啊。老相出来圆场说：我觉得挺好，我正为这事犯愁呢，他们怎么说毕竟生你一回。小祺睁大眼睛说：老相同志，你结婚我结婚啊。老相嘿嘿笑着说：我倒是想再结一回，你妈不让。庄红在一边说：你看你都老成啥样了。小祺不耐烦地说：你们俩别在这儿添乱了，我够烦的了，我所有同学、朋友都以为我是你们亲生女儿，你们尊重点儿我隐私好不好。庄红朝外撵老相说：听女儿的，你去和秋分他们说一下，不差这一回了。老相说：你怎么一点儿原则也没有，今早不是你提的这茬口吗。庄红在那里使眼色，老相只顾说，根本不看她。在对待女儿的态度上，两人来了一个一百八十度大转弯，小祺参加工作前，都是老相护着她，庄红严厉，现在变了，遇事老相出面同小祺掰扯，庄红无原则地站在女儿一边。

老相托大舅子在县人参加工厂寻了一份打更的活儿，工资比矿上差不多少了一半。但为了小祺，他同庄红决然离开了矿区。所有家什装在一辆马车上。车行至那扇熟悉的木板门前，小祺忽然从车上跳下来，落地时朝后摔倒，她迅即爬起，如脱逃的兔子一般朝家中跑去。车老板喝住牲口，小祺已经进了家门。一会儿工夫，秋分拖着小祺从大门出来了，小祺朝地上坠着，号啕大哭，嘴里哭号着：妈我再也不淘气了，你别不要我啊，我再也不馋嘴了。秋分男人一样黧黑的脸上，被泪水和流出的鼻涕弄得面目皆非，她也顾不得擦，腾空拎着小祺，在屁股上打了几巴掌，清早的街巷中，回荡着浊闷的回声。

秋分把孩子交到老相手中，庄红紧张地从车上探起身，秋分在脸上胡乱抹了几下，回身朝着自家大门走去，她脚步踉跄地走着，一边痛苦地自语道：小吉你为什么要死啊，你让我死了多好啊。

老相的大头儿子重度脑积水，造成梗阻死了。老相过来传庄红的话，要给两个孩子结阴亲。秋分说：小吉和小慧从小就在一起，又是一起走的，还是让她俩做伴吧。

晚间，老相拿过来了一百尺布票，二百元现金，正值老于下班回家，老于把钱和布票摔到了炕沿上：你把我们两口子当什么了，你们家发生那么大的事，没要我们一分钱，你这分明是在羞辱我们。老相把散落的钱票收拾起来，嗫嚅着说：我这不也是没办法了嘛。老于转过脸看秋分，意思十分明显：要不咱们答应了吧。秋分面无表情地看着墙上一张往年的年画。老于同老相使眼色，让他先回去。

庄红出现在了院子里。秋分记忆中，庄红极少到他们家来，倒是秋分没事了总往庄红家跑。出事之前，两家主要是男人同孩子们走得近。每年，家家都要掏炕洞，秋分不待老相吱声，便到他家后墙，打开一个洞，把炕灰扒出来。那些补墙攒瓦的活计，秋分行家里手。两个男人在房下面当小工，老相说：看看嫂子干活的利索劲，咱两个大男人都把家伙结扎了吧。

老相洗了手要到街里买些酒菜，老于拉住他说：干点儿活买什么菜呢，晚上还是去我家喝酒。秋分回家洗了脸，趁老相还没过来，发牢骚说：可真实在，那个庄红我说不吃她真就不做了。老于在厨房里忙着说：他家有个病孩子，平时都拱不拢嘴，哪有闲钱请吃饭。秋分说：就你大方，就你有钱。老相进院子里，秋分拿起瓢在缸里舀了一瓢豆子，出去换豆腐去了。

庄红走进屋子，双腿往下弯，老于还没明白过来，秋分已经把她拽了起来。庄红嘤嘤哭着说：可怜我那大头儿子吧，咱都是当妈的。秋分陪着抹眼泪，并不言语。庄红瞬间止住了哭泣，清了一下嗓音，说：我和老相在家商量了，你们只要答应了这门亲事，我们就是一辈子的亲家，还有，庄红停顿几秒钟，说：我们把小祺送还你们。老于从炕上站起来，扯了扯秋分衣袖，焦急地说：你倒是说话啊。秋分一把把擦着脸上的泪水，桌子上的马蹄表喀喀喀发出老鼠啃噬的声音。秋分说：庄红，对你来说是大事，对我来说也是大事，容我想想。

晚上，老于特意炒了两个菜，烫了一壶酒，给秋分也倒上了一杯，老于想制造一个好的气氛，同秋分谈小祺的事。不等老于开口，秋分拿起酒杯，一口喝了下去，说：你最好闭嘴，作孽啊，小吉活着没活好，我当妈的不能让女儿在地下活得窝囊。老于愤愤地说：你能不能开点儿窍，用死人换活人。秋分腾地站了起来：活人死人都是我女儿，我不拿死了的女儿做生意，你们就死了这条心吧。

老相回到小旅馆，发现房间里空了。老相给老于打手机，对方无人接听。

老于的儿子跑长途贩运开大货车，一年四季在路上。小祺从上小学到中学，宝子每次去县城，都偷着跑去看她。宝子回到家中，描述小祺的一笑一颦给父母。小祺读高中，一次正赶上放学，宝子躲在暗处看着妹妹从校园出来，一男生过来拉小祺，同她纠缠。宝子冲出去三拳两脚把男孩子打倒在地，宝子气喘吁吁地对愣在一旁的小祺说：我最恨男生欺负女生。小祺已有十年没见过宝子了，根本没认出来。宝子英雄救美一样呵呵笑着看着小祺，小祺已长成少女漂亮模样，重重的眉毛如优质煤一样乌黑发光，一看就是老于家的人。之前，他都是站在远处眺望，第一次近距离看妹妹，他只顾着笑了。小祺愠怒地盯着宝子，说：你浑蛋。小祺走过去把男孩扶了起来。小祺扶着男孩子，走出去一段距离，忽然回过头看着宝子，这个男人她似乎在哪儿见过，她想起来，有几次放学男人站在人群中似乎在等什么人，眼睛不停地在她身上睃来睃去。小祺朝他笑了一下。

小祺带男孩偷偷去过一次道清沟。矿区的破败出乎小祺预料，水泥路被过往汽车震落的煤渣和泥土遮盖，整个矿区几乎见不到年轻人。道清矿破产，年轻人都出外打工去了。道清沟土路泥泞不堪，她和男孩的鞋踩进泥坑里，已经看不出颜色。近中午，小祺找到了她记忆中的家，周围已经没几户人家了，她站在街道上，远眺那两间水泥瓦房，房子变小了，房顶的红瓦经岁月侵蚀变成了暗褐色。一个身体结实的中年妇人从屋子里走出来，来到门前的菜园子中。小祺心脏一阵狂跳，院子里种有几垄葱和一畦菠菜，中年妇人蹲下身子拔地里的菜，小祺眼睛模糊了，泪水倏地就流了下来，她认出这个穿着一件洗黄了的汗衫的中年女人就是母亲秋分。男孩惊异地看着她，问：你怎么了？她慌乱地拉起男孩跑了起来，一边奔跑一边擦着汩汩而下的眼泪。

改革开放初期，庄红凭借在医院做过护工的底子，托人开起了私人诊所，小祺那会儿穿最时髦的衣服，自己拥有了一台日本松下双卡录音机，每日被同学们簇拥着听邓丽君歌曲。

如今小祺回忆起来，她都无法找出当时拉着男孩逃掉的理由，是她不敢面对多年不见的生母吗，还是怕这一切如被庄红知道她会失去眼前优裕的生活，抑或内心还有着怨恨。晚上，庄红看着她满是煤泥的鞋帮，问她干吗去了，小祺嗫嚅半天，说和同学出去玩了。庄红把鞋刷了，冷冷地说：我知道你回道清了。小祺想狡辩，庄红说：你不要解释了，你鞋上的嘎玻璃煤泥只有道清矿生产。小祺哭了。庄红叹了一口气说：这是早晚的事，女儿大了，该回去找母亲了。小祺光脚跑过去抱住庄红，说：我只有你一个母亲，我不会让任何人当我母亲。小祺痛苦地摇着头，失声痛哭。

老于和秋分去了县医院。早晨，儿媳把电话打进老于的老人机里。老于的手机，基本就是个摆设，一星期难得响一回，一个月十四元的包机费，到月底资费用不上一半儿。儿媳告诉老于：宝子出车祸了，在医院抢救呢，你们跑哪儿去了。老于头一下大了，问：你快说，在哪个医院啊？儿媳不耐烦地说：还能在哪个医院，在县医院呗。

前一天晚上，老于和宝子还通了电话，宝子说争取赶回来参加小祺的婚礼。秋分抢过电话叮嘱说：赶回来更好，赶不回来也别着急，礼钱我们替你垫上。

老相不停地给老于打电话，开始是忙音，后来老于把电话挂了，连续挂掉了几次，老于把手机给关了。宝子伤情严重，从山东寿光贩运蔬菜，两个司机轮流开车，本来他们应在中间路边店歇息一晚，宝子着急回来，疲劳驾驶，车冲下了护栏。

秋分听到宝子出车祸，慌得床都下不来了。老于扶着秋分从小旅馆里出来，秋分哆嗦着说：我克孩子啊，我怎么不死了呢。老于说：你胡说什么呢，咱家宝子没事，老天也不能把倒霉事都可咱一家来吧。宝子从抢救室转到重症室。秋分坐在走廊塑料长椅上，抱着孙子坐了一天一夜。医护人员进出重症室开门的瞬间，秋分远远地能看到插满管子的儿子。老于心疼秋分，让她把孩子放到室内病床上，眯瞪一会儿。秋分眼睛里闪过母兽一样的凶光，紧紧抱住孩子，如同孩子离开她就会被人抢走。

宝子出车祸后的第一个秋天。秋分给老于打电话，说：老相来了。老于在电话里声音听上去有些兴奋，说：这老东西终于来了。临了，又说了一句：他是怎么知道的。

宝子现今住在城郊接合部一处五十平米的取暖楼里。道清沟位于塌陷区，老相和老于两套房子置换了一套取暖楼。老相搬家后宝子一直住在老房子里。老于在矿区北山买了两间砖瓦房，老两口在前后院子里种菜、养鸡，除去冬日，一年四季给儿子一家三口提供绿色蔬菜。

老于和秋分昼夜轮换住在儿子家，白天，秋分给儿子做饭，接送孙子上下学，晚上老于到儿子家一起吃晚饭，然后照看儿孙两人。儿媳离婚走了。

老相扶着宝子从卫生间出来，见老于进来，没理他。老于说：你怎么来了。老相哼了一声，说：这房子有我一半，我为什么不能来。老于嘿嘿笑着说：来提前也不打个电话。老相说：你尽说屁话，我打电话，你倒是接啊。宝子是赶婚礼才出的车祸，老于不想告诉老相这件事。

宝子脊椎下三节粉碎性骨折，造成下肢瘫痪。秋分想把儿子接到山里房子侍候，但考虑孙子读书方便，留在了取暖楼里。宝子打算待身体恢复一些，添钱置换个一楼的房子，开家超市，他可以坐着收钱，公司赔付了十几万元赔偿金。老相来的时候，宝子正在一个人泡方便面，床上放着一根火腿肠，一棵大葱。

老相带来小祺的一套婚纱摄影，一包喜糖和瓜子。老相揶揄道：瓜子都哈喇了，老于你凑合着吃吧。老相从包里掏出郭家烧鸡、熏干豆腐、盐爆花生米，各色朝鲜族小咸菜，他还带来了一桶散白酒。老相同秋分说：嫂子，你弄几副碗筷来，俺爷三个喝一杯，这散白酒，我特意让姑爷拉着我去燕叽堡子装回来的，几十块钱一斤呢。

秋分几近贪婪地翻着小祺的新婚相册，答应着，手还在翻着相册。老相说：明天姑爷开车过来。秋分怔住了，如同在寂静的院子突然被一声呐喊唬住了似的，慌在了那里。她抬起头不相信似的看着老相，含糊答应着：好啊，好啊。她没敢问小祺是否同来，无声地站起来，到厨房搬桌子去了。

秋分端来冰箱里的剩菜和冷饭。老相说：嫂子，你怎么了，我是让你拿碗和筷子，你把冷饭端上来干什么。秋分木木地说：你们先喝着，我回家去准备些吃喝，把鸡杀了。老相说：哎呀，他们明天才能到呢，着什么急嘛。

秋分兀自站在屋子中央，抻了一下衣角，习惯性地往上将了将头发，好像他们此刻就站在门外。

（原载于《民族文学》2020 年第 4 期）

傍晚的告别

光　盘（瑶族）

　　早晨，伴着百鸟叫声，养鸟人冲洗鸟笼和院子里的鸟粪。空气凉爽温润，这是三伏之后第一个清晨。巫师推开半掩的门走入养鸟人的院子。养鸟人不认为巫师是来买鸟的，因而继续干他的活。巫师抬头看挂在树枝之间铁线上的鸟笼，用口哨逗鸟唱歌，他甚至还折断一根细树枝撩拨那只蛇头形画眉的屁股。养鸟人走过来对巫师说："它价值985，你给我985元可以马上提走，包括这只漂亮的鸟笼。"巫师反问养鸟人："为什么是985？""我前不久将儿子送进了一所985大学。的确，卖亏了。但谁让我儿子考上了985呢？这是高兴价。"

　　"我不买鸟。我是个巫师。"那人说。

　　"你好，巫师。"养鸟人说，"我见过巫师用鸟当法器。"

　　"我不用。鸟当法器的巫师修炼都不到家。"巫师说，"我从你家门口经过，无意中看到院子上空有不祥气团，特意进来告诉你，并帮你排除。"

　　养鸟人举头看天，说："天空明朗，万里无云，什么气团都没有。"

　　"我在心里掐算了一下，你的鸟将在两个月后的第一天全部死掉，死于一场莫名的瘟疫。"巫师说。

　　"不会。你不见我天天打扫卫生，消毒杀菌吗？"卖鸟人从一个角落拿来消毒剂喷洒起来。

　　巫师摇头，他从布袋子里取出一包中药，说："只有我的药才能救你家鸟的性命。熬水，给鸟服用，就能够成功阻击瘟疫的侵入。"

　　养鸟人把巫师赶出院子，巫师站在门外，继续说："或者用我天下第一的法术救你家鸟们的性命。"

　　九点，养鸟人按时来到市场摆摊，这里有他固定的摊位。但他不常来。在沱巴山区，养鸟人名气很大，顾客不需要到市场找他。他大部分交易是在自家院子里完成的。他养鸟，也买鸟，收鸟是为了卖。那些供儿童玩耍的小小鸟，他能人工孵化，他也曾试图孵化名贵鸟，一二十年过去了，总是失败。养鸟人的三轮车里装着五只鸟笼，一共七只鸟。踩三轮去市场的路上，他摇着铃铛。他发现，到市场做生意的沱巴镇人好些都摇铃铛了。巫师守在他的摊点上，好些人围着巫师，巫师正在给大家讲述一些神秘的事件。旁边有个熟人告诉养鸟人，巫师在沱巴山区很有名，名气不比养鸟人小。养鸟人想了想，服了气，界别不同，影响力自然有限。养鸟人不迷信，因此从不涉及巫术界。养鸟人将一只鸟笼挂上，然后在前后左右分别搁上一只鸟笼，用足自己的地盘。他不来市场摆摊时，时常过来检查地盘，不容许任何人侵占。地盘是他花了租金的，每月按时交给市场管理部。市场里有些闲人，他们不养鸟，爱逗鸟。养鸟人不发话，他们逗不出鸟的歌声。想听鸟动听的歌声，得讨好养鸟人。

听巫师传经讲学的人们忽视了养鸟人的存在，他们向巫师提出许多心里的困惑请求解答。巫师不完全回答，保留核心部分，如果想得到正确解惑，必须跟巫师去一个安静的地方付钱听答案。养鸟人给鸟发出指令，他引唱之后，七只鸟轮番上阵独唱，接着二重唱三重唱或大合唱。市场里的人好久没听到如此好听的歌声，他们有人舍弃巫师到鸟摊来。不久，闲人们都跟风过来了。巫师独自在那里站立一会儿，也跟过来。巫师打断人们对鸟的赞美声说："这七只鸟只能活两个月。因为一场灾难的预兆已经到达他家院子上空，那团只有我能看见的气体明示我：鸟两个月后首日亡。"

"为什么？"人们追问巫师。

"老天的意志，没有人可以改变。"巫师说。

人们不再说话，目光在养鸟人和巫师身上来回移动。养鸟人说："今天早上巫师已经被我赶出了院子。他一派胡言。"

巫师离开后，好心人劝养鸟人不要轻易否定巫师预言，"巫师就是老天派来的代言人"。世界上一切事物都处在作用力与反作用力之中，当一方力量超出，平衡就被打破，事故或者灾难就发生了。对于养鸟人即将面临的灾祸，巫师一定有消解能力。好心人希望养鸟人追上巫师，寻求解救之法。

市场里因为巫师离开，而变得有秩序，生意人回到各自摊点，为本地人以及外来游客供应物资。有经验的近邻游客，都会抽出一点时间逛沱巴市场，买这里出产的猪肉、蔬菜，以及各种山货。下午三点，来自桂林的徐先生逛到养鸟人摊点，看中了他的鸟。养鸟人出价985元，一分不少，也不加价。理由如前所述。

徐先生家有个侄儿今年也高考了，但没考上985，还差那么五六分。徐先生羡慕养鸟人，培养出一个能干的儿子。徐先生所有马屁话都没能将价格打压下来。徐先生也干买卖鸟的生意，但只是玩票。徐先生曾经在白宝山区买回一只鹦鹉，卖了一年才卖掉，而且是原价。这只鹦鹉一年之内花费了他不小费用。但是爱鸟人不这么看：你也不想想，一年内，你从鹦鹉身上赚到了多少乐趣！徐先生自认无鸟运缺鸟财，跟他一起在白宝买鹦鹉的唐先生在一个月内就卖掉了两只鸟，赚了一大笔。徐先生算了一下，花985买回，到了桂林鸟市，基本没赚头。但是，明年，他儿子和另一个外甥女就要高考了，花985或许就是明年考上985大学的好兆头。买回的鸟，他不准备卖，在家养着，以两个985的价格培育出两个985大学生。养鸟人喜欢徐先生的设计，两只鸟笼就以八折的价格卖给了徐先生。养鸟人有好鸟，也有好鸟笼，这在沱巴山区鸟界以及关注鸟界的人都知道。养鸟人在他摊点显眼处留着姓名和联系电话，来逛鸟市的外地人看到电话一般会联系养鸟人。谁家有好鸟，外乡买鸟人基本会做些功课。养鸟人在离开时，给铁皮制作的名片添上新油漆，他看姓名前面还有空地，就加上了字号略小的"著名养鸟人"。旁边人说："你早该加上了，不能太低调。你说的是实话，没吹牛，不会有人讽刺你。"

　　卖掉两只鸟，养鸟人想补充两只，他习惯将鸟的拥有量保持在一个合理的数字。沱巴山区鸟的品种多，数量多，源于良好的自然生态。但捕鸟人少，碰上能贩卖的好鸟并不是件容易的事。清晨养鸟人在院子里清洁卫生，有个身影从大铁门外经过。过去了的身影几秒钟后返回，反复在铁门外出现。卖鸟人放下手头软水管，朝铁门喊："你是谁？放个慢镜头让我把你看个真切。"身影定格在铁门前。此人手里拿着两只画眉，蛤蟆头形画眉，牢固的两根细线一头系住他的手，一头分别系牢画眉的脚。在他从村里往镇上走时，两只画眉慢慢地随他的脚步飞着，它们想用最大的力气来逃跑，可恨被绳索套牢。养鸟人示意卖鸟人进院子。卖鸟人不进来。养鸟人似乎想起了对方是谁，养鸟人曾经买过他几回鸟。

　　"为什么不进来？我欢迎你呀，很欢迎。"养鸟人伸出手拉扯卖鸟人的衣服，卖鸟人往后躲，身着的那件接近腐朽的衣服差点儿被撕烂。

　　"你家鸟要发生瘟疫，院子上空有'鸟两个月后首日亡'的字样。"卖鸟人说。

　　"听那个巫师说的？"

　　"都在说。"

"就算是，这跟我们的交易有什么关系呢？"

"有。我不能把鸟卖给你去赴死。"

"对它们有感情，不如自己养着。"

"但我想换成钱，又想让鸟长命百岁。"

"别听那个巫师的鬼话。你看到我家院子上空的字了吗？"

"我看不到，因为我不是巫师。"

说话间，铁门外聚集了十几个人，他们举头看养鸟人院子的上空，相互打听看到气团以及上面的文字没有。开始没人回答，后来有个人承认他什么也没看到，更多人也就承认自己的凡眼。但是有一个人说看到了，他告诉人们，那个气团淡淡的，字迹也若隐若现。这个人今年三十八岁，据说正在学习巫术。他的师父跟昨天那个巫师誓不两立，这在沱巴山区许多人都知道。养鸟人的老婆从屋子里走出来，她手上拿着七只冲天炮，等距离搁在地上。在人们没有注意的时候，她点燃一只冲天炮。一声巨响后，火团似的冲天炮直插云霄，地上弥漫开烟雾。门外的人走进院子。接着，养鸟人老婆按顺序点燃剩下的六只冲天炮。冲天炮炸响了整个沱巴镇。给人送葬，沱巴人放排炮，一组七响，一次放三组。养鸟人老婆的冲天炮响度跟排炮不相上下，附近的人循声音望过来，猜想镇上可能有某个老人故去了。可三分钟过去，没响第二组，他们脑子就乱了。

七只冲天炮映红了天空，给院子带来浓重的烟雾。现在，所有人都看到了院子上空的气团。"还有不祥的气团吗？还有不祥的字吗？"养鸟人老婆问大家。院子里的烟雾四下散开的同时升上天空，给人们观察气团带来困难。"我的冲天炮将不祥气团打得落花流水！"养鸟人的老婆说。那个正在学习巫术的人冷笑说："硝烟只是暂时包裹了不祥气团，并没有彻底打散。"

卖鸟人在人们散去之后仍然待在院子里，他脸上的阴云没有散去。"你是最好的买鸟人选，可是……"卖鸟人伤感地对养鸟人说。

"不要相信巫师的鬼话，不要相信那个三十八岁初学者的鬼话。把鸟卖给我吧。"养鸟人说。卖鸟人系着的两只鸟时不时展开翅膀飞翔，又受限地退回到卖鸟人手上。这两只鸟与院子里的鸟用鸟语交流，相互采访了解对方状况。

院子里的烟雾终于散尽，院子以及上空又恢复了明净透亮。卖鸟人流着眼泪一步一回头地离开了院子。巫师正站在铁门外。巫师用低沉的声音说："你的画眉感染了不祥之气，你不该进入他的院子，哪怕只在围墙外都是安全的。"

"既然感染了，我就卖给他吧，天意难违。"卖鸟人说。

"我可以化解你鸟的灾难。能化解，为什么要卖给他呢？卖给他，你的鸟只有两个月的寿命，你不心痛吗？"巫师说。

"心痛。"

"那我帮你解灾吧。优惠，特别优惠。"

巫师开出的费用，卖鸟人接受不了。他的鸟还没卖出，就要先付意外的解灾费，他不能接受。巫师提出一个解决方案：解灾费先欠着，待鸟卖出后再付。卖鸟人答应了。巫师当场做法给鸟解灾。"成本增加了，我的鸟必须提价。"卖鸟人自言自语地离开。巫师站在门外向养鸟人招手，养鸟人说："你想进来就进来，虽然你不受欢迎，但是我还是允许你进院子里来享受清凉和百鸟的歌声。"巫师进来后，说的还是昨天那一套。"必须服药才能阻止鸟瘟，不能再拖。"巫师将布包里的那包药又拿了出来，"能熬一大锅水，供鸟们服用三天。三天一个疗程，十个疗程后，百瘟不侵。"

"多少钱？"养鸟人问。巫师说出价格后，养鸟人没有还价，他掏钱买下。"家有煤油吗？"养鸟人问老婆。老婆回答说有，然后取来煤油。养鸟人将煤油浇在药包上，点上火，烧掉。巫师又拿出一包来，说："野火烧不尽，春风吹又生。""你自己离开还是我用扫把扫，你做好选择。"养鸟人把竹扫把扛在肩上。巫师向外走去，出了院子后停下脚步，面对养鸟人的院子做法。

"让他放屁吧，他的臭屁只能熏着他自己。"养鸟人对老婆说，他不怕巫师放蛊使坏。巫师并没有诅咒养鸟人，他在用法术帮助驱赶瘟疫。巫师说："你买了我的药，我免费送你一场法术。但法术一次不够，瘟疫仍然会发生。"

卖鸟人没有卖掉他的两只鸟，顾客都听说了他的鸟感染瘟疫的传言。他以巫师已解灾说服顾客也没用。不管鸟的瘟灾是否被驱走，他们都不能冒险，不可买回一只问题鸟。他一脸沮丧地回到养鸟人的院子前，太阳快要落山了，他再不离开，走回村里就要伴随更多的夜色。养鸟人一刻也没有歇息，他围着鸟们忙碌不停。他听到卖鸟人痛苦的呐喊，然后出来劝他快回家。如果愿意出售手中的鸟，现在还来得及。卖鸟人坐在路边一块石头上，向路人哭诉。两只鸟四下飞着，去哪儿都行，就是不想在这里待。路人劝卖鸟人赶快出手，鸟卖出去，鸟就不是自己的了，只有钱才是自己的；鸟的命运如何，不必再管。卖鸟人抽泣说："不是你的鸟，说话当然不腰疼。"

"那就自己养着啊。"

"可是我需要钱，我要凑钱买一只母猪崽。"卖鸟人说。

"你快走吧，我们沱巴镇不欢迎你这种思维混乱的人。"有人生气了，把卖鸟人拉起来，往镇子外推。

镇上还有两个专业养鸟人，他俩无论是在数量上还是养鸟技术上，都不如前面提到的这个著名养鸟人。他们向巫师打听自家鸟的命运如何。巫师告诉他俩："暂时是安全的。将来如何，还不知道。""真有那么一天，大师你要帮我。"这两个养鸟人请求巫师说。巫师完全答应下来，他还趁机批判了那个著名养鸟人。养一两只鸟丰富业余生活的市民也来向巫师咨询，巫师说单养的没事，不远的将来也没事。全镇就著名养鸟人家里的鸟有事，人们既不能理解又似乎也可以理解。

养鸟人家独家瘟疫即将到来，消息传出了沱巴镇。徐先生犹豫三天，开了两次家庭会议，决定把鸟退回来。985的兆头好是好，但是受鸟瘟感染的985，可能专科都不如。综合多次考试成绩推测，徐先生儿子和外甥女成绩在211至985间，发挥好就是985，发挥失常就在211。家庭会议最终达成共识：退鸟。

养鸟人用好茶招待了徐先生。他们坐在院子里，享受凉爽的清风和明净的天空。徐先生向养鸟人介绍这几天两只画眉在他家的表现。徐先生的鸟在滨江路一出现，立即成为明星。有个多年的鸟王不服，提着鸟来寻架，结果，不出两个回合就铩羽而归。鸟王愿以两个985买下徐先生的这只鸟。徐先生自然不干，这次他不是为了挣钱而买的鸟。第二天鸟王带来一只自认为必胜的鸟来挑战，徐先生不应战，如何挑衅都不上当。他养鸟的目的很清楚，奔的就是儿子考上985。另一只鸟由妹夫养着，妹夫遛鸟不搭理任何人，时刻当好鸟的守护神。徐先生不去滨江路了，他去中心花园，那里遛鸟人少，他提着鸟笼散步时，没人关注他。后来他将鸟笼挂在树上，它长长的一嗓子吸引来许多人。他们围着鸟发出一阵阵赞美声。"鸟从哪儿来？"一位面相和善的老人问徐先生。"它来自远处的沱巴，它是985！"老人赞同："985，绝对的985！"徐先生暗自得意之时，却传来鸟感染瘟疫的消息。

回到熟悉的环境，徐先生的两只鸟积极唱歌。养鸟人仔细观察离开多日的这两只鸟，发现没有什么异常，还跟在他家时一样。徐先生是用心来养鸟的。现在徐先生执意要退鸟，养鸟人也不强求，他问徐先生："那你家孩子的985怎么办？"徐先生叹着气说只能想别的办法。关于吉祥物，世上有许多，价格985元的也不难选择。但是刻意与投缘是两种不同的际遇。徐先生想到还有两个月养鸟人的鸟就全部死亡，心里难过。"你抓紧时间处理鸟吧，把鸟卖到远方去，卖给不知情的顾客。"徐先生说。

"为什么要那么做？"

"不那么做可以，你就听巫师的。"

"我既不处理鸟，也不会听巫师的鬼话。"养鸟人说。

退回的鸟又回到院子里，跟同伴生活在一起。养鸟人有一种踏实的快感。背着太极图案布包的巫师又来到养鸟人家的大铁门前。巫师的装扮四不像，不像和尚道士，更不像沱巴山区的农民。巫师出身是正宗的沱巴农民，但他自从高中毕业后就在社会上混，终于从一个高考落榜生混成了名气很大的巫师。巫师的本领在于巧舌如簧，善于察言观色随机应变。巫师成功地欺骗了许多智商比他低和比他高的人，赢得越来越高的声誉。巫师常握一把破竹扇，行走在街上的时候一边摇着铃铛一边扇扇子，吸引别人的注意。他的足迹踏遍整个沱巴山区，设立了三个施法分院。有时候，乡村医生都没有他的人气高。

巫师没征得养鸟人同意就跨入了院子，他是做着法事情不自禁地进入的。进来后，他嘴巴发出的声音变大，隔壁的鸡鸭都能听见。巫师又说又跳，手中扇子乱舞，最后从腰间抽出一把利剑砍杀。那把木头做的利剑柔软无力，听不到砍杀空气的声音。法术的结尾是他的木头利剑刺向墙角那棵盆栽。利剑轻飘飘的，像细长的纸片，疲软地落在花盆旁。

"鸟瘟强大，一次是不能杀死的。"巫师说，"你看，它爬起来逃跑了。"

养鸟人给他递上茶，说："辛苦了。你不觉得很可笑吗？"

"两个月后，你的鸟将一夜之间死光，损失惨重。"巫师说，"如果不听我的话的话。"

"我很想知道，你当初为什么选择学巫术？"养鸟人问。

"天意，老天的意愿不可违。天予不取，反受其灾。"巫师说。"刚才我的这场法事，五百元，九折后优惠价。"巫师伸出手讨钱。养鸟人的巴掌打在巫师手掌上，说："来，拿着，五百。"

"你是沱巴山区第一个公开侮辱巫师的人，必受老天惩罚。"巫师说，"必须给钱。"

"我可以给钱，但我给你钱，是对你这个无品行巫师最大的讽刺。"养鸟人掏出五百元钱递给他。巫师说："这就对了。有我，你家鸟就是安全的。你家财产也是安全的。"

隔了两天，巫师又来了。他继续推销预防鸟瘟的中药和做法事。养鸟人把他赶到大院外，巫师赖在那里不走，过路人停下来，围观这场偶遇的好戏。巫师开始做法，他驱鸟瘟的舞蹈与平时不同，围观的路人几乎没见过。养鸟人朝铁栅栏大门外看了看，也发现巫师今天跳的跟前两天不一样。"巫师的驱鸟瘟舞随性，现编的，垃圾一堆。"养鸟人对老婆说。巫师花十五分钟做完这场法事，围观的人集体举头看院子上空。

"我没看到气团，也没看到字。"一个人说。

"我看到了字，没看到气团。"另一个人说。

"你是幻觉。"多个人批评他，"气团都没有，哪来字？石头上能长庄稼吗？"

巫师手指上空，为大伙讲解气团所在的位置，还有显示鸟死亡时间的文字。人们在巫师比划的手势中寻找气团和文字，他们似乎看到了。后来，每当有人经过养鸟人的家，都会不由自主地抬头看天空，如果能看到气团和文字，免不了大声惊叫。养鸟人回应说："别傻了，那是你用心写在天空上的。"

巫师向养鸟人要钱，他的声音穿过栅栏强行进入院子。养鸟人不答应，他没有叫巫师做法，巫师强买强卖。巫师叫围观的人评理。一些人站在巫师一边，他们批评养鸟人没有道德，不给付出劳动的人报酬，是对劳动者极大的不尊重。就算是巫师主动，也是为了养鸟人好，不能麻木不仁，恩将仇报。围观者七嘴八舌地帮巫师说话，说得养鸟人理亏。养鸟人说："多少钱，我付，我怕了你行吗？"拿到钱，巫师流下感慨的眼泪。一些人簇拥着巫师离开，这些人对更多的人说，著名养鸟人要赖，巫师差点儿拿不到报酬。"著名养鸟人不是那样的人。"街上也有一些人这么回复。

沱巴人热切等待巫师的预言，养鸟人的鸟死亡那天，他们准备去现场观看，看看那场鸟瘟如何来到并且发作。巫师告诉大家，时间一天天逼近，天空不祥气团上的文字变成倒计时状态了。除了想象力丰富，容易产生幻觉的人，都看不到气团和文字，他们迫切想知道气团和文字是什么字体什么颜色。

巫师正如养鸟人预想的那样，又来到了。这才不到半个月。他一身算卦人的打扮，头戴宋代官帽，身着灰色长衫，背着布包，肩扛印着太极图案的白幡，手摇铃铛。那把破竹扇他暂时搁在布包里。他在人们的注视下直达养鸟人的院子。

他总能引来许多围观者，他摇响第十次长铃后，养鸟人走到大门边，警告巫师不要再吵事，影响他正常的生活。巫师说："观天象，察气团，鸟瘟聚集，正在以强大的力量压下来。你们的冲天炮不过小儿科，你们的愚昧将让全家付出惨痛的教训。"

"我们来打个赌，"养鸟人说，"随便你赌什么。"

"赌与不赌，鸟瘟就在这里。"巫师说，"用一场虚无的赌博来掩饰鸟瘟，不是愚昧无知便是大脑烧坏了。"

"11月5日，鸟瘟，你确定？"养鸟人问。

"确定。11月5日这天，你家的鸟势不可挡地全部死亡。"巫师说。

"我赌鸟瘟明天傍晚就来，你敢赌吗？"养鸟人说。

"鸟瘟会来的，但不是明天。"巫师说。

"明天没有鸟瘟，是吗？"

"没有。"

"大家听好了，巫师说明天没有鸟瘟，请各位作证。"养鸟人边作揖边对围观者说。

"我敢赌。"巫师说。

"我赌这套房子，你赌从此不当巫师。"养鸟人说。

"我应战。"

11月5日没来，另一场好玩的游戏就来了。次日傍晚时刻，养鸟人院子外站满了人，先来的占领大门，后来的被围墙挡住视线。他们有的站在别的高处直视养鸟人的院子，为了将院子里的鸟看个真切，有人带来人字梯。人群密密麻麻，街道水泄不通，经过的人不得不绕道。养鸟人跟老婆商量后，在院子里拉起警戒线，放人进来，也允许人们爬上他家围墙（镶有玻璃片，伤者自负）。围墙顶没人敢爬，但他们将梯子靠在围墙上，站直身子将目光投入院子。

巫师被放进院子里，他站在最前排观看鸟瘟，他一直发出讽刺的冷笑。当有人也跟着冷笑时，他大声地冷笑起来。

"看，天上的不祥气团。"养鸟人提示观众看天，观众举头。"没有气团，天上一丝白云都没有。"有人说。

"头上的确有不祥气团，但它预示的不是今天，是一个倒计时，11月5日。"巫师说。

"看，天空气团上的红色大字：'9月30日，鸟亡。'"养鸟人用手比划。

"虽然今天是9月30日，但天上什么也没有。"有人说。

巫师哈哈大笑，"一派胡言。"

太阳落山，傍晚正式到来。院子里的鸟开始鸣叫，它们非正常的叫声提示人们，有事要发生。鸟叫着，在笼子里无力地横冲直撞。养鸟人和老婆打开鸟笼，一只只鸟跌落在院子里，它们像喝醉了酒，站立不稳，翅膀乱舞。

"鸟疯了。"有人说。

"不，发鸟瘟了。"养鸟人解释。

鸟舞动几分钟后，一只接一只倒在地上不能动弹，养鸟人最珍贵的那七只画眉倒在人群前面。养鸟人拾起一只画眉，展示给人看。画眉闭着嘴，眼睛睁着。"它已经一命呜呼。"有人说。养鸟人指着更多的鸟让人用目光验证，鸟品种不同大小不一，但它们以同样的姿势倒在地上。

"鸟瘟真的发作了。"围观的人说。

"巫师输了。"养鸟人说。

"巫师输了。"围观者以目击者身份证明。

养鸟人寻找巫师，却不见了人影，他在混乱的人群中逃之夭夭。

养鸟人清理没有规律躺在地面上的鸟。鸟装在两个箩筐里，被驮在黑色摩托车上。养鸟人在老婆点燃的冲天炮的巨响中向镇子外面驶去。沱巴镇上灯火初上时，养鸟人驮着空箩筐回到镇上，然后他倒在老婆为他准备好的躺椅上，一觉睡到第二天早上。第二天，有个来自庙村的村民来镇上买肥料，他对店员说："今天白庙山上突然多了好多鸟。"他的话，没有人在意，一座山突然来了许多鸟有什么奇怪的呢。

现在，沱巴镇少了两个人的身影，一个是以养鸟人的身份，一个是以巫师的身份。养鸟人做起了沱巴山货生意，他在沱巴市场第108号摊位上。如果你到沱巴旅游，请务必支持他的生意。

（原载于《民族文学》2020年第6期）

深 海

雍 措（藏族）

那天饥渴难耐，想喝上一杯。我冒着被抓捕的危险走进一家小酒馆。自从害过一个人后，我已记不清自己多久没有去过这样的场合。

我进去的时候，小酒馆里只有两个人。一个胖胖的男人站在柜台里，一看他就是老板。还有一个男人背对着我。

"喝点什么？"老板笑着问。

"半打教士。"我找了一个座位坐下。我觉得这个角落对我来说相对安全。

"第一次来？"老板端着瓶酒向我走来，他笑着问我。

我把头转向其他地方。没点头，没摇头，也没看他，算是一种回答。

"先开几瓶？"他说。

"我自己来。"我的声音不怎么像自己的声音。

"那你自便。"他把酒和杯子放在桌上，转身回到柜台。

啤酒瓶盖"砰"的一声被我打开，久违的酒香从瓶口窜出来，我给自己倒上满满一杯，一饮而尽。

"你人缘好，帮我想想办法。"背对着我的男人对老板说。

"说不定啥时候你还能派上用处。"老板怪里怪气地笑着。

"妈的，这个住所离我妻子太近了。"男人说。

"你自找的。"老板边擦柜台边说。

男人喝着闷酒。

"你这贪心的家伙，简直是想把自己一把火烧得干干净净。"老板说。

"我当时就是他妈的疯了。我想让她们两个都离我近些。我当时就是这样想的。"男人对老板说着。

有人推开酒吧门，进来一个年轻人。年轻人和老板很熟，他俩扯开了话题。被冷落下来的男人要了一打啤酒，坐在我邻桌的位子上。

两个孤寡的中年男人坐在邻座，没女人陪，连一个朋友都没有，这种感觉很是怪异。况且酒吧里的轻音乐还那么优美。我端起酒杯，猛喝一口。凉凉的啤酒顺着喉管流下去，人间的凉意更透彻了些。

"兄弟，等人？"那独自喝闷酒的男人把脖子伸得长长的，他举起酒杯敬我。

"还真希望有一个什么人让自己等。"我往杯里倒着酒。

"介不介意咱俩拼一桌？"他对我说。

一个孤独的男人跟另外一个孤独的男人说这样的话，未免让人心碎。这还是我平生第一次遭遇这样让我难过的事情。比起我害过一个人还要难过。

"如果你想的话。"我说。

在昏暗的灯光下，他应该不会记住我的脸。除了我右耳朵下面那颗大痣，我的脸十分平庸。我曾想过我被通缉，我的照片散布在厕所、电线杆、哪棵不起眼的树干上，人们一定会注意到我那颗大痣。通缉令上也会注明这么一条：此通缉犯，右耳朵下面有颗大痣，深棕色。显然深棕色的大痣比我的名字更重要。看过此通告的人，不一定会记住我的名字，但会注意每一个右耳下面长着一颗深棕色大痣的人。他们会怀疑那人就是我。我一下在人群里显眼了起来。

"一个人坐着喝酒，让我难受。特别是这种时候。"他刚坐下就说。

我没问他这种时候算是什么时候。我知道每个人的这种时候都会不一样。

他一脸丧气。我把头转向其他地方。几根头发粘在我的嘴角上，我用手轻轻捋了捋。是的，为了遮住那该死的大痣，我已经留上了长发。

"为难受干一杯。"我说。我想在他前面伪装一下自己的声音，可惜做不到。很多东西没那么容易伪装。

"来一个。"他说。

我把他的酒杯斟满。我们甚至都懒得看对方一眼，就一口干掉了。

"我刚才听见你给老板说的话了。"我放下酒杯，若无其事地说。

"什么？"他可能没听清楚，或者为我怎么会关心这件事情而奇怪。

"房子。"我说。

他定眼看了看我，我看着他。我的眼神没有退缩，反而我想应该是很真诚的那种。我讨厌死了在自己身上用真诚这样的字眼。我是个不信奉真诚的人。

"是的。我不想再回那里，那破地方我永远不想回去了。"他的头深深地埋着，仿佛不是在给我说话，而是在质问自己的内心。

"多少钱？"我直截了当。

他把刚喝完的空酒杯对着酒吧里的蓝色灯光看。他在想一些可能和那处住所有关的事。

我觉得自己就是个冒昧的家伙。听见别人东拉西扯的话，就信以为真。自从我害了一个人之后，我决断什么事情都很果断。再说，很多事情没给我太多思考的时间，似乎什么都迫在眉睫。

客人慢慢多起来，老板一直在忙着给每个进来的人打招呼。他们好像都是熟人，我想起眼前的这个兄弟刚才给老板说的那句人缘好的话。人多的时候，心是最孤独的。我真庆幸有这个兄弟陪着我，要不在喧闹的人群中，我有可能起身就走了，要不就难过地坐在这个位置上独享我的尴尬和绝望。

"你出多少钱？"他抬起头问我。

"我钱不多。我没别的什么意思，我的钱真不多。"我没说下去，再说下去，我会暴露自己是一个正在逃亡的罪犯身份，那就出大事了。

"十万有吗？"他盯着我说。他的眼神是坚定的。

"有。"我说。除了那该死的十万，我其实还有十万，那是我全部的家当了。不管怎样，我觉得十万能让我有一处安身之所，也算心满意足。我讨厌死了逃亡的日子。那种日子，跟自己随时会死一样。

"你确定你愿意？"他说。

我想说确定，但是我对那房子一无所知。我就是一个脑袋容易热的人。可我需要一处住所，我想在那房子里面好好地睡上一觉，再不担心那该死的旅馆服务员有事没事地敲门、送水、打扫卫生之类。房间门每敲一下，我全身的神经都会绷紧一次，心跳飞速加快。门上有洞眼的，我会透过洞眼往外看。我看的时间通常很长，我生怕警察藏在哪个角落里，我一开门，他们就扑进来。我对这样的设想有过很多次了，我有时甚至想，如果有那么一天，我就乖乖地躺在地上，任警察向我扑来。他们紧张得要命，而我躺在地上轻松地看着他们。

旅馆的服务员态度一般都不会很好，她们长得并不好看。她们会再敲门，烦躁地、凶巴巴地。我打开门，她们摆上一张冷脸给我看，把该处理的事情处理完了，摔门而去。她们从来不怕被老板炒鱿鱼，可以说她们早就想炒老板的鱿鱼了，只是碍于某种情面，没辞掉这份工作。

没有洞眼的门，我会多问几次：谁？等我一下。不好意思再等我一下。其实我早就好了，我就在门背后，我说话时把头偏向后面，让门外的人感觉我离这里好远一样。我要多听听门外的人回答我的声音，甚至是那种不耐烦走动的声音。然后我才打开门，装着没睡醒的样子，抱歉地说一堆废话。

我经历过一次警察的抓捕。那天我整整睡了一天，他妈的我一天无事可做。白天不能出去，出去怕有人认识我，我活得比一只老鼠还要像老鼠。只有晚上我才相对自由。自从我害了一个人以后，我的生活就变成这样了。

我刚刚穿上衣服准备出去找点吃的，听见外面有几个人的脚步声。我从门洞里看出去，三男一女，他们直冲冲向我的房间走来。三男穿着警服，女的就是昨天给我送水的服务员。服务员敲了一下我的门，没经过我的同意，直接用钥匙开我的门。妈的，我简直无路可逃。我直接躺在了地上。

看见一个人躺在地上，他们果真紧张得要命。

"你咋了？"其中一个警察紧张地问。

他这么一说，我倒不知道说什么好了。我一直想的是他们看见我这个逃犯，会毫不犹豫地把我按倒在地，有人压我的腰，有人抓着我的双手双脚，他们害怕一个连人都敢害的人，什么都干得出来。

我没说什么。我实在不知道说什么好。他们把我扶到床上，给我倒了一杯开水，其中一个警察说打120。一听我就急了，我得做点什么。我慢慢摇头，用手指着我的包，那服务员倒是机敏，赶快从我包里翻出要找的药片，那药片就是个去痛片。我经常在我的包里揣着去痛片，我的身体经常不知道哪里会痛。吃掉一片去痛片，要不了多久，我身体里的痛就会消失。哪怕后面还会反复发作，不过在眼下总能解决临时的大问题。我已经离不开去痛片了。

女服务员问我吃几片，她一定不认识那白色的药片是去痛片，要不就不会问那么蠢的话了。我微弱地对她说一片，她立马取了一片放进我嘴里，端来开水让我服下。

"这样的住客你要多查几次房，免得出什么事。"警察说。

他们把我放在床上，问我确定不叫120，我摇头。他们走了。我听见关门时女服务员说："警察同志，你放心，我们这是正规旅馆，没有你说的乱七八糟的女人。"他们一起噔噔噔地走下楼梯。我紧张坏了，一口吐掉嘴里的去痛片。我想我或许还真在那一晚救了几个乱七八糟的女人和男人。事后，再没心思下楼吃饭。我整整饿了自己一夜。

"房子情况咋样？"我对那兄弟说。

"情况不太好。"他干掉一杯，看着我说。

"说来听听。"我说。其实我想对他说，只要房子不漏雨，不太显眼就好。我只需要一个住所，让我能睡安稳，而不必成天担心有人在我毫不知情的时候扑向我。

"你听过飞机起飞的声音吗？"他问我。

"听过。"我说。

"感觉咋样？"他问。

"没啥好听的。"我答道。

他冲着我意味深长地笑着。

"没啥好听的……"他重复我的话。他又在透过酒杯看对面的那束蓝光。

我在脑子里搜索飞机起飞的声音，一时模模糊糊。我已经好久没听过那声音了。他妈的，我害过一个人之后，那声音就跟从我的世界里消失了一样。

"那声音，让我想到一只鸟从窝里掉下来。妈的，是一只有翅膀的鸟从树上掉下来。它翅膀坚硬，羽翼丰满，还是掉下来了，你懂吗？"他的声音有些恼怒，我不知道他在生气什么。

"这和房子有关？"我问他。

"当然有关。他妈的。"他说。

我们彼此喝下一口酒。小酒馆的老板在一张桌子上和几个露大腿的女人调情。其中一个女人的脚尖已握在老板的手掌里。

"你喜欢飞机吗？"他问。

"谈不上。"我说。

"真希望听见你说喜欢。那里有好多飞机，多得你都说不出有多少。它们白天夜里都在那里，你不知道它们从哪个方向来，什么时候会从你头上飞过，一次又一次地飞过，在你还没看见它们的时候，它们远远地告诉你，它们来了。久了，你会喜欢上它们可爱的声音，那么懂礼貌，比他妈的人还懂礼貌。"在昏暗的灯光下，他的眼神发着光。

我转过头，看老板。老板的手到了女人的大腿上。他们在桌上干杯，一切都跟桌下的动作毫无关系。

"还有呢？"我说。我不想听他再说飞机。我想对他实话实说，我根本不在乎那些飞机，我需要一个能让我待下来的地方，我关心的是这个。

"还有？"他皱着眉头想了想。

"那地方离文明远了点。"他笑起来。

"什么意思？"我疑惑地看着他。

"如果你想听到一切粗话，你可享乐了。那里连老得走不动的老人都会把头冲向对面的窗户喊一句句粗话。那里的人跟傻子一样，每天说着粗话，他们的粗话是为每一句要说出口的话做准备的。他们从来不关心响在头顶的声音。他们从不关心那些飞来又飞走的飞机，一点儿都不关心。妈的。"他生气极了。因为生气，他的声音有些大。老板把头转过来，他们什么话也没说，举杯默契地干了一杯。老板转过头又忙自己的事情了。

"我买下了。"他刚放下和老板喝酒的杯子，我说。

他愣了愣，不相信自己的耳朵。

"我买下了，就刚才你说的那个价格。"我冲他说，我用我相信他能听得一清二楚的声音告诉他。

"你妈的就是疯子。"他站起来说，没和我告别就回到了刚才自己坐的那个位子，独自喝起酒来。

老板还在和女人调情。女人们偶尔发出爽朗的笑声，悦耳得跟一只兔子在追逐另一只兔子一样欢快。

我在喧嚣中孤独得要命。我准备喝完最后一瓶酒，就离开这个鬼地方，像什么都没有发生。在我身上，也不该再有什么大事发生，除了一群警察在某一天某个我自己也毫不知情的时刻扑向我，而我却乖乖地躺在地上轻松地看着他们的紧张。

我起身准备离开。刚才和我喝酒的兄弟走过来，拍着我的肩说："你真想要那房子？"

"我需要一个能住人的地方。"我说。

"世界真是疯癫。"他笑着说。

我耸耸肩，我无须对他解释什么。

"明天中午这里见，你带钱来，我把房子相关证明带来。忘记告诉你，那该死的房子基本没什么正规手续，那地方就是安置房，不过你可以安心地住到老。"

他说。

"住到老，多好。"说这句话时，我对"老"字满心热情。我无法想象我的老，我怀疑我是否能等到老的那天。

"你他妈的真疯了。原来世界上还有比我还疯过头的人，不过我喜欢。"他咧着嘴，不可思议地说。

"晚上见，白天我有点事。"我面对着他撒谎，我整天无事可做。但在白天，我确实不宜多露面。

"如果我那兄弟知道我把房在他小酒馆里成交了，他会很吃惊。"他说。

"就这么定了。"我说着往外走。我听见他在后面说："你会喜欢上飞机划过头顶的感觉，简直美妙极了。"说完，他哈哈地喊酒馆老板的名字，他在为遇见我这样一个傻子举杯。

第二天，我们在小酒馆昨晚我坐过的座位上"成交"了那处住所。手续简单得要命，我们都是不想把事情弄复杂的人。我甚至都没有去看那处住所。我知道那房子会是我的，我还有很多时间和它相处。对这件事情我就那么自信。我不知道我莫名的自信是从哪里来的。我就是自信。毫无理由地自信。

"房子是你的了。你放心，我决不会反悔。"他拿着我给他的钱说。

"搞定了？"酒吧老板问。

"那还要怎样？"那兄弟说。

"我知道那房子只要有人给点钱你就会立刻甩掉它，可你们真的连过个户都不需要，甚至连身份证都不要互相看一下？"老板有些不可置信。

那兄弟沉默地喝着酒。我不想问为什么，世间有太多为什么找不到答案。

可能是星期一的原因，酒吧的人并不多。推门进来四个老男人，其中一个高挑的男人带着另外三个人进到一个卡座里。老板起身招呼他们，随后端进去几杯咖啡，就再没管过他们。

"为该死的过去喝上一杯。"老板回到我们坐的位置上，示意我们都喝上一杯。我为老板说的这句话感到高兴。

"为那该死的过去。"我附和着老板，一口喝掉了杯中酒。

"我忘不了她。你知道的。"那兄弟看着老板说。

老板默默地摇头。我不知道他们在说什么。我有种想走的冲动。不过，今天我是真的想喝一杯。为那该死的过去喝上一杯。

"我时常还能感觉到她在隔壁。当我在为妻子开家门时，总控制不住自己往对面看。我有种强烈的感觉，她还躲在门背后，踮着脚从门洞里盯着我迎接妻子回家。她给我表演过。妈的，有一次她真的表演给我看过。就在我家隔壁。她说，她看见那一切的时候，就躲在门后面哭。妈的，就是她活灵活现给我表演时，她还当着我的面哭。"那兄弟把眉头皱得粗粗的。他看着别处。别处没什么可看的，卡座里传来几个男人谈生意的声音。

老板和我喝着酒。在这个时候，我们不知道说什么好。

"她说，晚上睡觉的时候，她把所有的窗户都开着。所有的。她睡在我和妻子卧室旁边的那一间。她一整夜一整夜地听我们房间里的动静。她说我妻子的声音真好听，她也学着那娇滴滴的声音。那声音柔软得让她酥了自己。她还说，那一刻，她一点儿都不难过，她为一个女人得到全部的爱幸福着。"那兄弟用双手捂着脸。

"她是一个好女人。"他低着头，他的声音从捂着脸的双手里溢出来，闷闷的。

"我不知道她什么时候租下了我家对面的房子。如果知道，我可能会提前做些什么？至少可以不让她那么难过地看着我的生活。如今，我找不到她，她就那样不辞而别了。"他在啜泣。

"掷骰子怎样？"老板从桌下拿出三个骰子。

"你俩谁赌大，谁赌小？"老板说。

"我他妈的就是一个永远的输家。"那兄弟说。

"我赌大。我想赢。"那兄弟说自己是彻彻底底的输家，我却想赢。我想赢过自己。

骰子在老板的手中哗啦啦地响了一会儿，他停下来，诡异地看着我们。那兄弟不怎么在意，我却盯着老板手下面的骰子。

老板一打开装骰子的盖子，里面的数字显示的是小。老板笑嘻嘻地对那兄弟说："你看，你并没那么糟糕。"

虽然我并不在乎这次的输赢，仅仅是个游戏，可骰子一掷之间暗藏的隐喻让我还是有些沮丧。

"我得走了。"我说。在这个时候说想走掉的话，我都觉得自己是个十足的小气鬼。我还是想走了。我就是这样一个家伙。

"再喝一杯。"老板说。

"我要回到我的新住所。太累了。"我边说边站起来。

"她在那地方住过一段时间。我是为她买的住所。可惜现在我不知道她去哪儿了。"那位兄弟的声音哽咽着。

"去他妈的过去。我就想好好睡上一觉。"我走出小酒馆。我隐隐从背后感受到那兄弟的悲伤。我把衣服裹得紧紧的。夜很凉了，外面到处是寒冷。

那位兄弟再没出现在我的生活里。他消失得干干净净，后来我又去过小酒馆几次，我问过酒吧老板，他漫不经心地说：谁知道呢？每个人都很容易消失。老板说这话时，看着另一桌的美女。今天的美女不是那天我看见的美女，那天的美女不是今天的这桌美女。我在说什么呢？我可能有点醉了。我还是想说，人总是在消失。不断地，不经意地。但那又有什么重要的呢。没人在乎，谁会在乎呢。我真的醉了。

我住进了这座房子。房子有两间卧室，每间卧室都有衣柜和床。这对我太重要了，我想要的就是这个，其他的都不重要。还有一些锅碗瓢盆的东西，还有洗衣机，他妈的简直无法想象还有一台电视和老式DVD。这座房子的主人什么都不想要了，他们是一心想把所有的东西以及东西以外的什么都丢了。

我住进去的那晚，兴奋得要命。我以为它会很糟糕，糟糕得让我沮丧。可是一点儿也没有，以至于我看见衣柜里女人的内裤胸罩和臭袜子我都没生气。这座房子不需要花费我很多时间去打理，我是说，起码它在我的眼里目前能看得过去。

我一进这个房子，就像回到家一样。那么，长长的一段时间我去哪儿了？我陷在布艺沙发里，傻傻地问自己。布艺沙发软软的，把我所有的疲倦都化掉了。

那晚，我躺在床上美美地睡了一觉。我已经好久没有这样踏实地睡过觉了。我发誓，发誓，爱一切……

后来，在这座房子里，我做了一点小事情，就是动了动那十多平方米的花园。看得出，原来的女主人没怎么照看好她种的花。或者说曾经好好地照顾过，再后来就没心思了。我理解她。她要花的心思已经不在这上面了。

花园里种有两株月季花，花已蔓延过花园窜到了其他地方。还有一株三角梅，紫色的。此时它们都在开放。不是那种孤独地开放，而是一团一团地并着。我想花比我拥有的更多，比如悲伤，比如快乐，比如我看不透的一切。

花园的旁边放着一把小钉耙，生锈了。我拿起小钉耙，给这些正开放着的花除草。除了开得漂亮的花朵，花园荒芜不堪。

这些都是后事了。

第二天，我被一种声音吵醒。也不叫吵醒，那是该起床的时间。已经十二点十分了。天，我无法想象自己已经睡到了这个时间。那么安稳，那么踏实。我是把一切担忧都抛在脑后了，我什么都没有想。昨晚我把自己的心放空了，从来没这样过。我是说自从我害了一个人之后，从来就没有过这样的感觉。

那声音从远及近，从小到大，从细到粗，慢慢向我靠近。我就那么静静地听着，我不想从床上起来，我简直瘫软了。我等着声音从远处过来，虽然声音不怎么好听，我还是等着它。

离我的床不远处，有一扇玻璃窗。窗户不大，能看见对面那户人家的窗户。那户人家的窗户紧紧地关闭着，我不知道他们是没有起床还是已经出门了。窗户是整块大玻璃，被规规矩矩地分成很多小格子。小格子里倒映着蓝天白云。很多块蓝天白云，云在玻璃里游，像鱼在海里游。它们有时从上面的格子窜到下面的格子，有时从前面的格子退到后面的格子。还有的定在那里，像一朵花慢慢盛开，开着开着就散了。我用手指数方块的个数，我想弄明白一块窗户究竟把一片天分成了多少份，一二三四……

数着数着，一架红色翅膀的飞机从小窗户里显现出来。它在窗户的小方格里飞，慢慢地飞。不，不应该用飞，而是游，像一条孤独的鱼儿游在深蓝色的海里。它游过一朵朵白云，游过一片片海，最后慢慢消失了。

我很沮丧，为丢掉的东西。他妈的，我无缘无故地哭起来。别问我为什么，我就是想哭。特别是听见那轰隆隆的声音离我越来越远，我的眼泪再也憋不住了。它就那样消失了，眼睁睁在我看它的时候消失了，我却什么也做不了。

我用被子堵住自己的嘴。我让自己喘不过气来，我想要自己喘不过气的感觉。我还用了两分钟的时间，停止哭泣，我把整个枕头压在自己的头上，死死地压着。我想要一种把自己憋死的感觉，我想杀了自己。那一刻我就是那样想的。我不知道为什么，我解释不了为什么。

我渐渐进入迷离，我的心快跳出来。我的整张脸都在发烫，整个身体在膨胀，我用双脚踢掉被子。在那一刻出于本能，我想放过自己，但我又在想，我还可以坚持一会儿，再坚持一会儿……

就在那一刹那，我从枕头里闻到了一种陌生又熟悉的味道，那是泪水的味道，我发誓我闻到了。我对那味道很是敏感。自从害过一个人，我经历过的状况只有我自己最清楚。我一下扔掉了那个枕头。我从死里回来，我大口地呼吸着屋里的空气，等平静下来，我转过头看对面的窗户，两朵云在玻璃上慢慢向前游。然后慢慢消失。

我回忆起刚才枕头里的味道。那味道充满着悲伤和绝望。我想到那兄弟留给我的最后一句话：她也在这里待过。这是多么让人心碎的发现呀，而我却选择了这样一处住所。

我从床上坐起来，静静地看着屋里的这一切。我想我可以打扫一下屋子，让我发现的悲伤离我远去。

一束阳光穿过客厅玻璃钻进房子里。暖融融的一团，跟在我身后。

我把一些无用的东西先清理掉，再去用帕子擦屋里的灰尘。我要做的就这些了。我本来就对打扫之类的事情不太在行。

衣柜里的东西不多，我说过有女人的内衣之类的。从内衣可以看出，女人的身材应该很好，个子也很高挑。

"嗨，你好姑娘。"我边整理这一切边自言自语地说。

另外一间卧室里有一个书柜。瞧，我昨天是多么疲倦，连这都没有发现。书柜上的书虽然有些灰尘了，却排列整齐。我拿下几本，大致翻看了一下，全是外国小说，有麦克尤恩的，有福克纳的，有科塔萨尔的。还有很多，我连念出他们的名字都需要费很多时间。我把书放回原位，我为自己在一堆书面前就是一个白痴感到羞愧。我不想扔掉这些书，我是说如果在我特别孤独的时候，或许可以拿它们其中一本解解闷之类的。我是那样想的。

当我把那本科塔萨尔的书放回原位的时候，一张纸条从里面掉了出来。我捡起那张纸条，上面的字是用钢笔写的。纸有些发黄，最下面的边角破损了。我对这张纸条充满好奇，于是我拿着纸条走到客厅那道光束里。我喜欢站在光束里看上面的字。

整张纸条被光束染成温暖的颜色。

"有个故事分享给你，无论你是谁。这个故事发生在一个不起眼的大山里。一个小伙儿喜欢上了一个姑娘。小伙儿不敢向姑娘说出自己的爱，因为他们家是村子里的守夜人。什么是守夜人呢？就是专为死人吹吹敲敲唱唱的人。人们都说他们身上阴气太重，只适合结阴婚。这个小伙儿不敢向自己喜欢的姑娘表白，他每天偷偷看着姑娘待在布店里卖布。他的心白天夜里为她疼。过了很久，他决定去向姑娘表白。他拿着自己的唢呐，站在姑娘布店门口唱悲歌，唱完悲歌吹丧曲。他只会这两样。他一遍遍地唱，一遍遍地吹。卖布的姑娘听着听着枕着卖的青布一劲儿地哭起来。最后，他们成了夫妻。"

故事结束了，我傻愣在一束光束里。

"他妈的，多美好的爱情。"我对着一页发黄的纸说。光束隔着我和那页纸。我喜欢上了这个故事，还有写这个故事的人。

我不确定写这个故事的人是谁，也无法把握这个故事是不是从哪个地方抄袭来的。可这个故事确实感动了我。

"你是谁？"一个小脑袋从门口伸进来。我刚才忘记关门了。

他是我住进这个房子以来见到的第一个和我打招呼的人。说实话，我不想和这里的任何人打交道。我害过一个人之后，我就不想再和任何人打交道了。我把每一个试图和我打交道的人看得都很谨慎。可他是个小孩。

"你是谁？"我反问他说。

"我叫波波。"他扒在门沿上，瞪着大眼睛说。

"你应该先敲敲门。"我装作严肃地说。

他不理我，坐在门中间。

"你是小偷吗？"他边说，边玩着手里橘红色的小车。

"我像坏人？"我问他。

他把那辆橘红色的小车在地上开了一会儿。用手滑着开。

"你手里拿的什么？"他说。

"一个故事。"我告诉他。

"故事里有大鸟吗？"他还在玩那辆橘红色的小车。

"大鸟？"我疑惑地问。

他让手里滑动的小车停下来，冲我点着头。

"我喜欢鸟。"他说。

"没有鸟。"我说。

他失望地低下头。

"故事讲的是什么？"他声音低低的。

我皱着眉头想了一会儿。告诉他是关于一个爱情的故事？他妈的，给一个几岁的孩子说一个爱情的故事，岂不是很荒唐。

我很犹豫。

"给我读读这个故事好吗？"他抬起头看着我说。

"你不会懂这个故事。"我遗憾地说。

"我能听懂，我听过好多故事。"他说。

"你先给我讲一个。"我说。

"我真的会听。"他态度很坚硬。我拗不过他。

"你坐过来，我读给你听。"我说。

他"啪啪啪"地跑进客厅，东张西望，最后坐在那束光里。

"别坐地板上，沙发上来。"我朝他招手。

"我就想在这里。"说着他往光来的方向看了看。他的整个身体都在一束光里。原来他也喜欢那束光。

他像一只暖绒绒的小鸡崽待在光束里。

"你准备好了吗？"我对着他说。他点点头，看着我。

我找不到该用怎样的语调给小男孩读这个所谓的故事。太恼人了。

"你不认识上面的字吗？"他看见我为难的样子说。

"不，我只是想该怎样读给你听。"我说。

"先读第一个字，完了再读第二个字。"他把他的小车放进裤兜里。他在认真地等我。

"好的，我知道了。"我说。其实，这个故事我真不知道怎么读。我还是按照小男孩说的，先读第一个字。当我把第一个字读完之后，我发现我的声音是沙哑的。我清了清喉咙，重新读起来。

我真的读完了这个故事，在一个小孩子的强烈要求下。

"他为什么要唱歌？"读完之后，小男孩盯着我，疑惑地问。

"可能是他喜欢吧？"我又把自己陷在故事里。我感动得一塌糊涂。我的眼泪都快流出来了。

小男孩从裤兜里取出他的小车，他用双手在地板上开小车。远处响起飞机飞来的声音。他立马从地上站起来，跑出了门。他站在离我不远的地方，抬着头往天上张望。

我看见了床上所见的玻璃窗。它依然关闭着。此时，玻璃窗里除了深蓝的天空，什么也没有。它更像一片海。

"你见过飞机吗？"他站在原地问我。

"快忘记了。"小男孩小小的身影站在一棵茶花旁。茶花比他高，他躲在下面，他像只暖绒绒的小鸡崽。

"你马上就会看见它了。"他仰着头。

我盯着那扇窗户。他仰着头看天。我们都在期待自己期待的。

一架飞机从远处飞来。它渐渐出现在我和小男孩的视线里。我看见的飞机在窗户玻璃里慢慢地游。窗户上有好多片海，它一片一片地游着，跟一条长不大的小鱼在海里游一样。小男孩把头仰得高高的，他的飞机在天上飞。

"波波看那里。那里有一片海。"我竟然记住了小男孩的名字。

他顺着我手指的方向看过去。我想他也看见了一条小鱼在海里游。

"不，那不是海。飞机不会在海里游。海里有鲨鱼。"说完，他突然哭起来。

波波的反应让我不知所措。

"是海。当然也可以不是海。"他妈的，我在一个正哭着的小男孩面前固执起来。我就是个白痴。

"骗子，大骗子。"他生气地跑开了，手里的小车前后摇晃着。他像一只暖绒绒的、奔跑着的小鸡崽。

"小屁孩，你说对了，我就是一个大骗子。"我愤怒地边说边"砰"一下关上前面忘记关上的大门。

在一个小孩的眼里我是一个骗子了。这真让我自己觉得糟糕透顶。

"谁都是骗子。"我拿起刚才那个故事，生气地说。

我走到书架边，把那页发黄的纸原封不动地放进书里。

"这里所有的东西不都在忽悠人吗？"我看着眼前书架上的一本本排列整齐的书说。

"谁都在骗人。"我把自己摔在床上，什么也不去想了。

在一个新的住所，我忙碌起来。我需要维持生活的东西。我已经好久没有过这种柴米油盐的生活了。换成是以前，我想我对这样的生活一定是厌烦死了。不过现在不是不同以前了吗？我想要这样的生活。这种生活对于我来说简直就是奢侈。

我在忙碌中，时常想一个问题：人他妈的就是一个贱种，拥有正常人的生活时，成天抱怨这儿，抱怨那儿，跟整个世界都欠自己的一样。当失去正常的生活时，又整天渴望这种柴米油盐的日子。简直贱透了。

　　这里的人都好奇一个陌生人进入他们的生活圈子里而与他们格格不入。这里是一个小镇的小区，很多人与人之间的冷漠还没有真正进入这里。这点令我非常难受。我是说，我很喜欢这种有人情味儿的感觉，但是我却强制自己不要进入这种环境中。多一个人认识我，就多一份潜藏着的危险。

　　在这里我装着自己就是他们眼中的怪人。他们和我说话，无论说什么话，我都只是点点头或者当没听见。有一次我看见一位老人拿着一个很重的塑料袋险些在我前面摔倒，我扶她的手都伸出去了一半，又缩了回来。我想，如果去帮这位老人，她不免会感谢我，我不免要回应她的感谢。我们还会有其他方面的对话。我拒绝不了一位老人对我的问话。她的年龄差不多和我奶奶一样大了。于是，我从她身边经过，什么也没做。老人还处在刚才险些摔倒的惊恐里。

　　"人上岁数了，总是爱出丑。"她害羞地说。惊恐的表情后面露出她难以遮掩的羞愧。她是羞愧在我面前险些摔倒。

　　我他妈的就不是一个人。我加快步伐离开她。我拿钥匙开门，我的手在发抖，我全身都在发抖。他妈的，在那一刻我想杀了自己。

　　我还一直在做这样格格不入的事情。我越是格格不入，这里的人对我越是好奇。我不确定我这种做法是不是对的，可我知道，我应付不了一群爱操心别人闲事的人。如果我融入其中，总有一天会露出破绽，露出破绽之后，我还要用一百个一千个更荒唐的谎言去圆这些本来就是谎言的谎言。即使我是一个空想家，我也无法去面对这一切。再说，我只想在这里安静地待下去。

　　我把自己封闭在这狭小的空间里。这里的闲人很多，老的小的，她们都无事可做。她们成天在离我家不远的树下说一棵树太高了，一棵树太粗了。她们还说，前年她们就觉得这棵树太高太粗了，从前年开始她们就想把那些觉得又高又粗的树砍了，只是她们一直没有动手。没有动手的原因很多，比如刚准备砍的时候，下雨了，比如刚准备砍的时候，树开花了。

　　她们所有的对话都带着脏字，哪怕是在议论砍不砍树的时候也一样。我无法复述她们的粗话。因为她们从来没有对我这样一个格格不入的人说过一句粗话。

　　"你看，这棵树多碍你的事，叶子都掉满了你家的玻璃顶。"有一次，我刚好开门准备出来打理我的小花园，就遇见一个中年妇女站在我家门口。我想她是在那里等了我很久，为的就是想告诉我这棵又粗又高的树的叶子掉满了小花园上面的玻璃顶。她想让我怨一棵树的又粗又大，想把我拉进她们的队伍里，去和她们想一件相同的事情。

我看了她一眼，什么话也没说，转身进屋。从客厅的窗户里，我看见她很无趣很失望地离开了。

她们还在每天讨论树的问题。虽然她们以前是农民，可所有的土地都被占用修了这些房子。她们只剩下讨论这些树砍不砍的问题了。其实她们不知道，虽然这片房子是修建在她们以前自己的土地上，但自从这里打造成一个小区之后，砍不砍树并不是她们说了算。

真他妈的悲伤。

花园里的花在我的精心照顾下，开得茂盛起来。我成天打理着它们。我一天至少要看它们几次。只要从它们根部长出一棵草，我都会马上发现，然后毫不犹豫地拔掉它。日子安稳下来了，我仍无事可做。我在吃老本，我不知道用完我兜里的几个钱之后，我该怎么办。我从来懒得去想。

"雪里花也会开。"小男孩不知道从哪里冒出来，他双手拉着院子的不锈钢护栏。整个身体在护栏上左右摇晃着。

我不理他。我还在生他的气。你看，我是不是个白痴的家伙。

"花在雪里不怎么红。有点白，和雪一样。"他说。我背对着他，依然知道他在我的护栏上左右摇晃。

"你到底是不是骗子？"过了很久他问我。

一片枯黄的树叶从天上飘下来，刚好落在我的头上。他"咯咯咯"地笑出声。

我转身看他。他还在笑。门牙掉了一颗，他用舌尖舔着缺缝的牙床。

"真丑。"我对他说。

他马上闭嘴不笑。他是个聪明的小孩，知道我在说什么。

"昨天梦里掉的。"他对我说。

我继续打理我的花园。其实没什么可打理的，我就是不知道给他说什么。

"我奶奶让我找一个地方把这颗牙齿埋掉。她说牙齿可以发芽，然后长出一棵树。"男孩说。

他从裤兜里掏出一颗牙齿放在手心里。他伸着手让我看，一颗小小的虫牙在他手心里躺着。

"不怎么漂亮。"我说。

他看看我，又看着自己的牙齿，然后把那颗虫牙轻轻放进裤兜里。

"我会扫地。"他继续摇晃着身子。

他想进我的院子。或许可以用扫地的方式。

"院子很干净。"我说。

"以前我进来扫过地。"他说。

"什么时候？"这我倒有点好奇。

他不说话。手拉着护栏摇晃着。

"我可以做得很好的。"他继续说。

我把小院的门打开，放他进来。他去拿门口的扫把。

"不用扫。"我说。

他丢掉手里的扫把，跑到我身边。他在看花枝繁茂的花。

"我可以摸它吗？"他指着一朵开得鲜艳的月季花说。

"别弄坏它。"我说。

"我会小心的。"他用小手轻轻地抚摸着花瓣。

"它们很软。"他笑着抬头看我。他的眼珠又大又黑，纯净得突然让我想到玻璃窗上的一片片海。此时海还在那里。

"能让我的牙齿种在花下面吗？"他放下抚摸花朵的手，怯怯地指着花下面的泥土对我说。

我终于知道他想方设法进我的院子，就是想把自己的牙齿种在我的花下。

"为什么？"我说。

他想了好一会儿，说："我想让我的牙齿长得像花那么漂亮。"

小男孩的回答让我意外。他还那么小。

"为什么？"我又问。

"我可以在那里面看见它。"他指着那扇把天空分成很多小格子的玻璃窗户说。

我想为小男孩完成他的心愿，我答应了他。

他高兴坏了，急忙拿起那把生锈的小钉耙挖起来。小钉耙的把手有点粗，握不住，他放下钉耙，用手刨起土来。一会儿，他的小手变得红红的，衣袖上到处沾着泥巴。他还在用力地挖那个种牙齿的小坑。

"够深了吗？"他抬头问我。

对种一颗牙齿来说，那小坑足足可以了。

"够了。"我说。

他把那颗牙齿从裤兜里拿出来，看了一会儿，放进了小坑里。他用小手，一捧捧地把泥土盖上去。小心翼翼。

"需要浇水吗？"他站起来对我说。

"我想，暂时还不需要。"我说。

"奶奶说，等我的牙齿发芽了，妈妈会坐飞机回来。她说过很多次妈妈会坐飞机回来。这次一定是真的。"他说。

他站在那里，静静地看着自己种的牙齿。他离我那么近，他的每根头发都是卷卷的。我有种想抚摸他头发的冲动，像他用小手抚摸刚才的月季花。也或许像他妈妈曾经抚摸他的头发。

最后我什么也没做。我替代不了谁。

太阳快落山了。下午的风吹得缓，有些叶子从树上往下落。

"我要回家了。"他说。

没走几步，他又说："以前我妈妈经常站在那里看这些花。"

我看看那扇紧闭着的窗户，再看看眼前的小男孩。他真像只暖绒绒的小鸡崽。

"你不是一个骗子。"说完，他蹦蹦跳跳地跑走了。

我突然很高兴。是的突然。为一个小孩子从说我是骗子到说我不是骗子。他妈的，真是不知道我怎么了。我往厨房里走，还唱起一首歌。总之，我很快乐。快乐得就想马上喝上一杯。

不过我不想去小酒馆。一点儿也不想去。有很多原因。

那天，我在自己的屋里，把自己喝得烂醉。我想了很多事情，一团糟的事情。我把我的生活过得一塌糊涂，我发誓，我觉得我欠着整个世界，整个世界也欠着我的。浑浑噩噩中，我把自己摔在床上，灯开着，头顶上的天花板在转，书架在转，我的整个世界都在不同寻常地运转着。

"浑球。你他妈就是个浑球。"我在一片天旋地转中，又哭又笑起来。

是我踹着了书柜，一定是。书柜上的书"哗啦啦"地落在床上。我从中找到了那张写有故事的纸条。是的，我再怎么醉酒，都能找到那张发黄的纸条。我把它紧紧地放在胸前，安静了下来。整个属于我的夜晚安静下来。

第二天，阳光从玻璃窗里穿透进来。那个故事在我枕边陪了我一夜。顺着阳光来的方向，我看见了那扇玻璃窗。玻璃里除了我喜欢的海，还有小男孩。他趴在窗后面，往我的院子里张望。一朵白云从他手边划过，他什么也没做。他不知道一朵雪白的云，正从他手里慢慢溜走。

过了一会儿，小男孩从窗户玻璃后面依依不舍地离开了。他离开之前，还在往花园看。那下面有他的牙齿在发芽。

一架飞机从远处飞来。一架飞机在海里慢慢游，慢慢游。

天冷了下来。我把自己关在屋里整整七天。我连门都没有出，我是说，我连小花园都没有去看过。

这段时间，我想和自己静静地待一待。

第一天我坐在冰凉的飘窗上望了一整天的阴天。我看见很多东西在这阴天里掉落，没人发现。我还看见那天险些摔倒的老人，在窗户里对着对面的人说着一口粗话。对面的人也以一口粗话回应她。

我迷上了那堆书，以后的几天都是。一个在逃的犯人迷上了一堆书，这本身就像一个笑话。

那几天我把自己的头脑灌得满满的，生怕有什么空隙留出来。自己和自己相处是一件难事。赤裸裸地面对自己的时候，我会怕。于是，我强迫自己，虽然自己在和自己相处，却不留一点儿时间给自己。我顺着那堆书里面的内容走。我想书牵着我的鼻子走。无论走到哪里，我都想让那一堆故事牵着我的鼻子走，好让我别去想其他的。我就想一点儿也不分心，全心全意地钻进那堆故事里。我把自己想成故事里的人物，人物在里面说话，我也说。他们在里面充满喜悦和悲伤，我也充满喜悦和悲伤。

我在给自己下套。我在自己欺骗自己。自己欺骗自己的原因是自己不想和自己真心相处。我在害怕，我在恐慌，我在逃避。

我使劲把自己往这些故事里按。按得自己都难受了，我还是不放弃。但是这些故事总有很多难以缝合的缝隙，让我从故事里分神。有些故事写得并不好，漏洞百出。还有些故事，让我难受极了，却没有出口可寻。后来，我找来一个铝盆，把窗帘拉上，我一本一本地烧了书架上的书。在烧这些书时，那红红的火焰温暖着我。我喜欢看着一页页纸在火海里变成火红的颜色，那通透的红、燃烧自己的红让我着迷。我笑话起那些写这些东西的人，他们费尽心思，处心积虑地想垄断别人的思维，这跟强奸有什么区别。他们在不断地构建自己的理想世界，其实都是意淫罢了。

"他妈的，我让你们都变成灰。"我对着正在盆里燃烧的废纸说。

屋里到处是烟雾。等书架上的书都变成一堆灰，我拉开了窗帘。我把窗户大大地开着，好放一堆烟出去。现在是半夜，没人知道一股浓烟从我的窗户里跑出去。很多人都睡在自己的梦里。梦是人的另外一场人生。

想想真是可怕。

让我可怕的还有一件事情。今天打开电视，我很少打开电视。就那么一会儿，我看见新闻里报道，四川发现非洲猪瘟，所有怀疑被染上非洲猪瘟的猪都要被处理。接下来我看见一些恐慌的脸和沮丧的表情出现在电视上，人的这种表情非常难看，跟不是人似的。后来一台台挖掘机费力地挖着一个个大坑，这些大坑用于活埋那些被怀疑患上非洲猪瘟的猪。画面切回各地的养猪场，那一头头傻乎乎的猪盯着镜头看，有的快乐地跑向拍摄它们的镜头，用天真无邪的眼神看着镜头。

我立马关掉电视。关掉电视之后那片嗷嗷叫的猪声还响在我的耳朵里。我害怕极了。他妈的，我真的突然害怕极了。

我的记忆里跳出另一种眼神。

那是一部叫《深海》的纪录片，讲一头鲸生活在海里五十年的经历。纪录片的开头是一头上百吨的鲸满是伤痕地搁浅在沙滩上。很多人从海里提水倒到它身上。急急忙忙地，紧紧张张地。只有一个小男孩，站在离鲸不远的地方，他盯着这头被海浪赶上岸的鲸眼睛看。鲸似乎也在看小男孩，那么清澈地看着他，最后轻轻地眨了一下眼……多美好的死。我一辈子也忘不了那美丽的眼神。面对死亡的眼神。

我跑到厕所里吐起来。我一害怕就会出现想呕吐的征兆。这是多年的老毛病了。有些没散尽的烟钻进我的喉咙，我一边咳嗽一边干呕，快死了。

过了好久我才把自己缓过来。屋里烟消失了，盆里有一堆黑乎乎的东西。我把窗户关上，回到房间。书架空空的。只剩下那页发黄的故事。我舍不得把这个故事变成一堆灰烬。

我把故事又重新看了一遍。这个故事每看一次都会吸引着我。那个场景让我想到我害过的那个人。

我本来不是想害她。我从来没有想过我会害那个人。但在有些情况下，害人起念，就在瞬间。

是她约的我。

"陪我走走。"她对我说。

我不愿意，还是鬼使神差地跟在她身后。

"去我们以前经常登的卡尔山?"她转过头问我。

我把嘴里正吸着的烟丢在地上，烟头还在燃烧。我一脚踩灭了它。

我们在蜿蜒的山路上向上走。她走在我前面，穿的黄色风衣在风中飘。她像只飞在风中的蝴蝶。

"你还怪我吗?"她说。

她这样问我。我没话可说。如果非要我说，我只想告诉她，对她这样的女人，我已经完全没兴趣了。

"还爱是不是?"她回头问我。

"那又怎样?"看着一片山的绿，我说。

"我们还可以在一起。"她站在上面，居高临下地看我。以前她经常这样看我。以前我很喜欢她这样看我。

我们的脚下是一条河。从我们这个方向看下去，河细得要命，跟快断气了一样。

"河为什么那么细?"我说。

"你还是没变。"她说。她的长发在风中飘。她的黄色风衣在风中飘。

好一会儿，我们都在看脚下的河。

我一步跨过去搂着她。那一刻，我想搂着她。我用鼻子闻着她身上的味道。像以前一样。

我听见她在笑。我不管，我吻着她。我的手在她胸前胡乱地抚摸着，粗野地，毫无爱意地。她慢慢呢喃起来。

她的身体在我怀里慢慢松软下来。我把手伸进她的衣服。我抚摸着她的皮肤，她的皮肤像婴儿的皮肤。我控制不住自己的贪婪，我把自己的头埋了进去。我的嘴唇在她皮肤上不断地亲吻着。她香极了，带着蓬勃生命的芬芳。我嫉妒起这个充满朝气的女人。她不像我，那么轻而易举地就老了。

我把自己的耳朵放在女人心脏的位置。她在风中笑。她一笑，心跳的频率快了起来。那传入我耳膜的心跳声，简直动人。

　　我亲吻着她心跳的位置，我让自己喘不过气来。我想窒息在她的心跳声里。

　　风缠绕着她的笑声，风在剥掉她笑声里硬的东西。她的身体越来越软，就快融化在我手中。

　　我从她的衣服里钻出来。我摸着她日渐丰盈的屁股，她的身体处处彰显着她还年轻。

　　"我相信你爱着我，蠢货。"她大笑起来，就在我的嘴唇想接近她嘴唇的时候。我看着她的笑突然厌恶极了。我一把将她推下了悬崖。

　　她像一只黄色蝴蝶迫不及待地扑向我们脚下的那条河，美丽极了。

　　我转身离开了。一点儿没觉得害怕和有丝毫负罪感，尤其是她背叛我跟上我的兄弟之后，我对她什么感觉也没有了。

　　我下山吃了一碗面，看了一场喜剧电影，去酒吧喝了一杯，才回家安稳地睡了。

　　他妈的，在看完一个故事之后，我竟然想起了自己最不想回忆的事情。自己和自己相处，有时会比害一个人更恐怖。

　　我撕碎了那页故事。我想学着里面抱着卖花布的姑娘一样，大哭一场。我半夜出门将那盆黑色的纸灰倒进了垃圾桶。天空响起一架飞机飞来的声音。我走到门口，站在那个小孩站过的地方，我想起他问我：你见过飞机吗？

　　那扇窗户紧闭着。一只萤火虫一样的光从窗户玻璃里轻轻滑过。

　　夜里好多飞机从某个地方飞来，又从某个地方落下去。

　　一天，我想去超市买些东西。有人在后面拍了一下我的肩膀。当时我吓坏了。你懂我在害怕什么。

　　"好久不见。"我转身看见是酒吧老板，才把提着的心放下来。

　　我和他并肩走在超市里。他问我想买什么，我冲他笑了笑，他也笑了笑。我们默默地一起走。

　　"那女人死了？"他对我说。

　　"哪个女人？"我绷紧了神经。

"住过你房子的女人。"他淡淡地说。

"我并不认识她。"我说。

"对了，你不认识她。"他似乎才想起来似的。

他在货架上拿着东西。我什么也没有拿。我不知道该为自己买些什么回家。

"是从一座高楼上跳下去的，她是个会写故事的女人，可惜现在她自己也是个故事了。"他说。

我呆呆地站在货架旁，想起看过的那张发黄的纸，前几天我才把它撕得粉碎。

我们都没有聊到那位兄弟。很多东西已经没必要提了。

我和酒吧老板在超市门口分手。

"空了到小酒馆坐坐。"他说。我冲他笑笑，什么也没有说，什么也不想说。

回家的路上，我遇见了小男孩。他蹲在地上，手里拿着那辆橘红色的小车。小车的轮胎掉了一只，小男孩用手抚摸着缺掉的部分。他的小车已经不能顺利地在地面行驶了。

"我的牙齿发芽了，我的牙齿发芽了。"他高兴地向我扑来，跟我很熟似的。

我躲开他。我不知道那一刻自己为什么要躲开他。他愣在那里，像一只受伤的毛茸茸的小鸡崽。

我闷着头往前走，脑海里浮现出的全是小男孩那天播种自己牙齿时的样子。我不忍心再伤害他。

我停下来，可我没有足够的勇气立刻转身面对他。我在恐惧，我的内心在逃逸那一刻的自己，或许也在逃逸一个更久远的自己。

"它开的蓝色的花？有七片很薄很薄的小花瓣。"小男孩"啪啪啪"地跑到我前面，开心地仰着头望着我。我从他黑黑的眼珠里看见了另一个自己和另一片围绕着自己的蓝天。

"我带你去看它。"小男孩突然把手伸过来拉住我，他温暖而娇嫩的小手紧紧地握着我，他在用尽全力地拉着我向前走，另一只手里掉了一只轮胎的小车在他身旁前后晃荡着，晃荡着……

我越来越离不开那只温暖而娇嫩的小手，我需要它，紧紧握着它，我的眼里全是泪，但我明白有一束光亮正慢慢从我心底升起，我将走向它，不再离开它。

（原载于《民族文学》2020 年第 9 期）

醉氧的弦胡

尹向东（藏族）

　　每天早晨，央金不是被牛群叫醒，而是被蚂蚁一样奔驰的车辆吵醒。现在，她已习惯这样，在雾蒙蒙的早晨睁开眼睛。窗帘很厚，把所有光亮都遮挡在外，寝室里还像深夜般漆黑。央金伸手够着窗帘，拉开一条缝。光亮急切地挤进，把寝室的一切呈现出来。央金伸了个懒腰，这也是她新养成的习惯，她不急于起床，睁眼陷在柔软的棉被中，听降措在身边沉睡的酣声，任思绪飘扬一会儿。

　　这段日子每天醒来，她几乎都会想到贡布。贡布是降措的父亲，她的公公。一星期前，降措不得不开车把父亲送回夺翁玛贡玛草原。父亲来成都，不过短短一周时间，那是降措和央金做了许多工作，降措不停地劝，讲成都的种种好处；央金只简单地说，阿爸，我们是接你去享福的。如果说是两人的劝解起了作用，倒不如说贡布看见他们苦口婆心的样子，不忍心了，总之降措开车把父亲接到了成都。

　　八十出头的贡布满头白发，从夺翁玛贡玛到成都，他一直有点儿晕车。

　　阿爸，你在成都好好住段时间，这么大年龄，夺翁玛贡玛的海拔会让你承受不了。降措说。

　　有什么承受不了？我从小就在夺翁玛贡玛草原，哪有什么问题？贡布睁开眼说，看见小车正在高速路上飞驰，路边的树和灯极快地掠过车窗，他又闭上眼睛，忍着胃里的翻腾。

　　到达成都武侯小区时，天已黑了。降措挽着父亲，央金跑上二楼开门。

　　贡布透过高楼的间隙，看了看被各色灯光照亮仍显得灰蒙蒙的天空，嘟哝说，成都有什么好？天那么矮。

　　到了家，俩夫妇想着给父亲弄点儿好吃的，贡布却没精神，摆着手，让把包里的糌粑拿出来。

　　那一晚，贡布吃了点儿糌粑，喝了点儿酥油茶，就躺到藏床上。

这是降措装房之初就想妥了的。他一再说，父亲辛苦了一辈子，接他出来是希望他好好享福。他专门按夺翁玛贡玛的藏式风格装了一间房，有神龛，有佛像，有净水，有酥油灯。他还特意买了一把弦胡挂在墙上，那是贡布的命根子。

第二天俩人一早起来，烧了茶，去叫父亲。贡布尚在沉睡，央金连着叫了几声，贡布睁开眼，有些惊异地说，你们怎么回来了？

央金笑起来。

降措说，前一天阿爸累着了，再加上初来成都，有点儿醉氧，睡迷糊了。

贡布看看寝室，才回过神。

降措把日程安排得挺满，喝过早茶，夫妇俩就领着贡布下楼。一楼是家汉族住户，带着花园。刚出楼道口，铁栅栏里，就是一楼的小院子。一个白发苍苍的老妇人坐在轮椅上，她媳妇正侍候她吃早饭。看见身着传统藏装，也满头银发的贡布，老妇人温暖地笑了笑。贡布看见她的笑容，欠欠身说，呀呀，早晨好！他又忘了环境，忘了这是成都，竟像夺翁玛贡玛时的习惯，大着嗓门说起藏语亲切地问候。

侍候老妇人喝粥的年轻媳妇端着碗直起腰来，面无表情地看着他们。

阿爸，这不是草原，别随意和不认识的人说话。降措说。

邻里间问候一声怎么了？贡布说。

央金觉得贡布是返老还童，什么事都喜欢顶着降措。

央金说，阿爸，这里真不像草原，大家习惯不同，你主动给陌生人打招呼，别人还以为你有什么想法。

央金一说，贡布就不言语，再次抬头看看天空。因是冬季，雾霭和云层都低而厚地压在城市上空。

成都有什么好？看这天，我的脑袋像始终被什么东西压着。贡布说。

他们上午逛了锦里，下午逛春熙路。第一天，贡布倒是见什么都稀罕，烫糖画的、塑像的、现场乐队做广告的，见什么都会看好一会儿，被儿子、媳妇催着才挪步。晚饭降措特意选了一家热闹的餐馆，又拿出一瓶好酒。他知道贡布的习惯，每夜都会喝一点儿。谁知贡布看见酒直摆手，嚷着要吃点儿饭。菜才上了两三样，贡布已把一小碗饭吃完，然后不停地催促他们。

阿爸今天走累了，我们也快点儿吧。央金说。

点了许多菜，不得不打包带回，央金提菜，降措搀着父亲上了一辆的士，直接拉到武侯小区。

天又暗下来，临近冬至，白日越来越短。

回到家里，央金忙去打洗脚水，端出水温刚好的盆子，见贡布一扫先前的疲惫，说，把包里的牛肉取出来，降措，你的酒呢？拿来。

风干牛肉是降措特意带上的，怕父亲不习惯外面的饮食。见他还要酒，两人相互看看，又暗自一笑，八十出头的贡布的确像个孩子。

央金忙去把打包的菜摆上，降措拿出两个酒杯，陪父亲喝酒。

贡布端起酒杯，吱的一声喝出响来，原本皱褶的脸更皱了，眼睛也眯缝到一块儿，干瘦的喉结耸动，酒一路烫下去，烫成一线后直抵胃里，贡布的脸才舒展开。

呀，成都我今天也看了，没什么舒服的，天矮，雾重，除了房子高，车子多，人像蚂蚁一样挤，哪有舒服的？贡布感叹说。

央金倒了一杯红葡萄酒陪着。此刻，她和降措的眼神不时交错在一块儿，他们心知肚明，贡布开始喝酒，也开始说话，这是好现象。

阿爸，也不是这样，外面什么都方便，高速路、飞机、地铁、动车，太方便了。降措说。

这些方便有什么用？你天天要走远地方？贡布问。

不说这些吧，您看，如果身体有什么病痛，这里有全省最先进的医院。阿爸年岁大了，住在成都，身体有什么问题随时就可到最好的医院里。

你说的什么话？人的命在那里，难道说我天天等在这儿，就为身体不好进医院？

央金看见贡布面对儿子，随时随地都要把话讲死，便想转移话题，说，阿爸，您讲讲拉弦胡的故事吧。

弦胡是草原上最受欢迎的乐器。那时候没什么娱乐活动，不像现在。牧场上，人们欢聚一块儿，主要就是靠弦胡。弦胡声一响起来，男男女女老老少少都围成圈，跳起弦子舞。那时候的汉子们，除了刀枪、骏马和酒以外，都会拉几手弦胡。众人拉，其中的高低自然见分晓。贡布是顶尖高手，他一拉响弦胡，从音色到旋律，仿佛瞬间让浓厚的雾布满房间，又像一条江河瞬间裹挟了世界。这力量非但不汹涌，甚至是悄无声息地就把厚重带来。这厚重让人舒坦，让人安定，同时又让人神清气爽。他拉的好像不是弦胡，而是时光本身。央金嫁给降措，这么些年了，也把贡布与弦胡的故事听熟了。她最喜欢的故事是贡布出门去远地驮脚，一队马走前，贡布跟随其后。驮脚既辛苦又无聊，大山荒岭间，整日见不到一人，马驮着沉重的货物，走得疲乏，人随其后，也疲乏。尤其是下午三四点光景，太阳烤着，人困，走着就能睡那么几秒。马队也越来越慢，四条腿都仿佛灌了铅。连风都慵懒，没一丝力气。这样的时候，贡布会喝上两口酒，并从马背上取来弦胡。他将弦胡抵在腰间，边走边拉。张弓一拉，弦胡的声音在天地间荡漾开，一波一波地散在荒野间。人跟着精神起来，不仅是人，马也精神，马按着弦胡的节奏迈出四蹄，连马尾的摆动，也有了节奏。那时刻，身边的每棵草、每棵树，都像跟着精神了。央金无数次想象过这场景，一队马，一个人，疲沓地走在天地之间，弦胡响起，人和马都迈出弦舞的步伐，该是怎样感人肺腑。贡布和弦胡，央金还亲眼目睹过一件事，那时候他们都住在夺翁玛贡玛。一个晴朗的上午，贡布在院子里劈柴，不小心把左手食指伤到。央金站在二楼晾衣服，她看见贡布的左手淌满鲜血，惊呼起来，只见贡布一脸惊惶，扶着左手向屋里急奔而去。央金跑下楼，她以为贡布急着找包扎的东西，下了楼才看见贡布从墙上取下弦胡，将食指按到弦上，血顺着弦向下滴。他拉动弓，悠扬的弦胡声升起来，他又用食指揉弦，没什么影响，这才放下弦胡，笑着说，不影响拉弦胡。这笑容像他捡了个大便宜一般。

这会儿提起弦胡，贡布并没有讲故事，抱怨的情绪却很重。

还说什么弦胡呢？你看看这些年，谁还听弦胡？年轻人都喜欢外面的音乐，他们觉得弦胡是个土东西，不洋气，没人肯学。就是上了些年龄的人，现在有几人能明白弦胡的意思？一把弦胡，从上到下，每一处都有不同的意义。你别小看这弦胡，上面调弦的手柄，意指天界神佛，中间这一段，意指人间，下面的，则是地狱，畜牲道饿鬼道，好的琴手一经拉响，这声音上至天下至地，会打动各界，抚慰他们。我看啊，我们这一辈人走了，弦胡在草原上也就完了。贡布说。

央金明白贡布一心想让降措学弦胡，但是降措没一点儿兴趣。降措很小时，一看见贡布从墙上摘下弦胡要教他，撒腿就跑。宁愿在外面和同伴、牛犊疯跑，也不学。

央金端起酒杯，说，阿爸，别想那么多，接你来是享福的，喝酒。

贡布端起酒杯，一口喝了，说，也是，我怎么想都不起作用。降措，我看见你买了把弦胡挂在屋里，去拿来，我给你们好好拉一段。

降措说，阿爸，这里不是夺翁玛贡玛，现在都到深夜了，拉弦胡要影响别人，吵着人家不好。

呀呀，你看，成都有什么好？我来这里不是享福的，受罪来了。贡布说。

第三天贡布就嚷着要降措送他回草原，两夫妇怎么劝都没用，看着贡布每天都很忧伤，降措只得开车送他回去。

央金躺在床上，满脑子都是贡布的样子。年轻时他赶马驮脚，雨雪、风霜和太阳，把他皴染得焦炭一般黑，长期的辛劳给了他单薄干练的身体。随着年岁增长，他脸上皱纹横布，头发全白了，新雪一般白。满头白发映衬黝黑的脸，让他的气质不同于常人。也许在外人看来，他身板硬朗得益于年轻时的锻炼，但在央金和降措眼中，每一缕白发、每一条皱纹都代表着父亲的辛劳。如今，生活好起来，他们能在成都买房享受都市的便利，辛劳一生的阿爸却不习惯这样的生活。央金起床，来到客厅，拉开窗帘，她看看密集的高楼，看看灰蒙蒙的天空。虽是小区里，外面车流的声音综合起来，音幕一般回响在客厅。这一切央金都已适应并满足，反倒是回到荒凉的草原，住不上三五日，她已不习惯了。

一切挺好。她想。阿爸没这个命，懂得享受也是一种命运。

她满足地去卫生间梳洗后来到厨房，把茶烧上，又想起那一夜贡布的忧伤，央金短暂地处于矛盾之中。她的儿子，在川师大读大三，他们从初中开始，就领着儿子在成都上学。最初是租房，随着降措的生意越来越红火，前不久，买下了这套房。在成都数年时间，儿子的英语也说得溜，常和国外来留学的同学泡吧。透过厨房窗口，央金又看了看外面的小区，人在发展，时代在发展，这发展的潮流不可阻挡。想到这里，央金感觉轻松了。她转身把大肉包子放铁锅里蒸上，刚回头，却见一只蟑螂从冰箱角落里爬了出来，停滞在地板上。

呀！央金感叹一声，绕着蟑螂来到客厅。她扯出一片卫生纸，又轻轻地来到厨房，慢慢蹲下，瞬间用纸罩住了蟑螂。她捏住纸团，她能感觉到蟑螂在纸团中挣扎。她来到阳台，阳台下是一楼的小院，小院里布满青草，角落里还有棵海棠树。她慢慢把纸团展开，看着蟑螂轻轻跌落下去，掉在草坪上，又开始爬行。那一刻，央金心中豁然开朗，谁说城市会改变一切？有些东西是自血液里传来的，到哪里都无法改变。比如不杀生。无论是降措还是儿子，在夏天，不管蚊虫怎样叮咬，都不会伸手拍死，只将它吹开。她每次遇见蜘蛛或蟑螂，也是这样拿纸轻轻捏住，从阳台放生到草坪里。豁然的央金情绪无端好起来，她想告诉阿爸，进入血液里的东西怎么也改变不了。

大铁锅上汽了，吱吱地响时，她才到寝室叫醒降措。她刚想给降措说说那豁然的感觉，门却被猛烈地砸响。咣咣咣，铁皮门传达着焦躁的声音。

谁啊？降措穿衣起来。

央金小跑着去开门，门前站着楼下那个年轻的女人，看见央金，她一手叉腰，一手指着央金说，你在干吗？你这个不要脸的女人。

平日里，央金用汉语交流没多大障碍，但此刻，大清早被人劈头盖脸地骂，央金的愤怒一股股涌起来，却又表达不清。

大早晨的，你，你动不动就骂，我怎么了？

你干的事你不知道？我们家怎么招你惹你了？你这样对我们。女人的声音越来越大。

疯……疯子。央金只能说出这个词。

看谁是疯子，不要脸的东西，以为我们怕你？也不看看这是什么地方。女人的语速极快，每个字都像风沙刮起的小石子，打在央金脸上。

争吵声一起，围观的人就来了，有的在三楼的楼梯上，有的在一楼的楼梯上。几个保安闻声也迅速赶来，试图劝解。

降措穿好衣服出来，站在央金边上，说，你骂什么，我们怎么了？

女人的丈夫也来了，一个又高又胖的年轻男人，站在女人身边。

不要吵不要吵，都好好说。保安劝解。

面对许多围观的人，央金有点儿怕羞，那女人反倒像风助火势，越发来了精神。嚷着，大家给评评理，我在我家院子里，总能发现蜘蛛、蟑螂之类的小虫子，喷过各种灭虫的药，都不见效。我又是特别怕这类虫的。今天早晨，我锻炼回家，才看见原来是她把这些虫子扔到我家院子里的。

央金这才知道事情起因，她满腹委屈说不出，眼泪不停地跌落。

降措看见央金哭，一股无名火也升腾起来，说，扔个蟑螂怎么了？啊，伤着你了？

降措一开口，那个年轻的壮实男人一挺胸脯也顶到了前面，嚷着，自己有错不承认，你横什么横。

就是这句话，让降措失去了理智，刚想冲上前打架，年轻男人的反应却更快，一拳擂过去，正打在降措的左眼眶上。一时间，左眼有无数光点跳动起来。

见两人动手，保安和围观的人拥上去把两人拉开。众人劝解着，把一楼的年轻夫妇劝回家中，又硬把降措塞到屋里。几个保安在沙发上紧紧抱住他。

有什么好好说，千万别动手。

你，你们……降措说不出完整话了。

邻里之间都是小事，有什么不理解的，好好沟通就行了。

好一会儿，降措才平息下来。保安放开手，见央金还站在那儿哭，说，你也别哭了，你真把蟑螂扔别人院子里了？

央金点点头，又摇摇头说，不是扔，我没想到那么多，我只是不杀生，抓住放草坪里，算是放生。

保安点点头，说，这不就是误会嘛，小小一点儿事情，你也是好心，我知道你们藏族人不杀生，但你自己又忽略了，那是别人家的院子，你一直扔这些下去，别人怎么能不发火啊。

央金点点头。降措说，那女人动不动就骂。说着，他的呼吸又急促起来。

保安很耐心，显然他们经常处理类似的纠纷，说，你想想哈，他们不了解你们，不知这是放生，从他们的角度看，你们不时扔这些害虫到楼下，长期这样，谁不生气啊。

降措也点了点头，想明白了。

好吧，我看这事就这样，谁也别再找谁，生出新的事情。你眼睛挨了一拳，乌肿起来了，你要赔偿，我们会去和楼下协商，我们也会对他们讲，你们扔虫子，并不是针对他们，只是放生而已。

降措说，赔偿就不要了，大男人一个，挨一拳还要人赔，丢脸不。

说得几个保安都笑了起来。

事情不大，说过也就过了。楼下的没再吱声，他们也不再追究，日子又回到正常。只是央金心里却有一个包块隆起。那一拳打在降措的眼睛上，第二天，眼睛边的乌青更大。看见这一团乌青，央金的各种担心也生起来。降措的脾气在过去，是执拗的，永不服输。这一拳打在他眼边，他却没动到别人半根手指。央金担心他会憋着那口气，某一天与楼下的人相遇，说不定又会动起手来。这是一方面的担心，另一方面，贡布的话又在她耳边响起。成都有什么好？重新回想这话，央金也有了些疑问。如果在草原，她的行为会被每一个人理解，他们也都在这样做。但是在成都，她这简单的习惯却造成了如此大的误会。别人不但不理解，反倒认为她起了坏心，有意捉弄人家。各种担心生起来，央金的日子就过得紧张。尤其是去外面要经过楼下人家时，她的心时时刻刻都悬着，又不得不出门。好在最初两日，她没遇见过年轻的夫妇，只在小院中看见那个白发苍苍的老妇人坐在轮椅上，依然很温暖地对她笑。央金赶紧埋下头，脸红得发烫。也是应了怕什么来什么的话，第三日上午，央金出去买菜，开了门，蹑手蹑脚地刚下到一楼，正对着别人家门时，那扇门却开了。年轻的女人一见她，也很诧异，她站在门内，脸上马上变得没有任何表情。央金的脸再次红起来，快步跑了过去。

不久后的一个夜晚，降措和央金从茶房回家，时间已是深夜。草草洗漱了，正准备躺上床，一阵凄厉的哭声从楼下传来，静夜之中，那声音像警报一般响起。

出什么事了？降措说。

这哭声好像是楼下传来的。央金说。

降措穿上外衣，央金也紧随其后，一块儿向楼下冲去。

一楼人家的门开着，女人倚在门边不停地哭。

怎么了？降措问。

女人说不出话，只用手指了指里边。

降措和央金进到客厅，又走向寝室，这是他们第一次进入这个家庭。那个壮实的胖男人穿着睡衣，呆呆地站在床边，看见降措和央金，竟然没什么反应，好像认不出他们来，继续扭头看着床上。

床上，白发苍苍的老妇人静静地侧卧在那里，老人已经离世了，床单盖在她身上，胸膛和腹部没有任何起伏。降措忙碌起来，他先将老人放平，让她仰躺着，把老人双手放在身体两侧，摆放整齐。

央金，你去捋点儿斯折下来。降措说。斯折是藏族人在有人去世时，用于煨桑的，由糌粑、茶叶、酥油制成。

央金跑上楼去做斯折，降措站在床边，手拿念珠，开始念诵。他虽然念不来什么经，但六字真言总是会的。按藏地习惯，有人去世，第一时间就得请高僧诵经，因此他觉得哪怕是六字真言，也得念念。他低声念诵，神情专注。央金也很快做好斯折，用一个小铁钵盛着拿了下来。斯折淡淡的青烟飘扬，让整个房间充斥着一股说不清的气味，那气味让人安详。年轻女人压抑住哭声，抽泣着看他们。壮实的男人从先前的惶恐和无助中回过神，他看了看老妇人的面容，对年轻的女人说，兰兰，你来看妈，妈脸上有笑容。

央金看见老妇人虽已过世，面色依然红润，她安详地闭着眼睛，整个面容呈现出温暖的笑意，就像每次央金看见她时，她都会温暖地笑那样。

这时候，120救护车的警笛声传到了门前，医生护士们鱼贯而入，他们检查了一番，说，没救了，人早已过世，明天来医院开死亡证明吧。

医生们又退了出去。

降措回到家里，取出几粒藏药，又来到一楼的人家。

这是从拉萨带来的仁青日布，非常好。他对壮实的男人说。男人此刻一脸信任和感激。降措将一粒药塞入老妇人口中，把剩下的交给男人说，火化后，骨灰装盒里时，把这个撒在上面。

男人终于开口了，说，到时候你也去哈，我们不知该怎样做。

降措点了点头。等到火葬场的车开来，拉走遗体，降措和央金才回家。

火化的前一天晚上，小区后面，已搭了一溜帐篷。夜里，年轻女人特意来到二楼，敲响了他们的门，央金开了门，邀请她进去。她站到客厅里，看着降措，有些不好意思，说，今晚给妈妈守夜，你能去吗？

降措点着头说，我等一会儿就下来。

女人告辞出门，又转过身，对央金说，你也来哈。

降措和央金去时，见帐篷前摆放了许多花圈。

壮实的男人看见他们，跑上前来，说，麻烦你们了。

其实降措仍不知该做什么，他再次坐到遗像前，又开始转动念珠，念六字真言。央金则负责让斯折的青烟连续升腾起来。逝者的亲戚们都好奇地看着这对藏族夫妻，他们眼中充满信任。

凌晨四点，大家出发了，车队向东郊火葬场开去。降措原本想自己开车，壮实的男人邀请他和央金坐到了第一辆车里，由他本人开。到火葬场，遗体将推入火化炉时，降措和央金又开始忙碌起来，他们找地方，把斯折煨上，让青烟升腾起来。

一时没事，大家在一个小厅里等待火化结束。有亲戚好奇地问降措，你眼睛怎么了？

熬了一个通宵的降措，左眼的乌青更为明显，他羞得不知说什么。壮实的男人也低下了头，不敢看他们。

央金在边上解围说，喝了酒，给撞了。

一个半小时后，火化完成。工作人员将骨灰装入盒子。隔着栅栏，壮实的男人从内衣兜里掏出降措给的药，说，谢谢你们，请把这些药撒到骨灰上。

他们将骨灰盒寄存在殡仪馆，准备选了好日子再拉回家乡，亲戚们都各自回家休息。降措和央金坐着他们的车回去。降措坐前排，央金和年轻的女人坐在后面。

路上，壮实的男人说，我叫邓兵，她是我老婆，叫邱兰。

降措说，我是降措，她是央金。

短暂的沉默，邓兵叹口气说，妈去世得太突然，那一会儿我都傻掉了。你来后，按照你们的规矩进行，我觉得有了依靠，心平静了不少。

邱兰插话说，真的，你们做这些仪式，我也感觉心里很平和，虽然我一点儿也不懂你们在做什么，心里就是平和。

邓兵继续说，到后来，我想，如果没有你们，120来直接判定死亡，随后是火葬场拉走遗体，再烧成骨灰，我就觉得，对于妈来说，缺了点儿什么，我也说不好缺什么。

邱兰说，应该就是仪式感吧，对死亡的仪式感，火葬场的那一套显得过于冷漠，没有温度，你们给死亡带来了具有温度的仪式感。

邓兵连声说，就是这个就是这个，具有温度的仪式感。

邓兵和邱兰这样说，降措和央金反而听不明白他们在讲什么。

降措说，我们那里，人走后，都这样。

邓兵说，这外面，有的人家办丧事，已完全变了样，请乐队，请假哭的人，甚至还有请草台班来表演黄色节目的，相互攀比，看谁出的钱多，那味道全变了。有你们在，我昨夜谁都没请，安安静静的，我觉得这样才是对母亲的尊重。

眼见快到小区，邱兰才小声说，央金，你别怪我，我当时的确不知道你扔蟑螂是因为不杀生。

央金说，那是我不懂事，都扔到你们院子里了。

邓兵说，我也不好，竟然还打了降措一拳，你看眼睛现在都还乌着。

降措说，没事的，大男人挨一拳，小事。

邱兰说，央金，以后你逮住蟑螂，尽管扔下来，扔到院子里。

央金不知说什么，那事以后，她早留了心，每次捉住昆虫，特意跑到没人的草坪里去放生。

到了小区里，停好车，邓兵说，回家好好睡一觉，下午我们答谢客人，你们一定要参加，我以酒答谢，将来，我们不仅要做好邻居，也要成为好朋友。

降措和央金回到家里躺下，感觉脑袋还很清醒，没法入睡，不知不觉眼睛却闭上了，人直向黑暗里坠。降措在漆黑的睡眠中做了个梦，他梦见贡布，满头银发的贡布向他招手。

阿爸！降措喊了一声醒来，央金也惊醒了，看时间，已是午后两点。

我梦见阿爸了。降措说。

我也梦见了。央金说。

阿爸虽然有小弟照顾，但在夺翁玛贡玛草原，我不放心。降措说。

我们再回去接阿爸来，怎样也要让他住一段时间，草原上怎能和大城市相比？我们一定要让他来享享福。央金说。

降措已给小弟打通了电话，降措说，把电话交给阿爸，我和他说话。

小弟说，阿爸没时间接电话，你自己听听。

降措将手机贴近耳朵，他听见了熟悉的弦胡声，弦胡带着独特的韵味，透过手机，从夺翁玛贡玛草原，悠扬地响在城市里。

（原载于《民族文学》2020 年第 10 期）

请喝一碗哈图布其的酒

海勒根那（蒙古族）

没有人知道那个高大的家伙是什么时候冒出来的，他出现在哈图布其嘎查的人群里就像一头骆驼站在了羊群中间，人们仰视才见他时不由得引起一阵骚动。这应该是个异乡人，人们一边惊叹一边作出判断，因为在科右中旗草原，十里八村的牧人彼此都认识个大概。可是朗朗晴空怎么会忽然多出这么一个人来？而且他泰然自若，见谁都咧咧那张乐呵呵的大嘴，好像相识已久的样子，那满口牙齿颗粒饱满，雪白坚硬，在阳光下像白玛瑙一样闪闪发光，一看就是蒙古男人钙质充盈的牙齿，是专吃牛羊肉喝马奶子铸就的。再衬上一张典型的蒙古脸——塌鼻子、又高又红的颧骨、一双细细的小眼睛，这五官要是组合到西亚或东欧人脸上就没得看了，但在这里它们相得益彰，彼此都找到了合适的位置，搭配起来显得那么舒服，得劲，充满别样的神采。除了这些，人们还注意到他的穿着，那身略显古旧的藏青色长袍仿佛中世纪的布料，一柄精致的蒙古刀悬在右腿前。而他脚下那双雕花讲究的靴子更非同一般，至少该是博物馆玻璃罩里的物件，尺码之大像两艘小船。在科右中旗草原，即便像今天这样隆重的敖包盛会，也只有年长者注重蒙古长袍和马靴的穿着了，年轻人大多不再守旧，西装、夹克、短袖什么的，任性地追赶城里人的潮流。所以，人们越发对这个人感到好奇。高个子倒是漫不经心，迈动他的大步左摇右晃地走路，所到之处人们自然散开，不时让他那一堵墙似的倒影从人群的头顶跌落在草地上。

牧民们是刚刚从敖包山上下来的，近两年哈图布其嘎查风调雨顺，村民脱贫，人心振奋，村委会决定筹措资金，让牧民们好好热闹一把。这不，初夏一大早，人们开着大小车辆就围聚到敖包山下，手提草原老白干、面果子、奶干、大白兔糖块，登上高高的山顶，为敖包堆子添枝加石，撒下祭祀品，许下吉祥的祝福和心愿……但这个高个子显然不是大家祈愿来的，他的来头还要细究，人们开始围住他问东问西。起先当然要问这位朋友是哪里人，要到哪个地方去。高个子微笑不语，或者傻呵呵地乐一乐，避而不答。莫非这个人是个哑巴，人们越发问得急切，以证明他到底会不会说话，高个子不得已抿了下嘴唇，用他那只熊掌一般的大手指了指远方，说："从那边来的。"这一开口不要紧，临近的人不得不捂紧了耳朵，这哪里是人发出的动静，瓮声瓮气的像极了一头发情期的公牛，震得蜜蜂嗡嗡乱飞，远山微微颤抖。"那边是哪里？是阿鲁科尔沁，还是乌珠穆沁？还是二连浩特？"高个子晃了晃大脑袋，伸出舌头调皮地打了一阵嘟噜。"你叫什么名字？这个总可以告诉我们吧？"他挑了挑眉毛，抖动起朝天的鼻孔，猛地一声"阿恰——"打了一个震天动地的喷嚏，一时间飞沫四溅，气流冲开了刨根问底的人群，好家伙，这一下可再没人靠前问询了。既然高个子不愿透露他的底细，就干脆叫他"远方朋友"好了，这个名字既好记，又能彰显哈图布其的热情好客。

透过人群的间隙，高个子把目光转移到不远处，那里十几个男人正忙着杀猪宰羊，他的细眼睛晶莹地亮了，随之而下的是嘴角的涎水，他拍了拍肚皮，对人们说："我的肚子饿了……"人们马上听到了发自他肚皮的咕咕叫声，像揣了一窝青蛙那样。今天是嘎查村委会请客，杀的是村集体养的猪和羊，吃的是村集体种的菜，村集体还养了几十头西门塔尔牛，掂来想去，书记和嘎查达（村主任）还是一头也没舍得杀，这油光铮亮的黑牛可是值了好多银子的。此时几百号村民一起动手，架起炉灶，搭起彩条布、军用帆布帐篷，劈柴的劈柴，收拾下水的收拾下水，煮肉的煮肉。一时间，山脚下的草地炊烟袅袅，热闹不已。

等待吃食是一种煎熬，那渐渐飘散开来的肉香最先钻进饥饿者和孩子们的鼻子，让人忍无可忍。高个子一边抓耳挠腮一边吞咽着口水。几个十六七岁的少年赛摩托车回来，一路尘土飞扬，电光闪闪，携带的高音喇叭播放着草原流行歌曲——"套马的汉子你威武雄壮，飞驰的骏马像疾风一样……"来到近前，摩托车戛然停在高个子脚下，一个瘦小的少年拍了拍车把，说："咳，大个儿，敢不敢和我们赛摩托？"高个子龇龇牙，说："不，不，我只会骑马。"旁边矮胖的少年说："什么年头了还不会骑摩托？来，我教你骑。"高个子不好推辞，一手搬起拴马桩似的长腿，跨到摩托上，仿佛大象骑在小羊身上那样，只轻轻一落屁股，摩托车身立马沉下去一大截，两个轮子像受了委屈的长鼠子，吱吱叫了好半天，直到瘪成了一层皮。几个少年傻眼了，面面相觑，车主人蹲下察看车胎，不由得哭丧了脸。

那边，小伙伴推着摩托去镇上补胎，这边，村民们已分席落座。猪羊肉已然煮好，热气腾腾用大盆端上桌来。蒙古人一向有盛情款待过路人的习俗，辈分最高的族人对高个子做了个请的手势，说："唉，远方朋友，请你喝上一碗哈图布其的酒！"本来是用二两半的玻璃杯倒的酒，高个子听老人说喝上一碗，索性把酒倒到木制奶茶碗里，倒酒的见了，忙给斟满，高个子举碗一饮而尽，顺手掂起随身携带的刀来，刀鞘用鹿角精雕而成，刀把应该是一块犴达罕腿骨，这样别致的蒙古刀人们还是第一次见。他伸手割肉了，在胸口上割了三块肥瘦相间的羊肉，不过他没有放进自己的嘴里，而是抛向了远处的草地，那是蒙古人餐前敬天敬地的规矩。族人们晓得这是懂礼节的人，并非一个莽汉。再看他的吃相，刀法娴熟，波澜壮阔，左手拿肉，右手内握，大拇指按着刀背，行云流水一般，将剃下的条条雪白抑或黑腴抿到唇边，随着"咻"的一声，那片肉就像条虫子一样被吸吮到嘴巴里，然后舒舒服服地在舌间伸伸懒腰，打上几个滚，便被喉头迎接了去，没来得及咕噜一声就消失不见了。整个过程好似马头琴师正拨弄他悠扬的琴弦。族人不再动刀动筷了，目不转睛地看着他吃肉，这种吃相仿佛只有蒙古秘史中的祖先才有，不由得唤起了人们的怜悯之心。人们想，这个人肯定是个流浪汉，他没家没业，四处讨吃，所以不肯说出他的来历和姓名，害怕给他的家乡丢脸，这次他像匹饿狼那样空着肚子跋山涉水，一路仓皇走到这里，终于遇到了哈图布其这些好心的人。于是人们想当然地认为，这个孩子应该是饿瘦了，你看他的胳膊，只和树桩一般粗了。可是这个年月怎么还会有流浪的人，党和政府正在搞精准扶贫，像他这样的人明天就该到巴彦茫哈苏木去，政府肯定会把他记录在案，很快就会在哈图布其嘎查给他盖上两间瓦房，到时人们还会替他申请，基于身高，瓦房也要比整个村庄高出一截，那要多补贴五百块砖，二十袋水泥和一整车沙子，另外还要给他加盖一间牛舍，从村集体赊给他三五头最膘肥体壮的西门塔尔牛，分上两百亩锦鸡儿草地……高个子一直没有注意人们的关切和窃窃私语，等他终于抬起头时，桌上已风卷残云，整整一大盘肉只剩下一堆堆干净如洗的骨头，连骨缝中间都筋头无存，令旁边蹲守的几只四眼黑狗悻悻地哼叫，极为不满地瞥了瞥他。此时高个子如梦方醒，看看周围鸦雀无声的族人，一时羞红了脸。

人们安慰他："吃吧吃吧，远方朋友，嘎查今儿个杀了三口猪四只羊款待大家，肉管够吃！"妇女们忙不迭地又去捞肉添菜。须臾，又端上大盘肉来，兼以刚出锅的血肠心肝腰肚，毛菜也一盘一盘端上来——羊汤土豆片、小白菜炒花脸蘑、尖椒炒茄丝、清烧黄花菜……酒宴仿佛才刚刚开始。有人又给高个子倒酒，这是 65 度的草原老白干，崩一点儿火星就会点着，那蓝幽幽的火苗蹿动两下就消失不见了，你以为酒火灭了，可碗口却热汪汪的，眯眼仔细瞧，才知那火是透明的，就在酒面上静静地漂着，忽忽悠悠，无声无息。此时手离酒碗半尺高都会被它灼伤。这么烈的酒小酌一口就会割痛嗓子，高个子却又咕咚咕咚把它干掉了，最后一大口下咽之前，像漱口水那样在嘴巴里咕嘟了一阵，似要用酒把牙齿涮洗干净。这个喝法又把族人惊到了，平日里，嘎查的男人们都爱吹牛皮，都说自己的酒量如何大，一顿能喝几斤酒，谁也不服谁，如今可遇到对手了。不过，男人们有着自己的小九九，心里盘算着怎么试试客人的酒量。

　　说话间，嘎查第一书记端着酒杯过来了，这是嘎查唯一的汉人，三十出头，个子不高，别看其貌不扬，来头却不小，他可是浙大毕业的高才生，上边派来的帮扶干部，操着一口略带南方口音的普通话，领着村委会一行人等挨桌给村民敬酒。有人给第一书记介绍"远方朋友"，书记把杯中的矿泉水倒掉了，说自己本来不会喝酒，但家里来了客人怎么也要尽一下地主之谊。一旁的小伙子忙给书记倒酒，书记说："多……多了……"一杯酒已倒得满满当当，小伙子说："不早说，我以为是'多倒'呢。"书记吃了哑巴亏，也不好说啥，村民们起哄："书记干了！书记干了！"书记架不住怂恿，双手举杯："远方朋友，欢迎你来哈图布其！"闭起眼睛屏住呼吸，先饮下半杯，说："吃口菜，吃口菜不算赖。"说着夹了一口黄瓜拉皮，强把下半杯酒咽进肚子里，这边，高个子早将一碗酒饮下。村民们又起哄："草原三杯！家里来客人了，书记一定要来个草原三杯！"书记忙摇头，这时一位年长者站起身，亲手给书记倒上一杯酒，说："书记，这杯酒我是替村民们给你倒的，哈图布其的好光景都是你给带来的！"年轻书记摆手："大叔，您知道这不是我一个人的功劳，要感谢就感谢党和政府……"一个酒嗝打上来，话说到这个份儿上，酒是不能不喝了，书记虽是文质彬彬的南方人，但也是条汉子，关键时刻不能掉链子，满满两杯酒说干就干掉了，高个子倒是来者不拒，仍然用奶茶碗喝，说话间就饮下了四碗酒。书记抹了一把嘴巴，脸顷刻间红灿灿的，眼神也迷离起来，说："远方朋友，我们的'男儿三技'竞赛马上开始了，还有刺绣表演，一会儿邀请你观看节目啊。"有人来搀扶书记，被书记推搡开："我还没多，我还没多……"一边的嘎查达说："不行就扶书记去村委会休息，他这些天忙里忙外累得够呛。"书记摆手："不，不，我才不要睡觉，我还要等着看比赛呢。"他走路有些摇晃，没墙可扶却不倒去，就像蒙古汉子骑马一样，看着晃晃悠悠，并不会从马背上摔下来。

紧接着，人们开始轮番为高个子敬酒，都说："'远方朋友'，请你喝上一碗哈图布其的酒！"高个子也不含糊，谁来敬酒都干上一碗，一会儿的工夫，二十几碗酒就灌进了肚子里。女人们都是绵羊心肠，不忍心这么多男人灌醉一个异乡人，纷纷去拉扯自己家里的，不要他们把客人喝倒喝坏。可"远方朋友"看上去一点儿事儿都没有，除了高高的颧骨处泛起红晕，眼睛也没见小没见直，舌头也没见大，脸上始终挂着那副憨态可掬的笑容。

竞技场那边锣鼓喧天起来，大喇叭的声音飘荡过来——先是雄壮的国歌，接着传来一个男主持的标准蒙古语，人们知道是赛会要开始了，大人孩子纷纷离席，往一个方向跑去，刺绣表演的女人们则去彩条布的帐篷里换绣娘服。一个年轻绣娘扒开门帘偷窥着高个子，里边传出嬉笑打闹的声音，"去你的，不要胡说嘛……"随后，十几个女人被年轻绣娘追打出来，与麻雀一起叽叽喳喳地拥向会场，年轻绣娘落在后面，一步三回头地向这边观望。嘎查达来邀请高个子，不料一个男人拎着酒瓶从灶台走过来拦住去路，他是嘎查有名的屠夫，刚才一直忙着杀猪宰羊，烧火煮肉，这会儿就和嘎查达说："客人还没喝好呢，我想陪他再喝几杯。"嘎查达用目光争取了一下"远方朋友"，嘱咐道："适可而止，不要把客人喝多了。"

这是个敦敦实实的车轴汉子，头大如斗，脖子和身体一般粗细，毫发如狗熊般黑重，一看就是个"心狠手辣"的角色。几个爱喝酒的闲人围过来看热闹。屠夫有一个绰号叫"狼赫尔"（酒罐子），这谁都知道，干他这个行当的，给谁家宰牲畜都会供一顿酒喝，特别是近几年，每家一年冬夏两季都要杀上两口猪，肥猪滚滚，酒肉不断，久而久之，屠夫练就了一副千杯不醉的好肠胃。隔着桌子，狼赫尔并不坐下，举起酒瓶，瓶嘴对人嘴，"吨""吨"一阵水流声音，几串大气泡在酒瓶里由下而上，顷刻间一瓶酒灌进了嗓眼里，狼赫尔用手掌抹了一下瓶口，随后开了腔："高个子，我来陪你喝酒，喝得过我，我请你去乌兰浩特最大的饭馆。"

好家伙，一瓶白酒就这么对瓶吹掉了。人们再瞧"远方朋友"，有人递酒给他，头一秒他还在笑呵呵的，下一秒仰仰脖，整瓶酒水就进了肚，没人看清他是怎么喝掉的。棋逢对手，有好戏看了。狼赫尔这才坐下来，说："兄弟，我今儿个高兴，所以才想和你多喝几杯，他们这些人都喝不过我，我和他们喝酒没意思。几年前，我还是个贫困户，我上有老下有小，老人有病孩子上学，自己又爱喝酒，实话，日子过得真不咋的。自从'小白脸'书记，就是那个高才生书记来了以后，他帮了我不少忙，帮我给老人办了大病医疗保险，给我争取政府各种补贴补助，孩子考大学又是他帮我跑的贷款，我媳妇腿残疾，过去没啥手艺，天天喂鸡打狗的，两年前去了村里的刺绣培训班，旗里来的白老师手把手教，她自己学会了又教我。"屠夫伸出他的一双又粗又硬的大手，上面还沾染着猪血羊血，他说，"就我这双手，不是吹牛，刺绣个花呀朵呀的，我比嘎查里的老娘们强，她们都绣不过我，你信不？"说着话，从随身的兜子里掏出一幅作品，展开给"远方朋友"看，只见皮画上一双蝴蝶飞舞在马兰花间，针脚细密，栩栩如生，屠夫小心翼翼，动静大了怕蝴蝶飞走似的。"这刺绣讲究绣、贴、堆、挑，技术精着呢。"这回狼赫尔不再对嘴吹了，像"远方朋友"那样，他把酒倒在奶茶碗里，"我们两口子就是这么脱贫致富的，为了刺绣我最近把喝了半辈子的酒都戒了，可今儿个我一定要喝点儿，高兴啊！过去嘎查里像我这样的贫困户多了，现在可都脱贫了，日子都过得一天比一天好，老百姓还求啥？"说着两个眼泪疙瘩就在眼圈里打起转，用手一抹，说了句"喝酒！"兀自一饮而尽了。

喝酒也有大小酒场之分，小酒即小酌，大酒需要有酒量的人拼着喝，说干就干谁都不落后。而且喝大酒的酒场要喝得默契，既有能吹牛的也有能听吹牛的，"远方朋友"确实是个好听众，一言不发，说喝就喝，狼赫尔说啥他都支棱着耳朵听，兴致满满，所以今天这个酒场俩人喝得比较合拍。狼赫尔就给他讲哈图布其嘎查这几年的变化，说现如今村村通了水泥板路，家家红砖蓝瓦窗明几净，最牛的是每家的牛圈里都有几头油光铮亮的西门塔尔牛，至于为啥在牛圈里而不在草地上，那是因为生态禁牧，为了青山绿水。接着又吹——满村翘着翅膀的大雁其实是路灯杆，路边又种了一些稀奇的树木和花花草草。狼赫尔说："就连阿里巴巴还在我们这里种了沙棘树呢，叫什么'蚂蚁森林'，知道那个叫马云的不，他和我们书记都是浙江人，个头比书记还矮呢……"说到最后，狼赫尔想起给"远方朋友"安排住处，说啥要他晚上到自己家住去，他醉眼蒙眬地瞄了瞄"远方朋友"的身高，一时犯了难，说个头高些倒是可以弯腰进门，宽度就难办了，实在不行就把窗子卸掉，从窗户进屋。

眼见着桌前的空酒瓶子摆了一溜。狼赫尔像口慢慢烧热的锅，脸色红如猪肝，他裸着上身，浑身粗毛孔筛出豆大的水珠，后来就淋漓下来，那是热气腾腾的汗水，足以蒸熟一锅馒头。"远方朋友"也出汗，但是那种细细密密的，像清晨草原上看不见的温凉露水，只有浸湿了靴子或马蹄才让人知晓。再喝，狼赫尔起酒的手有点儿不听使唤了，脱手两回也没拧开瓶盖，他稳了稳身子，深吸一口气压进丹田，一个大酒嗝打将上来，浓烈的酒气直呛人脑门。这当儿，有人瞧见他的腋下水流如注，禁不住叫了嗓，喝酒的人都明白这是酒漏，狼赫尔的酒漏开了，这也是喝酒人的暗道，没有暗道酒只会在人的肠胃里、血管里燃烧，直到把人烧焦烧化。再看狼赫尔，糊满眼屎的两眼重新有了光亮，脸色似晚霞中的沙滩退潮了，他不再使手去拧瓶盖，而是直接用牙咬开，这次他起了两瓶酒，一瓶留给自己，一瓶递给对方，用发直的眼睛望着高个子，说："兄弟，酒逢知己千杯少，咱俩再吹一瓶……"

围观的人虽然都是些不怕事儿大的汉子，但也忍不住劝阻："咳，还是一碗一碗喝吧，这么喝会喝坏了身体……"狼赫尔却不管这些了，酒喝到这个程度他只想表达感情，他举起白酒瓶，先是把它当作麦克风，扯着嗓门唱起一首广场舞歌曲，一会儿有词没调一会儿有调没词，最后终于唱累了，不得不趴在桌上，脑袋一歪嘴一斜，便到梦中烀他的猪头肉去了……

围观的人都乐了，说让他这么睡吧，现在就是把他抬到集上称了卖肉他都不会醒了。"远方朋友"这会儿有了些许醉意，他摩挲了一把红通通的脸，弯腰脱下两只靴子，只见裤腿湿得像蹚了河，脚趾也似被水泡得发白，靴筒向下倾倒，两股清泉便一泻而下了，酒香立马弥漫开来……男人们随之惊呼了：酒道！魁中的酒道！民间俗语讲，一道后脑勺开窍，二道汗下眉梢……八道腋下尿尿，九道清泉灌脚……前几个酒道人们倒是多少见识过，可这"清泉灌脚"还真第一次见，男人们不禁啧啧称奇，算是开了大眼界。

不远处的赛场一片喧闹。"远方朋友"穿上靴子，晃晃荡荡向着赛场走去，嘎查的人们都聚集在那里，大喇叭里的草原歌曲盖住了百灵鸟的啁啾，却压不住徐徐尘土，几个少年正在跑圈赛马，马鞭挥动，马蹄飞驰，叫好声连成波浪。高个子认出马上少年就是要与他赛摩托的几位，便张开大手为他们鼓起掌来，又使劲儿打了一个尖如鞭梢的口哨，赛马扬鬃翘尾，雷声隆隆掠过眼前。赛场中央，搏克手们已决出最后的胜负，高个子挥动双臂，以搏克鹰舞向他们致意。没见过棕熊跳舞，这回见识了。几位魁梧雄壮的冠亚季军还之以礼，高喊："高个子，过来和我们比试比试！"被旁边的搏克手拽了拽衣角，低语："呋，瞧瞧他的体格，估计咱三个一起都不是他的个儿。""远方朋友"并没有一试身手的意思，耳边夏风习习，羊羔皮一样毛茸茸的阳光披在身上，他昂首阔步，路过射箭场。一位眉宇英俊的青年已斩获头魁，箭靶上遍布箭痕，十环兼有，但都没中靶心。高个子拿过弓箭，轻轻一拉就拽个满弓，距离百米远，"嗖"的一声箭镞响，正中圆点，箭手们惊了，上前察看，却见那支箭竟射穿了靶子，想取出来非双手双脚蹬拔不可。"远方朋友"哈哈一笑，交弓箭于英俊小生，继续前行。百余名绣娘正埋首刺绣架穿针走线，一色红艳衣袍铺展开来，如点缀青草地的朵朵萨日朗花。那位年轻的绣娘瞥到了"远方朋友"，提裙站立起来，腰身袅袅娜娜，眼神犹如波光荡漾般向他招手，女人们这时纷纷抬起头来，目光像蜜蜂嗡嗡叮咬着高个子，一时竟忘了女人该有的矜持和羞怯。

"哦，他好高大呀！""嗯，比咱嘎查任何一个男人都牛壮……""听人说，他刚刚吃掉了大半只羯羊哎。""还喝光了嘎查所有的酒。""瞧瞧他的胳膊比我的腰还粗呢，好像不费力气就能搬动敖包上最大的石头。""不知哪个有福的女人嫁给了他……"女人们窃笑起来。

年轻绣娘挥动起衣袖，喊他："呋，你要去哪儿？"

高个子冲着女人们拍了拍肚皮："我的肚子饱了，要赶路去了……"声音洪亮如高音喇叭，所有乡亲们都听到了，他们或放下手中的活计，或回过神来，目送"远方朋友"。人们望着异乡人的背影，议论纷纷："我们还不知道他的真实名字呢。""是啊，不过看他的体魄，他的名字该叫都仁扎那（锡林郭勒传说中的著名摔跤手）。""可他的吃相……好似蒙古秘史里那位最能吃能喝的祖先——大巴鲁剌。""不，他的箭法更像圣主的四獒之一'者勒蔑'。""这么说，他还是蒙古人传说中的'酒神'呢……"

无论他是谁，无论高个子矮个子，都是个过路人，都是科右中旗草原最尊贵的客人。人们最后得出结论，于是一起高呼起来："呋，欢迎你再来哈图布其！"

彼时高个子已经走远，他转过身向乡亲们挥手致意。他蹚着一眼望不到边际的没膝深的锦鸡儿，这是牧民们人工播种的，这里曾经是寸草不生的流动沙丘，如今变成了万亩枝繁叶茂的饲草地。此时头顶之上，数不清的云雀和百灵鸟赛着歌喉，此起彼伏，仿佛一场以天为幕的盛大合唱；近处，清澈的乌力吉木仁河如同一条银带缓缓伸展，飘动；远处，群山如黛，白云像昂扬的雪峰一样高耸，又似一群天马奔腾踢踏。高个子就向着奔马似的云山走去了，一会儿消失在大野深处。

人群中最失落的要数那个年轻的绣娘，她咬着嘴唇，还在向高个子走去的方向悄悄挥手，用温柔微小的任谁也听不见的声音说着："再见了，远方朋友，你什么时候能再来喝哈图布其的酒……"

（原载于《民族文学》2020 年第 11 期）

群众演员

了一容（东乡族）

一

许多人都有当演员的梦想，因为当演员有许多乐趣。我认识一个做群众演员的朋友。我和他相识已经十几年了，他就是靠这个工作为生的。王宝强也是从群众演员开始的，但人家早已经火得一塌糊涂。我的这个朋友认为：离没离婚是考量一个演员火没火的标志，一般特别火的演员，有一半都离婚了。但是我的这位朋友当群众演员都快三十年了，仍然还是原配夫人，有过一次机会，他想离婚可又不敢离，只好继续默默地做好他的群众演员，到处"要馍馍"，有时吃了上顿，竟还不知下顿究竟在什么地方呢，但他似乎一直都没有要放弃的意思。

二

我这个群众演员朋友的名字叫肖四，可能是家里排行老四吧。以前他是一家轴承厂的工人。也就是在他当工人的那个阶段，他说他参加了第一期西部影视班，之所以参加了那个班，是因为他当过一次群众演员。那是有一次，恰巧西部影视城来人拍电影，到这家轴承厂去寻找群众演员，这个大型国有企业当时是这个小城市里人群最密集的地方，约有几千人，肖四听说当群众演员管吃管喝，还能给点外快，相比在车间里机器般的单调乏味要有趣得多，于是他就和几个同事踊跃地报了名，坐上一辆破面包车去了影视城。他这一去，竟然就爱上了拍戏。

九十年代，乃至到整个二十一世纪初期，都是一个电影火爆的时代，也是盛产明星的时代，人们崇拜明星比崇拜爱因斯坦有过之而无不及。人们对默默无闻的劳动者已经没有了一点儿兴趣。

肖四是一副标准的好衣架子，这是显而易见的。因为当演员，首先得是个好衣架子。肖四就是这种穿啥像啥的人。这样说，你们就该对群众演员肖四有一个感性的认识了吧！他生得浓眉大眼，仿宋体的"国"字脸，面庞红润，鼻梁笔直高挺，阔口，法令纹自然流淌，并微微下垂。大家看过扮演《三国演义》关云长的那个人吧，肖四样子有点像他。肖四读书甚少，儿时是个放羊娃，在老家盐池的村子里读了几年小学，二十岁左右的时候通过招工到了西北轴承厂当车间工人。可是自从后来当上了群众演员，就很少提及那段放羊娃的日子，似乎觉得提家乡的穷日子不甚光彩，每言必提他是某影视班毕业的，还会加上中国电视电影家协会什么的头衔。因为他口才并不好，吹牛话一多，就难免会前矛后盾，许多谎言就露馅儿了。但他总是话特别大，把自己说成大明星、大咖、大牌，说是他经常动不动就跟范冰冰、徐峥一起搭戏，可是我看了许多徐峥和范冰冰的电影，都没有找见他的影子。他还说他是上将李克农的特型演员，说上面为了让他出演李克农，光政审这一关就把他们家查了三代。大家虽然不是特别了解演艺圈子的情况。但他说的"经常"和这个明星那个大腕儿搭戏，就很让人怀疑，因为大家倒是常常在影视中看到他说的那些人，可就是唯独找不见他的影子。还有，演李克农是不是要政审、要刨根挖底查三代人清白的问题，不好深究，这个小城里的人也是似信非信，时而认为他说得有鼻子有眼，合乎情理，时而又觉得不就演个戏嘛，何必小题大做，搞得那么夸张呢！可是我们隔着行，隔行如隔山，也不好追问。但是，我们可以上网搜索，大家上网上一搜索一查询，均没有发现肖四说的这部十分有影响力的他主演的《李克农将军》的重要电影。有时候，肖四在饭桌上吹牛，一大群人，他在那里一边向大家介绍自己的丰功伟绩，一边还会把他的一台运行十分缓慢的杂牌子的、有些汗渍油污的破手机掏出来，在里面翻寻出他和一些明星的合影。但这小城里的人说，这又能说明什么呢？据说许多群众演员，为了提升自己的知名度，为了满足一下自己的虚荣心，就在北京，还有横店等全国各地的影视基地，瞅准时机追着找明星合影。不就是在拍戏的场地和明星拍了张照片嘛，明星也是人，也很渴望有人崇拜，也渴望粉丝们追捧他们，所以也很少拒绝群众和他们拍照。这些群众演员有时也会从旁边借几件衣服和行头套在身上，往明星跟前人模人样地　凑，对旁边另外的群众演员伙伴大喊一声："快拍！"

于是，群众演员们各种各样与明星的合影就都诞生了，然后拿着这些诞生的照片回家乡吹牛皮。一些不明情况的人，真会把他们当成明星了，最次也会认为他们和明星一起搭戏了，过几年不定比旁边的明星还火呢。所以，这种合影的诞生，是证明不了他们究竟取得了什么成就。

肖四那次在西部影视城当了一回群众演员后，就上瘾了，他觉得这个职业才是最适合他干的。他就喜欢在一种表演性很强的工作状态下生活，因为面对镜头他就会萌生出一种特别强烈的冲动和表演的欲望。其次就是，他喜欢吃美食，只要你提供各种美食食材，他立马就有当饭大师的亢奋。一个是表演，一个是吃美食，似乎他人生的全部意义，就包含在这两件事情里，也仿佛只有这两件事情才能够让肖四的荷尔蒙爆棚。

当过了群众演员的肖四，工厂的生产车间就不想再去了，看不上了，觉得那不是个人干的事情，人干的就是要当好演员、当一个大牌明星，还有就是食好吃的，必须要有好吃的供自己享用。对于轴承厂里的车磨洗刨等等，已经让他厌烦透顶了，觉得是在白白消耗一个才华横溢的人的青春、在浪费一个与众不同的人的生命。于是，他在厂子里三天打鱼两天晒网，后来不是单位下了他的岗，而是他要把这样枯燥乏味的重复性的劳动，以及天天跟不会说话的冷冰冰的钢筋螺丝打交道的生活从生命中淘汰掉。然而，现实生活往往是残酷无情的，自己浅薄的知识结构和肤浅的认知，加上能力的不足，使他很快就失业了，也没人找他拍戏了，工厂也是去不成了。这一点他似乎早有先见之明，因为这个轴承厂不久自己就倒闭了，工人们多多少少给了点钱就都给打发了。

失业人员肖四，就特别苦闷，好在天无绝人之路，他在新市区的烧烤摊子上寻着食好吃的、喝啤酒的时节，认识了新疆卖烧烤的买买提大哥，人长得五大三粗，羊肉吃多了是容易发胖，这让肖四特别羡慕。他看见人家一边给别人烤肉串、烤肉夹馍，一边自己把烤得半生不熟的羊肉串撒一把椒盐，大口大口地吃，啤酒一瓶接一瓶地灌，那种酣畅淋漓的生活，让肖四觉得人家是把人真正地活了。这还在其次，那个买买提竟然有着两个女人。能者多劳嘛，因为生羊肉吃多了，力量就特别大，也容易令人亢奋，一个女人根本就满足不了买买提大哥的需求。有了两个西域的桶式女人之后，买买提的火气才仿佛没有以前那么大了。这两个女人也让肖四馋涎欲滴，她们一个比一个眼睛圆，圆得跟耳朵上戴的环环似的，两个女人都是胖墩墩的，浑身上下全是羊肉的膻气和性感的味道，走到你跟前，大奶子呼噜噜地抡过来，一股奶浪能把人打晕。买买提师傅又黑又红的大脸膛，一身的力气和腱子肉，跟种牛一样壮实，每天晚上都要精力充沛地伺候两位忠心耿耿的女人，让她们咯咯咯地笑着进入甜美的梦乡。

三

群众演员肖四很快就成了买买提大哥的徒弟，跟着师傅看烧烤摊子。对于这项工作，肖四相对比较上心，因为羊肉串可以尽管往饱里吃，啤酒也可以喝上两瓶。在吃的这方面，买买提秉承了祖辈的传统与豪爽，放开叫肖四吃，并朗声说："你一个人嘛，一天能吃多少肉呢，你尽饱吃，吃饱了把客人给咱们伺候好！"肖四一个人即使放开肚子吃，又能吃几斤羊肉呢，人吃饱喝胀，自然就吃不进去了。买买提师傅的大方让肖四对他充满感情，谁如果说师傅和师傅家乡人的坏话，他就觉得是对师傅的不尊重，就想上去辩论。买买提师傅对自己的这个汉族徒弟也爱护有加，还教他如何烤羊肉串，把这一手吃饭的本事毫无保留地都传授给了肖四。然后，他又用自己的钱给徒弟买了一套烧烤的炉子，还教给他如何配料，并分了他一些配料，让他另起炉灶，并对肖四用浓浓的家乡口音语重心长地嗔怪：

"哎，你这个勺料子瓜娃，一天嘛，不能光给我拉长工，你这样子干到啥时节去呢，你嘛，也出徒了，自己摆上一个摊子，挣上点钱找上个羊缸子（女人），生上两个儿子娃娃，好好过日子去！"

自此，肖四就另起炉灶，也摆了个烧烤摊子，先是距离师傅不远，后来他怕影响师傅的生意，就主动从新市区搬到老城的湖滨街口去了。在那里，他的生意和师傅一样火。他自己不久就找了一个流落这里的四川女人结婚了。后来因为和旁边的人争摊位，竟和另一个摆烧烤摊的人打了一架。一开始，那个水鸭子（把当地人就这么称呼）和他撕衣领，扯袖子，抓住衣服领子你把我推过来，我把你搡过去，就这么来回扯锯，后来肖四失去扯锯的耐性，有些不耐烦了，找准人家的干腿梁子就是一脚，对方不仅以脚还之，且照准肖四的脸就连续地捣给了一顿组合拳。人家才不管他是什么演员名人呢。围观群众就呼啦啦来了，有了观众，就得有戏啊，肖四想，他这么打我，我得把节奏和频率也跟上去呀。状态也就出来了，显然，那人没有肖四劲儿大，就嚎喊旁边的几个摆烧烤摊的一起动手，说："还看什么呢，这个家伙来把咱们的生意抢走了，你们还不打他！"毕竟人家在一起的时间久，亲戚朋友的关系嘛，所以就群起攻之，乱拳齐上。乱拳打死老师傅呢，一阵阵功夫下来，肖四的脸就被打得像充气的皮球一样肿起来了，眼眶子就跟蜜蜂蜇了一样，眼睛也被打得睁不开了。他们凡是参与打架的都浑身流出汗来，嗓子里冒烟。直到相互打好了，就自己停下来，散开了。

这一架打完以后，双方都没有叫警察来处理。男子汉大丈夫嘛，肖四一边摸头上的伤，一边悻悻然地说，"你们都给老子记住了，我的拳脚打到你们，也是不好受的！"

对方的那帮人也都笑了，说："赶紧回去看大夫去吧，煮烂的鸭子，嘴还硬得很！"

肖四揩着视线模糊的眼睛，就在心里偏执地说："这些混蛋，一定是想出名，才专挑我这样的名人打哩！"嘴里且骂骂咧咧地走了。这一场勇闯"上海滩"，却以肖四的失败而告终，他自己也不想找人报仇，就在头上包了一片破纱巾，忍住浑身的疼搬到北京路海宝大厦那儿去了。这个新的地盘，生意也还可以，尽管没有湖滨街口那里人来往稠密，但还是有些个人的。肖四在海宝大厦的楼下摆了一年烧烤摊，又在大厦旁边盘了一个店，一边开餐厅，一边门口带的烧烤，他和四川媳妇两个一起干。他把自己在影视城当群众演员时跟几位明星的合影挂在了店里。许多人就一边吃饭，一边称赞他，说："没想到这个老板还是个电影明星啊！""咱们赶紧和名人合个影吧！"你一言我一语地议论着。肖四一听，就引以为荣地紧紧握住这些顾客的手，仿佛遇到了知己似的，有时还会给人家送上一瓶啤酒。他们夫妇靠开饭馆，算是多少挣了点钱，还租了套住人的房子。但是，时间久了，肖四还是特别向往当演员的感觉，只要带光束的东西一接近他，他就会当作了镜头，就情不能已地表现出演说和歌唱的欲望，就会摆出各种影视作品中出现的姿势和造型动作。

四

渐渐地，大家就都知道了开饭馆卖烧烤的肖四是个演员，就难免会比较频繁地叫他出来一起坐坐，聚聚餐，把他当有身份的陪客，有人喜欢刨根问底，追问肖四的籍贯和先辈。肖四最早的时候，说他们家是陕北穷山圪里搬来的，老爹是个放驴的，然而时间一久，他就觉得这样说有些不大合适，那些饭桌上的人脸上表情淡淡的，有些瞧不上他的样子。于是，有一天有人又一次问起肖四的老爹是干吗的。肖四就自豪地说："我们祖祖辈辈可不是一般的人，那可都是身怀绝技的艺人，是地地道道的皮影戏表演世家！"他甚至讲起了惊心动魄的故事，"十年动乱的时候，你们知道吗？我老爹就因为要死没活地保护那些即将灭绝的老皮影，就被'四人帮'的爪牙抓住，数九寒天的，一顿钢鞭抽打，单薄棉袄里的棉花就鼓咚咚地冒出来粘到了钢鞭上，就打得老爷子皮开肉绽，那个凄惨呐！"肖四一只手端着酒杯，一只大手掌在空际里来回摇晃着、头也跟上摇着，意思是不堪回首，他顿一顿接上说，"后来就被天天揪斗。那时候，就喜欢个斗争，你斗我，我斗你，不干生产建设的事，就是那些闲人特喜欢组织开会，让人批人，人整人，人斗人，人一斗人他们就亢奋快乐。他们提倡人跟人不仅要互相斗争，还要善于斗争。就在那样的年月里，老人家就被斗得蹲了十年牛棚。"他有些黯然神伤，"你们说说，一个人一辈子有几个十年呢，十年能够干有价值正事、为人民演出和奉献的时光就那样白白流失了哇！"他突然又仿佛振作了精神，来了一个转折，总结式地感叹道，"（光阴）再也回不来喽！"讲这类故事的人，不只是肖四一个人，肖四只不过是在邯郸学步，自"改开"以后，当一些人在事业和工作方面一经遭遇困难和挫折，就都喜欢把他们归咎于"四人帮"。又有一次，肖四关于对老爹的故事，似乎把前面说过的有些细节忘掉了，搞混了，但是却仿佛又记起了新的重要的情节："我们家那些世世代代传承下来的皮影，全部让那些武斗的人从我家房梁的椽缝子里搜腾出来，拿了去一把火就给葬送了！"说着说着，肖四竟然眼泪汪汪的。

人们一下子被这个表面看起来无比刚强，实则内心情感丰富且脆弱的男群众演员的故事所震撼和感动了。那时候，能被抓起来蹲牛棚的都是些什么人啊？那都是些能人异士，都是些名人学者，一个个都不是平地里卧的兔儿，一般普通人就没有这样的资格和动人心魄的遭遇。

基因的遗传连科学都感到匪夷所思，到了肖四手里，这种特殊的基因又开始在他身上生根发芽和凸显出来了，在他的血液中四处泛滥开了。所以，这是天大的好事，对国家的文艺事业不无裨益啊！肖四他要重整旗鼓，他一边开馆子，一边和以前影视城专门组织群众演员的一个姓马的中间人保持着友好联系，并嘱咐他："我的好哥哥，影视城如果再来拍戏，需要群众演员，无论如何你一定要通知我过去参与演出一下。"

"等我的好消息吧！"马哥仗义地说。

然而，一等就是三几个月，或者半年，都没个定数。

总会来戏的。任何一部影视剧工程都需要一堆人才能完成的，群众演员也是必不可少的。所以，影视城一来戏，那个居住在影视城附近负责联系群众演员的马哥，尽管他对演戏不感兴趣，但对钱却情有独钟，所以就成为群众演员的中间人。群众演员的演技和能力不一样，付费标准也不一样，有平均一天三十元到七十元不等，也有个别是一百元一天的，都不一样，因为有群众演员，有群特演员，有新人，还有老群演。一般情况下，由这位近水楼台的马哥先去跑到导演那里把活儿承揽过来，签好合同，自己再联系当地群众演员过来到副导演那里应聘，参加演出的演员工资一天一结。这位马哥的心还是比较狠的，在每个群演的身上要抽走一半工钱呢。肖四给马哥经常是香烟美酒地孝敬着，所以他的工资略微比一般第一次参加演出的群众演员要高一些，但也高不到哪儿去。由于关系处得不错，肖四偶尔也能捞个店小二或者不很重要的打家劫舍的棒客土匪头子客串一下，就高兴得几天都睡不着觉。肖四在生活中，常常把自己扮完角色的照片从手机里调出来反复地看，似乎看不够似的，只要一有人他就要别人也一起看他拍戏的短视频和照片，以证实他是一个"著名演员"！他就是这样地走哪儿把自己广告到哪儿。

五

时间久了，大家就知道肖四也算是个文艺界的人士、是个名流，就会吃饭的时间约上他在饭桌上表演个节目，娱乐一下大家，活跃一下气氛。

肖四的拿手绝活就是陕北民歌"羊肚子手巾三道道蓝"，还有什么"亲口口拉手手"，这是他在饭桌上的保留节目和拿手好戏。

大家有所不知，肖四这个人的自尊心还是非常强的，对那些不尊重他的人深恶痛绝，更不喜欢别人说他是群众演员。他希望大家称呼他："大明星、大导演！"

肖四倒是真的导演过两场亲戚朋友的结婚典礼，当了几次司仪，至于导没导过影视剧就不得而知了。但他听别人叫他肖导或大明星的时候，就十分地受活和满意。可是也有那种不识时务的人。有一次，在饭桌上一个心直口快的生意人，当着一大群人的面说："肖四，你这么大年龄了，还在当个群众演员，真没劲儿！"

顿时，桌子上的气氛一下子变味了，空气都凝固了，先前还交头接耳嗡嗡嗡吵得人头疼的声音一下子都像是被藏起来了，人们都不敢正面看肖四的脸，也不敢看别的人脸上的表情，大家都把头低在桌子上，不知道怎么办，毕竟都是有一定身份的人，都是有点头脸的人，尽管心里都有些幸灾乐祸，更有不乏煽动的心思，且在心里会心地微笑着的，但表面上却都一个个在装着，在演生活的戏，都扮成一本正经的君子的样子。

肖四气得脸一会儿红，一会儿白，口都讷讷了，眼睛对那个不知轻重的生意人翻得跟仇人似的，几近反感到了极点，但又想不出一句有力的反击的话，换成别人会骂他是暴发户，可他嘴抖了半天，来了一句："见不得人家坟头上冒青烟！"又接上来一句，"你还不配说我！"

这时候，旁边一位饱经世故的立勤先生，也许尝到过太多人生的酸甜苦辣，也领略了官场退休后人走茶凉的滋味，便开口打破了尴尬道："你们说，我们大家谁曾经不是个群众演员呢？"他十分豁达地说，"我自己就曾是一位在工作和生活中尽职尽责的群众演员。毫无含糊，生活中，大家都是群众演员，因为我们只有当好群众演员，扮演好各种角色把领导伺候好，上协下调，摆布好各种棘手的问题，才可能将来成为主角啊！"他面带慈祥的笑容，继续说，"就在昨天，无意中我打开电视，竟然就看到了肖导，好像扮演的是一位古代的将军。挺好的，年轻人嘛，干任何事情，就是要有持之以恒的决心！"他的话，无异于春风化雨，化开了饭桌上凝固的空气，气氛渐渐活跃起来，也让肖四的颜面多少有所挽回。这位退休的豁达的老先生提议大家祝贺肖四又出新作，于是大家你一言我一语，跟着称赞起肖四，并一起为之干了一大杯，并祝福肖四能拍出更多令老百姓所喜闻乐见的好作品。

肖四把杯中的酒也一饮而尽。

那个商人，赶紧把杯子凑过来要单独敬肖四一个。

肖四缩了一下臂，但最终还是迎了上去，"当——！"玻璃杯清脆悦耳地响了一声。

人们才松了一口气。你们想，群众演员的档次和肖四平素里说的大牌明星完全是大相径庭的。群众演员的地位是很低的。群众演员说白了就是所谓的背景演员，就是个可有可无的装饰物和烘托气氛的点缀，就是主角在台上面表演，群众演员在台下鼓掌，有没有这个鼓掌者，或者换成任何某个鼓掌的人都是一样的，都没有什么区别，多一个少一个也不会影响大局。所以，肖四的演员的存在感被人贬得一文不值。这就像有人说一个写了多年的写作者是一个文学爱好者是同样的道理。爱好，不等于你就是这方面的一块材料，也无法证明你具备这方面的素质和能力。比如有人揶揄一个几十年都献身于拍戏，尽管一直都是个群众演员的人，在众人面前说他是个群众演员，那是非常伤人的，这会深深刺痛他的心啊！您想，肖四他该多么地生气、心烦和讨厌啊！他现在也许无所求，但要的就是一种虚拟的荣耀感，一份纯朴的感情投入后所获得的尊严呐！

大家提议肖四的"亲口口、拉手手"开始。

肖四也不推辞。端着酒杯，绕着酒桌，转着圈，就唱起来："一对对绵羊，并呀么并排排走，哥哥能什么时候，拉着你（那）妹妹的手！"他恰好转到一个性感少妇的跟前，对她笑着挤了挤眼，大家尽兴地笑着。刚才这是哥哥的声音，肖四把手有些专业民歌艺术家那样拦挡在口边，不使声音和调子跑偏了。他刚刚嘴是朝着左边，突然又猛地转向右边，变成了妹妹唱道："哥哥你有情，妹妹我有意，你有情来我有意，咱二人不分离……我要拉你的手，还要亲你的口，拉手手亲口口，咱们两个圪崂里走……"

饭局被肖四的歌声推向了一种难以言说的高潮。

六

要说在这座城市里，算得上名牌演员的，且是真正土生土长的大咖确有一人，那就是杨红球，他的名字气魄之大，非同一般，意思是要红遍整个地球。他曾经确实拍过一部足以证明自己是个卓越演员的电视剧，凭借这部四大名著之一改编的电视剧中出演的成功角色，让那一古典人物形象活灵活现地展现在了大家面前。当然，像他这样的演员，大家都认为，即使现在不怎么拍戏了，但背后还是有一些演艺圈资源的。

我们的群众演员肖四，在饭桌上他还能够安稳地待在这个空间。其余，他自从当上群众演员，就只能看见这个人仿佛屁股上扎了鸡毛翎子，脚不沾地，似乎一直都奔波着，一副忙忙碌碌，紧紧张张的样子，似乎没得一点儿闲工夫。在此期间，他北京也跑了好多趟了，南方横店影视城门口群众演员的行列里总有他旋转忙乱的影子。但是，好多戏都不需要他，甚至不被导演尊重，挺看脸势的，饿肚子也不是什么新鲜事儿。他和一堆明星倒是合了好多影，就坐着火车又回来了。回来过上几天，又走了，去了还是遇不上一个伯乐，只得再次回来。

回来之后的肖四，这边西部影视城也没有人叫他拍戏，他的餐厅由于他去北京之后，疏于经营和管理，就关门大吉了，老婆也去跑保险了。

但是人得吃饭啊，他背着一堆与明星的合影，找饭吃，东奔西跑，还真接了个活儿，就在省城下面的一个市里，一家曾经开烟酒超市的老板新开了一海尔电器代理公司，要搞一场开业仪式的庆典活动，请肖四给策划策划，让他再请上两位名人，算上他本人一共要三位名人就成了，届时请他们在活动现场出席并与广大客户群体互动一下，也是一种宣传模式。因为现在就时兴这个名人效应，做生意干啥都得要讲个平台，讲个模式。

肖四与商家签订了合同，拿上了订金，就开始找另外两个名人，他首先想到了著名演员杨红球，这是一次走近自己心目中崇拜偶像的机会，还可以让自己的偶像红球老师借他的影响力在圈子里谋点戏拍。现在，啥都不得是个圈子嘛，老是进不了圈子，在圈子门门子上久久地徘徊无依，就永远出息不了。可是肖四不认识杨红球，就托了个饭局上认识的名人找到了杨红球，先约出来请人家红球吃了一顿饭，饭桌上就把事情交代了。

人家杨红球显得牌子挺大的，一见面就对肖四说："我真不想去，可是某某某哭着喊着让我一定给你捧捧场，我也知道你小伙子挺不容易的，如果不是看在某某某的面子上，就你那仨瓜俩枣的，还不够我的个烟钱！"这个杨红球，在电视剧中的扮相，那可真叫一个绝，叫一个帅，你看着那扮相就觉得他不像个凡人。现在再看他，虽然上了点年岁，脸上有了一定的沧桑和褶痕，但依然面孔红扑扑地放着光泽，眼里流淌出一丝孩童般的狡黠。还有，他原本是这北方的小城市里长大的，地地道道的水鸭子（因与黄河近，对当地人的一种统称），原本想，他说普通话应该不咋的，但是令人惊讶和肃然起敬的是，杨红球的普通话几乎跟央视播音员不分伯仲。这让人怎么都不敢相信，甚至感到不可思议，仿佛他应该就是郑晓龙那个圈儿里的。可是，事实上自从那部可以千古流传的大戏之后，尽管他也拍了一些戏，却不怎么火，渐渐竟有些江河日下，销声匿迹的姿态。但千说万讲，人家有那一部作品、有那一个经典人物形象就足以说明问题了。

去的那天，杨红球老师开的老婆的一辆轿跑车，拉着肖四和另一个与本作品关联不大的名人从省城出发了。一路上，杨老师都是把油门轰足了跑，还一再介绍说这是他老婆的车。肖四就称赞这辆车的性能多好多好，漂亮且又独特，还跑得相当快。每次听到夸奖，杨红球就不由自主地把油门轰一下，车就往前猛地飙一大截子，把车上的肖四和另一个人搞得心惊肉跳的，红球老师仿佛听了肖四的那句奉承的台词，不蹬一脚油门，就对不起肖四。然这肖四也是个人来疯，就像个孩子一样肆无忌惮地一个劲夸这辆车，杨红球就一个劲加速，不知道在高速公路上超了有多少辆车，有时几辆车前前后后错综复杂得像是夹紧了过不去，但是总是能被红球老师这辆轿跑车如一条美丽的母鲨一样灵动地唰一下游过去。从杨红球对这辆车的得意，可以隐隐感觉到他对自己的老婆该是多么地喜欢和满意啊！

到达了目的地，先是人家商家接风洗尘，想着会在高级一些的餐厅，没想到是在一家不起眼的烧烤店，喝的是啤酒。喝了三四瓶啤酒，这个时候，肖四就让红球老师以后帮他联系点戏。红球老师就根本没有把肖四当一个演员，更别说明星了，他瞥了肖四一眼，道："你他娘的，一看就是个上一集枪一响，下一集就没了的货色，还拍什么戏！"

红球老师竟然当着人家商家的面，如此严肃地批评肖四，这让那些把活儿给了肖四的人还怎么看肖四啊？原来他们以为肖四是个有头有脸的角儿，原来在红球老师的眼里竟然什么都不是。

也许是酒精的作用，群众演员肖四的脸从里面一家伙红到外面，又似乎从外面红到了里面，红得几乎快变成紫色的茄子了。这时候，灯光有些暗淡，卡座里的音乐也让人有些低沉压抑和无奈：一只受伤的丑小鸭在湖边上挣扎着，想飞起来。肖四的脑海中混乱地浮现出一些画面：丑小鸭在涅槃，在向白天鹅过渡；一位孤独绝望的芭蕾舞演员，在一个黑暗的角落里苦苦挣扎，抬起脚，踮着脚尖匆匆前进，仰起系着花手帕的头颅，翘起下巴，伸长脖颈，一只兰花指的小手探向茫茫的黑夜；她的心在痛苦地挣扎着、彷徨着，一次次从深渊里挣扎着爬上来，却不幸地又一次跌入了谷底。

杨红球看出来肖四脸色变得特别难看，他不仅没有安慰，竟然又在他有些臃肿的肚子上，一连用力就是几个背巴掌，打得肖四水囊般的肚子砰砰砰地直响，说："你想当演员，你他妈怎么这么大的一个肚子哇？"红球老师吃了一个毛豆，接上道，"你要想当演员，我可以给你联系，可你得给爷把这个肚子弄瘪，最好给我把这个面袋子减下去！"又是美美几巴掌，敢情说是给肖四帮忙呢，目的似乎还是为了打那几巴掌。

一下子，肖四在这些商家眼里的地位荡然无存，而红球老师的那种大家到场的范儿却立即被树立起来了，那些人就跟一帮小弟见了社会老大，众星捧月般把红球围起来了，频频地敬酒。这就是戏呐！

肖四感觉自己被晾在一边，心里别提有多难受了！

第二天的活动。饭后，商家带他们就近找了一家宾馆入住了。红球老师单独一间房子，肖四和某某某两个人一间。先前在红球老师面前还忍气吞声的肖四，一进入自己的房间，就变得非常狂躁，竟如困兽犹斗，在地上走来走去，感觉受了奇耻大辱一般，突然在墙壁上用拳砸，手背上的皮都开了，血流如注，他又拿起一只瓷杯砸在地上，杯子应声而碎，他又单膝跪下，面对黑乎乎的窗外，面对漆黑一团的天空发誓一般大声道："我啊，我啊……我这辈子……"后面他又不知道说什么，好像意思是他以后一定要出人头地。

肖四的这一番折腾，却把隔壁的红球老师惊动了，他敲门进来道："你他妈的怎么回事，你是不是喝多了，充酒疯子呢？"

"嗯，嗯，嗯，喝得是有点多了！"

"我连夜回省城了，我不参加（活动）了，看你们怎么弄怎么弄去！"杨红球做出要走的架势。

这可把肖四的魂儿都吓丢了，你想挣人家那点钱容易吗？经过多少次的努力磋商，才把合同签了，现在违约了赔偿不说，自己这人就丢大了，以后还怎么见人。他连连给红球老师鸡啄米般地作揖赔不是。

"原本我是不肯来的，某某某哭着喊着让我来，哭着喊着让我看在家乡人的分儿上走一个，我才来了，你知不知道？"

"哭着喊着"，是杨红球老师的口头禅，无论谁叫他干什么，都说是哭着喊着叫他去的，仿佛没有他就要死人似的。

肖四依旧在作揖告饶，某某某也帮着肖四说了几句好话。

"你狗日的以后要想演戏，现在就好好给我睡觉，如果再这么个尿样子，我就招呼都不打，直接回了！"红球警告完肖四，回房间了。

夜空里，听见隔壁红球老师的门砰地响了一声，然后就变得静无声息了。

肖四就开始变考实了，收拾砸碎的瓷杯子，打扫了房间卫生。收拾完，他心里有些不踏实，想下楼看看红球老师的车还在不在，结果拉开门，却差点儿把穿着秋衣秋裤偷听的杨红球撞个大跟头。

简直大跌眼镜，倘若是在影视剧里看到这么一幕，一点儿也不觉得奇怪，可是在现实中如果看到这样一个有身份的明星，在别人的门上鬼鬼祟祟地偷听，一定会震惊和令人啼笑皆非，并大开眼界的。

两个人什么话都没说，红球老师讪讪地回了自己的房间，肖四就和衣躺在了床上，一声不吭地睡了。

第二天从商家那里才知道，红球老师怀疑商家给肖四的活动报酬中是不是给他的太少了，所以偷听，未得到结果后，第二天就上商家那里了解去了，搞清楚人家并没有给多少钱，而且连在当地找人做拱门、气球、横幅，还有舞狮等等下来，紧紧巴巴，大约勉强刚够活动的费用。遂再没生什么幺蛾子。杨老师的疑心也真的太重了，心胸跟名气有些不相符。于是，大家就联想到他拍的那部四大名著古装剧中的角色，就哑然失笑，那个角色仿佛就是上天等着杨红球老师的，专门为他安排的一样。现实中的人和戏中的人，性格何其相似啊，都才华出众，但又都嫉妒心强，心胸狭窄。据说，许多拍了《红楼梦》中人物的那些演员，在现实生活中，生活轨迹与人生的命运跟剧中人物何其相似，如出一辙。林黛玉那个演员，也和名著中的林黛玉一模一样，年轻轻的，最后也是郁郁寡欢而亡，留下了多少唏嘘和慨叹。

更为滑稽的一幕是，第二天杨大师根本不招呼肖四了，只管跟商家打得火热，活动结束，把人家商家的白酒一箱一箱挣着挣着往他老婆的迷你小轿车后备厢里面装，装了满满的一后备厢，才踏踏实实地开上回了。

某某某看着有些哭笑不得，但又觉得和他没有什么关系。肖四却对某某某说，那些酒要是他拉回去放到哪个超市卖掉，能解决他的燃眉之急呢！

七

自从肖四彻底专心地做起了群众演员后，他的小四川老婆，这个不肯在家等老公的那点吃不饱饿不死的演出费的辣妹子，就去跑保险了。一开始，有几次，她还硬拉着肖四一起去听保险课，肖四去一看，黑压压关着一屋子人，现场跟那些搞传销的人差不多，一个姓赵的女人在上面用不怎么标准的普通话讲她怎么从一个干旱少雨吃不饱肚子的地方来到这里跑保险的，怎么样一步一步带团队，从几个人带成上百人的经理的。这个姓赵的女人一边讲，还把一些她认为重要的核心环节的词语用手中的笔，歪歪扭扭写到旁边专门由两位穿旗袍的美女给抬着的一块小黑板上，黑板写满的时候，就会有一个年轻精干的男子跑上去给麻利地擦干净，等待这位已经铸成大业的赵经理把新的重要的东西再一次写满。

台下面听的这些人，必须要不断地鼓掌、赞扬和给予肯定，里面专门有几个人引导大家要这样做。第一次参加，只要跟着盲从就是他们认为的一个合格的保险员。

那个姓赵的女经理说："我给你们保守一点儿说，我现在的年薪都过百万了，比贪污受贿的官员还实惠，而且这是我凭靠自己努力工作赚的，晚上睡觉也很踏实，所以我把我的家人、亲戚、朋友、老乡全带进保险公司来干了。"她带着成功人士的自豪又说，"我带来的家人们站起来，站起来让大家看看！"

一下子就站起来十多个男男女女，有的老，有的少，鼓着掌，带着群众演员般的微笑点着头。把肖四看得呆了，一看那些人脸上的表情，一个个都像是拉黑牛的，心说，"这才是一帮真正的群众演员啊！"有些人第一次听这位脸上的粉还没有抹匀称的成功得不要不要的赵经理的课，就崇拜到了极点，听完后分享学习心得体会时，感恩戴德地给鞠躬，表示这是他人生中最有意义和价值的一堂课，使他遇到了挽救命运的贵人了，说是简直讲到了他们的心坎坎里去了，说是他们听得都要流泪了。

大家的掌声一次又一次雷鸣般热烈地响起。初来乍到者被裹挟在这种成功的氛围中，就会忘却本来在残酷的现实中处处碰壁的经历，觉得自己也已经跻身成功人士的行列里，成为上流社会中的一员了。肖四好奇地左边看看这个，右边看看那个，有些茫然不知置身何处，觉得这是不是又在拍戏了，不知不觉自己今天又当了一回群众演员。

听完课，中午大家在一起吃了个便饭，肖四才了解到这个赵经理自从跑了保险，跟老公就离婚了，孩子原来学习还可以，现在班级里跟都跟不上了；她至今还没个房子，到处租房子，贷款买了一辆几万元的二手车，离婚时还判给了老公，自己天天挤公交车，和人吵架。

"生活一塌糊涂！难道就这么个一年一百多万的成功人士吗？"肖四在心里质问。他决心再也不来这种地方当这样的"群众演员"了。

可肖四的老婆依然激情高涨，天天坚持听课，听了一段时间的晨课以后，颇以为得了赵经理真传似的对肖四说："四儿，你知道跑保险的成功秘诀是什么吗？"

"什么？"肖四心不在焉地问。

"让我告诉你个龟儿子哦，"她开朗活泼地笑着用四川话说，唇边的那颗美人痣动了一下，接上道，"这都不知道哇，还跟着听赵总的课，实际上很简单哦，就四个字，'听话，照做'，就成功了！"

好像成功就这么容易吗？肖四想，真这么简单就好了。肖四跟过几次保险课，也与夫人一起见了两个客户，介绍了几种适合人家的险种，那个好色的老板客户好像只是盯着他老婆的那颗美人痣不放，似乎没有要买保险的意思。肖四拉起女人说，"走走走，赶紧给我走，卖你妈的，还卖保险呢！"

从那次回来后，肖四就和老婆天天吵架，老婆嫌他挣不来钱："你还嫌我跑保险不好，你这个没用的男人，那你当群众演员就好了吗？你给老娘把钱拿回来啊，拿回钱来你就是请我出去见客户，我也不会去的。好几个月，你一分钱都拿不回来，还有脸回家吃饭！"

肖四被揭了短，像触碰了那千疮百孔的伤疤，心里针扎一样痛："我把你一锤打死！"他的手攥紧成锤头的样子，在老婆的头上掂量着，试当着。两口子气得一个在沙发上，一个在屋子里，各自睡了觉。

第二天，肖四继续联系演戏的事情，老婆照旧跑她的保险，各干各的，互不干涉。只是，老婆的生活再也不像以前那么规律了，经常说是去见客户，要应酬，似乎比肖四还忙，一天到晚不着家，常常半夜三更喝得脸像被人咬过的半个残桃一样不好意思地回来了。有时索性就夜不归宿，不回来了，肖四一问，说是跟着跑保险的姐妹家去了。肖四如果怀疑，她就会说连基本的信任都没有，这日子还过什么过，闹着要离婚。肖四突然就想起曾经有一次在饭局上谁说的一段话："家里有人跑保险，全家跟上不要脸；家里有人在银行，全家跟着都遭殃。"拉保险，拉存款，都是得把脸面豁出去的事情。

肖四的老婆对肖四从骨子里蔑视，她甚至觉得肖四这男人肉臭了还架子不倒，都这么大年纪了，还在做不切实际的演员梦。这体现在行动上，就是有一次，她竟然把她在歌厅跟一群喝得迷瞪三道的男人搂搂抱抱的视频挑衅般发给肖四，说是在陪客户唱歌跳舞呢。

肖四害怕老婆用离婚威胁他，这个男人其实内心是很软弱无能的，老婆抓住了他的这些软肋，所以就肆无忌惮地对待他，她把跟那些男人一起喝交杯酒的视频也发给他。肖四说："幸亏是他，要是换个谁，早该打死几次了！"然而他一次都没有打过这个愈益不把他放在眼里的女人。"要嫁汉就嫁去吧，反正我也不管了!"他无奈地说。记得刚刚有这些端倪的时候,肖四还想着要挽救她回来,就分外纠结,时间一久,终究变得麻木了。他觉得,女人对他态度的变化,对他疲惫不堪的身心的践踏,仅此一端,就应该知道她是害人的东西。

八

肖四又一次离开了这个让他心情不悦的西部小城市,爬上了北上京城的列车。他要继续他的努力,继续他的演员梦。

深秋的黄昏,夕阳余晖无限延伸,天空通红通红的。火车缓缓地出发了,肖四坐在能望见夕阳一侧的车窗前,把脸抵在窗玻璃上,向外凝望,外面的景色满眼凄凉,他的眼睛看着看着就有些泛潮了,不觉竟打湿了车窗上的玻璃。正在其时,播音室里播出的是一首名为《沙漠骆驼》的歌,再次搅起他五味杂陈的心:

> 我要穿越这片沙漠
>
> 寻找真的自我
>
> 身边只有一匹骆驼陪我
>
> 这片风儿吹过
>
> 那片云儿飘过
>
> 突然之间出现爱的小河
>
> 我跨上沙漠之舟
>
> 背上烟斗和沙漏
>
> 手里还握着一壶烈酒
>
> 漫长古道悠悠
>
> 说不尽喜怒哀愁
>
> 只有那骆驼奔忙依旧……

他不想说一句话,只任凭这歌声在他的血管和每一根神经末梢一遍一遍循环。多么合乎他心境的歌曲啊,那男人嘶哑的声音从车窗里飘出去,撒向茫茫的渐渐掩入夜色的戈壁荒漠。他望着漆黑的夜,目光投向更远的远方,过了不知多久,窗外竟然有几盏灯火像灯塔一样亲切地闪烁着,给人以温暖和希望,他突然感觉如释重负，轻松了许多，想着好好安心地睡一觉，天很快就亮了，天一亮就好了。他觉得人生就像踢球，就是要不断调整心态，振作精神，咬牙坚守和坚持，也许那最后的临门一脚，往往就是在人快要放弃，心理承受快到临界点的时候，如果狠个劲儿挺过去了，一定会豁然开朗，一片生机。

尾 声

　　几年很快就过去了，依旧还是群众演员的肖四又回到了故乡，他陆续又参与出演了一些片子，演艺圈认识的朋友更多了，他自己也购买了一台摄像机，一边自己拍摄一些纪实风格的电影，一边继续去影视城接点儿群特的戏，活得不卑不亢。毕竟人都是被生活逼出来的，一个有理想的人，既要坚守精神追求，还得务实和搞好自己的生活问题。有人常常会碰到肖四在无戏可拍时，会给一些单位指导拍摄点存储的档案资料、宣传片什么的，有时也发现他会承接点企业广告制作方面的活儿，再就是譬如有人结婚，请他在庆典仪式上充当司仪一类，他均会勤快热情地跑上一趟。闲暇的时候，肖四一边遥望远方，一边在依旧谋划未来。

　　有一次，肖四在街上碰到了那个曾给他联系过杨红球的某某某，两个人寒暄了一阵，肖四说他有一盆兰花草，能不能请他给联系一位油画家画一幅兰花的油画，说连名字他都已想好了，就叫《气若幽兰》吧！

　　这盆兰花，是他在北京当群众演员的时候，一位北漂的姑娘送给他的，他舍不得丢，就带回了家乡。某某某没有拒绝，就爽快答应了，并不由自主地把那位送花的女性想象成肖四北漂人生中忘不掉的故事里的女主角。

　　现在，这盆长势旺盛的兰草，就摆放在肖四家迎门进去的那张显得有些古色古香、斑驳陆离的高脚木桌上。虽然，这小城干旱缺水，但在肖四的精心呵护下，它还是活了下来，并静静地释放着一股说不清楚的清香。不久，他的家里还会挂上一幅兰草的油画吧！

（原载于《民族文学》2020 年第 12 期）

心　愿

翔　虹（壮族）

一

吴玲急燎赶到老家时，已有一些亲戚守在灵堂。大姐一家先到，她嫁在本乡，平时也只有她和外甥们常回来看看独居的老母亲。吴玲一家离得远，又都忙，想顾也顾不上。内疚悲恸的吴玲，伏在母亲身上呼天唤地哭诉。许久，俩外甥边劝边把她架起来，让逝者入棺，大家商议后事。

正说着，村主任走进门和吴玲打招呼：表姨回来啦！老太太高寿仙游了，您多保重。另外有规定，后事我们得简办快理哦！

吴玲点点头，说这个我们明白，一定从简。旋即脸上现出迟疑，恳求般向外侄解释道，老人家走得突然，你姨父表弟他们也忙抗疫，可能要晚天把时间才能赶到，他俩一回就扶棺上山，行不？

村主任听了，也稍显迟疑，但他理解这个特殊家庭。交代完，他叩拜上香，匆匆出门忙活路。

第三天上午，大家正在灵堂聊天。一个大汉走上石阶，跨进门槛丢下背包，疾步上前，"咚"一声跪在地上，朝棺材叩头：妈呀！妈呀！春节前我来家，您老还三声九句叫我注意身体，咋的转过眼您就走了哪！

众人没反应过来，全愣了。拎个大背包奔丧不说，衣着脏兮兮，身上大杂味，该不会是哪里窜出来骗吃骗喝的吧？

疲倦恍惚的吴玲，也有点蒙瞪。但她很快转念，这是稔良。这么确定，是因军人的敏锐，也因对这个弟弟的心灵感应。

稔良啊，你是咋个来的呀？起身相扶的吴玲一开口就意识到多余。他还能怎么来？这倔驴还不是像父亲过世时那样走路来的？相隔三十多年，同样的交通受限，同样为送行亲人，眼前这个憔悴得快认不出的汉子，两次步行几百里！早料到他一定来，但此刻，吴玲心里特暖和，涌出的泪也暖乎乎的。她自责早该瞒着他。可她知道，真瞒了，自己铁定愧疚一辈子。

跪在地上的嵇良，膝盖钻心地痛。来的路上他受了伤，靠拐杖走到这里。临近家时他扔掉拐杖，恢复正常走姿。这并不等于伤好了，这伤好好静养也得耗上个把月，他伤后走了好久山路，啥时能好就两说了。何况刚才又这么一跪，那裂口准是撕开老大。

在吴玲扶的时候，他咬牙使劲，配合着站起来，绝不可让吴玲察觉腿有问题。

望着嵇良，又联想到他刚才讲老太太叮嘱注意身体，吴玲隐约不安。

嵇良啊，才一年不见你咋变了这模样，身子骨有啥不对劲哪？

没，没什么，二姐您不知道妈都这么叨唠嘛！

嵇良掩饰的神情让吴玲捕捉到了。长久以来，他在自家那边总是不轻易露声色，但每每面对战友吴司的家人，却是另番样子。就如凝冻千秋的冰，却在一根火柴梗面前融化。

待嵇良洗漱好，吴玲亲手端了热粥给他吃。这是嵇良两天来头次热饮热食，热量下肚，暖了心头，他边吃边陷入回忆。

二

前天清晨，鸡刚叫头遍嵇良就醒了，比平时早很多。他醒来后再也睡不着，总觉得哪里不对劲，身子像被抽走一股气，虚飘飘的。正纳闷间，电话铃声响起。嵇良一看是吴玲来电，更加纳闷怎会这么早打电话。他一接通就说，二姐，这么早啊？我春节前去了趟省城，本想要看看您和姐夫，怕你们忙，我呢时间也紧，就没打扰。您和姐夫都还好吧？

吴玲等他稍一停顿赶紧插话，嵇良，妈昨晚走了。

啊？二姐您说的是真的吗？都没听说她老人家生病呀，你们怎么瞒着我？

电话另一端的吴玲没应，泪珠迸出来，响响地砸在风衣的扣子上。嵇良此后湿哑的声音，她几乎都没听清，只有一句话重重砸上心头：我要去送妈！

嵇良含泪僵站着，任凭二姐挂电话后听筒中久久响着嘟嘟声。直到他感觉捏紧电话的手指酸麻，才把它朝床上一扔。他揪自己的头发，顺着墙角瘫坐地上，死死咬住牙不让泪水滂沱。打四十年前那天，他的泪水该狂泻而强止之后，碰上何等痛苦，他都如此。哪怕悲伤到面色狰狞，泪浪击穿肺腑，他也从未让它肆意流淌。就是说，四十年前那次没有大哭，这辈子就没啥可大哭了。不再放纵悲声的稔良，不仅因为自小父母双亡，也不单因为他是硬汉军人，更因他心底那道坎儿。这坎儿四十年前便开始成形，像岩洞里水滴的钟乳石，海底固化的珊瑚礁，过一天，积厚一层。

一只嗡嗡盘旋的蚊子贴上稔良的额头，叮了一口。他条件反射地一巴掌拍死它，也把自己拍过神来。回神的稔良开始忙活。他拣了衣物、药品、手电、磨得溜光的旧军用水壶，齐齐塞满帆布袋。收拾完了定神细想，他又进厨房烙了几大张玉米饼带上。

临出门前，他给头天回邻村娘家的妻子柳叶拨了电话：小兵他妈，我要进山收山货。完了他关上手机。

正在娘家忙活的柳叶，听了丈夫莫名其妙的话后，赶紧"喂喂喂"几声，回拨电话听到"该用户已关机"时，直呼不对！她呆坐门槛上，想不通稔良为何来这一出。因为老人生病她昨天回娘家，丈夫留下照料牲畜，出门时他还叮嘱这交代那的，这会儿咋又突然这样？

今年天气贼怪，清明一过就下暴雨，这一带几个县到处路塌坡垮，班车都停开了。近来丈夫身体每况愈下，柳叶心想他肯定不是去收山货，那他要去哪儿？怎么去？特立独行的丈夫，从不按常规出牌。他们结婚二十多年，生嫌闹心并不多，唯一的导火索，就是丈夫牺牲的战友吴司。想到这儿，柳叶的脑壳就晕菜了。

丈夫不但经常叨念这个战友，还一念起就眼噙泪花，情绪夸张老火。他每年清明节都辗转四五天去边境烈士陵园，逢战友父母生辰或大病，必跑两百公里去探望服侍。战友父亲过世时他去戴孝送终，哭得比人家亲属还伤心，一个劲伏在棺材上痛骂自己，说自己没死是造天孽。在场不明就里的人，就猜这人肯定受过什么刺激，忒反常。为这些，自家的农忙，外家的许多事儿，就常常顾不上了，让田里家里操劳的妻子柳叶愈发不满。当初她仰慕英雄，才嫁给揣着残疾证的稔良，他却偏执地怀旧成痴，一切以此为重。长年中蛊似的心思游离，再大的仰慕，也让柴米油盐淹没了。那个年代崇拜英雄，十里八乡仰慕稔良的姑娘一大把。起初她曾怀疑稔良心有杂念，久了才确定非也，他的游离绝对只因天上的战友。

柳叶赶紧跑回家看，门锁着，不见人。挂在堂屋的旧水壶不见了。丈夫只有出远门，才会带上旧水壶。不该出远门的时候出了，真玄乎！柳叶马上打电话给在市里的儿子小兵。听了妈妈慌张的话头，小兵安慰几句后，赶忙拨打父亲电话，还是关机！一直忧虑父亲健康的小兵忒紧张，无力靠上窗台，他的骨架嘎吱嘎吱响了起来。

三

打小兵幼时起，父亲就经常讲战斗故事，既让小兵崇拜，又有些恐怖。父亲平时是愣头青，但一讲起打仗，就完全沉浸在战场上，口沫飞溅，手舞足蹈。那眼光，那动作，仿佛周围全是敌人。直到有一天，父亲说起那场最惨烈的战斗，引发了小兵的第一次骨架响。他当时八岁。

小兵永远不会忘记那个晚上。月亮从山坳上升起，穿过密密的竹林，照亮他家的矮房。凉凉的月光从房顶亮窗落下来，落到小兵碗里。那天一家三口晚饭吃得特别晚，他们边吃边聊。聊着聊着，喝了几杯的父亲又陷入"战斗"：炮火轰隆，硝烟弥漫，军号急急地吹响，战士们一排排冲向敌人。他入戏太深，声音、眼神都夸张至极。母亲几次劝阻也没用，他依旧旁若无人地描述，挥动。

一阵风吹走月亮，黑压压的竹林一片嘈杂，仿佛大批敌人呐喊着蜂拥冲下来。父亲越发紧张、亢奋。亢奋中，酒杯摔烂了，饭桌掀翻了。碗筷哗啦啦碎落，声音敞亮地砸向四周，震得窗户发抖。吓尿的小兵大哭，但他只有哭的动作和表情，声音却出不来。破碎声，长久不满而爆发的母亲的号啕声，毁灭着小瓦房里的一切，包括小兵的哭声。他的哭声从心头发出，刚窜到喉咙，就被生生灭掉。

也不知过了多久，屋里沉寂下来，父母亲凝固在各自角落。茫然的小兵突然听见"嘎吱嘎吱"的声响，他竖起耳朵寻遍每个角落，最后竟然发现声音发于自己体内！先是他的头骨离析重搭，接着是肩颈、手臂，直至腿脚。骨架一截一截依次离析重搭，发出声音。小兵感到无比诡异、惶恐，但他依旧哭不出声。过了好长一阵子，响声逐渐停止，但小兵的惶恐无法刹住。骨架响，像是遗传了父亲念叨战友的蛊咒，从此伴随着他。唤醒蛊咒的，永远只能是常人难以理解的父亲。后来他才知道，吴司叔叔在那场惨烈战斗中牺牲了。

小兵第一次骨架响过后，柳叶对丈夫的不满又加深一层。她知道稔良很爱自己，宠着母子俩，什么都想到，凡事让着。但她就是容忍不了嵇良对战友近乎病态的感情，凡遇关乎战友之事，其他全让位靠边。柳叶虽是农家女，文化不多，但自小喜欢唱山歌，长得又俊俏，是方圆百里有名的山歌手。唱山歌的女孩都多情，柳叶也有浪漫的少女梦。当年正是期待嫁给英雄，过上诗意的田园生活，她才进了嵇家门。谁知日子会过成这样子。小兵难懂父亲，但特理解母亲。哪个女人，尤其浪漫多情的女人，受得了自己在爱人心中屈居次席？

甚至有一回，嵇良觉得妻子有句话是对战友不敬，很生气。他明白自己过不了内心的坎儿，有些对不住妻子，所以大多时候他都忍让。但这次不一样。他当即叫柳叶道歉，妻子当然不肯。嵇良为此好几天不说话，过后一提起就坚持让她道歉。这自是徒然，但丈夫的坚持，让柳叶苦闷不已。

有次嵇良又提道歉，柳叶气不打一处来，便想戏弄他。她嗤笑着问，你想要我怎么道歉？

听不出弦外音的嵇良以为有门儿，傻傻地答道，你在神台前摆供品、烧香，对着祖宗和吴司照片三叩首，说上道歉话，这事就算完了。

柳叶一听，又嗤笑说，好呀，服了你嵇良同志的邪犟，等屋后的高楼山塌平了，村前的红水河干了，我就道歉。嵇良知道又挨耍了，但没法吱声。这件事，他可以坚持，但硬来不了，因为是自己心里的坎儿迈不过，怪不得别人。

小兵问过他，爸，你为什么拗着妈妈道歉？

她当然得道歉！这是良心，是原则！

原则？还拔高到良心上？小兵实在想不通，追问了，父亲也没说出个寅卯。他曾经趁出差机会，专门回母校政法大学请教心理学教授，他们听完也一愣三叹，对嵇良琢磨不来。

四

吴玲家在隔壁县，上世纪八十年代他也步行去过一趟。那年夏天也贼怪，老天像漏底的大水库，方圆数百里连降大暴雨。吴玲家后面山体滑坡，冲毁两排房子，压死十二口人，包括吴玲的父亲。由于处处道路塌方，班车停开，嵇良闻讯走了差不多两天，赶去吊唁。他这趟行程，与当年同方向，同目的。不一样的是，他的体格大不如从前。

稶良年轻时和牛犊一样壮。当兵前这样，战场上更威武，哪怕负伤痊愈后重返战斗，也没差多少。随年岁增长，镶嵌在骨头里的弹片，越来越生出排斥。先是天气变化时动不动便疼痛，慢慢发展到经常无缘由地疼。这段梅湿季节，发自骨头的剧痛，让他吃不香，睡不好。而这些，还不算最打紧的。

稶良在旧砖窑里醒来，已是次日清晨。他虽体力透支，但行走速度并不比当年慢。他只得靠路牌、地图和指南针紧赶，只有赶上了，这一趟才值得。这趟他不仅奔丧，还要和二姐商量个事，了却心愿。

昨天大半夜他已离开自己县境，这个废砖窑属于战友家乡地界。他是实在累到迈不开脚了，才打手电找了干草钻进来，眯了三小时的眼。

天刚放亮，白蒙蒙的晨雾从坡脚涌上来，望出去看不清十米开外。带霉腐味的雾气由豁口浸入，刺激稶良的喉咙，他又想咳了。

他强忍不咳。但一团燥辣的东西，顶上喉咙，总在那儿忽紧忽轻地摩擦、冲撞。他拼命憋着，希望以意志击退它。可他的肺像充气过头快要爆开的大球，那气团在后力撑挺下，如要冲破牢笼的困兽，愈发凶猛。终于，稶良抵挡不住，喉咙的闸门被击破，气团冲上口腔，轻而易举撞开紧闭的牙关、嘴皮。

喀——！

第一声咳嗽出腔，不算长，但特大声。咳声短，是因为稶良不甘心，在发声到一半时，他把两排牙齿一叩，闭紧嘴唇，硬生生把后半截声音切断。所以，第一声短而急促。瞬间弹开嘴唇和强关嘴唇，引发震荡，鼻子里的浓涕也震了出来。

他叹了口气，用汗巾擦擦鼻涕，暗自庆幸压住了咳嗽。可没过几秒，他就意识到又白高兴了。近几个月他的咳嗽更老火了，每次他都这样压制，想减少时长，每次都徒劳。他明知会如此，但从不放弃抗争。总希望在某一次成功，开个好头，这回也一样。此刻，那半截被切断的声音才缩回喉咙，就遭遇正好冲到那儿的更强气流。两股力融合，迅速膨化，以无可阻挡之势奔腾到口腔，再次爆开牙关嘴唇。

喀！喀喀喀！！

喀！喀喀喀！！

长长高高的咳嗽声，像爆炸的排雷，响彻整个砖窑。四周窑壁的粉屑"嗖嗖"地往下掉，他感觉眉毛都沾满了。

他咳了足足七八分钟。本无血色的脸涨得通红，上嘴唇挂鼻涕，下嘴唇粘着浓痰，眼角压出泪水。好不容易停咳，他将背部移开窑壁，挺腰坐直，左手从脖子往胸口顺抚，右手捶腰后。一会儿，他嘶嘶喘着粗气，拧开水壶服药。谁知冰凉的水一入口，刺激喉咙，把水和药都呕出来，再次咳开。这一波咳声，更沉重、空灵。声音仿佛不是从胸腔发出，不是在砖窑里回荡，它像是黑森森的矿井顶部石块，坠落到深水中，发出瘆人的"咚——咚"之声。他就这么咳了更久更烈的一阵子，肚皮抽动到痉挛。

稽良等咳嗽真的结束了，或许应该说他自个儿度量，已没力气支撑这种声音发出来了，便轻轻收拾好上路。

他稍微放慢脚步，逐渐激活体能，走太快会喘大气，诱发咳嗽。中午时山里大雾消散，吸入的空气清爽好多，胸腔和喉咙没了恼人的不适。天空放晴，久违的太阳在山顶上照着。走在崎岖山路上，他先是浑身暖和，接着额头和后背开始微微出汗。他脱了一件衣服，心情稍显轻松地加快步子。

路边的花草散出新香，林子里飞出一群鲜艳的蝴蝶，追着他飞舞。稽良恍若置身刚入伍的那个春天，在靶场训练间隙，他和吴司追逐嬉戏的情景。俩小伙子同年同月，吴司只比稽良小一天。他们分到侦察连后同宿舍，一聊，才知道家乡毗邻。更巧的，又都是三代单传男丁，很快混熟。

吴司外出训练时，一有机会就摘野花，还喜欢撵着蝴蝶、萤火虫跑。稽良想不通，男孩子就应该硬邦邦，脆嘎嘎，看不顺就鼓捣眼，言不和则拳头见。他就猜，可能是吴司有几个姐姐疼，见天和女生玩，就长柔性，缺刚性。稽良甚至担心，这个摘花玩的男孩，上了战场能有啥胆量哟。虽说如此，可他们同乡同龄，吴司又乖巧讨人，健壮硬壳的稽良对他特亲，处处护着他。

沉醉中的稽良眼前亮灿灿，嘴角抿出天真的笑意。突然，他右脚踩上浮石一滑，往路边踉跄几步。先是两个膝盖撞到地上，然后整个身子前仆倒地。他听到裤袋里手机被碾烂的声音，掏出来看，报废了。

懊恼的稽良定下神，气得狠狠拍打大腿，怎能这么大意！弄岔了走不到二姐家，他一辈子都不会原谅自己。

他翻过身坐起，双手合十在心里祈祷：吴司呀，哥这身子骨走回家好着力，你千万得保佑我，别再有啥子岔歪哟！完了他才记得揉了揉辣痛的肘部，要用手撑地站起来时发现不对劲。刚才两个膝盖撞在石头棱角上，裤子戳破俩洞。稽良挽起裤腿，左边不打紧，可右膝伤得不轻，皮肉撕开一片，露出白森的骨头。他从衣袋拿出汗巾轻轻点擦血水，暗骂自己一句。然后侧身往前匍匐半米，才够着地上的背包，取出创伤药水涂上。又掏出一件旧背心，撕成两半缠绑伤处。

嵇良吃劲地站起来，用旧军刀削好一根树枝当拐杖。这里僻静无人，他就地把裤子换上。走了一阵他歇住脚，观察路边的植被，便放下背包拐过去。找寻半晌，果然采到治伤草药，之后他得在合适的地方，把草药捣烂了敷上，单擦药水是不行的。

五

旁人的声音把嵇良从回忆中扯醒，一大盆粥也吃完了。肚里的暖意散透周身，他稍微缓过了气色。吴玲便讲，姐，我们送妈上山吧。

你不是说等孩子和他爸回来吗？

不了，他们工作上走不开。吴玲一开始就知道，父子俩根本不可能回来。她拖这两天时间，就等嵇良。姐弟俩信任彼此，一个紧赶，一个等候。吴玲常常叹服，自己和嵇良的感应，与小弟在世时几乎分厘不差。所以也只有她，最能体会嵇良对小弟的情感。

安葬完母亲吃过午饭，吴玲把嵇良和大姐一家叫到厢房围坐一起。她缓缓环视家人，挨个儿看了一遍，然后定睛在大姐身上：

姐，这么多年妈不肯去城里住，还好有你们三天两头顾着。我和家里商量了，爸妈留下的这三间屋子，以后就归你们了，怎么处理都行。还有，爸和小弟走后的承包地，村里看着军烈属分儿上，我们怎么退还也不肯收回。现在妈也走了，就把所有地都退给村集体吧。

她将目光转向身旁的嵇良，说，姐也有话对你唠唠。

嵇良应着，嗯，二姐，我正好也有个事想跟您说。

吴玲一愣，那你说呗。

不，还是二姐您先说。

吴玲疑惑地看着他。嵇良和小弟同年，虽只比她小三岁，但在吴玲眼里，他们永远是小孩儿。尤其是嵇良，无论见面时他模样怎么变，但平时一想起，他都是小弟参军那天的容貌。

小弟那天的容貌，是奶奶口述的，也是吴玲床头老照片上的。那是一次死别。谁会想到，小弟的背影消失在村头那丛楠竹后没过两年，就永别人世。奶奶还在时，见天叨唠着，小司怎么还不回来呀！逝世前最后一句话，也是一字一顿地问：小司怎么还不回来呀？！奶奶死了没闭眼睛，她还在等一身橄榄绿的孙子。

吴玲从记忆中转回，柔软地说道，稽良，感谢你代小弟尽的孝，难得你对爸妈比亲爹亲娘还亲，姐姐在这儿谢过了！

讲到这儿，吴玲面前又浮现出小弟最后的身影，泪水淌下来，稽良也忍不住抽噎。

她伸手抓着稽良的手说，弟呀，你对二老的孝道算圆满了。我们是一家人，亲情打不折割不断。只是二姐今天要再刨刨你，这回你怎么也得听姐的劝，往后呀，要用心劳神缝补你的那个家！孩子大了，你一天天向老，想事情得周全点儿。况且，你要是还这么苦自个儿、为难别人地过着，小弟在九泉之下也不安心哪！

吴玲顿了一会儿，抽出手晃了晃稽良的肩膀：你到底听明白姐的话了吗？你吱个声啊！

嗯，二姐，我记住了，您和大姐也多保重身体。稽良答道。他这话不是应付，此刻他真被触动了。他接着说：

大姐二姐，我这次来，也想和您们商量件事情。

你说，什么事啊？两个姐几乎同声应他。

现在妈也走了，她和爸聚着了。可是吴司他一个人待在边境，孤单。我想了很久，我们应该把他接回来，让他和爸妈也挨近点儿。

在场人都惊讶，他怎么想到这个？这不单是突然，而且按农村习俗，家里有人刚过世，切忌提到先走者的安置，不吉利。尤其这先走的，还是后辈分，更得忌讳。

大家吱不出声。吴玲毕竟干练，赶忙说，弟呀，这事得考虑周全，复杂得很。今天我们就不论了，先打住，啊！

稽良听出弦外音，迟疑地望着吴玲，正欲开口问，碰上她笃定的眼神，只好点头作罢。

一家人搞完新坟"三早"，吴玲硬把稽良推搡上自己的车。县际受灾的道路已抢通，她要多留两天，好让司机先送稽良回家。几天来，凭医生的敏锐，吴玲已通透嵇良的状况，再由着他任性走回去，怕是没到家，她就没这个弟弟了！两个弟弟就会在天上，瞅着俩老姐了。她不能失去嵇良，小兵也不能没了父亲。想着，她就心尖痛。

六

坐车返回的嵇良，比几天前步行更难熬。本以为这一趟能和姐姐们达成共识，不想却碰了壁。

嵇良何止是失望？打吴玲家庭会议后，他的心便压上一块石头，隐隐地痛。这个挫折，揉搓着丧亲之痛，酸苦的嵇良穿越到去年中秋。

那天，嵇良作为模范代表应邀参加县里两个仪式。

上午是烈士纪念日活动。大巴车在坡脚停下，嵇良随队伍走上烈士陵园台阶。

每逢这些，嵇良总是心思难平，昨晚几乎不眠。他恍惚的鞋底像粘了强力胶，抬一次腿都得加把劲。秋风已丝丝地凉，他的额头却浸出汗。

默哀，鞠躬，献花圈，广场上一片肃穆。嵇良神情凝结，思绪却像鼓风机里的棉絮，一团缠着一团。他想吴司，想自己的战斗，也想起这片土地上百年来的各种战场，想起千千万万躺在烈士墓里或无名荒岭上的英魂。他的泪流了一遍又一遍，热烈而滚烫，饱含愧疚与苦楚。泪水不从眼腺出来，而是发自骨髓，生于每个细胞、每根纤维。它们没有外溢，却汇成泪潮，泻向嵇良幽深的心底。

缓缓绕着陵墓瞻仰时，嵇良看到纪念碑上密密麻麻的烈士名字，心头肉像被针尖一扎。那上面没有吴司，他却看见巨大石碑上，全是一张张吴司的笑脸。他双脚好像踩进棉花堆，轻飘、浮滑。虚软的脚晃动他的眼睛，吴司幻化成千万人，二三十岁，五六十岁，还有百岁老者。嵇良看着他们，愧疚与汗颜便愈加猛烈地吞噬他，淹没了一切。

回到宾馆，嵇良没吃午饭，径直走向自己房间。他掏出钥匙，弄了大半晌才开了门。推开后又闪身不及，自动回位的门板狠狠撞上他，"咣"一声，额头蹦出一枚鸡蛋。

下午，嵇良顶着阴雨走进脱贫摘帽成果展示大厅。这些年，家乡的变化养眼悦心。但置身于此，这片土地的新颜靓貌，通过照片、视频和仿真三维，一层层刷新他的认知。家乡竟然这么棒！高速路、乡村路交织流淌，像儿子小时候书上的五线谱。山间的小楼代替了茅屋泥房，老乡话头里嘎嘣着开心。村屯广场上的舞姿和笑脸，把嵇良从头到脚捂个暖透。

嵇良不禁想起当年与吴司的一次对话。

司弟，打仗时你要跟在我后边，别乱跑。

为什么？

哥个儿大，结实。

嗯，我知道了。吴司怎会不明了嵇良和战友们的"那种"心思？他转过话头：真希望战争快点儿结束，报纸上说不久就实现农业机械化，我们老家也会楼上楼下电灯电话。

今天的农村，早就超过吴司的憧憬。嵇良的步子、神色朗悦起来。他庆幸自己生在这块土地，活在这个时代。这一切，是人们一茬接一茬干出来的，也是先烈们用生命和鲜血换来的。如果他们还活着，也能看到和享受今天的幸福，该多好！

晚饭时嵇良吃了很多，但他又失眠了。透过窗户，望着山尖上皎白的月亮，嵇良脑里闪出一个念头：我要接吴司回来，他会更欣慰的。

七

再说这头，内心焦灼的小兵晚上很难入睡。今天中午加班，实在困得不行，便伏桌小憩。还没几分钟，手机响了。县公安局的朋友说，小兵，在你老家那个乡的池塘里发现一具男尸，派出所同志讲大概六十岁左右，正在查。我一知道就打电话，你要不要回来看看？

小兵一听，脑子轰地炸了。他微信报告了特警队长，奔下办公楼启动车子。驶出城区时他冷静了点，也想过不太可能是父亲。但他哪还坐得住？这件事老家人不好惊动，更不能让母亲晓得。自己必须去一趟。

天下小雨，穿梭山里的路弥漫着大雾。在一处缓坡，小兵准备超前面的大卡车。谁料两车刚好平行时，突然前方左侧岔路口冲出一台拖拉机，小兵不敢急刹车，下意识踩大油门想加速超越，避免三车扎堆。这一快一拐，困乏的小兵没处理好。车子后轮斜滑，方向不听指挥，冲出右侧路面，"嘭"的一声侧翻在沟里。

要不是排水沟外沿的路树挡着，车子就冲下百米深崖了。

惊魂未定的小兵，身体弹离安全带的束缚，额头撞裂了挡风玻璃。左挡风玻璃的裂纹，以他迸溅的血迹为中点，开成一朵狰狞的花。膝盖受到强烈顿挫，小兵感觉似乎大腿骨有一截套上了小腿骨。左手因为死顶方向盘，肘关节震得麻痛，他用右手一摸，脱臼了。缓过神后他熄了火，打开朝天的驾驶位车门，踩着座位吃力地爬了出来。双脚着地后的小兵，魂魄归身，但依然后怕。当他望下百米悬崖，又庆幸有路树挡着。小兵心里暗说，爸常讲我和吴司叔叔年轻时一个模样，他会在天上护佑我，难道刚才真是他显灵吗？

小兵忍住痛，绕着车子看一圈，便掏出手机向县公安局那位朋友求助。他们到达发现尸体的池塘时，天快黑了。朋友的车还未停稳，小兵顾不上伤痛，开门跳下跑过去。他朝勘查现场的干警点个头，就弯腰一把掀开尸体上的白布。这不是他父亲。松了一口气的小兵，身子也软塌下去，一屁股瘫在湿漉漉的草地上。

八

嵇良失踪又回来的消息传遍村子。他本来到吴玲家时就想给家人电话，可是手机烂了，他又背不得号码，只能愧疚地干着急。一回家门，他顾不上跟着涌进来的亲戚，拿了妻子手机拨电话。寝食不安的小兵以为是母亲打的，正要开口，父亲说话了：小兵，我回来了。小兵一听，想问你去哪儿了，但他更想发火。然而他没有发火，也没问，只淡淡说了句爸你回来了就好。这时候他可不愿片语不合，又发父子争隙。他想起父亲无数次"任性"中的一幕。

几年前，父子俩大闹过一场。

小兵读政法大学即将毕业那年，父亲打来电话：小兵，你去部队吧。

小兵很意外，问为什么让我当兵？

你是军人后代，而且真男人就该当兵！

小兵说爸那是你的想法，我要过自己想要的生活。

父亲不住叨叨，小兵不耐烦了，说，爸，我要上课了。

听出搪塞的嵇良，气得在电话里大吼：都没人保卫国家，你生活个屁！

你不是整天吹嘘"若有战，召必回"吗？要保卫你去，我才不为你的兵痴买单！想起父亲常常气惹母亲，以及使他留下骨响的怪病，小兵都不是滋味。如今又在择业上强迫自己，他遗传的那股犟劲爆发了。他不但决绝地不当兵，还决绝地去了广东打工，两年不回家。没想到自己一直寄予厚望的小犊子，竟然如此没志气，白背"小兵"这个响亮的名字，嵇良伤透了心。他脱口撂下"断绝父子关系"的狠话，双方互删了电话号码。柳叶见这对犟驴父子闹成这样，心急如焚地做双方工作，埋怨上天怎么就让儿子接了嵇良的犟棒。

后来，还是小兵犟不过父亲的持久冷战，而且听母亲说多了，也担心他的身体，只能服软，回来考进市公安局的防暴特警队。嵇良觉得虽不能参军，加入警队也还勉强安慰，父子关系才缓和。对这个结局，也不知道儿子怎么想，反正对于嵇良是妥妥地一场完胜的战斗，一喝两杯就炫耀。

迁就父亲从警的小兵，也许是因为身体里流着军人的血液，富有正义感，业务精，没几年就成了骨干。而且，他发现自己越发喜欢这一行，有劲有奔头。得到单位认可的小兵，还惹来一个白富美警花猛烈地倒追，顺利收编成未婚妻。嵇良不时听到一些从警老战友的表扬，别提多得意。他那个榆木脑子里，也渐渐淡了小兵没当兵的不满和遗憾。

九

亲戚们聊了一会儿就走了。累垮的嵇良，连洗澡力气都没有，吃一碗妻子煮的粥，便早早上床。半夜梦见春节前去过的医院里，医生板着脸对他说，病很严重，你得下决心早住院，我们尽力治，不然……

忽而，一个五六岁小男孩站在床边，拉扯他的手撒娇：哥，哥！你带着我，就要你带着我嘛！他转过头一瞧，竟然是吴司。

惊醒的嵇良，听到后山林子里传来一串鸡麻姑低切的叫唤，咕咕——咕！咕咕——咕！嵇良听来，像极了吴司在黑暗中追着他喊，哥哥——哥！哥哥——哥！嵇良听了心酸地想，弟呀，我咋能不知道你想回来，可是哥说服不了家人，你都不晓得哥有多窝囊哟！下半夜嵇良再也没合上眼。柳叶让他的翻身声弄醒了，问，又说累又在这儿像蚯蚓似的刮动，干吗呀？嵇良没应答，只是唉了一声。

转眼快到五一了，这天上午老郑前脚刚进办公室，后脚就跟着一个人。他一看是老战友嵇良，便招呼让座。

嵇良随手将袋子搁茶几上，一坐下便说，郑哥，我想求你帮个忙。

屁股才着凳子的老郑听到他有事找，脑袋大了。谁不知道秸良是全县头牌的拗？

老郑比秸良早两年从部队转业，最先在人事局上班，他至今清楚记得秸良回来的第一天。

秸良是特等功英模，可以随便选单位。那天他到人事局报到时，老郑问他，你想去机关还是企业？

去机关是干吗？去企业又是干吗？

老郑说，你初中文化，在机关就像我这样，做行政杂事，就是一张报纸一杯茶打发日子那种。

到企业呢？

老郑又说，县国营林场保卫科需要人，护林防火防盗。

秸良立马说，去林场！

老弟，你可要想好了，企业有事干，但不好干。部队转业的老郑，对军人自然亲，善意暗示。本来他要点破：机关是铁饭碗，好混又稳定。但想了想，自己干人事工作，不合适这么讲话。

秸良并无半刻犹豫，重复道，就去林场。

他这话，让办公室里所有人惊掉下巴。之后，他在林场当了二十六年保卫科长。因为太耿直，啥都较真儿，混得左右不讨好。年月一长，成了众人皆知的秸老犟。承包保卫科恁久，是因为他不愿干别的，更没谁想干这又累又得罪人的活。后来林场工资发不正常，为了供小兵读书，他便提前内退，回乡下老家收购山货。

而没打过仗的炊事兵老郑，这期间转了五个单位。前年从局长位子上退下来后，他主动要求调到退役军人局工作。

郑哥，你到底帮不帮我呀？开口相求后，老郑却发着愣，秸良按捺不住了。

老郑闻声回过头说，帮得上我会不帮吗？你先讲讲是咋回事儿。

秸良从袋子里拿出一沓东西，放到老郑面前，说，老哥，我要把战友的骨骸转回我们这儿来。

猜对了，不是很棘手的事，秸良不会求人。可他这事儿也太棘手了，太离谱了！难怪战友们都讲秸良的脑子让炮弹炸过，里边结构反搭了。

秸良呀，你咋想到这一出哪？

郑哥，我就想做成这个事，我时间不多了。嵇良把那沓东西向老郑又推了过去。

老郑听到这玄关话，赶紧拿过来。最上边是嵇良写的材料，讲他为什么要转吴司的骨骸回来，有十多页。老郑只看了第一页便放下。往下是有关嵇良参军、立功、伤残的资料，这部分最多。最后是他春节前去省医院看病的诊断书、片子。

老郑放下资料，心头乍疼起来。就像失准移动了秤砣，秤尾翘起，秤钩上的重物直直砸中脚背一般。他叹了口气，老弟，得病就抓紧治，现在医疗很先进了，怕什么。你不积极治病，反去想那么多，操这天开的心干吗呀？

我的身体我晓得，老哥你就给个话，能帮不？嵇良脸上又是经典的犟驴色。

看你这脑瓜天真的！你以为咱哥俩能办多大的事儿？活几十年，这种事我压根儿就没听说过。

嵇良还是不变的脸色，直直盯着他。神情叫人哭笑不得。

老郑知道，绕是不行的，便接着说，今天我也没办法掰个寅卯来，你先回去吧，我打听一下。可你必须去治病，这可真拖不起哟！

嵇良走后，老郑思忖许久，拿电话打给退休的老政协主席：老易，我上你家坐坐。他也是转业老兵。

从老易家出来，老郑又去县政法委龙书记办公室，他前年才从武警转任县里。

不出所料，他们俩都对这事儿泼冷水。但也说了，既然无法拉回这犟驴，就得想法子一起使劲。办不成，也是个态度。这大烧包全烙进嵇良脑子，他身体不垮才怪。

回到单位，他又去敲局长的门。听了老郑捋完，局长同样一愣一愣的，但也心生敬意。他说，我会向县里市里汇报，您该怎么干怎么干，有啥需要尽管说。

老天，我哪晓得怎么干哟！老郑几个月后就退休，偏偏摊上嵇良这档子事，头大了。他的忐忑不单是事儿难办，还因为这个战友一直没少过"超常"的举动，比如打群架。

十年前，几位外地战友来看嵇良，在一家大排档吃饭。久违的伙计们喝着聊着，兴致正涨。忽然，邻桌一群年轻人的对话吸引了他们。

看看电视里拍的英雄，什么董存瑞、邱少云，都瞎编。世界上哪有这么傻的人？

对对，明摆着嘛。要么就是这些人脑子有病才这么逞能！

哈哈哈……

大家越听越不是滋味。嵇良正要开口，一位战友转过头说话了，小伙子，你们不懂历史就别议论，这样不太好。

我们不懂？你个油腻大叔又懂啥？你是哪根葱，有什么资格在这里吱喳？

嵇良站起来说，小兄弟，凭我们上过战场，就不许你们侮辱英雄。他越压沉声音，反而越威凛。这一来惹火了对方，他们乒乒乓乓地冲过来，战友们来不及细想，只有招架。

林场场长跑进派出所，见着嵇良就跺脚戳脸一通臭骂：嵇老羁呀嵇老羁，你还像个军人，像个保卫科长吗？战斗英雄打群架进派出所，很快传遍全县。

现在，叫人头大的嵇良，冷不丁塞过一个火烫的山芋，老郑直叫苦。

十

第四天老郑请了假，开自己的车带着嵇良赴边境。十个小时后，他们刚好在下班前进入烈士陵园。

一进入园里，嵇良的热血就一股一股由胸腔往上蹿。他感觉得到，他的兄弟吴司，正在园里某个地方训练、种菜，或者追逐蝴蝶。看见他便停下来，暖暖地笑了，迎上来招呼。嵇良听到熟悉的声音，他干乏的眼角，便温润起来。

在主任办公室，俩人递上那袋资料，花挺长时间讲了原委。打过仗又见识广的主任，烧了好大一片脑才听明白。他讶异到不行：老伙计呀，当兵的谁少战友情，生死之交的也多，但我还没听说有这么干的！就算真想守护，就学我，一辈子待在这些战友跟前。

首长，我在这个世界上，就只剩这一件要干的事了。嵇良站了起来，朝主任猛鞠躬。膝盖磕到茶几，茶水晃洒出来，疼痛击穿大腿，蹿上他的胸腔。

主任赶紧也站起，拍了嵇良肩膀阻止，让坐回去。他扯出抽纸抹干水迹，摘下眼镜，理了衣领，又掏手机看了时间，才一字一顿地说：

老伙计，我能理解你。但这事涉及烈士政策，决定权在省里。我这儿只能给你撂句明白话，我们权力范围的事，都办好。其他的我就帮不上了。

晚上，主任掏腰包给俩人开了个房间，还帮忙找着嵇良在本地的三个战友，一块见面吃饭。

人到齐后，主任说嵇良这伙计，要把你们战友吴司的骨骸接回家乡。

这些战友回忆，嵇良在部队时确实和一个战友特亲。但现在他要把战友骨骸转回去，不可思议。

伙计，真有这个必要吗？这事不好办吧？

嵇良说，有必要，我这辈子只剩这事儿要办。

战友们不了解他的犟，但听了那语气，看见他笃定的眼光，只能折服。一个战友大声说，伙计，甭管你想啥，凭你铁定要干成，我们敬你！可他们只能说敬佩的话，端起的也只有茶水。那年头当大兵的谁不能喝？但六个人谁也喝不了了，他们的身体全快过岁月，早衰了。

次日六人到吴司陵墓前，摆上花果，烧了香。嵇良全程没吭声，只是上上下下，不停地抚摸着石碑。

离开边境快三个小时了，嵇良一直闷声不语，老郑也不理他，专心开车。

刚经过省城绕城高速时，他突然冒出一句：郑哥我们进城，找我姐夫去！

这声音把专注的老郑悚到了。握方向盘的双手反应性失衡，车子稍微歪斜向右。好在车速慢，老郑手也熟，打正了方向。虚惊的他调理气息后，没好气地责怪：你这人，憋着就憋着，干吗冷不丁放臭屁，害我差点儿撞上护栏。

不会的，吴司保佑呢。

你！……

老郑瞪了他一眼，懒得理了，只照着他指的收费站入城。

快到吴玲的小区时，嵇良打电话说，二姐，我来省城办事，想进家找您和姐夫商量个事儿。

我在下班回家路上了，你姐夫出差明天才回来。你等会儿，我就快到。

老郑停好车，转身要走出小区。嵇良问，郑哥你去哪儿？

买点水果。

不能买，二姐会骂的，我从来不买。

老郑站定，不认识似的看他。这闷头犟驴啥时候这么驯，人家说不带你就真不带了？

第二天吴玲弄了一桌丰盛的菜，丈夫回来时正好晚饭点。嵇良一年多没来了，老郑也是转业干部，四个老兵吃饭，亲。

昨天吴玲问了几回，嵇良支吾着不提正事。现在她见吃得差不多了，便提醒稽良，你不是有事和姐夫讲吗？

稽良放下筷子，喝了口温开水，冲刷嘴里的渣渣，吞下。他得时刻避免异感，不让自己咳。昨晚睡觉时小咳几回，幸好刹住了。今早二姐问，他讲是感冒。清了嗓子后稽良缓缓地说：是这样的，姐，姐夫，我想把吴司骨骸接回我那儿。他话声刚落，吴玲马上张嘴，但她的嘴让"咣"的一声关上了。

原来，姐夫手里的水杯磕到桌面，不知是他放杯时手重，还是听了这话手松，给滑了下来。

姐夫左手将了将稀松的头发，把右手上的水杯转了两圈，看着稽良说，你告诉我，为什么要转去你那里？

是呀，这家伙上次建议转回老家陪爸妈，我已经否定了，怎么又想着转去他老家了？吴玲心里暗忖，但她没插话，先听他咋说。

边境烈士陵园太远了，去一趟不容易，我就想着……

姐夫扬起手，切断稽良的话：稽良呀，知道你对小弟好，我们家人都很感动。可你想过没有，小弟是革命烈士，四十年来安息于烈士陵园，怎么维保怎么祭扫，都有专门机构。你揣着兄弟情，能去几回是几回，但哪能不分轻重，要整这为难的大动静呢？

姐夫是师级干部转业，威望高，稽良知道他的话在理。可稽良想的角度不同，他只拧自己的死理，又鼓起胆分辩道：

他、他们生人看着守着，能一样吗？

打过大仗的姐夫，心头的镜子照得明亮。他知道，老犟的稽良已入魔了。但他知道，必须打消稽良的念头。便回道，不叫生人守着，你就要接回去自己守？

姐夫口气发硬，稽良明白他的态度。但还继续拧：

我是这么想，我们这代人过后，要说去边境祭扫小弟就难了。我观察我们家小兵，他和他叔叔天生的像，有冥里缘分，又在本地工作，接小弟骨骸回来，有他我放心。

吴玲一边听，眼前一边浮现这些年，稽良一次次在偏僻的小山村和边境之间，辗转奔波几百公里的情形。四十年哪，不管刮风下雨，不顾身体好坏，他都一直这么过来的呀！她的眼角潮湿了。

姐夫听完，愈发恼了稽良的迂腐，正要接茬儿，这时，吴玲开口了：

孩子他爸，你让我说几句。才开个头，她就哽咽了，停下来拿纸巾擦眼角。

擦完，吴玲伸出手搭上嵇良肩头，继续说，小弟不在这些年我们都忙忙碌碌，全家人去陵园看他加起来也不过二三十回。难得嵇良的路比我们远一倍都不止，年年清明节、小弟忌日，哪时断过？我开始也想不通，现在听了他这话，觉得在理。

讲到这儿她又抹泪。我们当然不赞成嵇良这种想法，前阵子在老家我也开导过他。但再怎么着，我们得认他这份心，不能拿平常眼光看待，不要责怪，泼冷水。况且你知道他的性子，我们不理，他一个人也会硬闯这死胡同。我们能忍得了心吗？

丈夫还能说啥呢？当年追求妻子，除了爱，还有对她们一家的钦佩。岳父是抗美援朝老兵，把俩孩子送到部队。吴玲曾经讲，若不是大姐腿疾，原本也是要参军的。小舅子一牺牲，便断了家里香火。他深明妻子的苦，这么多年总细心呵护，生怕不小心戳了她的痛处。转陵园这事于常理不合，而且不是一般的难，可再难也得管，他绝不能让妻子失望。

在吴玲家的两天里，俩战友只表心意，不敢示物。不但那袋材料留车上，嵇良还时刻提示老郑别岔了嘴。所以老郑一直像个墙角的旧锣，不敲不响。但一出小区，他就不停地催嵇良上医院。任凭他讲得牙齿松了，嵇良就是坚持先回家，过一阵再来。他急回家，是惦着柳叶。想到妻子他就无比愧疚，因自己心里的坎儿，让柳叶受这么多年的苦和委屈，我嵇老犟真不是男人！

十一

嵇良做了一个梦，他去参加"模范人物进校园"活动。

县中学广场坐着上万学生。嵇良和主持人坐在台上。手里的宣讲稿是他自己口述的，别人帮忙整理，再让他提前熟悉。

主持人说，老师同学们，今天来宣讲的是咱们县目前唯一的特级战斗英模、优秀共产党员嵇良同志……

听着主持人长长的介绍，层叠的赞誉词，嵇良先是不自在，接着惭愧。最后，主持人嗡嗡的声音，变成时常揪痛他心头的叩问声：你嵇良算哪门子英雄？你不过是枪弹里逃生的负债佬、背名者！

下面，让我们以热烈的掌声请嵇良同志宣讲！

掌声大作。但声音停下后稽良没接话。

稽良同志，该你宣讲了！

依旧无声。主持人赶紧用左肘碰了碰他。

这人咋了嘛？场下开始议论。

哦？到我了？好的，好的。回过神的稽良开始张嘴要念，可他的眼睛却看不清手里的稿子，那上边全是一个个临死战士的面孔，和一堆堆小山似的尸体。横流的鲜血浸透纸背，顺着衣袖和桌子，哗哗地冲刷脚下的土地。纸上的文字，变成一道道血沟。哪怕他已经将这些文字倒背如流，此刻却回忆不起任何的句子。

在全场愈发嘈杂时，稽良的声音从大喇叭出来：

我、我不是英雄，我是个偷来了四十年时间，每一天都忍受内心折磨的人。我牺牲的战友吴司，千千万万个在战争中牺牲的先烈，他们才是英雄。吴司是我的老乡，我这辈子最后的愿望，就是接他回来长眠故土，让家乡人永远记住这位真正的大英雄……

他的声音一发，全场阒然。主持人急了，不断用眼神、喉音，还有不好声张的手势暗示稽良，你讲岔了，快停下来。但没用，稽良如儿子骨头第一次响那晚，星空下唯我无他。

直到哽咽了，话儿没法接茬儿了，他才打住。他用袖子擦了泪水，扫一眼全场，才意识到自己搞砸了。尴尬的稽良抱歉地看了看主持人，调匀呼吸，拿起稿子准备"宣讲"。

突然，前排一个女孩"嗖"地起身，左手抹眼泪，右手摸出口袋里的餐巾纸，跑上台递给稽良，敬了个队礼，场下再次响起掌声。女孩跑了几步停下，倏地又折回到稽良跟前，张开双臂紧紧拥抱他。

稍愣即清的稽良起身，离开桌子跑步到台前，向全场敬了一个端正的军礼。炸裂的掌声排排荡开。稽良！稽良！年轻胸腔里奔破而出的节拍，回响在小山城的夜。

次日早上起床嗽口时，一碰冷水，稽良又咳上了。随着洪亮的一声咳，他喉咙涌上一股暖腥的东西，吐到洗手池，竟然是一摊暗红的血块。他慌忙转身找东西要弄掉。柳叶闻声凑近来，一看吓一跳：

稽良，稽良！你咋吐这么多血，你到底怎么啦？柳叶话头发抖，抓丈夫肩膀的手也在抖。

没什么，感冒太久了。嵇良还在掩饰。

柳叶哪能信，联想近来他反常的柔和体贴，顿觉不对头，嚷嚷着逼他道实情。怎么也撬不到丈夫实话，她便电话告诉老郑和小兵。

中午时家里挤了一群人，大家好一顿劝。嵇良总推说有药吃了，不去医院。老郑火了，大声说，那行，我告诉吴大姐！

嵇良急忙摁住他说，别别，我去还不行吗？

老郑请了假，开车载上嵇良夫妇直奔省城。

转眼，嵇良住院已一个多月，省城炎热入夏。他的肺癌春节前发现时才中期，耽误太久已至晚期。吴玲背着他从北京广州请了两次专家来，没见效。今天，她又陪一位外地专家来。专家查看一番后，去了医生办公室。吴玲回头对嵇良说，小弟骨骸转园之事已办完手续了！

啊！真的吗？嵇良兴奋地坐起来，把输液管呼吸管都快挣脱。

那你要好好配合医生，出院了我们去接小弟。

行，行，二姐，我一定听话！

那几天，柳叶发现嵇良脸色和胃口都好了很多。可之后的病情非但没有改观，还加重了。她常躲到走廊角落抹泪。这个曾经壮如牛犊的英雄，却虚弱成如今的模样。这是她视为真汉子，爱之切，亦忧烦不透的丈夫。如今她流的泪里只有爱，甜里泛涌酸苦，冰里透着灼烈。

十二

八月初，老郑来探视嵇良。聊着聊着，嵇良无意中看了墙上挂历，眼里掠过一丝光。他说，郑哥，明天我去接吴司回家。

老郑让他闪冒的话吓了一跳，说你病还没好，这身子骨怎么去呀？

管不了了，我必须去！他话里有了久违的刚声，老郑心想难搞了。

柳叶和老郑说啥也不顶用，忙请吴玲过来。三人合嘴也讲不过他，吴玲脑里咯噔一下，脸色沉重。最后她拍板，好吧，我求医生看看能不能出去几天。

在办公室，主治医师惊讶地说，吴姐呀，您也是医生，他这么虚弱，而且院里有严格规定，我哪能让他出去呢。

我知道，可我不但是医生，更首先是家属，我这也是没办法啊，算大姐求你了!

看到一向严谨的前辈这样，医生犯难了。那您容我先请示领导，好吗？然后走到一边打了电话。

几分钟后医生回来，说家属得给医院一个书面承诺，写清楚是家里有特殊情况，主动要求外出三天，如果有意外与院方无关。吴玲点头道谢。

老郑火速电告局长和边境陵园主任，还让小兵无论如何都要请假来会合。

下午赶到陵园时，主任已组织人等着。大家列队默哀后，工人开始刨挖。当他们正要动手捡骨骸时，稽良喊了声，等等!

众人望向他。稽良从队伍出来，缓缓走到朽落散形的棺材旁，深深鞠了一躬。接着泪声轻柔，弟啊，二姐和我带你回家了哦。

说完，稽良弯下腰，一根，一根，从头部开始捡。他的动作缓慢，柔和，不像在拿物样，而是在诉说，心儿连通十指。一边捡，他一边喃喃自语，嗯，那天炸弹爆开过后，你脸上没伤。我摸遍你的头，都没摸到你哪儿受伤，只是沾着泥土。我不见你脸上流血，也没见你脑壳破窟窿。别人负重伤头部都坏了，耳孔鼻孔和嘴角肯定淌血，但你没有。几十年来一想起，我就纠结，就不相信你怎么会牺牲了。更难想象的是你的表情，它自然得我没法相信。你表情真的没有丁点儿痛苦，我记得很清楚。

过后我告诉爸妈和姐姐，说你走的时候很安详，很自然，还对我微笑。他们没一个人信，都说是我编的，是在安慰他们。可这是真的呀! 对不对，吴司? 他们不信你是这么走的，就像我不相信你头部没伤，竟然会牺牲一样。

对了，你脖子让弹片割破，汩汩喷着血，我慌忙拿左手堵。我狠命摁住，也不怕压太紧了你会喘不上气来，那时谁还记得顾其他? 对吧?

后来，我就看到你的胸口、肚皮、腿脚，都让弹片击穿了，腥鲜的血染湿你的军装。你就像落在浅水里，头是干的，往下全泡在水里。

稽良每拾起一根骨头，都靠近端详，喃喃追忆一番。他的手不是做事的手，而是一根笛子，一支画笔，一本回忆录。这方苍穹下，只有他和战友。

稽良就这样，慢慢将骨骸一根一根，轻轻放置陶瓷坛中。终了，又仔仔细细用手寻摸一遍，确定棺材里不漏一丁点，才合上坛盖。小兵早已悄悄靠过来，看着，听着，化身四十年前的战时记者，记录一对战友四目永别的时刻。

工人把车靠过来，稽良弯腰抱陶瓷坛。可他抱紧后试了两次，都没能抱起来。

泪水模糊的柳叶，仿佛看到外婆带着五岁的她在河边洗衣服。外婆脚下一滑跌入水中，她急忙伸手去拉，扯到外婆的袖角，却抵不过大河的力。外婆的袖角从她手里滑脱，在水中扑腾了几下，便翻滚着被水带走，不见了。每次柳叶泪涟涟地回忆起这事儿，嵇良都会搂着她说，叶儿，这是弱命难抗天。此刻，柳叶撕心地明了，丈夫也是弱命的，哪怕他是战斗英雄，哪怕他曾经壮如牛犊。

小兵两步上前，拍拍父亲的肩膀。嵇良哀叹一口气，由小兵抱起，他用双手扶着，父子合力把坛子放到车上。小兵可以用一己之力抱起，但他不，他刻意让父亲也能使上一点力。这间隙，他听到陶瓷坛里发出声音，"嘎吱""嘎吱"。他知道叔叔的骨骸正在还原搭接，再生骨架。他明白了，父亲刚才为何要这么仔细、轻缓，他是在保证每根骨头位置无误，顺序精确，好让骨架再生。

众人目送车子开往殡仪馆。一片云彩遮住太阳，莽莽青山下，吴司叔叔就像电影的场景，高高屹立在小兵面前。他脸庞黝黑，目光刚毅，亲切地对着小兵笑。叔叔的模样比照片上高大多了，像一位威武大将军。小兵攥紧拳头，挺胸绷腿，他的骨架，又响了。

次日的家乡，太阳更加热辣辣。

烈士陵园广场上，县长带着干部、群众、学生、老易和几百名老兵排在他们后面。

来了！来了！

只见嵇良双手捧着覆盖国旗的骨灰盒，从坡底一步一步艰难登上石阶。平时五分钟走完的台阶，他耗了差不多半个时辰才上到广场。他经过人群，走向新修的墓穴。到近前，他弯曲左腿，慢慢跪下右腿，再跟下左腿。两膝盖稳稳并拢了，他往前托骨灰盒，轻轻放于穴内。工人们随后把墓穴封上。

县长主持安放仪式。他含泪宣读吴司烈士的事迹，几度哽咽中断，全场隐隐泣声此起彼伏。

仪式结束，老易站到台阶上高高扬起右手，声音激昂：

全体都有，整理队伍！

几百号老兵迅速移动，对齐，裁直。

老易接着号令：

立——正！

向右看——齐！

向前——看！

敬礼！

唰！！！几百号人齐刷刷地敬了一个军礼。他们有高有矮，有胖有瘦，年轻的三五十岁，年长的七八十岁。他们举止有力，好像还在部队操场上。动作惊人一致，仿佛他们不是数百之众，而是一个人。在一旁的小兵看得满脸惊讶，惭愧。

接着，他们一个跟一个，缓缓走到吴司的墓碑前，单腿跪下，把手中的鲜花、树枝、稻穗，整齐摆在地上。起身后稍微整理衣服，立正，再敬一个军礼。然后一个接着一个，保持同样距离，转身走下石阶，消失在莽莽绿色里。整个过程，没人讲一句话，连他们离开的脚步声也没有。偌大的陵园上空，静如止水。

十三

下第一个台阶前，嵇良稍稍驻足，响亮地长吁一口气。再迈开腿时，突然一软，要不是旁边的小兵一把拽住，他就跌下几百级台阶了。瞬间的惊险，尽入身后的柳叶眼帘。这一次，她想到的就不再是外婆落水，而是地面突然塌成无底的大窟窿，万千众生无恙，呼呼阴风偏偏只把嵇良卷进黑洞。

耗了比上去更长的时间，柳叶母子俩才扶嵇良走到坡底，费好大力把他弄上小车。

车一开柳叶便说，我们去县医院看看吧，你这么撑是不行的。嵇良摇摇头，轻声说，叶儿，我们回家。随之闭上眼，不再言语。这是嵇良热恋时的称呼，他已经很久没这么称呼她了，柳叶心头一颤。

老郑已关上空调，但小兵握住父亲的手，越来越冰凉，像大冷天抓着一根刮伤流汁的山药，顶风走回家那样。

他们进屋，邻里便陆续过来。坐着聊一会儿，嵇良对堂弟说，感觉好困乏，我想躺着。堂弟就说，我扶你去床上。嵇良摆摆手说，太热了不去床上，你铺张凉席到神台前，我在这儿躺着，凉快，还能听你们讲话。

村里老辈人听了嵇良这话，无不神情凝重。在农村，这叫离床。就是病重随时死掉的人，不再上床，铺席子躺地下，消耗最后时光。躺多久没定数，有的半天几个时辰，也有的熬个一两天。甚至有些人在奈何桥上转悠，总死不了，身子硌得慌，家人陪着也不方便，又睡回床上。反正要离床，肯定是认为没救了，且别人定不得，只有病者自己才行。他们知道自己的命数，冥冥中有啥指引这么做。这习俗说法不一，有说将要去阴间的人，先挨着地预习，适应今后怎么睡地下。也有说他们知道要死了，不愿在床上断气，影响床铺今后的使用，家人不敢再睡，浪费。不管咋个说法，重病的人睡地上，都是明摆的事儿。

每个人都认为不至于，不想让嵇良躺地上。今天下午他还捧骨灰盒走上台阶，还能下得来。虽然一下子身虚脚软，行走困难，但也没到抬着回家的地步。想归想，却都知道劝没用，只有听他的。此时柳叶的心像混着半钵鱼仔撒到地上，让一群饿猫争抢着，它们吃鱼，爪子却来回踩破她的心，汩汩流着血。

堂弟找来席子铺好，和小兵扶嵇良躺下。头部枕地的时候，嵇良难以察觉地"哎"了一声，闭上双眼。大家坐着矮凳，一层一层围住席子聊天。

一直闭目的嵇良，突然睁开眼睛，用手指向吴玲和柳叶母子。屋里顿时静默。

吴玲和柳叶离开凳子，坐到席子上，每人握住他一只手。小兵到跟前单腿跪着，手搭上父亲的额头。

我的弟啊，有什么话你就说吧。吴玲柔柔道。

嵇良朝她点一下头，攒了浑身力气，才费劲张开嘴：二姐，今天是三伏天对不？

吴玲"嗯"了一声，她咋会不知道，今天是小弟忌日。她大颗的泪珠，砸在凉席上，嘭，嘭，嘭嘭。

嵇良想伸手帮姐姐擦泪，但举不起来，便放弃尝试，继续说：

四十年前的三伏天，小弟在背后扑倒我。炮弹炸过后，我从他身子下面出来，发疯似的叫喊他，他没应，只是含笑看着我。他就这么看我，我就这么喊着，喊着。突然，他张嘴猛咳一声，红红的血喷出来，喷洒到我脸上，有的流进我嘴里，咸咸热热的。

嵇良停下，喘了两口气，将被握在两个女人掌中的手动了动。俩人脸上加厚的泪帘，令他确认她们感受到了自己的手劲。他接着说：

我把他抱紧，听见他的骨头在"嘎嘎"响，身子在我怀里软成一团，一点一点沉下去。最后，我抱不住了，他滑下去，不知道沉到哪里去。我发疯地哭啊喊啊，但就是发不出声音。然后，我也沉下去了……

嵇良讲过这场惨烈的战斗，但从未说这个细节。大家只道他和吴司是好战友，谁知原来他的命是好友舍命保下来的。嵇良不提，是因为他始终无法迈过这个坎儿。他万没想到，爱摘野花爱追蝴蝶，别人担心上战场会吓破胆的吴司，竟然用身体帮自己挡炮弹！吴司牺牲四十年了，从来没有足够的能量支撑嵇良，来重现这一幕痛彻骨髓的死别！

此刻，吴玲更加为小弟自豪，小兵更读懂父亲和生死之交，柳叶责怪自己没能用妻子的柔情，早日触及爱人心底最柔软、最隐秘的部分。他今天不说，这个秘密就永远没人知道。

地上的嵇良明白，今天必须得说了。不单让自己过坎儿，也要对心怀愧疚的亲人有交代。特别是忍耐这么多年的贤妻柳叶。

嵇良的语速慢下来，声音一节比一节小，像春雨过后屋檐落下的水滴。一滴，两滴，三滴……一滴比一滴慢，一声小过一声。他实在太累了，喘着喘着，又闭上眼睛。

许久，他的嘴唇动了动。堂弟见了，端来温水说，哥，你喝点水吧。嵇良睁开眼，让堂弟喂了两小口。然后把目光投向儿子，慈爱地说：小子，你真的很像吴叔叔。

小兵立即接话，嗯，爸爸，我知道，我也骨头响。泪水猛要破眶，但小兵不让，因为他是两位大英雄的骨血。

小时候，爸爸总说他像吴叔叔，逢人便讲。本来没人会留意，可爸爸讲多了，就叫人笑话：没见过哪个傻瓜老讲儿子像别的男人！时间一久，好多人就觉得小兵越看越不像嵇良。

慢慢地，他们母子俩竟然也觉得真的挺像照片上的吴司。柳叶为人爽朗，倒不理会别人的目光，但每次走过神台前，望见照片就后背凉丝丝，好瘆人。小兵长大后，妈妈不止一次告诉他这种感觉。此刻，爸爸说他含下吴叔叔最后一滴血，小兵一切都明白了。

嵇良想抬起左手，没能成功，便伸着食指朝儿子继续说，你吴叔叔回来了，爸爸还在的时候，会经常去陪他。以后我走了，你一定把我葬在烈士陵园边上，我要天天见着他。

嵇良声音又小下来，他示意堂弟再喂一点水。水到嘴里时，他又是要咳的表情，但没力气咳上来。这回他咽下去的，不像一小口水，而是一大杯。从下巴到喉咙，到敞开扣子的胸腔，这一小口水到哪儿，皮囊都凸起大大的包。

嵇良又眯缝眼睛几秒，接着睁开了对小兵说，你一定要照做，吴叔叔托梦给我了……

小兵凝噎着猛点头。吴玲泣不成声，伏下身把脸贴在弟弟胸口。

这时，柳叶说话了：二姐、郑哥，待会儿扶他进卧室。我不能让他躺这儿，我们夫妻要睡一块儿。你们大家伙儿，也要敞了怀，暖暖这个家。柳叶说的声音挺大，斩钉截铁不容置疑。

老郑点点头，泪水下来了。这是他近年来流的第一行泪。他曾经当过三年兵，聊了几十年部队，直到这几天他才懂得战争，战友，战魂。

吴玲直起身，擦干眼泪。她看着平静的柳叶，久久才伸出手，帮她顺了顺刘海，平静地说，好呀妹子，应该。

老郑和堂弟夫妇分头指挥。几个小媳妇整理卧室，有人跑回家拿来物品，铺上崭新的红床单，喷了香水。有人杀鸡、染红蛋、蒸五色糯饭，点上大红烛，满满供上神台。堂弟找来毛巾，细细擦拭了祖宗灵位和吴司的照片。

柳叶站起身，缓缓走到神台前。她点了香，深深三叩首，哭着说小弟呀，我对不起你，我们全家欠着你，你要原谅嫂子呀！

未婚妻走过来在小兵身旁跪下，抓住嵇良的手，喊了一声"爸"！便抑制不住失声痛哭。

嵇良闻声睁开眼，朝她点点头。他侧过脸望着妻子的背影，露出浅浅笑容，像四十年前他怀里的吴司。

柳叶换上新织的蓝衣壮族服饰，让准儿媳化了浅妆，扎粉红头巾。妥帖后，小兵从凉席上抱父亲站起，和母亲一人一边，携扶他一寸一寸挪向卧室。母子俩几乎是架起他走，但三人讲究身姿步履，步步优雅。准媳妇双手捧着嵇良干净的军装，上边搁一束带露水的野花，跟在身后，保持花童和新人的距离。

柳叶走着走着，感觉是在嵇良牵着的长腿大马上，道旁是翠绿的树，鲜艳的花。笑容不自觉绽上她的脸，一如二十八年前新婚那天，少了青涩，多了雍华。

小兵和未婚妻出来后，柳叶关上卧室的门。

堂屋里，人们放声讲话，摆开牌桌，嗑起瓜子。年轻人拧开啤酒喝上，小孩们见人疯似的玩儿。

夜深三更，卧室里忽然飘出柳叶的歌声，是这一带传世的《柳郎咧》：

柳郎咧，咧郎柳——
十八那年桥头见，
想哥想得魂倒颠；
要是三早不着面，
心头好比挨油煎。
挨油煎，柳郎咧，
柳柳郎咧咧郎柳，
心头好比挨油煎，
哎喂，哎喂——
嘟柳哒嘟咧啊咧啊咧。

悠扬的开场曲后，柳叶的歌调转向凄婉：

哥去当兵路远多，
整天想哥泪成河；
半夜听到你喊妹，
原来是风吹草坡。
吹草坡，柳郎咧，
柳柳郎咧咧郎柳，
原来是风吹草坡，
哎喂，哎喂——
嘟柳哒嘟咧啊咧啊咧。
……

黑沉的堂弟突然说话，郑哥，你和我出去一趟！

天放亮时，他们带回一位老草医。草医进房探询一番，便让所有人回避，只叫柳叶配合他熬药，侍饮。

正午时分，进卧室后一直没有声息的嵇良，突发三声响咳，喀！喀！喀！

房外的人听到老草医一声喝，成了！话头才落，柳叶拎个黑色塑料袋疾步出来，到屋后珍珠李树下，挖个坑埋了。

人们涌进屋，老草医汗淋淋坐着喘气，床上的嵇良满脸回光。嵇良一见着儿子就嚷嚷，我好饿！

（原载于《民族文学》2021 年第 2 期）

哭泣的蝴蝶

朱秀海（满族）

"你不是出院，仅仅是换一个科。"神经内科的李主任亲自到病房里对我解释，"你嘛，我们都是知道的，虽然你们那些东西都是旁门左道，我开个玩笑啊……但是……"

他到底想说什么？我想。

"总之我和新医学科的马主任商量好了，我收他一个要出院的病人重新入院，他呢主动要求把你当成新病号收到他那儿去。治疗嘛还是在同一个医院，什么都不会改变，但我们都增加了一次病床周转。"

原来如此。我在这家部属医院的神经内科住了三个月，必须离开了，原因是他们不能让我总占着一个床位不让它周转。

我没有理由不答应这样的安排。

其实我是可以出院的，第一天来门诊时，那位一脸哭相的女大夫就直截了当地告诉我："你这脸治不好。"看我一直在等待解释，又加了几句，"面部神经麻痹严重到你这种程度，全部患者中只有百分之三，神仙都治不好你的脸。三伏天喝大酒，回家用冷水冲澡，然后沉沉大睡，让电风扇对着脑后风池穴一吹就是七个小时。身体差一点儿你就死了。"

她把最后一句话说得恶狠狠的，好像今年她又没有评上副高是我的错一样。那天她刚听到消息，眼圈还是红的。见我还不走，她终于又说了一句让我对她肃然起敬的话：

"人的脸是很娇贵的。"

这句话非常哲学，却让本来不想治了的我起了逆反之心——我的脸也是娇贵的。

我坚决要求住院，理由是我在这个部的研究所工作了十八年，一次院还没有住过。

我用了一些小的伎俩——算法中被称为状态空间（隐空间）的部分，加上对观察空间（显空间）即经验空间的一知半解——很容易就算出来了，他们还有闲着没人住的病房，于是很顺利地住了进来。其实像我这样不能给医院带来创收的"自己人"，要住院本来是很难的。

三个月后医院已经成了我的家。我的意思是说，我已经非常习惯于被别人当成一个病人，自己也把自己当成病人，并且以我正在住院为心理上的说辞，开始在这所充满着千百个像我这样的人的地方施展我的才能——当然像刚才李主任讲的那样，是一些旁门左道。但我的一个发现是，我一直渴望却没有在自己的专业领域里获得的荣誉，却在这个大致上是另一种宇宙的地方得到了。

我先是得到了一名有点儿神经质、自称一直被外星人追逐、自己也能不由自主地预知未来的女病人的信任和依赖，通过她我不但获得了外星人存在的可重复测试的真实证例，还和另一宇宙空间一个像我一样正在探讨譬如"我是谁？""我从哪里来，到哪里去？""宇宙有始有终还是无始无终？"这类终极问题的外星人沟通了联络，从而让我彻底放弃了对对方是否存在的疑问，但也让我失去了对他们或它们的神秘感和继续探索下去的兴趣，原因非常简单，一旦你发现他们（或它们）也和你一样正焦灼地探索周围的宇宙空间，他们和你无论在存在的意义上还是在维度空间的意义上就不再有差别了。

这是一次多重宇宙间的冒险，发生得十分意外，却让我明了一件事：我们——也许还有他们或它们——从来都不是为了探索未知空间或者其中的生物而进行科学发现，我们一直在探索的其实是宇宙的元点，无论你称他（或它）为自然、无、混沌、上帝、造物主都一样。

这件事甚至改变了我的人生。我发觉我不能再像过去一样进行我坚持了十八年的研究了，这种研究就像用一把金刚石的钻头穿透一座比金刚石还坚硬的岩层，我不知道岩层有多厚，更不知道我能不能穿透它，尤其不知道一旦穿透之后会看到些什么。但现在这些都不重要了，因为我把钻头放下了。

那些康德式的问题——"我是谁？""我从哪里来，到哪里去？""宇宙有始有终还是无始无终？"等等——依然存在，也许会永远存在，但我现在至少知道我不需要通过认识外星人和它的宇宙空间来寻找上述问题的答案了。岩层仍在，我必须换一换工具，譬如 AI。科学研究其实不是只有一种方法（在我的专业领域里大家习惯称之为算法或者算法模型），通过了解你眼前就能看到的世界的局部，充分理解它的原始算法模型，你也就理解了原型宇宙。道理仍然很简单：它们就是原型宇宙的一部分。

原型宇宙最神秘、距我们最近的部分当然就是我们身边的存在，而其中最为神秘的部分，就是人了。

问题就在这里了，我们真的弄懂了人这种宇宙的原始算法模型了吗？你能告诉我你下一个意识是什么吗？还有——像宇宙元点一样神秘——它是从哪里来的？连你的下一个意识从哪里来的都不能理解，我们真的能理解人这种原始算法模型吗？反过来说，一旦我们理解了人这种原始算法模型，宇宙的原型算法模型是不是就会自动地显现在我们眼前呢？

这样说看起来像是为我以后的行为做狡辩似的，但无论如何，我就是这么想的，然后，我那些被李主任称之为旁门左道的研究就开始了。而它们——其实就是一些简单而古老的算法或算法模型——立即在这家医院结出了疯魔一般的果实。

我在赢得这些成果的同时也赢得了荣誉，当然了，人都是虚荣的，最近一段时间内我也很享受这种虚荣。

住院三个月后我也发现那位女大夫的话没错，虽然他们用尽了各种办法——不过也难说，在我看来他们对我的治疗（也是一些算法）大致上是敷衍塞责的——我那瘫下来的半张脸并没有一点儿起色。我私下庆幸同时也不明白他们为什么不早一点儿撵我走，反正治不好，无论如何都要住一次院的愿望也满足了，越往后治疗越变得虚应故事，大夫对我虚与委蛇，我也用同样的态度应付他们的治疗，真让我走我也就走了。这次李主任主动提出用转科的办法让我继续住下去，说实话我都有点儿感动了。继续住院当然能让我接着进行那些聊胜于无的治疗，但真正让我温暖的还是觉得这家平常被我们这些"自己人"骂得厉害的医院也有医者仁心。我说假话了，其实更重要的是，我可以在这家太像另一种宇宙——就是说不像正常的人间——的地方，继续进行我关于人的原始算法模型的研究，用的算法却是我的"旁门左道"。何况，这里的病人们——你以为医生就不是病人吗？他们也是——又那么欢迎我。

说到最后，我倒想问一下呢，各位谁不愿意在一个能没完没了地给你虚荣的地方待下去？你不愿意？

当然还能找到另外的原因。即便出院回到研究所，我的工作基本上也是望着天花板冥想。说冥想还是好听的，不好听是发呆。还有我这张脸，在医院里你歪着一张可怕的脸出入不会有人太关注，可一旦回到研究所，我担心光是每天进出都会引起许多人的惊愕，尤其是那些一只苍蝇飞进室内都会尖叫的小姐，我可以保证，我这副目前已经丑陋到外星人级别的尊容一定会天天吓得她们花容失色，噩梦连连——顺带说一句，其实噩梦也是一种算法模型。

我顺利地办完了出院和重新入院的手续，住进了新医学科在住院部八楼的病房。这是一间八个人住的大病房，刚粉刷过，显得洁净而明亮，不知为什么也许是暂时只收住了我一个病人。不过我很喜欢。我刚归置完东西，做好以此地为家的准备，科里的马主任就笑嘻嘻地敲一下门，没有系扣的白大褂扇着风，大摇大摆地走了进来。

"教授好！"

我来这个科做过治疗，认识他。马主任是个乐呵呵的胖子，没架子，见到所有人都像是见到了自己的亲戚。我喜欢他的性格。

"主任好。视察一下？"

"视察个屁。来来来。坐下坐下。我们聊一会儿。"

他拉着我的手坐下来，用老师看自己一直搞不明白的学生那种亲切、居高临下和一点点儿困惑的神情笑望着我。

"怎么了，莫不是我这张脸……贵院创造了医学奇迹，情况有改善？"

"啊？这个这个……总体上还是有改善的，至少没有恶化。"他坦率地笑着，努力想找出些合适的措辞应付我的突袭，同时两只大而鼓胀的金鱼眼也在快速转动，让我又一次相信一台人这样的计算机确实是可以同时进行多种平行计算的。"哈哈，没恶化！对吧？"

唯一的遗憾是我这台计算机和他那台还没有充分连接——连接和纠缠在新物理学词库和我的专业范围内是两个本质上含义完全相同的词——不能知道他在看我又和我瞎扯的同时进行的平行计算对我意味着什么。

"真没想到，"他一边说一边跑去关门，又很大气地坐回来，麻利的程度让我瞬间生出了幻觉，以为那门是自动关上的。"你看上去也不像个外星人嘛，哈哈，脸歪成了这个样子……哎，我问你一件事儿，你怎么就那么神，你能和外星人联络的事儿是真的假的，能不能跟我……透露那么，啊，一点点儿？"

"关于外星人的部分，是我的秘密，不能讲的。"我用一种半调笑半认真的态度回答他，努力地咧开嘴，想笑一笑却不成功，只有半边嘴角向上翘起，算是表达出了某种笑的意思，不过这已经够了，"再说这种事儿一说出来就不灵了，对不对？"

马主任立马释然，像亲自成功地戳穿了一个谎言一样仰面哈哈大笑。这一刻我也明白了他刚进来时为什么会让我有一点儿紧张兮兮的印象。"看你也不像个真能和外星人打交道的人。不过别的事情我听说都是真的，你确实会测字，还会给人算命，你们这些家伙，科学家……你好像是个什么算法物理学家……都是怪人，说你们个个有病都没错。哈哈。"他像是要大笑，忽然又变得严肃，眼睛里现出认真和专注的神采。"全院都传遍了。你把那帮女医生女护士全给搞迷糊了，她们个个都来找你算过。还有病人，听说你给他们测字，有一个本来要跳楼，不跳了。实话告诉你，你一个人就把我们院心理科给整垮了，没人挂号，来医院都是找你。哈哈。所以不能让你走，你必须留下，你对那些心理有问题的病人的治疗，都顶上我们好几个科。"

"我本来正感动呢，你这么说话，会让我相信这才是你们用转科的办法让我继续住院的原因。"我说着，停了一下，加重语气，"说不定还是全部原因呢。"

虽然是玩笑，但我也不敢不相信这真的就是他们留我的原因。

"啊，你这个人，怎么这么说话……你这么说话是对我们医院的最大……不过你要是真想出院，今天就能走。"

他把话说到半道上突然对我反戈一击，效果很好。

"你不会……啊，也想找我测个字？"我得和他开个玩笑，不然，气氛对我太不利了。

"就你？"他看出了我的尴尬，为自己占了上风而得意，越发用一种居高临下的态度打量我，更爽快地笑道，"我有什么事要找你测字呀，再说我也根本不相信你们那些玩意儿！老弟，你们这种家伙，也就是骗骗女人，女人普遍都傻，她们的日子本来就过得不开心……女人的日子总归是不开心的，嫁不出去不开心，嫁出去了还不开心，嫁个有花花肠子的老公不开心，嫁个老实人更不开心，开心了她们都会觉得不开心。哈哈……来，帮我测个字。"

我吃了一惊。"你？"

"对呀。不能老让你骗那些傻女人，你也骗骗我。要是你这字测得好，我帮你传名，以后你们所垮了，你上大街上摆地摊儿测字卖卦糊口，我去捧场。"

我盯着他看……也许他真的只是想跟我开个玩笑。但即便是这样，也要把话说出来。毕竟，只要他是一个人，并且坐到了我面前，就是一道人性的幽深的渊薮——又一个原始算法模型。

"测字就是个游戏，玩玩可以，当真不行。"

他瞪着圆鼓鼓的眼睛，做出想了想的样子，道：

"那些女人信不信你的鬼话？"

"希望她们不信。"

"那就是信。你这字测的，一句话就能刀子一样捅到她们心窝子里去，比CT、核磁共振还厉害，因为她们个个都有心病，所以得信，对不对？"

"有可能。但我要再说一遍，不能当真，不然就不玩儿。"

"我，你还——"他用一种不屑的口吻笑道，换了一个坐姿，又换了一个坐姿，乜斜着眼看我，"行，我答应你了。帮我测吧，最近遇到一点事儿，老是排解不开，你替我排解排解。"

我想也不想就果断地拒绝了他。

"这个不行。我不替任何人排解任何事。我说过，就是个游戏，或者……一个玩笑。"

"行行，就照你说的，当成个玩笑。"他有点儿急不可耐了，眼光乜斜得越发厉害，"瞧你，我这个求你测字的人不紧张，你倒紧张了。放心，我不会当真的，你也不用当真。"

我轻松下来，说："好吧，说一个字，写出来也行。"

他以一种刚才关门时那样麻利的动作从白大褂兜里掏出药方纸和一支笔，写下一个"去"字。

这样的人你不能给他喘息之机——我也是记仇的——瞅了他一眼，直截了当道：

"这个字拆都不用拆。心中有去，是个怯字。"

人总是在不经意间显露出他最真实的心相。后来我一直后悔，我又不是泰森，这一拳出得忒重了。话一出口，马主任脸上一直保持的所有故作的满不在乎、大大咧咧、笑容……全都像舞台上的幕布一样落下去，只剩下一张没有血色的惊惧的脸。

真相显现的时间总是很短暂，马上，它又被原先的幕布遮没了，只是仓促之间幕布拉扯得有点儿凌乱、慌张，我面前那张脸上仍旧到处残留着刚过去那一瞬间的痕迹。

好在他的手机及时响起来，帮助他随便跟我打了个哈哈，便边接电话边逃一般地离开了我和这间暂时只有我一个人住的病房。

我有了不祥的预感。果然，三天后马主任就因为犯事，好像是和药品捎客里应外合高价进药，被警察直接从诊室带走。

人世间的事，以算法模型而论，花样真的不多。即便是犯罪，从输入到输出，运算过程贫乏得让人只想拿脑袋撞墙。

所以就人的智能而论……算了，不说它了。可人工智能又是什么？让计算机向人的智能学习。

这难道不是又一个什么高维度的存在拿人类胡乱开的玩笑？

我没有向任何人透露过事发之前我曾为马主任测过字，但我为他测字的事仍然随着他的被抓风一样在全院传开。

接下来的几天里，只有一个身材羸弱的半大姑娘在亲人的陪伴下来找过我，却是要我为她测一测姻缘。医院里无论是大夫护士还是病人，再没有任何一个人光顾我一直一个人住的病房。我故意在医院小花园里散步，病人也都离我远远的。我模糊地体会到了一名过气的演员没人讨要签名时会感觉到的失落和痛苦。

晚上躺在病床上，我作出决定，为了不让那个我以为存在的高维度的存在继续开我的玩笑，无论还会在这家医院住多久，我都不再给任何人测字。

但是……世界上最可怕的就是这两个字——即便这样我也只得到半个月清静。半个月后，那位最初为我办理入院手续的护士长——为了这个我多少对她心存感激——还是找到了仍然一人住一间大病房的我，人没坐下眼角就开始湿润。

"怎么了……您？"

"教授，我知道你不再为别人测字……可是我妹妹，亲妹妹，她想见您。"她突然抬起头来看我，也让我看到了她那张因为绝望极度苍白的脸。"自你住进我们医院，我们……这里很多人说你……不是一个凡人。你是真正的大科学家，测字这种把戏对你就是一种游戏，你研究高深的科学理论累了，拿它休息……你这种人就是休息也和别人不一样……但是对我们全家来说，你要是能一句话说到她心上，让她不再那么……那么……那个啥，你就不只是救了她，也救了我们全家，尤其是我父母，他们因为她都快……"

她没有再说下去，因为眼角湿润的地方开始凝聚一滴小小的泪珠。

"你刚才说她不再那么……她不再什么？"我不觉被她话中的沉痛和随时可能会哭起来的情势惊住了，再说……这几天我又在纠结，我对人这种原型算法模型的研究是不是应当继续——我又开始犯错误，问。

"哭。一天到晚地哭。再这么哭下去，人都要哭死了。"

我吃了不小的一惊。哭像笑一样，也是一种算法意义上的输出。

"为什么？"

"我们一家子人原先还以为她纯粹是嫁错了人。我妹夫品行不好。但后来……我们发现他们俩之间，她的问题还要大一些。"

她说这话时，已经把头抬起来，眼角的泪珠变得硕大无比，但目光中却充满了对我的大火燃烧般的热烈恳求和期望。

……

"我不要和她在医院里见面，那会让人家觉得我像是要重新出山一样。她同意了。从手机里听她的声音，好像一切都正常。我没有听出任何能让我生出您描述她时那样的悲观与绝望。"第二天中午，我在手机里对这位被妹妹的病况折磨得心力交瘁的护士长说。

但我也没有走太远，其实答应了她姐姐后我就后悔了。但是，我都不好意思说出来，另一种纯粹的对人性深渊的无边无际的好奇——我有时觉得它像河外星云一样幽深而辽阔——连同我要把我的研究工作继续下去的强烈愿望，战胜了前者带来的沮丧和懊恨，还是准时地出现在医院大门外马路对面那家还算体面的咖啡馆门前的散座之间。

她比我早到了一分钟，身材很好，衣着入时，彬彬有礼，但是——她姐姐是对的—— 一只眼角残留着泪痕。

"教授好。"

"您好。"我说，伸出手去简单地和她碰了碰手指，握手就结束了，"怎么称呼您？"

"我们还是不要知道名字，你叫我露西好了。"

"也行。请坐。"

我们对面坐下。我望着她，注意到她其实不比她姐姐小太多，已经人到中年，但还是漂亮的，是那种成熟而且会把自己修饰得很精致的漂亮，气质也很好，各方面看起来品味都不太差，且显得比实际年龄年轻。就这么一个走在大街上仍然有很高回头率的女性，她的姐姐居然说她一天到晚都在哭泣。

但我也不想把过程搞得太复杂，出门时就已经想好了，我就是简单地来履行一次承诺，然后马上跑掉。我也是残留着一点儿良知的，昨天夜里一夜没睡好，觉得自己还是不应当因为太为渴望窥视人性和人心的深渊——一个又一个人的原始算法模型——无限度地滥用我的专业知识和研究成果。

我们点的咖啡送上来了。我和她都小心地品了一口。

"味道还好。好吧，既然来了，我有话在先。"我说。

"您说。"

"你姐姐让我来，帮你测一个字。她帮过我的忙，我不能不答应她。但我必须声明，测字这东西真的是个游戏，你不能当真。"

"我不当真。其实我和您差不多是一个专业。"

"什么？您什么专业？"我问。这才是真正的大吃一惊呢，和它相比往常的大吃一惊都不算数了。

"机器学习。"

"我的天哪，"我不由得发出一声叹息，接着就笑了，"没想到遇上了同行。"

不是真的同行，机器学习只是我眼前的工作之一，怎么说呢？让我想想……就像你学会了屠龙，但是没有龙可以杀，你也就只能去杀杀猪羊。我现在进行机器学习方面的研究就属于这类情况。但我不想把这种实话也对她讲出来。

"可是测字，还有《易经》，这些我都不懂……我原先以为这些和我的专业不相干。"

她错了……我在前面说过了，在人工智能成为显学的今天，无论是测字，还是《易经》，都可以被视为——它们本来就是——古人建立的算法和算法模型。但我现在只想快点儿摆脱她，这样一个同行的出现让我的内心有了点儿莫名的惊慌。就像你遇上了外星人，和他通话，或者叫连接与纠缠，不知道他的段位，内心里也有这种骤然而起的惊惶。谁知道她的话是哪一种输入，万一是故意给你下套儿……我顺着她的话说：

"对，那些东西，即便不好说都是旁门左道，但也和 AI 没有关系。——你在大学就学了人工智能？"

"对。"她简单地说，看表情一点儿也不希望和我继续谈她的专业。

"那好吧，你说一个字，我来测。再说一遍，不能当真。"我努力地笑了笑，想把气氛搞得轻松和写意一点儿。在专业尤其是机器学习方面我不敢说有机会赢她，但是测字……何况她真有可能整天在哭，仅仅和她对面坐了这一小会儿，我也觉得自己要哭了。

她从包里拿出纸和笔——来前也是认真做了准备的——不看我，在纸上认真地写下一个字。

"周？"

"嗯。"

"怎么想起要测这个字？"

"我可以不事先说明吗？你不要管我为什么要测这个字，只管测好了。"

"我没问题，"我说，又笑了一下，想继续缓和那种让人——在我们两个人中间可能主要是我——越来越不舒服的谈话气氛，"只是我不听你讲一点儿原因，就那么直说，万一伤害到——"

因为她是女性，万一真的像她姐姐讲的那样，一直都在哭泣，所以……

我没有把话说完，她已经明白了，道：

"没关系的，我一直被人伤害，生下来就被伤害，直到今天，都习惯了。"

事情到了此刻，就是前面是口井，我也只好硬着头皮跳下去了。我说：

"这个字其实好测，你心里带着这个字来的，心中有周，是个惆怅的惆。"

她聚精会神地盯着我。"请说下去。"

"这个字拿来拆可是不太好。你看，这是个三面包围的字。简单说吧，如果这就是你现在的处境，那你只剩下一条路可走。"

"向下的一条路。"她默默地看着自己写的字，神情黯然，说。

我觉得不好。向下的一条路，对她来说可能就是——继续像她姐姐说的那样——哭泣。

"要我讲下去吗？"

"要。"

"其实还有另一种拆法。打破这个三面包围。一旦没有了它，是个什么字？"

"古。"

"我测完了。我什么也不想问，三点钟我要去针灸。上辈子欠了别人的债，那些女护士得多恨我啊，这辈子让她们天天用银针扎我的脸，不扎都不行。"

就是这么努力我也没能让她开颜一笑。同时我想拔腿就走的愿望也没能够实现。我刚要站起来，她就再次冲我抬起了那张比她姐姐还要苍白——主要是病态——的脸，也让阳光再次映亮了她眼角的泪痕。

"请您不要走。我们还没开始呢。你帮我测完了字，我就可以告诉你我为什么要测这个字了。"

我重新坐回去……也许她没有我想象的那般厉害……也许我还有机会……我想。

"要不你自己姓周。要不你丈夫姓这个姓。"我的好奇心——愿望——又从它被压抑的地方野火一样腾的一声蹿出来，让我说出了上面的话。

"他姓周。"她说。

她开始讲她的丈夫，其实并没有什么不同凡响之处。他当然不是她的初恋，她的初恋在应当珍惜她的年龄没有娶她，但她和后来的丈夫也不是没有一点儿感情基础，两人是经介绍认识的，居然能一见钟情，无论他还是她，那一刻都觉得对方就是自己一直在找的可以托付终身的人。然后就是婚姻。

"什么时候开始觉得生活不像您原来想象得那么——？"见她沉默下来，我不动声色地——其实心中正在窃喜——问道。

"从发现他有外遇开始吧。"她丝毫没有回避自己生活中出现的那场灾难，"而且是跟我的一个学生。"

"他现在做什么工作？"

"他嘛……当局长了。你有时候能在电视上看到他。我呢，一直在大学里当老师，研究 AI，专业方向近年来转向机器学习，因为它成了热门专业。"

我默默地但是专注地望着她。我已经看到那道深渊的入口……我什么话也不说。

"你一定觉得我的故事平淡无奇……你甚至可以说我现在也有多种选择。离婚、不离婚，装成什么也不知道，继续就这么过。还有，你在外面有情人，我也在外面找一个……虽然岁数大了一点儿，但今天追求我的男人仍有不少。"

说下去……说下去……我还是什么都不说。

"刚才的字您测对了，现在我才明白为什么我姐姐一定要我来认识你。你说我只有一条路可走，那就是离开他，不管是用离婚的方式还是不离婚的方式，其实这都不重要。但你刚才说还有另外一种办法，打破三面包围，这有新意，是我今天来见你的意外收获。"

我想说谢谢，但还是什么也没说。原因很简单，我就是测对了这个字，对她的生活——再说一遍，我还是残留着一些良知的——也不可能有任何实质意义上的帮助。

　　"可是我怎么打破那三面包围呢？真正的问题是，打破了以后，我的日子就好过了吗？我现在和你坐在这里聊天，也可以看成打破了，走出来了，但又能怎样？天刚才还有阳光，这一会儿就阴了，天气预报说今天还有大雨，我出门时忘了带伞，可能要淋着回家，这一切谁能改变？"

　　我突然看到了那道深渊的内部……不，是猜到她整天哭泣的原因了。我开始同情她的丈夫。

　　"说说你自己，说说你为什么整天哭泣……你有那么多理由哭个不停吗？"心中的野火……对一种人的新原型算法模型的渴望……又蹿了出来。我单刀直入地问。

　　她瞅了我一眼，我心想她一下就看到了另一道幽暗的人性的深渊……我是因为自己看到了面前的一道深渊才猜测她也看到了对面的另一道深渊。深渊就是人的原始算法模型。

　　"我不想举更多的例子。有一本讲科学研究方法论的书，叫《猜想》，您这么一位学富五车的人一定读过。人对某个我们称之为公理、真理的东西是永远无法充分证实的，证伪却太容易了。苹果从树上落下来，砸到牛顿头上，让他想到了万有引力，但真要证实万有引力在整个宇宙存在，是不可能的，因为人类不可能去宇宙的所有角落测试苹果会不会落地，于是苹果落地这样一个简单的、被我们视为最普通的真理都是不能被充分证实的，连它都只是人类众多猜想中的一个。而既然是猜想，就存在着被反驳和被反证的可能。而反驳却太容易了，只要提出疑问就够了。"

　　我明白她的意思，也大致明白了她为什么每天都在哭泣，但我不想和她进行科学哲学方面的讨论。同行最怕和同行讨论专业上的问题，因为大家的困境是一样的。何况我现在只想知道另一件事。任何普遍中都存在着个例，而每一个个例之所以会成为自己都有特殊原因。如果她丈夫出轨不是她眼泪之河的全部源起，那么另外的源起——个性的源起——是什么。

　　她刚才已经说了一点儿，但并不充分。

　　"没有人能证明人是值得活在这个世界上的，哪怕教授您，据说和外星人都可以联络上，那又怎么样？我和我丈夫新婚第一天，入洞房的时候，就对他讲了这个道理。他一直不理解，更不理解我为什么看见四季轮回月落乌啼都想哭一场。更让我难以忍受的是，他不愿意看见我哭。"

没有人愿意看到自己的妻子天天在家哭泣……但这句话我忍住了。

"有一次他对我施暴，打了我……这个畜生，因为不想听我哭就打一个女人……我当时就报了警。这件事最后影响了他的升迁，不然这会儿他已经是部长了……可这件事并没有给他足够的教训，只要他在家就仍然不允许我哭，尤其是不允许我在夜里哭，小声哭都不行，说我影响他睡眠，明天还要开大会，总理都要来参加会……可是，他的那些事情和我的伤心落泪相比，和一朵花开败了要落下来相比，真的重要吗？"

"你们有孩子吗？"我开口截断了她的话。必须换个话题了，所有的深渊都有不同的侧面。

她吃惊地看了我一眼，道：

"这个世界充满眼泪，我为什么还要生孩子？生下来让她或他和我一起哭泣？"

就她本人而论，你不能说她不对。但是……是我自己开始出问题，我觉得我的耐心正被她消磨殆尽。我已经看到了这道深渊，而且可能已经是它的全部了。我站起来。

"对不起，我要回去扎针——还我欠下的债了。"

"不，你不要走，我见你一次不容易，"她惊慌起来，也跟着站起，同时一只眼角的泪痕变得亮晶晶的，因为太阳又从云丛中钻出来了，阳光直接将她的半张姣好的面容映得明亮而诡谲，"我还有好多事情没向您请教呢。啊，我保证不再说哭的事情了。"

我做出万分不情愿的样子坐下来……野火又在燃烧，那个深渊开始对我显出新的诱惑力。

"还想再测个字？"我问。我得开个玩笑，要不她一定会哭起来，她两只眼窝里已经汪满了亮晶晶的泪水。

"你帮我排个卦吧。"

我想了想，必须拒绝。任何《易经》的道理对她都不会产生效果，我得说些她能听懂的话语。

"不，说说你的工作，我说的是机器学习。你在这方面有成果吗？论文也成。"我说，"当然了，只谈你愿意谈的，已经公开发表的成果，我在刊物或者网上能看到的。我不想刺探或者让人以为我正在试图剽窃别人正在研究中的成果。"

"其实也没什么。我正在写一部关于《机器学习》的专著，作为大学这个专业的教材。"

"哎哟！你太了不起了。"我说的是真心话，虽然声调夸张。即便我以为所谓人工智能只是另一种存在对人类开的一个玩笑，但如果她真的能为 AI 即人工智能中的机器学习专业写出一部大学用的教材，那也说明她对这个玩笑模型的研究已取得相当成果。

"刚刚写出第一章，不，是绪论，讲机器学习的目的。"

"现在它也是我的工作，既然你都要写书了，那大概可以告诉我，你认为机器学习的目的是什么？"

她默默地看我。有一阵子我想到我过分了，这在机器学习专业称为扰动，我扰动了谈话的主题，而且不是原型扰动，是不同且相互平行的宇宙之间的强力嵌入，我想用这样的连接，改变我们之间的纠缠，离开最初的话题。

即便在真正的科学研究中，这种办法有时也非常有效。

但我马上就发现自己失败了。

"我就是暂时被卡在这里了。"她说，眼泪更加明亮，但仍然没有滚落下来，"因为我认为在人工智能领域里，机器学习的目的是通过样本建立算法模型。"

这一点是这一领域专家们的共识。"有什么错误吗？"

"有。目前专家们认为，在这一领域里能建立的算法模型只有三种：原始模型、密度模型、层次模型。可是真正的问题不在这里。"

我开始有一种感觉，今天来对了，也许我真的遇到了一个可以偷师的同行。玩笑里有时候也有好玩儿的算法模型。"真正的问题……你认为什么是真正的问题？"

她只说出了一个词组，就让我失望得无以复加。"算法模型。"她说。

这样的失望难以忍受。犹如你问一个专家，什么是算法，他告诉你，1 + 1 = 2 就是一样，它并不错，但那是幼儿园级别的回答。

"它怎么会成为真正的问题？"我用一种连掩饰的愿望都没有的讥讽口吻反问道。

"计算机建立的各种算法模型，也就是人工智能建立的各种模型，是虚拟的，对吧？"

"对。"

"但是我的哭泣、我的悲伤、我的不幸是谁给的？它们不可能是虚拟的。我和你，世上所有的人，包括那个背叛我的男人，是不是虚拟的？如果这一切也是虚拟的，哪怕只是一种可能，生活在这个虚拟的算法模型中的我们，我，是不是也是一种输出，甚至就是算法本身，一台正在运算的计算机，我们是不是应当为自己以这样一种命运存在而哭泣？"

我说不出话来了，站起来，果断告辞，为此还故意瞅了一眼表。

"对不起我真没时间了。我走了。对了已经买过单了。"

在 AI 这个领域里，她的专业应当还处在本科二年级水平，居然也写起《机器学习》这样的教材来了。

大步离开时我没有回头，但我知道，她两只眼窝里的泪水正奔涌而出。

我给她姐姐打电话，我真没有办法，这不是一种病，至少这不是一种可以治疗的病。

她姐姐当即就在电话中难过得抽泣起来，说：

"那就……教授，你还有别的办法吗？你有没有朋友，觉得他们能治好她的病？我，我们全家求你了……或者，还有什么……你们说的算法……会别的算法的人……只要能救她就行！"

我想了三天，真的想到一个朋友，当然早不联系了。不开玩笑地说，在哭泣界，他已经快熬到第二把交椅了。但是，我真能这么做吗？把一个目前仍然仅限于自己在家里哭泣的女人推出去，让她更深地进入一道人性的深不见底的渊谷，一种最近一些年特别流行的人的原型算法类型而不是模型——在机器学习专业上这种操作被称为聚类——和直接杀人有什么两样？

可是——这些年最让我惊奇的就是——既然连我的那位聪明绝顶——他真的绝顶了——的朋友也义无反顾地进入了那道人性的渊谷，我的不喜欢并不能阻止他越陷越深，难以自拔，也许这个新的算法类型的存在就是有道理的，也许是那个高维度存在的又一个玩笑……可她都这样了，哪怕仅仅是为了完成我的观察，得到输入、扰动直到输出的全部数据代码，为这一新的算法类型建立起我自己的数学模型……科学实验有时候是要跨越一点儿道德边界的……我一把将她推向那道有无数聪明或自以为聪明的人不顾一切投身其中的渊谷，真有什么不妥吗？

我把我这位朋友的情况当面说给她的姐姐听，让她选择，这样我就连道德上的一点儿自责也不用承担了。对方沉默了好久好久，抬头，眼含泪水，道：

"你说的那个聚类我懂……既然没有人治得了她的病，既然有别的算法……模型，咱就死马当成活马医，把你的朋友介绍给她！我们豁出去了！"

告诉她我朋友的手机号码时，我觉得这是我一生中做的所有荒唐无耻的事情中最登峰造极的一件，但是，快乐也是登峰造极的。

很快我就接到通知，可以出院了。

不久前他们认为我留下来一个人顶得上他们的几个科，现在他们终于不这么认为了。

好吧。我离开了医院，并没有回所里上班。我歪着一张可怕的脸，只去见了一次所长，他就同意了我的请求，大声道：

"行行行，你就在家工作好了，一边养病……需要多久你就在家里待多久。再见。"

我觉得我是被他以一种比迫不及待还要急切的心情撵出去的。

半年过去了，也许一年，我并没有记得这家医院、护士长和她的妹妹，连同我想通过这一次输入窥视到的那一个聚类的算法模型。但是，夏末的一天，雨后初晴，我还是在同一家咖啡馆门外的散座间，又遇上了她。

我早已放弃了 AI 中的机器学习专业，自从经历了和她的一次接触，机器学习在我心中就成了小儿科的东西了。这天我和一个朋友讨论的是不同宇宙空间的连接，觉得我们和外星人建立联络只剩下工具问题。我们谈完了，喝完了面前的咖啡，开了一两个玩笑，他站起来先走，我跟着站起，目送他走远，一回头就在身后看到了她。

她大不一样了。人还是那个人，化妆的精致程度也没有改变，只是穿的衣服……那是一件什么样的衣服啊，让身边男人的回头率之高……我当时就震惊地觉得，她已经不是一个人了，像是整个儿变成了一种从内向外发散着炫目光彩的新的类人。

"教授，你好！"她笑着，落落大方，率先开了口。

"你是……"我问。她是不是那个人，我需要确认一下。

"是我，露西。"她肯定地说。

"啊，真没想到。"我说，忽然有了点儿语无伦次，一边仍在上上下下打量着这个容光焕发的——怎么说呢，类人也是人，不过是一种新的人，"你变样了，这么离谱，我都不敢认你了。"

"瞧您……不带这么夸人的，"她感受到了我由衷的称赞，幸福地笑着，有点儿不好意思了，"既然见到了，就请您坐一会儿，行吗？只是……你的脸……"

奇怪的事也发生在我身上，我前后住了五个月的院没有治好的脸，出院后这段时间，它反而好起来了。

但现在我不想说它——谁知道这又是谁的把戏呢？我的好奇心如同野火……什么我都想起来了：聚类；最新的关于人的原始算法类型；人性的深渊……

"太好了，我太高兴了，当然行。请坐。你要点儿什么？"我仍然边说边打量着她身上那件让我一直眼花缭乱的衣服。

"水。"她不客气地坐下，看着我请客，"我现在不喝咖啡，什么饮料也不喝，只喝水。"

"健康。"我说，为我们俩点了两杯水，坐下，仍然看着从里到外焕然一新的她，"告诉我，那次见面后都发生了什么，让你……啊，变得这么漂亮。还有，你身上穿的这是——"

为了面前这个女人，也为了表现我对她的欣赏，我觉得我也应该适度放纵一下自己内心真实的兴奋。她蓦然地从天而降值得我为她也为我自己兴奋一下。

她再次用一种窥视一道深渊那样的目光盯着我看，好在一直都在微笑，没有让我感到太多的不舒服……过了一会儿才说：

"教授，我一直在这里等你。你和你的朋友真能谈，让我等了三个小时。"

"你……真的？"我说。

如果是这样，那这次和她的见面就不是一次偶遇了。

"你都不想知道，你把我介绍给你的那位朋友，像你说的那样，哭泣界的扛把子，他后来把我怎么样了？"

我笑着敷衍她一句，因为我确实不知道我那位朋友把她怎么样了，还有……我在这件事情上会不会受到道德谴责。

"哈哈，他把你怎么样了？……他又能把你怎么样？"

"最近他的名气更大了，听说在国外的名气比在国内还大……他都要得哭泣界的世界最高奖了。你不知道？"

"我知道。"我平静下来，很诚实地回答她，后面的话没有讲出来：但我不是很关心。

她又用窥视一道深渊那样的目光盯了我一眼。

"好吧，你不会无缘无故地在这里等我三个小时，把你想说的话都说出来吧。"我说。她那一眼让我浑身都不舒服了，我必须迅速把话题扭转回来。这也是一种输入，一种运算过程中的扰动，不过是一种原型扰动，没有迫使运算进入另一个平行宇宙空间。

"你的朋友比你有魅力多了，"她说，一边说一边继续用那种笑眯眯的目光看着我，一瞬间也不愿移开去似的，"我第一次见他就被他完全迷住了。首先是他长得太帅了，真是个美男子，多少女人为他着迷呀。当然这不是最要紧的，最要紧的是我不去还不知道，去了才知道他在哭泣界的影响力有那么大，很大很大的场地，高大的主席台，或者叫论坛。不好说你的朋友就是坛主，但他至少是坛主之一。而且，他的专业太强了，我是说哭，你说讲演也行，他有时候不过是噙着眼泪，并不是真的在哭，却让那么多他的崇拜者痛彻心扉，哭声震天。还有他关于哭泣学写了一本又一本专著，发行量都很大，版税拿了不少。这当然是有原因的，不去我不知道，去了才知道原来哭泣界也是分流派的，不是一伙，是好多伙，从声音上分有放声大哭派、小声啜泣派，还有只哭不发声派。就姿势论，有自然主义派，也就是不拘形象和架势，想怎么哭就怎么哭；有正襟危坐派，那都是些高人，哭泣界的大佬，像你朋友那样的，他们当然不能像乡下女人一样披头散发地哭，就是哭也要端正庄严，气象万千，眉含远黛，目横秋波；还有一种箕踞而坐派，据说是跟魏晋名士学的，高兴了连衣服都不穿，视天地为屋宇，视屋宇为禅衣……但是真正厉害的、震撼人心的是行动派！"

"行动派？"我真是孤陋寡闻，算法模型发现了无数个，却还不知道这种模型。"我今天来着了，快说说这个让我听。"

她笑了，说：

"简单地说就是哭够了，不想活了，跳崖自杀。"

"我的天！"

"很不幸，我刚到那里时却觉得能进入这一派很荣幸，因为我对世界的感觉，我对生命存在意义的绝望，很容易就让我别无选择地融入了这一派，并被带上了那个圣坛般的悬崖。"

"圣坛般的悬崖？"

"对，他们就是这样称呼它的。当然你也可以选择不跳。没有人逼你一定往下跳。我早就不想哭着活在人间了，我加入行动派的目的和那些沽名钓誉者不同。他们上了那座悬崖后常常还会表演一通，系上那根蹦极用的带弹簧的救生索，所以还会有这么个东西，是说你即便跳到半山腰了想反悔也还来得及，你可以不解开那根救生索。我不一样，我从一开始就没想过要系上它。"

"你跳了吗？"我都急不可耐了，打断她道。

"我已经准备好要跳了，我觉得这件事太简单。为了我自己，为了我不愿继续活在这个让我只能哭泣着活下去的算法模型空间，我一步一步走到悬崖边，一眼也没理睬身边的救生索，也没有看一眼下面那道万丈深渊，连同崖壁上的草木和嶙峋怪石。我闭上眼睛让自己平静，向这个虚拟的宇宙空间告别，也向这个宇宙空间中的自己告别，然后……"

"怎么了？……发生了什么事？"我不觉大喊。

"然后……我听见后面有多少人在大喊啊！'跳呀！''快跳呀！''你怎么不跳？''你都让大家等急了！''到底你还跳不跳！'……我忽然生气了，我跳不跳和你们有什么相干？就是这样一个意念，让我重新睁开了眼睛！"

"那又怎么样？"我快要扛不住了，大喘起来，道。

"我一睁眼，就看到了天空。不是一开始就看到了全部天空，是一种声音吸引了我，它引导我看到了头顶上一汪碧水似的天空。"

"声音？"

"一只蝴蝶，不知从哪儿飞过来的，呼扇着美丽的翅膀，嘤嘤地飞呀飞。它要是飞走了多好哇，它还不走，就在我的头顶上盘旋呀，盘旋……这一刻我就想，这又是一种什么连接，什么扰动，什么算法输入和输出呢？如果所有事物都是某种算法的结果，连我在的这个宇宙都是虚拟的，关于蝴蝶的算法模型一定是非常美丽的，也许是宇宙间最美丽的算法模型。我就要死了，可是居然不知道还有这么美丽的算法模型！"

我想让她直接讲出结局，但好歹忍住了，没有开口。

"再后来我就不是我了，我成了这个算法模型……你懂得的，我自己成了蝴蝶，我就是那个宇宙间最美丽的算法模型，现在不是蝴蝶，而是我自己，在空中盘旋，盘旋在下面崖顶那个要跳崖的名叫露西的女人头上……我盘旋了一小会儿，看不出还有什么新奇的东西，就想离开她了。我向更高处、更远处飞去。我飞得越高，飞得越远，看到的宇宙空间就越大，原先只看到一道万丈深谷，现在我看到了包括深谷在内的更广大的山川大地，看到了笼罩在山川大地之上的辽阔蓝天，还看到了天际线上方绚烂无边的云霞。"

"然后呢？"我又大喘起来。

"没有然后了。然后就是现在，和你坐在这里，每人一杯水，边喝边聊天。"

我站了起来，几乎整个身子都要向她倾斜过去了：

"那请你告诉我，你现在是蝴蝶，还是露西？"

她笑了，而且站了起来，道：

"我当然是蝴蝶。不，是一个叫作蝴蝶的原始算法模型，但也是宇宙中最美丽的原始算法模型，至少是之一。我是虚拟的，但我知道，生活对我来说是美丽的。我希望我的存在是实在的，但它即便是虚拟的，我也喜欢。"

我不能再和她谈下去了。我也不想再问别的事情，譬如，她的丈夫，她的家，还有，她的心。我太激动了。

"我不会再哭泣了，因为那不值得，宇宙无论是真实的还是虚拟的，我都值得活着。"她最后用坚定的语气说。

我又喘不过气来了……但话还是说了出来：

"可是……我还有一个问题。你刚才说你现在不是过去的你，而是一只美丽的蝴蝶，你是怎么做到的？"

"飞翔啊，离开那个悬崖，飞起来，你就不是原来的你了。让我想想……对了，在专业上，这叫升维。"

"人为什么一定要做人，不能做蝴蝶呢？"她反问道，同时用两只手一下打开了身上那件让她变得五光十色的衣服，现在我才发现那是一件特制的画有一只巨大蝴蝶的连衣裙，"只要你愿意把自己升高一个维度，蝴蝶的维度，你就是一只快乐的蝴蝶了。"

我完全镇静下来，问她：

"还有什么可以告诉我的吗？"

"有。原来我以为我哭泣的理由无可置疑，没想到一只蝴蝶就打碎了它。你们这些仍然称呼自己是人的存在，当然有理由继续哭泣，但是你们也可以不哭泣，因为，无论宇宙是真实的还是虚拟的，人都可以升维。瞧我，穿上这一件衣服，我就成了一只蝴蝶。"

另外一只蝴蝶，不，另外一位穿着蝴蝶装的男士，正从马路对面走过来，一边向她微笑。而她也一脸幸福地望着他，不再理我。

我知道，离开的时刻到了。

现在可以说实话了：因为我的一次有预谋且不计后果的冒险输入，意外地收获到了一个全新的人类——蝴蝶算法模型。而且整个过程都是成功的，从连接、纠缠、输入、扰动直到输出，都毫无瑕疵。

我很愉快。

（原载于《民族文学》2021 年第 5 期）

去背牛岭

少　一（土家族）

一

政委让我去一趟背牛岭。

事情稍许敏感。他从大班台的屉子里拿出一封信让我看，表情不无神秘。我快速浏览一遍，内容大致是举报背牛岭派出所所长谈何易的"作风"问题。

政委说，这个谈何易真不争气，他是不想下山了。

其实，谈何易当初就不愿上山。他想安安稳稳等退休，可是，好多事也由不得他。就说四年前那次调整吧。背牛岭派出所所长老杨到龄退休，所长位子腾出来，局里需要安排人上山"补缺"。局长当时给候选人定下四个条件，让政委和我负责挑：四十五岁以上的，二十年以上党龄的，基层工作满十年的，干工作还不能"水"，最好有点儿牛劲。我把全局二层骨干过了一遍细筛，最后只剩下个谈何易，而且他还属牛，真是巧了。政委一向按"规矩"办事，他在党委会上提出，谈何易没干过派出所教导员，直接当所长属于破格了。

谈何易听到消息头就大了。

背牛岭，什么鬼地方啊！它像一只蘑菇藏在原始次生林的最高处，海拔超过两千米。背牛岭三面环崖，只在北边的挂岩壁上凿有一条小道，也是唯一通往山顶的"路"。它宽不盈尺，外边是深不见底的峡谷，仅容一人攀缘而上，令恐高者望而却步。早些年，山上住着十二户人家，组成一个独立的村民小组。由于没有一条像样的路通往山顶，成年牛压根儿就吆喝不上去，村民需要耕牛只能从山下买了牛犊子捆住四蹄背上山，再把小牛犊一天天喂到能下田。

估计这就是背牛岭名字的由来。

背牛岭就这个条件，派出所自然也好不到哪儿去。所里常年只有三名警察，管十九个行政村，九千多人。所以，别说在背牛岭当警察不安心，当所长也未必

短篇小说卷　｜　277

就没想法。为稳住"警心"，局里像管孩子一样，对山里的警察打一把摸一把。规定凡在山区派出所工作的民警每月享受五百元"山区补助"，同时还规定凡在山区派出所工作未满五年的民警一律不得申请调离，这后一条说白了就是冲着背牛岭派出所来的。所以，山上的所长虽然级别待遇一点儿不差，可就是抓不到人。要不，局长也不会拉出四个条件，一举把谈何易给"框"进去。

同事们起哄说新所长得请客，他哭丧着一张皱巴脸说，请个鬼呀，我这应该叫"发配"！

话不中听，传到局长耳里，局长亲自找他任前谈话。

谈所长，听说你不想履新？

是的。谈何易梗着脖子毫不含糊。

你倒是爽快，这种话也敢说。

作为一名党员，我心里怎么想，对组织就怎么说。这叫襟怀坦白。

局长指出，你既然提到组织，那我告诉你，安排你到背牛岭派出所当所长正是组织的决定。

算我倒霉。

局长这会儿不想跟他对着"顶"，便说，谈所长，你从副职直接安排到所长岗位已属破格提拔，局里好多任职多年的教导员还在原地踏步呢，多少人眼珠子瞪得铜铃大盯着这个位置，你要懂得珍惜。

谈何易说，那就请组织上优先安排别人吧，我不要这个优待。

局长正色道，人事安排是党委定的，由不得你愿意不愿意。你要知道，警令畅通是对警察的起码要求。还有，局长指着谈何易别在胸前警号上的党徽说，别忘了你举起右手宣誓时说的话，要把自己的承诺当回事儿啊。

话说到这份儿上，谈何易也就没法硬碰了。

既然局里要这么安排，我这把老骨头也只能交到背牛岭了。

谁听不出来这话里话外的情绪，可人家局长没计较，在谈何易的左肩上拍了拍，算是画上了句号。

就是这一拍，把他拍到背牛岭去了。后来，局长对政委说，谈何易这人有犟牛脾气，干事儿也有牛劲，让他去错不了。

现在可好，眼看五年就要熬出头了。在这节骨眼儿上，他又偏偏惹出这档子糗事儿，岂不是和自己过不去吗？如果让人揪住小辫子，他"期满下山"的盼头也就要落空了。

我不想插手管这事儿，原因之一，民警的违纪违规问题，局里有专管部门，职责上轮不到我。第二，背牛岭派出所有分管副局长。谁家孩子哭谁哄去，扯上我干吗？第三，举报信没落名，你不知道人家什么来头，用意何在？男女之事本就微妙，按以往经验，这种匿名举报又多半是好事者出于某种阴谋算计捕风捉影弄出来的幺蛾子，查到最后不是一蹚浑水满身狼狈，就是证据不足不了了之。到时候，搞恶了同事关系不说，对组织也没法交代，两头不讨好。我可不想让这个烫手山芋沾上手。

我出面不太合适吧？政委是否重新考虑人选？我说。

政委说，哪来那么多废话，你那点儿小心思我还不知道？政工室是管队伍的部门，你一个当主任的，做民警的思想工作责无旁贷，不要推三阻四了。

我还真没话说。

政委继续。这件事不仅关系到谈何易的个人声誉和前途命运，还涉及公安队伍的整体形象，弄不好就毁了两个家庭。我们要从关心干部的角度出发，尽量稳妥、低调地处理好。最后，我看他是有点儿动情了，一手搭着我的肩膀说，谈何易这家伙跟他的名字一样还真不易，我们不能眼睁睁地看着他在这个问题上栽跟头，就算确有苗头，组织上也应及时提醒其注意啊。我相信你的判断和把握，才让你去的。

政委这么安排，原来是经过深思熟虑的。

我懂了。

二

从县城去背牛岭的国道全程一百五十公里，经过两年的艰难"改造"，前年底才竣工通车。上路后我蓦然想起，打从谈何易上山后我还是第一次去看他，要不为这档子事儿，我还真想不起来往背牛岭跑。这么一想，我感到有点儿对不住自己的职责了。

这次去，我还特意带上局里的宣传干事小文。尽管有掩耳盗铃之嫌，但政委只是让我先去摸摸底，情况弄清楚之前什么都不能摆在明面上说。那么，以下基层"采访"的名义去还是个说得过去的由头。

出县城没多久，我们的车就上了皂市水库的库区公路。三个小时之后，我们的车离开主公路，从一条简易路朝西头拐进去，没绕多远就看见两扇生锈的大铁门旁边的砖柱上挂着"背牛岭派出所"的牌子，白底黑字很醒目。院子很大，收拾得也挺干净。这里原先是镇政府干部的宿舍楼，新修办公大楼后，镇政府迁走，派出所暂时借用旧楼——派出所的新址选地已在筹划之中。

谈何易不在所里，警察都不在所里，这不奇怪。此行使命特殊，我不便提前告知。迎接我们的是位大姐。她穿辅警服，佩戴辅警标志，笑吟吟地自我介绍说，俺姓潘，叫潘月红，是所里的微机员兼炊事员。问所长他们干吗去了，潘大姐说，谈所长带民警下村去了，主要是上门给老百姓办户口上的事儿，还有治安上那些扯皮割索的事儿。

什么时候回来？小文急不可耐地问。

时间可没个定准儿，有时十天半月，最少也要三五天吧。辅警大姐说，下去一趟不容易，光杂七杂八的器材和资料就装了两背篓。

听说我们专程从局里上山"采访"，潘大姐就要给谈所长打电话汇报。我当即制止她，说我们的"采访"是随机行为，就采访基层最真实、自然的状态，先不用打招呼，那样有造假的嫌疑。说完，我就领着小文参观派出所院子。背牛岭派出所坐落在半山坡上，前面的院坪是用水泥和乱石浆砌起来的，院墙足有三米多高，怕人摔下去，院坪边上安装了铝合金栏杆。墙角早年植下的水杉树已经冲上来高过房顶，水桶粗的树干遒劲而挺直，只可惜树种稍显单一，缺少陪衬。粗糙的树身上或系着绳子、铁丝，或挂着牌牌，连树也是棵棵"在岗"。据说，这里的气候和土壤只适合水杉生长，故而看不到其他像样的树种。背牛岭的高山云雾茶倒是品质优良，全国有名。我们来得稍微早了点儿，离春茶采摘还差那么十天半月。要不然，场面可就热闹啦。

在外面转完一圈，潘大姐喊我们进屋喝茶。潘大姐个子高挑，我目测一下，有一米六八上下吧。这女人身段真好，就是个衣架子，随便穿一套辅警服都那么合身。她皮肤白净，喜相靓丽，说话时眉弯里都藏着笑，一点儿没有山里人的生涩，也不见外，招呼我们全然是一副主人姿态。应我们要求，她带我们先参观所长办公室。谈何易的房间十分简陋，一道墙隔出内外两间，外间办公，内间做卧室。我注意到他床上空空如也，没有棉絮，也没有被套和床单，连枕套都拆下来了。潘大姐看出我的疑问，说，所长出门去，我给他拆下来洗了。原来，晾在院坪边水杉树之间绳子上的棉絮、被单是谈何易的。我想，这个潘大姐真是有心啊。

潘大姐丝毫没在意我想什么，自顾自地说，这房子建得早，没隔潮，一年四季湿气重，隔段时间，赶上好日头就得把被子搬出去晒一次。听了这话，似乎真的有一丝凉意在往我的骨头缝里钻。

潘大姐还说，谈所长其他都好，就是不懂得照顾自己。我印象中，他从来就没洗过被子，每次都是我趁他下乡时拆下来洗。唉，这男人啊，别看他当所长，人前吆五喝六，离开女人，日子真就过得没油没盐了。她居然提到女人。

再去看食堂。食堂在西头，由三间平房组成，一间做伙房，一间当餐厅，还剩一间自然用来储物。我发现餐厅的壁橱里放着一个玻璃坛子，里面装着酒，足有五公斤。酒呈金黄色，里面泡着中草药，我认得的只有枸杞、当归、五倍子、黄芪，还有一条灰不溜秋的死蛇。潘大姐看出我和小文的兴趣，介绍说，这是条"五步蛇"，毒性很大。

小文问潘大姐，这种毒蛇泡的酒能喝吗？

当然能喝。潘大姐意味深长地笑笑，不过，你别喝。

为什么？小文不是装，他是真不懂。

年轻人喝了上火……

我脑海里浮现出一些小广告。

潘大姐一本正经地说，这叫以毒攻毒，这种酒最大的药效是祛寒除湿。听起来，她很在行，料想也很能喝几杯。

储物的屋子，中间拉一块布帘隔开，外边置放一张木床，床边有简易梳妆台，摆着一些化妆品之类的，还搁着一部红色座机电话。

潘大姐说，这是俺的床。

我暗自诧异，一楼几间除了办公室以外，东西两端就住着谈所长和潘大姐，所里两名年轻兄弟的宿舍却安排在二楼。孤男寡女的这么住着就不怕人家说闲话？谈何易倒是不避嫌啊。我也不好直说，就问，这个谈所长，一点儿也不懂得怜香惜玉，怎么不把你安排在二楼住呢？

所长是要我住二楼的。但是，我每天弄早餐起床早，怕吵着他们年轻人，他们瞌睡大，白天工作又辛苦，尽量让他们多睡会儿。再说，食堂的东西都放这儿，我也得负责保管。

我的目光落在那部座机电话上。

这回潘大姐灵醒，马上解释说，他们一下乡，所里就剩我一个人值班，晚上有什么事儿，接电话方便。

我发现，潘大姐回答时不带任何掩饰，她的大方坦然反而显得我有点儿"做贼心虚"。我赶紧转换话题，转而询问潘大姐的家庭情况。她告诉我，她丈夫在南方一座城市打工，儿子在镇上读初中，寄宿，放月假才回来。她守着家里十几亩茶园，收入不比出门打工差多少，主要是为了照顾儿子。

我问，怎么会想到来派出所干辅警？

没事儿嘛。潘大姐说，茶园里的事儿季节性强，一年就那么几个月，而且都是请人干。另外，谈所长还给我开一份炊事员工资，两份加一起还是可以的。

你早就认识谈所长啊？我尽量把打探藏在随意的语气里。

唉，俺原先在政府食堂弄过饭。谈所长吃过后说合他的口味，谁知他记着，后来赶上我也闲着就把我叫过来了。钱虽说不多，但平常人过日子，人心可要知足。

我只能附和，大姐，你挺乐观的嘛。

潘大姐真能侃，一句赞美就打开了她的话匣子。她说，我有时真不明白，谈所长放着城里人好好的日子不过，守在这老山上，天天睡半夜起五更，碰到扯皮嚼筋的事儿，常常几天几夜不落枕，他这是为的哪一出？

我心说，谈所长是自己想来的吗，还不是身不由己。

这时候，我的手机响了，一接听，竟然是谈何易。我觑了潘大姐一眼，她还是泄了密。

谈所长嗔怪说，你上山来怎么不提前告诉一声？搞偷袭啊？

我说，老兄，还真让你说对了，这次来就是想搞突然袭击，挖挖基层典型，不给你弄虚作假的机会。

你给我等着，回来我们哥儿俩好好喝一杯。妈了个巴子的，好长时间没聚了。

你不是滴酒不沾的吗？原来是深藏不露啊。我想起谈所长的桌上名言：祖传不喝酒，自罚三碗饭。

人是可以改变的嘛，谁叫你们把老兄"发配"到这山上来？

我不明白在背牛岭派出所当所长和喝酒有什么必然联系，这也许是四年山上生活给他性情中加上的某种底色。我不想被他的情绪带偏，况且，他这话肯定也不是冲我来的。于是说，不行！你刚刚下乡，不能半途而废。这样吧，你说个地方，我和小文赶来与你们会合，随警作战搞跟踪报道。

开什么玩笑。到了我的地盘上，主人不回家迎客像话吗？我一年四季在山里滚爬，不差这一天两天。谈何易说。

我不得不亮出"底牌"，你如果执意回来，我和小文现在马上就下山。你信不信？

电话那端沉吟有顷，我服你了，来吧。

三

在背牛岭山脚下的大屋场，我们追上谈何易他们——准确地说不是追上，而是谈所长他们在那儿等我和小文。也不是一味地等，是边办事儿边等。

去处说是大屋场，也就住着十来户人家。我和小文赶到的时候，谈所长他们正在院子中间的晒坪上摆开场子，给乡亲们办户口的事儿。一块白布帘做的背景前，坐在椅子上的中年妇女正在年轻警察张引的指挥下摆姿势拍身份证照片：头稍微抬点儿，对，就这样子；哎，脸朝左边稍微扭点儿。哦，过了，再回来一点儿，好！身子好不容易被"定格"住，风一扫，一缕头发散下来遮住了女人右边眉毛，小张让她别动，走过去替她把散发往边上捋了捋，然后再退回来……另一名外号"石头"的年轻警察在帮前面拍好照片的人填写登记信息，不时有人挤上来插话问这问那，弄得他有点儿慌乱。旁人替"石头"打抱不平：

喂喂，没见人家忙着呢吗？

插话的人觉得没面子，回撑那人说，我只想问个问题，碍你什么事儿啦？

那人说，一心不能二用，你不要干扰警察办公。

两人刚戗起来，坐在旁边的谈何易咳了一声，也不知有意无意。"石头"朝谈所长看一眼，那两人也跟着朝谈所长看了一眼，然后都偃旗息鼓，归于平静。

谈何易始终没吱声，依旧跷着二郎腿，嘴上叼支烟，被一群人围着扯闲篇儿。正嗨聊着，一位老人拄着拐棍来了。谈何易马上起身，搀扶老人落座。这是他年前下村时认识的覃爷爷，原来的户口页上把他的出生时间搞错了，变更过来后这才送来。谈何易从背篓里翻出新户口本递给他，这位已年过九旬却连县城都没到过的老人抚摸着户口本上的国徽，最后落定在天安门图案上，胡须跟说出的话一起颤动，毛主席他老人家就住在这里……他的话在围坐的人群里引出一片笑声。谈何易没笑。他抓过老人瘦骨嶙峋的手放在自己的双手间轻轻摩挲，似在抚慰一个被欺负的孩子。一会儿，老人抽出自己颤巍巍的手，浑浊的目光落在谈何易的腿脚上，问道，国家没给你们发皮鞋吗？

我这才留意到，谈何易他们身穿制服，脚上却穿着草鞋，腿上还扎着灰布绑腿。再四下一望，发现民警们脱下的皮鞋用塑料袋包好都放在背篓里。

谈何易回老人，我们下村来要翻数不清的山，蹚数不清的水，脱脱穿穿够麻烦。穿皮鞋也硌脚，走不动路，还是穿草鞋泼皮、把溜，又养脚。

老人在谈何易的小腿上掐掐捏捏，嘴上喃喃自语，我当年见过贺龙的队伍，他们也是这身打扮。

谈何易拍着自己的腿肚子说，打绑腿走山路来劲！上坡不抽筋，下坡不打战。

三名警察与大屋场的乡亲们在一起，就像水融入水中，分不清谁是谁。我在这里，反而显出几分"隔"的感觉。我知道，这"隔"不光因为我是外来的，更多的是源于某种内心的距离。只有小文，见此场景喜上眉梢，慌急火忙地从工具包里掏出"家伙"，猫腰撅臀，又是抓拍，又是现场录影，忙得黑汗水流。

我轻声问小文，找到新闻点了？

小文喜滋滋地说，这才是我想要的东西。

乡亲们对小文的工作颇感兴趣，纷纷围拢去，要他把照片从相机里一张张调出来，看看哪张好哪张次，觉得自己形象欠佳，提出再来一张。他们看出来小文主要是拍民警，于是，故意往他们身边凑。特别是谈何易，简直是被"众星捧月"一般围拢着。

我想到《公安机关人民警察着装管理规定》，脑海里甚至浮现出影视剧中八路军的形象，提醒小文说，抖音就别发了。小文当然知道我在维护"警容"严整，生怕弄出洋相。却胸有成竹地说，写在纸上的条条款款是死的，现实中的人才是鲜活的。放心吧，我保证一炮打响。

我不管他要怎样打响，既然拉他来是"做掩护"，"戏"越足越好，就由着他闹去吧。

午饭是在大屋场村主任家吃的。刚吃完，村主任接到一个报警电话，谈何易让我和小文先回派出所。

小文打从入警就没真刀真枪地办过案子，听说背牛岭发生了盗窃案，像打了鸡血，嚷嚷着一定要跟谈所长上山办案。

谈何易说，你以为什么大案啊，屁大个事儿，有个农户丢了四块腊肉。

小文还是坚持要去。

谈何易看看小文，你上得去吗？

小文拍着胸脯，我不怕！

谈何易说，我怕。

我都不怕，你怕什么？

谈何易没往下说，我知道他怕什么。他怕小文的老子——文副县长分管公安口，他可是把儿子看成宝贝。

小文不领情，他的坚持里或许也有他父亲的影子。

谈何易看向我，见小文铁了心地要上山，我松口说，让他去吧，年轻人需要锻炼。况且，是他自己死活要去不是嘛。

那你去不去？

我不好意思当逃兵，只好硬着头皮说，以前只听说过背牛岭，这次也上去见识见识。

你俩这是成心要给老兄添乱嘛。到时候，我们还得伺候你们。

我明白他的意思。但我很自信。你谈何易可别把人小瞧了，我每天坚持走一万五千步，每个周末登一次太阳山，一个背牛岭岂能难住我？至于小文，虽说养尊处优，但人家毕竟年轻，还能吓倒他吗？

四

前两天刚下了一场雨，大地被洗过一遍。阳光照在春天的嫩叶上，所有的植物都发光。我们在山路上行走，四周是一片喧哗。树林在春风里与鸟儿交谈，溪水在奔跑中跟石头交谈，犁铧在耕耘时和泥巴交谈。小文兴奋地奔前跑后，捕捉谈所长他们下乡工作的"精彩瞬间"。

路越走越陡，大山像在不断地要把我们往后推。小文脚上打起亮盈盈的血泡。村主任看了心疼，要把小文临时安置在路边农家。小文高低不干，充好汉说，我就是手脚并用爬也要爬上背牛岭。

这时候，后面赶上来一队骡帮。打听方知，半山腰上有户人家修房子，骡帮是往山上驮运砂石和水泥。谈所长望一眼云雾深处的背牛岭，问赶骡子的人："老哥，租你一匹骡子上山多少钱？"

赶骡子的男人听出警察要骑他的骡子上山，脑袋摆得跟拨浪鼓似的。谈所长以为价钱谈不拢，主人说不是价钱问题，而是他担不起风险。他说上背牛岭到处都是"之"字拐的路。有好几处地方，骡子上去还得有人在后面推屁股。骡背上驮着的东西滑下来，滚落到深沟里，捡都没法捡。骡主人说："我敢让警察骑吗？我赔得起吗？"

大家一笑了之。

总算爬上了背牛岭。涂义民搬出几把木椅，请我们在屋外院坪里坐。他老婆洗过手，进进出出地给客人们沏茶。我留意到，涂义民的女人许是世面见少了，显得有些慌乱，看见穿制服的警察，端茶的手微微颤抖，有滚烫的茶水洒出来。

涂义民两间破落的房子坐落在山顶，周遭环抱着茂密的树林。村主任介绍说，这里原先有一个村民小组，方圆几百亩山地。因为交通闭塞，前些年都先后移民到山下去了。只有涂义民固守在这里。涂义民是个老光棍儿，一直舍不得背牛岭。前年行桃花运，死了丈夫的詹春玲上山摘野茶，落在涂义民家，两人就住到了一起。

山地的中央耸立着一座高高的木架，地边上甚至密密麻麻地钉满木桩当栅栏。涂义民吐着满肚子苦水：从种子抛下地，鸟儿和野牲口就到地里刨食。以前有火铳，它们来了，朝天放几枪还可以吓退。后来把铳统一上交，手里没家伙，就只能夜里在木架上守着，发现野兽，使劲敲竹梆。一开始还起点儿作用。可它们比猴子还聪明，几次之后任凭你敲破天也不管用，成群结队糟蹋粮食的气势简直像当年鬼子扫荡，如入无人之境。

涂义民还说了件耸人听闻的事儿。一个秋天的晚上，几头熊瞎子开进地里来了。木架上守夜的涂义民迷糊中听到响动，"梆梆梆"敲起来。你猜怎么着？领头的熊瞎子泼烦，吼叫着跑到木架下，三嘴两爪就把木架掀翻了。幸亏涂义民有经验，他被压在几根架空的木头底下，大气不出地装死。熊瞎子围着横七竖八的木头转了几圈后才悻悻离开。熊瞎子不吃死物，"我那次险些丢了性命，算第二世人了"，涂义民嘴巴一咧，样子很后怕。

涂义民的劳动果实来之不易，难怪他会把几块腊肉看得这么金贵。

张引和"石头"正在走程序：拍照、绘制现场图、做问话笔录。涂义民的房子是用木板夹起来的，木板之间的缝隙最大的能伸进一根小拇指。火炕上的腊肉被偷了四块。不，准确地说是被人家"取"走了四块，要从这明面儿上拿点儿东西实在太容易了，说偷，都有点儿侮辱盗贼的身手。

在现场看来看去，谈何易心里塞满疑团：小偷都是些好逸恶劳的家伙，你就是白送几块腊肉让他们背下山，他们恐怕也不要。谁会这么老天远地跑上山来"取"几块腊肉？再说，盗贼既然下手，为什么又只偷了四块，没给涂义民来个一扫光？

可人家涂义民家的腊肉确实只少了四块！

涂义民家的年猪杀得真大。谈何易朝炕架上看一眼，估摸着每块腊肉都有五六斤重。

平时都有些什么人上山来？谈何易问得不经意。

涂义民说，这里一年四季看不到几个外人。偶尔有人来无非是上山采草药、捡野香菌或者套牲口。

按照谈何易的判断，应该是上山的人饿了累了，本只想到涂义民家讨口茶喝或蹭口饭吃，结果发现家里没人就顺手牵羊"牵"走几块腊肉。而且，谈何易料定盗贼只有一个，否则"牵"走的不会是四块，而是更多。那么，又累又饿的盗贼会不会半道背不动，在附近丢下一两块？

按照谈所长的分析，大家开始在四周寻找。没多久，"石头"在北边林子里果然找回一袋腊肉，打开来正好四块。装腊肉的是一只纤维袋。纤维袋本身是条很好的破案线索，可谈何易发现这种装过乳猪饲料的袋子涂义民家就有，而且经过比对，两者大小、颜色、新旧程度几无二致，可以肯定盗贼不是有备而来，而是就地取材。谈何易问涂义民，家里这样的袋子少了几只。涂义民两口子都是一笔糊涂账。他再认真检查纤维袋的扎口，发现扎袋的绳子没有上下挪动的痕迹，袋子上也没有腊肉蹭出的油渍。整个袋子给人的印象就像是有人封装好后故意放在某个地方，等人来取。

涂义民确定地说，腊肉是昨天被盗的。那么，从案发到警察上山来，时间都过去了一整天，居然还能捡到"战利品"。这盗贼有点儿意思！

东边林子里传来悠长的蝉鸣声，还见两只白鹭在树梢上飞来飞去。谈何易的目光追寻着这对情鸟，正看见在菜园里忙碌的女人。他堵满疑问的脑子里透出一丝光亮，把村主任叫到一边，问起女人的身世。据村主任介绍，丈夫死后，詹春玲带着九岁的儿子回到娘家。娘家并不富裕，父母都病病恹恹，每年药罐子要熬去不少钱，还有供儿子读书的花销。按他的话说，涂义民相当于是把詹春玲当"破烂"收下的。詹春玲在家做不了主，涂义民还经常打骂她。村主任还在叨叨着，谈何易没往下听。他点支烟，独自走进菜园子，蹲下来跟詹春玲聊家常，聊着聊着，突然冒出一句，你家的腊肉案破了，我知道是谁干的。

女人摘菜的身子一耸，素淡的脸上突现惊愕，目光兀自委顿下去。我摘菜回去弄饭，你们吃了早些下山，天快黑了，路那么远，又不好走……

谈何易说，我不吃饭，只吃你一句话。

女人停了手里的活儿，目光朝谈何易撞了一下，一撞，马上又缩回去。菜园子归于岑寂。谈何易说，我不会为难你，你只说给我一个人听。我要听真话，听完就走。

女人疑惑地看着谈何易。

谈何易说，真的就走。

女人脸上的惊愕换成惶惑，最后期期艾艾地说，他对我不好，对我娘老子不好，对我儿子也不好。女人是豁出去的语气，一连说出三个"不好"。我娘家去年没杀年猪，猪架子卖钱抓药吃了。病人和我儿都想吃腊肉……

他不给？

他小气。

谈何易明白了，女人趁丈夫不注意，先藏好几块腊肉，想择机送回娘家，没想到丈夫会报警，把警察引上山来。他搓着手，一时无话。

日子反正不好过，坐牢我也不在乎。看来詹春玲对眼前的日子是绝望了。

哪有偷自家东西的盗贼？警察只抓坏人。他丢下这句话起身就走，故意用很大的声音说，大姐，你这菜种得兴旺啊。回到屋边，他告诉涂义民，如果查不到新线索，案子就没什么搞头了。我们的工作暂时只能做到这里，你满意不满意都没办法。

村主任看看天色不早了，巴不得尽快下山，在一旁和稀泥说，盗窃案的立案标准有要求，你这腊肉都找回来了，没造成损失，我看就算了。

涂义民说，我满意，别说四块腊肉，就是四根金条找不回来，我今天都非常满意。实话跟你们说，我们两口子待在这老山上，一年到头也没来个生人说说话，心里憋得慌。多少年了，你们是背牛岭来的最大的官。

"石头"说，我们是警察，不是官。

涂义民说，警察就是警官。

谈何易望着远山想了想，把涂义民叫到身边说，兄弟，还是早点儿想办法搬下山去，现在搞脱贫攻坚，有易地搬迁的优惠政策，到时候我帮你联系一下，山外的世界大啊。

涂义民听说谈所长要帮助自己过好日子，连忙要把装着四块腊肉的袋子送给派出所。张引知道谈所长是不会收礼的，本就心烦的他也不撂好话，我们有纪律，再说派出所也不缺腊肉！

涂义民的表情尴尬地僵住了，把目光投向谈所长。谈何易倒是意外地说，人家实心实意送礼，我们不收下怎么好意思？

女人还窝在菜园内没出来。涂义民喊，喂，客人要走了，你不晓得送送吗？你魂魂丢菜园里啦？

谈所长说，别喊你老婆啦。她也可怜，你往后要对她好些。

涂义民嘿嘿笑，露出一口四环素牙，我对她一直好着呢，不过，女人啦，惯不得。

要出发了，谈何易突然称内急，折回涂义民家上了趟卫生间。

听说就这么下山，小文很失望。他脚上的血泡已经磨破，比先前痛得更厉害了，嘴巴一歪一歪的。

下到山脚，武陵山脉早春的黑夜正密密实实地降临。算起来，谈何易他们在背牛岭实际"破案"的工作只花了个把小时，而扔在路上的时间超过五个小时。

上了简易路，谈何易嘱咐张引把车开往詹春玲娘家。夜色浓稠，詹家的门被敲开，他们把腊肉拿进堂屋。谈何易将主人拉到一边，简单地交代几句就离开了。

五

晚上九点多我们才回到派出所，吃上潘大姐做的热乎乎的饭菜，一行人都有种回到家了的感觉。

吃饭的时候我和小文都破例喝了点儿酒。虽然我们兜内揣着"禁酒令"，从机关下到派出所，分分秒秒都算工作时间。但盛情难却，况且对派出所的兄弟们来说，非工作时间内部喝点儿酒是允许的。

话题自然就围绕药酒展开，谈何易说起自己为什么学会了喝酒。他说自己原来一直在坪区工作，来到背牛岭不适应，很快就染上寒湿。夜里躺在床上，身上肌肉不冷骨头冷，骨头里痒酥酥的，搁哪儿都不舒服。老中医说，山里湿气重，建议他喝点儿药酒。他说，我本来不沾酒，可年纪大了，抵抗力差，也就只好遵医嘱用酒对付寒湿。医生说过，寒湿是个顽症，没法根治，能抵消多少算多少。后面好歹还有几十年日子，不想得个风湿性关节炎什么的瘫痪在床起不来，多窝囊。

我感觉他喝酒的理由不见得就那么单纯。背牛岭一年两百天以上都是雾天，眼前的东西都看不透，用酒排遣一下也未必不是一个方法。

这时候，谈何易的手机响了，是涂义民打来的。我听到电话里嚷，为什么要把五百元钱放在我家窗台上的鞋盒里？我不是说了吗，那几块腊肉是送给警察吃的。

谈何易说，白吃白拿你的腊肉，警察这碗饭我就吃到头了，你想害我们？

我蓦然想起下山前谈所长谎称上厕所，原来是去搞小动作。

吃完饭，我没有按照谈何易的安排"早点儿休息"，而是想借着酒兴单独和他好好聊聊。

怎么样？还习惯吧。我问。

哪那么容易习惯，只是强迫自己适应罢了。他打出一个饱满的酒嗝。

我理解他的话。习惯，作为一种行为方式需要在主观意愿和客观要求共同作用下实现；而适应则是一种无奈之下的屈从，多少是被动接受的意思。

经常回县城吗？我还不想把气氛搞得太沉重。

一开始还勤快些，渐渐地也就懒得跑了，局里开会，我都安排年轻人去。

把派出所当成安乐窝了吧？我暗暗"挖坑"。

你什么意思？他的敏感超出我的预想。

没什么意思。我马上转换了方向，问："那嫂子经常来探亲不？"

只来过一次。前年镇上有病人要求接诊，医院照顾性地安排她随救护车上山。你知道，前年公路改造挖得稀烂，单边放行动不动就塞车。结果，救护车从县城开出来搁在半路上进退不得，第二天不得不原路返回。那是大冬天，她饿了一夜，也冻了一夜。有了那次教训，她再也不肯上山了，八抬大轿都抬不来。

问到孩子。谈何易说，儿子还算争气，高考时发挥有点儿失常，清华的底子，只考取浙江大学。

这时，从西头潘大姐的房间里传来电吹风的声音。夜已深，空旷而安静，那声音就显得尤其招摇。

我思维发散，突然联想到一些细节，问谈何易，一楼潮湿严重，为什么不住楼上去？

他嗔怪地看我一眼，一楼住一个女人，出了什么事儿谁负责？换成你当所长，能放心住楼上去？他一句话把我顶回来，连带着把我的另一个疑问也一起打消了。

那也可以把年轻人换下来嘛。

明知楼下潮，还让孩子们住这儿？

我哑然无语，切换话题。这届任上快期满了，有什么想法？这话虽然符合我的身份，但一出口，连我自己都觉得虚伪、多余。

谈何易没说话，还用说吗？！

潘大姐敲门进来了。她怀里抱着谈何易的被褥，许是觉得有些晚了，解释说，下班后急着弄饭，被子收迟了，有点儿回潮。

原来她刚才是在替谈何易吹干被单。

潘大姐把床单放在谈何易床上就走了。我的目光被牵过去，看到她的背影在暗夜中仿佛罩着一层暖黄的柔光。我下意识地晃了晃头，心想，怕是药酒上头了吧。

六

戏剧性的一幕出现在年底。小文根据采访撰写的通讯《背牛岭上的"草鞋警察"》发表在公安报的头版头条，还配发了一篇评论员文章，引起强烈的社会反响。尤其是谈何易和两名年轻警察那些"警容不整"的照片居然也插在大段文字中间，很是火了一把。

好消息接踵而至。次年春，背牛岭派出所被评为全国优秀公安基层单位，谈何易本人被授予"全国优秀人民警察"荣誉称号。这样的结果让局长、政委都很高兴。我心想，这回他调进县城肯定毫无悬念。

记得那次下山后，我到政委那里复命。政委问我对谈何易"作风"问题的看法，我答非所问地说，政委，背牛岭自然环境那么恶劣，能在那里长期坚守岗位确属不易。

你的意思是说，即使存在问题，谈何易也是可以原谅的。我可以这么理解吗？

不，我不是那意思，谈何易不需要原谅。

那你到底什么意思？难道你的背牛岭之行白跑了？

我说，政委，你给我的不是一个任务，而是一个契机。我没有白跑，在谈何易和所里兄弟们面前，我觉得自己很渺小，我的工作做得很不够。

你能不能说明白点儿。

政委，你自己去一趟背牛岭就什么都明白了。

第二年人事调整，局里研究将谈何易调回县城，政委找他谈话时却遭到了拒绝。谈何易的理由很充分，背牛岭派出所刚刚被树为全国典型，红旗得有人扛下去，我这一拍屁股走人，旗帜倒了怎么办？还有，我自己刚获得荣誉，怎么好意思下山享清福？别人会以为我上山是沽名钓誉来了。我谈何易不是那样的人。

政委握住谈何易的手，谈所长，谢谢你，难得你能这么想。

谈何易还是那句话，算我倒霉呗。

还有一个意外的消息。春节过后一上班，宣传专干小文向政工室递交了两份申请，一份入党的，另一份申请是要求调到背牛岭派出所工作。

（原载于《民族文学》2021 年第 7 期）

爱情蓬勃如春

马金莲（回族）

一

木清清择偶的标准是她爸木先生。高大，英俊，脾气好，对老婆几十年如一日地疼。前后有几十个男青年吧，被这个标准的尺子给量下去了。他们要么不够高大，要么不够挺拔，要么不够皮肤亮白，要么五官不够端正，要么脾气有一点大，要么不能保证一辈子对老婆好。这些缺点，是木清清自己检验出来的。木清清有一万条可操作的详细准则，随便拎出来一条，往头上一按，就能让一个男青年原形毕露无处遁形。比如吧，男青年说亲爱的，我会一辈子对你好，你是我的心肝，我的眼睛，我的全世界。木清清说如果我和你妈同时掉进水里，我们都不会游泳，你先救谁？

青年甲眼神闪过一丝犹豫，被木清清淘汰，她说你犹豫说明你心里在掂量，就算是你最后可能会说救我，可我已经不敢相信。青年乙眼神坚定毫不犹豫，说救你。木清清说淘汰，你不孝，自己母亲都不救的人，紧急关头老婆一样可以舍弃。青年丙眼神坚定毫不犹豫地说救两个，哪怕舍出自己生命也要都救。木清清说淘汰，你太贪心，贪多嚼不烂，你会害死所有人。青年丁说他会游泳，他有能力不让所有人落水。木清清说淘汰，你是个吹大牛的人，不牢靠，因为你不可能是万能的，生活里总会有你不熟悉的领域。青年戊望着木清清笑，说你也太幼稚了吧，这老掉牙的问题你觉得有回答的必要吗？

木清清暂留了青年戊，她觉得这个人有木先生的神韵，遇到事情会反方向思考，有勇气拒绝。木先生在生活里就时不时这样发问，质疑，思考。他喜欢针砭时弊，专门给本地报纸写时评，批评当今的社会风气。他除了在一家大学当教授，还是本地的政协委员，出门腋下夹个黑色公文包。他的锐利、思辨、敏捷，你都没办法反感，相反你会愉快地接受，因为他同时还是儒雅温和的。他会微微含笑望着你，一条一条列出他的想法，条理明晰，道理深刻，事例生动，口气和善。这样的木先生你能讨厌得起来？你只会产生一个感觉，世上的男人要都是这个气息，这样聪明，这样儒雅，这样温厚，这样包容，这样豁达，这世界就真的有意思多了。

木清清和青年戊交往了一段时间，又黄了。她发现他只和木先生有一小方面相似，大部分差得太远。木清清就这样筛选了十几年，从二十几岁蹉跎到了三十好几。无数的男人，前赴后继，从她的筛子眼里掉下去了，没有一个能有幸长留在筛网上头。木先生等不及了，催她差不多就行，选一个结婚吧。木太太更是两眼都盼直了，说随便找一个结吧，好日子都是过出来的，好男人是日子养出来的，先把日子过起来才是正事。木清清觉得不可思议，说，妈你不要站着说话不腰疼，你自己碰到了好男人你就偷着乐吧，不是谁都像你那么好命。能把随便一个男人用日子给养成我爸这样！不可能不可能，现在的男人你不知道都有多柴，我是宁缺毋滥，大不了一辈子不嫁。气得木太太抹眼泪，拿木清清没一点儿办法。有时候你真是想不到，她这样温婉和善又低调的女人，怎么就生出来这样一个骄傲高调目空四海的女儿。

木太太就为女儿发愁，清清一天不嫁，她一天心里不踏实，女人怎么能不嫁男人呢？嫁汉嫁汉，就算如今的女子不靠男人穿衣吃饭，好歹嫁个汉子才能算一辈子圆满嘛。木清清也想圆满，可除却巫山不是云啊，从小到大见识了木先生这样的好男人，被好男人的气息包围着，熏陶着，滋润着，影响着，如此环境里长大的女孩，如今你叫她随便找个人凑合，她不甘心，她不想妥协。她说再等等吧，说不定我的真命天子出现得迟一些，等到他我就嫁，做贤妻良母，和他琴瑟和鸣，举案齐眉。

这一天木太太是看不到了。她子宫里长了一个瘤。等发现的时候已经严重了。取了样本做了活检，大夫说是恶性的，已经扩散了。木清清从春风和暖一头扎进了冰雪风寒。生活就这样变化了。她再也没有时间继续相亲找对象了。她天天陪着木太太。有几天在医院，有几天出院在家里，再过几天又送到医院。木清清回想以前的日子，发现过去的三十九年就是她生命中的黄金时段，她从来没有真正地明白什么叫人间忧愁。现在人间忧愁来了。原来这样具体，这样细碎，这样繁多，是一分一秒地挤压，一个钟头一个钟头地累积，一个夜晚一个白天地重复。木清清除了泼眼泪，真不知道还能做啥。她的眼泪原来这样多，一碗一碗的，忽然就失控了，两只眼睛是水龙头，两碗水哗啦啦泼出来，把脸洗一遍。过一会儿，闸门忽然又开了，哗啦啦再洗一遍。她没心情洗脸，抹油，做面膜，保养。她像个八十岁的老妇人，披头散发，以泪洗面。她才发现在生死面前，从前喜欢做的那些事，都是没有意义的，都不能帮她留住想留的人。她哭得昏天黑地，她不能接受没有木太太的日子，没法想象没有她的日子，自己要怎么活。

木先生再一次做出了表率。他帮女儿擦眼泪，哄她吃饭，换她回去睡觉，他拉着木太太的手说，不要紧，还有天堂哩，有一天我们一家人会在天堂里团聚。他对女儿说，你妈妈只不过早一天去那个地方罢了，就像全家旅游前，她提前去为我们订房子，订饭，看环境，一个道理。听到这样的话，木清清平静下来了，透过迷离的泪眼，她有一点儿不是那么恐惧了，她看到了明天或者后天，木太太不在以后的日子，生活里还有木先生，家还在，家里的一切都不变，木先生会在家里等她，木先生会学习做饭，学习打扫卫生，会变着花样买菜做女儿爱吃的美食。完整的生活，木太太会带走一半，好在木先生还能留住另一半。这就已经很好了。残余的一半，也可以让她木清清躲避风雨，求得一点庇护。

木太太的病查出来后，木先生也有过失魂落魄，确诊的那一夜他在医院病房外走廊上走了一夜，像个丢了灵魂的影子，在苦苦寻找自己。他和清清轮换守夜。他擦屎，接尿，擦身子，喂饭。女儿能做的，他都能做。护士建议雇个护工，不然家属也会熬坏身体的。木先生不答应。他不是舍不得钱，他工资高，不缺钱。他舍不得把木太太交给陌生人照顾。那段时间还不是暑假，木先生夜里陪护，白天还得匆匆赶往学校去上课。病情第一次稳定下来后，他建议带木太太去北京，到大医院看一下。省医院已经诊断得很明确，也在网上请北京的专家做了远程会诊。他还是要去北京。他在北京有朋友，还有个学医的学生就在大医院。北京之行还算顺利，去了就挂到了专家号，住进了医院。结果和省医院一样。住了一个星期，学生建议他们出院，因为实在太迟了，癌细胞扩散到了全身，再住没有实际意义。木太太就又回来了。躺在床上熬最后的日子。

木清清算是度过了以泪洗面的阶段。她知道母亲留不住了，要先走一步了，她和木先生都尽力了。有些事情不是你拼尽全力就能如愿的。生命里有美好，也有残酷，现在他们一家遇上了。她开始做抢救性的挽留，给木太太拍照，录像，留语音。逗她笑，送她康乃馨，拍她的睡容。这可是母亲要留给她的巨额财产啊，都是千金难买的。她还给父母拍各种镜头的合影。她要记录他们恩爱生活的模样。他们恩爱了几十年，眼看老了，还是照旧，这得是多么难得的事。多少夫妻一辈子打打闹闹，走着走着就散了，更有反目成仇横眉冷对的，像木先生木太太这样和和气气一辈子的，世上少有。木清清遗憾自己明白得太迟，这样的记录应该早上十年，哦不，二十年，三十年，很早的时候就开始，就记录下每一年，每一天，每一顿饭，每一个温馨的时刻。可惜太迟了，过去她把这一切当作很普通的事，以为他们一家会长长久久在一起。谁能想到命运要给母亲按停止键。她真是想不通，这样好的木太太，这样好的木先生，这样好的一个家，为什么要被活活地拆开？生死的大手啊，它不讲理，不给你讲理的机会。

好在以前他们留下了不少照片。每年的结婚纪念日，每次出去旅游，每个人的生日，都要过一过的，这时候木先生会送礼物，玫瑰、首饰、化妆品，都是能让木太太喜悦的东西，然后就会留合影。合影里的木太太永远都是一脸温婉可人的笑。笑容清清的，淡淡的，不满，也不浅，好像日子对于她，既没有恓恓惶惶，也没有自满自傲，她永远都不抱怨，不炫耀，不夸张，不自卑。她是这样好。这样的好女人，配得上木先生的宠爱，配得上命运赐予她的幸福。木清清被自己的回忆深深打动，那些美好的日子回不来了，她要做个视频，把父母的合影都放进去，把现在的照片和录像都放进去，以时间为轴，串联起他们的几十年。她要写一本回忆录，《我的父母爱情》。不为出名，不为换稿酬，只为纪念父母这辈子的美好生活。

定下这样一个目标以后，木清清的悲伤没有那么沉重了，不再铺天盖地遮蔽她的全部世界，她清醒而冷静地陪母亲走完最后的时间。当木太太合上双眼的最后一刻，木先生身子滑在地上，他跪下了。木清清搀扶起木先生，说，爸你还有我，妈妈没了，我们还有彼此。她担心木先生会追随母亲而去。她太了解他们夫妻的感情了，木先生真的有可能会想不开寻短见的。木清清瞬间成熟了，她知道考虑问题的方方面面了。她一遍遍告诉木先生，妈妈走了，清清还在，清清会陪着爸爸，照顾爸爸，会让爸爸有个幸福的晚年。她甚至渴望马上就遇到那个命里等待的白马王子，和他组建一个幸福的家，把木先生接到一起，大家相亲相依过日子。日子会像过去一样的，木先生和木太太过出的那种日子，只要她的丈夫像木先生一样好，她自己也一定能像木太太一样好，他们一定会经营出木先生木太太过过的那种日子。

二

　　木太太走后木清清开始安排木先生。她制订了一个计划，计划框架很大，包括了方方面面，以时间作战线，拉得很长，基本上延伸到了木先生后半辈子所有的时光。具体指木先生的吃喝拉撒睡，包括眼下的，明年退休以后的，未来在各种疾病和变故面前的。木清清把自己放置在了有能力也有义务照顾木先生余生的位置上，她要尽为人子女的孝，她更想像木太太那样照顾木先生。以她三十几年的人生经验推断，没有了木太太，木先生应该像一个失去了亲娘的孤儿，他肯定要忧伤、孤独、无措、无助，甚至不会生活——尽管这几十年他也在挣钱，也会购物，偶尔帮木太太做做家务，他从来没有缺席他和木太太的共同生活。但是，木清清觉得他被木太太宠坏了。他宠木太太，是男人对女人的宠。木太太宠他，是女人对男人的宠。两者是不一样的。木清清在他们生活里做了三十几年的旁观者，她把什么都看在眼里，沉淀在记忆里，她觉得自己早就掌握了其中的精髓要义。她知道木先生早就离不开木太太了。是那种几十年相依相伴朝夕相处积淀下来的依赖。他怎么离得了木太太，他夜里睡觉搂着木太太，出差回来就诉苦说宾馆睡不好，没有木太太搂，他胳膊弯里空，他心里就好像丢了什么一样。他吃饭要木太太看着，木太太给他荤素搭配营养平衡，他穿衣打扮都是木太太操持，他衣冠楚楚光头整脸，背后都是木太太在料理。他就是木太太宠着的一个老婴儿。

　　现在监护人走了，这老婴儿可怎么活？木清清心头升腾起一种辽阔的母爱，好像一种沉睡的天然母性苏醒了，热腾腾的，不断膨胀，支配着她，让她越来越强烈地感觉到，母亲没了，她留下的空缺，她得顶上去，她要继续做老婴儿的监护人，照顾者。她要让他像母亲活着时一样幸福地活下去，直到寿终正寝。

　　木清清开始学习做饭。最基本的生存，从衣食住行开始。家常日子里，吃不就是最重要最基本的？她洗手做羹汤，成了一名乖乖女。木太太病着这段日子，她已经开始学了，简单的面、饭、菜，都涉猎了一下。那时候心不静，充满了无尽的担忧，和各种奇怪的幻想，老担心木太太会立刻去世，幻想科技忽然发达到了能够治疗一切疑难杂症的程度，木太太的癌就是小儿科，不会夺走生命，她很快就健康如初。她甚至幻想，自己是武功高手，能用真气和内功救人，她对着木太太发功，木太太的病灶就被彻底拔除了。那时候她其实成天晕乎乎的，人处于撕扯分裂的状态，心悬起来吊着。做饭是为了让木太太吃，是病号餐。现在她静下心来了，她做的是家常饭菜，她一边努力回忆木太太生前做饭的情景，一边把自己想象成另一个木太太，她正在撑起没有木太太的日子，她要成长为木太太一样的女人，就算可能这辈子都遇不到木先生这样的好男人来跟自己相伴，她也有信心把日子过成木太太活着的样子。

这其实是一种宿命。不管你最初多么离经叛道，最后，当时间画出足够大的圈，你会回到一条似曾相识的道路上。她正在越来越像木太太。她要做又一个木太太。木太太过过的那些日子，那种氛围，那美好的感觉，她是这样怀念、留恋、渴望，她想重建，把美好延续下去。为自己，也为木先生。做这些的时候，木清清发现自己很喜悦，心里充满了愉快，她一点点回味着过去的美好。木太太是多好的女人，木先生是多好的男人，那么好的男人和那么好的女人，成了夫妻，就有了一段好上加好的姻缘。她很幸运，做了他们的女儿，目睹和享受了这份美满姻缘造就的幸福。就算现在木太太走了，木先生成了孤雁，这一点也不能削弱他们美好爱情的感人力量。而且，可能正是因为这份未能白头偕老的残缺，更加提纯了它的美好。还有什么比阴阳相隔的爱更让人绝望？还有什么比这种绝望产生的令人窒息的爱更崇高？木清清真是羡慕木太太，有时候她甚至会冒出一个有点阴暗的念头，凭什么木太太那么幸运，遇上了木先生这样的好男人？为什么我遇不到？难道所有的好运都被她一个人独占了？更过分的是，她会幻想，如果木先生不是木太太的丈夫，她也不是他的女儿，那么有一天她遇到了木先生，会不会不顾一切地爱上他？并且死心塌地地要嫁给他？哪怕是做什么二奶小三，她都可能会考虑。她为自己的卑鄙偷偷苦笑，怎么能有这种念头？木先生为人正派，木太太心地善良，他们的女儿怎么能有这种十恶不赦的念头？她掐灭火苗，驱赶邪念，重新做回那个单纯善良乐观开朗的木清清。

有一天木先生在饭桌上告诉木清清，对面大厦有公寓，可以租一套让木清清先搬过去，然后着手买一套房子给她住，房款他承担。木清清没太明白木先生的意思，啥意思？赶我走？嫌我烦您？我话太多，还是饭做得不好？您就将就些吧，毕竟人家才开始学习，假以时日啊，我会成长为我妈那样的多面手，让您吃得好住得舒适，还不寂寞，这不，您喜欢古诗词，喝点小酒就作诗填词，吟诵给我妈听，我从前是对这个没兴趣，现在我开始学习了，那本《古诗词鉴赏》买回来了，还有网上的古典诗词入门培训班，我也报了，我已经从平仄押韵学起了啊，给我时间，我会像我妈一样懂您。

木先生不急着解释，他慢慢吃菜，等着女儿一口气表达完所有的想法，他才清清嗓子，含着微笑说清清啊，每个人都有自己的生活，生命是互相独立的个体，你有你的生活要过——木清清秒懂，赶紧打断他，不就是怕拖累我嘛，放心吧，不会的，您现在思维清晰，行动敏捷，腿脚健全，生活完全能自理，明年一退休更好，给您买个大躺椅，您没事就在阳台上晒太阳，慢慢地摇，慢慢地晒，慢慢地享受生活，好日子长着呢。您真的一点儿都拖累不着我，等十年二十年以后吧，如果那时候身体不好了，行动不便了，不能自理了，而我正好太忙，那我们就请家政，现在的保姆很专业的，保证让您满意。

木先生又很有耐心地等女儿表达完，才接着往下说，说清清我不是怕拖累你，爸的意思是，你有你的生活，爸也有爸的生活，爸才五十九岁，还有几十年日子要过，这后面的日子，我想过得质量高一点。

木清清眼睛大了一圈儿。木先生的话不好懂，也不好下咽，像泥沙里头掺了大石头，噎得人呼吸不畅。木先生什么意思？赶我走，不是担心拖累我，耽误我结婚生孩子，而是……过质量高一点的生活。是他，要过质量高的生活？立足点压根儿不是她木清清，而是木先生自己，也就是说，木先生考虑的不是木清清，是他本人。木清清伤心了，什么时候，父亲变成了这样的人？只为自己考虑，不替女儿着想？这还是木先生吗？他不是最疼木清清的吗？说她是他的掌上明珠，前世的小情人儿。他常说自己这辈子有两个女儿，木太太是大女儿，木清清是小女儿，大女儿小女儿都是手心里的宝。难道能因为大宝的离去，就不喜欢小宝了？不应该更加地跟小宝相依为命吗？难道现在不是了？就因为木太太不在的缘故？

木清清的眼泪下来了。顺着面颊簌簌地滴答。木先生没有伸手来擦，只是递了一张面巾纸。木清清的心在一点点变凉，她看出来了，木先生没有跟女儿说笑，他说的是实话。而且，她在哭，他看到了，可他没为她擦泪，只是递上纸巾。从前可不是这样的，从前只要她稍微不开心，他多忙都会抽出时间来哄，他的手不知道给她擦了多少次眼泪，有时候掬在手心里，笑呵呵地说这可是金豆豆，金贵着呢，可不能随便抛洒。今天她已经落泪如雨了，他竟然没有伸手擦一擦的意思。难道是，有什么变化了吗？一抹阴影闪过心头。木清清有一点儿明白了，木先生是认真的，他在赶她走，要把她从他的生活里赶走，他不需要她和他共处的生活，他需要一个人待着。

他是伤心过度性情大变了吗？木清清惊骇过后，开始同情。看来木太太离世对他的伤害，远比自己预料的要严重。打击是沉重的。他连亲生女儿都不再接纳，他要把自己封闭在一个人的世界里，关上通往外界的门。木清清又感佩，又伤悲。为父母的真挚爱情，为木先生对爱情的执着，为相爱之人不能相伴到老的凄凉。可敬可叹哪。世人说鸳鸯情深，大雁情痴，问世间情为何物，直教生死相许，木先生对木太太的心，真是不输于鸳鸯和大雁。如果木太太在世时，木清清看到的是融化在柴米油盐酱醋茶当中的琐碎，那么在她身后，木清清看到了爱情的真正力量。死亡升华了爱情，让平凡普通的人间情感迸发出伟大耀眼的光芒。

三

公寓租好后，木先生亲自帮木清清搬家。这件事木清清从头到尾不愿意，以前她也一个人在外头住过，有时候一个人租房子，有时候和闺蜜合租，有时候忽然就回家来住。木先生木太太就她一个宝贝女儿，哪怕是已经三十多岁的老闺女了，在父母眼里也还是个孩子，她啥时候回家他们都接纳。她要是一周时间不回家住，木太太肯定打电话喊，做一桌好吃的等。这些年木清清像一只自由的鸟儿，想在哪个窝里栖息都可以。木太太病后这半年，她退掉外头的房子，一直住在家里。现在要搬出去，她以为跟以前一样，带几件换洗衣服就可以，反正还得经常回来，帮木先生洒扫清洗，做饭给他吃。她总不能在这关头抛下木先生不管。木先生不需要她天天守着照顾，那她就隔三岔五吧，难道还真忍心把这老婴儿丢下任其自生自灭？

木清清一边上班一边利用下班后的空闲整理新房子，洗洗刷刷前后忙了六天，第七天是周末，她一大早起来回家，顺路在街头早市买了一堆菜蔬，边开门边盘算着要给木先生做什么早餐。稀饭得有，凉拌绿菜得有，煎鸡蛋，热牛奶，摊两张葱花饼吧，反正要丰富，要色香味俱全，让木先生有食欲，好好吃上一顿。这几天真不知道他是怎么凑合的。想起木太太在世的日子，每天都在花费心思操持吃喝，一心只想让木先生木清清吃好喝好。想起她，木清清都会鼻子酸楚眼泪盈盈，时间过去三个月了，还是冲不淡她对木太太的思念。

钥匙在门锁里转，转了两圈，门没开。木清清失散的心神凝聚回来，不想木太太了，专心开门。又转了一圈儿，没开。她拔出钥匙，插进去再开。心想这楼房有年头了，门锁也不利索了。木太太活着时候，木先生说过要换房子的，买到本城最新开发的小区去，贵点儿他们不怕，又不缺钱。木太太终究是福浅，没能住进新房子。木清清叹了口气。钥匙转了两圈，有什么卡住了，就在幽深处，手能感觉到，眼睛看不到。像长在人身体里的瘤子，你知道出了问题，究竟什么样的问题，却看不到。门锁坏了？还是……她不甘心。忽然就担心起来，莫不是木先生出事了？把自己反锁在里头，自杀了？殉情了！木清清的心疯狂地跳荡起来，要从嘴里蹦出来。她用劲拍门，她从来不曾这样大声地拍打过门。木先生和木太太的家教好，她从小就学会了轻手轻脚，慢声细语。要不是慌乱到了疯狂的程度，她是不会这样失仪的。

门开了。谢天谢地。

木清清看到木先生还活着。谢天谢地。

清清你做什么？

木先生兜头问。

木清清被问呆了。是啊，我在干什么？木先生不活得好好的吗，有胳膊有腿儿地站在眼前。哪里就殉情自杀了？

木先生穿着一件长睡袍。看样子是睡梦间被惊醒，慌忙赶来开门的，来不及换衣服，睡袍前襟草草合在一起，下摆露出光腿，他还光着脚。一夜酣眠发出的温热气息，兜头扑面。看来木先生确实是被从梦里惊醒了过来。

木清清略有歉意，提起脚边的大小袋子，侧身进屋，示意菜买来了，她来做早餐。

家里没有木清清想象的那么乱，也没有木太太活着时候那样整洁。木清清捕捉到了一种气息。一抹有点儿奇怪的气息。她把大小袋子堆在餐桌上。拉开冰箱，准备往里头摆放。冰箱里有菜。白的豆腐，绿的油菜，红的西红柿，泡发的木耳，颜色各异，荤素齐全。木先生居然没让自己饿着。人的生存潜能是不可小觑的。从前木先生十指从来不沾阳春水，都是木太太宠出来的。木太太临终最放心不下的，就是木先生的饮食，这样一个只知道做学问的人，没人照顾只怕会饿坏。看看，哪里就真能饿着了。木太太真是白操心了。

木清清飞快地淘米熬稀饭，打鸡蛋摊饼子，洗菜烧开水。木先生来了，他已经换掉了睡袍。又是穿着家居服的木先生了。这是木清清熟悉的木先生。整齐，严谨，从不松松垮垮，哪怕是在家里，也从来都有很好的边幅。

木清清用母亲看孩子的目光瞅他一眼，用责备的口气说以后睡觉不要反锁门，你说你一个大男人家，有啥要反锁的。你不知道打不开门人家心里多着急。

木先生要在餐桌前落座，屁股有点儿犹豫。在半空中搁置了几秒钟，坐了下来。

木清清看了看他的侧影，一周没见，他好像有了变化。这屋里也有了变化。说不清变在哪里。但有，是一种感觉，她感觉哪里有点不对劲。

早饭，做三个人的吧。木先生说。

木清清打鸡蛋的手一顿，心突地荡了一下。

什么意思？这个家早就不是三口之家了。那幸福的铁三角组合早就成了历史。多做一份，难道要放凉，再倒掉？还是他替木太太吃掉？

给小丽做上。

木先生说。

木清清在脑子里想一个问题，小丽是谁？

是啊，小丽，是谁？

有人从卧室里出来了。一个女人。

一股更浓郁的睡眠的气息，被她携带出来。

木清清感觉周围的空气骤然变得黏稠，浑浊，她呼吸有点困难。

女人挨近木先生，站在他身后，两个手环绕着抱住了木先生的脖子，眼睛看木清清，眼神荡漾起一抹似乎放肆又似乎胆怯的神色，说，这就是清清啊？清清，欢迎你常来坐坐。

前一句是跟木先生说。后一句在跟木清清搭讪。

锅底的油早热得冒白烟了。

木清清忽然手一甩，三个鸡蛋连皮带瓤丢了进去。

白烟和刺啦声同时炸起。

木清清解下围裙，走到木先生跟前，瞅着他认真看了看，说行啊你，还有这一手？以前咋没看出来？

说完她换上自己的鞋，摔门而去。

四

有些事情需要足够的时间才能慢慢明白。

木清清现在才醒悟木先生让自己搬出去的原因，压根儿不是父女俩住着不便，也不是他要一个人独自思念木太太。他是要领一个人回来。木清清在就是个电灯泡。把木清清支开以后，他换了门锁。他不再像过去那样，三五天不见就打电话催清清回家吃饭。他好像忘了世上还有个女儿。

好啊木先生，真有你的。女儿还担心你会饿着，会想不开干出傻事儿。原来你早就过起了另一种小日子。那女人叫小丽对吧，听听，叫得多亲近，小丽，也不觉得肉麻！那小丽比他能年轻二十岁吧，跟木清清差不多大，好你个木先生，真是下得去口。

木清清想不到合适的言语来形容她的感受，没有办法排遣她的气愤。她忽然纠结起一个问题来，那小丽，究竟有什么魅力，用什么办法让木先生在这么短的时间里放下了木太太，把她带进这个家，还过起了日子。难道木太太真的那么容易忘掉？难道木先生和木太太那些年的恩爱，就那么不牢靠？不，不不不，木清清没有勇气往下想。再想下去她会崩溃，那些美好的记忆时光会化作噩梦。

也许吧，木先生自有木先生的苦衷。他上了年岁；他不会打理具体的生活；他需要一个人陪伴，来照顾他的起居；他孤独，需要有个人说话；他可能还有性生活的需要。这些都是女儿帮不到的，所以就有了小丽。所以，小丽没有错，木先生也没有错，错的是命运，过早带走了木太太。如今有人陪在木先生身边，木先生愿意让一个女人来陪伴，也许木太太泉下有知会开心的，这样她就彻底放心了。

木清清用这些理由开导自己。开导了一遍，又一遍。等到木先生和小丽的婚礼低调举办的时候，木清清已经活过来了，她盘了头发，做了妆容，穿了长裙，她风姿绰约地参加婚礼。她给所有宾客敬酒，嘴巴甜甜地喊木先生爸爸，喊小丽阿姨。她让所有来客都看到了木先生有一个通情达理的好女儿，她在真诚祝福父亲晚年婚姻快乐，白头偕老。低头往嘴里抿酒的时候，她的眼泪悄悄落进玻璃杯中。透过迷离泪雾，她看见倒映在杯中的新娘子好年轻啊，那唇红齿白巧笑嫣然的模样，让木清清感到恍惚，她怀疑时光温柔地实现了倒退，一直退回到三十八年前，那时候小城里也曾举办过一场婚礼，英俊青年木先生和温婉淑女木太太喜结连理，成为小城芸芸众生中最般配的佳偶。

（原载于《民族文学》2021 年第 10 期）

寻 踪（外一篇）

格绒追美（藏族）

起初，父亲是单纯地靠追踪足迹找到失踪的牲畜的。

渐渐地，父亲拥有了更强大的能力。在足迹消失的地方，他翕动鼻翼，四处闻嗅，便能依凭牲口留下的体味、气味飘散于四周空气中形成的氛围等，在不远处重新接续上牲口经过的痕迹。不止如此，当父亲对村庄周围的森林全然熟悉之后，再蹲下或弯腰寻找蹄印时，还能看到那些青枫树、松树、杜鹃的枝丫都装作有风刮来，随风摆动着把父亲引向他刚刚忽略的地方。它们有时用扬起的枝条在父亲脸上轻轻蹭一下，或者，在父亲掠过时狠狠地扯住他的衣襟。于是，父亲便可以顺利找到线索，继续他的寻踪道路了。无论家畜翻越了几重山，穿过了几片密林，父亲总有办法把它们找回来。当然，最大的困难，是遇上牲口蹚河而过或者踏上腐殖叶极厚的密林，足迹完全消失。这时，父亲会陷入十分尴尬的境地。他被长久地困在足迹中断的地方，像一只无头的苍蝇。流水把畜蹄轻触水面的印迹带走了，连同花朵的装饰。当然，浅水中乱石上的印迹能够保存片刻，但很快也被泥沙淹没，连气味都被水汽和河流搅动的空气吞噬了。如果父亲祈祷，向山神或精灵水怪求助，心中的另一只眼也许能够提示隐约的踪迹。然而，父亲几乎是个唯物主义者。他不太擅长向神灵精怪求助，也许与他当了村主任有关。高原的阳光透亮，又一次陷入无助的父亲长叹一口气，坐下来放松身心，仰起头让阳光唰唰地在脸上流淌。他用双手像抹酥油一般，从上向下搓揉面孔，仿佛可以把阳光揉进脸颊、眼睛，再慢慢渗进心底。浓郁而洁净的氧气充满肺叶，耳朵里也涌进各种声音，此时，父亲昂首眺望时，总会有巨大的惊喜猝然降临。他又找到了方向。

得知父亲有追踪足迹的能力，村里跑来找父亲帮忙的人越来越多。而父亲也不负众望，总是能轻易地找回失踪的黄牛、牦牛、马、犏奶牛，乃至足印很小的绵羊、山羊、土猪。最初那些人家只是口头感谢。父亲也很乐意地答应。可来求助的人越来越多没完没了，父亲心生愤懑：凭什么我要以助人为乐为义务呢？累得要死，别人连请进屋喝茶的热情都没有。不说别的，我的靴子也磨损不少嘛。有几次，有些牲口走得太远了，父亲干脆折身而返，不再翻山越岭地去寻找了。

"阿列，你这么特殊的能耐，谁教你的啊？"

父亲只是笑笑，心想：这需要教吗？用心观察自然就会了。

"阿列，你这么好的生意，为什么不做呢？"

"什么生意？"

"人家求你，你帮忙找回。这不是生意是什么？"

父亲恍然大悟：这我可没想到呢。

经那人点拨，有村人前来求助，父亲也上山寻找。但是他故意空手而回。几次之后，村人们像是得到了某种启悟似的，只要父亲叼回牲口，那户人家必定上门感谢：提着一壶青稞酒、一叉猪肉，或者一饼酥油、新鲜奶酪等等。于是父亲开始把寻找牲畜当作一门真正的生意来做，只是不开口说出具体的报酬要求。但必须有酬谢才行。

受父亲的启发，我也开始认真观察起来。我发现阳光是有印迹的，风是有印迹的。阳光的印迹在大地之气的升腾里，在万物的生长之中；风的印迹在植物的摇摆里，在翻波涌浪的绿涛中，如同水面上渐次扩散的涟漪。人心也是有印迹的，在眼睛里，在脸红筋涨的表情上；还有一些隐秘的，在梦里。竹笔蘸墨，舞动手指写出的字迹，牢牢地驻留在纸上，消也消不掉。我的身体一点点、一天天向上拔长，无论是美好的回忆还是彻骨的伤痛，都是时间在它上面留下的印迹。

多年以后，父亲追寻足迹的能力终于达到出神入化的地步。只要找到第一串足印，走到半途，父亲的心中便会显现出失踪牲畜的形象。他心想：那头花脸奶牛一定是晃着钝重的身躯，这儿吃一口，那儿啃一口，在草地上晒上一阵太阳，再接着朝向阳的草坡优哉游哉走去；这头耕牛在向阳的青枫林中散发出浓郁的恐惧的气息，它竖起尾巴，飞跑一阵，再喘息着停驻片刻。它应该闻到了豹子的气味，或者一头棕熊在窸窸窣窣路过；那匹白马全身充满亢奋的青春骚动，它吃草时都显出很不安分的样子。随着时间推移，有时他根本不需要低头沿着蹄印追溯，而是看到第一串蹄印就能判断出大致方向，有时他单凭感觉也能把失踪的牲口找回来。如果走丢的是一只山羊，而凌乱的足迹在一处岩崖下完全消失，他便凝神静气地站在最后蹄印消失的地方，渐渐地，心中生出自己就是那只山羊的感觉。一会儿，只见他的脚步开始琐碎细密，身子也跟着变轻巧，山羊般攀岩越岭而去。大牲口的感觉来得迟缓一些，他要盯着足迹不断强化心中的意念，才能感受到自己就是一匹马或者一头牦牛。有时，他甚至开始双手抓地，手脚并用攀爬而上。这一举动，令他本人都感到害怕。有一次，父亲吭哧吭哧埋头翻过垭口，再蹿到一处泉眼边，他听到自己发出了"哗"的一声惨叫，而且恐惧深深地裹住他的身心。果然，草地上洇着一摊鲜血，黄牛被豹子咬死了，半边躯体已经被吃掉。父亲的泪水滚滚而下，被电击般的战栗掠过全身。回到家时，父亲脸色惨白，母亲问他怎么了，是不是遇到了赞神，父亲摇摇头。他只说自己很累，然后倒头便睡。对于习惯于藏牲口的赞神，父亲的确没有真正遭遇过，但有两次，他走到一处峻伟的山崖前时，强烈地感到了一股阴冷之气。牛蹄印不见了。牛不可能攀上岩崖，也不可能钻入地下。他转身就回。回到村子之后他给那家人说，你们的黄牛被赞神藏起来了，燃上一堆供养赞神的桑烟吧，我再去找回来。第二天下午，那家人到村子前边的山头去煨桑，父亲也直奔断崖前。果然，那头黄牛正摇头晃脑地等着跟他回家呢。

在学校，当我把自己的"五感六觉"如实写下来，文字里透出的魔幻之气一下子把老师震住了。这孩子是有灵气还是中了邪魔？我感应到老师正向我走来，告诉他早就准备好的回答：这一切都是我想象出来的，是灵感突然来了。于是老师当着全班同学的面大赞我的写作才能。老师也坠入文字的魔力陷阱。他开始写诗，偶尔还来找我切磋"技艺"。我从心里感到好笑，但是表面仍煞有介事地与他交流体会。

后来，父亲不再上山了。别人说出失踪牲口的特征，他只需要冥想片刻，就能说出其所在方位。按他的指点去找果然就能找到。如果走失的家畜被豹子或豺狼吃了，父亲便告诉主人在某处死了，至于是否要把吃剩的骨肉背回来，你们自己看着办吧。那些人不相信，上山寻找，结果居然与父亲说的一模一样。

父亲成了一个神秘人物。甚至有人猜度他可能是某个神圣人物的转世。他听了哈哈大笑：我不信的，我是按照科学规律来的，不过，我终究还是你们的头领啊。头领？有人反驳，可不能用旧社会的称谓。父亲再次朗声大笑，都差不多嘛。

叽叽喳喳的麻雀在院外的树上吵闹不休。我问父亲能否看到鸟道。父亲笑了，说，鸟道不仅在树枝上，也在地上，还在空中，它们交织形成了一个无形的网络。我追问，那你能找到吗？父亲说，这有些难度，但也不是太难，只要找到规律，什么都是可能的。之后，父亲把画眉、杜鹃、灰雉等飞禽的轨迹也纳入了自己探寻的范畴。我看到他时而仰头望着天空匆匆前行，时而蹲下埋头研究地上那些细密的鸟迹。在密林中或者田野里，父亲一边闻嗅，一边弓腰驼背碎步行走。当他发现某个动物像某个沉默孤独的人一样，一直在一个地方密集活动时，父亲安下套索，将它套住。套索有两种，一种是套腿脚，一种是套脖子。被套住脖子的动物越拉扯，绳索箍得越紧，死得也更快。套住腿脚的，是在误踩陷阱时触发活扣弹开，瞬间绳索缚足，弯曲的木杆弹升绷直，就被高高悬吊在木杆之上。如果父亲几天不来查看，就被饿死了。父亲并不贪婪，只是偶尔猎取一只兔子或一只色彩美丽的雉鸟，给家人打打牙祭。

我又问父亲能否追踪人的足迹。父亲说，太难了，因为人是最狡猾的动物。人如果不想让人家知道，总有办法制造空当、假象，让你误入歧途。人是多么善于表演哟！父亲问，你知道这世界上谁最坏吗？我说，豹子吧。父亲说，人啊，在所有生命中，人对土地和其他生命的伤害最大。况且，你跟踪人干啥呢？我只是认真地盯着父亲。父亲突然笑了，说：哦，我知道，想制造更多的文字迷宫，是不是？我不置可否地笑了。父亲又说，人不会让自己消失，每个人都想显示自己的能耐呢，生怕别人看不到。对于人，你要学会善于观察他的言行举止，还要穿透眼睛这个心灵之孔。如果你这样做了，应该可以有七成的把握。

哦。窥测人心太难了。编造人的故事也太无趣了。我说。

父亲哈哈大笑，笑过了说：你在做自己力所不逮的事情。

我突然发现父亲眼窝深陷，颧骨突出，满腮长满乱草般的胡茬。他在寻踪觅迹的旅途中日渐苍老了。

关于父亲的衰朽，村里人说，你阿爸消受不了别人给予的财物呢，现在，报应显现在身上了。我想，这只是不怀好意的妒忌罢了。父亲凭本事获得报酬，那些财物也不是巧取豪夺来的，为何无法消受呢？

父亲最后一次上山是阳光初次照进村庄里的时候。他背了一褡裢的食物。

母亲说，没看见有人来求你啊？你要上山去找什么？

父亲轻描淡写地瞥了母亲一眼说，你知道啥？我这次耽误的时间可能很长，你别计算我回来的日子。

父亲穿过石头砌成的沟渠，从村口千年的核桃树下走过，从水磨坊边上掠过，再转北，沿顶贡山而下，接着又攀上了密林与草地相间的山梁。

父亲再也没有回来。

有人说他翻越千山万水，还在寻觅着神秘的足迹。也有人说他早成了虎豹的食物，消失了。

我不相信。我的父亲一定还活着，也许只是暂时在遍布足迹的世界里迷路了而已。再怎么样，他也可以倒追着自己的脚印，最终回到家中。我还想给父亲看我的日记，看我是如何把他写进文字里的。那些文字一天天生长，并延伸出各自的轨迹……

光的刀子

在一次短暂的坐禅时，我的眼前出现了一把光的刀子。

起初，我很高兴。以为是个吉兆。

哪知道，当我张开左手将刀子托起，它一下子变得沉甸甸的，像一块石头。同时，一阵酸麻感电流般通过手臂窜游到全身，及至脑袋，巨大的轰响声令我的整个身躯都在嗡嗡振动。我赶紧睁开眼睛，那萦绕的光倏忽消失了。这时，光刀显露出最初的金属色泽，它像一个醉鬼一样，在我前方的虚空中晃晃悠悠，与此同时，各种奇形怪状的人影、物影从刀子的四周乌云般涌来。刀鞘与刀身在一个清脆的声响中倏然分离了。我看见刀鞘的洞像黑色的深渊，各种人间未曾有过的怪叫声从里面传来，很多人兽连体、动物连体的怪物纷纷从洞口爬出。

我使劲睁大眼睛，以为自己是在一场梦魇里。刀子摇摇晃晃地向着我飘浮而来，一度刀尖直指着我。我揉了揉眼睛，再瞧，奇异之景仍未消隐。我听到自己嘴里发出一声惊叫。刀子在空中抖了一下，然后像体操运动员一样一个漂亮的后空翻，又往后退了几步远。

这时，它开口说话了。它的声音美妙悦耳，像一个唱歌的女人。我惊讶地张大嘴巴，像撑开了一个空谷。上下两排苍黄凌乱的齿贝成心要听它絮絮叨叨，半天都扣压不回来。

它说自己最初是岩土，在长久磨压作用下变成坚硬的岩石，再被火淬烧成铁，无数的铁块经铁匠的手终于打成了现在的样子。

你看见了吗？它说，我的身上刻着那个铁匠的名字。

是吗？叫什么名字？我现在已经老眼昏花，正准备走向死亡，你却来了。

刀身晃动了一下，再旋转一圈，把那个模糊的刻痕朝向我：看见了吧？我看你不大高兴的样子，害怕了吧？我也害怕。

你也害怕？

谁不害怕呢？我心里还有深深的恐惧记忆。主人挥动我砍向木材、石头初试锋芒，我发出惊恐的叫声，主人却装作一点儿都没有听见。我以为他是个聋子。"聋子"的活路很多，我随他去了许多地方，砍断过许多坚硬之物，杀死过不少动物，最后，还杀死了一个人。

杀死了一个人？

是的，开始我以为刺入温暖的肉身不会怎么样。我在那血的包裹中躺了片刻，七道八孔都被血水浸润得十分舒服。但是，在主人与对方你来我往翻来覆去的贴身搏击时，我的身子在血水中不断浸沉，陷入了黑沉沉的世界。主人大喘粗气，紧紧地握着我。淋漓的血水顺着我的躯干往下滴，而那个对手倒在那里已毫无生息。我终于明白，自己杀了人。

哦。第一次的经历总是惊险而充满痛苦。以后就习惯了吧？

是啊。你也杀过人？

可不能乱说。我从不杀人。况且，我自己都要死了，更不会杀人造孽了。

那你需要帮忙吗？

帮忙？

你不是说你要死了吗？我可以帮忙呀。

你可不要误解。我不会自己了断生命。死亡会如期来临。

它叹一口气，又继续喃喃诉说：从那之后，对于温暖的血肉，说真的，我有些贪得无厌了。我每天渴盼着能饮到热烈的血液，穿行于细密紧致的肉体里。

我忍不住大声呵斥：原来你是个杀人的凶器，滚开！

它突然哭泣起来。

你哭什么？

你以为我想杀人？我能杀人吗？我经历数代百世，主人换了一茬又一茬，钝了又磨，没法磨利了，又重回炉火里淬炼，一次又一次，被用来砍削用来切割用来杀人，我的痛苦像河流，何时才能到头啊？

你也想死了吗？

死？我也能死吗？我的主人换来换去，他们总是来得快走得也快。

物件的寿命总是比人的长。

物件？你是指我吗？物件也是有寿命的吧？

世间万物乃至整个宇宙都有生、住、灭嘛。

原来人也是个可怜之物啊。

是的。人生短暂，值得一说的只剩思想和智慧了。

我没有听懂你的道理。你能说得简单明白吗？

现在，我感到有一丝愧疚了。作为人制造的器物，它本身是无辜的。然而，它的主人是谁呢？

它似乎看出我的心思，继续说道：你看，与我有过联结的人物、飞禽走兽，它们现在都来了，它们都活在我的记忆中啊。是你的冥想开启了我的记忆之门。我已经无法摆脱这些包袱了。他们也痛苦呀。有的主人放不下对我的挚爱，人死了，魂魄还跑来黏着我，一个接一个，都有成千上万个。死在我手上的那些人不去找我的主人反而跑来寻我报仇，你看见了吗？那些可怜的人！

我哈哈大笑。

你笑什么？

我想到了狮子和狗的区别。

狮子和狗的区别？

人用石头打狗，狗不去追扔石头的人，反而向着石头而去；而狮子不一样，它不会去追石头，一定是扑向朝它扔石头的人。

我懂了，它说，如果他们又来寻我，我就告诉他们去做狮子吧。

我的话说得太多了，我感到有些累，便闭了嘴。

你说你要死了，死亡到底是什么？

死亡的样子就是你的无数主人的消亡啊。

它现出沉思的样子。

你的身子发光，我还以为你是文殊菩萨手中的智慧宝剑呢。

文殊菩萨？智慧宝剑？我不明白。

我简略地向它说明。

哦。你是说斩断欲望、烦恼，才能获得空性的光明。我不是已经获得光明的身子了吗？

你在千秋万代的磨砺中，虽然显出要消遁于无形的样子而你仍不甘心，又想获得坚硬的再生之躯吧?

话音刚落,刀子突然消失了。一枚叶子大小的银刀坠落到我盘曲的双腿上。我拾起来,举到眼前端详。刀背微弓,刀刃闪烁出血红色的微亮光斑,刀身还透出微弱的温度。我左寻右找,刀鞘不见了,仿佛趁机逃脱了利刃的束缚。

我再次闭上眼,想遁入另一种境界。然而,一扇方铜环装饰的门紧闭着,我再也无法推门而入了。

这时,各种声音又汹涌而来……

我把变得薄凉的小叶片夹在书页中,合上封面,看到书的名字竟然是:刀锋。

两支银针般尖利的光箭从"刀锋"二字射来,刺进了我的眼眸。

我大叫一声,双眼中滚落两滴饱满的血珠。

在钻心的疼痛中,我不无幼稚地想:也许,一段孽缘就此结束了吧。

（原载于《民族文学》2021 年第 10 期）

纪念格村的一颗牙齿

蔡测海（土家族）

天气那么好，人总该有些记忆吧。一个人的好天气，就是一个好时代。我与历史，不是同一个计量单位。所以，我必须把日子过成点点滴滴，不要一抬手，就大江东去，浪淘尽，千古风流人物。在我看来，那是世纪水灾。

在格村，人会活很久，然后安排一场病，讲一些故事，只言片语，有些落在枕头上，有些落在床边，有些在格村打转，有些在路上游走，像游荡的魂魄。

格村的日子很长，人活得久。一大早，我选了一个地方，就是路边的那块石头，阳面光滑，阴面长满青苔。我坐在石头上，打量老寨时间的长度。太阳光芒万丈，石头下面的青苔生长缓慢。亥，表姨，长发浸入河水，像植满一河水藻。亥直起身子，头发把鱼拖出水面。哪怕流水剪断她的发梢，老寨的日子也不会变短。

亥微笑一下，我身下的石头动了一下，像一只千年山龟在行动。微笑在河里，一个很长的微笑。我在这处石头，正是日出和日落的中间位置，格村最好的地方。鸡鸣狗吠的声音经过这里，回音也经过这里，几百种声音经过这里，人和石头就很安静。人就是石头的眼睛和呼吸，石头是人的耳朵和心跳。要我的耳朵是一块石头，就不会被表姨亥咬穿。在月亮底下捉迷藏，我很快找到她。她的脸和眼睛，在月光里很亮，我看见了。这不怪我，一颗红了的樱桃是很容易被看见的。她说，过来，我给你讲句话，她咬了我的耳朵。她正在换牙，掉了一颗牙齿。她在衣服上擦净牙血，把一枚牙齿给我，算是赔了我的耳朵。其实，耳朵没缺，跟没咬过一样。一个人总是看不到自己的耳朵，它可以完美无缺，保留到最后。我是从那只被咬过的耳朵开始长大的。山中雷劈树，雷击过后，长出新芽，往上蹿得高。

耳朵发烧，是有人念叨。可能是胡说。这个胡说，很确定一直伴随我的耳朵。我有摸耳朵的习惯，让它发烧，然后生出胡思乱想。如果，格村要打量来来去去的太阳和人，选一个地方，就选一只耳朵。

我在路边的石头上待了几年，过路的人丢下桃核、李核，也都发芽长成树。我倚着一片耳朵，长大不少。路边花开，和蜜蜂、蝴蝶成为朋友，它们，也有三五只，飞舞围绕，当我是石头上的花朵。为了记住蜂蝶，我得出数字和简单的四则运算，这简直同前人的《九章算术》有一比。一只，几只，一群。

我长大了。格村木楼倾斜。太阳在东边，木楼在西边。太阳在西边，木楼又挪到东边。受影子拖累，屋会倾斜。数一遍，十二幢屋。一半茅屋，一半瓦屋。六个和六个。茅屋和瓦屋，各有肚肠和风骨。屋是有肚肠和风骨的。屋就是风中之骨，莫非是风中之物？茅屋里有陈年老酒，有腊肉，瓦屋里有的，茅屋里也有。装水的瓷缸，喂猫狗的瓷碗，至少也是宋朝的。屋顶是一层茅草一层黄泥，长满青苔，屋基坏了屋顶也不会坏。瓦屋里会多几本老书和几笔新字。老书是族谱，新字是楹联。格村有多少人家，就有多少只狗。白狗，黑狗，黄狗，花狗，麻狗，长毛狗和四眼狗，它们集体统一的名字叫中华田园犬。它们守格村和青花瓷的狗食盆。如果主人不在，这些狗好像成为主人，鸡鸭鹅，猪牛羊，归它们看管。它们自己也会撕咬，咬出血来。不管什么毛色的狗，血都是红色的。如果有入侵者，它们会一齐吼叫。文物贩子、盗贼、野兽，不敢进村。格村没有蚊子，它们怕狗身上的一种气味。狗给格村的好处，我一样也做不到。我在路边的石头上看了多久，也想了多久，格村没有狗，会成什么样子？没有这块石头，我要在哪里？

那些狗叫得最凶的时候，是格村来了媒人。那些媒人，有时隔天来一次，有时天天来，有时一天来几次。那时候，表姨亥已长成一个妖精。一棵树长成妖精要八百年，一根藤长成妖精要一千年。狐狸和癞蛤蟆长成妖精，也要年寿。表姨亥长成女妖，十八岁。说她是妖精，是她漂亮，聪明，迷人。媒人说，格村水好，姑娘长得好。格村水再好，也没长出第二个妖精。

一位瞎眼的媒人，被石头碰了一下。她在我头上拍了一巴掌。她把我当成石头，骂一句，石头不长眼，碰一个瞎子。说媒的人，全是女人。她们经过路边，没一个看见我。瞎子和不是瞎子。做媒的都是嫁过人的。她们骂过媒人。该死的媒人。快乐骂，不快乐也骂。这些嫁过人也骂过媒人的女人，做话活儿就像做针线活儿，好看又好听。格村狗多势众，媒人们的花言巧语，哄得它们直摇尾巴，虽然没一只狗会要一个媒人。媒人进门时说，那个人有一只眼睛看不见。出门时又说一句，那个人有一只眼睛看不见。其实，那个人就是瞎子，把瞎子一双瞎眼分成两只说，以为有一只好眼。人有残疾，媒人的话不会有残疾。媒人的舌头装了滚珠，她们是嫁过人的女人中最会说话的人。讲话让人动心，让少女把身体和灵魂一起嫁出去。表姨亥，让媒人们心花怒放，又让媒人们无可奈何。媒人们说尽好话，最后会说一句，再好的花也会谢，再好的云霞也会散。有个媒人是经过疫区来格村的，村里燃起松柏枝叶和茅草清疫气，拿雄黄和大蒜水给媒人洗手洗脸，格村是无蚊村，不沾疫气。媒人冒那么大的风险过来，一定是为了表姨亥的美好生活，表姨亥铁石心肠，也会感动。媒人错过车船，走路来的。村里的狗驱走了媒人。媒人来时经历的厄难和风险，表姨亥跟随过去，也一定会遭遇那些经历。

媒人到来，表姨亥会上一杯好茶，然后坐上织机，理五彩丝线，编织永远也织不完的织锦。花容月貌，山河颜色，紫檀木梭子留下些香气。那些媒人后来不为说媒，只为看表姨亥和织锦。媒人们离开的时候，会夸格村几句，说这里的萝卜长得好，又大又脆又甜，扯一两个路上解渴。这样也没空手回去。她们还会说一句意味深长的话，一个萝卜一个坑。从疫区来的媒人，经过我身边，扯了衣领，掩过口鼻，和我说话。她要我像她那样做。我除了披在身上的风和阳光，只有一条短裤。我顺手摘了片树叶，捂住口鼻。假装和她一样，也是疫区来的。她说，疫区那边阳光很好，人人穿大衣领，人人喝酒、喝茶，酒和茶叶价贵。她像要我去卖酒卖茶叶似的。我宁可在石头上一直坐着也不去远处。路上掉了一连串萝卜皮。媒人的指甲长，带了指甲专门剥萝卜皮。她们一边走，一边吃萝卜。格村的萝卜是药，吃着吃着，长在皮肤上的毒疣就掉下。媒人们比来的时候漂亮了，漂漂亮亮，再经过疫区，不会有什么大问题。天气很好，人会变成杰出的人。

在石头上久坐，我会变成一个药师，某一天，我起身，四方行走，不去做一个媒人，去做一个游医，把萝卜的好处，告诉疫区的人。石头坐成医书，去做个有用的人。

格村木屋倾斜，我参加了一次牮屋行动。男人们离开格村，还没回来，我和村里老人、妇女、几岁的小儿，合力牮屋。石头支一块木板，木板支一根檩子，顶住屋的一处，一齐用力，屋吱呀作响，形影扶正。这次牮屋行动，让我有了些觉悟。在一块石头上胡思乱想，就是个坐石好闲的人。我用楠竹枝扎了个扫把，扫落叶，又用楠竹条做了个粪扒子，拾那些牲畜的粪便。做一只屎壳郎，为格村体面。表姨亥出门，穿上绣花鞋，每处落脚，就有花开，格村成一匹织锦，一个开花的季节。山那边的邻居，河那边的邻居，所有的村落，开满鲜花。格村也是一朵花，一朵向日葵。后来，我去遥远的北方，北回归线以北，回望南方，金色的向日葵，心中生出暖意。

鲜花不是花言巧语，媒人话多，没一句打动表姨亥。媒人说，好花会残，不早嫁人会脱发，变成尼姑就难嫁人。表姨亥的头发，依然黑亮，长发齐腰。她好像是故意的。

表姨告诉我，以后要注意，别坐那块石头，石头下面有条蛇。我当然知道，石头下边有一条青蛇出入，竹叶青，我们叫青竹飙，风一样快，有毒。它咬人，人会丧失意识，昏睡而死。在一些没废除死刑的国家，这蛇毒比较人道。我第一次见这条蛇的时候，它吐出信子，是试探，也是犹疑。我就对它唱歌：

太阳出来啰喂

上山岗啰啰

挑着扁担郎郎车贯车

喜洋洋啰——啰啰

听我唱歌，那条蛇就跳起舞来，立起半条蛇身，左右摇摆。蛇是冷血，它会跳舞，我也会警惕。要是它的舞蹈是一种示威，是一种攻击信号呢？村里的狗，对那条蛇有几次围攻，那条蛇再也没出现过。

那一年，果子很甜。秋月梨、橙子，吃起来像咬冰糖。天旱，雨水少。老桂木匠很老了，不再出远门做手艺，手痒的时候，就帮村里人家修理用残的家具，哪怕是修理一只锅盖，好歹也算一次手艺。他老了的手艺，是看云。天上现鲤鱼鳞，不会下雨，久旱。好手艺看云，很准。果树刚挂果，雀蛋大，天不下雨。奶孩子的二嫂对五嫂说，等男人回来，就会下雨。两个不知愁的女人，把天旱当成玩笑。好几天没水洗澡，心情一点儿没变坏。前几天洗过一次澡，二嫂拿一盆洗澡水去喂牛，被孩子绊脚，一盆洗澡水全泼了，还好，全泼在萝卜地里，萝卜叶长得旺。二嫂对五嫂说，我这个人，就是运气好。

天干草枯，山坡显出一群黑乎乎的石头，这些老石头渴得冒烟。小河也干涸了，表姨亥一个多月没下河洗头发。老桂木匠讲过，格村人是因为这条河才来定居的，它成了一河沙子。河里没一条鱼，它们在河水消失之前逃走了。

表姨亥摸了摸我坐过的石头。这石头在出汗，表姨亥说。这块石头果然在出汗，阳面汗少，阴面汗多。我们认为，这石头底下，不太深的地方，会有泉水。我挖下几尺深坑，锄头像叩击坛子，下边有水响。再挖，有一股泉水涌出，水桶那么大的一股泉水。表姨亥把我赶走，叫来村里的女人，她们要好好洗个澡。

家家户户把水缸装满，又去浇菜地和果园。天旱过去，河里涨水，一半是浑水，一半是清水，有了一条耐旱的河，这里成了河的源头。那些鱼不再逃离。它们是从干旱那边游过来的。所有经历旱季的生灵，后来都是邻居。一场干旱，有水到来，我才明白，哭嫁歌是怎么回事。那唱歌一样的哭，哭爹娘，哭姐妹，哭左邻右舍，哭山前山后的树，哭坡坡坎坎，哭几多的流云和星月。这都不是架势和仪式，是歌哭告别。嫁，就是一个女人离开家，去另一个家。歌唱或者大哭，瓦屋还是茅屋，坡地还是坪坝，路远路近，雨季和旱季都会到来。

我问表姨亥，媒人们都对她讲了些什么？表姨亥说，她们什么也没讲，只讲她们自己嫁人的故事。她们长得美丽，嫁得也很美丽。她们给你讲的某个男人，不会是她们自己的男人，听起来是她们自己想嫁的某一个男人。听她们说些什么，我就听到竹林里的风声，惊动一只夜宿的鸟，翅膀扑打竹叶，鸟叫碰得风响。草丛里有纺织娘不停地叫，引出远近蛙声。媒人们打起瞌睡来。没织完一只锦鸡，媒人就不见了。媒人都是来无影去无踪的人。

等我长到十五岁，表姨十八九岁。好像这个亥来到格村，我就跟她来到格村一样。水是跟一条河到来的，雪是有了冬月和腊月才会落满山岗。

五岁的时候，和表姨亥捉迷藏，她咬了我的耳朵。我回去对娘说，我长大了要娶亥。娘说，你叫她表姨呢。我说，以后再不叫她表姨了。娘叹了口气说，其实呢。其实呢什么，娘没说。娘说，亥是个妖精。没有灾年，格村就没有妖精。我说，灾年多好，我不怕妖精。我跟着亥，踩她的影子，脚印在影子上做一些记号，如果不能娶亥，我就娶她的影子。

亥说话带川音，我们学话，我们这一代格村人，全一口川音。四川话带点喜乐，两句川话中间有半声笑，川话好学好懂好记。开关一句："说是。"说话的人像要代替别人说话，讲完一句，问一声咋个？像是问自己才说过的话。我听到的川音是这样子，大概是方言中的方言。我们学的，也就是这样的川话。川音像流水，流过舌头的河床，喜乐和自由，堆个雪人，捏个泥娃娃，也会说这种语言。

果子就是这样变甜的。

　　表姨亥带着她的川音来到格村，像只小猫，雪地上移动半个身子。我娘抱她进屋，在我家吃了半年红苕南瓜，长成胖兔子。四婆婆领走她，跟她学绣花，编织锦。四婆婆一身手艺，没嫁人。她要这个人。表姨是亥时进四婆婆家，就给表姨取名亥。四婆婆是我家亲戚，祖母辈，我就叫亥表姨。下那么大的雪，我娘去菜园子，给每一棵白菜系一根稻草。这样，每一片白菜叶就会靠紧，白菜不会冻死。我娘在雪地里看见了亥，像一棵白菜。亥是怎样一个人来到格村，冰天雪地，她那么小。亥到四婆婆家长到六七岁，没人来认领。四婆婆对人说，亥是她的女儿，是用绣花针从花朵里挑出来的。

　　格村媒人来得多了，在外地的男人听了有些急了。自己的女人，是不是被媒人捎带走了？下雪的时候，男人们回家过年。女人们计算着年前的日子，到村外五六里的山垭口打望，见男人从坡上下来，急忙转回屋里，杀鸡煮饭，假装没看见男人回来。男人解下腰带，交给女人，那是钱袋子。女人不碰钱袋子，只是打量回家的男人。钱不钱，人未变就好。年长年短，七天八天，过完年，长了力气，又出远门。在用力的地方，力气值钱。

　　格村的孩子，差不多都是同年同月同日生的。这家生孩子，那家也会生孩子。像瓜果，一齐开花，一齐结果。像有谁喊着口令，那些操练会一起到来。格村的奇事，因为狗气，没有蚊子，因为过年，孩子同时出生。卫生检查和人口普查，发现了这两件奇事。

　　格村偏远，又太小。像一幅画，画完了才添上去几笔，才有了几幢茅屋和瓦屋。新来的地方官巡村，总是最后才想起格村。到远处赶集市，天不亮出门，天黑回家。格村人出门，两头黑。到更远处，说起是从格村来的，别人以为天外还有个人住的地方。我一直以为，太阳先照亮格村，再照亮别的什么地方。我从近处眺望远处，就算远处是大海，我完全看不见那里有一条鱼。远的格村，还有古代的彩陶，还有老青花瓷的狗食盆，有汉代的古柏和叫千年矮的黄杨木。河几经枯荣，从未改道。

　　格村的事物，让我慢慢长大。长得慢没什么不好。亥也长得慢，她的年龄，没她的头发长得快。当她在格村的雪地里爬行，我娘抱她进屋，她在别的什么地方失踪，永远地离开那一个曾经温暖的怀抱。人都有个亲娘，吮亲娘的奶汁。亥在某一天失踪了，她在这一边出现的时候，就是那一边的失踪孩子。她带来的川音，是她吮奶时候的声音，一朵花在梦里的声音，一只果子的梦。我们学会川音，长出一树果子。

四婆婆，是格村的祖母。我们就叫亥表姨，我们都是亥的亲戚。亥是四婆婆用绣花针从花里挑出来的。四婆婆针线好，那些失踪的花、失踪的鸟、失踪的蝴蝶和金甲虫，都是四婆婆用绣花针挑出来的。老桂木匠那只失踪的大黑猫，后来发现，它在四婆婆的针线里。四婆婆长寿，她的针线更长寿，这样，那些失踪的，就不会再失踪。

格村来人，最多的是媒人和劁猪匠，两种不同的职业，媒人的工作为生儿育女，劁猪匠的工作为猪少干蠢事，只是长膘。劁猪匠的刀是三角形的，柄连刀，全是钢铁，像古战场的一种武器，他们进村之前，吹羊角号，像发动一场战争。我看见劁猪匠把一头猪按在地上，取掉猪身里的一件东西，然后拍一下猪屁股，念念有词：三百斤三百斤。劁猪匠的咒语，让一头猪有了三百斤的梦想。

乡邮递员从未到过格村，土地丈量员和人口普查队员来过几次。土地丈量员，背一捆绳子，那绳子是先由尺子量好的。他们用量好的绳子去量土地、森林、庄稼地、宅基地。量到坟地那里，他们会犹豫一下。有人对他们说，这就不量了吧。他们就绕过去了。坟地叫阴地，归阴间管。他们也不量河流和峭壁，那是鱼和猴子的地方。他们也没量河流的工具。水深五尺为限，叫湿地，归林业局管。水深超过五尺，归海事局管，那叫河流，可通航。有树的地方，归林业局管，没树的地方归国土局管。土地丈量员不管这些，只管丈量。那次人口普查，九十九人，因为亥的到来，一百人，又因我的出生，一百零一人。表姨亥被算成外来人口，格村人口一直不好确定。以后，格村人口变化，一直是某数加一。加一，就是加上一个外来人口，没户口，表姨亥是没户口的人。那是个霜天，很冷。我在路边烧一堆篝火，请人口普查队员烤火。围着一堆火，烤火的人会成为朋友。差不多烤成朋友了，我对他讲表姨的事，说她聪明、漂亮、人好。人口普查队员说：再聪明再漂亮再好，也是要有户口吧？一个有户口的人，才算正式的人。我说亥很小的时候就来到格村，我们一起捉迷藏，她咬了我的耳朵，现在还留个疤。我把有疤的耳朵给他们看。他们轮流看了，问我，怎么证明，那耳朵上的疤不是被一只鸟啄的？我又找了些干树枝，把火烧旺，让他们烤得舒服一些。为了感谢我，他们给我一句话作礼物：没户口，会有麻烦。

后来，他们当中一个说，几个人笑。说不是烤火，是拉拢。这个我懂，就是把人拉拢来。我真的是这个意思，也真想交朋友。

表姨五岁跟四婆婆学织锦，学绣花。这年她十九岁。农历六月初六，格村的晒衣节。表姨亥晒织锦，晒刺绣，晒十九岁，五光十色，一河云霞。那些针线里长成的，天上飞的，地上走的，水里游的，花的，果的，叶的，说的，唱的，看的，一齐跑到太阳底下来了。吃不饱却是看饱了。吃的全靠扁担锄头，看的只靠一根绣花针，一架织机，十万彩丝。

人口普查，似乎关联身世，像一个人的胎记。表姨亥确实有一处胎记，长在背上。我娘给她洗澡时见过。我没见过，她自己也从未见过。

那年生的孩子，快三岁了，都已断奶。格村的女人相邀去赶集。她们从亥那里偷过花样子，从四婆婆那里学过针线，桃花绣朵穿在身上，鞋也是绣花鞋。来回四五十里路，绣花鞋不沾泥。她们像是踩着云走路。有水的地方，她们踩着石头；有稀泥的地方，她们踩着草叶。一场赶集，五十里舞蹈。她们赶集回来，跟来一位俊俏后生。他是追着那些绣花来的。他想看看，这些穿戴鲜花的女子住在哪里。

这个人来到格村，正是晒衣节。亥晒出的花花世界，好像是等这个人来看。这个人与我差不多年纪。一样的个头。我好像与他很熟。他像是我在河水里见到的自己的影子。太阳偏西的时候，他拿起照相机，拍下整个花花世界。看样子，他很会这门手艺。他说，要买一些织锦和刺绣，或者借一些，去参加什么万国博览会。不知他是买是借，他挑选了七八件。天快黑的时候，这个人走了。他不肯夜宿格村，说很忙。天黑赶路的人，一定很忙，我第一次见到很忙的人。我以前以为，劁猪匠和媒人是很忙的人，他们天黑也会留宿。如果劁猪匠和媒人连夜宿的时间也没有，我闲着就不好意思。

劁猪匠几次经过，看了看我屁股下的石头，你看看，你把石头都坐出血了。我坐的这块石头，有一张桌子大，阳面是褐皮，阴面血红。劁猪匠见的血多，所有的红色都是血。

很忙的那个人又来到格村，兴高采烈的样子。很忙的人送来好消息，亥的那些针线活儿，到了专家那里，说是艺术品。那个人很忙地赶来，要亥参加万国博览会。格村找出锣鼓，一匹红布，几挂鞭炮，准备送亥出远门。很忙的人说是巴黎。他又说了一遍，巴黎，确定不是泥巴。一个地名，黎明的黎，不是泥巴的泥。泥巴很近，很忙的地名才会很远。

很忙的人，一头汗水，又忙又急。亥没户口，也没身份证。很忙的人瞪了我一眼，那眼神，一束饿狗的目光，又怨又忿。我对很忙的人说，这不怪我，那么冷的霜天，我让那些人烤火。他说了一句，莫名其妙！很忙地走了。他走了很远。我朝他背后扔了一颗石子，去吧！

来了个媒人，问亥愿不愿嫁剈猪匠，有没有户口，不看重，能生孩子就行。四婆婆拿了赶鸡的那个竹响篙，赶媒人，赶鸡一样。那个女的，扇着翅膀，跑了。

四婆婆领着亥，到我家来。四婆婆对我娘说：这姑娘长大了，你抱回屋的，你再抱回去。亥红了脸，对我说：我不是你表姨，你娶我。我两只耳朵发烧。那个晚上，亥成了我的女人。我发现她背上的胎记，像一幅地图。我说：我娶的不是个影子吧？亥又咬我的耳朵，她说：你娶了个妖精。

我坐过的那块石头不见了，一块有血的石头，见过那块石头的人说，那是一块鸡血石王。它被什么人偷走了。它有我身上的气味，我能找到它。它是我的一颗牙齿。

等过完年，我就把它找回来。

（原载于《民族文学》2021 年第 12 期）

七色土

周　燊（满族）

朱东启教授从省城重点大学化学系主任的位置上退休了。用他回家给老伴儿的话说，他一转身就成了老干部。其实对于退休这件事，他还完全没有做好身体和心理上的准备，总感觉退休是遥远的事情，是别人的事情，等真的轮到他的时候，他觉得不应该退休，他的事业正如日中天，不应该戛然而止。于是，他仿佛一下子抑郁了，突然掉进了精神上的黑洞，他总觉得自己还是夏天大树上无数绿油油的树叶中的一片，不应该从大树上掉落下来，可谁知没等到秋天变黄，他就从大树上被甩落下来了。

从退休那一天开始，朱教授就不再踏进大学校园半步了。最让老伴儿受不了的是，两人上街购买东西回来，大包小包全都由她拿着，朱教授只管做他的甩手掌柜，跟在后头。更让老伴儿接受不了的是，从大学门口的公共汽车站下车，原本抄近道就到家属区了，可他非得从学校大门口前一站下车，绕个大圈子才回家。

退休了就像做了什么亏心事一样生怕见人。平时，他就像一只老猫一样躲在家里，老伴儿动员他出去入入人场，去附近公园运动运动、健健身，说轻了，他不吱声，说多了、说重了，他一瞪眼说，要去你去。老伴儿就不敢再多说半句了。老伴儿就像是他身边一个活的老收音机，见他瞪眼马上就得关上。

二十世纪七十年代，朱教授正年轻的时候，国家还没有实行计划生育，所以，他以旺盛的生育力，让老婆接二连三生了七个孩子——三个儿子，四个姑娘。七个孩子靠他和老伴儿的工资，日子自然是苦不堪言，不过他和老伴儿硬是勒紧裤腰带，一分钱掰成两半花，战胜了生活上的穷日子，把孩子一个一个都送进了名牌大学。

那是二十世纪八九十年代，他们家的孩子接二连三地考上了北京大学、清华大学。朱教授家孩子的成功，让其他教授深感望尘莫及，只好望洋兴叹。

后来，七个孩子又都考上了国家公派留学博士，毕业后全都留在了国外。

朱教授从大儿子当了洋博士开始就劝其回国，为国家效力，结果劝到第七个，一个也没有劝回国。

因此，朱教授总觉得自己真对不起国家，虽说他的儿女们在国外科学领域都成了顶尖人才，大儿子所带的科学团队，有望冲击诺贝尔奖，但是，他总觉得白白生了他们。

儿女们说，科学无国界，科学成果是属于全人类的，还说老爸就是顽固不化，有了外国籍也不等于不爱中国。

朱教授有时候对羡慕他的老同事说，你们羡慕我什么啊？我还羡慕你们呢！我把孩子培养大了，没想到全给外国培养了，要早知道这样的结果，我肯定不让老婆生他们。这完全就和孩子养大被狼叼走了是一个道理。

有同事就说，那我们也还是羡慕你，你看你多好啊！每个假期，您就会像国家元首一样出访世界各国，我们哪行啊！

朱教授说，也就这点儿便利，去国外能有个落脚点，但是出去了就知道，哪个国家也没有中国好。朱教授的儿女们分别定居在了英国、德国、美国、阿根廷、澳大利亚、南非、日本。这七国转上一圈子，几乎等于绕地球一圈了。儿女们都有了自己的小家，有了自己的事业、自己的孩子。朱教授的孙子辈们，也没有一个回中国的，只有两个想学中文的外孙子，来中国借读过小学二三年级。

七个儿女，先后全都加入了外国国籍，每当有一个加入外国国籍的消息传来，朱教授就会思考一次国籍这个概念的含义，国籍是什么？当然是国家的"身份证"。它就像一张无比安全牢固的蜘蛛网，把她的公民全网在里边，保护起来。血缘是什么？是种族基因传递的纽带，当血缘和国籍放在一起时，血缘就像是一只小小的昆虫被粘贴在国籍的蜘蛛网上。朱教授对于这种奇怪的想法，自己也不知道是怎么感受出来的。反正他总有这种想法。

朱教授有时候想，作为父母有些人是多么可怜，把孩子养大成了才，国内留不住了，孩子成了外国人，等于给外国生的孩子，他们老两口如今就属于这部分父母。

朱教授对外还不能表现出自己的失败，说自己没能留住一个孩子在国内工作，只能硬是装出孩子都在国外，自己很幸福的样子。其实，他的内心是孤独的。他很羡慕人家做父母的，孩子都在跟前，逢年过节、双休日都在一起。他可好，不管什么时候，都只有他和老伴儿你望着我呀我望着你，顺心时不说什么，不顺心不顺眼的时候，望着还生气，还会吵嘴。儿女都在身边的退休老年人，生活得有滋有味，享受的是天伦之乐，可他"享受"的是长夜难眠。

不管怎么说，朱教授都觉得自己七个孩子等于零。只有过年过节的时候，打个电话回来，朱教授才知道这些"零"还存在。

当然朱教授还有一个与常人不同的地方，那就是他有一个外币存折，里边存有七种外币，分别是七个孩子从不同的七个国家给他定期汇来的。每当去人民银行兑换或存取外币的时候，总会有人向他投来羡慕的目光。

更有倒卖外汇的二道贩子，围着他要高价购买他的外汇，但是，他根本不为那点儿差价所动心，他觉得他的外汇就是应该给国家。所以，他根本不理他们。不管外汇汇率怎么浮动，他都只到银行窗口兑换。

朱教授没有退休的时候，天天忙着给学生上课，带研究生，带博士生，参加各种学术会议，还要参加各种行政会议，根本没有时间去关心孩子们的事情。用他的话说，他经常忘记自己还有七个儿女。他觉得世界上只有他的化学和他的老伴儿。退休之后，这种感觉出现了衰退，并且是进入了快速衰退期。

他经常忘记自己曾经是一位化学家，反倒总忘不掉自己是七个儿女的父亲。

吃饭的时候，他会问老伴儿今天谁和你联系了。因为，他的七个孩子从小和他不亲，都和母亲亲，直到现在还是没有一个人愿意给他打一个电话，每次来电话，他也不接，他知道，来了电话也是找他们的妈妈。只有女儿们来电话的时候，或许会问妈妈一句，我爸干什么去了？妈妈说一句，上露台了，或者在他屋呢，就算过了。其实，他知道只要老伴儿接电话的时候说，你爸爸干什么干什么呢，那就是儿女们根本没有问他，都是老伴儿自己在提醒对方，或是直接在欺骗他。

孩子们只当他是空气。不过，他会想，把我当空气就当空气吧，我也把你们当空气。

每次打电话他们聊的都是家庭琐事，买什么吃的了、穿的了、化妆品了，孩子幼儿园或学校怎么样了，孩子老师怎么样了，从来不会聊他们的专业，更不聊他们的专业会对人类科学进步有什么作用、对世界经济发展有什么帮助和当前世界形势怎么样的大事。

不过，这种现象到了去年初发生了根本变化，每次电话都变成了关注人类命运共同体，重点讲各自所在国的政府防治新冠疫情的新闻，怎么怎么样的市民，怎么怎么样的政府……朱教授根本不想听这些，可是，他的脚却又不愿意离开老伴儿太远，尽管老伴儿都是把视频或语音打开免提，音量放到最大。

老伴儿总是反复叮嘱女儿不管别人怎么样，自己出门坚决要戴好口罩。

每次和二女儿通过电话后，老伴儿就会和朱教授唠叨半天二女儿嫁给德国男人汉斯的事情。嫁了也就嫁了，父母反对也反对不了，又远在国外，真可谓鞭长莫及。但是让朱教授和老伴儿对女儿婚姻如鲠在喉的，是他们竟然是"AA 制夫妻"。汉斯在老家盖了个房子，也是和女儿"AA 制"的，房子院墙占用了汉斯爸爸的一点儿地，他爸爸开着拖拉机就要把房子给撞倒，好说歹说，赔偿了他爸爸不少钱，才算完事。就这样的家庭，就这样的父子关系，朱教授和老伴儿怎么能不担心自己的女儿呢？可是，女儿竟然说这很正常，占用了谁的地都得给钱，让朱教授和老伴儿很无语。女儿都三十多岁了，到现在也没有生孩子，这也成了老伴儿挂念的事情。每每说起这件事的时候，朱教授都会说，管她生孩子不生孩子，那都是人家德国人的事情，关我们什么事？老伴儿就会说，你怎么能这么说呢？她不是你的女儿呀？国籍怎么了？国籍能阻挡住血缘关系吗？你就当成孩子们上班远点儿不就行了。

打固定国际长途电话的状态持续了十二三年，直到他和老伴儿都用上了智能手机，能上微信能看抖音能看快手。也就是朱教授退休后，他们建立起了微信家庭群，才不再用固定电话打国际长途了。

但是，一家人建群后在取群名的事情上发生了激烈争论，朱教授取名为"化学之家"大家不同意，虽然全家有三个人研究化学，但是不能代表主流，也不能代表亲情。小女儿比较有文采，取名为"北斗星"，寓意为七个兄妹团结一心永不分离，可是，还不行，没有把父母包括进去。为此，朱教授特别生气地对老伴儿说，我们还没死呢，就把我们给销户了？老伴儿只好安慰他说，这哪儿和哪儿？一个群名又不是真实的，本来网络就是虚拟世界，七星高照不是吗？七星高照的是什么？不就是高照的你吗？听老伴儿这么一说，朱教授觉得有道理，他第一次表扬老伴儿说，真不愧是学中文出身的，劝人劝得都有文化。

但是，这个群名还是不妥当，没用多久，就更换成了"相亲相爱"。这个群名好，大家都接受。不过，朱教授对这个群名还是不怎么喜欢，他说，群名得有向心力、凝聚力，要有文化含量，还要表达出美好的愿望。相亲相爱？谁不相亲相爱了？这样的群名没有文化，老伴儿不爱听这话，老伴儿觉得小女儿起的群名很有凝聚力，很有文化，更是很有号召力。希望兄弟姐妹相亲相爱，不是很好吗？她对朱教授说，你可别挑刺了，按你的要求你起个看看？朱教授说，我才不起呢，谁愿意起谁起好了，反正我不起，有人起好了，在群里我也许会发发言，起不好，在群里我就一言不发。

老伴儿说，前天你不是还起了一大串群名吗？什么"精忠报国"，你怎么不拿出来让孩子们看看呢？

朱教授当然有他的道理了，他说，我起的名字是要求他们不能忘本，不能忘记自己的老祖宗，更不能忘了祖国。你懂什么？就懂教小学语文，教了一辈子学，怎么样？还不是连个高级教师都没当上，就退休了。

没当高级教师怎么了？我不还是给你当上了高级保姆吗？我养大了七个孩子还不够吗？孩子小时候你管过一个吗？

你别说我，你不也是教一辈子书吗？不就是当个教授吗？还是二级教授，你怎么到退休连个一级教授都没评上呢？

老伴儿有点生气了，把朱教授直接顶了回去。

朱教授说，说你不懂就是不懂吧，一级教授有多难你知道吗？我们整个大学里都没有一个，评上一级教授都可以申请中科院院士了。

老伴儿不再吱声，她知道他这是自己给自己找台阶下呢。她不想再跟他计较，便打开冰箱找出一包猪肉肉馅说，中午给你包三鲜馅饺子吃行吗？

朱教授说，行吧。然后，他好似理亏又不理亏地回到自己书房里去了，他觉得他和老伴儿的较量，这次又是他胜利了。直到老伴儿煮好饺子，叫他出来吃饺子，他才走出书房。

老伴儿在群里被小女儿叫成"老佛爷"，朱教授在群里则被小女儿叫成"额娘"，这让朱教授又不高兴了。他堂堂一个男人，虽然儿女们常把他当空气人，可不管怎么说他自己从来没有把自己当空气人，就是退休了，那他也是老干部，怎么会成了小女儿口中的"额娘"了呢？

朱教授刚端起饺子，突然想起了这事，他把筷子一放，对着老伴儿怒气冲冲地说，怎么弄的？四格格（四女儿的微信名）怎么管我叫"额娘"了呢？

老伴儿说，你就说我包的三鲜水饺怎么样，味道好不好吧。管他什么额娘不额娘的，快吃你的水饺得了。

我能吃下去吗？

怎么不能吃下去？

我成了额娘了还能吃得下去吗？

看你还是个大学教授呢，怎么还不如一个孩子呢？这不是四格格喜欢你，热爱你这个当爸爸的，才给你起这个昵称的吗？他们给我起个"老佛爷"我都没生气，你怎么还生气不吃饺子了呢？

有这么喜欢的吗？你告诉她我生气了，让她管我叫"化学人"。

你真有意思。化学人还不如机器人呢，你干脆叫机器人得了。

我就叫化学人。

老伴儿有时候想孩子们想得掉眼泪。朱教授也想，只是嘴上不说，在心里想，想他和孩子之间的一些故事。比如，大姑娘小时候，去同学家玩，同学给她个苹果，她没舍得吃，就装进了书包，带回家给全家人一人一块分着吃了，她自己那一块还掉在地上了，她捡起来就往嘴里放。

三姑娘小时候，一次有病了，高烧了好几天。住院的时候，看着对面床上的小朋友吃鸡蛋，她也想吃，老伴儿却哄她说，你这病不能吃鸡蛋，等你好了，咱们回家吃。可是，老伴儿知道家里连个空鸡蛋壳都没有，她在骗孩子。

这样的事情，朱教授和老伴儿睡不着觉的时候，就会你说一段我说一段。他们感觉当年那日子过得可真叫苦，冬天都没有一双棉鞋给孩子们穿，老大那年一冬天穿单鞋把脚冻出了冻疮，疼得走路都不敢走，每天上学都是朱教授借一辆"倒骑驴"给孩子推到学校，下午放学再去推回来。

孩子们小时候受的那些罪，当父母的什么时候想起来什么时候心里都不好受。

朱教授经常是大门不出二门不迈，就是闷在家里，孤独成了他生命的全部。

孤独长久了，朱教授总算找到了自己的用武之地。他发现自己家的露台很大，好几十平方米，别人家都在上边种花，把露台变成空中花园。可是，他家的却空空如也，就是个露台，白天只用来接受阳光在上边走过、风在上边吹过，夜晚只用来承接无边的黑色。朱教授决定要在上边种菜。种菜要有土才行，这是前提条件，于是，朱教授开始选择土。

他首先向海外的儿女们要来了他们各自的体重，这让儿女们很诧异，老爸要我们的体重干什么？他是在惦念我们谁胖了谁瘦了吗？

儿女们费尽心思也没猜出老爸的用意何在。从小到大，老爸只关心他的化学，哪曾关心过他们的体重啊？

正在他的儿女们对老爸为什么忽然关心起他们每个人的体重表示不解的时候，朱教授又要求每人按照自己的实际体重，一两不少地邮回家来同等重量的、所在国家的土壤，就是当地农民种地的土，同时还要寄回当地各种各样的蔬菜种子，他要用国外的土种国外的菜，地点就在自己家的露台上。可是这个点子一提出来，他就意识到土壤和种子是不能寄送的。但说出去的话，泼出去的水，这个主意一出，引起子女们的各种猜测。

七个儿女开始谁都不理解父亲的用意，是不是精神上出了毛病？要什么不好，偏偏要外国的土？难道种外国的菜必须要用外国的土吗？

还是喜欢文学和哲学的四格格考虑问题有深度，她理解到这是父亲对儿女一种特殊的爱，他要把对儿女的想念深深埋进泥土里，让父爱在泥土里生长出绿芽……

如果父亲和母亲在这些泥土里能种出我们在国外常吃的蔬菜，那也等于是父母和我们生活在一起了啊！他们吃到的就不仅仅是外国的蔬菜，更是吃到了天伦之乐的味道！

经过四格格这么一说，兄弟姐妹都觉得有道理，觉得四格格太有才了。

其实，朱教授心里想的才不是这个呢！他想的是，要用国土换儿女，儿女们不是现在都定居国外成了外国人了吗？那好，我没有办法让你们回来，可我也不能白白养了你们，把你们养育大了还双手奉献给外国吧！他们从小可是吃的中国粮食，喝的中国水，晒的是落在中国大地上的阳光。所以，他拿他们换外国的土，也就等于是"外国用和平形式掠夺了我的儿女，我要用另一种形式换回外国的国土"。这虽然不是多少面积的岛屿，更不是多少面积的实际国家领土，可是，我把它们放在露台上，那就等于是中国的国土了，朱教授心里想。

朱教授没有把自己的想法告诉老伴儿，如果告诉了她，她一定会强加阻止的，她一定会说，这就是掩耳盗铃。他决定永远不给老伴儿说破他心中的这个秘密，就说原本是想用外国的土种植外国的青菜，让老伴儿坐在家里就能吃到外国的菜。

果然事与愿违，世界各国都不允许私人跨国邮寄土壤和植物种子。这就没办法了，不是儿女们不给邮寄，是他们爱莫能助。

　　这让朱东启教授很是郁闷，一连几天都不跟老伴儿说一句话，可最终还是老伴儿给他指点了迷津。有一天，老伴儿说，化学人你不是什么都能配出来吗？你配点饮料咱们喝吧。正是老伴儿这句话，让他恍然大悟，外国的土不能邮寄到中国，那么，我就用化学成分来配土，用中国土壤的化学成分配出外国的土，这本质上也等于就是外国的土了。

　　得到老伴儿的"指点"后，朱东启教授又给儿女们提出要求，他让儿女们如实地将他们所在地的土壤中所含化学元素成分及元素比例查到告诉他。

　　这是比较好办的事情，孩子们很快给"化学人"老爸发来了他想要的结果。

　　有了这七个国家的土壤化学元素成分和比例关系，自己就可以配出七个国家的"土壤"了，这让朱东启教授有了"柳暗花明又一村"的感觉。在他的实验室里（那是他退休后在自己家里给自己专门设置出来的一间化学实验室），他很快配出了"七国"七种颜色的土。他把这个"成果"发电子邮件告诉了儿女们。

　　为了省得老爸弄混了"各国"的土壤，在南非的小女儿还给哥哥姐姐们发去了电子邮件，提议每人都要给老爸寄回一面所在国的小国旗，让老爸作区别七色土之用，大家均表示同意。

　　接下来，让朱东启教授发愁的事情就是如何弄到外国蔬菜种子的问题了。

　　一连想了十多天的时间，也没有想出办法，他又不甘心半途而废，就在他一筹莫展的时候，恰巧有几个毕业多年的学生来家里看他，他便把这事情给他的学生们说了，其中有个学生大包大揽了这件事情。原来这个学生的爱人就在省蔬菜研究所当副所长，很快，七国常见的蔬菜种子就送到了朱东启教授手里。

　　蔬菜种子的问题解决了，朱教授又让人送来了他在市场上选购的七个特大号花盆，然后在露台上按照世界地图的大体位置摆放好，把自己从实验室里配好的"七国"的土壤，分别放进了七个大花盆中。

　　有了"外国"的土壤、外国的蔬菜种子，还要有"外国"的水质才能种出外国的蔬菜。于是，朱教授上网查出了七国相应的水质成分，他又走进自己的化学实验室埋头配出了七国的水质。终于，他开始种上了七国都有的西红柿，不长时间苗就出来了，生长良好。朱教授对老伴儿说，今后可别小瞧他，他已经是世界级的菜农了，也别小瞧自己家的露台，那可是国际化的露台了，这里展示的是国际蔬菜。

望着露台上英国、美国、德国、澳大利亚、南非、阿根廷、日本的西红柿都成熟了，朱教授的老伴儿先是好好表扬了一番朱教授，说他从化学家转型为蔬菜专家非常成功，她还给露台上的西红柿录视频，发到了自己家人的微信群里，换回来的自然是儿女们的"贺电"！

老伴儿知道，虽然朱教授说是为了让她吃上外国的蔬菜，实际却是因为他退休后太孤独了，这都是被孤独出来的西红柿啊！

有一天早晨，朱教授老伴儿早起来到露台，她看见"南非"的一个西红柿自然红了，上面滴着露珠，明亮亮的，像是一件艺术品，给人带来一种难得一见的自然之美，可是，在她眼中，露珠却突然幻化成了小女儿小时候的眼泪。她没有伸手摘下那个西红柿，而是为西红柿擦拭去了"眼泪"。

"七国"的纯种西红柿都熟了，朱教授和老伴儿根本吃不过来，三个两个地送给了邻居们，大家都说好吃。有一天，朱教授老伴儿的一个老同事带着小孙子来家串门，朱教授专门挑选出"七国"七个西红柿，洗净后放一果盘里端给了小孩子。他告诉孩子这七个西红柿是爷爷自己种出来的，是利用七个国家的土种出来的，让孩子吃。孩子听了半天认真地问道，爷爷你是外国人吗？

朱教授说，自己不是外国人，自己就是中国人。

孩子又问他，中国人为什么种外国人的西红柿？

朱教授说，这是我用儿子和女儿们换回来的西红柿。

小孩子感觉好奇又问道，您用自己的孩子换一个外国西红柿那不是太吃亏了吗？反正我爷爷要是拿我爸爸跟外国人换西红柿，我才不干呢。

大家都笑了，孩子的奶奶说，朱爷爷是逗你玩呢。

朱教授对孩子说，爷爷没有逗你玩，爷爷说的是真话。

的确，朱教授就是那么想的。

种过两三年"七国"蔬菜后，朱教授想改造一下露台，不种外国蔬菜了，要种上花，也把露台变成空中花园。

有了这个想法，他就向邻居和他的学生们要来了各种花种子种在了露台上。于是，各种形态各种颜色的花开满了他家的露台，奇异的花卉香气引来了贪婪的蜜蜂和蝴蝶，露台竟然成了它们的空中乐园。

这让原本不怎么喜爱花的朱教授喜欢上了这些花。

朱教授的老伴儿也有了自己的"专业"，变成了养花的人。天天分辨着哪种花更好闻，她突然觉得，人老了，孤独就是开在心里的花朵。朱教授的孤独更沉重，像一只钻进花蕊深处去的小蜜蜂，总是轻易不被人发现。

在露台上种植蔬菜的时候，朱教授空虚的心灵和退休后的孤独和失落感并没有被那些蔬菜所填满和驱逐，于是，他便试图改变露台，让露台变成空中花园。如今空中花园的花开了，他孤独的心却并没有在花丛中得到安放，相反，随着鲜花的开放，他的心更加孤独了。他得出了一条结论，鲜花是无法安放孤独的灵魂的。

朱教授考虑着，明年或后年再把空中花园变成别的什么吧，比如在上面养几只小鸟或小兔子什么的。

朱教授的生活平静下来很长时间了，老伴儿说他总算不再折腾什么了，可是，不平静的生活正悄悄向他们袭来。

事情是这样的，那天晚饭后，朱教授和老伴儿一起下楼去公园散步，回来的时候，可能是天黑的原因，路灯也没亮，老伴儿在公园下台阶时摔了一跤。不幸的是，她把一条腿和一只胳膊摔骨折了，当时就不能动了，在医院住了一个多月。

老伴儿摔伤住院，让朱教授真真切切感受到自己老了，更感受到了老人身边没有子女是多么孤单无助。

俗话说伤筋动骨一百天，看来老伴要躺在床上一百天了，可是吃饭、买菜都成了问题，朱教授不会做饭，一辈子都不会，只会做化学实验。

朱教授看到躺在病床上的老伴儿，他觉得应该通知儿女们回来照顾老母亲，可是，老伴儿说不用，只要请个保姆就行了，等她能下地了就好了。

朱教授说，养兵千日用兵一时，七个儿女，在你需要的时候你不用，什么时候用啊？真让人想不明白。

老伴儿说，他们都忙工作，又都在国外，我这儿也死不了的，就不要通知他们了。

朱教授只好到人才市场临时请来一个中年妇女做家庭保姆，负责做饭和照顾老伴儿，月薪是六千元人民币。听说是照顾病人，人家还不愿意来，朱教授好说歹说才同意来，朱教授说了，你不要人民币也可以，我可以给你美元、英镑、欧元，随你便。保姆想了想说，我先在你家干三个月吧，第一个月要美元，第二个月要英镑，第三个月要欧元。虽然是说笑，但后来，朱教授就是这么给人家兑现的。

保姆还真不错，把朱教授和老伴儿当作自己家的老人一样伺候，深得两位老人喜欢。老太太说等她好了，还要把她留下来。保姆笑着说，行，那我的工钱就得要比索和兰特了。朱教授和老伴儿都被这个保姆逗乐了。

朱教授虽然说请了保姆来照顾老伴儿，可他总觉得儿女们也得回来探望探望老妈，人家杨四郎还知道探母呢。这是他喜欢的一出戏，就叫《四郎探母》。

于是，朱教授背着老伴儿给儿女们发了一个共享的电子邮件，大致描述了一下老伴儿的伤情和因由，希望不管谁有时间都回来看看母亲。

很快朱教授接二连三地收到了七封电子回复件，意思相同，大意是他们工作很忙，抽不出时间回国，对于老年人来说，摔伤也算正常，今后一定要多加注意，眼下要紧的是为母亲请一位保姆照顾，请保姆的钱由他们出。

朱教授看完电子邮件，把电脑关机后，失望地回到茶几前的沙发上坐下，端起保姆递上的一杯热茶。看着绿绿的茶叶在杯中舒展开来，上下翻滚着，他的思绪也和杯中的茶叶一样在内心上下翻腾着。他一时想不出来要用什么方式向老伴儿讲出他和儿女们通信的内容。

朱教授抬起眼睛，正好看见了正在洗衣机旁给老伴儿洗衣服的保姆，他突然觉得此时此刻保姆比儿女更亲，他决定从下个月起再给保姆增加一千元工资，一定得把保姆留下来。

朱教授走进屋去，想和老伴儿说说话，老伴儿问他，这几天你有没有和孩子们聊天或者发电子邮件？他们有没有人问问我？

听到老伴儿的问话，朱教授把脸背过去，对老伴儿说，发电子邮件了，他们都很关心你，他们都很好。我一直没有把你摔伤的事情告诉他们，我怕他们知道你的情况，会接二连三地回国来看你。反正我们有保姆照顾，有困难我们也能挺过去的，我们还是不要拖累孩子们为好，你说是吧？

老伴儿躺在床上把头侧向床里边说，是啊是啊！老头子你总算想开了。

朱教授听出了老伴儿说话的哽咽声音，他自己也觉得眼睛里有什么热乎乎的东西要掉下来。

（原载于《民族文学》2022 年第 1 期）

火车来了

第代着冬（苗族）

鹤游坪有两个银匠：一个叫满满，一个叫长河。满满十五岁那年去王官岭学艺，除了背着被褥、粮食，还揣着两颗九岁时换下来的乳牙。按照鹤游坪的习俗，换下的乳牙应该放在虚楼木柱的孔洞里，据说这样有益牙齿生长。满满等牙齿长出来后，把乳牙从孔洞里拿出来揣在身上，不时掏出来看上一眼，仿佛在看另一个自己。

王官岭离鹤游坪二十里地，除了逢年过节，满满平时不回家，吃住在师父家里。满满的师父是个名声很响的银匠，传说他能打制出比蝉翼还薄的银片，比鸟声还悦耳的响铃，比真花还迷人的花朵。满满见到师父时，发现他没有那么厉害。师父长得尖嘴猴腮，喜欢斜眼看人，脾气很暴躁。每天早晨起来，他眼角挂满眼屎，仿佛哭了一夜。师父一边洗脸，一边斜着目光，看满满从怀里掏出乳牙玩耍，他说："乳牙不是应该放在木柱上的孔洞里吗？"

"是呀，后来我把它带在身上了。"

"找个地方埋起来吧。"师父说，"你快要当银匠了，不能像孩子那样只顾玩耍。"

满满到王官岭学会的第一件事，不是烧炉子，也不是使用小铁锤，而是学会不要玩耍。他按照师父的要求，找了只竹筒把乳牙装进去，拿着一把小挖锄，一本正经地到虚楼后面的桃子树下去埋好。路过堂屋时，师父唯一的儿子天赐坐在板凳上看太阳。天赐有先天性眼疾，对着太阳，能看见一束五颜六色的光；如果看其他地方，只能看见一片黑暗。满满往外面走时，天赐听到了他的脚步声，歪过头来问："弟弟，你到哪儿去？"

"我去埋我的牙齿。"

"好，"天赐握着点竿站起来说，"我也要去。"

天赐平常的活动范围很窄，到了虚楼外的大路上，他像一只出门的兔子听到狗叫，胆怯地折回来。这一次，有满满牵着，天赐走得远一些。他们穿过虚楼的楼廊，走上菜园边的大路。过了水渠，上几步土坎，到了桃子树下。黄昏，初秋的王官岭布满了红绸般的流云，远处的山脚泛起一片清幽的暗影。几只归巢的斑鸠飞过深绿色的树梢，静悄悄地越过了山冈上的丛林。

满满把最后一抔泥土撒到竹筒上，突然觉得自己有一部分身体被埋在了王官岭。他牵着天赐往回走时，不断回头去看那棵桃树。桃树谢叶了，一只花蜘蛛在黑色的枝丫上牵了一面蛛网。银色的蛛丝在空中动荡着，不断溅起细密的夕阳光芒。

回到虚楼，师父让满满坐在炉子前看他打制银器。师父先在铁砧上敲打一块银片，他想用那块银片做一个坐佛。当小锤落在银片上时，空中响起好听的"叮当"声，那些声音从树梢落下来，像浮土似的堆积在秋虫鸣叫之上。透过越来越浓的暗影，满满看见远处的天赐微笑着，把耳朵侧向父亲，仿佛他完全听懂了那些丰富的敲打银子的声音。满满把目光从天赐身上收回来，问师父："师父，我什么时候才能成为银匠呢？"

"等你的手艺超过我，就成为银匠了。"

"我等不了那么久，"满满往小泥炉里加上一块木炭，轻轻扯着风箱说，"学得差不多就行了。"

"不行。"

"为什么？"

"既然给我当徒弟，"师父严肃地说，"手艺超不过我就别想出师。"

之后，满满不敢贪玩了。他知道自己要想早点儿出师回鹤游坪，手艺得超过师父。可是，师父是很难超过的。在触摸师父的工具前，满满先是漫山遍野地认识植物：洗银藤、锁银草、马奶叶……他把这些东西采摘回来，放在铁锅里煎煮，直到成为能够擦除银锈或保护银饰的汁液。汁液的火候很难掌握，只有经过师父验收，满满才能带着天赐去楼廊上玩一会儿。

站在楼廊上，满满看见，空荡荡的屋檐下，师父独自一人坐在小泥炉前，把腰弯成直角，看上去又老又旧，跟佝偻着蹚过田野的其他老人没什么两样。但满满知道，那个挂着眼屎的老人身怀绝技，屋檐下除了一地锄声，还有人们看不见的奇妙手艺。

洗了一段时间旧银器，满满终于有机会摸到师父那把小锤子了。那是一把极小极小的漂亮铁锤，牛筋木做的长柄经过师父反复摩挲，镀上了一层桐油般的亮光。满满快乐地把它握在手里，等待师父给他一块银子敲打。师父说："你不知道铁锤的轻重，我怎么敢把银子交给你？"

"没银子我敲打什么呢？"

"铁砧呀。"

"我为什么要敲打铁砧？"

"练习手劲的轻重呀，动手吧，把一块银子打成薄片。"

"银子呢？"

"徒弟，你记住，你心里已经有一块银子了。"

满满按照师父的要求，用小锤子在空铁砧上敲打。尽管他开始时用力很轻，第一锤的声音还是把他吓了一跳。他赶快把手劲往回收了收，第二锤下去，还是响得像敲锣。满满尴尬地回望了一下，看见师父站在竹林边，歪着头，假装没听见。师父背后，是空旷的田野。田野之上，天幕如同被洗染过了一般，海蓝色的天穹深处，几只南迁的候鸟落下暗哑的鸣叫，奋力飞过了山冈。

满满敲打空铁砧那段时间，声音显得莽撞、粗鲁、混乱，连他自己都不好意思。只有天赐对他充满了信任。天赐坐在板壁前，像向日葵那样转动脑袋，不时地对铁砧前的满满露出干净的笑容。天赐的笑容激励了满满，他手中的小铁锤渐渐有了节奏，声音很均衡地落满了虚楼外的树梢。

过了寒露，空中已经有了很深的凉意。随着虚楼外第一片黄叶凋零，山冈次第出现了一抹抹明黄和暗红。那时，满满不仅能够从锤声中辨识出空铁砧上那块虚拟银子的形状，还能在脑子里勾画出铁锤下的银饰模样，响铃、坐佛、鸟翅、花朵、字符。等他的锤声像鼓师的鼓点那样自如时，师父说："徒弟，你手里的铁锤可以跟银子见面了。"

"师父，"满满放下小铁锤，心"怦怦"跳动着，像有一只出洞的兔子正用力往外撞，"我什么时候可以出师呢？"

"你出师容易，可要当一个好银匠很难。"

"什么是好银匠呢？"

"能够打出'百鸟醉'的银匠。"

"'百鸟醉'是什么？"

"'百鸟醉'吗？"师父咽了咽口水说，"我给你讲讲吧。"

那是个月圆之夜，师父、满满、天赐，三个人围坐在小泥炉边，温暖的火光照亮了天赐的笑容和他跳动的眼皮。师父看了看天幕上银盘似的月亮，给满满讲了"百鸟醉"的传说。传说很久以前，一个年轻银匠爱上了一个姑娘。银匠暗暗发誓，他要集天下绝技，给姑娘打制出一个冠状头饰。为了挣到打银饰需要的大量银子，年轻银匠出门给马帮做了两年苦力，又做了两年水手，才回到寨子里。经过六六三十六个月的精心打制，想象中的冠状银饰打成了。据说，银饰上的响铃会像百鸟鸣啭，发出清脆的、天籁般的声音。可当年轻银匠带着"百鸟醉"去寻找姑娘，姑娘却成了别人的新娘。年轻银匠郁郁而终，他的手艺失传了，后来人们认为，只有打制出"百鸟醉"的银匠，才是了不起的银匠。

　　"师父，你为什么不打制'百鸟醉'呢？"

　　"我不行，"师父看了一眼天赐说，"我要照顾天赐，他把我的专注带走了。"

　　"那就没人能打制出'百鸟醉'了。"

　　"你呢？"

　　"我也不行，"满满遗憾地说，"鹤游坪在修铁路了。人们说等到鹤游坪通了火车，大家就不需要银匠了。"

　　"瞎说，"师父愤怒地说，"徒弟，你答应我，你学了我的手艺，就好好当个银匠。"

　　"师父，我答应你。"

　　"弟弟，"天赐插话说，"火车像个什么样子呢？"

　　"像条蛇。"

　　"蛇又像个什么样子呢？"

　　"像你手里的点竿。"

　　"我明白了，"天赐快乐地抖动眼皮说，"弟弟，你也得答应我，等到鹤游坪的火车来了，你得带我离开王官岭，去听听火车累了吐气的声音。"

　　满满答应师父和天赐后，觉得自己的人生有了方向。白天，当天赐像向日葵那样看太阳时，他跟师父下地，或者坐在小泥炉子旁边，用微火修补一些旧的银饰。到了晚上，他就在师父指导下敲打新银饰。那时，疲倦的月光在地上摊成一张薄饼，像水一样发亮。两个敲打银子的声音在王官岭你追我赶，它们攀上树梢、月亮，然后又跟着月光的汁液从天上落下来，在安静的土地上流淌。

　　从睡梦中惊醒的人们听得出来，两把小锤一把是师父的，从容、安稳、张弛有致；一把是徒弟的，慌张、凌乱、时快时慢。没多久，两把小铁锤的娴熟程度已经很接近了。到了第二年秋天，人们已经无法靠声音分辨师父和徒弟的手艺了。

满满在王官岭待了五年。五年时间里，他学会了一个银匠应该拥有的所有技艺。把一块银子用铁管拉扯成纤细如发的银丝，再把银丝盘成花朵；在炉子里化开各种老银子，将它们打制成薄如蝉翼的银片，然后用银片做成各种各样的响铃、雀鸟、坐佛、胸佩、首饰和围腰链。到了满满二十岁那年春天，师父觉得教不动他了。那时，王官岭的桐梓花开了。到了炒爆米花的季节，师父把剩下的玉米种子炒成爆米花，说："徒弟，我教不动你了，你吃了爆米花回家吧。"

"可我还是打制不来'百鸟醉'。"

"那得靠你自己想办法，师父教不了你了。"

春天的早晨，当第一缕阳光照临王官岭，满满已经登上了山冈。从栎树的阴影里回过头来，他看见师父牵着天赐站在水渠上，像两根一动不动的木桩。他们身后，那棵桃树的枝头已开满桃花，正像一朵粉红色的云朵悬停在空中。桃树下，埋着装有满满乳牙的竹筒。想到这里，满满的脚步失去了回家特有的欢快，仿佛空气给他带来了很大的阻力。

满满回到鹤游坪，长河也回来了。长河是去菖蒲塘跟师父学的银匠手艺。菖蒲塘是个开化之地，他不仅学到了银匠手艺，还学到了推销术。长河家的后面有一条去乡场的公路，长河出师回来后，做了一块白色三合板广告牌竖在公路边。广告牌上用红色字体写着：承揽银器来料加工，出售所有银饰制品。字的下面是一个箭头，指向公路下方长河家的虚楼。

长河的广告给他带来不少生意，人们知道鹤游坪有个承揽银器来料加工的银匠，那些有女儿出嫁的人家，卖了耕牛，加上母亲从娘家带来的旧银饰，来请长河打制新银饰。实事求是地说，长河的手艺并不差，他打出的器物给他带来了很好的名声。人们发现，满满跟长河不同。长河来者不拒，满满只接头饰。一旦接下的银活儿够做一段时间，满满就不再接了。大家认为，满满纯粹只是个银匠，还没学会当生意人。

春天过去不久，人们盛传火车快来了。老人们留下一路喘息，像几把弯刀走过田野，到小山冈外去看快要完工的铁路。坐在长满针叶松和映山红的小山冈上，可以看见两根铁轨像两条游蛇从隧洞里钻出来，上面闪烁着乌梢蛇身上特有的黝黑光芒。

在老人们相约去寨外看铁路时，满满想起自己答应过天赐，也想跟着去看看即将通车的铁路。那天黄昏，他放下银活儿，走过梯田，来到山冈上。此时的天空正是被夕阳照得最亮的时候，东边的云团像松脂一样晶亮。在发亮的云影下，两条铁轨静卧在土地上，如同主人正在等待客人。

当夕阳将满满所在的山冈照亮时，他听见一个姑娘银铃般的笑声。循声望去，满满在稀稀拉拉的老人们中间，意外见到了一个长相俏丽的姑娘。从满满的位置看过去，她的鼻梁有些低，但却与五官配合得很好，使她的面容显得十分娇艳。姑娘看见满满在看她，笑声和身姿都变得更加活跃了。她迈着富有弹性的步伐，朝通往寨子的小路跑去。满满目不转睛地看着她小鹿般跳跃的身影，一时间感觉自己的心轻如柳絮，跟着她的步伐离开了自己的身体。满满问身边一个眯着眼睛看铁轨的老人："她是谁呢？"

"你不认识了吗？香草呀，刚刚高中毕业回来。"

"不认识了，她爸爸漆匠还好吗？"

"不怎么样，没生意，漆匠手艺没什么用啦。"

夜晚降临了，满满躺在床上，心脏像蛙鼓似的一下一下地往上蹦弹。他睁开眼睛，视线在如墨汁般的黑暗里摸索。他记得自己见过的香草还是个小学刚毕业的小姑娘，没想到五年后，她已经变成一个十分迷人的大姑娘了。

随着火车通达时间的临近，鹤游坪对火车带来的结果有两种说法。一种是以银匠长河为代表，他们认为，只要火车来到鹤游坪，人们的心就会跟着火车变野，再也看不起鹤游坪的土地和银匠手艺。

对长河一派的悲观言论，满满不以为然。他认为，火车给鹤游坪带来现代化的同时，也会把鹤游坪古老的手艺带到外面。到那时，一个了不起的银匠将像大熊猫一样稀少。满满像作最后陈述的辩论高手那样，常常对着小泥炉子高声发问，连野猪都被政府保护起来了，难道银匠不会吗？他问完，像获胜的选手似的，往沟谷对岸长河家的虚楼看上一眼，得意地自问自答说，长河，政府没有那么傻。

满满想明白了，更加坚定成为一个好银匠的信心。为了训练自己的手艺，在银活儿不多时，他买回一批白铜，供自己试做各种物件时使用。白铜虽然价格便宜，但打制时的手感跟银子差不多。唯一的区别是，敲打白铜的声音听上去很沉闷，仿佛有个傻瓜夜以继日地在月光下敲打簸箕。

满满的坚持让一些已经开化了的人又回心转意，有几对准备新婚的年轻人尽管进城照了婚纱照，最后还是买了一批银子，让满满打制一套新娘的佩饰。有段时间，满满家的虚楼里又响起敲打银子的声音，它们像春天寻偶的鸟鸣，在空旷的土地上东奔西走，又跟着炊烟在空中消散。

"听听吧，银匠的炉火又燃起来了。"

"也不一定。"

"什么叫也不一定？"

"你们难道没听说吗？"说话的老人把嘴往长河家歪了一下说，"长河已经不干银匠啦。"

"他不是专门到菖蒲塘学当银匠的吗？"

"听说斗牛挣钱，他改行养斗牛啦。"

人们议论的没错，虽然长河竖在公路边的广告牌还在，但上面的内容已经变了。广告牌仍是那块白色三合板，上面的红字却写着：斗牛后起之秀，重金求购秘方。红字下还是联系电话和箭头，箭头将人们的视线引到长河家的虚楼。

鹤游坪的老人们很快见到了源源不断来给长河提供秘方的陌生人。他们有的自称秘方来自祖传，有的自称兽医，甚至还跟着来了几个算命先生。长河并不好欺骗，他听了陌生人提供的秘方，别说斗牛，连斗鸡都养不好。长河软硬兼施，连哄带骗，把那些企图借斗牛发上一笔财的陌生人劝离了鹤游坪。他们从广告牌下的公路上离开时，每个人都像没吃饱就被撵下宴席的食客，脸上全是依依不舍的表情。

鹤游坪的人们很快见到了长河的斗牛。那真是一条漂亮的水牛啊，紧腰、短腿、宽鼻、弯角，一看就力大无穷。据长河说，斗牛叫铁头，是他从一个专养斗牛的年轻人手里买的。铁头已经训练了四年，眼见可以上场了，年轻人的女朋友却进城打工去了。年轻人怕因为斗牛失去女朋友，只好把牛儿贱卖给长河，自己跟在女朋友后面进了城市。

长河买下铁头前，听说乡政府将斗牛比赛冠军牛的奖金涨到了五万。长河算了一笔账，假如找到一条好的斗牛，精心喂养，连续打上五年比赛，至少有二十万的纯利进账，这可比当银匠划算多了。那段时间，他像一个骗牛匠到处乱逛，对全乡的斗牛了解了一番，最后决定投入一笔钱，把铁头买回来。长河预计，只要经过一段时间强化训练，一定能拿下当年的斗牛比赛。

鹤游坪有两个银匠，一个叫满满，一个叫长河，可长河不当银匠了。他成天按照铁头的前主人教给他的方法，在鹤游坪训练铁头。每天早晨，朝霞刚刚把鹤游坪的炊烟照亮，长河就牵着铁头出门了。他赶着铁头沿公路慢跑，两公里后，又带着铁头返回，到沟谷里去挑战一个土包。长河在土包里预埋了别的公牛的气味，铁头红着眼睛扑过去，用它的两盘大角顶、撞、挑、挤、压，长河则像铁头的忠实粉丝，站在一旁替它加油。

挑战完土包，长河才去公路后面山林里放牧。人们陆续离开鹤游坪后，山林里草叶茂盛，青草丰肥，铁头可以惬意地吃上一天。到了晚上，长河用一把橡皮锤，像给有钱人按摩那样，轻轻捶打铁头的头、颈、前腿以提高铁头的抗击打能力。别看长河没干过按摩，银匠手艺把他的手劲训练得细腻而有分寸，每次击打由轻到重，由快到慢，几乎不差分毫。捶打完，长河还会给铁头加食精饲料，米糠、玉米、豆渣，偶尔还会拌上几只鸡蛋。据不慎透露出来的秘方上说，临战前几天，还应该给铁头加食几次腊肉和猪边油。

在长河训练铁头时，满满的手艺也日益精进。经过练习打制白铜，满满仿佛找到了打制传说中"百鸟醉"的窍门。他觉得要不了多久，师父托付给他的梦想就能实现了。这个消息传到长河的耳朵里，令他十分好奇，长河把铁头放在林子里，蹚过沟谷，到满满的虚楼里一探究竟。

"满满，听说你要打出'百鸟醉'了？"

"是呀。"

"可火车就要来了，你打出个老古董又有什么用呢？"

"你背着光，就不认识光的道。"

"我没背着光，不信我们打赌。"

"赌就赌，你赌什么呢？"

"我输了把铁头给你。你呢？"

"我输了把打成的'百鸟醉'给你。"

"一言为定。"

长河刚跟满满达成打赌的约定，外面有人喊起来，说铁头吃了漆匠家的玉米苗。长河跑过沟谷，在漆匠家后面的竹林里找到了铁头。长河找到铁头时，它正勇猛地往竹子身上使蛮，铁头用两只弯角，把竹子撞得"哗哗"乱响。在它旁边，拴着漆匠家发情的母牛胖丫。长河一看就明白了，铁头之所以从树林里跑回来，全是漆匠家的胖丫惹的祸。

长河觉得这段时间的努力全白费了。眼看还有几天斗牛节就要开始，铁头已经吃了两天腊肉和猪边油，却因为他的一时疏忽，让铁头跟漆匠家的胖丫进行了交配。这条淫棍别说得冠军了，能够不让别的对手打成半身不遂就算不错了。长河痛苦地抱着脑袋蹲在竹林边，直到漆匠跑过来，他才想起漆匠跟这件事脱不了干系。长河站起身，一把抓住漆匠说："漆匠，你赔我的损失。"

"你怎么倒打一耙？"漆匠被长河搞蒙了，愣了一会儿才说，"是你家铁头吃了我的玉米苗，是你赔我的损失。"

"漆匠，我问你，请公牛交配，母牛的主家是不是要给钱？"

"是。"

"那我恭喜你，你这次请了一条冠军牛，有点贵。"

"铁头可以继续当冠军呀。"

"你不懂吗？铁头把精力花在了胖丫身上，别说冠军，上场都很勉强。"

"不管你怎么说，我没钱给你。"

漆匠和长河的争执很快在鹤游坪传开了，甚至传到了附近几个村寨。那些养了斗牛的男人听到这个消息，很高兴胖丫帮他们除掉了一个可怕的对手，竟然有人来鹤游坪参观胖丫，给漆匠送来精饲料，以表达对胖丫的感谢。他们的举动进一步刺激了长河，他坚持要漆匠赔他五万元钱，一分不少，否则他将去法庭起诉漆匠，让他成为被告。

鹤游坪的老人活了一辈子，已经有了丰富的人生经验，但也没有办法解决长河和漆匠的纷争。有人觉得长河的说法有道理，根据铁头的实力，它确实有可能得到冠军。也有人觉得长河的说法没道理，铁头毕竟是可能得冠军，并不是真的得了冠军。

在长河跟漆匠争执时，满满开始着手打制他心目中的"百鸟醉"。春天的太阳像一个训练有素的护士，亮出大捧金针，给大地泛青的植物注射了一大片光芒。在那片光芒里，响着一些细密的敲打银子的声音，它们仿佛是从天上降落下来的，也像是从地里冒出来的，很轻很脆地在空中交织，发出嘤嘤声。

春天没结束，满满已经打制出了一些"百鸟醉"的配件，有画眉、杜鹃、喜鹊、锦鸡、白鹤。所有的雀鸟都栩栩如生，充满了灵性和银子的质感，似乎只要轻轻抖动一下，它们就能活过来，对着鹤游坪歌唱。香草被她爸爸和长河的纠纷搞烦了，离开家，来看满满打制"百鸟醉"。她说："满满，你是个了不起的银匠，可你知道怎么解决长河和我爸爸的纠纷吗？"

"不知道。"

"又有谁知道呢？"

"香草，你放心吧，他们自己知道。"

"真的吗？"

"真的，就像我见到了你，就知道自己能打出'百鸟醉'一样。"

香草害羞地把头低下来，像一株饱满的稻子。

满满说对了，长河和漆匠经过争执，在举办斗牛节前几天，他们达成了和解协议。对他们来说，这个协议是个机密，除了长河和漆匠，所有细节不为外人所知。协议是漆匠提供的，他建议不给长河赔钱了，条件是他让胖丫跟别的斗牛耍流氓，帮助铁头得到冠军。

听完漆匠的建议，长河用很敬佩的目光看着他，仿佛在研究一个人被逼到绝境时能够展示出何等的聪明。漆匠的主意像一团黏合剂，迅速把两个人黏合到一起。他们决定让长河出面去场上找兽医买水牛的催情药，比赛前一晚，再由漆匠给胖丫灌药后，亲自把它牵到临时关养斗牛的栅栏里耍流氓，以保证第二天铁头的冠军手到擒来。

乡场已经很繁盛了，随着铁路建设的开工，来了很多大型机械和外地人，也来了不少供货商和小贩，以及一批批的手艺人和江湖术士。有人在乡场上出售食物，有人在乡场上出售手艺，更多的人则在人山人海中闲逛。长河穿过人群，来到兽医站，用一百元钱买了两竹筒水牛的催情药。

等长河带着催情药回到鹤游坪，火车就来了。作为乡政府庆典活动之一，斗牛节提前举行。训练有素的铁头像个行家，耀武扬威地来到乡场上，踏上它的夺冠之路。长河知道胖丫的阴谋，借故晚上要给铁头打磨一下四蹄，把它带到了离乡场不远的亲戚家。夜里，当他睡在牛铃摇响的虚楼上时，紧张得心脏都快要从胸口跳出来了，但他又不敢跑到栅栏处观看。

这时的漆匠牵着胖丫神不知鬼不觉地来到被乌云隐藏了的栅栏里，见了全乡威名远扬的几头斗牛，伏虎、神兽、猛龙、哮天。也许太久没近女色了，那几个家伙急不可待地，被漆匠骗上了胖丫的背脊。月亮和星星在乌云后面藏起来，一场人们期待的旷世打斗就这样消解了。

第二天，阳光登上山冈，乡场上响起喧闹声。人们从四面八方赶来，有人掏钱买一碗酒，给自己助兴；有人掏钱买一只银手镯，准备作为斗牛后的相亲礼物。可跟人们兴奋相反的是，原本亢奋异常的几头斗牛像梦游者似的来到斗牛场，一脸茫然，摇摇晃晃，别说打架了，它们连站稳都很不容易。

除了鹤游坪的银匠长河和漆匠，这场为庆祝火车来了的斗牛比赛出乎所有人的意料。原本有希望夺冠的伏虎、神兽、猛龙和哮天像未痊愈的中风患者，被铁头打得全身乱抖。有人失望地说："怎么会是这样呢？难道火车来了它们不开心吗？"

通过作弊，铁头披上了红绸，长河得到了五万元奖金。为了宣传，赞助比赛的商人印了一张比门板还要大的支票，很好地遮住了长河的脸。站在台下的漆匠认为，那张巨大支票有一半应该归功于胖丫，但因为不太光明正大，他没敢出声，只是不好意思地把头转向一边。漆匠看见远处的山冈上，一只雪白的羊子在林边掀开发红的嘴唇，采摘新长出来的马桑叶。

一列列火车像惊蛰后的游蛇，日夜不停地从鹤游坪山冈下穿过，空中传来它们响亮的鸣笛声。没出过门的老人用竹筒带着水，到山冈下的草地上看火车。他们上午看来的火车，下午看去的火车，他们想研究清楚，火车是怎么在两根铁轨上把屁股掉过来的。

"我看清楚了，它们可以两头开，不用掉头。"

"不对，如果可以两头开，又怎么在路上错开身子呢？"

"不信我们打赌。"

"那就算了，让它们两头开吧。"

火车通达鹤游坪后，还没到立夏，香草和长河先后跟着火车走了。香草是去北京打工，长河则是作假的事情败露，逃出了鹤游坪。本来，长河认为他的事情做得很机密，没想到漆匠从中发现了商机，酒后到处宣称，只要跟他和胖丫合作，谁想得冠军就能得冠军。冠军的奖金既可以五五分成，也可以四六分成。

漆匠的酒话传到乡政府，一场令人羞愧的比赛之谜被迅速破解。乡政府到派出所报案，长河闻风而动，连夜坐火车出逃。等派出所的警察在鹤游坪找到漆匠取证时，长河已经乘火车过了长沙。他在火车上给满满打了一个电话，就把手机关了。有人说长河的电话是跟满满取消赌约，他承认自己可能赌输了。

长河出逃没多久，满满家的虚楼里再也听不到敲打银子的声音了，仿佛那些欢快的声音已经被时间锈住，空中只有火车的日夜鸣响。有人猜测，满满不再敲打银子，是因为他已经打出了传说中的"百鸟醉"。信者言之凿凿，说那只冠状银饰像漂亮的鸟窠，上面布满了百鸟、百花、响铃、坐佛。即使在黑夜里，"百鸟醉"也像灯盏一样闪闪发光，能够替回家的人照亮脚下的道路。

　　关于"百鸟醉"的闲话出现没几天，满满也在鹤游坪消失了。这一次，所有的老人都认定满满是坐新来的火车出远门了。他们认为，连满满都进城了，鹤游坪再也留不住年轻人了。"满满会回来的。"满满的一个邻居说，"他是带师父的儿子天赐坐火车去了，等天赐听够了火车的喘息，满满就回来了。"

　　"那么香草呢？"

　　"放心吧，香草得到了'百鸟醉'，不会忘了回家的路。"

　　"我真想让火车把年轻人带回来啊，要不然鹤游坪就老了。"

　　"年轻人快回来了。"

　　"你怎么知道？"

　　"我听村主任说，现在开始搞乡村振兴了，要不了多久，年轻人就会跟着火车回来了。"

　　这个好消息引发了老人们的笑声。他们笑过之后，依然稀稀落落地坐在小山冈上，很认真地看火车。在他们前面，一列列火车鸣着尖锐的笛声从隧洞里钻出来，又像冬眠的蟒蛇隐入另一个隧洞。隧洞之上，一轮夕阳正悬在大片乔木的树梢之颠，金色的光芒照亮了远处的一条小河。

　　鸣笛声再次响起，火车又来了。

（原载于《民族文学》2022 年第 4 期）

塌　指

杨知寒（回族）

一

　　暑假快开始了，对陈朴来说不是好消息。过去他总期盼暑假，学钢琴的孩子更多，收入增加更多，李芜对他的抱怨则随之减少。现在李芜走了，看样子不会再回来。他们还没谈到离婚，但似乎已不可避免。她没带游游一起走，游游是他们儿子的小名。眼下陈朴担忧着，等暑假开始，小学放假后，他这边课程多起来，谁来照顾孩子。据和李芜达成的共识，如果他还期盼生活能回到过去，就不要把他俩的变故透露给任何一方的父母。陈朴同意了。有时母亲打电话来问，他会告诉她，李芜出去学习了，地点一会儿在四川，一会儿变动到北京，总之，这是次相当必要的学习，对她的事业有帮助。母亲将信将疑，李芜过去大部分时间都留在家里搞创作，没出版过任何一部能放进书店的作品。但她始终在坚持，陈朴也始终坚持她的价值，坚持来坚持去，两人的婚姻关系一年比一年变得神秘。不止双方家庭，连陈朴上课地方的同事，也常会忘记他已婚这件事。等知道他还有个六岁大的儿子时，就更惊讶了。

　　郑九州，陈朴唯一的哥们儿，常来家看他。他比陈朴大一岁，三高俱全，胖得都有点蹒跚了，工作朝九晚五，日常流露想独立创业的图谋。郑九州给陈朴选了几只股票，告诉他，男人的一切不安都来自腰杆不硬。说完把选好的股票代码拍在陈朴家的茶几上。陈朴没去炒股，任由名片被埋在一层报纸下面。李芜走后，他想到这个办法，用她所有订阅过的文学报纸作为桌布，那样他和游游在茶几上吃过饭，就不用擦桌子了。有时吃着吃着，看到上面一些关于书籍和外国作者的报道，他会突然觉得吞咽困难。游游吃饭不免把汤和米粒掉在上面，他从不指责儿子。夜深人静，他一人在客厅抽烟时，看到报上被油花涂污的部分，感觉反而更好。郑九州会冷不防来个电话，喊他出去喝酒。如果游游睡得早，他会去。可更多时候，陈朴想一个人享受午夜，他最大的梦想是家里没儿子，楼里没邻居。他想放空一切无止无休地去弹琴。

有回深夜，他和郑九州喝完酒一起回家，看见醒来的游游光脚站在瓷砖地上等他。儿子没穿睡裤，两腿也光着，一直在客厅里乱走，眼睛哭红一片。看到陈朴的时候，游游哇地咧开了嘴。陈朴慌忙上前抱他，感受游游背上细弱的骨骼全因哭泣而紧缩着。他小床上的被子还保持被踢开的状态，窗帘拉开一半，透进了月光。郑九州忘了自己在什么地方，找到沙发便一头栽下，很快打起呼噜。游游则被陈朴抱起来，哄着，边转圈边哄，缓慢而温柔。陈朴也喝多了，说不出一个整句子，他对自己能做到的最大控制是，抱孩子走路时尽力走直线，可还是摇摇晃晃，走最后几步路时，抱着游游扑在了小床上。陈朴不小心压痛了儿子的胳膊，这次游游没有哭。

那之后的每个晚上，陈朴都告诫自己，不要再发生一样的情形。他是成年人，可以多忍受一点儿寂寞，而不是去学李芜那样，把自己变成荒谬的父亲。李芜走后两个月，一个女人出现在陈朴的生活里，是和他在同一所机构任教的孟迅。他们还没捅破这层关系。只表示了双方的好感，拥有了超越一般朋友的关心和亲密。还有三天就放暑假了，陈朴对她说了自己的担忧。他电话里语气慢悠悠的，实在没办法，他边说边向上推着头发。看看有没有那种能托管的班儿。我想能有，能解决这个问题。但我更担心自己。我离不开游游了，眼睛一会儿看不到他，就胡思乱想。孟迅说，你比女人还像女人。她的音色听来和年龄完全不相符，像个十七八岁的小姑娘，纤弱，可怜，带有稍纵即逝的童真。似乎她就没经历过什么难事。陈朴对孟迅了解不多，两人牵过几次手，一个礼拜前，下班后的大办公室里只剩他俩时，彼此朝对方越走越近，几乎什么也无须多言，孟迅闭上眼睛，让他吻了她。她说，我倒是可以调时间。你上课的时候，我把课调走，过来帮你看游游。我喜欢小孩儿。说这话的时候，陈朴相信她是真心的。只是这么做，眼下还不合适。她没结过婚，小陈朴七岁，教长笛。虽然孟迅在教孩子们怎么按准气孔，调整呼吸时，是够耐心的，但陈朴怀疑，真实情形只会带来新的挑战。如果游游和她在一起，会不会更有被父母抛弃的失落感？毕竟他还没准备好如何向儿子解释，这是爸爸的女朋友。如果他选择告诉游游，这是来照料你的阿姨，类似一个保姆，孟迅心里又该多不舒服。

能听出孟迅不想聊这个话题了。他不怪她，人总归无法感同身受，和李芜八年的婚姻已充分告知他这一点，亲密不能保证耐心。陈朴也是如此，他现在就是没谈情说爱的心情，他没能控制住内心深处，那种随深夜来到，每分每秒都在剧增的渴望。起身去拿酒，电话里孟迅听得见玻璃器皿相撞的轻声，问他是在喝酒吗？陈朴说，喝一点儿，但我不出门。她说，你已经从上个月，喝到了这个月。每次和你通电话，你都要喝。是我带给你的压力吗？是的话，直接告诉我。我能应付自己的情绪。他说，别生气，我每天量都有限。时间挺晚了，剩下的话，明天见面跟你说。她停顿一会儿，说，行。陈朴把酒倒满，迫不及待俯身喝了一大口，看杯里的水位下移。含糊不清地问候她，好梦。挂掉电话后，他有点儿后悔，但如果再回到刚才的时间里，他仍说不出改变气氛的话。陈朴真希望此刻世界上突然能出现另一个人，他记得很清楚，在和游游一样大的时候，自己就在期望那个人出现了。那个人不说话，他叫它，手指。手指没有长相，可能也没有性别和身份。手指不离不弃，弹琴的时候陪他弹琴，举杯的时候跟他举杯，在他胡言乱语倾诉一大堆时，又能用一种特异功能了解他言语之外真正要说的内容。那些内容无法用语言表达，只有一直陪他成长的人才能领会，为什么人会在这个节点哭，那个节点笑。

李芜刚离开那阵，他还反应不过来，日子反而有了一点规律性，他是靠难熬的程度来区分一天的时段的。早上最有期待，每天醒来，陈朴总怀有一种设想，手机上会有她的未接来电或留言。期望落空后，白天也比较好过，偶尔去上钢琴课时，陈朴会给自己收拾一新，站在镜子前，检查衣服有没有褶皱，胡子剃得是否干净，然后大步流星走出去，沐浴城市的阳光。感觉和别人没有两样，一样地投入，花力气去生活。难熬的是晚上，是从学校把儿子接回家后。开始他还对自己的新身份怀有热情，觉得人生从未这样经受考验和被人需要过，他希望无论在生活的任何方面，都给游游带来这样的印象：妈妈走了，日子没有变坏。爸爸做得不比妈妈坏，他更好。能更准时给他备好晚餐，煎好一个鸡蛋。爸爸不酗酒，更不情绪崩坏，他很稳定。几天过去，手机上没有李芜一点儿音信。到第十天，陈朴选择把自己的事告诉给郑九州。抱着肥胖如巨型面包的老友，在那张他和李芜依偎过无数个日夜的米色沙发上，陈朴痛哭。看着客厅里的时钟，不住把郑九州抱得死死的，像把头埋在一堵砖墙后头。还有十五分钟，他就又得伪装成坚强的父亲，和其他去接孩子的父母隐成一个整体。在这个整体里，隐藏许多个家庭，也隐藏许多个夜晚关上门后，许多场吵闹和空虚。他害怕又要成为其中一分子。陈朴抓紧郑九州，像李芜给他描述的游游第一回上幼儿园，抓着她不放的那种亲密又难堪的画面。现在他和六岁的儿子感受一致。郑九州一次次把他推开，实在推不开，踹了他一脚。

站在家长群里，陈朴有点不稳当。但他注意把眼泪都擦净了，接受游游从队伍里跑出的拥抱，只往后退了半步。游游情绪始终更稳定，稳定到陈朴总想去探问他，妈妈走好些天了，你不想她吗？游游一路上说着白天学校里发生的事儿，有个男孩儿在课上揪前桌女孩的头发，游游制止了他，受到老师的表扬。陈朴问他，那个男孩该讨厌你了吧？他说不知道。那个女孩儿对你说谢谢了吗？他又问。儿子顾左右而言他，陈朴不再谈这个话题，将游游的书包挂在一只肩膀上，它轻飘飘的，传出文具盒里铅笔的晃荡声，和儿子六岁的心一样。有些事不是说他这个年纪不在乎，而是在这个年纪，它们分量轻微。要到很久以后再想起，才能感受到痛。

九点过去，游游在房间里睡着了，陈朴把故事书放回原位，顺道给自己取了酒。他在钢琴前转悠，告诉自己，除了儿子，他不需要任何人。也许他还需要手指，但手指不论是否需要，总会存在。酝酿好，仅仅五分钟后，他又陷入微醺，对峙空荡荡的客厅和尽管已非常熟悉，仍痛恨着的午夜。李芜的影像几乎盖住了手指可能出现的每一个位置。她刚洗过头发甩动水珠到处走的身影，她侧身在沙发上懒洋洋拿遥控器调台的动作，她那扇关闭着的书房门里，细听仍存在的哒哒哒的打字声。陈朴用嘴叼着玻璃酒瓶，使劲咬，一下下发狠。他永远也无法忘记，李芜当时在自己身上留下齿痕时的感受。他想现在就告诉她，你必须回来。就在今晚，你必须重新出现在这个家里。不管你现在在哪儿鬼混，多么快乐和自由，都必须回来处理你遗留的问题。身边没有任何人，但陈朴能感觉到，在睡了一阵又醒来后，身边已经有了谁，影子的重量不足以把沙发坐出一个褶皱，但有人坐在那儿。是手指。手指正把酒杯一点点移出他想要的名单之外。陈朴转脸和其相对，心中如此说，你一定知道怎么办。可你不会告诉我，你只会让我通过每一天的活着，来在有朝一日告诉我，你是如何看这段过往的。当你把经验说给我时，很可能，我已经忘记这件事很久，很久了。

二

因为面对的大多是学生和家长，陈朴很少打开自己的邮箱。今晚他试图在一切社交软件上追踪李芜的消息——唯独不敢给她打个电话，虽然那样会更快和她联络上，但他就是不想这么做。出乎意料，邮箱里有李芜一封邮件，发在三天前。就跟她和他们还有什么心灵感应一样，她能猜到，照顾游游是陈朴现在最大的麻烦。信里说，她每天都可以从酒店里，看到窗外绿色的江面以及围绕着江水的、远看如墨的群山。如今她人在桂林，写作顺利，一切都好，也交了些可爱的朋友，都很照顾她。李芜没直接说她多开心，但明显掩饰不了，每个句子背后，无不在告诉陈朴，离开你我是快乐的。你也该快乐起来，给自己找个全新的活法。要是你现在对我还有怨言，她最后说，那绝不是罚我，是罚你自己。陈朴，你没什么错。他痛恨这封信，即便她重复说了几遍，在她眼下的生活里，如果还有美中不足，是游游不在。那又怎么样？他看不到她对于无法和儿子生活在一起，一丝的担忧和恐惧。最多是点儿遗憾。陈朴把眼睛闭上一会儿，删掉邮箱，关上了电脑。茫然望着对面的白墙，突然产生给李芜打电话的想法。

你什么时候回来？他怕自己很快失去勇气，所以在电话接通的第一刻，就问出最想知道的问题。李芜那边很静，和他这里一样静，午夜十二点半，如果她还保持着和他生活时的习惯，陈朴知道她会在睡前看一本书。在翻到近二十页的时候睡着。他不知道她现在读到第几页了。李芜说，我们好久没听到对方的声音了，陈朴。和我说说你的情况。我挺担心你们的。游游睡了吗？我也想和孩子说说话。陈朴说，他睡了。这个时间已经睡得很熟了。听到李芜的声音，他感到心底干涸了的地方重新变得湿润，过去两个月来，无论浇灌多少酒，无论孟迅和其他人带给他多少安慰和理解，它始终不见复苏。好像它是只属于李芜的池塘。会因她一句话而抽干，因她一句话而灌满。只不过它回满的速度，比起它被抽干的速度，要快上太多了。他真想把内心的渴望都告诉她。但还有手指在身边，沉默的时间里，它又一次出现。陈朴看到，手指正试图将它自己的灵魂压缩，成为一个真正的指尖，好能轻叩在陈朴的嘴唇上，想要成为他的锁。

直接告诉我你什么时候回来，打不打算回来。别的我不关心，也不用再给我写信，报告你的多彩生活。陈朴压低音量，从床上下来，往客厅走。他已经不预备继续睡，现在他想抽根烟。李芜缓缓告诉他，如果再回来，就是为离婚。如果他真那么迫切想要个了断，她可以用最短时间往回赶。其实这些天里，朋友们都在一件事上劝她。她也想和陈朴就此谈谈，关于儿子的。游游还小，跟母亲一起生活，对他的成长更有利。我不是说你作为父亲不合格，李芜补充道。陈朴点上烟冷笑，这不是一句该补充说的话。她凭什么那样说？陈朴忍着和她互相攻击的冲动说，游游不是你的。李芜说，所以你想和我抢孩子。陈朴现在知道了，为什么手指不让自己说太多的话。他们已经破裂了。这是不能再真实的事实，放任心里那点可怜的感情，注定会消磨最后的怀念。他说，是的。我需要你抓紧回来办离婚，和我清清楚楚结束。游游是我的命，要是你想把这点儿希望都毁掉，我们就拼命。李芜说，陈朴，你现在给我的感觉是，怨恨，不成熟。好聚好散不行吗？她开始有点儿气急败坏，为什么你就，一定要用破坏什么的方式，来留住什么？教钢琴难道不是份让人修身养性的工作吗？陈朴把手机拿到嘴边，像用对讲机那样使用它，说，我没有破坏任何一件事，如果你说的有那么一点儿对，那是我的耐心，破坏了你做人应有的责任心。李芜，是你毁了这个家。

他挂了电话，但长久看着黑色的屏幕，期待它再亮起来。陈朴等待又后悔着，看两种心情默默厮杀，两败俱伤后内心是荒凉的战场。有声音叫他爸爸。是起来上厕所的游游，睡眼惺忪，没穿拖鞋，一步步向他走来。游游盯着空气里未散的紫色烟雾发呆。陈朴把烟灰缸移走，让他坐在自己身边，大头顶上儿子的小头。陈朴说，明天就放暑假了。你愿意和平时一样，在八点半起床吗？爸爸不能陪你到太晚，爸爸明天上午有两节课。游游说他应该可以。陈朴建议，上午你自己在家的时候，可以练练上次的曲子《洋娃娃和小熊跳舞》。记得注意塌指的问题。游游说，现在给你弹？陈朴说现在是大家睡觉的时间。等明天中午吧，弹给爸爸听。游游说，爸爸，烟味儿太重了。但你今天有进步，儿子笑出虎牙来，你没喝酒。陈朴温柔地低下头，保证，咱们都会不断进步。

转天第一堂课，他暑假里面对的第一个学生并不是孩子，是在艺术院校就读大二的一个女生。女生没什么钢琴基础，也过了要拿演奏作为手段登高爬梯的年纪。她的目地简单、直接，在上第一节课时就告诉了陈朴，她想学会一门能在别人面前表演的本事。她挺漂亮，气质也不错，举止稍显做作。陈朴在教她指法时，望着对方不曾沾过阳春水的手，清楚学钢琴只会让她更做作。他发现她很难改掉塌指的毛病。陈朴告诉她，如果她坚持做美甲，那么下次再上课的时间，就可以顺延到，什么时候，她能在美甲和钢琴间作出选择来。他说，一定要剪指甲。女生蜷缩着手指，仔细地看它们光亮的甲面，说，只有留着指甲，我的手指才能在键盘上立起来。否则就会一直塌。指肚塌在琴键上的感觉太舒服了。再说，我不想成为多专业的演奏者，不需要对我太苛刻。陈老师，她始终绞着漂亮的手指，任它们离琴键越来越远，轻巧又快速地比成一个心，闪到陈朴面前。希望下次你对我更温柔点儿，她说。孟迅在门外经过，听见这句话，陈朴尴尬起身，说他们其实可以下课了。

他把孟迅叫到走廊上，孟迅怪里怪气地看他。陈朴知道自己该解释两句，如果眼前是李芜，如果时间是过去，他都知道该怎么把一次小危机变成小情趣。现在他只是看她。左右无人时，帮孟迅将了下头发。她问他今天怎么安排的，谁在家照顾游游。陈朴说没有人。好在是个白天，好在只有一上午的课。他还不知道以后怎么办，去找谁帮忙。孟迅说，难道你就没什么特别好的朋友？这句话让陈朴挺难受的。他一直没准备好和郑九州说这件事，男人间结交，处处有角力，越深厚情谊，越要保全一点儿面子。自己已经够惨了，他不想让郑九州知道，他还可以更惨。陈朴说，晚点我问问哥们儿吧。游游毕竟是男孩，男孩该更早适应孤独。他说自己很快要上第二节课了，是那个每次都由爷爷带过来，准备考三级的小姑娘。应付她，时间要更长一点儿，等课结束，他会马不停蹄往家赶。孟迅对他的怨与日俱增，针对陈朴不见改善的情绪状态，和他以儿子为坐标轴没有个人生活的行动范围。他们很久没好好约会过了。她说，晚上来找你好吗，等游游睡了以后。陈朴劝她，打电话不行？孟迅坚定地说不。他只好同意她过来，前提是，无论发生什么，他们都和平相处，不能吵架。不能让游游听见家庭出现的变化。

中午回到家，他发现儿子一点儿没让自己失望。他把自己照顾得很好，脸上干净，身上穿着整齐的睡衣，端坐在钢琴前面。钢琴重复着单调的节奏，音和音并不连贯，游游背对他敲击着琴键，用这种饱含着孤独的琴音，作为迎他回来的方式。陈朴站在一旁看他继续弹，游游的手掌本来是萎缩的，此刻缓缓弓张出形状，像他反复告诫的那样，假装手里抓着鸡蛋。他让儿子休息一会儿，可以去看电视，打会儿游戏都行。他去做午饭，好了叫他，等吃完饭他们可以一起去公园走走，看能不能交些新朋友。陈朴搂紧游游肩膀一下，游游回头看他，问中午吃些什么。陈朴提议番茄鸡蛋面。游游点头，没反对，可也毫无期待。陈朴在厨房里暗下决心，要认真学习做饭的事了。他可以等孟迅晚点过来的时候，跟她取取经。孟迅在朋友圈里一日一晒，她给自己不断变着花样准备的晚餐，就连她减肥期间吃的减脂餐，看起来也相当美味。他自己早不会为食物或任何能称之为享受的事，感到愉悦了。他心如死灰，可也必须在灰烬中给儿子搭筑起堡垒。

陈朴担心游游的心理状态。这个六岁多的男孩儿，沉默和隐忍，成了他与大人世界对抗时最早拿起的武器。但显然，是他们伤害他在先。游游本该更无忧无虑一点儿，本该和他们下午在公园看见的那些男孩儿一样，手上沾满泥土，嘴里嚼着零食，被家长们跟在屁股后面追赶喂饭或催促着去掌握所有他们被寄予希望的，不得不学的技能。晚上游游躺在枕头上，听陈朴给他念《阿拉丁与神灯》。一瞬间，属于儿童的天真在他黑黝黝的眼珠里出现了。他问陈朴，世界上真有神灯吗？陈朴温柔地摸着儿子的头发，不忍心说没有。他知道游游内心有许愿的渴望，很可能是关于李芜的。游游说，我不贪心，我只许一个愿。陈朴说，儿子，如果世界上真有神灯，它在你自己心里。心有多诚，愿望的力量就有多大。我小时候，你奶奶教过我一个办法，现在我把它教给你。游游依偎着陈朴，眼睛半闭着，听他说，在你很希望得到什么的时候，不断去想象它真实现了的样子。想得越细越好，越真实越好。信念是有力量的。游游没再说话，陈朴也不指望他现在就能理解。说来可笑，他一个奔四十的人，也只是知道方法，它们具体有没有用呢？如果真那么容易如愿，他就不会还需要像"手指"这样的朋友了。

孟迅推开陈朴给她留的门，尽可能不发出声音，脱鞋，脱衣服，钻进他的被窝。他们一起喝着陈朴留给每个晚上的晚安红酒，细细品味短暂的安宁。孟迅询问今天游游自己在家，情况怎么样。她又一次提议过来，说她能帮得上忙，反正早晚都要和游游沟通感情。除非他对李芜，还抱有其他幻想。陈朴坐起身，想起孟迅白天的话，或许他真应该找个什么朋友来。不是她，最好是个性格爽朗的男人。不要再培养游游性子里的敏感了。孟迅眨着机灵的眼睛，唇边泛笑，手指点向他溜号的脑袋，问，想你老婆呢？陈朴抱着她，说在想身边的人选。不是不信任你，是游游现在的情况，他太孤独了，经不住刺激。她说，是啊，我的出现一定会刺激他。可以，你缓着办，办不了了再找我。我知道好女人什么样儿，你烦的时候，我会伸出援手，但不会去挡你的道。陈朴说，你的好，我心里念着。一切的确要缓办。李芜也许很快回来谈离婚，我希望当她回来看到孩子，不会发现游游状态上的变化。我怕她用任何借口夺走他。你知道我多怕吗？孟迅反过来抱他，说，事缓则圆。陈朴靠着她的肩，近一阵子第一次感到还没喝醉，困意已生。可在睡着前，他还必须上好清晨的闹钟，到时把孟迅送回家。陈朴不想让《克莱默夫妇》里的剧情发生在自己身上。既然伴游游入眠的是愿望，就算醒来后他看不到愿望实现，也别让他看到家中出现陌生的女人。

三

郑九州埋怨他，不早说这件事。他都在家闲了一个礼拜了。本来家里也就他一人，光棍儿打了半辈子，孤不孤独？他也孤独。不过这种事，利弊两存，郑九州和陈朴说，如果他不孤独，就总要听取别人的意见，不能想什么做什么。他指的是辞职专业炒股的事。他白天只需盯着手机里的大盘，多打几个电话。看游游算什么事儿，他在电话里拍胸脯说，游游跟我混，不是，跟我待，你还担心什么。都是自己想出来的毛病，孩子心理健康着呢。你这人别的都好，就一点，作为男人细心过分了。要不你也不至于到今天。剩下的话郑九州没说，也许是他听出了电话里陈朴的沉默意味着什么，他们之间，必须点到为止。陈朴感谢他愿意来，相比其他人选，这是个游游熟悉的对象，也是他信任的对象，眼下对在和儿子的生活里插进新人这件事，他格外谨慎。

陈朴的日程被课时占满了，快达到饱和，他手里多达二十个学生，除了每周六能得一天的休息，其余时候，他都是个八小时工作制下的上班族。学生们形形色色，来来往往，琴声奏响时，他沉浸在老师的身份里，像变故发生前那样，专注地对待每一堂课，每一个音符。过去他就是通过工作——弹钢琴，给自己的灵魂找到了休息之地。他不在家时，李芜内心也是轻松的。只有游游，是令他们不得不从各自的虚幻里折返回人间的铃铛声。游游幼时哭闹，离不开人，大一点儿了，需要更高质量的交流和陪伴。他们都曾以为，等孩子上了学，就能再找回夫妻相处的法门，那种曾经各自有所投入，又各自在精神深处需要彼此的日子。而事实不是如此。孩子不断成长，需要的不再仅是生活中必需的要求，注定的，他会逐一碰上所有难解的人生问题，向陈朴或者李芜，殷切索要答案，问些两个成年人都没法回答的，有关他们之间的问题。陈朴越来越信，困难的问题或许都围绕于爱，但爱从不是万能的解答。

郑九州每次过来待上半天，陪游游玩一会儿，然后让他在自己眼皮底下活动，待到他和陈朴约定好的时间走人。陈朴提出给他一点儿报酬，果不其然，郑九州充满鄙夷地回绝了，不断暗示陈朴说，过不了多久他会发笔横财。有时陈朴从培训机构回来，两人一起到厨房做些东西吃，一个做饭，一个找空当抽烟，互相合作，彼此配合，理解而打趣地望向对方状态时，没语言，情绪都在心里。晚餐桌上，三个男孩坐在一起，吃饭时弄脏一张又一张李芜的文化报纸，电视放着卡通片。他们既会一起讨论游游喜欢的卡通，也会不住回顾童年时崇拜的英雄人物，将情节转述给游游听。他们都信奥特曼存在，相信星矢会在战死后复活，好能一直守护永恒的雅典娜。陈朴好几次是真的笑出了声，看郑九州喝多了还手舞足蹈，偶尔游游和他一起跳舞、破嗓子唱歌。这些时刻，他很少想到李芜，想到她说很快回来离婚，和抢孩子的威胁。他发现自己对这一天的到来，已既无恐惧，也不怨恨，只有些微弱的期待。像一个奔跑时间过长的运动员，成绩已定，渴望快些看到终点线。

那个总是塌指、爱惜指甲的女孩最终不来上课了，陈朴觉得，这对她未尝不是正确的决定。和妻子分开后，他看到自己身上经苦难锻造发生的变化也很明显。他把自己当成一个苦人看，从而能理解越来越多的人，和人们身上各种各样的不易。李芜的第二个电话还是来了。那天他刚好下了课，在回家路上，又听到久违的她的声音。李芜突然哭起来，他能料想，虽然才下午四五点钟，围绕在她生活里的，一定已是混乱的情绪和酒精了。他不是文人，可和李芜也生活了这么久，潜移默化，已不会觉得这有什么不正常的。她一股脑儿地骂他说，懦夫，废物，自我主义者。他停住脚步，问她到底发生了什么。好像一瞬间，内心的池塘又因她的泪水，泛起了生机，唯有停住脚步，才能一并停止其他已被压抑了的渴望。李芜的话越来越乱。他忍耐着，不告诉她游游此刻一人在家，郑九州有事先走了。他下午给儿子打了电话承诺，一下课就回家。回家后，给他做最爱吃的意大利面。此刻他真希望，她是情绪稳定的，那样他就可以和她谈起游游，谈起自从她离开后，生活里发生的所有既困难又可喜的变化。他已经知道该怎么驯服高温中的油锅了，知道该在什么时候挤下番茄酱，保证每根面条既裹满酱汁，也不因温度过高而烧焦。他原地站了许久，听她在电话里有一搭没一搭无逻辑的语言，多少还是被带回他们曾经共同度过的日子。他都记不起过去有多少次，小心翼翼敲开她门时，李芜倒在书房的小沙发上，秽物吐了满地。她钝重地呼吸着，把脸埋进墙壁，陈朴会轻轻褪下她吐脏了的衣服，收进水盆，把地重新拖一遍。游游有时冲进来，抱着他的人事不省的母亲，反复问她，还认不认得他。李芜醉着，颠三倒四地笑着，揽过儿子的头，像揽过一个属于她的西瓜。

她说了，终于还是说了，舍不得这个家。她想回来。陈朴受到震撼，但他更惊讶地发现，池塘虽湿润着，却已变成了沼泽，不会也不可能重新变回丰沛的池塘。他告诉李芜，不说实话他无法安心，现在他们的生活里，有了重新开始的迹象。他说，今天你喝醉了，今天你的一切表现都不是定论。放心，我太了解你了，不会当真话听。李芜哭哭笑笑，电话里同时传来不断带门的声音，他不知道在她身边是别的人来了又回，还是有人不断离开。他仍心疼着她。这无关尊严，是他不愿意背叛自己的历史。陈朴，你告诉游游，好吗？他的妈妈很想他。李芜气若游丝，就快睡着了。我从没对他否认过这件事。即使陈朴的理智坍塌，也觉得应该说这样的话。

他给游游把干硬的意大利面放进沸水锅，看它花上好长时间才煮软。郑九州这一阵子过来待的时间减少了。他不知道对方是真的有事要忙，还是已经觉得，在自己的帮助下这个家庭见了起色，他无须如此劳力了。陈朴往积极处想，九州永远乐观，永远举重若轻，正是和自己互补的性格。他们其实才更应做夫妻，陈朴自说自笑。看着面条一次次被挑起，一次比一次柔软的状态，他将鸡蛋也打进面锅，努力煮出一个游游最喜欢的七分熟荷包蛋。等面条和蛋都被捞出，搁在两个碗里时，他手上抓紧番茄酱，听见游游在客厅为电视里英雄战胜敌人欢呼，也听见郑九州开门的动静，蹒跚的脚步声越来越近。

怎么突然过来了？走出厨房，看见郑九州这块"巨型面包"，正向所有能依靠的地方坍塌，陈朴问。游游也过来扶他，郑九州笑着说，我来蹭饭啊。我来取暖啊。陈朴看一眼儿子，想到下午李芜来的电话，心想成人的情绪的确比孩子更变化莫测，也面临着更多的矛盾。他赶紧加煮一份儿面，十来分钟后，端三盘面上茶几。陈朴扎着围裙，看郑九州年近四十仍遍布痘印的脸，照料他，一时和照料游游没区别。饭吃得差不多了，郑九州提议让游游下桌。他贴着男孩一边的脸，语气轻缓，郑叔想和你爸爸，好好说一回话。你是大男孩了，能理解，是不？游游离开桌子，人没离开客厅，窝在沙发上看卡通。郑九州从餐桌前起身，来到陈朴那架钢琴前，肥厚的手掌搭上几个琴键，胡按一通。陈老师，来，指点指点我。陈朴过去，不明白郑九州想要的"指点"是什么。可他今天不对劲，又如此坚持，陈朴只好配合，将自己想象成为郑九州生命中的"手指"。郑九州接着说，我们都是失败者，我们惨败在人生的方方面面。说完，他压下一段旋律，是贝多芬的《命运》中最激昂的一段。陈朴惊讶，他居然也能弹出点儿什么，可以料想，郑九州一如自己，展现给别人的总不是最真实的样子。

我一文不名了。他撑着肥厚的眼皮，以卑微迎向审判，却还谋算着用乞怜争取"宽大处理"。郑九州一时变回十二三岁的少年，他和陈朴是发小。那时陈朴成绩好，年年到末尾上台领证书，而郑九州，年年上台只能领到一顿批评。郑九州搂着陈朴瘦削的肩膀，说，你还有个家，还有游游，有希望，我有什么？全都碎了。陈朴把一瓶酒递进他怀里，自己也抱一个，酒的库存不断减少，这是最后的两瓶。听着郑九州一路来，所有困顿的经历，和他坐在一张琴凳上，四手联弹，弹出尽可能解压的旋律。陈朴一口接一口灌着酒，是啊，他可以照顾好儿子了，也想好如何计划余生。可他内心，永远有一生绕不开的矛盾，他已经叫不准，哪个时候的李芜，才是真实的。他内心诅咒说，那就祝你们所有人心满意足吧。

两个人勾肩搭背，一会儿合弹《欢乐颂》，一会儿由陈朴独自弹《降 b 小调第一钢琴协奏曲》。老爸，九点了。游游过来提醒两个得意忘形的大人。从游游疲惫的样子看，时间一定已过去九点很多了。陈朴拍着郑九州的背，说先带游游去睡了，被郑九州粗实的手掌一掌拍开来。郑九州转身，将游游拽到自己跟前，用布满油脂的额头，贴上孩子松软的头发说，好游游，如果你真想明白，什么是男人，今晚先不要睡。不要满足于做你爸爸放心的乖宝宝。决心做个帮他绑牢武装带的战友吧。

陈朴坚持让孩子先睡，他往房间门里推儿子的后背。游游却说，我喜欢战争。从他嘴里说出这句话，幸亏是在陈朴喝多的时候，不然还保不准要在老父亲敏感的头脑里，转上多少转。郑九州哈哈笑，搂游游入怀，让他坐在他粗壮的大腿上。知道发生在你身上的事吗，爷们儿？他做了个恐吓他的表情，游游明白该保持安静，他极力瞪着自己的黑眼珠，与郑九州的眼神对峙，像个临上战场前发誓效忠的战士。陈朴浑浑噩噩，隐约有预感，是手指将预感带给他的。多年来，手指不是拍他的肩，就是拍他的脑门，总是突然降临。手指现在以长辈的语气对他讲，还能不面对吗？孩子，你永远都是个易受惊吓、多梦寡言的孩子。有那么一些时刻，我真想刺痛你，将针管深深扎进你的心坎，让你不至于久久迷失于梦境。陈朴严厉地看一眼镜子里的自己，听郑九州开始了给儿子的儿童教育课。

你妈妈走了，她不会再回来了。孩子，你们永远都不可能回到过去的生活了。郑九州说的时候，陈朴眼睁睁看着，知道自己该去阻止，但手指坚定地陪他站在一起，让他明白，郑九州不过是在代事实发言。郑九州还说了一些话。游游一动不动，陈朴瘫在沙发上，感觉酒劲儿像谁施的法术，让人一会儿置身于山峰，一会儿又身处古镇中的阴雨绵绵，都是些他和李芜留下了难忘记忆的地方。再睁开眼，陈朴发现郑九州变成了五年前那个站在三米开外的摄影师。头偏过去点，对，先生头偏一点儿。女士装作看自己的足尖儿。摄影师指导着一对新人，手上不断响起快门声。一身淡灰色纱裙的李芜正低头看自己高跟鞋上的碎钻。它们一闪一闪，世事飞快闪动，陈朴以为她要晕了，下意识用肩膀抵着她，手掌接着她。李芜虚浮一笑，说，没有比拍婚纱照更累人的了。

　　他晃晃悠悠换了个姿势，再睁开眼，客厅还是客厅。游游不见了，郑九州正从卧室门里出来，轻轻把门带好，说，孩子睡了。他过来和陈朴坐在一起，两人都在摇摆，对于刚才发生的事，究竟在两人整个人生里发挥多少意义，既若有所知，又不确定。郑九州絮絮叨叨，从他俩相识讲起，包括毕业、结婚、找工作，包括他去参加陈朴、李芜婚礼那天，过往一页页地翻篇儿。陈朴是同学里最早结婚的，当时郑九州和朋友们围坐在舞台下的桌边，无不高高举起酒杯向新人示意。陈朴和他肩膀靠着，眼前是铺在电视柜上自李芜离家后再没洗过动过的白布帘。它下面蕾丝的纱边有些发乌了，一如两人生活里曾拥有的温柔标本，必然受岁月摧残。兄弟，你振作起来，郑九州说，我们都振作起一个样子来。这些年我不断反复想，挫折到底是什么。我永远反对那种把挫折作为"老师"的人，就像是一个坎儿搁在你面前，要求你必须轻飘飘地跨越它，还必须转身鞠躬说感谢。我实在做不到。你有时就让我觉得挺虚伪的，闷着扛所有事，不开口也不面对，以为这样它就不存在。伤害可能因为被原谅就不存在吗？陈朴浑噩地点头，郑九州回之以微笑。茶几上的两瓶红酒已喝空了。陈朴缓缓转移视线，又看到沾了油花的报纸。还是属于她的报纸，发了乌的布帘也还是她布置下的布帘。郑九州说的对，他必须承认，他内心也不曾感激过过往的苦难，有时要去感激，不过是想给自己找出个比自暴自弃更好的心态。可他其实疲惫至极。陈朴坐到琴凳上，让十个手指全瘫软在上面。

　　郑九州往门口走，他不能久留。陈朴没停止弹，琴音就是相送。郑九州说，明天等你走了我再过来。爷现在随叫随到，无事一身轻。陈朴说，你慢点儿。屋里空了，儿子不知是不是真的睡了，夜晚很安宁。看着手下的琴键，陈朴知道，这是他一生中少有的梦幻时刻，去做一个自由人。他突然很能理解李芜烂醉的时候，她一定也有过许多次，觉得被"坎儿"绊倒了，没法爬起，感到什么结束了，可仍有想为之努力的渴望和为难。陈朴想把现在弹的一首曲子，献给远方的爱人，曾经爱着，以后也会一直爱的，像爱孩子的未来一样，替她，爱他们自己的未来。他不需要一切尽在掌控之中。过去他犯这个毛病，用裹了责任的糖衣，为自己的选择开脱太多。现在他只是听着自己弹出的每个音符，像是亲眼看到时光里的两颗流星，交汇在眼前，分开后，各自仍有光亮，没有丝毫减少。有什么终于过去，力量一丝一缕恢复着。人生路途多舛，概莫能外，正如李芜说的，他惩罚的从不是她，是自己。他为什么要一直严格要求着，难道只有手指绷得紧紧的，成个网，成张弓，才能弹出一个人的心？手指今晚不会出现了，他今晚全无感受力。李芜也好，游游也好，所有关系，都是凡尘里的烟。

游游把门推开一条缝，传来咯吱声响。陈朴温柔自在，没一点儿酒态，招呼儿子过来。游游质问他，现在是睡觉的时间了。爸爸，你怎么还弹琴？陈朴牵过他的手，让那只六岁的手掌安于屈服当下的疲惫，让它们和自己的手一起，塌在钢琴上。落地窗外，月色如净，时间很晚，是不该弹琴了。可他还是转脸告诉游游说，我们可以这样做一次。

（原载于《民族文学》2022 年第 6 期）

朝阳点燃的雪峰

阿 郎（藏族）

终于轮到我休假了。

"十一"黄金周好不容易结束，整个假期，我几乎昼夜不歇地加班和值班，也该放飞一下自我了。

站在公司三十三层大楼的楼顶上，我禁不住吹起了口哨，兴奋地向西眺望。

这是成都秋天少有的好天气，一座洁白晶莹的雪峰在稀疏的白云间时隐时现，恍如蓬莱仙山。

我知道那仙界般的美景不是海市蜃楼，那是素有"东方圣山"之称的四姑娘山。

最近几年，四姑娘山景区比满山的秋叶还要红，经常有高高的雪峰矗立在成都上空的摄影作品见诸报端和网络，不断蔓延着它的神圣和神秘。

"成都西望第一山，户外天堂四姑娘。"著名作家阿来的一句诗，给四姑娘山打了很好的广告，平添了它的知名度。前一段时间，全国首家山地轨道——都江堰至四姑娘山轻轨正式开建。这个黄金周，四姑娘山神奇俊美的容颜更是刷爆了朋友圈。作为摄影发烧友和登山爱好者的我，早就心痒肺痒，恨不得马上就赶到四姑娘山。

下午，开完公司的收假例会，履行完手续，带上各种装备，开上心爱的越野车，我便朝四姑娘山一路狂奔。

下午五点到映秀时遇到了一起车祸，一辆满载莴笋的卡车和一辆油罐车迎头相撞，驾乘人员被卡在严重变形的驾驶室里，生命垂危。警车、消防车、救护车闪着警灯，拉着警笛呼啸而至，这更增加了车祸的严重性和恐怖色彩。

两个小时后，人被救出来了，四个小时后，两辆面目全非的卡车被挪开，终于可以通行了。这时，天色已经完全暗了下来。

过去，山清水秀的映秀，作为汶川大地震的震中心，早已被世人知晓。但这条深谷的美，领略的人却不多。这条重峦叠嶂、山清水秀、动植物极为丰富的峡谷，也是高行健的长篇小说《灵山》描述的重要场域。

汶川大地震后，在香港特区的援建下，沟里的公路修得更好了。汽车在平整的路面上欢快地奔驰，一点儿也不颠簸了。

公路两边不时闪现各种指示牌。灯光中，公路左边赭红色指示牌上躺着一只肥胖慵懒的大熊猫。公路右边的赭红色指示牌上，是一只探出前爪、扭头张望、一脸警觉、随时可能逃走的小熊猫。

看到这两个牌子，我知道是到了卧龙自然保护区的核心地带，也是管理局所在的地方。

车过卧龙，开始爬山，车辆陡然稀少，人迹更是难觅了。

这时，一块巨石后突然蹿出一个黑影，黑影飞快地跑到公路中央，朝着汽车挥舞着双手。我赶紧停车，摇下车窗，警惕地观察着这突如其来的状况。一个四十岁上下的男人，双手竖起拇指，请求搭车到四姑娘山镇，我仔细打量了一番来人，那人满脸污垢，一脸憔悴，身上也没有什么刀具之类，长得也还不算凶恶。我心想，大半夜一个人翻越巴郎山有个伴儿也好，就答应了。

那人上了车，在副驾驶位置上坐定。

"你到四姑娘山干吗？"我瞟了一眼那个有些瑟瑟发抖的家伙，问，"你叫什么名字呀？"

"我叫巴松，回家参加我的葬礼。"那人直定定地看着我，车内昏暗的光线下，那眼光格外瘆人。

"参加自己的葬礼！"那人古怪的话语和瘆人的眼神，使我一下子像被电流击中，从脚指头一直麻到了头顶，连头发都一根根竖了起来。我下意识地一脚急刹，汽车"吱——"的一声尖叫，猛地停了下来。

那人没有系安全带，头重重地撞在了风挡玻璃上。

"你……你去参加自己的葬礼？"我满脸惊骇。

"哎呀，我的头！"半晌，那人揉着自己鼓起的额头，龇牙咧嘴地说，"不好意思，吓着你了！"他把手伸给我，苦涩的脸上挤出了一丝笑容，"你摸摸看，还有脉搏吧？你放心，我不是鬼！"

我小心地摸了摸那只关节粗大、手掌粗糙的手，那只手有些冰冷，却依然有着强烈的脉搏，是一个活人该有的手，心就跳得不那么剧烈了。

"你参加自己的葬礼？"我强烈的恐惧开始变成好奇，掏出香烟点燃，递给他一支，提醒他系上安全带。

"他们说我已经死了，寨子里明天准备请喇嘛给我念经超度。这么大的事情，无论如何我本人都得在场是不是？"巴松紧盯着前方车灯里不断变幻的模糊景致，深深地吸了一口烟。

"你是怎么知道明天要举行你的葬礼的？"巴松吸烟时突然深陷的腮帮子，让我头皮又一阵发麻。

"今天黄昏时我在路边等车，遇到两个寨子里的伙计，看到我差点儿没把他俩吓尿，是他俩边逃边告诉我的！"巴松苦笑着摇了摇头，"说不定这会儿，他俩正在寨子里到处传说在卧龙沟里遇到了我的鬼魂呢。"

"你是怎么到这里的？"我吸了一口烟，恐惧一消失，好奇就起来了。

"国庆节前两天，几个驴友找我当向导，带他们穿越四姑娘山。走到第三天上遇到了大雾，我们迷路了，好不容易快把他们带出山了，其中一个人的宝贝摄像机却弄丢了，我又只好折回去帮他找摄像机。谁知摄像机没找到，差点儿把自己给弄没了！"

"哦，这个新闻我看过，为寻找和救援失踪的几个游客，当地政府和四姑娘山管理局花了不少人力和物力，那些脱险的游客因违反规定擅自穿越四姑娘山还被处罚了。"

"就是动静弄得太大，那些驴友都找到了，却没有我的动静，大家就以为我死了呗！"

"你干吗给那些不按规定穿越的家伙当向导？多危险！"

"唉，我不就是想多挣几个钱嘛！到头来钱没有挣到，差一点儿把命给戳脱了，接下来还会被政府处罚。"巴松摇摇头，憨笑道。

"你在山里待了几天？"

"今天几号？我手机早就没有电了，已经不知道时间了。"

"今天是十月八号。"

"哎哟，已经在山里晃悠了十天。"巴松摸了摸肚子，我听到他那儿发出咕噜咕噜的声响。

"有吃的没？好像肠胃那家伙也听到了十天这个数字，晓得饿了，开始提起意见来！"

我把一根加大号的火腿肠递给巴松。

巴松歪着脑袋，用牙撕掉火腿肠的塑料包装，大口啃食起来，噎得眼睛一鼓一鼓的，直喘粗气。我赶紧递给他一瓶矿泉水。

"想不到你们城里人也怕鬼！"吃完火腿肠，巴松有了些精神。

"你相信这世上有鬼吗？"我有点好奇。

"当然。"

"你怕不怕？"我来了精神，又递给巴松一支香烟。

"这几天一直在深山老林里晃荡，其实，我最不害怕的就是鬼了。"

"为什么呢？"

"鬼，我听说过，却从来没见过。棕熊和野猪那可是随时都可能碰上，对于赤手空拳的人来说，那些畜生可比鬼吓人多了！"

"你真厉害！"我朝巴松竖起了大拇指。

"唉，其实最可怕的还是人！"巴松顿了顿，"人一旦坏起来，那些棕熊、野猪和鬼都害怕得要命。"

"棕熊和野猪害怕人我可以理解，鬼为什么怕人呢？"我一脸疑惑。

"人手里有了刀枪，随时会要了棕熊和野猪的命。听老人们讲，中华人民共和国成立前，那些来山里做生意的货郎，经常在巴郎山上被强盗抢劫杀害。若真有冤魂，他们看到自己的财物被强盗掠走，恐怕只有嘤嘤哭泣的份儿，毫无办法。"

"你听到过垭口的鬼叫没有？"眼看着离巴郎山垭口不远了，我有些恐惧又有些兴奋。

"听到过，很尖厉，很凄惨。"

"真的？"我睁大了眼睛。

"是的，不过那不是鬼叫，那是雪风在呼啸。"

"看来你是不相信。"我心里稍稍踏实一些。

"我相信呀，我们不能因为自己没有亲眼看到就说它们不存在。就像传说中四姑娘山的山神！"

"四姑娘山的山神？"

"嗯。"

"你见到过四姑娘山山神？"

"没有。不过，我被他诅咒了！"

"你被四姑娘山山神诅咒了？"我瞪大了眼睛。对于山神这样万物有灵的传说，高原地区到处都是，不足为奇。不过，他这样信誓旦旦，我还是有些惊诧了。

"嗯！"巴松重重地点了点头，脸上涌起痛苦的神情。

"能说说吗？"我又递过去一支烟。

"谢谢，我有些困了。"巴松摆了摆手，双手合十，侧过头靠在车窗上，闭上了眼睛。

巴松睡着了。

我开着车，默默观察巴郎山的夜色。起伏的大山像淡淡的墨团，无声地壁立在眼前，看不清具体的模样。更高更深的夜空，一颗流星倏然划过。偶尔，一辆夜行车的灯光在曲折的山路上游动，像萤火虫在那儿飞舞，又像是鬼火在闪烁。时不时有野兔和野猪从路边蹿出，顺着车灯的光照狂奔一阵，又仓皇跳下路坎，逃命去了。这也增添了漫漫长夜里我独自一人驾驶的乐趣。

非常幸运，巴郎山隧道早已贯通，无须担惊受怕地翻越那怨鬼哀号的垭口。穿过隧道，我开始下山，四姑娘山镇就要到了。

快到四姑娘山镇时，巴松醒了过来。他指了指对面半山腰那星星点点的灯光说："我就住在那个寨子，欢迎过两天来家里做客。"

"好的。"我爽快地答应了，这一身故事的家伙，他不邀请，我都会自己找上门去的。

第二天一早，我雇了一匹马朝海子山进发，开始了此行第一段旅程。

牵马的小伙子叫扎西，二十多岁的模样，穿一件红色冲锋衣，在秋天的山林中很是醒目。扎西的性格也和他衣服颜色一样，热情奔放，一路不是不停说话，就是哼唱着各种歌曲。

穿过一片五彩的树林，眼前出现一片开始泛黄的草甸。

"你认识巴松吗？"我突然想起那个参加自己葬礼的怪人。

"长坪寨的巴松？"扎西不再哼唱，回过头，一脸诧异。

"对，长坪寨的巴松。"我点点头。

"唉，那个可怜的人，前几天去世了！"扎西叹了一口气。

"他没有去世。"

"怎么没有？你看他家就在那儿。"扎西指了指对面半山腰的寨子说，"正冒着浓浓桑烟的就是他家，喇嘛们今天正在给他念经超度。"

顺着扎西的手指望去，一座藏式寨楼上白色的煨桑台里浓浓的桑烟正滚滚升腾，仿佛还传来清脆的法铃声。

"他真没死。昨晚，巴松就是搭我的车回来的。"

"那你一定是遇到他的鬼魂了。对了，我们寨子里的两个年轻人就是在卧龙沟里看到了他的鬼魂。"扎西瞪大了眼睛，把我上下打量了一番，"走，我带你到白塔前烧点柏树枝，帮你消除晦气。"说罢，扯了扯缰绳，快步朝草甸上边那高大的白塔走去。

看到扎西那么肯定和执着，我也就不再解释了。

早上，当巴松突然出现在为他操办后事的人群中时，人群顿时炸开了锅。几个姑娘失声惊叫起来，那两个在卧龙沟遇见过巴松的家伙，吓得竟然从二楼跳了下去，栽倒在满是粪草松软的羊圈里。看到巴松，年近七旬的阿妈手里的茶壶，"咚"的一声掉到地上，人也顺着墙壁瘫软下去。

巴松惊叫一声，连忙把阿妈抱到床上。

半晌，阿妈苏醒过来，紧紧逮住巴松的手，不断地垂泪。

正在念经的喇嘛们也噤了声。

多吉喇嘛从经堂出来，看到巴松，想起前两天自己所说的卦象，一丝红云悄悄爬上他丰润的脸庞。他认真地端详一会儿巴松，慢慢说道："嗯，人是回来了，不过，魂魄还在山野游荡，还得念念招魂经！"

多吉喇嘛反身走进经堂。

不一会儿，经堂里又响起嗡嗡的诵经声和法器的鸣响。

死去的巴松回来了，活生生地出现在为他操办后事的人群当中，既让人惊惧，更让人惊喜。

人们唏嘘不已，忙完手中的活儿，纷纷告辞回家。善良的人们，都想给巴松一家留一个清静宽松的环境。

小格央趴在三楼的窗台上，整个早上，他都在默默地观望着家里发生的一切。

阿奶曾告诉小格央：阿爸巴松这几天都是在四姑娘山的山神家里，商量接回阿妈的事情。阿爸迟迟不回来，大概是被山神给扣留了。然而，今天早上发生的那些事情，着实让小格央有些糊涂了。

"阿爸，你见到阿妈了吗？"小格央喊道，眼里满是期待。

"哦，格央，我忙得差点儿都把你给忘了！"阿爸巴松抬起头，双眼通红地望着小格央。

"你见到阿妈了吗？"小格央一脸执着。

阿爸巴松咚咚咚咚地上到三楼，一把将小格央抱在怀里，喘着粗气说："见到了。不过，山神说她暂时不能回来，要等你长成小伙子了才行！"

"为什么呀？"小格央哭着说，"山神是个大坏蛋，大骗子！"

"格央，你不要骂山神了。都是阿爸不对，是我的罪孽还没有赎清，连累了你们！"巴松抚摸着小格央头发卷曲的小脑袋，幽幽地说。

小格央把头紧紧地贴在阿爸不停起伏的胸膛上，低声抽泣着，不再说话。

巴松死而复生的故事，风一样迅速传遍了整个小镇。

傍晚，我和扎西从海子山回到镇上，第一时间就听到了这个匪夷所思的特大新闻。

"你是对的！"扎西对着我竖起了拇指，"看来，你遇到的确实不是鬼。"

"巴松说，其实鬼并不可怕。"我笑了笑。

"是呀，比鬼可怕的是人，尤其是那些说鬼话的人。"扎西感慨道。

我约上扎西，前往巴松家。

这是一个典型的嘉绒藏族村寨。一座座错落有致、三楼一底、石木结构的寨楼，墙面上都用石灰绘着各种象征吉祥喜庆的图案。屋顶白色的坛形煨桑台上香烟缭绕，五彩的玛尼旗在晨风里轻轻飘扬。寨子里的水泥路平整干净，家家户户的窗台上，都养着各种漂亮的花卉。看得出来，这里的人们都是热爱美、热爱生活的。

巴松不在家，一早就和四姑娘山山鹰登山学校的郎卡兄弟进长坪沟了。

巴松的阿妈给我们打了酥油茶，在藏式条桌上摆好酥油、奶渣和糌粑，请我们吃早茶。

扎西告诉阿妈，巴松前天晚上就是搭乘我的车回来的，阿妈赶紧站起身，双手合十，泪流满面，不停地向我道谢。

"阿妈，你太客气了！"我被巴松的阿妈弄得有些不知所措了，赶紧说，"其实，那天晚上巴松也是在给我做伴儿呢。没有他，我一个人大半夜翻越巴郎山，心里也会害怕的！"

巴松不在家，我和扎西也不便久留，吃过早茶就准备告辞。

刚走出屋子，一张白纸像巨大的雪片，晃晃悠悠地飘落下来，掉落在我们跟前。

"叔叔，帮我把画拿上来一下。"一个稚嫩的声音从三楼飘了下来。一个漂亮的小男孩儿，正趴在三楼的窗口望着我们。

我捡起那张纸，上面画的是四姑娘山。

那是一幅十分精美的画，四姑娘山的雪峰、山脊、岩石、冰渍，山腰的树林、草甸边的白塔以及空中的流云，不仅惟妙惟肖，充满质感，而且，还散发着不一样的气韵。我被震撼了，这哪是一幅画？它比摄影作品还要逼真，还要传神，还要有感情。

我抬起头，望着那双亮晶晶的眼睛。半晌，我转过身对阿妈说："我能把这幅画给他送上去吗？"

阿妈点了点头，带我上了楼。

那间屋子简直就是一个画室，到处都是关于四姑娘山的画。有的用木炭画在墙壁和地板上，有的画在各种品牌的纸烟盒上，当然，也有不少画在画纸上。

那些画几乎把四姑娘山的春夏秋冬、阴晴冷暖、风霜雨雪的每一天都画了出来。那些山，不但有准确的轮廓，还带着不同的表情。

"这些都是你画的？"我蹲下身，把那幅画递给小男孩儿，认真打量着他。

那是一个看上去五岁左右的漂亮小男孩儿，白皙的皮肤显得稍微有些缺血，眼睛黑黑的、大大的，长长的眼睫毛向上翘着，小小的鼻头也有些上翘，活像一个洋娃娃。可惜，就是身体有些瘦弱。

"嗯！"小男孩儿双手接过那幅画，点了点头。

"你画了多少年了？"我有些好奇。

小孩儿不回答，闭上了眼睛，像是在数着时间。

"整整五年了！"阿妈说，"从三岁有些懂事开始，天天就望着对门的雪山，一天不画一幅画是不肯休息的！"

"那他多大了？"我开始怀疑自己的判断。

"八岁多了，小的时候得了一种怪病，两腿就开始萎缩，人也长不高了。"

"哦，你们找过医生吗？"我望着这个漂亮的小男孩儿，心里隐隐痛了一下。

"找过，没有用。我们被诅咒了！"阿妈悠悠地说。

"诅咒？"我失声道。

"是啊！"阿妈转过身，叹着气下楼去了。

"巴松家真的被诅咒了？"从巴松家出来，我问扎西。

"是啊，他们都这样说。"扎西走在我前面，头也不回。

"是什么原因呀？"我觉得，应该是不幸的遭遇让他们无能为力，从而觉得是那传说中的山神在惩罚。

"这个，我就说不清楚了！"扎西加快了脚步。

我不再说话，赶紧跟了上去。

巴松和山鹰登山学校的郎卡兄弟沿着长坪沟溪水，逆流而上。一个多小时后，来到了一片开阔的乱石滩。

一棵巨大的枯树倒卧在乱石滩中，枝叶和树皮早已掉光，仅存几截粗短的树枝在那里张牙舞爪，像一条恐怖的尼罗鳄趴在那儿。

巴松在枯树上坐下来，郎卡兄弟对视了一下，也不催促，径直朝前走了。

巴松掏出香烟，点燃，深吸一口，陷入痛苦的回忆当中——

大雨接连下了三四天。

夜晚，十四岁的巴松和阿爸南卡塔、哥哥王尔甲在那棵巨大的杉树脚下，围坐在起伏不定的篝火旁。淅淅沥沥的雨水落在杉树浓密的层层针叶上，变成小水珠，滴落在他们身上，巴松不时一个激灵。水珠落在篝火的火炭中，随着一缕烟雾，发出扑哧扑哧的声响。

"什么狗屎天气？再这样下去，我的身上快长出木耳了！"哥哥王尔甲咒骂道，"砍了这么多年的树，从来没有遇到这样的鬼天气。"

"不要着急！"阿爸南卡塔张开咬着烟管的嘴，吐出一口呛人的烟雾说，"我们在抢夺山神的财宝，他肯定不会高兴的，下点雨阻拦我们也是可以理解的嘛。"

这几年，阿爸南卡塔带着巴松两兄弟，明里暗里偷砍了不少树，着实挣了一些钱。他们家率先在寨子里新修了房子，买了洗衣机和电视机，今年冬天，还要给哥哥王尔甲娶新媳妇了。

"我听到了奇怪的声音！"巴松听到树冠上传来几声让人浑身起鸡皮疙瘩的怪

叫，赶紧朝阿爸身边挪去。

"哦，那是鹜生，喜欢吞食烟雾的怪鸟。这家伙栖息在头顶，会给我们带来霉运，必须赶走！"说罢，阿爸站起身，大吼了几声。树冠发出一阵扑棱棱的声响，一只大鸟扇着翅膀，朝森林深处飞去。

不同于往常，阿爸的吼叫在雨夜的大山里，回声显得格外微弱。尽管如此，也有胆小的野物被惊吓了，林中响起奔跑的声响，以及因惊吓而发出的似羊非羊、似鹿非鹿的奇怪鸣叫。

"什么东西？"巴松一脸紧张。

"不用害怕，那是胆小腼腆的貘。它不敢伤害我们，只是会趁我们睡着的时候，悄悄跑来偷吃我们的梦！"

"它会吃了我们的梦？！"哥哥王尔甲满脸惊诧，话语里充满恐惧，这两天他梦里全是未婚妻拉姆，要是被那畜生偷吃了，如何得了！

"放心，它只是偷吃我们的梦，伤害不了我们的梦境，更伤害不了梦中的人。"阿爸一下子看透了哥哥王尔甲的心思，哈哈一笑说。

"那还差不多！"哥哥王尔甲笑了笑，红着脸说。

天快亮的时候，雨也好像惊醒了过来，一下子变得更加猛烈。

大雨瓢泼而下，杉树浓密的枝叶再也无法遮挡，雨水在杉树上挂起了一帘帘瀑布，柴堆里残存的篝火，一下子就被浇灭了。

阿爸、哥哥和巴松顶着一张塑料布，紧紧倚靠着树干，听任如柱的雨水哗哗而下，又从脚下汩汩流去。

好不容易有了些微的晨光。

淡淡的晨光给黑色的雨柱镀上了一层亮灰色。

这时，山沟上边传来闷雷般的巨响。紧接着，大地剧烈震动起来。

"糟了，走妖了！"爸爸话音刚落，火光四溅中，一阵狂风裹挟着乱石、滚木和泥水，呼啸而至。

年少的巴松被一阵狂风卷起，飘落到对面山坡的灌木丛中，一下子晕了过去。

巴松是被正午炙热的太阳烤醒的。

明晃晃的太阳照得巴松睁不开眼，他动了动，发现手脚还长在自己身上，只是浑身钻心地刺痛。一阵刺鼻的硝石味儿让巴松回想起恐怖的经历，他挣扎着从盘香丛里爬起来，哭喊道："阿爸！""哥哥！"

没有人应答。

静寂的山谷里飘荡着巴松带着哭腔的回声。

泥石流把河沟两边的森林夷为平地。

那棵他们曾作为家的巨大杉树也倒下了，在乱石中伸出一段枝干，依旧微微颤抖着，呼救一般。

很快，村里、乡里和县上都来了人。

一百多号人搜索了几天，没有发现阿爸和哥哥王尔甲的丝毫踪迹。

阿妈跪在满是污泥浊水的乱石滩上，给大家磕头道谢："劳烦大家了！感谢政府，不用再找了。这就是他爷儿俩的命，是我们该还的债！"

看到阿爸和哥哥王尔甲两个壮劳力瞬间殒命，县上和乡上决定不再追究巴松家盗伐林木的问题。

曾经举报过他们盗伐林木的那个家伙，回到家里喝了一晚上闷酒。他流着泪，不断地捶打自己的胸脯说："我是个罪人呀！早晓得他们会遭受今天这样的灾难，当初我就不该顾忌这张老脸，不要怕得罪他们，去劝他们不要再砍了！"

哥哥王尔甲死了，他的未婚妻拉姆倒床了半个月，身体刚一好起来，她就悄悄离开了长坪寨这个伤心之地，去到了山外，没了消息。

还不满十五岁的少年巴松，从此和阿妈过上了孤儿寡母的日子。

阿爸和哥哥王尔甲死后第二年清明节，阿妈和巴松来到这片乱石滩。母子俩把背去的几十棵树苗一棵一棵种上。从此，每年清明节，他们都会带去一些树苗。阿妈说，这是最好的祭奠了，也算是他母子俩的赎罪吧。

一股风吹过来，巴松被烟呛得猛烈地咳嗽起来，弄得满脸的鼻涕眼泪。

啊，一晃二十年过去了，当年那满是污泥浊水、充斥着火药味儿和硝石味儿的乱石滩，历经二十多年风雨，除了阿妈和巴松种的那些树，很多地方都长出了高山柳、沙棘和杉树。尤其是那高山柳，高得都快超过巴松了，再难看出当年那惨烈的模样了。

不过，巴松不会忘记，阿爸和哥哥就沉睡在这片烂石滩的某个巨石下，甚至，很有可能就在这根巨大的枯树下面。

一个影子快速从地面掠过。

巴松抬起头，看见半空中有一只鹰在盘旋，更高一点的地方，另一只鹰定在那儿一动不动，仿佛阿爸和哥哥王尔甲的灵魂在那儿注视着他。

巴松掏出三支香烟点燃，插在枯树上那些松软的泥土中，嘴里不停地念叨着阿爸和哥哥的名字，眼泪不争气地流了出来。

山鹰登山队的郎卡兄弟在林子里打起了呼哨，巴松擦了擦眼睛，站起身，跟了上去。

没有见到巴松，我决定到双桥沟景区看看，先用两天时间来适应一下这里的海拔和气候，以便接下来去攀登四姑娘山。

我和扎西暂时分了手，坐上观光车，进了双桥沟。

双桥沟的确是一处难得的美景，观光车里放着关于四姑娘山的歌曲，藏族歌手容中尔甲深情地唱道：

> 你在那天地云海之间
> 你在那阳光洒满的山巅
> 斯古拉　斯古拉
> 桑烟只为你呀神山
> 你是那神灵守望着家园
> 你带给我们吉祥和平安
> 斯古拉　斯古拉
> 朝圣走向你呀神山
> 斯古拉　英雄的神山
> ……

景区公路两旁植被茂密丰盛，尤其是那满沟的沙棘，那些举着一树金灿灿黄珍珠般果子的沙棘林，散发出一阵阵带着酸甜味儿的清香。那些千年的沙棘古树更是造型各异，古朴端庄。

在人参果坪那如镜的湖中，站立着不少树皮早已剥落、枝干遒劲有力、闪耀着银灰色光芒的树，格外好看。

漂亮的导游姑娘介绍说："那就是我们双桥沟里的一绝——盆景滩，有个名人曾经吟诗赞道，'树在水中生，水在树中流。鸟在湖中飞，鱼在天上游'。各位客人，你们说写得好不好呀？"

"不错，不错，真是形象！"大家热情地互动着。

双桥沟两边是一座座雄奇险峻、轮廓俊朗的山峰。而且，每座山峰都有着自己的名字，什么布达拉宫山峰啦、阿妣峰啦、金字塔峰啦、猎人峰啦，导游姑娘如数家珍。

"猎人峰？"我对人变成山峰有了兴致，对导游姑娘说，"能讲讲猎人峰的故事吗？"

导游姑娘莞尔一笑："当然可以，传说很久以前，一位勇敢的猎人，为了保护四姑娘山和双桥沟一带的牛羊和野生动物，单枪匹马赶跑了入侵的恶狼。为了防止恶狼返回，他便迎着朝阳，披着晚霞，天天守候在那个山峰上，天长日久，就幻化成了山峰，成了今天的猎人峰。"

导游姑娘讲完，车里响起了一阵热烈的掌声。大家都为这个充满着童话意味的故事叫好，更为那个舍己为人的英雄猎人点赞。

快到双桥沟景区最后一站，在冰川脚下的牛心山，我看见沿途有不少巨大的树桩和四处倒伏的朽木，便好奇地问导游。导游说："这些是几十年前森林工人采伐过的，由于砍了不少树木，水土遭到了严重破坏。当年这里经常发生洪水和泥石流，还死了不少人。好在政府保护得及时，要不，这些美景我们都难以看到了。"

"这里不是神山吗？神山怎么会伤害人呢？"我笑着问道。心想，看你这个知书识礼的姑娘如何看待山神。

导游姑娘笑了笑说："神山历来都是保佑我们的，那是人们过于贪婪，索取太多，让雪山受到了伤害。是山神流出的眼泪，不小心冲刷了这一切。"

"哇，好高深！"导游姑娘的一番话让我无言以对。我摇摇头，笑道。

导游姑娘送给我一个灿烂的笑，转移了话题。

从双桥沟景区出来，我打电话给扎西，约他到一个叫阿拉羌色的小酒馆喝啤酒。

扎西爽快地答应了，朦胧的彩色灯光里，那位演唱的歌手英俊而忧郁。

"你们这里的小伙儿都长得很英俊呢！"看着眼前的扎西，我想起了巴松和他的儿子。

"那是当然！"扎西一点儿都不谦虚，朗声笑道，"我们的小伙儿还把你们城里的美女导游从欧洲带到了阿坝州，带到了我们这个寨子。如今，她还成了远近闻名的网红呢！"

我知道扎西说的是真的。这位都市的美女，为了爱情，从欧洲回国嫁到阿坝州四姑娘山脚下的这个嘉绒藏族村寨，还带动了不少人发财致富。最近一段时间，各类媒体经常有关于她的报道。

"巴松的儿子是怎么回事呀？那么乖，多可怜！"我很想从扎西嘴里了解点什么，端起酒杯说，"来，干了！"

扎西端起酒杯，一口干掉："那是他们和山神的事情，我们不好多说。"

扎西的回答，多少让我有些失望，但也更增加了我的好奇。

我又点了几打啤酒，不断地敬扎西，想趁他喝醉以后，掏出一些故事。

聪明的扎西眯着蒙眬的眼睛，有些不悦地说："朋友，如果你真心请我喝酒，我们就只管往醉里喝！我们这儿有个规矩，别人的幸福你只管到处讲，千万不要在背后议论别人的痛苦！"

我苦笑了一下，干掉杯中酒，不再追问。

小格央坐在藤椅上，望着窗外的四姑娘山。

天气晴好。

金秋十月的四姑娘山，呈现出一年中最美的景致，碧蓝如水的天空下，四姑娘山雪峰晶莹洁白，高高耸立在那里。在窗前俯视着这个村寨的小格央，显得格外地庄重。山腰的桦树、柳树、花楸树、杉树和松树，在清晨的阳光里一片五彩斑斓，闪耀着亮亮的光芒。

清澈明亮的长坪溪，从四姑娘山遥远的山脚那片岩石里渗出，在树林和砾石间跳跃前行，时隐时现。

长坪沟左侧山崖上的喇嘛寺，煨桑的烟雾正缓缓升腾。没有风，阳光里，那些烟雾笔直而又有些灰白，像是多吉喇嘛抛向天空的一根牛毛绳。

小格央还仿佛听到了寺庙那白海螺发出的低沉悠长的鸣响。

五年多了，小格央几乎天天都这样端坐在窗前，守望着对面的四姑娘山。

五年前，为方便小格央看山，阿爸巴松把那扇牛肋巴窗户拆了，换上了可以推开的玻璃窗。怕小格央的屁股磨坏，阿爸巴松还专门逮了一只羊，到寨子下的镇上换回一把有靠背又软和的藤椅。

每天早上，一喝过早茶，小格央就吵嚷着要阿奶把他抱上楼，坐在藤椅中，开始他一天中最重要的事情——看山。

小格央爱看阿爸吆喝着黄色的牛和白色的山羊出门，阿爸从寨子出来，从长坪溪的木桥上过去，开始朝对面的锅庄坪攀爬。阿爸和他的牛羊，沿着曲折的山路不断走着"之"字形，慢慢地就消失在桦树、柳树、杉树和松树混杂的那片林子里。等他们终于出现在林子上边的那片草甸时，早上的太阳已经照到了寨子下边长坪溪的木桥上。

阿爸巴松把牛羊放在那片草甸里，来到坡上那座高大的白塔前，点燃柏树枝，撒上从家里带去的祭品，嘴里念叨着祈祷和忏悔的经文。做完这些，开始朝四姑娘山雪峰磕头叩拜。

小格央看到阿爸模糊的身影在烟雾里起起伏伏，心里充满了好奇。

晚上，小格央问阿爸。阿爸说，他是在向那山神忏悔，请求山神尽快把小格央的阿妈还回来。

小格央的眼睛湿润了，带着哭腔说："阿爸，你教教我吧，明天，我也在窗前向山神祈祷，请他早点儿把阿妈放回来！"

"那是大人的事儿，你只管好好看你的山。小孩儿虔诚的目光，山神是看得见的！"阿爸叹了口气，把小格央紧紧搂在怀里。

第二天早上，阿奶背着小格央上楼时，小格央问阿奶："山神什么时候把阿妈放回来呀？"

"嗯，嗯！"阿奶把小格央放在藤椅里，站在一旁，右手叉腰，不停地喘着粗气。已经年近七旬的阿奶，感到体力一天不如一天。

"是我们造了孽，惹怒了山神，遭到了山神的惩罚！"阿奶布满白翳的两眼望向窗外，幽幽地说。

"我们究竟做错了什么呀？"小格央睁大了眼睛。

"你还小，等你长大就知道了。"阿奶慈爱地摸了摸小格央头发卷曲的小脑袋说，"孩子，阿奶给你讲讲四姑娘山的故事吧。"

阿奶告诉小格央：四姑娘山藏语叫斯古拉，是一个勇敢的山神。很久以前，大河下游的墨尔多山神经常要求这里的山神给他进献木材、牛羊甚至人口。每年夏天，这里的大小山神就会发洪水冲毁森林，卷走牛羊和无辜的人们，他们用洪水把那些东西送到下游，敬献给墨尔多山神，弄得这个地方灾祸不断，老百姓苦不堪言。

斯古拉山神长大后，坚决不答应墨尔多山神的非分要求。恼羞成怒的墨尔多山神朝斯古拉山神射来一箭，这一箭刚好掉在了斯古拉山神脚下。斯古拉山神毫无惧色，捡起一块巨石就向墨尔多山神扔去，巨石落下，震得大地剧烈地摇晃。墨尔多山神被斯古拉山神的神力彻底震慑住了，从此，再也不敢提非分的要求，这里的人们又过上了幸福安宁的日子。

小格央知道，喇嘛庙旁边就有一丛箭竹。多吉喇嘛说，这条一百多里长的沟谷里独独只有这儿有一丛竹子，足以说明斯古拉的传说故事不是假的。

阿奶还说，四姑娘山山神是慈悲的，一心保佑着山下的众生。他又是威猛的，要是谁惹怒了他，他也绝不会客气。

小格央从来没有见过自己的阿妈，家里也没有一张阿妈的照片，不知道她长啥样。

有一次，小格央在衣柜的抽屉里找到一本红色的结婚证书，结婚证书的照片里，年轻的阿爸和阿妈肩并肩紧挨着。妈妈很漂亮，她戴着漂亮的头帕，圆圆的脸蛋上，睫毛长长的眼睛里流露出甜甜的笑。

小格央轻轻地喊了一声"阿妈"，把照片紧紧抱在怀里，开始抽泣。

当时，小格央这样想："妈妈那么漂亮，一定是被那凶恶的山神给抢走了！"

大概在一年前，小格央就看不到阿爸赶着牛羊慢慢爬上对面山坡的情形了。

阿爸把牛羊变卖了，买回来两匹马，开始接送红红绿绿的游客到海子沟和长坪沟游玩。有时，他还带着登山爱好者去攀登四姑娘山雪峰。

"小画家，又画山呀？"楼下传来一阵清脆的声音。

镇上的干部央金来了，这个漂亮的姐姐就是长坪寨里走出去的大学生。脱贫攻坚开始后，她就一直联系这个村寨。原本就熟悉情况的她，几年下来，每家每户走了不下一百趟。现在，长坪寨早已脱贫，小格央家里情况特殊，央金格外上心，一个月少说得来一两趟。这不，今天又来了。

"央金姐姐早！"小格央笑了笑。

央金挥了挥手，给小格央扮了个鬼脸，就进了一楼的屋里。

擦拭得油光锃亮的铁炉子里，燃烧的木柴轰轰作响，把秋天早晨的屋子弄得格外暖和。

昨晚央金打来电话，巴松和阿妈正等候着她。

"丫头早呢，来，喝口热茶。"阿妈递给央金一碗酥油茶。

"谢谢阿妈。"央金双手接过绘着金龙花纹、热气蒸腾的茶碗。

"小格央已经八岁了，该上学了！"央金呷了一口茶，说，"原本去年就到了上学的年龄，可是他那双腿，在镇上小学读书很不方便。"

"卡卓扎西（相当感谢），卡卓扎西！这就是我的心病呀，到死我都无法闭眼！"阿妈话音有些颤抖。

"央金妹妹，有办法了吗？"巴松急切地看着央金，两眼放光。

"是的，我已经联系了县儿童福利学校，还专门到县残联给小格央要回来一辆轮椅。"

"县城？那么远啊！"阿妈抹了一把泪，"我可离不开我可怜的孙子！"

"是远了一点儿。"巴松喃喃道。

"没关系，儿童福利学校的孩子有专人照料，食宿和学费全由政府承担。一到寒暑假，就可以把小格央接回家了。"央金安慰道。

"谢谢！央金妹妹费心了。"巴松站起身，给央金斟上茶，继续说，"小格央就是该读点书，免得长大后像我一样净干傻事！"

"孩子，都怪你阿爸死得早！你阿妈没本事，误了你。"巴松的话触动了妈妈的心事，阿妈哽咽道。

"阿妈，你说什么呀！"巴松一着急，嚷道，"谁在怨你呢，是我自己不争气的。"

"巴松哥别难过，一切都过去了！"央金安慰道。

"过不去的！你看那小格央，天天在那儿望着四姑娘山不说话，一看就是五年哪！"巴松眼里闪烁着亮亮的东西。

"愿山神宽恕我们，放过我无辜的孙子！"阿妈拨弄着手里的念珠，话语带着哭腔。

"最好让小格央去上学，他是个聪明又有灵气的孩子，以后一定会当大画家的！"央金语气坚定。

阿妈用衣袖抹着眼睛，出了屋子。

"我去把小格央抱下来！"巴松说完，咚咚咚上了楼。

"我不去上学，我哪儿都不去！"听完央金姐姐的话，小格央马上叫嚷开了。

"为什么呀？"央金微笑着问道。

"我要等到阿妈回家！"小格央一脸倔强。

央金一时语塞。

巴松望着轰轰作响的火炉，一言不发。半晌，巴松摸了摸小格央的头说："阿奶不是告诉过你，阿妈要等到你长大了才能回来吗？"

"对呀！等你阿妈回来，你都成了一个有文化的大画家，她会很高兴的！"央金笑着说。

"那，那，我得先到四姑娘山雪峰上去一趟！"小格央迟疑了一会儿说。

"你要到四姑娘山雪峰上去？"央金瞪大了眼睛。小格央奇怪的想法，着实让她吃惊。别说连路都不能走的小格央，就算是身体健康的小伙子，好多都无法攀上那雪峰。

"我得让山神看到我的画，叫他对阿妈好一点！"小格央眼里闪着泪光，语气却十分坚定。

"好的儿子，阿爸陪你去！"巴松一把将小格央揽入怀中。

央金离开后不久，下起了雨。不大不小的雨淅淅沥沥地一直下到傍晚。

巴松喝着寡酒，淅淅沥沥的雨水，让他想起了几年前那个雨夜——

傍晚时分，门外传来猎狗黑虎湿漉漉、急切切的狂吠声。

巴松打开院门，穆尔寨的猎人仲滚和一个陌生人站在雨中，正瑟瑟发抖。

巴松赶紧把他俩让进屋子，倒上两碗热茶，把炉子烧得旺旺的，又端上一盘风干牛肉，倒上了三碗烧酒。

"巴松大哥，总算找到你了！"有了暖和的炉火，一口烧酒下肚，陌生人白皙的脸上有了血色，绽放出热情的笑容。

"你认识我？"巴松一脸疑惑。

"这条沟最出色的猎人就数我俩，谁不知道你呀？"仲滚朗声笑道。

"是呀，久闻巴松哥大名，今天终于相见，真是我的荣幸！"陌生人文绉绉的话语，让巴松有些不适。

"这位是山外来的钱老板，想请人帮他猎杀花熊，我担心自己一个人搞不定，就想到了老兄你！"仲滚端起酒碗，主动跟巴松碰了一下。

"花熊？那可是犯法的事啊！"巴松一脸错愕。

"没关系，只要你帮我捕猎了，交给钱老板就是。"仲滚信誓旦旦。

"是的，巴松大哥，一切包在我身上！"钱老板满脸堆笑。

"阿爸和哥哥走后，我的确以打猎为生，不过，我猎杀的都是狼和野猪这些危害牲畜和庄稼的家伙，政府禁止猎杀的野物我是没有碰过的呀！"巴松一脸真诚。

"巴松大哥，我看嫂子挺着大肚子，快生了吧？"钱老板端起酒碗跟巴松碰了一下说，"祝你早得贵子！"

"谢谢，这个月里就要生了！"巴松脸上荡起了幸福的笑容。

"我看嫂子那肚子，到时候必须到县上住院才安全！"仲滚说。

"现在住个院花费也不小！城里人生个娃，少说得花两三万。"钱老板说，"那真是金娃娃呢，你们这里估计也不少花钱吧？"

"这个，我倒真还没想过，也没有问过。"钱老板的一番话触动了巴松的神经。这几年，巴松以打猎为生，挣的钱主要用于维持母子俩的柴米油盐等日常生活开支。稍有一点儿结余，都让阿妈布施到了寺庙，阿妈说巴松杀生太多，得请喇嘛们帮着念经忏悔赎罪。如今，妻子卓玛即将临产，巴松才发现自己手里是那么拮据。

"钱老板说了，打到一头花熊，给我俩一人五千元！"仲滚伸出右手，张开五指，在巴松面前不停地晃动。

"我们这儿没有花熊，要捕猎它必须到巴郎山那边的卧龙沟。"想到妻子卓玛的住院费用，巴松有些动摇了。

"就是啊，钱老板已经把车停在了寨门口。"仲滚开始兴奋，"我们明天一大早就出发？"

"好吧，那就早点儿走，别让我阿妈和卓玛知道。"巴松答应了。

"行，听巴松大哥的。"钱老板端起酒碗，"来，干了！"三人碰了碰酒碗，一口干掉了碗中酒。

第二天天不亮，三人便出了寨子，到巴郎山那边的卧龙沟捕猎花熊去了。

进卧龙沟不多时，猎狗黑虎就发出了兴奋的狂吠。密集的箭竹林里传来一阵急促的响动，随着箭竹狂乱摇晃，一个黑白间杂、胖乎乎的家伙，朝山梁上跑去。

很快，花熊就被猎犬追得跑不动了。

走投无路的花熊情急之下爬上了一棵高大的杉树，花熊趴在粗大的枝丫上，瞪大了一双眼圈漆黑的眼，一脸萌态，惊恐地望着树下狂吠的猎狗和喘着粗气的仲滚和巴松。

"开枪啊，神枪手！"仲滚兴奋地冲着呆呆的巴松喊道。

望着那一脸萌态而无辜的花熊，巴松根本不忍心开枪。

"我下不了手！"巴松怯怯地说。

"我来！想不到有名的猎人巴松，也有拉稀摆带的时候。"仲滚哈哈一笑，举起了猎枪。

巴松转过身去。

随着一声沉闷的枪响，花熊重重地掉在了地上。

巴松心里一颤，只觉那山谷间回响的枪声，格外刺耳，格外摄人心魄，经久不绝。

几天后，巴松怀揣着一沓钞票回到了家里。

那天早上，巴松收拾好东西，准备送即将临盆的妻子卓玛到县城住院。

这时，一阵密集的警笛声喧嚣着进了寨子。很快，喧嚣的警笛声在巴松家门口汇集。

医院的救护车和公安局的警车一起到来，停在了巴松家门口。

巴松耷拉着脑袋，被警察架上了警车。

哭喊着的阿妈和卓玛，被身穿白大褂的医生搀扶着上了救护车。

钱老板还没有走出卧龙沟，就被公安干警逮了个正着。

巴松因参与猎杀花熊，被判了三年刑。

卓玛因过度紧张和伤心而难产，在通往县城遥远而又颠簸的路上，因失血过多，孩子虽然保住了，卓玛却撒手西去。

卓玛临死前在阿妈耳畔不停地说："阿妈，请告诉巴松，等孩子懂事了，千万别告诉他我死了。告诉他，我是被四姑娘山山神给扣留了！"

阿妈老泪纵横，不停地点着头："知道了，知道了！我就说你是被四姑娘山山神给扣留了，等他长大后才能回家。"

"谢谢阿妈，我一定会在四姑娘山上看着你们，看着我可怜的孩子！"卓玛惨白的脸上爬上一丝笑容，慢慢闭上了眼睛。

多吉喇嘛给孙子取名格央。

格央，就是太阳的意思。

阿妈感激涕零，她听懂了多吉喇嘛浓浓的善意。在这个暗淡冰冷、摇摇欲坠的家中，确实需要一枚太阳来给点儿光明和温暖了。

三年后，巴松刑满释放。

当阿妈告诉自己发生的一切时，巴松差一点儿就疯了。

当天晚上，巴松独自一人坐在楼顶的椅子上，把装好子弹的猎枪对准自己的胸膛，鞋带套住扳机，准备一死了之。

"阿妈！我要阿妈！"楼下小格央的哭喊声，让巴松浑身一颤。

巴松端起枪，朝漆黑的夜就是一枪。

静寂的夜里，枪声格外响亮悠长。

瞬间，巴松好像被枪声给惊醒过来，他知道自己必须活下去，为了活着的阿妈和小格央，更为了死去的妻子卓玛。

妻子卓玛难产去世，儿子小格央又患上了小儿麻痹症，两腿不断萎缩，根本无法行走。巴松固执地认为，这是山神对自己过去大肆砍伐森林，后来又杀生太多的惩罚。

巴松把猎枪上交给镇政府，流着泪，把心爱的猎狗黑虎送给了在远山放牧的亲戚扎洛。

巴松到镇信用社贷了一点儿款，买了几头奶牛、十几只山羊，开始了自己的新生活。

后来，四姑娘山的游客不断增多，巴松又把奶牛和山羊卖了，买回两匹马，开始接送游客上下山。

巴松专门去了一趟镇上，给小格央买了羽绒服、小手套和登山眼镜。一回家，他就忙着收拾物品，开始为攀登四姑娘山雪峰做准备。

小格央挑选了一幅画，小心翼翼地叠好，揣在贴胸的衣服口袋里。

巴松鞴好马，把衣服和食物装进褡裢，放在马背上驮好，又抱起小格央，把他放在马鞍上。

阿妈早已在楼顶的煨桑塔里燃起了浓浓的桑烟，双手合十，嘴里念念有词地朝着四姑娘山雪峰不停地跪拜，为儿子巴松和孙子小格央祈祷祝福。

巴松挥了挥手，道别泪水涟涟的阿妈，牵着马，在晨曦中出了家门。

出了寨子，下到沟里，小格央和阿爸巴松穿过长坪溪木桥，爬上对面的坡。

这些地方，小格央不知看了多少遍。闭上眼，脑子里全是每一棵树的画面。

今天，真正走到这里，小格央还是感到十分新鲜和好奇，那片林子，金黄中泛着血红，一些树叶开始凋零，在空中摇晃着单薄枯干的身子，慢慢飘落在地上。马蹄踏过，沙沙作响。林子里传来山雀和画眉鸟的啁啾声，间或有受惊吓的野雉发出急切的鸣叫，扑棱棱朝远处飞去。翅膀扇起开始腐朽的野果和树叶的味道，林中便弥散着淡淡的酸甜味儿。

穿过林子，就来到了一片开阔的草甸。

草甸已是一片麦黄色，阿爸巴松径直来到草甸上边的白塔前，丢掉缰绳，把小格央从马背上抱下来，放在白塔旁边。巴松找来一些干草、枯树枝和柏树枝丫，堆放在白塔前，点燃，又从褡裢里取出一个塑料袋，从里边拿出专门准备的青稞、小麦、马茶叶等祭品，撒在开始燃烧的柴堆上。

"来，小格央，给神山磕头。"阿爸巴松把小格央抱到柴堆前。

小格央抬眼望去，四姑娘山的四座雪峰呈半弧状依次抬升，高耸在天地之间，就像神灵放在那儿的一架通天巨梯。

前两天，山下下了几场雨，整个四姑娘山上早已一片雪白，那几座雪峰更是冰清玉洁。早晨的云雾缭绕在最高的幺妹峰的颈脖处，像给雪峰戴上了一根洁白的哈达。幺妹峰威严地在云雾中时隐时现，多看一会儿，雪峰仿佛就开始动了起来。

小格央跪伏在烟雾升腾的白塔前，低下头，心里默念着："山神啊，请把我的阿妈还给我吧。实在不行，哪怕让我看她一眼也好啊！"

阿爸巴松站起来，高呼着敬神的颂词，从怀里掏出一沓沓风马，朝空中抛撒。五色的风马蝴蝶一样蹁跹着，一些飘飘摇摇地坠落下来，一些却迎风高蹈，慢慢向空中攀升，去到了蓝空深处。

做完这些，阿爸巴松把小格央放回马背，牵起马，继续朝高处前行。

现在，眼前出现的这些景致，是小格央过去没法看到的。

一线山路从白塔后边的山梁蜿蜒而上，然后突然朝右边折去。眼前出现的是更为开阔、逐渐荒芜的大山。一列列峥嵘的岩峰，站立在寒冷的山风中，再远，就是云雾缭绕、看不到尽头的群山之海。

中午时分，父子俩来到了牛棚子。

这是高山牧场一处简陋的小木屋，虽然简陋，却是躲风避雨度过夜晚的好地方。

从前，这里一直是上山寻找牛马家畜或打猎人歇息的场所。牧人从不锁门，并准备好了干柴、茶壶和铺满干草的简易木床，供过往的人充饥和休息。这几年，随着四姑娘山景区的保护和开发，山上的牧人也转产到了镇上，小木屋就成了登山者的歇息之地。

很快，阿爸巴松生好了火，烧了一壶马茶，从褡裢里取出一些奶酪和油饼，父子两人开始午餐。

吃过午餐，阿爸巴松又从床底下拖出一卷干草，把剩下的马茶和茶叶一并倒在门口的旧瓷盆里，放在枣红马跟前，请枣红马用餐。

巴松见火塘边的火柴已经用完，便从兜里掏出两盒火柴，放在火塘边的石壁里，以方便后来的人生火用。他知道，这么高的山上，一般的打火机是根本打不燃火的。

等枣红马用完餐，阿爸巴松和小格央又出发了。

离开牛棚子的小木屋，脚下的路开始变得模糊不清，那些低矮的灌木丛逐渐消失，一路麦黄色的野草也没有了。

枣红马的马蹄踏在黑色的砂砾石中，步伐变得迟缓起来。走不多远，枣红马就浑身汗涔涔的了，开始吐出一团一团白色的粗气，时不时打滑一下，小格央连忙抓紧了马鞍。

又走了一会儿，眼前就只有白茫茫一种颜色了。除了阿爸巴松、枣红马和小格央自己，再难看到活的东西了。

"阿爸，央金姐姐讲的故事和阿奶的不一样！"小格央冲着阿爸巴松起伏的后背说。

"哦，什么故事？"阿爸巴松回过头来，汗涔涔的脸上挂着疑惑的笑。

"四姑娘山的故事。阿奶说山神是男的，央金姐姐却说是四个美丽的姑娘为了寨里的人们不受干旱的折磨，勇敢地和恶魔搏斗，最后变成了四座雪山。"小格央一脸认真地说。

"那你喜欢哪一个故事呢？"

"我喜欢央金姐姐讲的故事，我希望山神是女的。"

"为什么呀？"

"那样，她就会对阿妈好一点儿！"

"兴许山神就是女的呢！"阿爸巴松咳嗽了几声，不再说话。

黄昏时分，在大峰营地见到巴松父子，我惊愕得半天没合上嘴。

前两天，我和扎西专门去邀请巴松一起登山，巴松婉言拒绝，理由是他准备背上小格央去登四姑娘山。

"他是在搪塞我们，一般人只身一人都难以登上，他还要背上个小孩儿！就算他可以，小格央那身子骨也受不了呀。"从巴松家出来，我有些不满地对扎西说。

"要不，他真是疯了！这几年巴松一直不顺，说不定真会干出什么傻事来！"扎西有些不悦，也有一些担心。

想不到今天巴松硬是带着小格央来登四姑娘山了。

巴松在大峰营地搭好帐篷，取出睡袋，把枣红马牵到背风的凹地，拴在一块长条石上，并把装了胡豆的袋子给枣红马的嘴套上。

天色很快暗了下来，大家简单商议了一下，便各自钻进了帐篷。

巴松把小格央放进睡袋，然后钻了进去。巴松袋鼠一样把小格央紧紧抱在怀里，合上了拉链。不一会儿，父子俩便发出了均匀的鼾声。

凌晨三点，我们开始登山。

巴松用背带绑好小格央，牢牢系在背上。他戴上登山的头灯，拄着登山手杖，走在了我的前面。

我们沿着隐约的线路，踏着厚厚的冰雪，慢慢向四姑娘山大峰攀登。

走不多时，我的腿就像裹满了冰雪，变得铁一样沉重起来。包里的两瓶氧气似乎一下子增加了十几斤，我开始大口喘着粗气。

我看了看前面的巴松，他依旧步履坚实匀称，吭哧吭哧，稳步前行。

"天啦！小格央再瘦小也有三十来斤呢。"我这样想，不由得脸上有些发烧，就不好意思松懈了。

两个多小时过去，巴松登上了四姑娘山大峰。

我不敢松懈，一路紧紧跟随，离巴松不到五十米，胜利在望。

巴松从背上解下小格央，把他放在一块稍稍平整的岩石上。

熹微的晨光中，四姑娘山最高的幺妹峰，壁立在我们眼前，似乎触手可及。

阿爸巴松和小格央抬起头，仰望着晨光中洁白威严的雪峰。

巴松从怀里掏出一沓风马，高呼着祈祷的颂词，把风马抛向空中。

小格央掏出怀里的那幅画，对着高高的雪峰慢慢展开。

巴松惊讶地发现，那幅绘着四姑娘山的画竟然有着清晰的人的面容。云雾缭绕的山腰，时隐时现着一对年轻恋人的头像。高高的雪峰上，则清晰浮现出一张漂亮的两眼含笑的姑娘的脸，像极了巴松逝去的妻子卓玛。

一阵陡然而起的雪风，一下子刮走了小格央手中的画。那幅画摇摇晃晃地飞舞着，随着五彩的风马慢慢上升，朝高空中的幺妹峰飞去。

这时，朝阳慢慢攀上天际。

高耸的雪峰之间，晨雾开始升腾。

在朝阳的照射下，四姑娘山高高的幺妹峰顶上，出现了一圈一圈五彩的光晕，像极了美丽的佛光。

那五彩的光晕中间，仿佛有一个婀娜的身影若隐若现。

巴松定定地站在那儿，仰望着，肩膀不停地抽动。

"阿妈！阿妈！我看见阿妈了！"小格央大声呼喊着，红扑扑的脸上挂着两颗晶莹的泪珠。

小格央呼出的气把自己的鼻涕吹成了一个大大的气泡，朝阳映照在上面，像一个五彩的气球。那个婀娜的身影仿佛又出现在那五彩的气球当中，小格央好奇地看着这一切，一咧嘴，笑了。

（原载于《民族文学》2022 年第 7 期）

卸轭前一日

沙·布和（蒙古族）　　　陈萨日娜（蒙古族）／译

今天，芒莱起得比任何一天都早。老伴儿嘴里嘟哝着眯着一只眼睛看钟。

"干啥呀？早班呀？"老伴儿迷迷瞪瞪地问，摸索着要起身。

"不是，不是，睡醒了就起来了。你接着睡吧，睡吧。"芒莱走出屋子。

奶白色的晨曦铺满了城市，晴朗的一天已经降临。这样的天气，虽然收入不多，但是不会太累。走过楼道，芒莱掏出烟抽起来。想到养成这个习惯已有二十年，他不禁想笑。天上没有一丝云彩，胡同口吹来的凉风让人心旷神怡。芒莱走到车旁时烟吸得也差不多了。他把烟头丢进垃圾桶。在众多车子中他那黄绿相间的出租车虽然陈旧但是很顺眼。

"可怜的，今天我就要卸下你的轭了。"芒莱自言自语着打开后备厢拿出塑料桶和抹布。他习惯了在出车前洗洗擦擦，祈祷一路平安吉祥。自己动手擦洗车既能省钱还能运动，一举两得，何乐而不为。他相信车干净收入多，也不知是不是这个缘故，偶尔哪天偷懒不擦洗车收入真的不好。

芒莱从小区门房里拎一桶水喷在车上冲掉灰尘，再拎一桶水拿软刷子沾水刷掉缝隙间的灰尘，然后用湿抹布擦掉污垢，最后用干抹布擦干。他用湿润的鹿皮抹布从一边仔细擦拭窗玻璃，最后在倒车镜上哈着气擦拭干净。座套是昨天才换过的，他用笤帚扫了扫，把跑出来的边儿塞了进去。他用吸尘器把脚垫到仪表盘的灰尘全部吸干净后直起腰满意地笑了。也许是因为擦拭得比哪天都仔细，车子看起来很有光泽。芒莱是个心里有数的汉子。他当然知道，任何东西老了旧了别说擦就是不碰不动也不缺毛病，就像他。人老了少不了疼痛的借口，机器也一样。

"大概啊，差不多跑了八十多万公里。也就钢铁能承受得住，血肉之身的话早就去见释迦牟尼了。"芒莱自言自语着启动了车。车声很轻柔，只要发出这种声音一天不会有啥事。

"呃，完了。"出小区门的时候芒莱大叫起来，忘记喝早茶了。

"不是，这是最后一天跑出租啊。今天把走过的街道统统走一遍。"他心里兴奋起来。他没有嫌弃自己是年过半百的老人。激动的神色浮现在他脸上。"我的小花马哟……"他心花怒放地吹着口哨，看见有人在招手，芒莱停下车笑容满面地问："你好吗？这么早去哪儿？"芒莱惊讶于自己的过分殷勤，不禁想笑，脸有点发热。

"去火车站。哥您也够早啊。"小伙子看起来比他儿子还小。他把包放在后座上，犹豫一下便坐到副驾驶座上。芒莱微笑着按计价器差点儿又吹起口哨来。观察到这一切的小伙子微微一笑低声问："哥，可以抽根烟吗？"小伙子说着拿出烟盒抽出了一根。芒莱知道，小伙子假装没看见中控台上"禁止吸烟"的标牌和字样。

"唔，怎么办呢，很想抽就抽吧。"芒莱摇下车窗。

小伙子很高兴，点一支递给芒莱。芒莱也不客气拿过来就抽，小伙子早就从鼻孔里喷浓烟了。

"电脑前坐一整夜累坏了。"小伙子倚着靠背深呼吸。

过几个红绿灯到了火车站。

"您走得又快又稳。十七块钱吗？"小伙子拿出二十元说，"不用找了。"小伙子拿包的时候，芒莱已经找出了三块钱。小伙子把双肩包背在单肩上说："不用客气，哥，很高兴早上一出门就碰上您这么有福气的人。口德积累的福报，不收下怎么行呢？祝愿您天天好运，财源滚滚。"小伙子挥挥手微笑着走了。芒莱目送他走进火车站，心里想着事儿。也不知从何时起，芒莱习惯了以出门碰到的第一个红绿灯来测试一天的运气。手里的这二十块钱虽然不多但绝对是出门大吉的征兆。芒莱深吸一口气缓缓启动了车。大千世界什么人都有，但还是好人多，一丝笑意闪过他舒展开的脸。然而，今天是他跑出租的最后一天啊，法定的六十岁年龄限制转眼间过去，到卸轭的时候了。说实话，芒莱觉得他的身体再跑五年十年出租都没问题。就这样离开做了半辈子的活儿、走了半辈子的路，他感到惆怅，眼睛湿润了。芒莱有点惊讶，自己过了童年就没有流过眼泪。他所经历的悲伤痛苦比他的头发还多。带着妻子抱着嗷嗷待哺的两个孩子踏进这座城市的时候是啥样呀？毫不夸张地说，只是想想就头皮发麻。挤在一间十五平方米的、阴面的门房里，吃饭时打开餐桌，睡觉时铺开被子褥子。用外面的自来水池洗衣服，因不小心把妻子最像样的羽绒服掉进里边而惊慌失措。整天为儿女的辅导费犯愁，自己想辅导却摸不着头脑。好在，穷人家的孩子早当家。两个孩子走上工作岗位，朝九晚五地忙碌后，他确实长长地舒了一口气。虽说诉苦的人没出息，但是喝两盅后芒莱还是时不时地诉诉苦。

"阿爸怎么了？又提那些陈年往事……我们不是好好的吗？"有时候女儿嗔怪。

"没事儿，说就说吧。再来二两阿爸就睡了。"儿子满不在乎地说。

"好了，再喝明天就烧心了，出不了车半死不活地躺一天不说，我也得歇息歇息呀。明早还上班呢。"妻子直接收走他的酒盅开始唠叨。后来，芒莱自己也不敢多喝了。

夫妻俩开始在灯下精打细算：这个月都还什么款，还有水费、电费、房贷、车保养费、肉、菜……芒莱当家以后才充分理解"不当家不知柴米贵"这句话。这句话比现实生活柔软多了。芒莱边想边走，感觉肚子有点饿。回呢，还是不回呢？犹豫片刻后他决定上饭店填饱肚子。对，就去"那仁塔拉奶茶馆"，他立刻掉头。芒莱笑了笑，拨一个电话号码，立刻就通了。

"喂，003，在哪儿呢？来'那仁塔拉'，一起喝早茶。"

听筒里传出女人活泼的声音：

"067哥，什么事儿啊这么突然？我回村里了。昨天咋不说呢？早说的话我就晚点来村里了。"

"就是想找个伴儿一起喝喝茶。过两天请你们。你先忙。"芒莱说完就要挂电话。

"067哥，别着急挂电话呀。我说的那件事你考虑得咋样了？"

"哦，那件事呀？我倒没什么，开车送几个工人挺好的活儿。但是还没跟老伴儿商量呢。我得找个机会，不然我也被架空呀。"芒莱说了实话。

"总之快点儿啊，哥你不是快交车了吗？好好跟嫂子解释解释就理解了。就说别老纠缠过去的事儿不放。人多了，到那时候我也没办法了。我给哥留着位置。只是你要赶紧回个话。"

"我知道你的好意。不过还是得找个合适的机会才行。你又不是不知道你嫂子的脾气。说实话，那个活儿可是白天提着灯笼也找不到的好活儿啊。"

"一个月后请专业老师培训。那时候得参加呀。"聊着聊着饭店已经到了。芒莱挂断手机，嘴角带着微笑，轻轻地点着头走进饭店。老板娘围着围裙微笑着上前迎接。

"哥这是跑夜班了吗？"老板娘说着按老习惯送来一小壶奶茶和几条炸馃子。

"刚从家里出来。懒得回家了。"芒莱点了两个烤包子、一个鸡蛋、一小壶奶茶。芒莱环顾店内，虽然几年前装修翻新过，但如今已经褪色，显出一副老旧的样子。这条街以前属于郊区，如今却离最繁华的街只隔了两条街，也算是主线的中心。对面工商银行的停车场给附近的饭店提供了免费停车位，这也是生意火的一个重要原因。一个人坐在最边儿上的桌子吃饭，虽然有点孤单，但是不断涌进来的往事让芒莱感到愉快。是啊，刚刚通电话的叫003的女人，就是在这饭店第一次请他喝的奶茶。那时候可不像现在想聚就随时出来聚，得先清楚自己挣多少，箱底存着多少，然后才敢出手。003是为了表达对芒莱的谢意，简单却真诚地请他喝奶茶。那时，芒莱开出租车刚满一个月。为了赶上最早的一班火车，芒莱匆匆忙忙赶往火车站。他看见路边有个女人在招手，那就是003。003跟他一样想去火车站拉人，结果中途爆胎，在路边求助。

"换后边的备胎呀。"

"后边还有备胎吗？"

"你这司机可真是个糊涂和尚啊，当司机的不知道后备厢有备胎。"芒莱打开后备厢一看，那备胎也是个漏了气的东西。

"唉，可怜，先用我的吧。"芒莱说着拿出自己的备胎给她换上。那女人捂着嘴不住地惊呼。那天，他们俩谁也没能去火车站拉人。空跑了二十来公里，又空车跑回来。大概一个星期后的一天，芒莱空车跑着，一个女人开车按着喇叭跟他并行。芒莱仔细一看正是那个爆胎的女人。女人笑着，摇下车窗伸出洁白的胳膊喊道："跟我来！"

芒莱一路跟着，到了"那仁塔拉奶茶馆"。

"067哥真是心大呀。不要我还备胎了？那么富有吗？"女人友善地笑着，邀请他喝茶。

"真的忘了。但至少知道后备厢里有备胎。"芒莱打趣。

"那不还你的备胎了，把旧的给你吧。开玩笑。大哥非亲非故借我新车胎还不追着要，真是个好人啊。我已经把车胎补好了。"两个人就这么认识了。芒莱这才知道，出租车司机们相互打招呼一般不用名字，而是用车牌号的后三位数，如果数字有重复的前一位数就以零代替。慢慢地，芒莱也不报名字就说

067，因此也闹出过笑话。003的真名叫金花。

"也是个活泼的女人啊。"芒莱摇摇头，不禁笑起来。一大把年纪了还想这些是不是太轻浮了？他有点儿不好意思，瞥一下四周，没人注意他。把鸡蛋和包子塞进肚子里，把壶里剩下的奶茶倒进碗里后，他接上了刚才的思绪，感觉很好，但有点脸红。有第一次就有第二次。芒莱跟003金花多次相约吃喝聊天，聊得最多的还是家里的琐事儿。再强势的人也有脆弱的一面。活泼善良的003的哀怨积压在心里无处诉说呀。她有时候说得泪流满面。清官难断家务事，何况他只是一个出租车司机。佛祖都有三只金虬，芒莱也会跟003诉说自己的生活、老婆孩子以及让他头疼的一切烦心事儿。他们倾诉过各自的烦恼寂寞后心里就敞亮了，久而久之，像同路的鬼一样对彼此的语言动作十分熟悉了。但是他们谁也没注意"度"。有一回，003找到拉一批南方旅客的活儿。她给芒莱打电话说一起走。芒莱高兴坏了，立刻动身去吞这块"肥肉"。芒莱万万没想到，从南方来北方旅游散心的"钱袋子"们呼吸北方的新鲜空气欣赏北国的大好风光，早已把时间扔到九霄云外。芒莱知道妻子在等他，就像那首歌里唱的那样，"你说很快就回来，我熬好午茶在等你"。但是芒莱没有办法逃脱。那是最大的失误呢，还是最聪明的办法呢？把旅客们送到该送的地方后他俩面临两个选择：搓着手待着，还是开房间？

"一晚上三百块钱啊！"两个出租车司机陷入了沉思。

"你知，我知，天知。那些人是不管的。"003虽然脸红了但是说得干脆。那时候天已经黑了，外边的东西模模糊糊。一天省三百块钱。五天省一千五百块钱。这么一算也没什么不行的。003用胳膊肘轻轻一碰就推倒了横在中间的那堵看不见的墙。都有家有孩子还能指望什么？两个人用哲学思想武装好了自己。地球在转动，日月轮回人心也轮回。能怎么样呢，就那么过去了。两个人带着各自的收获，在各自家里吹嘘一番也就过去了。可是哪有不透风的墙啊？那股风吹远了003和067。后院的火倒好说，又没有人亲眼所见，不能因为一次同行就把火盆往脑袋上扣吧。"别人听了丢人。"芒莱的老伴儿这样嘟哝一阵儿后消停了。

"该怎么说呢？003也是个坚强的人啊。"芒莱想着心事走出饭店。他看见从对面驶过的一辆出租车，女司机像金花。但是芒莱比谁都清楚003这辈子不会再开出租车了。偶尔，他妻子试探地问："那个事儿多的女人在干啥呢？"

"我怎么知道？不跑出租那么长时间了谁知道她在干啥。"芒莱嘴上这样糊弄过去，事实上 003 的脚指头往哪儿动他都知道。说他比她老公还了解她一点儿也不过分。过去的成了回忆。谁能相信在以后的生活中他们成了倾诉生活的痛苦、分担工作的艰辛、分享心事儿的知己呢？

003 号金花坐骨神经痛，那是司机的职业病。离开出租车的金花在服装店、超市站了一阵儿，后来不干了。

"那可不是像我这种自由跑惯了的人能干的活儿。我另有打算，事成后告诉你。"此后，她还真是一年没信儿。再次见面的时候，金花开了一辆自动挡的小福特。

"干什么这么赚钱？"芒莱像自己买了福特一样高兴又惊讶。

"像你说的，山重水复疑无路，柳暗花明又一村。你说了句明白话。"芒莱记不起啥时候说过那句话，想必是在她某次绝望痛苦的时候说过吧。

"花三万块钱参加月嫂培训班，反过来这样回馈我。今天我 003 大方地请你一回。"

除了说好，芒莱没找到别的话。他心里感到轻松愉快，但是胸口隐隐作痛。

金花看起来更年轻了，又精神又漂亮。钱包里装着开出租车从来没有装过的钱。为了省几个钱一起住店的事儿不可置信地过去了。只要活着就能用金碗喝水，这不是空话。现在他的生活也宽裕了，虽然不是腰缠万贯，但是想买什么也不用犹犹豫豫了。妻子有时候挖苦他说："那时候不像现在这么好，不然你也不是个省油的灯啊。"说得他耳根子发热。

天气好得让人感叹。

芒莱深吸一口气走向车子，看见一位腿脚不好的老妇人站在路边招手。对面驶来一辆出租车停了一下走了。芒莱看了皱紧眉头有点生气。

"真是的。"他启动车子到老妇人跟前，下车把老妇人扶上车，温柔地问去哪儿。老妇人说，去老年公寓。

"哟哟，站了半天。今天的车不知道在忙啥。"老人喘着粗气说。

老人的脸上找不到没有皱纹的地方，眼睛里蒙着一层雾，嘴巴干裂了。她拿着拐杖的胳膊像雕工粗陋的雕塑。老人呼吸有点困难，嗓子像生锈的车轮一样咣咣响。

"年轻人，十块钱够不？不够的话到十块钱的路就停车吧。我自己慢慢走回去。"叫他年轻人的这位老妇人如果年过八十，这么叫他也没错。从她说的话和目的地来看，似乎这背后隐藏着什么。一年里，芒莱往老年公寓跑过不少回，但是没有见过这位老人。十块钱能到离老年公寓五百米左右的地方。这位老妇人要走完这五百米的话，估计得先送走今天的太阳。

"老人，您放心，我免费送您过去。"芒莱脱口而出。还别说，在她这样的老人跟他一样年龄的时候，他开始跑出租收取她们的出租费，一直到今天。芒莱心里涌起一阵感动。不，今天可是我最后一次跑出租车。被这座城市接纳以来就知道索取从没有想过给予。高考的时候，他参加义务活动送过考试的孩子，孩子们高兴了，送他牛奶水果表示谢意。哦，就从这位老人开始报答吧。芒莱果断地想。这么决定后他心里敞亮了，车声都悦耳了。

老人说一大车好话下车了。这时，妻子来电话了。

"不是，你跑哪儿去了？茶也不喝了？握了一辈子方向盘，这一天不碰方向盘能怎么样？"芒莱告诉妻子在饭店喝过茶了。

"你真是个遭罪的命。不在家里舒舒服服地吃喝，这激动得，没有一点儿老人样……"老伴儿嘟嘟囔囔挂了电话。芒莱本想告诉老伴儿不回家喝茶，但是想着003的事儿忘了。想人家老婆，忘了熬好奶茶切好肉等着自己的老婆，真是好笑。最近几年，夫妻之间习惯了磨嘴皮子，不先相互挖苦几句似乎沟通不了，感觉虚伪又油腻。我这是在演出门的格斯尔的故事了，芒莱快活地启动了车。他看见一个女人从老年公寓里匆匆忙忙走出来，向他招手。

"司机，快点儿把我送到综合办公楼。"女人戳着手机说。芒莱在后视镜里看一眼，衣着时尚的女人时不时地皱着眉头戳手机，似乎很忙。

"去综合办公楼的路这会儿正堵车呢。我从车少的窄胡同送过去。以前是多两块钱，今天我免费送到，所以您放心。"女人很惊讶，眨巴了几下眼睛说："多几块钱也没事儿，您就随便走。你们出租车公司在搞公益活动吗？"

"哪儿有啊。我自己想出来的。您是第二位乘客。"女人似乎有点糊涂了。

"真奇怪。坐了这些年出租车，头一回碰见。"

芒莱笑着说："那是啊，我也是头一回。"

他简单说出自己产生这个想法的过程："怎么说呢。托大家的福，这些年赚大家的钱，养活了家人和孩子，如今孩子已成家立业，没有什么可抱怨的。这是最后一次握这个方向盘。"他越说越激动。

"原来如此。那您身体这么好，以后没事儿待着也够呛啊。"女人忽闪着眼睛，抿嘴沉默了。女人说得没错。很多人看不出芒莱的年龄，都以为他才五十。但是，岁数是一年一年地数过来的，确实到了法定年龄，身体也在慢慢衰老。没办法呀。无论做什么都有个度，这是宇宙的规律，还有人为了养家糊口眼巴巴地等着他的车呢。谁也不再说话。到目的地，芒莱把手伸向没开的计价器，惭愧地呵呵笑起来。刚才说了不要钱，还向计价器伸手，这是职业习惯了。他嘲笑自己。女人默默地下车走几步回头说："座位上放了钱，拿着吧。"她说完疾步走去。

"什么？"芒莱有点惊讶，回头一看座位间夹着二十块钱。

"哎，人家都说了不收钱。"芒莱嘴里嘟囔着没拿钱，直接启动了车。以前，他为了多拉几个人恨不得把眼睛放在车外，但空跑几公里是常有的事儿。今天却很奇怪。到中午时，芒莱至少拉了十个人，把免费拉人回报社会的那些话说得相当顺溜了。芒莱感觉有点累。回家吗？他想起以前的情景：因为回家也是空房冷灶，所以索性去快餐店买便宜菜和馒头吃，然后在车里休息。啊，就那么办。芒莱决定跟老伴儿说一声，然后像以前那样休息一回。以前是没办法。老伴儿早上去缝职业装的地方晚上才回来，两个孩子中午在学校吃住，芒莱回不回都那样。还不如买五块钱的菜和两个馒头，六块钱就能填饱肚子，比在家里做饭还省钱。芒莱今天要了两张馅饼一碗素汤，还要了一壶茶。他不慌不忙地吃完饭出去。车里怎么休息呢？他突然想起广场旁边呈伞形的松树。

"对，就去那儿。说不定哪个好事儿的老司机也去呢。"他上了车。芒莱开始跑出租的时候那棵呈伞形的松树有蒙古包那么大。松树附近有几个空旷的大院，几棵榆树和杨树零零散散地长在松树周围。白天，出租车司机们在树阴下乘凉，傍晚，贪玩的孩子们在树上玩耍。如今这里铺花岗石画黄线设了停车场。从四面八方跑来停留休息的事情已经过去了。中午车不多，一到晚上逛广场的人的车占满了停车场，晚到的人想找到停车位是不可能的。芒莱顺着风向停好车，脱下外套挂在前座上，伸懒腰，深呼吸。这棵呈伞形的松树更高大威武了，枝叶比以前茂密了几倍。他有六七年没来这儿休息了，所以没怎么注意。树的那边，几个建筑工人正在酣睡。有个年轻人敞开车的所有门窗，耷拉着穿白袜子的脚在车里休息。

芒莱一觉醒来已是下午三点。周围的人和车都不见了。他揉着眼睛，擦着眼屎，打着哈欠起来往镜子里看，头发蓬乱得像丑小鸭。他用手掌拍拍，用手指梳梳也没好多少。

"对啊，可以理理发呀。去塔娜理发店吧。想得真及时。"他向那个小理发店开去。

路上拉了两个人，他顺溜地说着那些话把他们送到了该送的地方。到塔娜理发店时正好没有顾客。塔娜好像刚刚洗完头发，站在镜子前用吹风机吹头发。她有点惊讶地看着芒莱笑了。

"挺悠闲的呀。"芒莱在靠墙的靠背长木椅子上坐下来。

"这个点儿没什么人。来附近送人了？"塔娜说着沏茶。

"是的，是的，在这附近卸了人，想闲聊几句再走。"芒莱不好意思说那些说得相当顺溜的关于退休的话了。又不是战场上立功回来的战士，也就为了回馈养活过自己的人而做的事情，没必要弄得尽人皆知。虽然每个人的工作和做法不同，但是谁整天游手好闲地待着呀，芒莱对自己的做法有点惭愧。真的，就拿理发师塔娜来说吧。她四十多岁就守寡，靠这门手艺扑腾了这些年。别人可能不知道，他们这些老出租车司机是一清二楚的。她经营二十来平方米的小理发店，只收五元钱的理发费，以微薄的利润维持生计。物价猛涨的时候，她只涨到六块钱，好几年后涨到八块钱，现在是十二块钱，已经三四年没变了。主街那些时尚理发店从二十块钱一下子涨了几倍。普通理发三十五，做简单的造型五十，专业理发师一百，塔娜不是不知道这些。去塔娜理发店的是认定了就不轻易改变的几个出租车司机和一些退休干部。他们有的还是互相唠家常的老相识。

"塔娜理发和出租车价格是不涨的。"有人半认真半开玩笑地说。

"我也不是什么技术高超的人。也就手巧一点，所以这就足够了。你们也没提什么条件嘛。"塔娜善良地笑。能把一句多层意义的话说得好听是让人心情舒服的秘密。塔娜用莲蓬头浇湿头发，理完发后再用水冲一遍，这很受顾客的欢迎。

"理个头发耍那么多花样干啥？谁知道那些洗发水是什么东西。肯定是有害化学药物。"说这种话的明白人也不少。对于除了水电没别的投资的塔娜来说这句话肯定受用。来塔娜理发店，最主要的还是价钱便宜。

"最近生意怎么样？"塔娜甩甩吹干的头发问。

"还行，我们这个活儿只要咬牙跑着或多或少都能挣点儿。"

"其实，跑出租车也是个好活儿，既能挣钱还能看这看那散心，不寂寞。"

"你们那么想，我们是做够了。整天就那几条街，开车坐到屁股肿，颈椎腰椎也受不了。像你这样待在家里挣钱才好呢。"两人你一言我一语地说了些羡慕彼此工作的话。芒莱站起来要走。

"修理修理鬓角？还是过十天半月再来？"塔娜稍微观察了一下问。

"还真是该修修了，你看我差点儿忘了，过两天想出门。"这句话其实在芒莱心里压很久了。最近他一直在心里思量，结果不小心放出来了。

"是人家用车吗？还是芒莱哥自己的事儿？"

"啊，私事。"芒莱有点慌张。这事儿他还没跟老伴儿商量呢。

进城以来，他们别说出去旅游，就是舒舒服服地坐在一起吃饭的次数都寥若晨星。妻子不去缝纫店虽然有一年多了，但是期间又干小区保洁，又当超市理货员，根本没时间。缝纫店虽然有固定收入，但是妻子老眼昏花了，只能退休。过年过节他们回一趟老家，有人说："你们俩进城了，冬天不冷，夏天不晒，每天坐车旅游，真是享受呢。"他们听了只能面带微笑，转身咳嗽。谁能相信呢？别说出门旅游，就是城里的超市公园也没有一起逛过。所以，芒莱半年前就计划交车以后第一时间去五台山旅游。芒莱跟谁也没说过他的计划。似乎顺应了风向，老伴儿的养老保险金下来了。交车一个月后芒莱的养老保险金也能下来。芒莱准备那时候跟老伴儿说，他想给老伴儿一个惊喜，没想到今天却失言了。好在，这里没有别人。

"芒莱哥，您今天怎么了？好像有心事儿似的。"塔娜用湿毛巾擦着他的头发和脖子问。塔娜没注意他刚才的失言。

"没事儿，没事儿。今天出来早，有点累了。"

"可能是。哥快六十了吧？不注意休息怎么行呢？"

芒莱拿出一张二十元的钞票。

"哎呀，还客气上了，晚上加个下酒菜吧。"塔娜推让。

"那我走了。"芒莱想说过几天再来，但是话到嘴边卡住了。这里离家隔五条街，这么远的地方怎么来呢？芒莱突然感到惆怅。

芒莱慢慢地开着车到市博物馆南路，看见有人向他招手。芒莱好像在哪儿见过那人，但是见过的人那么多怎么可能一一记住呢。芒莱到那人跟前刹车停下的那一刻后悔了。何止认识，就是脱胎换骨也不可能忘记呀。他的头发蓬乱地搭在肩上，身体像衣服架一样枯瘦，脸像马脸一样长。芒莱虽然不咬牙切齿地憎恨他，但也当他是眼屎。因为他的贱嘴，芒莱被罚三百块钱，车被没收七天。那可是七八年前啊。女儿高中毕业刚收到录取通知书，儿子考上研究生，花费多得就差卖血了。正是这个人，就因为多收了一块钱而向出租车公司投诉了他。那时候正赶上整治出租车乱收费问题，真是灾难啊。那次他是从巴达日拉小区到市博物馆南门。如果直走的话必须过主街，过自由市场，那段路堵得吃饱的蛇都钻不过去。芒莱没想太多，按照习惯绕过主街，绕过自由市场到达目的地。打车费是十二块钱。如果走主街不堵车的话打车费是八九块钱。

"你为什么绕道多收费？"他冷着脸问。

"虽然绕了点，但是比走主街快多了。就多一两块钱没什么吧？"芒莱随口说。

"什么？就多一两块钱？你们都是这样宰客的吗？怪不得电视上总说整治的问题。没事儿，我找你公司投诉去。"他摔门而去。芒莱没当回事儿，还说他是"挖鼻屎当盐吃的吝啬鬼"。结果第二天狼狈了，出租车公司找他了。

"走近路的话堵车厉害。那就不是多一两块钱了，也许会多十块二十块呢。"芒莱讲自己的理。

"乘坐的人愿意的话就由他堵着呗。你这样随便绕道是违反规定的行为。"

"那以后注意吧。让我绕道我也走近路，那一块钱给他还回去。"这话捅马蜂窝了，多了态度不好的罪名，交了双倍罚款。

那位长头发坐后座上说："去巴达日拉小区。"

芒莱在后视镜里看见他额头上布满了皱纹。他脸色苍白，下巴尖瘦，像刚从医院出来。他不说东道西只顾低头看手机，芒莱就不知道怎么说出那些关于退休的话了。走了一会儿，他关掉了计价器。快到主街时芒莱问他："先生，走近路吗？"长头发抬头看了一眼说："司机师傅看着怎么方便怎么走吧。"每个人都在生活的磨炼中变得老于世故，这一点从他的话语中能看出来。芒莱懂得跟什么人说什么话。一天的好心情被这么个人破坏了，芒莱虽然气愤，但也无奈。说得相当顺溜了的那些话怎么也说不出口。他还在犹豫时，巴达日拉小区已经到了。长头发拿着手机凑过来，"｜一块钱？"他有点惊讶，"二维码呢？"

再不说计划就被破坏了。

"哦，您不用付钱。今天免费服务。"芒莱没有心情说好话。

"为什么呀？今天是什么日子？"

"什么日子也不是，就是……您下车吧。"长头发皱了眉头，嘴唇抽动了几下。他把手机放回兜里，拿出一把零钱。

"真搞不懂。你把我看成什么人了？绕过自由市场的话十二块钱。放这儿了。"他把两张五块钱和两张一块钱叠放在座位上，头也不回地走了。芒莱没跟他争。他掉头走了一段，收起那些钱，发现驾驶座和扶手箱中间夹着很多钱。他非常惊讶，拿出来一看，最小面值是十元，还有二十的、五十的，居然还有三四张一百的。

"不是，这些人……"芒莱摇摇头查了一下，一共八百多块钱。

这叫什么事儿？顶他两三天的收入了。芒莱突然感到心口堵得慌。是啊，他想起来了。每次他说免费服务，解释说这是自己最后一次跑出租的时候，坐车的人脸色变得严肃，人变得沉默。语言这个东西是不是说得越流利越产生误会呢。芒莱没有得到他们的祝福，反而触碰了他们的同情心，这让芒莱很无措。接下来该怎么说呢？芒莱犹豫着。有人敲他的车窗，用手比画着问他走不走。芒莱拉上乘客向目的地走着，乘客有点担心地问："司机师傅，您怎么了？"

"哦，没什么。挺好。"芒莱回过神来说。

"那就好。我以为你碰上了什么不幸的事儿呢。你连计价器都忘开了。"

"哦，是的。"芒莱勉强笑笑开了计价器。

"哎，现在按它干啥。到那儿一般十五六块钱。现在开计价器不超过十块钱。您放心走吧，我不会少给的。"他说完笑笑。

"您知道得很清楚呀。经常打车吧？"芒莱还是说不出那些说了好多遍的话。

到目的地时计价器显示九块钱。乘客从钱包里掏出二十块钱说：

"不用找零了。无论遇到什么事儿您都放宽心。或者，您今天早点儿回家休息更好。"他微笑着一步三回头地走了。

芒莱从扶手箱上拿起那二十块钱，轻轻地叹口气，靠着靠背陷入了沉思。他的初衷和事情的结局令他惊讶。他只是一时兴起，继而付诸行动了而已，人们却有了各种理解，这让芒莱很为难。有人按着喇叭经过，可能是某个熟悉的司机。芒莱看时间，已经晚上七点了。是平时吃完晚饭上晚班的时候了。今天可能是跑了一整天的原因，也可能是心神不定的原因，芒莱感到腰酸，感到累。

他下车伸展腰，活动四肢，闭上眼睛摇头晃脑舒展肌肉。瞬间，浑身筋骨都放松了，身子轻快了许多。

下班时间打车的人多，但也是堵车的高峰期。以芒莱的经验，这个时间去开发区或稍微偏远的工厂或公司门口转更有收获。芒莱没有按原来的经验走。好像要尝试最后一次堵车的滋味似的，他直接开向主街。刚到主街边的岔道就看见一位脚踩十厘米白高跟鞋，身穿紧身超短裙的女孩在招手。

"哪个酒吧的蝴蝶？"芒莱嘟囔着停了车。

"司机师傅，我去'夜巴黎'。"她说完就拿出镜子补口红。

"从市环路走。"她往自己的化妆镜里挤眉弄眼，摆出各种表情说。芒莱马上想到顾客是上帝这句话，但是没说什么。走市环路，到"夜巴黎"多走十公里。一些厌倦了市中心的堵塞和喧嚣的人不怕多绕路。说实话，那些就是有钱还会享受的人们。美女打扮完了夸道：

"大哥开车真是流水一样。"芒莱在后视镜里看这个比他女儿还小好几岁的女孩有点想笑。

"开很多年了。"他说。

"能做好一件事也挺好。我们的工作不知什么时候是个头儿。"女孩紧贴着座位歪倒了，"哥，我打个盹儿，到地方喊我。"

她睡着了。

"最后一次啊……"芒莱看了一眼不给他多说话机会的女孩，摇摇头开着车。

芒莱把女孩送到"夜巴黎"门口。一个门卫模样的人跑过来问多少钱。女孩似乎已经习惯了这样打车，边跑边说拜拜，很快没影了。

"平时是四十五块左右……"还没等芒莱说完，门卫就瞪大了眼睛，

"没打表吗？没有真凭实据我们是不付钱的。您不知道必须要发票吗？刚跑出租啊？您如果想要车费自己去找那个小姐。"门卫睁着一双斗鸡眼一口气说完了。芒莱不争辩反倒想笑。

"好一个忠实的……"接下来的话可能不好听，于是芒莱吹着口哨走了。因为准备迎战的词儿荒废了？觉得碰上了一个傻瓜？或者怀疑他跟女孩有关系？门卫迷茫地站着。芒莱走了很远他还直愣愣地站在原地。

"嗨，人啊！"芒莱在车里大声说，向加油站开去。油箱的指示针下降，亮了黄灯。这样交车可真是白天打灯笼也找不到的好机会啊。

芒莱笑了。

"好好给我加满。"他对加油站工人说，看向对面那位加五十块钱油的出租车

司机。从加油站出来，手机响了。老伴儿打来的。

"不是，你是不回来了还是怎么的？你想把那辆车据为己有吗？还是……孩子们来了，等着呢。"老伴儿的嗓子有点嘶哑。

"什么？他们来干啥？今天不是周二吗？"

"周二怎么了？不能来看父母吗？"

"不是，你有话直说，总是绕弯子干啥。到底怎么了？"芒莱有点生气地问。

"都是跟你学的。赶紧回来。"老伴儿说完就挂了电话。

"老年痴呆了？还是怎么了？总是莫名其妙地发脾气。天要塌下来似的慌里慌张的。"芒莱关掉计价器往家开去。芒莱又心疼起老伴儿来。他知道老伴儿不去缝纫店以后总是心神不定。当超市理货员、小区保洁员后心情也不佳，所以几天前不让她去了。

"唉，人这个东西一闲下来就想这个想那个，也是个苦命的种啊。"他进了小区。

儿子在学校教书。女儿在一个机关当秘书，不是周六周日一般不来。孙子跟舅舅亲，接送幼儿园都他们帮忙，所以芒莱夫妇没有负担和牵绊。女儿去年结婚还没有怀孕。到底是什么大事儿呢？他想不出来。

那时候刚刚开出租车。有一次，老伴儿在电话里哭哭啼啼地说："儿子失踪了……没回家……学校里也没有。"正往农村送人的芒莱，赶紧哄那个人半路下车，急忙跑回来。原来，儿子跟同学一起走了。还有一次，芒莱跑长途快到家的时候老伴儿来电话了。老伴儿很怀疑地问他到哪儿了，啥时候回家，拐弯抹角问了半天后才问他女儿的班主任有没有打电话。那时候女儿在高中念书。

"没有啊，怎么了？给你打电话了？怎么了呢？"芒莱觉得老伴儿的话有点不对头，就一直追问。

"能怎么样。你天天到处跑。我天天加班有什么办法？"老伴儿又回了一句摸不着头脑的话。

"到底怎么了？绕来绕去的。"芒莱生气了。

"你女儿惹事儿了。你问她自己。"老伴儿说完就挂了电话。

"什么？"像是当头挨了一棒，芒莱差点儿没被迎面来的货车卷进去。芒莱打开车窗透透风后给班主任打电话。

"给你打电话没信号，所以找她妈妈了。也不是大事儿。你女儿总在课堂上往班级微信群里发搞笑段子，所以想让你跟孩子谈谈。事情现在已经解决了，不用再追究了。您慢点开车。"芒莱回家后跟老伴儿大吵了一架。他们有二十年没那样大吵过架了。很久以后，芒莱才发现，那次吵架以后老伴儿说话总是欲言又止，吞吞吐吐。不工作了，她可能有点孤独，有事儿没事儿给芒莱打电话。老伴儿说的都是回不回答都可以的事儿，所以芒莱觉得回家吃饭喝茶间闲聊更热闹一些。

芒莱将车开到自家楼下。他想起儿子读小学的时候为了让他检查作业在沙发上迷迷糊糊地等他回来的情形。因为今天回来得早，有两三个停车位，这让他舒心。芒莱下车仔细端详了一番车子。要永别这辆虽然便宜但是改善了他们生活的出租车，他鼻子不由得酸了。"唉——"他叹了口气，抚摸一下镜子，爬上楼梯。不知从哪家飘出来一股炒菜的香味。芒莱的口水都流出来了。推开门才发现让他流口水的香味是自己家的。

儿子女儿来了，桌上还放着一瓶"金草原"。老伴儿没怎么在意，盯着电视看电视剧。儿子迎上来开玩笑似的说："庆祝阿爸光荣退休了。"

"阿爸是真不想离开出租车。"女儿从厨房里端出一盘炒肉。

"不愿意听别人说他老了，闲着他就浑身不舒服。"老伴儿适时地挖苦道。

"乌鸦落在猪身上——看见别人黑看不见自己黑，说的就是你。不去缝纫店以后你怎么叨叨来着？"芒莱边说着边惬意地坐到饭桌后面。儿子拿酒杯斟酒，女儿又炒了一盘葱爆羊肉。芒莱猜到老婆孩子商量好了一个什么事儿。他装出满不在乎的样子，抿一口酒。

"今天是什么风把你们都吹来了？"芒莱动筷子说。

"阿爸要退休了，怎么能悄无声息地退呢？过来庆祝了呗。"儿子接过话茬儿。

芒莱淡漠地说："没事儿闲待着有什么好？你们看看你们阿妈，脾气都变了，整天唠唠叨叨的。这下好了，两个人唠叨了，你们回来的次数就更少喽。"芒莱挖苦老伴儿。老伴儿眼睛虽然盯着电视，耳朵却听着他们的话。

"乌鸦落在猪身上，这话还给你正好。你那么厉害怎么从早到晚屁股都坐扁了还不回家？说不定你还不如我呢。"

儿子好像就在等这么一个话茬儿似的抢着说："阿爸阿妈身体这么硬朗，没事儿待着也不容易。阿爸，我跟妹妹商量了个事儿。"儿子看了一眼阿爸的脸色。芒莱还是一脸淡然，慢慢地啜着酒杯里的酒。

"为何吞吞吐吐？说吧。"

兄妹俩看了看彼此。从小爱跟阿爸撒娇的女儿歪着脑袋说："阿爸开了一辈子出租车，我们觉得那个活儿挺合适。在哥哥的学校附近租一个房子招几个学生，阿妈做饭，阿爸接送，对谁都不错……"女儿说着看哥哥。

"阿爸，买车是小事儿。买七座的五万七万就够了。要五座的话我的旧车也行。"儿子赶紧说。芒莱放下送到嘴边的酒杯，看向老伴儿。老伴儿若无其事地坐着。芒莱有点想笑，眯着眼睛抿着酒杯里的酒说："想法是挺好。那活儿赚不了多少钱的。阿爸既然能把你们拉扯大，以后也能养活自己。睡了。"他走向卧室，腿脚有点踉跄，这是贪杯的结果呀。

"阿爸生气了吗？"儿子瞪大眼睛自言自语。

"是呢，哥哥你说什么旧车，让阿爸伤心了吧。"女儿眼里噙满泪水。

老妇人满不在乎地盯着电视剧说："你们俩为何这样慌里慌张？各回各家吧。你阿爸就那样，有话不说藏着掖着，想着别人去求。谁知道他心里在研究什么。"

芒莱比任何一天都睡得踏实，而且做了一个长长的好梦。老伴儿却不像自己说得那么安稳，思来想去辗转反侧，黎明时分才沉沉睡去。

（原载于《民族文学》2022 年第 7 期）

黑城之恋

索南才让（蒙古族）

上篇　等待城墙再次成长

我们的关系还没有确定，但都心里有数了。这天晚上，我从家里出来，发信息给她：你到服务中心这里来。知道了。她说，我白天路过的时候，看见那里有人。但现在，外面太黑了，我害怕。那我来接你。我说。不用了，你来接我更害怕。你怕什么？我说。怕什么？你说我怕什么？大半夜的跟一个男人出去，好吗？你到底来不来？再过半个小时看吧，这会儿我看电视呢。她说。那你看吧，不用来了，我回去了。我说。你这个人真没意思。她说。你把我晾在这里算几个意思？我就是开个玩笑。我可不想开玩笑。好了好了，我现在就出来。

我点了一根烟，离开路灯的光圈，站在了黑暗里。楼上办公室的灯亮着，谁在那里？徐金盛，还是都成仓？或者是妇联主席党慧明。这女人的精力实在是太充沛了，干事那叫一个雷火。我再往黑处走了几步。约在这里见面实在不安全，但刚才办公室好像没人，我记不太清楚了，我应该朝上面看了一眼，乌漆墨黑一片。但更有可能是我想着要看，结果却没看，我心里装着事。四月的夜晚冷飕飕，我冻得一哆嗦，这才发现自己没有穿衬裤，但这怎么可能？我开始分析自己为什么没穿衬裤，又是什么时候脱掉的。我居然想不起来。往前推，去西宁那几天我穿着呢，我记得在枫林酒店，我洗澡时还在犹豫要不要洗一洗。回来后四天无所事事，但肯定没有脱掉，因为那几天天气很冷。接着去藏毯厂帮朋友看地毯，心血来潮地离开马路，从田野间走路回来，直接越过黑城，走向那段病恹恹的明长城，在那里逗留了很长时间……然后再往前，一直走到了拉脊山脚下，坐在一块很大的、遮风效果极佳的石头背后很长时间——那段时间想了什么？在手机上读网文，听了歌，拍了照片，那天是三月二十八日吧——下午四点过后，起身，活动了僵硬的双腿，回家。膝盖骨里空荡荡的，酸涩感很强。饿得双腿软绵绵的，头冒虚汗。身体这么糟糕吗？我开始害怕起来。那种害怕很复杂，不是单纯地担心疾病，不能恢复正常、意外受伤、痛苦的煎熬，以及死亡这一终极恐惧都让我感到害怕。但那时候，我依然穿得很正常。再往后的日子，就是来了一拨客人的这几天。这已经不知道是这一年多时间里的第几拨参观团了。但这次来的这些人有些不一样，他们是书画家、摄影家、戏剧家还有作家，来黑城采风。我知道的时候已经是第二天上午了，书记徐金盛领着他们在石头街上漫步参观，到处指指点点。我站在汪生全家的大门口，看着他们慢慢地走到小广场上，很有兴致地欣赏我们村的几个妇女的广场舞。一曲结束，他们说说笑笑了一阵子，有个鬈发红脸膛男子走到广场中央，说要唱一段秦腔。他叫上来一位女士，简单地酝酿了一下，唱起来。我还是第一次当面听人唱秦腔，很有意思。他俩既走台又演唱，表演得很尽力。围过来的人多了，大声叫好，要求再来一段。两位答应着，休息了片刻，又唱起来。

等我到镇上买了膨胀螺丝，租了电钻，又到锦华饭店门口开上车回来时，他们在办公楼底下，支着大铁锅，在揪面片儿。显然，这种午饭他们很喜欢。我放慢车速，数了数，他们有十一个人，有五位女士。我用借超长电线的机会去找文婷，才知道昨晚上有两位女艺术家住在她家。半夜里，她们兴致很高，要去走走石板街，看看月亮，是我陪她们去的。文婷说，昨晚的月亮真大呀，又亮又清晰。石头朝着月亮的一面都在发光。她们激动坏了。

哦，肯定是的。我说，在城市里，哪有月亮的光，都被灯光吃了，还有汽车尾气和乱七八糟的气体。

回来时已经四点了，我都冻死了，她们还舍不得回来。我觉得她们这样的人真好，喜欢生活的美是真诚的。

我有些奇怪，难道我们不真诚吗？不一样，我们看见的生活是实实在在的生活，她们却能看见不一样的东西，那应该是隐藏起来的更好的一些什么，但我们看不见。

也许是这么个理，但是你想过没有，我们能发现的很多事情他们却不知道。一时说不上来具体的，但是你好好想想，心里就是有那么一种感觉，我们的很多秘密他们不知道，这个秘密不是那种秘密，是大的那种，就好像……

我知道你的意思。她说，可是我更想成为她们那样的人。

她们是干什么的？

是作家。

她们带书了吗？自己写的书。

她们说太沉了，没带。但是我上网查了，她们写了很多书。

都是些什么书？

有一本好像叫《重返现场》。

是小说嘛？

好像是。

肯定不是网络小说，网络作家没时间采风。我接过电线。此时，我们在她家被当作库房的旧房子里，里面很暗。窗户本来就小，现在又钉上了木条加固，幽森森的。我靠上前去，她一闪身，到了门口。中午那会儿，有戏曲家要唱秦腔，你来听吗？

你会去吗？

我当然去。

那我也去。昨天我也听了，功底深厚，唱得好。

我很羡慕那位女老师，她的气质真好，你发现了没？

哪个？

就是唱秦腔的那位女老师啊。

哦，没错。的确非常好。我想，那应该是常年舞台表演的效果，就像军人总是昂首挺胸一样。

但我做不到。她说。我看出来她真的对自己感到失望了，好像受到了很大的刺激。

不是做不到，是我们从来没有机会，也没有必要去那样做，我们做自己就好了，她们也是在做她们自己，因为职业或者艺术，你才会觉得她很不一样。

我好像有点驼背，你觉得呢？

没有啊，我没看出来，有吗？

有的。我知道，我走路的时候喜欢塌着肩膀，就好像累得抬不起头一样。

这是一个习惯，改一改就好了。

她父亲去县里了，她妈就在广场上练舞，再过几天，村里的舞蹈队就要去参加演出比赛了，因此这些天，广场的音乐从早到晚不消停。她妹妹因为疫情，从兰州大学放假回来了，正从卧室的窗户观察我们。你妹妹在监督我呢，好像害怕我把你拐跑了。我朝文洁挥挥手。她面无表情地看着我。

司马昭之心，路人皆知。

那你什么态度？

不是明摆着嘛。

我还是不太明白，你忽远忽近的。

从她家出来，绕过了挖断的巷道，经过古井的时候，有四五个艺术家在那里聊天。聊的正是这口井。这口古井已经有一千年了，是北宋一位叫王厚的威州团练使的"政绩"。他在崇宁三年时率军攻打青唐城——现在的西宁市——逼得青唐王子溪赊罗撒什么什么的逃到了溪兰山中，再逃至青海湖，最后，又到了溪兰宗堡——现在我所居住的地方：黑城——被王厚围堵歼灭。据《续资治通鉴》记载，这口井是为解决当时守城将士们的吃水问题开掘的。因为水质优良且从不断绝，故一直饮用到 1996 年，黑城通了自来水，才被封存。我小时候，可没少喝这井水，冬天的时候，帮母亲提水——再后来自个儿来挑水——也没少受罪。当时并不觉得有什么好的，水就是水，难道还能变成饮料，但现在回想——尤其是喝了自来水一对比后——真是大不一样。这井水的那种干净至纯的感觉，太珍贵了。

我回家前先到土主庙那里看了看。那位画家还在画画，旁边已经有一幅完成的作品了。我在他旁边站了一会儿，他没有看我，专注地工作着。他画的是石头街的一截，古城墙和那几棵古树都跃然纸上。他身后，土主庙边上的那棵披满了红绸的老树正在发着新芽子，在他斜对面，古城墙豁口下是水泥硬化路，绕着黑城一圈。在二十年前，这个豁口是没有的，我小时候常在城墙上玩，可以完完整整地走一圈，走到南城门了，手脚并用爬过去，接着走。城墙有两三步宽，看起来很高很危险，却从未掉下来过。因为上墙，那些年母亲揍我的次数数不清。现在，她已经有十来年没有打我了，所以她将这些精力放到了对那些往事的回忆上。几天前，我陪她到城外散步回来，经过北墙根时她又说起一件事。说那一年，我大概八九岁，一场大暴雨过后，城里到处是泥潭，院子里圈了一大汪浑水，墙根小小的排水洞效果不显，我父亲正在旋大排水洞，但一转眼，我不见了。接着她和父亲心有灵犀地朝墙头一看，我蹲在城墙上，正笑嘻嘻地看着他们。适合上墙的地方就在土主庙旁边，他们都不知道我是怎么用这么快的速度跑到土主庙那边上墙又踩着城墙跑回来的。当时我吓得脑子嗡的一下，这可不是平时。母亲说，墙是黄土墙，雨一泡，滑得跟鱼儿背子一样，随便一下，就会栽下来。你父亲气得当晚就犯心脏病了，你这个二流子。她嗔怒地瞪我一眼，看着城墙，陷入了回忆。母亲说的这件事我毫无印象，她以前说的很多我闯过的祸，除了她，估计没人记得。以前不觉得怎么样，但自从父亲走后，她的记忆力越来越好了。我发现，她可以追逐到事件最轻微的细节，而后，由此引出更多的事件。刚开始的时候，大部分事件都没有我参与——我想那是因为我还没有出生，或者太小了——但到了后来，尤其是最近两三年，主角大部分都是我，好像我正是在她的故事中慢慢长大，然后导引着事情的发展。

我赶在中午到来之前干完了活儿。母亲花很长时间绣了一幅超大的百鸟朝凤图，我拿到西宁市精心装裱。客厅沙发背后一直空白着，就等这幅杰作呢。这是母亲刺绣多年来最呕心沥血和雄心勃勃的一幅作品。她多次表明，这是留给我的纪念。我会当传家宝传下去的。每次我都这样说。她虽然呵斥我不正经，但心里却很高兴，绣得更加仔细认真。有时候一坐大半天，抬起眼来，茫然无神，一副心神耗费过度的样子。但她不听劝，执拗的态度体现在作品的进度上，这么大的一幅图，她不到两年便完成了。整个黑城，以及周边村寨，我认为没有可以与这幅作品媲美的刺绣。其配色的精湛、细节的完美、构图的大气令人惊叹。这真的是一幅可以当作传家宝的宝贝，因为里面有母亲倾情投入的精气神和一个母亲对儿子和家的全部情感。

当我将百鸟朝凤图挂上去，拉开窗户上的窗纱，满屋生辉。效果之好，让她高兴得合不拢嘴。看来我是白担心了，搭配得很好啊，你看呢？她满怀信心地问。简直就是不得了。我说，这还不把别人眼热死？以后我们出门，得把门锁牢。胡说。谁会偷这个。就是因为这个才会心动，其他的东西哪有这个宝贵，我得小心一些。

她从各个角度观赏、审视。她复杂的感受我无法准确描述，总之，最后她心满意足地去做午饭了。我说去还电线，出门径直走到小广场。综合办公室楼下，几个婶婶又开始做大锅饭了，跳舞的依然还在努力。艺术家们参观了一上午，回到了这里，有的坐在凉亭里喝茶，有的站着闲聊。文婷从办公室楼上下来，在大铁锅旁边绕了一圈，慢慢地来到广场。两位戏曲家开始准备表演了。黑城好运小卖部门前下棋的几个老头儿丢下棋子，背着手也踱过来。我站在文婷身边，朝她笑笑。我妈的刺绣挂上墙了。我说。肯定非常好看，我想去看看。她说。那你下午过来吧。我说。我不好意思，太不好意思了，她一个劲地摇头。也不着急，反正以后你有的是时间看，可以看一辈子。我小声说。不要脸。她躲开我一些距离。下午我去镇上，你要去吗？我不跟你一起去。她说。这时候，男戏曲家说了几句对黑城的感受和感谢的话，要开唱了。他们唱的是《秦香莲》中的一段，有六七分钟长。

听完一曲，满足地吐出一口气，我已经决定好好研究研究秦腔，既然这么喜欢，那就尽情地去听吧，去唱吧。这是一个高级的爱好，没有人会反对。我发现文婷的目光一直追随着那位女戏曲家，她的羡慕再次显露无遗地表现在脸上。要不要去认识一下？不用，有什么意义呢？可以学习唱戏啊。她看了我一眼，我什么时候说过喜欢唱戏吗？我被噎得没话说。她已经变得兴味索然，没有交谈的兴致了，她甚至都不再看任何人一眼。她走后一会儿，我抖抖手里的电线，追了上去。

音乐响起，争分夺秒的婶婶们又开始跳起来了。我说。

她们怎么了？她们的现在，就是我的将来。她情绪低落，说话很冲。

很好啊，老年人，开开心心身体健康就是一切。我说错什么了吗？

我只不过是说了句实话，你就不耐烦了。她毫不客气地推开我，说，推土机来了，让开。

你们家的推土机长这样？这是挖掘机。

反正我看到了几十年后的自己，我是农村女人，又有什么区别。

不一样的，时代发展这么快，说不定到时候我们都成城里人了。

可是意义没有变，我还是和她们一样，做着一样的事。

我们的事情不都一样吗？大同小异的事，生活也这样。我被搞糊涂了，我能理解她心中的不甘与反抗，但正是这种态度在我看来是完全没有必要的，因为大众就很好，我很不想让她因为不甘心而去辛苦做事。那你想干什么，你可以不跳广场舞啊，再说，到了那个时候，谁知道有没有广场舞。

这么说，你其实心里也是这么想的。她一副果然如此的表情。

你明明知道我不是那个意思。我说。我的火气也上来了，但我不想让她看出来。

那你什么意思？她依然不依不饶。就算……她有些哽咽。就算到时候我不跳广场舞，可我也是一个农村的老太婆，我永远成不了另外一种人，我早就知道了，因为我没有上好学，没有学历没有知识，也没有什么才华，无论我羡慕什么想要干什么我都没有那种才华，我越想做别的事就越觉得最适合做的就是一个农村妇女，你说我怎么办？我该干什么？我是想唱戏可是我得有那个天赋，得有一副好嗓子啊，得有一副好身材啊，你看看我这个矮子，你再看那个老师，看看她的条件你再看看我，你跟我说我能干什么？我可以干什么？

我想抱抱她，被推开。巷道里空静，挖管道的工人不在，昨天新翻出来的泥土吐露出农村的气息。我仰着头，看着城墙根那一排杨柳的干干的枝条垂下，贴着土墙乘凉。听着她轻轻的抽泣，心里一阵刺痛。如果去爱一个人的前提是要了解她，那我做得远远不够，是根本不合格的。我根本不了解她的心思，不知道她在想什么，不知道她精神的苦楚，我只是想得到她，让她成为我的妻子。但是，然后呢？我没有想过，或者，是潜意识中有了固定的传统的不需要去追寻的答案：一个农村的家庭妇女。是这样吗？我真不知道了。此刻的答案，很有可能已经被篡改了，我已经不承认了。

好一会儿后，她渐渐平复下来。我握住她的手，心里一阵发虚。现在，不管她怎么想，我认为自己还没有做她男人的资格，但又因为这个突然的事件，我更觉得有信心了，因为我知道了她的苦闷，我可以和她一起去抗争去奋斗。别担心，我说。无论你想干什么，我都会陪着你，和你一起努力。我还会和你一起变老，就算是去跳舞，我也和你一起跳，不和别的老太婆跳。

你讨厌，我才不去跳，要去你去，你和那些大妈打情骂俏，你最适合干这个。

行啊，只要你没问题，我完全没问题。

你要是敢和别的女人多说一句话，我饶不了你。

我的天哪，你还没进家门就吃上醋了？我可怎么活啊。

你现在后悔完全来得及，我可以放你一马。

晚了，现在九头牛也拉不回我了。成功地逗她开心，我将电线递给她，朝大门内张望，再一次看见文洁正看着我们。我张张嘴，涌上喉咙的难听话还是咽了下去，再怎么说她也没错，又是未来的小姨子，又是很有上进心的大学生，给点面子吧。文婷似笑非笑地瞅着我。一看你的表情，就知道准不是好话。知道文洁怎么说你吗？说你是个狡猾的善于伪装的人。我伪装什么了？我说，我爱你是真的。肉麻。她说你肯定心里在骂她，她从你的表情上看得清清楚楚。这么说来，她比你了解我，干脆你们姐妹都嫁给我算了。请你转告她，我也会好好爱她的。

她朝妹妹招手让她出来。我掐了一下她的脸蛋落荒而逃。文婷在身后喊，你要是能和她争辩半个小时，我就什么都听你的。我迟疑了一下，但随即强忍回头的冲动离开巷子。

4月28日这天晚上十一点多，我看完了《一念永恒》最后一章。这部网络小说我断断续续看了半年，总体感觉还是挺不错的。回想自己这十来年的阅读水平，觉得有所进步。我记得第一次读网文还是2010年的冬天，那天我去找都成毅，他正在读小说。他用手机读，用的是一部灰屏的诺基亚手机，他每读一行便要摁一下下音键翻出来一行。但一行只有十几个字，所以他要一刻不停地摁键。我问他为什么不设置成翻页，这样摁一次键可以读到一页文字，最起码有五六十个字吧。他说他不习惯那样读。正是他引导我读网文的。我读的第一本书是关于三国的，名字现在已经想不起来了。但我记得第二本书是《寻秦记》，那本书太好看了，我一口气读了两遍，并受到此书的影响，喜欢上了战国先秦时期的历史。有关这方面的书籍或者影视作品，我会多看几眼。我和都成毅由此成为阅读伙伴，经常交换阅读体会，分享好书。他是一个很有身份的人，从过去到现在一直是。他很看重家族荣耀，绝不干有辱门风的事情。小时候，我们几个常常闯祸的小子中，他是最有顾虑的一个，长大后他也是最稳重的一个。他的先祖，是南京江宁府上元县乐人，始祖官至清五品钦差，后迁至青海，入籍湟中县，并在民国年间移至黑城村落户。说起他祖上的事迹，尽管都成毅也一知半解，但他在这方面的收集和整理上是有一些功夫的，说起那许多年前在南京城里正月十五的花灯，那欢乐时刻发生的意外，又因为这些意外而造成的流放，前往这遥远的边疆路途上的遭遇……家族坎坷艰辛，代代奋斗、代代相传的精神，如同家谱一样清晰地传承在他的血脉中。事实上，不只是他都氏家族，黑城的如解氏、汪氏、刘氏、田氏，还有我这一脉人丁稀薄的冯氏，祖籍都在南京，都是那一次意义深远的元宵节中的"罪犯"。那些无法一一证实的陈年旧事，于后辈的猜测与推断中弥补出一个个家族迁徙的轮廓。而这些从南方来的祖先，他们的后人经过几代后，又成为地地道道的北方人。所以对我们这些后人而言，所谓的南北之分，早就在先祖们的迁移中化为乌有，剩下的，只有一颗中国心。

夜晚总是流淌进历史的大河中，让清醒着等待的人经历某种精心安排的时间去回顾体味。我睡意尽去，心如撞鼓，于是穿好衣服，走到外面石板街上。夜晚的黑城寂静无声，仿佛回到了远古时期，有一种胆怯却好奇的懵懂意味。我心里喜滋滋的，很快走出石板街，从北门出了城，延续多年的习惯，迈着多年来形成的步子，我开始再一次绕走我的黑城。这次没有数步子。也不用数，这个小游戏我玩得太多了，在我养成散步的习惯之前——大概就是从八九岁开始的——我便养成了丈量黑城的习惯。东面213步，西面214步，南北分别是202步和200步。这是近两年比较准确的数字。但在以前，我的成长没有定型之前，数字的变动是很频繁的，几乎每个季节都不一样。这个小游戏陪伴了我很长一段时光，特别是在我心情不好的时候，我会独自享受这个在别人看来万分枯燥乏味的游戏。我会一圈接一圈地走，走一步数一步，把每一步控制得差不多，越精准越好，乐此不疲。当然，儿时的游戏现在成为生活的一部分，并且是最核心中最难以割舍的那一部分。这些年我渐渐地才有些明白，我是把生活中日常的一部分很自然地转化为一种更具有意义的形式，我将去长途旅行的步伐浓缩在了黑城身上，具体在了少年时的城墙上。黄土坯的墙头，收缩了世界的比例，我不用离开，就可以走完整个世界。这就是我这些年从来没有离开过的原因。我总有一种感觉，或者更像是一种仿佛受到保护的直觉：这黑城的城墙，受尽岁月和历史的盘剥，经历了高原的沧海桑田后，重新焕发生机，宛如枯树抽芽，将再次成长起来。说不定在某一天，我再次走出家门，悠悠地拐过北门，倚着墙根，沿着庄稼密匝匝的田埂踱步，恍惚间，这段厚腾腾的城郭产生新的步数，它已悄然生长了一截，围绕它的庄稼荡漾，它也在春意沉醉的晚风中扬起一片得意的微尘。

下篇　谁在承风岭遥望黑城

文婷戴着黑色的口罩，一顶同样黑色的却印有一个金边大蝴蝶的鸭舌遮阳帽，她迟疑不定的样子把我搞笑了。但她很严肃。这里有摄像头你不知道吗？谁闲得没事会去查看监控记录呢，别担心。我安慰她。你说得真轻巧，我们就不能去外面吗？我怕你不愿意。你是我肚子里的蛔虫吗？她带着点你不要自以为是的嘲讽口气。好吧，那我们到外面去。你先走。干吗？会有人看见的。她坚持不和我一起走。到下面的路上等我。她说。那里车来车往，更招人好奇。我说。哎呀，就一会儿嘛，我们一起到地里去走走。好好好，我先走了。

时间是十点半，四月底的夜风带着微凉的大地复苏的气味，像无心睡眠的游客一样在石头街上晃荡。街上空无一人，两边崭新的刷了黄色油漆的门面在路灯照明下闪着亮光，和地上的石板一样让人感到有点陌生。我很快走到了土主庙前，往后看看，从左边走出城堡。没过一会儿，她快步走来了，急匆匆拉着我的袖口，就离开路面，走进一片没有耕种的地里。我任由她做主，很高兴她对我的态度有了变化。

你要带我去哪里啊？我害怕了。

那你回去啊，你不是有很多要聊天的女朋友吗，我是不是耽搁你宝贵的时间了？

停停停，我投降。你这个伶牙俐齿的小妖精。

是你先惹我的。

对对，是我的错。

你叫我出来，有什么事？

没多大事，就是想见见你。

我们天天在见面。

是啊，但还是不够。

少来，我才不会感动呢。你这个人的嘴，骗死人的鬼。

大晚上的，不要乱说。

我待不了多长时间，我是撒谎跑出来的，那两位老师还在看电视呢。

她们怎么样？

特别好，我越来越羡慕她们了。

别羡慕，因为她们也在羡慕你。

为什么？

因为你年轻又漂亮，住在一个历史文化悠久的古色古香的小城堡中，还有很多暗恋你心仪你的小伙子。

得了吧，就算我很享受这种夸奖，我也不感激你。你见过她们吗，她们一个比一个漂亮，而且，而且在气质这一块，她们拿捏得死死的。

我好像没见过，那天中午她们好像不在。

那天她们去杨的藏毯厂了。

这些艺术家还要待多长时间？

好像再待两天就走了。

你们已经成为朋友，以后你可以去找她们。

嗯。她突然不说话了，默默地走着，好像陷入了一场耗神的回忆中，过了好一会儿，她才发现我们的手紧紧地握在一起。但她没有挣脱的意思。在这块两亩见方的地里，我们来来回回走了几遍，她说要回去了。你从北门回。她说。你先回去吧，我再待一会儿。干什么，别着凉了。她说，哦，我知道了，你还要约会。我突然抱住她，亲吻了她。她挣脱的巧妙令我吃惊，一愣神，她已然消失在地头的路上，脚步声清晰可闻。

我磨蹭了片刻，感到虚惊一场。至于惊了什么，却不得要领。我想，是因为她终于表明了态度吧。然而我很早就明白她的态度——她没有说，却等于说了——并且相当笃定我们会走到一起，但是这个吻却意义非凡，是定情之吻，说是订婚之吻也未尝不可。

我又朝夜的深处走了一会儿，也不知道想去哪里，但不想回家的情绪还是很强烈的。况且我也已经习惯了黑暗，眼睛派上了用场。我仿佛被一股力量引领，正在径直地朝拉脊山的方向走，很快便走到硬化路面上。远处庄子里有狗叫，附近除了路灯，还有几辆施工的翻斗车停在路边的空地上。一大块蓝色铁皮不知什么时候被风吹到了这里，有棱尖的一个角很深地插进了地里，整体的形状像毕加索简化版的公牛。我走到这里，再没有往前，折返向回黑城的小道，绕过北门的畜牧养殖基地，回到家里。母亲还没睡。才回来。她说。到外面走了走。我说。她关了电视，去厨房慢吞吞地喝茶，又走回客厅，看了一会儿自己的杰作。我刷了牙洗了把脸从卫生间出来时，她还在那里站着。你再不睡，小心又失眠。我说，我现在一过十二点不睡着也会失眠。那是因为你有心事。你和文婷的事，能成吗？她突然有些忐忑，似乎在害怕什么，这种充满各种意外和不确定性的感情事，是最难以控制的。当然能成，她家里人都知道我们的事，谁也没有出来反对，文婷说她爸爸很平淡，说明是同意的。我说。你明天带她来家里，我和她说说话。好的，她正好想来看看你的这幅刺绣。我说。那个丫头是个心灵手巧的机灵人，要是她想学，我就把我的这点手艺全部教给她。她说。嗯，这个以后再说吧，以后有的是时间。我说。时间不多了，你这个憨头啥也不知道。她突然恼怒地说。好好好，明天你自己跟她说。你说我去他们家里一趟成吗？你去干什么？根本没必要，到时候让媒人去就可以了。我说，至于什么时候去，我和她商量一下。

我敢说，所有为情所困的人都是合格的失眠症患者。第二天，我一脸疲倦地去了镇上的农商行，汇了一笔款子到玉树。我和玉树的万德才让合作虫草买卖有七八个年头了。我们双方都很满意。每年我从他那里收购几批虫草，再通过早已建立完善并且很稳定的网络渠道发到南方各省。虽然没有做大做强，但每年都会有新的顾客加入我建立的虫草群里来。这个群我没有起关于虫草的名字。当时心血来潮，觉得卖什么就叫什么没意思，就起了个"不要让生命晃动的必要"这样一个古古怪怪的名字。最早只添加了五个人，都是浙江人。而且还是我认识的所有的外省人。当时，说实话我并没有抱多大希望，更没想过将这一行干长久。但是世事就是这么奇妙，群里的一位大姐成了我的贵人，她先是购买了一批量不大的虫草，很快又买了三百根。接着，她将她的亲戚和朋友都介绍给了我，这些人又介绍了一些人……几年下来，这个群已经声势浩大，群里最多的是浙江人，然后是福建人和广东人。这些南方人成为我经济稳定的强力支持者，得益于他们，我不用到外面打工谋生，可以在家陪着母亲，整日里无所事事，像一个乡村的二流子。每年五六七三个月的鲜草期，是我收入最多的时候，其他的时候，我好像在领工资一样，每个月或多或少，都会有一笔干虫草销售的收入。我购置了一个专门用来放虫草的冰箱，现在已经快空置了。这笔钱汇给万德才让用来进山收购虫草。我坐在家里，静候佳音。回想起来，是很多因素相互关联起来，才促使我成为一个贩卖虫草的"生意人"，但实际上，我不是。我很有一种觉悟，无论我真正要干什么，却绝不会成为真正的生意人。那么我究竟想干什么呢？这就和文婷一样，我也不明白。好像我一直在找，很难找到。开始的几年，因为太过于无所事事，我有些焦灼。脑子里想很多点子，最后一一去除。最接近于我内心的热爱，又很想干的事情是画画。我买了颜料和笔、画布、各种油画画册、画架，以及一些零零碎碎的工具，下载了很多教授油画的付费视频课。我认真学了五天，又给自己放了一个周末，然后再也没去动画笔。我耐心地考虑了两个星期，放弃了画画，将培养出来的耐心用在了今后几年的生活中，焦躁不安的感觉没有了。

　　对于我没有目标的生活母亲一点儿也不担心，我能够挣到足够的钱养家糊口，又不用外出打工让她安心，她觉得这很好。至于将来，她说，啥事情都有头有尾，你别担心，该你想干事情的时候，谁也拦不住。母亲说的当然对，事情就是这样。我还没到时候。于是我开始读书，发现了网络世界的虚幻中存在的那一部分真实，居然比在现实中更让人重视。但是，现实之真与虚幻之真的结合，好像一个混血儿，因为背景的不同，衍生出的问题更多更棘手。宽泛地说这些和我没关系，可无论如何，我都或多或少地利用了这种现象，给自己谋取了一份利益。但是渐渐地，我竟生出一股反感来。我知道这来自太安逸，安逸的对抗种子抵达我心智边缘后扎下根来，盘根错节地成为一道解不开的难题，好像在告诉我，无论我将来有什么糟糕的命运都是罪有应得，因为我现在过早地过上了安逸的生活。我不知道那些和我一样甚至更年轻的选择躺平的人，他们的心灵有没有收到警告，反正我是收到了，但没当回事。我对自己说，得了吧，你根本没躺平，你不是每天都在忙吗。瞎忙也是忙。再说，谈恋爱是一件真正重要的事，是顶顶要紧的事。

给文婷打电话。我在镇上呢，你来吗？你怎么不来接我？她埋怨道。我怕我小姨子。我说。巧了，她说她也怕你。她说。怕我还那么欺负我，这就是女人的反话吗？行，你等着吧，我们马上过去，你在哪儿啊？文洁也要来吗，她来干什么？文洁，他问你想干什么。文婷在那边喊。好了好了，我开玩笑的，你们一起来，我请你们喝奶茶。我说。

我开车到了麒麟河边上，停好车，在"时光逡巡"奶茶店门口等她们。万德打来电话，说明天就进山。受到疫情影响，今年的虫草价格上涨了不少，所以我也要涨价了。我想是不是在虫草酒这方面再努力一下。这是一条路，可以走走看。你出多少就能卖多少。不算不知道，在我的账本上，从去年五月到今年四月，这11个月里，虫草酒总共卖出了1750瓶，每一瓶都是3斤装的，里面放15根虫草，有10%的利润。已经很可以了，虫草的利润大都没有这么高。我想起来第一次去拜访文婷父母的时候，给她爸带的就是两瓶虫草酒。由此自然而然地谈到我的虫草生意，当他得知我一年在虫草上能挣那么多的时候，他非常吃惊，很怀疑我的话。我干工程，一年累死累活也挣不到这么多。他说，特产这么挣钱吗？这要看人脉资源。我说，大部分做虫草的都挣得不多，我只是运气好一点。也不全是运气，你有这个头脑。他开始对我好言好语起来，我们喝了一斤都成仓家自酿的青稞酒，他说出了自己的秘密。我有六十万外债收不回来，都是工程款。但是，我跟家里说的是二十万，我怕她们太担心。他说。

我等了半个小时，她们从我身后出现。文洁大大咧咧地拍我的肩膀，戏谑道：姐夫你好。听说姐夫你要娶我当小老婆？文婷在一旁掩嘴而笑。我张了张嘴，尴尬地笑笑，开玩笑开玩笑。我还当真的呢姐夫，姐夫你变了。我终于见识到了文洁的厉害，不敢接话，请她们进入奶茶店，上了二楼。她们一个要了珍珠奶茶一个是椰果奶茶。茶饮来了后，文洁吸了一口，说还行，没有我想的那么糟糕。小地方的小店，你将就着喝。我说。

是啊姐夫，这里没意思，你什么时候带我们去西宁玩儿啊？

很快很快，等忙完这段时间。

这段时间是多久啊？她不依不饶。

呃，也就两个月。

两个月？我都回学校了，都忘了你这个人了，你真没诚意。

也是也是，不能让小姨子忘掉姐夫，那就过几天吧，我安排时间，提前通知你。

这还差不多，姐，你男人狡猾得很哪。

闭上你的臭嘴。文婷去掐文洁的腰，你再胡说我看看。

你们两口子要谋害亲妹妹。文洁挣脱出来，挪到我这边坐下，大大咧咧地盯着我看。我看着文婷，文婷看着文洁。我们奇妙地僵持了片刻。在这两姐妹面前，我充满了挫折感，我想也许是她们的默契带给我的压力，因为我和文婷没有这样的默契——不用说话不用看对方，仅凭感觉就能心领神会——而我也不敢保证，今后的我们会有这样的默契，我没有见过这样的夫妻，所以我不知道。

我说得很少，大部分时候都是文洁在说。她的思绪跳脱得很，一会儿这里一会儿那里。我这是第一次如此近距离观察她。她几乎常年在外面上学，即便小时候，在这么小的城堡里，我也没有留下多少有关她的印象。好像一转眼，她便以大姑娘的模样出现在眼前，平心而论，她长得比姐姐更漂亮，皮肤有一种南方人的白，很干净。但是，她的性格却让人不喜，总有一种掌控欲，说话很强硬，语气没有文婷温柔。虽然严格来说文婷说话也很冲，但是在大部分时候，她是很平和的。她会生气，却也会调节自己去妥协。我觉得这一点很重要，要是以后结婚，有矛盾永远是我的错，尽管也可以，但终究是不平衡的。我揣测文洁将来的婚姻，一片暗淡。她已经不小了，性格想要改变几乎不可能。而且，这么小话就这么多，年龄再大一些……我几乎看见了一个絮絮叨叨没完没了的怨妇。

从奶茶店出来，沿着麒麟河走了一会儿，我们随便找了个小吃店，点了两个小炒和一份羊肚汤。这家店的招牌菜就是这汤，也的确有几分滋味。只要了一碗米饭。这姐妹俩对待吃饭都有一种与生俱来的警惕。半天才吃一口，在我看来完全就是浅尝辄止，猫都比她们吃得多。她们看着我吃，我也吃不下，草草扒拉几口。文洁吵着嚷着要去爬山。

我们沿着明城墙慢慢走。这一段长长的残破的古长城，曾几何时，担负着多大的重任呢，又经历多少人间的战火演绎。说老实话，以前，我不在意这些，无论过去发生过什么，那都是已经远去并对我的生活产生不了动摇的历史。我不想知道，当然可以。即便是现在，哪怕是将来，抛开身份的好奇和对本地历史意义的追寻，我依然可以对此一无所知，没有非知不可的必要。但是，转变是在我开始读书后发生的，我读那些网络上的历史架空小说，又读唐明清民国年间的小说，很自然地培养出历史观，有了考证的兴趣，这是我没有预料到的。虽然我不是这方面的专家，也无意去刨根问底，我只是想了解一下真正的历史背景，以便在读书时有自己的思考。这样一来二去，储备了一些历史知识，可算是意外之喜。我已经觉察到了自己在阅读方面的转变，对网络小说的热忱正在消退，我今年的阅读比例就是很好的说明，历史书籍和纯文学作品占据了大多数时间，除了《一念永恒》，我甚至想不起来今年还读了什么网络小说。而且，我已经打算找一些家乡的地方志之类的书籍，花时间好好研究研究。既然阅读的道路将我引导至这个方向，那我也乐于接受，去追根溯源一下。至少，我得弄清楚我的祖先在南方是什么人，来这里又发生了什么。一条线的脉络如果一头清晰地出现在我身上，并扯动着我的心脉的话，那么就是另一头在召唤。我现在越来越明白，一个人活过二十五岁，便会进入一个成熟期。这个成熟不是平常认为的那种成熟，而是以一种觉悟了的心态，开始寻找自身的一些东西，又去除一些怀疑的东西。来来去去地折腾，总会有结果出现的。当然，我现在并不想知道，我才刚刚开始一段旅程，姑且，将这一段人生称之为寻根吧。这种现象也在文婷的身上出现了，我之所以喜欢她，不是因为她漂亮，是她的某种困惑与追问与我志同道合，我们有话说，尽管我们到现在都没有在这方面好好地、开诚布公地谈一谈，可是这不紧要，因为从一言一行中，我们已经交流了无数次，在更深的精神和意识中，我们交谈了无数次。我很庆幸能遇到她。

拐上一条通往弟兄山的小道，经过一个养牛的大棚时，从里面跑出来一只白狗，看样子是藏狗和农村土狗杂交的品种。它跑向我们，自来熟地摇着尾巴，跟着我们走了一段路，直到看见一群西门塔尔奶牛和放牛的一个男人，才丢下我们跑去那里。

再往前的路，转向山下，我们离开土路，拣了一条上山的羊肠小道，弯弯绕绕地在树木和沟渠间盘旋而上。走了将近一个小时，抵达山顶。天气晴好，空气干净，极远的地方也轮廓清晰，而脚下的村庄、工厂和田野，尽收眼底。黑城有如一座平地隆起的点将台，方方正正地矗立在那里。也许是因为家的缘故，我们怎么看，都觉得这一带的风景中，黑城最美。但更有可能本身如此，黑城是一座古堡，是承载着太多太多历史生命的古城。

会当凌绝顶，我们谈兴大发。天南地北地胡扯了一通。文洁说到黑城的历史，说是清朝的一个叫杨应琚的官员督建的。我说不是，黑城的历史更早，早在宋朝的时候就已经在此建城了，只不过那时候叫溪兰宗堡，后来翻建或是改建后，才改名为黑城的。

对啊，所以之前的是溪兰宗堡而不是黑城，这是两码事。

怎么就是两码事了？这城从宋朝开始就是一脉相承的，不能这么分割，这就好比一个人因为生病做了一个重大的手术，之后就变成另外一个人了吗？他就非得要改名字吗？

你这个不学无术之徒，溪兰宗堡在上新庄，怎么被你弄到一起了，这是一回事吗？

不学无术之徒？在你眼中，没上过大学，对一些事情一知半解的就是不学无术之徒了？好一个清高的人啊！我气急而笑。我知道不是我搞错了，错了的是她。不知道她是从哪儿得到的论断，或者说她对自己居住的古城历史其实没有多少兴趣——就像以前的我一样——只是在一知半解道听途说上添加了自己的臆断，既然这样——即便不是这样——我又和她争论什么呢？何必呢？

好了好了，几百年前的事情有什么可争的，不管是这个城还是那个堡，不都在我们这一片土地上吗，能跑到哪里去？好好爬个山，你们真是扫兴。文婷生气地转身往回走了。我追上去，很真诚地道歉。我是真的觉得自己有些过分了，一个女孩子嘛，这个年龄，不关注历史，不对这些感兴趣才是正常的，这在中学生的考试中体现得明明白白，那些历史考得好的，大部分都是男学生。我居然和一个女学生争论历史问题，真是不对，平白在文婷面前失了肚量。所以我道歉的态度很好，也很诚恳地对文洁说了对不起。她也显得很不好意思，开玩笑说都怪你，要不是你抢走了我的姐姐，我也不至于这么气急。

第二天，艺术家们打道回府，回到自己的领地去创作了。他们乘车离开时我们很多人到北门送别。文婷和住在她家的两位老师依依不舍地道别，我听见她们在说文婷你一定要去找我们……

　　黑城重归平静。生活按部就班。五月份到来，城墙根的树木率先垂范，枝叶仿佛一夜间繁茂鼎盛。黑城笼罩于一片绿荫之中，古色古香。我一连忙了十几天，虫草的生意第一茬告一段落。头草是最好的，这是我在这个群里再三强调的，所以当头草一出来，销售相当强劲。我先前预判，由于疫情影响，我的客户的收入也肯定锐减了，尤其是那些开店做生意的，更不好过，所以今年的虫草销量并不乐观。但是恰恰相反，今年比任何一年都卖得好。

　　虫草卖得好，货源却出了问题。今年上去的一批挖虫草的人被遣返了，不管是出于疫情控制的必要还是为了生态，反正不让挖虫草了。但这不是绝对，当地人依然可以去挖虫草，只不过少了那么多专业挖虫草大军，虫草的量必然锐减。谢天谢地的是万德才让不负我的期望，虽然前期猛然被打个措手不及，但反应过来的他迅速调整策略，利用亲朋好友和乡亲的优势，稳住了收购渠道，保证了虫草数量。他庆幸地说，他们村和隔壁村都没有做虫草生意的人，要不然还真难说。半个月里我大部分时间都在西宁，回来的时候去了一个花店，买了一束玫瑰花。但店主告诉我，现在送女朋友更讲究搭配，她建议我送向日葵，其寓意是：入目无他人，四下皆是你。有你时，你是太阳，我目不转睛；无你时，我低头，谁也不见。她让我把这几句话写在粉饰精致的卡片上。她在向日葵周边搭配了香槟玫瑰和蓝星花，一束亮丽而不失雅致的花束便完成了。

　　我平生第一次给女孩子送花，心里有些激动。花束像一个女孩一样文静地坐在副驾驶座位上，一路上我扭头看了多次，相信也无声地笑了多次。我将车停在她家的巷道口，观察周围有没有人。我终究不好意思让别人看见我拿着花扭扭捏捏的样子，而我在这方面也终究大胆不起来。给文婷打电话，让她出来。干什么？她那边很吵，好像是洗衣机在转动。就一会儿，我在你家门口。我说。

　　过一会儿，出来的是文洁。

　　有啥事，我姐忙着呢。她走过来看见花，笑容就有了。

　　一会儿时间也没有吗，什么事情那么忙？

　　她手里有活儿。她看着花说，这是送花来了？你好浪漫呀，这花真漂亮。

我心里非常非常失落，那么兴致高昂地来，却如此扫兴。但我尽量没有表现出来，将花递给她。请帮我转交给你姐，这是我平生第一次送花给女孩子，本来想着亲手交给她。

要不我去叫她出来，或者你进去？

不了，你转交给她吧。

她拿着花回去，走得很慢，在很认真地研究着花。进大门前转头，朝我挥挥手。我狠狠地捶打一下方向盘，回家去。刚刚停好车，她来电话了。我没接。她一连打了五个，我都没接。我要用这种方式告诉她我很生气。

她在微信里发来了语音，语气很温柔并带有歉意，说不知道是这么重要的事，正好在和面要蒸馍，手上全是面，就让文洁去了。她一连说了三个对不起，我的气也消了。回复说没关系，只是心里有些失落，你以后要为此补偿我。她回：嗯嗯，我一定补偿，我心里也突然很不好受，感觉特别对不起你，这也是第一次有人送花给我，而且还是我从来没有奢望过的。我说，为什么没有奢望，是对我没有信心吗？我就那么直男吗？她说，也不是，就是觉得好像这种浪漫离我们很远，很不接近。我说，那你就错了，而且以后也要有觉悟，我可是一个很会浪漫的人。她说，哦，是吗？那你还对谁浪漫过？是怎么浪漫的？我说，你刚刚收了我的花，就不能不攻击我吗？她说，我就是好奇嘛，好奇也不行？我说，卡片你读了吗？她说，读了，读了好几遍。但之前文洁给我念了一遍。我很感动，但也羞死了。我妈就在旁边听着呢。不过，还是特别开心，谢谢你。她缀上一个吻的表情。我说，那你先忙去吧。也给她一个吻。她说，嗯嗯，好的。最后说一句，文洁快羡慕死我了。

接下来的两三个小时，我都不知道自己干了什么。快到傍晚时，我发现自己坐在院子里垫着厚软垫子的石凳上——我想我是从自己的卧室里出来的——看着母亲在菜园里忙碌。她在翻地，要种菜了。

你怎么又自己干上了？我不是说过我来抽个空种上吗？我接过她手里的铁锹，她已经把地翻得差不多了。

我看你在想事情，就没叫你。翻深一点，整整一铁锹都踩下去……

行行，我知道了，你去做饭吧。

已经做好了，早上我搓了青稞面鱼。

种子呢，今天就撒上吗？

你别管，你翻完就行了，我明天自己种，你不知道怎么种。

下午，我网购的一批书到了。有《东坡诗集》《人间词话》《老残游记》《西京杂记》《博物志》，《史记》我已经有一套中华书局点校版的，这次又买了岳麓书社版，为了更有利于阅读，配套地买了《史记的读法》一书。另外，经人介绍，我也买了《续资治通鉴》和《西宁府新志》一套。

这是我第一次如此大规模地买书，竟然有一种喜悦的成就感，好像我已经读完这些书，并据为己有了。晚上在自己的房间里，看着摆上小书架的这些书籍，心境有所变化，仿佛这里成为了一个更安全的地方。不得不说，我这次大量地买书，决心做一个"读书人"是有诱发原因的。那些艺术家作家的到来是一个契机，因为那天在村委会议室的欢迎会上，我们几个有闲空的村民也去陪席。艺术家们谈吐不凡，我受到刺激，生出不甘之心。所以别说文婷，我也感慨良多，并作了决定。我没有和文婷说，是虚荣心好胜心使然，在她面前，我不由自主地就想显得自信一些，摆出一副智珠在握的样子去开导她……其实我内心的惘然忐忑，未来的人生，该去怎么安排？是随意而去，到哪儿算哪儿，还是逼迫自己一把，压榨出隐藏的那股力量？一边是安逸但会很平庸，一边虽艰辛却能有作为。我劝文婷顺其自然，是因为我不想她那么辛苦那么痛苦，但我自己却不甘心，我隐约有一种直觉，认为朝着地方历史、民俗文化方向搞搞研究，可能有所收获，但这谁说得准，无论搞什么，对我来说都是摸着石头过河，难免磕磕碰碰。说不定到了中途，我就力竭，被淹死了。不过我还是下了决心，买了这些书想先学习起来，做一些尝试。世事无常，以前在学校读书的时候，我读过的课外书全部加起来可能都没有十本，现在居然要一套一套地去读。这些书摆在眼前，并没有吓到我，反而有一股豪情，这让我信心十足起来，觉得求知学习之路可期。

我先开始读《青海地方史志文献》上册，十点多的时候，文婷发来微信语音，问我在干吗。我说在读书。上进的孩子。她说。将要娶一个优秀的女孩做妻子，我当然要努力上进了，不能让她瞧不起。我说。除了你瞧不起别人，还会有人瞧不起你？说这话你负责吗？我什么时候瞧不起人了？我说。有啊，你明明就在瞧不起我。她说。我怎么瞧不起你了，这又从何说起？我说。上次，那应该是十几天前，还是几个月前？反正我觉得很久了，你答应了我要单独带我去登山望远，却想不到是随口一说，你不是瞧不起我是什么？我恍然大悟，的确，在那次和姐妹俩登山回来后我答应过她，却真的忘了。但眼下我无论如何也不会承认的。我的打算是等到最好的季节带你去，既然你这么说我必须得行动了，那就明天吧，我们去登山。到了夏天我们再去一次，说不定那时候你已经是我的未婚妻了。我说。你想得美，八字还没有一撇呢。想要我可以啊，先去过老头儿老太太那一关吧，哦对了，还有文洁那一关。她说。文洁都已经叫我姐夫了，她肯定是站在我这边的，我的小姨子对我最好。至于岳父岳母大人那里——我们一起努力！我说。你的最好的小姨子已经变卦了，她说你不好，不是姐夫了，因为你没有给她送花。哎呀哎呀，我不能给你送花的时候还给她送花，这是我对你的心意。不过，你跟小姨子说，姐夫我下次买两束大大的花给她赔礼道歉。我不说，你自己去说吧。行行，我自己说。那我们说定了，明天早上十点，我们在明长城遗址碑那里集合，不见不散。我准备一些吃的东西，我们登山野炊去。

　　母亲还在看电视。这段时间她迷上电视剧《人世间》了，只要哪个频道上播放着，不管看没看过她都看。我说了明天和文婷去登山，她很高兴，起身就要去准备食物。我劝住她，超市里现成的东西就行了，不必麻烦。但她觉得还是准备一些好，比如烙几张薄饼，或者做些馅饼。我看劝不住，就让她明天早上再做。我们十点才出发，时间足够。

　　第二天九点半的时候，我已经将车开到立着"明长城遗址"的石碑那里，等候文婷。我在想，她会用什么方法甩脱文洁。我担心文洁会跟着来，她能做出来，她才不管我欢不欢迎。或许她故意来，成心让我难受。

　　文婷一个人来了。精心打扮，我看呆了。她脸红了。她恼怒我幸灾乐祸似的笑意，一路上埋怨我，说再也不打扮给我看了。

　　行驶了不长的时间，拉脊山的一脉群山尽在眼前。这条山脉，不知从何时开始叫拉脊山了，但在过去的历史中，它叫承风岭。我更喜欢这个名字。我找了个地方将车驶下公路，停在路边。从后备厢取出大背包背上。里面装得满满的，很沉。这个专业的登山包是我从西宁一家野旅专卖店里买的，其中还有配套的小壶小锅小灶什么的。自从买了后，一直没用过。我撅着屁股往山上爬，她在后面咯咯笑个不停。我很久没有好好运动，这骤然一发力，很快便累得气喘吁吁。第一个山头总算翻过去，对面是更高的山坡，风景也好，就是远了一点。但看她兴致很高，我话到嘴边又咽下去，实在不好意思就地停下脚步。她想帮忙背一会儿，但我是绝不允许的。你只要照顾好自己就是最大的帮助。我说。

　　瞧你说的，我难道是娇生惯养的城里人吗？

你细皮嫩肉的，我怕你受伤。再说，哪有让女士背包的道理。

自尊心还挺强，我怕你累瘫了。可别逞能啊，逞能没好结果。

你难道不能说点好听的，或者你对我撒娇也可以，我或许就有无穷的力量了。

你慢慢来吧，我先走了哦，我在前面等你。

她故作轻松地走在前面，有意无意朝我露出戏谑的表情。

你的屁股好圆啊，又大又圆。我也故意大声说。

你你，你闭嘴你这个流氓。她从上面冲下来，狠狠地掐住我胳膊，羞着脸咬嘴唇。这下，她不敢走在前面了，她犹自愤愤不平地盯着我，你才是真正的大屁股，难看死了。

难看就难看，再难看也是你的男人。

你就这么肯定？

哦，难道你还有疑虑？

有啊，怎么没有。事情的变数可多了去了。夜很长的，所以梦也不会少。

只要我们是彼此唯一的梦。

我们是彼此唯一的梦。她念叨一声，莞尔一笑，那么梦醒了呢？

梦醒的世界，是我们夫妻的恩爱日常。

哼，花言巧语，被你骗的女孩子肯定不少。

我要怎么做你才会相信？我们住得这么近，你什么时候见过我做过出格的事情。我的过去，一片浓郁的荷尔蒙，一点儿脂粉气都没有。

谁信，我又不是你什么人，干吗监督你？再说，你很优秀吗？我才不在乎呢。

口是心非，前年春天你记得吗，我在北门遇见你，你问我去哪里，我说去大通的花会上约联手，你看看你当时的脸色。

你胡说，我没有。她又张牙舞爪地冲过来打我。

怎么没有，你明明吃醋得脸色都变了。我忍受着被她掐捏的疼痛继续挑逗她。你还哭了吧？说不定骂了我一年呢。

她恨恨地瞪着我。

好了好了，开个玩笑。你没有生气吧？她哼了一声，走在前面了，这次，她故意扭着屁股，像上山的小狗熊。

好不容易翻过一座更高的山，我已经累得满脸又热又涨，心跳半天难以平复。我们走了将近两个小时，却只翻越了两座山头和半个山坡。这段时间里，我和文婷边走边聊，气都喘不上我也想和她说话。她好似明白我的心情，有一会儿看我的样子好像很感动，几次都想帮我背包，我死活没有同意。我也不知道这包为什么会变得如此沉重，除了水，我记得里面也没有太多有分量的东西。但总算，我们找到一个可以欣赏好风景又平坦的地方，安顿下来。此时已经是中午了，我饿得胃里发酸。休息了一会儿，找来三个大一点的石头摆成三角用来当锅叉。我从包里取出小茶壶和水壶，感觉包一下子便轻了不少。文婷好奇包里还有什么，零零碎碎地掏出来一大堆东西。她低声说，登个山，你这么认真干什么？这是我和你第一次单独出来旅行，必须要认真对待。我觉得自己今天很会说话，把她感动了几次。剩下的事情她无论如何都不让我干，她让我坐在羊毛毯子上休息，她像勤快的小媳妇忙着做饭。虽然大部分食物都是现成的，但她还是用小小的平底锅将能热的食物都重新热了一遍，她说吃多了凉的荤食会不消化。我很幸福地坐着，看着她，陪她聊天。虽然山川美景尽在眼前，但我无心欣赏，我的眼中，她已然是唯一的风景。饭菜摆在毯子上，我倒了茶，我们相对而坐，笑盈盈地碰茶而饮。然后我狼吞虎咽地吃起来，夸她做的饭好吃。上得厅堂下得厨房，得妻如此，夫复何求？吃完饭，我打开了那瓶红酒，倒在茶杯里，她不喝，我说这是我受苦受累的罪魁祸首，我不想再背它下山。我们碰饮。她喝得少，心情很好。对眼下的美景感到自豪，因为这里是家乡。明长城伏翼在山下，虽断壁残垣却浑厚依然，苍茫之气不衰反增；旁边的一围方形大墙亦是古朴傲然，显尽要塞风范。而我们身后，铁浮屠般的悠长山脉巍巍峨峨，沟沟壑壑纵横捭阖，青绝处闪光，冰暗处纳凉。多多少少，大大小小，崖石依小山，低梁从大峰，挤挤挨挨，却阵列分明。此情此景，激发一种豪迈之情，冲破我遗存的那点儿踌躇，助力我下定了决心。我冲大山发出号叫，发凌云之志：我要读圣贤书，上进求知。我爱家乡，更爱它的过去，我愿意去了解它理解它，我要书写它——黑城、拉脊山，我更愿意叫它承风岭，以及这片土地更广袤意义上的风风雨雨，我愿意书写。我要当一个为故乡著书立说的作家。天生我材必有用，既然别人可以做到，既然我相信自己能做到，我就要行动起来。假以时日，可叫人刮目相看。我对文婷说出我的志向。我对她说，文婷，我跟你说过你不比他们任何人差，你甚至比他们优秀，所以你可以做任何你想做的事，无论你想干什么，我都支持你，请你也支持我，我们相互扶持一起走，走出一条自己的道道来。以前，我知道你心怀不甘，你想有一番作为，但是我心疼你，我怕你受苦受累，但现在我想通了，如果不让你称心如意，你会更痛苦，你将来不会原谅自己，所以你开始战斗吧，无论你干什么，我们一起干吧！苦与累算什么，只要我们一条心，我们加油干吧，干出个名堂来给天下人瞧瞧……

文婷说你醉了吧？她到我身前，轻轻地贴进我怀里。我们结婚吧。她说。好，结婚。如果你父母不答应，我就缠着他们，直到他们答应，你放心，这方面我拿手。文婷扑哧一下笑了，说哪有你这样的，厚脸皮。

远处的黑城静卧于庄稼地纵横的田野中，艳艳烈阳下蒸腾着烟云，幻姿摇曳，与承风岭上的人儿顾盼生辉。

山上的一对恋人，慢慢下山了。突兀地，一句回音回荡在山间。加油啊，青年们！加油啊，青年们！

（原载于《民族文学》2022 年第 12 期）